ROBIN COOK

Blindwütig

Buch

Die junge Pathologin Laurie Montgomery arbeitet am New Yorker Gerichtsmedizinischen Institut. Als sie mehrere Drogentote obduziert, die alle aus den besten Kreisen stammen, drängt sich ihr der Verdacht auf: Das Kokain, das sich die Toten injiziert haben, muß aus derselben Quelle stammen und verunreinigt sein. Laurie bittet ihren Chef, die Öffentlichkeit zu warnen. Doch dieser lehnt ab.
Einer der Toten ist Duncan Andrews, dessen Vater für den Senat kandidiert und seine Beziehungen spielen läßt, damit nichts über die wahre Todesursache an die Öffentlichkeit dringt. Auch Lou Saldano vom Morddezernat winkt ab, als Laurie mit ihm über ihre Vermutungen spricht. Ihn interessieren Drogentote nicht; er hat genug damit zu tun, eine Serie von geheimnisvollen Morden aufzuklären, die an wohlanständigen Bürgern verübt wurden.
So versucht Laurie, auf eigene Faust hinter das Geheimnis zu kommen. Eine heiße Spur führt in den Operationssaal eines Spezialisten für Hornhautverpflanzungen. Als sich herausstellt, daß die Drogentoten alle Organspender waren, und als auch Lou die Lösung seiner Fälle vor Augen hat, gerät Laurie in tödliche Gefahr.

Autor

Robin Cook studierte an der Columbia-Universität und in Harvard Medizin. Er hat sich als Autor vieler international erfolgreicher Medizin-Thriller einen Namen gemacht und damit diese Romangattung eigentlich begründet. Er lebt heute in Florida.

Von Robin Cook sind im Goldmann Verlag erschienen:

Das Experiment. Roman (43447)
Fieber. Roman (42448)
Gottspieler. Roman (42447)
Das Labor. Roman (43312)
Narkosemord. Roman (42345/5274)
Todesengel. Roman (43136)
Tödliche Geschäfte. Roman (44283)
Chromosom 6. Roman (35220)

ROBIN COOK

Blindwütig

Roman

Aus dem Amerikanischen
von Wolfgang Riehl

PORTOBELLO

Die Originalausgabe erschien unter dem Titel
»Blindsight« bei G. P. Putnam's Sons, New York

Die deutsche Erstausgabe erschien unter dem Titel »Blind«

Umwelthinweis:
Alle bedruckten Materialien dieses Taschenbuches
sind chlorfrei und umweltschonend.

Portobello Taschenbücher erscheinen im Goldmann Verlag, einem
Unternehmen der Verlagsgruppe Bertelsmann GmbH.

Genehmigte Taschenbuchausgabe Juni 2000

Umschlaggestaltung: Design Team München
Umschlagfoto: Mauritius
Druck: Elsnerdruck, Berlin
Verlagsnummer: 55165
KvD · Herstellung: Schröder
Made in Germany
ISBN 3-442-55165-X

1 3 5 7 9 10 8 6 4 2

Für David und Laurel
und ihr neues gemeinsames Leben

Das Kokain schoß, vom Kolben der Spritze ausgetrieben, wie ein Bolzen in Duncan Andrews' Unterarmvene. Sofort schrillten chemische Alarmglocken. Mehrere Blutzellen und Plasmaenzyme erkannten die Kokainmoleküle als Teil einer Familie von Alkaloiden, die von Pflanzen erzeugt werden und physiologisch aktive Substanzen wie Koffein, Morphium, Strychnin und Nikotin umfassen.

In einem verzweifelten, aber vergeblichen Versuch, den Körper gegen diese plötzliche Invasion zu schützen, griffen Plasmaenzyme, sogenannte Cholesterasen, das Kokain an und spalteten einige der körperfremden Moleküle in physiologisch inaktive Bruchstücke auf. Doch die Dosis war übermächtig. In Sekunden drang das Kokain durch die rechte Herzseite, breitete sich in der Lunge aus und strömte dann in Duncans ganzen Körper.

Die pharmakologische Wirkung der Droge trat fast augenblicklich ein. Einige Kokainmoleküle trudelten in die Kranzarterien, verengten sie und verringerten die Blutzufuhr zum Herzen. Allmählich verteilte sich das Kokain aus den Herzkranzgefäßen in die Extrazellularflüssigkeit und umspülte die schwer arbeitenden Herzmuskelfasern. Dort unterbrach die körperfremde Verbindung den Transport der Natriumionen durch die Membranen der Herzzellen, einen für die Kontraktion des Herzmuskels wesentlichen Prozeß. Die Folge war, daß Leitfähigkeit und Kontraktilität des Herzens nachließen.

Zur gleichen Zeit schwärmten die Kokainmoleküle ins Gehirn aus, nachdem sie durch die Kopfschlagader in den Schädel ge-

stürmt waren. Mühelos durchdrang das Kokain die Blut-Hirn-Schranke. Es umspülte die wehrlosen Gehirnzellen und sammelte sich an den Synapsen, über die die Nervenzellen miteinander kommunizieren.

An den Synapsen begann das Kokain sein teuflischstes Werk. Eine ironische Laune des »chemischen Schicksals« fügte es, daß ein Teil der Oberfläche des Kokainmoleküls von den Nervenzellen fälschlicherweise als Neurotransmitter angesehen wurde, entweder als Epinephrin, Norepinephrin oder Dopamin. Wie mit Nachschlüsseln schmuggelten sich die Kokainmoleküle in die Molekularpumpen, die für die Absorption dieser Neurotransmitter verantwortlich sind, blockierten sie und brachten sie abrupt zum Stillstand.

Das Ergebnis war vorhersehbar. Da die Resorption der Neurotransmitter unterbrochen war, blieb ihre stimulierende Wirkung erhalten. Und diese verursachte in einer endlosen Spirale der Erregung die Freisetzung weiterer Neurotransmitter. Nervenzellen, die normalerweise in einen ruhigen, neutralen Zustand zurückgekehrt wären, fingen plötzlich an, verrückt zu spielen.

Das Gehirn wurde zu Hyperaktivität angeregt, vor allem die Lustzentren tief unter der Großhirnrinde. Dort war Dopamin der wichtigste Neurotransmitter. Das Kokain blockierte die Dopaminpumpen, so daß die Dopaminkonzentration stieg. Die Schaltkreise der Nervenzellen, angelegt in göttlicher Voraussicht, um das Überleben der Art zu gewährleisten, schlugen Alarm und verstopften die zur Hirnrinde führenden Bahnen mit sich überschlagenden Meldungen.

Aber die Lustzentren waren nicht die einzigen Bereiche in Duncans Gehirn, die betroffen wurden. Schon bald begann die dunklere Seite der Kokaininvasion zu wirken. Stammesgeschichtlich ältere, kaudalere Gehirnzentren, unter anderem zuständig für die Koordination der Muskeln und die Atmungsregulierung, wurden in Mitleidenschaft gezogen. Selbst der die Wärmeregulierung steuernde Bereich wurde stimuliert, ebenso wie der Teil des Gehirns, der das Erbrechen auslöst.

Nichts war mehr in Ordnung. Inmitten eines Zustands euphorischen Wohlbefindens bahnte sich die Katastrophe an. Eine dunkle Wolke bildete sich am Horizont, der Vorbote eines schrecklichen Nervensturms. Das Kokain war im Begriff, seinen wahren, tückischen Charakter zu enthüllen: ein Steigbügelhalter des Todes im Mäntelchen trügerischer Lust.

Prolog

Duncan Andrews' Gedanken rasten wie ein außer Kontrolle geratener Zug. Eben war er noch zerschlagen, betäubt, erstarrt gewesen. Sekunden später waren seine Benommenheit und Lethargie verflogen. Eine plötzliche Anwandlung von Heiterkeit und Energie überkam ihn, und er fühlte sich mit einemmal voller Tatkraft. Er wußte, jedes Ziel war ihm erreichbar. In unvermittelt aufleuchtender neuer Klarheit erkannte er, daß er weit stärker und schlauer war, als ihm je bewußt geworden war. Aber gerade als er diese auf ihn einstürzenden euphorischen Gedanken und diese neue Erkenntnis seiner Fähigkeiten auskosten wollte, fühlte er sich von starken Wellen der Lust fortgetragen, die er nur als reine Ekstase bezeichnen konnte. Er hätte vor Freude geschrien, wenn nur sein Mund die richtigen Worte hätte formen können. Aber er konnte nicht sprechen. Gedanken und Gefühle hallten zu schnell in ihm wider, um sie auszudrücken. Alle Ängste oder Zweifel, die er vor Minuten noch empfunden hatte, schmolzen in diesem neuentdeckten Taumel des Entzückens dahin.

Aber wie seine Apathie war auch die Lust nur kurzlebig. Das verzückte Lächeln auf Duncans Gesicht verzerrte sich zu einer Grimasse aus Grauen und Panik. Eine Stimme rief, daß die Menschen, die er fürchtete, wiederkämen. Seine Blicke hetzten durch das Zimmer. Er sah niemanden, doch die Stimme wiederholte ihre Botschaft. Rasch schaute er über die Schulter in die Küche. Sie war leer. Er wandte den Kopf und blickte in den Gang zum Schlafzimmer. Es war niemand da, aber die Stimme blieb. Jetzt flüsterte sie etwas noch Bedrohlicheres: er werde sterben.

»Wer bist du?« schrie Duncan. Er preßte die Hände auf die Ohren, als wollte er die Stimme aussperren. »Wo bist du? Wie bist du hier hereingekommen?« Wieder irrten seine Blicke suchend durch das Zimmer.

Die Stimme antwortete nicht. Duncan wußte nicht, daß sie aus seinem Kopf kam.

Duncan rappelte sich auf. Überrascht bemerkte er, daß er auf dem Boden des Wohnzimmers gelegen hatte. Beim Aufstehen stieß er mit der Schulter gegen den Couchtisch. Die Spritze, die eben noch in seinem Arm gesteckt hatte, fiel zu Boden. Duncan betrachtete sie mit Haß und Wut, griff nach ihr, um sie zwischen den Fingern zu zerdrücken.

Doch kurz vor der Spritze stoppte Duncans Hand. Seine Augen weiteten sich in einer Mischung aus Verwirrtheit und neuer Angst. Ganz plötzlich spürte er das unverkennbare Kribbeln Hunderter von Insekten, die ihm die Arme hochkrochen. Duncan vergaß die Spritze und streckte die Hände aus. Er spürte, wie die Käfer ihm über die Unterarme krabbelten, aber so angestrengt er suchte, er konnte nichts erkennen. Die Haut sah völlig normal aus. Dann fing es auch in den Beinen an zu kribbeln.

»Ahhhhhhh!« schrie Duncan. Er versuchte, sich die Arme abzuwischen, weil er meinte, die Insekten wären so klein, daß er sie nicht sehen könnte, doch das Kribbeln wurde nur noch schlimmer. Schaudernd vor maßloser Angst dämmerte ihm, daß die Organismen wohl unter der Haut sitzen mußten. Irgendwie waren sie in seinen Körper eingedrungen. Vielleicht waren sie in der Spritze gewesen.

Mit den Fingernägeln kratzte Duncan sich die Arme auf in dem verzweifelten Versuch, die Insekten herauszulassen. Sie fraßen ihn von innen auf. Wie von Sinnen kratzte er fester, grub die Nägel in die Haut, bis Blut kam. Der Schmerz war stark, aber das Kribbeln der Insekten war schlimmer.

Trotz der entsetzlichen Angst vor den Insekten hörte Duncan auf zu kratzen, als er ein neues Symptom bemerkte. Er streckte die blutverschmierten Hände aus und stellte fest, daß sie zitterten. Er blickte an sich hinunter und sah, daß sein ganzer Körper bebte; es wurde immer ärger. Einen Augenblick dachte er daran, den Notarzt anzurufen. Aber noch während ihm dieser Gedanke durch den Kopf ging, fiel ihm etwas anderes auf. Ihm war warm. Nein, ihm war heiß!

»Mein Gott!« stieß Duncan hervor, als er merkte, daß ihm Schweiß vom Gesicht lief. Mit zitternder Hand betastete er seine Stirn: Er glühte! Er wollte sich das Hemd aufknöpfen, doch seine fahrigen Hände gehorchten ihm nicht. Ungeduldig und verzweifelt riß er sich das Hemd vom Leib. In alle Richtungen flogen Knöpfe davon. Das gleiche machte er mit der Hose, die er auf den Boden warf. Aber es war alles vergebens; obwohl er jetzt nur eine Unterhose anhatte, war ihm immer noch zum Ersticken heiß. Dann, ohne jede Vorwarnung, hustete er, er keuchte und übergab sich mit einem mächtigen Schwall, der die Wand unter der signierten Dali-Lithographie traf.

Duncan torkelte ins Bad. Mit höchster Willenskraft zwang er den zitternden Körper unter die Dusche und drehte den Kaltwasserhahn bis zum Anschlag auf. Nach Atem ringend stand er unter dem prasselnden kalten Strahl.

Die Erleichterung war kurz. Unwillkürlich entrang sich seinen Lippen ein kläglicher Schrei, und das Atmen fiel ihm schwer, als ein rasender Schmerz die linke Brust durchzuckte und an der Innenseite des linken Arms hinunterfuhr. Intuitiv wußte Duncan, daß er einen Herzinfarkt hatte.

Er griff sich mit der rechten Hand an die Brust. Blut von den zerkratzten Armen vermischte sich mit Wasser aus der Dusche und verschwand wirbelnd im Abfluß. Duncan taumelte aus dem Bad zur Wohnungstür. Es kümmerte ihn nicht, daß er fast nackt war, er brauchte Luft. Sein siedendes Gehirn drohte zu zerspringen. Mit letzter Kraft griff er nach der Klinke der Wohnungstür und riß sie auf.

»Duncan!« schrie Sara Wetherbee auf. Schlimmer hätte sie nicht erschreckt werden können. Ihre Hand befand sich wenige Zentimeter vor Duncans Tür. Sie hatte gerade klopfen wollen, als

Duncan die Tür aufriß und vor ihr stand, mit nichts als einer triefenden Jockey-Unterhose bekleidet. »Mein Gott!« rief Sara. »Was ist mit dir los?«

Duncan erkannte seine langjährige Freundin nicht. Er rang nach Luft. Der bohrende Schmerz in der Brust hatte sich in den Rücken ausgedehnt. Er hatte das Gefühl, als würde wieder und wieder auf ihn eingestochen. Blind torkelte er vorwärts, streckte die Hand aus, um Sara beiseite zu schieben.

»Duncan!« rief Sara erneut, als sie die blutenden Kratzer an seinen Armen bemerkte, die gehetzten, aufgerissenen Augen und das schmerzverzerrte Gesicht sah. Sie ließ sich nicht zur Seite schieben, packte ihn an den Schultern und drängte ihn zurück. »Was ist los? Wo willst du hin?«

Duncan zögerte. Einen Augenblick durchdrang Saras Stimme seinen Wahn. Sein Mund öffnete sich, als wollte er sprechen. Doch er stieß nur ein klägliches Wimmern aus, das in einem Keuchen endete, als sein Zittern in krampfartige Zuckungen überging und er die Augen verdrehte. Eine gütige Ohnmacht umfing ihn, und er sank in Saras Arme.

Zuerst mühte Sara sich vergeblich, Duncan aufrecht zu halten. Sie schaffte es nicht, vor allem da seine Zuckungen immer heftiger wurden. So behutsam wie möglich ließ sie Duncans sich windenden Körper über die Schwelle sinken, halb in die Diele hinein. Fast im gleichen Augenblick, als Duncan den Boden berührte, krümmte sich sein Rücken, und die Zuckungen gingen unvermittelt in die rhythmischen Konvulsionen eines schweren epileptischen Anfalls über.

»Hilfe!« schrie Sara und blickte sich im Gang um. Wie zu erwarten, zeigte sich kein Mensch. Außer den Lauten, die Duncan ausstieß, hörte sie nur das Dröhnen einer nahen Stereoanlage.

Es gelang Sara, über Duncans zuckenden Körper hinwegzusteigen. Sein blutschäumender Mund, den sie flüchtig wahrnahm, entsetzte und ängstigte sie. Sie wünschte verzweifelt zu helfen, aber sie wußte nicht, was sie tun konnte, außer einen Krankenwagen zu rufen. Mit zitternden Fingern tippte sie auf Duncans Telefon im Wohnzimmer die 911 ein. Während sie ungeduldig auf die Verbindung wartete, hörte sie, wie Duncans Kopf wiederholt auf den Parkettboden schlug. Bei jedem der gräßlichen Schläge zuckte sie zusammen, und sie betete, daß bald Hilfe kommen möge.

Sara nahm die Hände vom Gesicht und sah auf ihre Uhr. Es war fast drei Uhr früh. Seit über drei Stunden saß sie jetzt auf demselben Vinylstuhl im Warteraum des General Hospital von Manhattan.

Zum x-tenmal glitt ihr Blick durch den vollbesetzten Raum, der nach Zigarettenrauch, Schweiß, Alkohol und nasser Kleidung roch. Ihr direkt gegenüber hing eine große Tafel mit der Aufschrift: RAUCHEN VERBOTEN, doch der Hinweis wurde nicht zur Kenntnis genommen.

Verletzte saßen da und Personen, die sie begleitet hatten; quengelnde Säuglinge und Kleinkinder, zusammengeschlagene Betrunkene, andere, die ein Handtuch auf einen zerschnittenen Finger oder ein aufgeschlitztes Kinn preßten. Die meisten starrten vor sich hin, an das endlose Warten gewöhnt. Einige waren offensichtlich krank, manche schienen Schmerzen zu haben. Ein gutgekleideter Mann hatte den Arm um seine ebenfalls gutgekleidete Begleiterin gelegt. Vor einigen Minuten hatte er erregt mit einer einschüchternd großen Schwester gestritten, die über die Reihenfolge der Behandlung entschied; sie hatte sich aber von seiner Drohung, er werde seinen Anwalt verständigen, wenn seine Begleiterin nicht versorgt werden würde, nicht beeindrucken lassen. Er hatte schließlich aufgegeben und starrte jetzt ebenfalls ins Leere.

Wieder schloß Sara die Augen. Noch immer fühlte sie den Puls gegen ihre Schläfen hämmern. Das Bild des sich krümmenden Duncan auf der Schwelle seiner Wohnung ließ sie nicht los. Was immer heute nacht geschehen war, sie wußte, daß sie es nie aus ihrem Kopf würde verbannen können.

Nachdem Sara den Notarzt angerufen und die Adresse genannt hatte, war sie zu Duncan zurückgeeilt. Irgendwie erinnerte sie sich dunkel, daß man jemandem, der einen epileptischen Anfall hat, etwas in den Mund schiebt, damit er sich nicht auf die Zunge beißt. Aber sosehr sie sich bemüht hatte, sie hatte es nicht geschafft, Duncans zusammengebissene Zähne auseinanderzubringen.

Kurz bevor die Sanitäter eintrafen, ließen Duncans Zuckungen endlich nach. Zunächst war Sara erleichtert gewesen, doch dann bemerkte sie mit neuem Entsetzen, daß er nicht mehr atmete. Sie wischte ihm den Schaum und etwas Blut vom Mund und versuchte, ihn von Mund zu Mund zu beatmen, mußte aber gegen die aufkommende Übelkeit ankämpfen. Inzwischen waren einige von Duncans Nachbarn erschienen. Zu Saras Erleichterung sagte einer der Männer, er sei bei der Marine Lazarettgehilfe gewesen. Er und sein Begleiter übernahmen die Wiederbelebungsversuche, bis der Rettungswagen kam.

Sara hatte keine Ahnung, was mit Duncan passiert war. Eine Stunde zuvor hatte er sie angerufen und sie gebeten, herüberzukommen. Sie hatte zwar den Eindruck gehabt, daß er etwas angespannt und eigenartig klang, aber sie war vollkommen unvorbereitet auf seinen Zustand gewesen. Ihr schauderte, als sie wieder das Bild vor sich sah, wie er mit blutverschmierten Händen und Armen und weit aufgerissenen Augen vor ihr in der Tür stand. Es war, als wäre er wahnsinnig geworden.

Sara hatte einen letzten Blick auf Duncan erhascht, als sie im General Hospital angekommen waren. Die Sanitäter hatten ihr erlaubt, im Krankenwagen mitzufahren. Auf der ganzen Fahrt hatten sie Wiederbelebungsversuche gemacht. Dann hatte Sara nur sehen können, wie Duncan durch eine weiße Pendeltür geschoben wurde und im Innern der Notaufnahme verschwand. Sie sah den Sanitäter noch vor sich, der auf der Rolltrage gekniet und immer noch das Herz massiert hatte; dann waren die Türen zugefallen.

»Sara Wetherbee?« Eine Stimme riß Sara aus ihren Träumen.

»Ja?« sagte sie und blickte auf.

Vor ihr stand ein junger Arzt mit einem Eintagebart in einem weißen, leicht blutbespritzten Kittel.

»Ich bin Dr. Murray«, sagte er. »Würden Sie bitte mitkommen? Ich möchte kurz mit Ihnen sprechen.«

»Natürlich«, sagte Sara aufgeregt. Sie stand auf und zog den Riemen ihrer Umhängetasche über die Schulter. Sie folgte Dr. Murray, der kehrtgemacht hatte, fast noch bevor sie hatte antworten können. Dieselbe weiße Tür, die Duncan vor drei Stunden verschluckt hatte, schloß sich hinter ihr. Dr. Murray blieb unmittelbar dahinter stehen und drehte sich zu ihr um. Ängstlich sah sie dem Mann in die Augen. Er war erschöpft. Sie suchte nach irgendeinem Hoffnungsschimmer, aber da war nichts.

»Ich nehme an, Sie sind Mr. Andrews' Freundin«, sagte Dr. Murray. Sogar seine Stimme klang müde.

Sara nickte.

»Normalerweise unterrichten wir zuerst die Familie«, erklärte Dr. Murray. »Aber ich weiß, daß Sie mit dem Patienten gekommen sind und gewartet haben. Es tut mir leid, daß es so lange gedauert hat, Sie zu verständigen, aber direkt nach Mr. Andrews wurden mehrere Personen mit Schußverletzungen eingeliefert.«

»Ich verstehe«, sagte Sara. »Wie geht es Duncan?« Sie mußte fragen, wenngleich sie sich nicht sicher war, ob sie es überhaupt wissen wollte.

»Nicht gut«, antwortete Dr. Murray. »Sie können versichert sein, daß unsere Sanitäter alles versucht haben. Aber er war nicht zu retten. Er war bereits tot, als er hier eintraf. Es tut mir leid.«

Sara blickte in Dr. Murrays Augen. Sie hoffte, einen Schimmer der gleichen Trauer zu sehen, die in ihr aufstieg. Doch sie sah nichts als Müdigkeit. Sein offensichtlicher Mangel an Mitgefühl half ihr, selbst Haltung zu bewahren.

»Was ist passiert?« fragte sie fast flüsternd.

»Wir sind zu neunzig Prozent sicher, daß die unmittelbare Ursache ein Herzinfarkt war«, erklärte Dr. Murray. »Die eigentliche Ursache ist aber wohl eine Drogentoxizität, eine Überdosis. Wir wissen noch nicht, wie sein Blutspiegel war. Die Untersuchung dauert noch an.«

»Rauschgift?« sagte Sara ungläubig. »Was für Rauschgift?«

»Kokain«, antwortete Dr. Murray. »Die Sanitäter haben sogar die Spritze mitgebracht, die er benutzt hat.«

»Ich habe gar nicht gewußt, daß Duncan Kokain nahm«, sagte Sara. »Er hat mir gesagt, er nimmt kein Rauschgift.«

»Bei Sex und Drogen lügen die Leute immer«, meinte Dr. Murray. »Und bei Kokain genügt oft schon ein einziges Mal. Den Konsumenten ist nicht klar, wie tödlich das Zeug sein kann. Seine Beliebtheit gaukelt den Leuten ein falsches Gefühl der Sicherheit vor. Aber wie auch immer, wir müssen die Familie benachrichtigen. Haben Sie die Telefonnummer?«

Benommen von Duncans Tod und der Enthüllung, daß er offenbar Kokain genommen hatte, nannte Sara monoton und wie abwesend die Nummer der Andrews'. Der Gedanke an Drogen drängte alle anderen Gedanken zurück. Sie fragte sich, wie lange Duncan wohl Kokain genommen hatte. Es war so schwer zu begreifen, sie hatte geglaubt, ihn wirklich gut zu kennen.

1

November. Montag, 6.45 Uhr
New York City

Das Schrillen des Weckers riß Laurie Montgomery jedesmal aus tiefem Schlaf. Obwohl sie die Uhr seit dem ersten Collegejahr besaß, hatte sie sich nie an das schreckliche Rasseln gewöhnen können. Es ließ sie jedesmal hochfahren und augenblicklich nach dem verfluchten Ding schlagen, als hinge ihr Leben davon ab, den Wecker so schnell wie möglich zum Schweigen zu bringen.

Dieser verregnete Novembermorgen machte keine Ausnahme. Als sie die Uhr auf die Fensterbank zurückstellte, fühlte sie ihr Herz klopfen. Es war der Adrenalinstoß, der diese tägliche Episode so erfolgreich machte. Selbst wenn sie noch einmal ins Bett hätte gehen können, sie wäre nie mehr eingeschlafen. Und genauso war es bei Tom, ihrer anderthalb Jahre alten, gelbbraun getigerten Katze, die beim Rasseln des Weckers in die hinterste Ecke des Zimmers geflohen war.

Ergeben fügte Laurie sich in den Beginn eines neuen Tages, stand auf, schlüpfte in ihre Lammfellpantoffeln und stellte den Fernseher an, um die Morgennachrichten zu hören.

Ihre Wohnung war ein kleines Zweizimmerapartment in der 19th Street zwischen First und Second Avenue in einem sechsgeschossigen Wohnhaus. Ihre Zimmer lagen im vierten Stock auf der Rückseite. Die beiden Fenster gingen auf ein Labyrinth aus überwucherten Höfen.

In ihrer winzigen Küche stellte sie die Kaffeemaschine an. Am Abend hatte sie schon den Kaffee und die richtige Menge Wasser eingefüllt. Während der Kaffee durchlief, trottete sie ins Bad und betrachtete sich im Spiegel.

»Huh!« machte sie, als sie das Gesicht hin und her drehte und die Spuren einer weiteren Nacht mit zuwenig Schlaf prüfte. Ihre Augen waren verquollen und gerötet. Laurie war kein Morgentyp. Sie war eine ausgesprochene Nachteule und las häufig bis in die Puppen. Sie las für ihr Leben gern, ob das Buch ein schwerer pathologischer Text oder ein beliebter Bestseller war. Was Romane anging, interessierte sie einfach alles. Die Regale waren vollgestopft mit Thrillern, romantischen Liebeserzählungen und Familienromanen, aber auch Sachbüchern über Naturwissenschaften und Psychologie. Gestern abend war es ein Kriminalroman gewesen, und sie hatte gelesen, bis sie das Buch durchhatte. Sie hatte nicht den Mut gehabt, auf die Uhr zu sehen. Wie üblich, schwor sie sich am Morgen, nie mehr so lange aufzubleiben.

Unter der Dusche ordneten sich Lauries Gedanken so weit, daß sie sich mit den Problemen befassen konnte, die sie an diesem Tag würde angehen müssen. Sie arbeitete seit fast fünf Monaten im Gerichtsmedizinischen Institut von New York City. Am letzten Wochenende hatte sie Bereitschaftsdienst gehabt, also Samstag und Sonntag arbeiten müssen. Sie hatte sechs Autopsien durchgeführt: drei am ersten Tag, drei am nächsten. Einige Fälle erforderten weitere Untersuchungen, bevor sie abgeschlossen werden konnten, und sie stellte in Gedanken eine Liste zusammen, was im einzelnen zu tun war.

Laurie trat aus der Dusche und trocknete sich kräftig ab. Über eins war sie froh: daß sie heute einen »Papiertag« hatte, also keine neuen Autopsien zugewiesen bekam. Sie würde Zeit haben, die notwendigen Berichte zu den Autopsien zu schreiben, die sie bereits vorgenommen hatte. Gegenwärtig wartete sie auf das Material zu etwa zwanzig Fällen entweder aus dem Labor, von Ermittlern des Instituts, örtlichen Krankenhäusern, Ärzten oder der Polizei. Diese Papierlawine drohte sie ständig zu erdrücken.

In der Küche goß sie sich den Kaffee ein. Die Tasse in der Hand, ging sie wieder ins Bad, um Make-up aufzulegen und die Haare zu fönen. Die Haare brauchten immer die meiste Zeit. Sie waren dick und lang und von einem Kastanienbraun mit rötlichem Schimmer, das sie einmal im Monat mit Henna auffrischte. Laurie war stolz auf ihr Haar. Nach ihrer Überzeugung war es das Attraktivste an ihr. Ihre Mutter redete ihr immer zu, es abzuschneiden, doch Laurie liebte es lang bis über die Schultern; sie trug es geflochten oder zu einem Dutt hochgesteckt. Was das Make-up betraf, verfocht sie die Theorie, daß »weniger mehr ist«. Ein wenig Eyeliner für den Lidstrich ihrer blaugrünen Augen, ein paar Striche mit dem Augenbrauenstift zur Markierung der rötlichblonden Brauen, zart aufgetragene Wimperntusche, und sie war fast fertig. Ein Hauch Korallenrot auf die Wangen und Lippenstift rundeten die Prozedur ab. Zufrieden nahm sie ihre Tasse und ging zurück ins Schlafzimmer.

Inzwischen lief *Guten Morgen, Amerika*. Sie hörte mit halbem Ohr zu, während sie die Sachen anzog, die sie am Abend zuvor bereitgelegt hatte. Die forensische Pathologie war noch immer weitgehend eine Männerwelt, doch das bestärkte Laurie nur in dem Wunsch, ihre Weiblichkeit durch die Kleidung zu unterstreichen. Sie schlüpfte in einen grünen Rock und einen dazu passenden Rollkragenpullover, betrachtete sich im Spiegel und war zufrieden. Die Kombination ließ sie irgendwie größer erscheinen als ihre einsfünfundsechzig und noch schlanker, als sie ohnehin mit hundertvier Pfund war.

Als sie den Kaffee getrunken hatte, einen Joghurt gegessen und getrocknetes Katzenfutter in Toms Schüssel geschüttet hatte, zog sie ihren Trenchcoat an. Dann verstaute sie ihre Handtasche und die Lunchbrote, die sie ebenfalls schon am Abend zuvor vorbereitet hatte, in ihrer Aktentasche und verließ die Wohnung. Sie brauchte einen Augenblick, um die verschiedenen Schlösser an ihrer Tür zu sichern, eine Hinterlassenschaft des Vormieters. Sie wandte sich zum Aufzug und drückte den Knopf »Ab«.

Wie auf ein Stichwort hörte sie in dem Moment, als sich der altersschwache Aufzug quietschend nach oben bewegte, das Klikken der Schlösser von Debra Englers Tür. Laurie drehte den Kopf und sah, wie die Tür der vorderen Wohnung sich einen Spalt öffnete und die Sicherheitskette spannte. Debras blutunterlaufenes Auge spähte hinaus. Über dem Auge war ein Gewirr von grauem Kraushaar.

Laurie erwiderte angriffslustig den Blick des aufdringlichen Auges. Es war, als stünde Debra bei jedem Laut im Gang hinter der Tür. Die ständige Aufdringlichkeit ging Laurie auf die Nerven. Es erschien ihr wie eine Verletzung ihrer Privatsphäre, wenn der Gang auch Gemeineigentum war.

»Sie nehmen besser einen Schirm mit«, rief Debra mit ihrer kehligen Raucherstimme.

Die Tatsache, daß Debra recht hatte, steigerte Lauries Gereiztheit noch. Sie hatte tatsächlich ihren Schirm vergessen. Ohne ein Zeichen der Anerkennung, um Debras aufreizende Wachsamkeit nicht etwa noch zu fördern, ging Laurie zur Wohnungstür zurück und widmete sich dem komplizierten Vorgang, ein Schloß nach dem andern aufzuschließen. Als sie fünf Minuten später den Aufzug betrat, sah sie, daß Debra immer noch aufmerksam Ausschau hielt.

Während der Aufzug langsam abwärts fuhr, schwand Lauries Gereiztheit. Ihre Gedanken wanderten zu dem Fall, der sie über das Wochenende am meisten beschäftigt hatte: dem zwölfjährigen Jungen, der von einem Softball auf die Brust getroffen worden war.

»Das Leben ist ungerecht«, murmelte Laurie vor sich hin, als sie an den vorzeitigen Tod des Jungen dachte. Der Tod eines Kindes war so schwer zu begreifen. Sie hatte gedacht, das Medizinstudium würde sie irgendwie gegen solche Sinnlosigkeiten abhärten, aber dem war nicht so. Auch ihre Assistenzzeit in der Pathologie hatte das nicht vermocht. Und jetzt, wo sie in der Gerichtsmedizin arbeitete, waren diese Tode noch schwerer zu ertragen. Und es waren so viele! Bis zu dem Unfall war das Softballopfer ein kräftiger Junge gewesen, strotzend vor Gesundheit und Energie. Sie sah den kleinen Körper noch vor sich auf dem Seziertisch; ein Bild der Gesundheit, scheinbar schlafend. Aber sie hatte zum Skalpell greifen und ihn wie einen Fisch ausnehmen müssen.

Laurie schluckte hart, als der Aufzug mit einem Ruck zum

Stehen kam. Fälle wie der des kleinen Jungen ließen sie an der Richtigkeit ihrer Berufswahl zweifeln. Sie fragte sich, ob sie nicht besser in die Pädiatrie gegangen wäre, wo sie mit lebenden Kindern zu tun gehabt hätte.

Im Grunde war Laurie für Debras Rat dankbar, als sie sah, was für ein Tag es war. Der Wind blies kräftige Böen, und der angekündigte Regen hatte bereits eingesetzt. Der Anblick ihrer Straße gerade an diesem Tag ließ sie auch an einer guten Wahl ihres Wohnorts zweifeln. Die mit Abfällen übersäte Straße bot kein schönes Bild. Vielleicht hätte sie in eine jüngere, sauberere Stadt wie Atlanta gehen sollen oder in eine Stadt mit ewigem Sommer wie Miami. Laurie spannte den Schirm auf und stapfte, sich gegen den Wind stemmend, in Richtung First Avenue.

Sie dachte an eine der ironischen Seiten ihrer Berufswahl. Sie hatte sich aus mehreren Gründen für die Pathologie entschieden. Zum einen hatte sie gedacht, daß geregelte Arbeitszeiten es ihr erleichtern würden, Beruf und Familie unter einen Hut zu bringen. Aber das Problem war, daß sie gar keine Familie hatte, wenn sie von ihren Eltern absah, die ja nicht wirklich zählten. Sie hatte nicht einmal eine feste Beziehung. Laurie hatte nie gedacht, daß sie mit zweiunddreißig noch keine eigenen Kinder haben, geschweige denn, daß sie noch unverheiratet sein würde.

Eine kurze Taxifahrt mit einem Fahrer, dessen Nationalität sie nicht einmal erahnen konnte, brachte sie zur Ecke First Avenue und 30th Street. Sie war erstaunt, daß sie ein Taxi bekam. Im allgemeinen bedeutete die Kombination Regen und Stoßzeit: keine Taxis. An diesem Morgen war jedoch gerade eins frei geworden, als sie zur First Avenue kam. Aber auch wenn sie keins bekommen hätte, wäre das kein Unglück gewesen. Es war einer der Vorteile, nur elf Häuserblocks vom Arbeitsplatz entfernt zu wohnen. An vielen Tagen ging sie hin und zurück zu Fuß.

Nachdem Laurie den Fahrpreis gezahlt hatte, lief sie die Treppe zum Gerichtsmedizinischen Institut hinauf. Das sechsstöckige Gebäude wurde von den übrigen Gebäuden des Medical Center der New York University und dem Komplex des Bellevue Hospital überragt. Die Fassade bestand aus blauglasierten Ziegelsteinen, hatte Aluminiumfenster und unschöne moderne Türeinfassungen.

Normalerweise beachtete Laurie das Gebäude nicht, aber an diesem regnerischen Novembermontag entging es ihrer Kritik ebensowenig wie ihr Beruf und ihre Straße. Es war ein deprimierendes Bauwerk. Das mußte sie zugeben. Kopfschüttelnd fragte sie sich, ob ein Architekt wirklich mit dieser Arbeit zufrieden sein konnte, als sie bemerkte, daß die Empfangshalle voller Menschen war. Die Eingangstür stand trotz der morgendlichen Kälte offen, und man konnte sehen, wie Zigarettenrauch träge ins Freie entwich.

Erstaunt drängte Laurie sich durch die Menge und bahnte sich mit einiger Mühe einen Weg zum Eingang in den inneren Bereich. Marlene Wilson, die Empfangsdame, war offensichtlich überfordert, denn mindestens ein Dutzend Menschen drängte sich vor ihrem Schreibtisch und bestürmte sie mit Fragen. Die Medien waren eingefallen, komplett mit Kameras, Tonbandgeräten, Camcordern und Blitzlicht. Zweifellos war etwas Außergewöhnliches geschehen.

Mit einigem Gestikulieren schaffte sie es, Marlene auf sich aufmerksam zu machen, die ihr mit dem Summer die Tür öffnete. Sie empfand ein Gefühl der Erleichterung, als die sich schließende Tür das Stimmengewirr und den beißenden Zigarettenrauch aussperrte.

Laurie warf einen kurzen Blick in den tristen ID-Raum, in dem die Angehörigen zur Identifizierung der Toten geführt wurden, und war etwas überrascht, ihn leer zu finden. Bei dem Aufruhr da draußen hatte sie gedacht, hier Leute anzutreffen. Achselzuckend ging sie weiter zum ID-Büro.

Die erste Person, die Laurie traf, war Vinnie Amendola, einer der technischen Assistenten. Ohne den Auflauf im Empfangsbereich zu beachten, trank Vinnie aus einem Plastikbecher Kaffee und las die Sportseiten der *New York Post*. Die Füße hatte er gegen die Kante eines der grauen Metallschreibtische gestemmt. Wie vor acht Uhr morgens üblich, war Vinnie der einzige im

Raum. Er hatte die Aufgabe, Kaffee für die Mitglieder des Kaffee-Pools zu kochen. Eine große Kaffeemaschine stand im ID-Büro, einem Raum, der neben seinen eigentlichen Funktionen auch die eines informellen morgendlichen Versammlungsorts hatte.

»Was ist denn hier los?« fragte Laurie, während sie den Plan für die heutigen Autopsien studierte. Auch wenn sie nicht für diese Arbeit eingeteilt war, wollte sie doch wissen, welche Fälle vorlagen.

Vinnie ließ die Zeitung sinken. »Ärger«, sagte er.

»Was für Ärger?« fragte Laurie. Durch die Tür zur Telefonzentrale sah sie, daß die beiden Sekretärinnen der Tagschicht pausenlos an ihren Telefonen beschäftigt waren. Auf der Anzeigetafel vor ihnen blinkte es – wartende Anrufer. Laurie goß sich einen Becher Kaffee ein.

»Wieder ein Mord an einer Schülerin«, sagte Vinnie. »Ein junges Mädchen, offenbar von ihrem Freund erwürgt. Sex und Drogen. Das Übliche, reiche Kinder. Ist drüben bei der Tavern On The Green passiert. Nach all der Aufregung, die der erste Fall vor ein paar Jahren verursacht hat, sind die Medien hier, seit die Leiche gebracht wurde.«

Laurie schüttelte den Kopf. »Wie schrecklich für alle. Ein Leben verloren, und ein Leben ruiniert.« Sie tat Zucker und etwas Sahne in ihren Kaffee. »Wer hat den Fall?«

»Dr. Plodgett«, sagte Vinnie. »Wurde vom Tour Doc angerufen und mußte raus zum Tatort. War gegen drei Uhr heute morgen.«

Laurie seufzte. »Oje«, sagte sie leise. Paul tat ihr leid. Ein solcher Fall würde ihn höchstwahrscheinlich sehr mitnehmen, weil er, wie sie, noch relativ unerfahren war. Er arbeitete seit gut einem Jahr als außerplanmäßiger Pathologe beim Institut, so wie sie seit viereinhalb Monaten. »Wo ist Paul jetzt? In seinem Büro?«

»Nein«, sagte Vinnie. »Er ist bei der Autopsie.«

»Schon?« wunderte Laurie sich. »Warum diese Eile?«

»Keine Ahnung«, meinte Vinnie. »Aber die Jungs von der zweiten Nachtschicht haben mir erzählt, daß Bingham so gegen sechs reingekommen ist. Paul hat ihn wohl angerufen.«

»Das wird ja von Minute zu Minute spannender«, sagte Laurie. Dr. Harold Bingham, achtundfünfzig Jahre, war der Direktor des Gerichtsmedizinischen Instituts für New York City, was ihn zu einem mächtigen Mann in der Welt der Gerichtsmedizin machte. »Ich glaube, ich geh mal in die Grube und sehe nach, was sich tut.«

»Ich wäre an Ihrer Stelle vorsichtig«, warnte Vinnie, während er seine Zeitung zusammenfaltete. »Ich hatte auch vor, runterzugehen, aber es heißt, Bingham habe schlechte Laune. Obwohl das ja eigentlich nichts Besonderes ist.«

Laurie nickte Vinnie zu, als sie den Raum verließ. Um den vielen Reportern im Eingangsbereich auszuweichen, nahm sie den langen Weg zu den Aufzügen und ging durch die Telefonzentrale. Die Sekretärinnen waren zu beschäftigt, um ihren Gruß zu erwidern. Sie winkte einem der beiden dem Institut zugeteilten Polizeibeamten zu, der in seinem winzigen Dienstraum neben der Telefonzentrale saß. Auch er telefonierte.

Sie ging durch eine weitere Tür und warf einen kurzen Blick in jedes der Arbeitszimmer der gerichtsmedizinischen Ermittler, um guten Morgen zu sagen, aber es war noch niemand da. Sie kam zum Hauptaufzug, drückte den Knopf und mußte wie üblich warten, bis die altersschwache Maschine reagierte. Rechts von ihr in der Halle konnte sie die vielen Reporter sehen, die im Empfangsbereich umherschwirrten. Laurie tat die arme Marlene Wilson leid.

Während sie nach oben in ihr Büro im vierten Stock fuhr, dachte sie darüber nach, was Binghams frühes Erscheinen nicht nur im Institut, sondern auch im Sektionssaal zu bedeuten hatte. Beides war selten und weckte ihre Neugier.

Da ihre Kollegin Dr. Riva Mehta noch nicht da war, blieb Laurie nur ein paar Minuten im Büro. Sie schloß ihre Aktentasche, Handtasche und die Lunchbrote in den Aktenschrank ein, dann zog sie den grünen Sektionskittel über. Da sie selbst keine Autopsie durchzuführen hatte, verzichtete sie darauf, die übliche zusätzliche Schutzkleidung aus undurchlässigem Material anzulegen.

Mit dem Aufzug fuhr sie dann in den Keller hinunter, wo sich das Leichenschauhaus befand. Es war kein Keller im eigentlichen Sinn, denn er lag in Wirklichkeit auf Straßenniveau des Gebäudes zur 30th Street hin. Über eine Laderampe kamen von dort die Toten ins Leichenschauhaus und verließen es wieder.

Im Umkleideraum, den Laurie nur selten benutzte, da sie sich lieber in ihrem Büro umzog, legte sie Schürze, Schuhbezüge, Maske und Haube an und ging in den Sektionssaal.

Die »Grube«, wie er salopp genannt wurde, war ein mittelgroßer Raum, etwa fünfzehn Meter lang und neun Meter breit. Er hatte einmal als das Beste vom Besten gegolten, aber das war einige Zeit her. Wie bei so vielen anderen städtischen Einrichtungen fehlte das Geld für die notwendige Instandhaltung und Modernisierung. Die acht Tische aus rostfreiem Stahl waren alt und von den zahllosen Obduktionen fleckig. Altmodische Federwaagen hingen über jedem Tisch. Ausgußbecken, flache Tische, Vorrichtungen zum Aufhängen von Röntgenbildern, alte Glasschränke und freiliegende Rohre säumten die Wände. Fenster gab es keine.

Nur an einem Tisch wurde gearbeitet, am vorletzten rechts von Laurie. Als sich die Tür hinter ihr schloß, hoben die drei um den Tisch stehenden Männer kurz den Kopf, um zu ihr herüberzublikken, bevor sie sich wieder ihrer schrecklichen Arbeit zuwandten. Sie trugen die vorgeschriebene doppelte Schutzbekleidung sowie Maske und Haube. Vor ihnen auf dem Tisch lag ausgestreckt der elfenbeinfarbene nackte Körper eines jungen Mädchens. Er wurde von einem Band bläulichweißer Leuchtstoffröhren direkt über dem Tisch angestrahlt. Das Gespenstische der Szene wurde noch gesteigert durch das gurgelnde Geräusch des Wassers, das in einem Ausguß am Fuß des Tisches verschwand.

Laurie hatte das starke Gefühl, daß es besser wäre, sich umzudrehen und wieder zu gehen, doch sie kämpfte es nieder. Statt dessen trat sie auf die Gruppe zu. Sie erkannte jeden der drei Männer trotz der Vermummung mit Schutzbrille und Maske. Bingham stand auf der anderen Seite des Tisches, Laurie gegenüber. Er war ein gedrungener Mann von kleiner Statur mit breitem Gesicht und Knollennase.

»Himmelherrgott, Paul!« schnauzte Bingham. »Machen Sie zum erstenmal eine Halseröffnung? Ich habe gleich eine Pressekonferenz, und Sie pfuschen hier herum wie ein erstes Semester. Geben Sie mir das Skalpell!« Bingham nahm Paul das Instrument abrupt aus der Hand, dann beugte er sich über den Körper. Ein Lichtstrahl blitzte von der Schneide aus rostfreiem Stahl.

Laurie trat an den Tisch, stellte sich rechts neben Paul. Er wandte den Kopf, und einen Moment begegneten sich ihre Blicke. Laurie spürte, wie nervös er war. Sie versuchte, etwas Ermutigung in ihren Blick zu legen, doch Paul wandte den Kopf schon wieder ab. Laurie sah kurz zum Sektionsgehilfen hinüber, der es vermied, in ihre Richtung zu schauen. Die Atmosphäre war geladen.

Laurie blickte auf den Tisch und beobachtete Bingham bei der Arbeit. Der Hals der Patientin war mit einem etwas veralteten Schnitt eröffnet worden, der von der Kinnspitze zum oberen Brustbein lief; die Haut war abgelöst und zur Seite geschlagen. Bingham ging daran, die Muskeln um den Schildknorpel und das Zungenbein freizulegen. Laurie konnte Anzeichen eines prämortalen Traumas mit Blutung in das Gewebe erkennen.

»Was ich immer noch nicht verstehe«, sagte Bingham bissig, ohne von seiner Arbeit aufzublicken, »ist, warum Sie am Tatort die Hände nicht eingepackt haben. Können Sie mir das bitte mal erklären?«

Wieder sahen Laurie und Paul sich an. Ihr war sofort klar, daß er keine Entschuldigung hatte. Sie wünschte, sie hätte ihm helfen können, aber sie wußte nicht, wie. Das Unbehagen ihres Kollegen teilend, trat sie vom Tisch zurück. Obwohl sie sich eigens Schutzkleidung angezogen hatte, um zusehen zu können, verließ sie den Sektionssaal. Es herrschte einfach zuviel Spannung, als daß es sich gelohnt hätte zu bleiben. Sie wollte die Lage für Paul nicht durch ihre Anwesenheit verschlechtern.

Nachdem Laurie die Schutzkleidung abgelegt hatte, begab sie sich wieder nach oben, setzte sich an den Schreibtisch und machte sich an die Arbeit. Zunächst versuchte sie, die drei Autopsien, die sie am Sonntag durchgeführt hatte, abzuschließen, soweit es möglich war. Der erste Fall war der des zwölfjährigen Jungen gewesen. Der zweite war eindeutig eine Überdosis Heroin, doch sie überprüfte die Tatsache noch einmal. Man hatte Drogenzubehör bei dem Opfer gefunden. Das Opfer war als heroinsüchtig bekannt gewesen. Seine Arme hatten mehrere Einstichstellen aufgewiesen, alte und frische. Auf dem rechten Oberarm war eine Tätowierung: »Geborener Verlierer.« Bei der Autopsie hatte sie die üblichen Anzeichen eines Erstickungstodes mit einem schaumigen Lungenödem festgestellt. Obwohl die Ergebnisse der mikroskopischen Untersuchung noch nicht vorlagen, stand für Laurie fest, daß die Todesursache eine Überdosis und die Todesart Unfall war.

Der dritte Fall war alles andere als klar. Eine vierundzwanzigjährige Flugbegleiterin war zu Hause im Bademantel gefunden worden, nachdem sie offensichtlich im Gang vor ihrem Badezimmer zusammengebrochen war. Ihre Mitbewohnerin hatte sie gefunden. Sie war völlig gesund gewesen und am Vortag von einem Flug nach Los Angeles zurückgekehrt. Sie war nicht als Drogenkonsumentin bekannt.

Laurie hatte die Autopsie vorgenommen, aber nichts Ungewöhnliches gefunden. Sämtliche Befunde waren vollkommen normal. Beunruhigt über den Fall, hatte sie durch eine der gerichtsmedizinischen Ermittlerinnen den Gynäkologen der Frau ausfindig machen lassen. Laurie hatte mit dem Arzt gesprochen, der ihr versicherte, seines Wissens sei die Frau gesund gewesen. Er habe sie erst vor wenigen Monaten untersucht.

Da Laurie kürzlich einen ähnlichen Fall gehabt hatte, hatte sie die Ermittlerin angewiesen, in die Wohnung der Frau zu gehen und alle persönlichen elektrischen Geräte aus dem Bad mitzubringen. Auf Lauries Schreibtisch stand ein Karton mit einer Notiz der Ermittlerin, die besagte, daß sich in dem Karton alles befand, was sie hatte finden können.

Mit dem Daumennagel ritzte Laurie das Klebeband auf, das den Karton verschloß, klappte ihn auf und blickte hinein. Der Karton enthielt einen Fön und einen alten elektrischen Lockenstab. Laurie nahm beide Gegenstände aus dem Karton und legte sie auf den

Schreibtisch. Aus der unteren rechten Schreibtischschublade holte sie ein elektrisches Prüfgerät, ein sogenanntes Voltohmmeter.

Laurie untersuchte zuerst den Fön, wobei sie den elektrischen Widerstand zwischen jedem der Steckerstifte und dem Fön überprüfte. In beiden Fällen zeigte der Ohmwert unendlich an, also keinen fließenden Strom. Sie meinte schon, vielleicht wieder auf der falschen Spur zu sein, und prüfte den Lockenstab. Zu ihrer Überraschung war das Ergebnis positiv. Zwischen einem der Stifte und dem Gehäuse des Lockenstabs zeigte das Voltohmmeter null Ohm an, also frei fließenden Strom.

Mit einigen einfachen Werkzeugen aus ihrem Schreibtisch, unter anderem einem Schraubenzieher und einer Zange, öffnete Laurie den Lockenstab und entdeckte den blanken Draht, der Kontakt mit dem Metallgehäuse des Geräts hatte. Sofort war ihr klar, daß die bemitleidenswerte Flugbegleiterin das Opfer eines tödlichen Stromschlags geworden war. Wie oft in solchen Fällen hatte das Opfer einen Schock erlitten, das fehlerhafte Gerät aber noch weglegen und den Raum verlassen können, bevor Herz und Kreislauf endgültig versagten. Die Todesursache war ein tödlicher Stromschlag, die Todesart Unfall.

Nachdem Laurie den Lockenstab auf ihrem Schreibtisch »obduziert« hatte, holte sie ihre Kamera und arrangierte die Teile, um die mangelhafte Verbindung abzulichten. Sie stand auf, um direkt von oben zu fotografieren. Als sie durch den Sucher blickte, empfand sie Zufriedenheit. Sie konnte ein leichtes Lächeln nicht unterdrücken bei dem Gedanken, daß ihre Arbeit so ganz anders war, als die meisten Leute annahmen. Sie hatte nicht nur das Geheimnis des frühzeitigen Todes der armen Frau gelüftet, sondern wahrscheinlich auch einem anderem Menschen das gleiche Schicksal erspart.

Noch bevor Laurie den Auslöser betätigen konnte, klingelte ihr Telefon. Sie war so stark auf ihre Arbeit konzentriert, daß sie bei dem Geräusch zusammenfuhr. Mit kaum verhüllter Gereiztheit meldete sie sich. Es war die Telefonistin, die fragte, ob Laurie ein Gespräch von einem Arzt annehmen könnte, der vom Manhattan

General Hospital anrief. Sie fügte hinzu, daß er den Chef verlangt habe.

»Warum stellen Sie ihn dann zu mir durch?«

»Der Chef ist im Sektionssaal beschäftigt, und Dr. Washington kann ich nicht erreichen. Jemand hat gesagt, er sei draußen bei den Reportern. Deshalb probiere ich die Nummern der übrigen Ärzte durch, und Sie sind die erste, die sich gemeldet hat.«

»Geben Sie ihn her«, sagte Laurie resigniert. Sie setzte sich wieder an den Schreibtisch. Sie war ziemlich sicher, daß es ein sehr kurzes Gespräch werden würde. Wenn jemand den Chef sprechen wollte, gab er sich ganz bestimmt nicht damit zufrieden, mit dem Rangniedrigsten in der Hierarchie verbunden zu werden.

Als die Verbindung hergestellt war, nannte Laurie ihren Namen und betonte, daß sie eine der Institutsärztinnen sei und nicht der Chef.

»Ich bin Dr. Murray«, sagte der Anrufer. »Ich bin Assistenzarzt im Manhattan General und muß mit jemandem über einen Fall von Drogenüberdosis/Toxizität sprechen, der heute morgen tot hier eingeliefert wurde.«

»Was möchten Sie wissen?« fragte Laurie. Drogentote waren für das Institut etwas Alltägliches. Ihre Aufmerksamkeit wandte sich wieder dem Lockenstab zu. Ihr war eine bessere Idee für das Foto gekommen.

»Der Tote heißt Duncan Andrews«, erklärte Dr. Murray. »Er war ein fünfunddreißigjähriger Weißer. Er kam hier an ohne Herztätigkeit, ohne spontane Atmung und hatte eine Körpertemperatur von 42,2, als wir gemessen haben.«

»Ja«, sagte Laurie gleichmütig. Das Telefon zwischen Kopf und Schulter geklemmt, ordnete sie die Teile des Lockenstabs neu an.

»Es gab massive Anzeichen für einen Anfall«, fuhr Dr. Murray fort. »Deshalb haben wir ein EEG gemacht. Es war flach. Das Labor hat einen Serumkokainspiegel von 20 Mikrogramm pro Milliliter festgestellt.«

»Donnerwetter!« Laurie war verblüfft. Jetzt hatte Dr. Murray ihr Interesse geweckt. »Das ist ja Wahnsinn. Wie hat er's genommen, oral? Oder war er einer von den ›Mulis‹, die das Zeug schmuggeln, indem sie mit Kokain gefüllte Kondome schlucken?«

»Wohl kaum«, sagte Dr. Murray. »Der Bursche war irgend so ein Senkrechtstarter von Wall Street. Nein, nicht oral. Intravenös.«

Laurie schluckte und bemühte sich, nicht alte unerwünschte Erinnerungen hochkommen zu lassen. Ihr Mund war mit einemmal trocken geworden. »War auch Heroin im Spiel?« fragte sie. In den sechziger Jahren war eine Mischung aus Heroin und Kokain beliebt gewesen, »Speedball« genannt.

»Heroin nicht«, antwortete Dr. Murray. »Nur Kokain, aber offensichtlich eine irrsinnige Dosis. Wenn er hier noch 42,2 Temperatur hatte, weiß der Himmel, wie hoch sie vorher war.«

»Hört sich jedenfalls alles ganz klar an«, meinte Laurie. »Wo liegt das Problem? Wenn Sie wissen wollen, ob es ein Fall für die Autopsie ist, das ist es natürlich.«

»Ja, das wissen wir«, sagte Dr. Murray. »Darum geht's nicht. Es ist etwas komplizierter. Der Mann wurde von seiner Freundin gefunden, die mit hierherkam. Natürlich haben wir auch seine Familie benachrichtigt. Und die Familie hat offensichtlich Beziehungen, wenn Sie wissen, was ich meine. Also – die Schwestern entdeckten, daß Mr. Duncan Andrews einen Organspenderausweis hatte, und man setzte sich mit der Organspenderzentrale in Verbindung. Die Zentrale hat, ohne zu wissen, daß es ein Autopsiefall ist, die Familie gefragt, ob sie damit einverstanden sei, die Augen zu entnehmen – außer den Knochen das einzige, was unter Umständen verwertbar ist. Wissen Sie, wir kümmern uns nicht um Organspenderausweise, wenn die Familie nicht ausdrücklich zustimmt. Aber diese Familie hat zugestimmt. Die Eltern sagten, es sei ihr ausdrücklicher Wunsch, den Willen des Verstorbenen zu achten. Ich persönlich denke, das hat etwas damit zu tun, daß sie glauben wollen, ihr Sohn sei eines natürlichen Todes gestorben. Aber wie dem auch sei, wir wollten uns verfahrensmäßig mit Ihnen abstimmen, bevor wir etwas unternehmen.«

»Und die Familie hat wirklich zugestimmt?« fragte Laurie.

»Ich sage ja, sie betonte das ausdrücklich«, erwiderte Dr. Murray. »Die Freundin erzählte, sie und der Verstorbene hätten mehrmals über das Problem des Mangels an Transplantaten gesprochen, und sie sind zusammen zur Organbank in Manhattan gegangen, um sich einzutragen, als im letzten Jahr im Fernsehen ein Aufruf dieser Organbank gesendet worden war.«

»Mr. Duncan Andrews muß sich selbst eine Überdosis Kokain gegeben haben«, sagte Laurie. »Gab es irgendeinen Hinweis auf Selbstmord?«

»Kein Hinweis auf Selbstmord«, antwortete Dr. Murray. »Der Mann litt auch nicht unter Depressionen, jedenfalls sagt das seine Freundin.«

»Das sind ja ziemlich einmalige Umstände«, meinte Laurie. »Ich persönlich glaube nicht, daß es die Autopsie berührt, wenn wir den Wunsch der Familie respektieren. Aber ich bin nicht berechtigt, eine solche Verfahrensfrage zu entscheiden. Was ich für Sie tun kann, ist, das bei den verantwortlichen Leuten zu klären und Sie sofort zurückzurufen.«

»Da wäre ich Ihnen dankbar«, sagte Dr. Murray. »Wenn wir etwas unternehmen wollen, müssen wir es möglichst bald tun.«

Laurie legte den Hörer auf, trennte sich mit Bedauern von ihrem auseinandergenommenen Lockenstab und begab sich erneut zum Autopsieraum. Ohne die übliche Schutzkleidung anzuziehen, steckte sie den Kopf durch die Tür. Mit einem Blick sah sie, daß Bingham nicht mehr da war.

»Der Chef ist gegangen und läßt Sie allein weitermachen?« rief Laurie Paul zu.

Paul drehte sich zu ihr um. »Man ist dankbar für die kleinsten Wohltaten«, sagte er mit durch die Maske etwas gedämpfter Stimme. »Er mußte glücklicherweise hoch zu der von ihm einberufenen Pressekonferenz. Er hält mich offenbar für fähig, die Leiche zuzunähen.«

»Ach, Paul«, munterte Laurie ihn auf. »Sie wissen doch, daß Bingham am Seziertisch jeden wie einen Trottel behandelt.«

»Ich werde versuchen, mir das zu merken«, sagte Paul wenig überzeugt.

Laurie ließ die Tür zufallen. Sie nahm die Treppe am Ende des Gangs, um ins Erdgeschoß zu gelangen.

Hier wimmelte es von Medienleuten, und Laurie blieb nichts anderes übrig, als bis zur Doppeltür zu gehen, die in den Konferenzraum führte. Über die Köpfe der Reporter hinweg konnte sie Binghams leuchtende Glatze erkennen, auf der sich das grelle Licht der Fernsehscheinwerfer spiegelte. Er beantwortete Fragen aus dem Saal und schwitzte ausgiebig. Laurie erkannte sofort, daß keine Chance bestand, mit ihm über die Angelegenheit des Manhattan General Hospital zu sprechen.

Auf Zehenspitzen suchte sie den überfüllten Raum nach Dr. Calvin Washington ab, Binghams Stellvertreter. Mit seinen zwei Metern und zweihundertdreißig Pfund war der Schwarze im allgemeinen leicht in einer Menschenmenge auszumachen. Laurie entdeckte ihn schließlich in der Nähe der Tür, die vom Konferenzraum in das Büro des Chefs führte. Wenn sie durch die Haupthalle ging und dann durch das Büro des Chefs, konnte sie Calvin erreichen, ohne sich durch das Gedränge zu schieben. Als sie hinter ihm stand, zögerte sie. Dr. Washington hatte ein stürmisches Temperament. Mit seiner Statur und seinen Launen wirkte er auf die meisten Menschen einschüchternd, auch auf Laurie.

Laurie nahm allen Mut zusammen und tippte ihm auf den Arm. Sofort drehte er sich um. Seine dunklen Augen musterten Laurie. Er war nicht begeistert, so viel war klar.

»Was ist?« fragte er flüsternd.

»Kann ich Sie einen Augenblick sprechen? Es geht um eine Verfahrensfrage in einem Fall drüben im Manhattan General.«

Nach einem kurzen Blick zurück auf seinen schwitzenden Boss nickte Calvin. Er folgte Laurie und schloß die Tür zum Konferenzraum. Er schüttelte den Kopf. »Bei diesem Schülerinnenmord Nr. 2 läuft jetzt schon alles schief. Gott, wie ich diese Medien hasse. Denen geht es doch gar nicht um die Wahrheit, was immer das ist. Das ist eine Bande von Sensationsjägern, und der arme Harold versucht zu rechtfertigen, warum die Hände nicht am Tatort eingepackt wurden. So ein Zirkus!«

»Und warum waren die Hände nicht eingepackt?« fragte Laurie.

»Weil der Tour Doc nicht daran gedacht hat«, sagte Calvin abfällig. »Und als Plodgett hinkam, war die Leiche schon im Wagen.«

»Was? Der Arzt vom Bereitschaftsdienst hat erlaubt, die Leiche wegzuschaffen, bevor Paul da war? Wieso?« fragte Laurie.

»Woher soll ich das wissen?« brauste Calvin auf. »Der ganze Fall stinkt. Eine Panne nach der anderen.«

Laurie duckte sich ein wenig. »Ich spreche das nicht gern an, aber ich habe unten noch was bemerkt, was Ärger machen könnte.«

»So? Und was?«

»Soviel ich gesehen habe, lagen die Kleidungsstücke des Opfers in einer Plastiktüte auf einem der Wandtische.«

»Verdammt noch mal!« tobte Calvin. Er ging hinüber zu Binghams Telefon und tippte die Nummer der Grube. Als sich jemand meldete, brüllte er in den Apparat, er werde persönlich den Verantwortlichen zerstückeln, falls die Kleidung der ermordeten Schülerin in einer Plastiktüte wäre.

Ohne eine Antwort abzuwarten, knallte Calvin den Hörer auf die Gabel. Dann sah er Laurie böse an, als wäre der Überbringer für die schlechte Nachricht verantwortlich.

»Ich kann mir nicht denken, daß ein Pilz so schnell einen Hinweis vernichten kann«, meinte Laurie.

»Darum geht es gar nicht so sehr«, sagte Calvin verärgert. »Wir sind hier nicht irgendwo im Busch. Solche Pannen sind unverzeihlich, vor allem wo die Medien so dahinter sind. Es ist, als wäre der ganze Fall verhext. Lassen wir's; was ist mit Manhattan General?«

Laurie berichtete Calvin so knapp wie möglich von Duncan Andrews und der Anfrage des behandelnden Arztes. Sie betonte, daß der Familie daran gelegen sei, den Wunsch des Verstorbenen zu achten, und daß sie der Organentnahme zustimme.

»Wenn wir in diesem Staat ein vernünftiges Obduktionsgesetz hätten, würde so etwas gar nicht erst aufkommen«, knurrte Calvin. »Ich meine, wir sollten die Bitte der Familie erfüllen. Sagen Sie dem Arzt, daß er die Augen unter diesen besonderen Umständen entnehmen kann, nachdem er sie fotografiert hat. Er soll außerdem Glaskörperproben vom Innenauge für die Toxikologie nehmen.«

»Ich gebe es sofort weiter«, sagte Laurie. »Danke.«

Calvin hob abwesend die Hand. Er hatte schon wieder die Tür zum Konferenzraum geöffnet.

Laurie nahm die Abkürzung durch das Zimmer der Chefsekretärin und ließ sich von Marlene die Tür zur Haupthalle öffnen. Sie mußte sich zwischen den Medienleuten hindurchschlängeln. Binghams Pressekonferenz war noch in vollem Gange. Laurie drückte den Auf-Knopf am Fahrstuhl.

»Au!« schrie sie auf, als jemand sie in die Rippen stieß. Sie wirbelte herum und rechnete damit, eine Kollegin zu sehen, aber vor ihr stand ein Fremder Anfang Dreißig. Er trug einen offenen Trenchcoat; die Krawatte hatte er am Kragen gelockert. Auf seinem Gesicht lag ein jungenhaftes Grinsen.

»Laurie?« sagte er.

Laurie erkannte ihn plötzlich wieder. Es war Bob Talbot, ein Reporter von den *Daily News*, den Laurie aus der Collegezeit kannte. Sie hatte ihn länger nicht gesehen, und so hatte sie einen Moment gebraucht, ihn wiederzuerkennen. Obwohl sie gereizt war, lächelte sie.

»Wo hast du gesteckt?« wollte Bob wissen. »Ich habe dich eine Ewigkeit nicht gesehen.«

»Ich war in letzter Zeit wohl etwas ungesellig«, räumte Laurie ein. »Viel Arbeit, außerdem habe ich für meine gerichtsmedizinische Prüfung gelernt.«

»Weißt du nicht, wie das endet, wenn man nur arbeitet und sich nicht vergnügt?«

Laurie versuchte zu lächeln. Der Aufzug kam. Sie trat hinein und hielt die Tür mit einer Hand auf.

»Was hältst du von dem neuen Schülerinnenmord?« fragte Bob. »Gibt sicher eine Menge Ärger.«

»Wird's wohl«, meinte Laurie. »Er ist wie geschaffen für die Revolverblätter. Außerdem haben wir selbst offenbar auch schon Mist gebaut. Ich meine, es erinnert an das, was beim ersten Fall passiert ist. Für meine Kollegen erinnert es etwas zu sehr daran.«

»Wovon redest du?« fragte Bob.

»Erstens waren die Hände des Opfers nicht eingepackt«, erklärte Laurie. »Hast du nicht gehört, was Dr. Bingham gesagt hat?«

»Doch, aber er hat gesagt, das mache nichts.«

»Es macht etwas«, sagte Laurie. »Außerdem landeten die Kleidungsstücke des Opfers in einer Plastiktüte. Das ist streng verboten. Feuchtigkeit begünstigt die Entwicklung von Mikroorganismen, die Hinweise beeinträchtigen können. Das ist eine weitere Panne. Dummerweise ist der mit dem Fall betraute Pathologe einer unserer jüngeren Kollegen. Von Rechts wegen müßte es jemand mit mehr Erfahrung sein.«

»Offenbar hat der Freund schon gestanden«, sagte Bob. »Ist das nicht alles etwas akademisch?«

Laurie zuckte die Schultern. »Bis der Prozeß anläuft, überlegt er es sich vielleicht anders. Sein Anwalt macht das auf jeden Fall. Dann kommt es auf die Beweise an, sofern es keinen Zeugen gibt, und bei solchen Fällen gibt es selten einen Zeugen.«

»Vielleicht hast du recht«, sagte Bob und nickte. »Wir werden sehen. Jetzt gehe ich am besten wieder in die Konferenz. Wie wär's mit Dinner, irgendwann die Woche?«

»Vielleicht«, sagte Laurie. »Ich will keine Ausflüchte machen, aber ich muß wirklich etwas tun, wenn ich diese Prüfung schaffen will. Ruf einfach an, dann reden wir darüber.«

Bob nickte, während Laurie die Aufzugstür losließ, die sich schloß. Sie drückte den vierten Stock. In ihrem Büro angekommen, rief sie Dr. Murray im Manhattan General an und berichtete ihm, was Dr. Washington gesagt hatte.

»Danke für Ihre Bemühungen«, sagte Dr. Murray. »Es ist gut, wenn man sich bei derartigen Umständen an irgendwelche Richtlinien halten kann.«

»Achten Sie darauf, daß die Fotos gut werden«, mahnte Laurie. »Andernfalls könnte sich die Verfahrensweise ändern.«

»Keine Sorge«, beruhigte Dr. Murray sie. »Wir haben eine eigene Fotoabteilung. Das wird ganz professionell gemacht.«

Laurie legte den Hörer auf und ging zu ihrem Lockenstab zurück. Sie machte ein halbes Dutzend Aufnahmen aus verschiedenen Blickwinkeln und bei unterschiedlichen Lichtverhältnissen. Nachdem sie den Lockenstab weggepackt hatte, widmete sie sich dem noch ungeklärten Fall, der sie auch am stärksten beschäftigte: dem des zwölfjährigen Jungen.

Laurie begab sich hinunter ins Erdgeschoß und suchte Cheryl Myers auf, eine der gerichtsmedizinischen Ermittlerinnen. Sie erklärte ihr, daß sie weitere Augenzeugen des Zwischenfalls brauche, bei dem der Junge von dem Softball getroffen worden war. Ohne positive Ergebnisse bei der Autopsie würde sie persönliche Berichte brauchen, um ihre Diagnose Commotio cordis, Tod durch einen Schlag auf die Brust, zu untermauern. Cheryl versprach, sich sofort darum zu kümmern.

Dann ging Laurie in die Histologie, um zu prüfen, ob sich die mikroskopischen Gewebeuntersuchungen im Fall des Jungen beschleunigen ließen. Da sie wußte, wie verzweifelt die Familie war, wollte sie ihren Teil zur Klärung der Tragödie schnellstmöglich beitragen. Sie meinte, die Familien akzeptierten die Wahrheit eher, wenn sie sie erst einmal kannten. Das Gefühl der Ungewißheit über einen Tod aus unbekannter Ursache verstärkte nur den Schmerz.

In der Histologie nahm Laurie ausgewertete Objektträger von Fällen an sich, deren Autopsie sie in der letzten Woche vorgenommen hatte. Dann ging sie mehrere Treppen hinunter und holte Berichte aus der Toxikologie und der Serologie ab. Sie trug alles in ihr Büro und packte das gesamte Material auf den Schreibtisch. Dann machte sie sich an die Arbeit. Bis auf eine kurze Essenspause verbrachte sie den Tag damit, sich die histologischen Ergebnisse anzusehen, die Laborberichte zusammenzustellen, zu telefonieren und so viele Akten wie möglich abzuschließen.

Was Lauries Eifer anfachte, war die Gewißheit, daß man ihr am nächsten Tag mindestens zwei, vielleicht sogar vier neue Fälle zur Autopsie zuteilen würde. Wenn sie mit der Schreibtischarbeit nicht Schritt hielt, würde sie rettungslos verloren sein. Im Gerichtsmedizinischen Institut für New York City gab es nie Leerlauf, denn es wickelte jedes Jahr fünfzehn- bis zwanzigtausend Fälle ab. Das schlug sich in ungefähr achttausend Obduktionen nieder. Im Durchschnitt hatte das Institut jeden Tag zwei Morde und zwei Überdosen Rauschgift zu bearbeiten.

Gegen vier Uhr nachmittags begann Laurie zu ermüden. Umfang und Intensität der Arbeit forderten ihren Tribut. Als das Telefon zum hundertsten Mal klingelte, meldete sie sich mit müder Stimme. Als sie hörte, daß es Mrs. Sanford war, Dr. Binghams Sekretärin, richtete sie sich instinktiv in ihrem Sessel auf. Es kam nicht jeden Tag vor, daß sie einen Anruf vom Chef erhielt.

»Dr. Bingham möchte Sie gern in seinem Büro sprechen, wenn es Ihnen paßt«, sagte Mrs. Sanford.

»Ich komme sofort«, antwortete Laurie. Sie lächelte über Mrs. Sanfords Floskel »wenn es Ihnen paßt«. Da sie Dr. Bingham kannte, war es wahrscheinlich Mrs. Sanfords Übersetzung von: Dr. Montgomery soll sofort runterkommen. Unterwegs versuchte sie vergeblich, sich vorzustellen, weswegen Dr. Bingham sie sprechen wollte; sie hatte keine Ahnung.

»Gehen Sie gleich rein«, sagte Mrs. Sanford. Sie sah Laurie über den Rand ihrer Lesebrille an und lächelte.

»Machen Sie die Tür zu!« befahl Bingham, als Laurie eingetreten war. Er saß hinter seinem wuchtigen Schreibtisch. »Setzen Sie sich!«

Laurie setzte sich. Binghams verärgerter Ton war das erste Warnzeichen für das, was kommen sollte. Laurie wurde mit einemmal klar, daß sie nicht hier war, um belobigt zu werden. Sie sah zu, wie Bingham seine metallgefaßte Brille abnahm und sie auf den Terminkalender legte.

Laurie betrachtete Binghams Gesicht. Seine stahlblauen Augen wirkten kalt. Sie konnte das Geflecht der feinen Haargefäße erkennen, das seine Nasenspitze überzog.

»Sie wissen, daß wir ein Büro für Öffentlichkeitsarbeit haben?« begann Dr. Bingham. Sein Ton war sarkastisch, verärgert.

»Ja, natürlich«, erwiderte Laurie.

»Dann müßten Sie auch wissen, daß Mrs. Donnatello für sämtliche Informationen zuständig ist, die an die Medien und die Öffentlichkeit gegeben werden.«

Laurie nickte.

»Und Ihnen müßte auch bekannt sein, daß bis auf mich alle Mitarbeiter dieses Hauses ihre persönliche Meinung über die Arbeit des Instituts für sich behalten sollten.«

Laurie gab keine Antwort. Sie wußte immer noch nicht, worauf dieses Gespräch hinauslief.

Unvermittelt sprang Bingham aus seinem Sessel auf und lief hinter dem Schreibtisch auf und ab. »Was Ihnen anscheinend nicht so gegenwärtig ist«, fuhr er fort, »ist die Tatsache, daß die gerichtsärztliche Tätigkeit eine erhebliche soziale und politische Verantwortung mit sich bringt.« Abrupt blieb er stehen und blickte Laurie an. »Verstehen Sie, was ich sage?«

»Ich glaube schon«, sagte Laurie, aber sie hatte keine Ahnung, was der Grund für diesen gehässigen Angriff war.

»›Es schon glauben‹ reicht nicht ganz«, höhnte Bingham. Er lehnte sich über seinen Schreibtisch und sah Laurie starr an.

Laurie wollte vor allem ihre Fassung bewahren. Sie wollte nicht emotional erscheinen. Sie verabscheute Situationen wie diese. Auseinandersetzungen waren nicht ihre starke Seite.

»Im übrigen«, sagte Bingham bissig, »werden Verstöße gegen die Vorschriften über vertrauliche Informationen nicht geduldet. Ist das klar?«

»Ja«, antwortete Laurie, gegen die aufkommenden Tränen ankämpfend. Sie war weder traurig noch böse, nur aufgebracht. Bei dem Arbeitsanfall, den sie in letzter Zeit bewältigt hatte, glaubte sie eine solche Behandlung nicht zu verdienen. »Darf ich fragen, was das alles soll?«

»Aber selbstverständlich«, sagte Bingham. »Gegen Ende meiner Pressekonferenz über den Mord im Central Park stand einer der Reporter auf und verlangte Auskunft zu einer Bemerkung, die Sie gemacht hatten, daß nämlich der Fall von diesem Institut mangelhaft durchgeführt worden sei. Haben Sie das einem der Reporter gesagt oder nicht?«

Laurie sank auf ihrem Stuhl zusammen. Sie versuchte, Binghams starrem Blick standzuhalten, mußte die Augen jedoch niederschlagen. Verlegenheit, Schuld, Zorn und Unmut stiegen in ihr auf. Sie war fassungslos, daß Bob so wenig Gespür, geschweige denn Achtung vor ihrer Vertraulichkeit hatte. Als sie ihre Sprache wiederfand, sagte sie: »Ich habe etwas in der Richtung erwähnt.«

»Ich dachte es mir«, bemerkte Bingham selbstgefällig. »Ich wußte, daß der Reporter nicht die Unverfrorenheit haben würde, etwas Derartiges zu erfinden. Betrachten Sie sich als gewarnt, Dr. Montgomery. Das ist alles.«

Laurie wankte aus dem Büro des Chefs. Gedemütigt, wagte sie nicht einmal, einen Blick mit Mrs. Sanford zu wechseln, um nicht die Kontrolle über die zurückgehaltenen Tränen zu verlieren. In der Hoffnung, niemandem zu begegnen, lief sie die Treppe hinauf, ohne nur daran zu denken, auf den Aufzug zu warten.

Sie war sehr erleichtert, daß die Kollegin, mit der sie das Büro teilte, offensichtlich noch im Sektionssaal war. Laurie schloß die Tür hinter sich und setzte sich an ihren Schreibtisch. Sie fühlte sich vernichtet, als wären die Monate harter Arbeit wegen einer dummen Indiskretion umsonst gewesen.

Mit plötzlicher Entschlossenheit griff sie zum Telefon. Sie wollte Bob Talbot anrufen und ihm sagen, was sie von ihm hielt. Aber dann zögerte sie und ließ den Hörer wieder los. Sie hatte im Moment nicht die Kraft für eine weitere Auseinandersetzung. Sie holte tief Luft und atmete langsam wieder aus.

Sie versuchte, sich wieder an die Arbeit zu machen, konnte sich aber nicht konzentrieren. Statt dessen öffnete sie ihre Aktentasche und warf einige der noch nicht abgeschlossenen Akten hinein. Nachdem sie ihre übrigen Sachen zusammengepackt hatte, fuhr sie mit dem Aufzug ins Untergeschoß und trat über die Laderampe des Leichenschauhauses auf die 30th Street. Sie wollte nicht das Risiko eingehen, irgend jemandem im Eingangsbereich zu begegnen.

Es paßte zu ihrer Stimmung, daß es noch immer regnete, als sie die First Avenue entlangging. Die Stadt sah trostloser aus als am Morgen unter der Glocke aus beißenden Abgasen, die zwischen den Häusern rechts und links der Straße hing. Laurie hielt den Kopf gesenkt, um den ölverschmutzten Pfützen, dem Müll und den Blicken der Obdachlosen auszuweichen.

Selbst ihr Wohnhaus wirkte schmutziger als sonst, und als sie auf den Aufzug wartete, widerte sie der jahrzehntealte Geruch von gebratenen Zwiebeln und fettem Fleisch an. Als sie im vierten Stock ausstieg, starrte sie in Debra Englers blutunterlaufenes Auge, das sie reizte, etwas zu sagen. Als Laurie endlich in ihrer Wohnung war, schmiß sie die Tür so heftig zu, daß ein gerahmter Klimt-Druck, den sie im Metropolitan Museum gekauft hatte, an der Wand verrutschte.

Sogar der muntere Tom, der ihr um die Beine strich, als sie Mantel und Schirm in den schmalen Flurschrank hängte, konnte sie nicht aufheitern. Sie ging ins Wohnzimmer und ließ sich in den Sessel fallen.

Tom, der beachtet werden wollte, sprang auf die Rückenlehne des Sessels und schnurrte Laurie direkt ins rechte Ohr. Als das nicht half, tippte er mehrmals mit der Pfote auf ihre Schulter. Schließlich reagierte sie, faßte nach oben und hob die Katze in ihren Schoß, wo sie sie geistesabwesend streichelte.

Während der Regen wie Sandkörner gegen ihr Fenster prasselte, beklagte sie ihr Leben. Zum zweitenmal an diesem Tag dachte sie daran, daß sie noch nicht verheiratet war. Die kritischen Worte ihrer Mutter schienen durchaus berechtigt. Erneut fragte sie sich, ob sie den richtigen Beruf gewählt hatte. Was würde in zehn Jahren sein? Konnte sie sich vorstellen, immer noch allein im gleichen unentrinnbaren Alltagstrott zu stecken und sich mit der Schreibtischarbeit abzustrampeln, um mit den Autopsien Schritt zu halten? Oder würde sie vermehrt Verwaltungsaufgaben wahrnehmen wie Bingham?

Mit einer Art Schock erkannte Laurie, daß sie nicht den Wunsch hatte, Chef zu werden. Bis zu diesem Augenblick war sie stets bemüht gewesen, sich hervorzutun, im College wie an der Universität, und der Wunsch, Chef zu werden, hätte in dieses Bild gepaßt. Sich hervorzutun war für Laurie so etwas wie Rebellion gewesen, ein Versuch, ihren Vater, den berühmten Herzchirurgen, dazu zu bringen, daß er sie endlich anerkannte. Aber es hatte nichts genützt. Sie wußte, was ihren Vater betraf, würde sie nie ihren älteren Bruder ersetzen können, der schon mit neunzehn Jahren gestorben war.

Laurie seufzte. Es war gar nicht ihre Art, deprimiert zu sein, und die Tatsache, daß sie es doch war, ärgerte sie. Sie hatte nie gedacht, daß sie so empfindlich gegen Kritik sein könnte. Vielleicht war sie unglücklich gewesen und hatte es bei der vielen Arbeit nur nicht gemerkt.

Laurie sah, daß das rote Lämpchen ihres Anrufbeantworters blinkte. Zuerst beachtete sie es nicht, doch je dunkler es im Zimmer wurde, desto aufdringlicher wurde das Blinken. Nachdem sie das Lämpchen weitere zehn Minuten betrachtet hatte, gewann ihre Neugier die Oberhand, und sie hörte das Band ab. Der Anruf kam von ihrer Mutter, Dorothy Montgomery, die sie bat, sich zu melden, sobald sie nach Hause käme.

»Auch das noch!« seufzte Laurie laut. Sie überlegte, ob sie anrufen sollte, denn sie kannte die Begabung ihrer Mutter, ihr im ungeeignetsten Augenblick auf die Nerven zu fallen. Sie war gerade jetzt nicht in der Stimmung für eine weitere Dosis Pessimismus und unerbetene Ratschläge.

Laurie hörte sich das Band ein zweites Mal an und rief dann doch zurück, nachdem sie sich davon überzeugt hatte, daß ihre Mutter wirklich besorgt klang. Dorothy meldete sich beim ersten Klingeln.

»Gott sei Dank, daß du anrufst«, sagte sie ganz erregt. »Ich weiß nicht, was ich gemacht hätte, wenn du dich nicht gemeldet hättest.

Ich hatte schon daran gedacht, ein Telegramm zu schicken. Wir geben morgen eine kleine Abendgesellschaft, und ich möchte, daß du kommst. Wir haben jemanden hier, den du unbedingt kennenlernen mußt.«

»Mutter!« sagte Laurie gereizt. »Mir ist nicht nach einer Abendgesellschaft zumute. Ich hatte einen schlechten Tag.«

»Unsinn«, rief Dorothy. »Ein Grund mehr, aus deiner schrecklichen Bude rauszukommen. Du wirst dich herrlich amüsieren. Es wird dir guttun. Der Mann, den du kennenlernen sollst, ist Dr. Jordan Scheffield. Er ist ein hervorragender Augenarzt, weltweit bekannt. Das hat mir dein Vater erzählt. Und das Beste ist, er wurde erst kürzlich von einer entsetzlichen Frau geschieden.«

»Ich bin nicht an Rendezvous mit unbekannten Männern interessiert«, erwiderte Laurie, verärgert, daß ihre Mutter keine Rücksicht auf ihre seelische Verfassung nahm und sie auch noch mit irgendeinem geschiedenen Augapfelspezialisten verkuppeln wollte.

»Es wird Zeit, daß du jemand Passenden kennenlernst«, beharrte Dorothy. »Ich habe nie begriffen, was du an diesem Sean Mackenzie gefunden hast. Er ist ein fauler Strolch und ein schlechter Umgang für dich. Ich bin froh, daß du dich endgültig von ihm getrennt hast.«

Laurie verdrehte die Augen. Ihre Mutter war heute wieder in Hochform. Selbst wenn etwas an dem dran war, was sie sagte, hatte Laurie keine Lust, es gerade jetzt zu hören. Sie war nach dem College ab und zu mit Sean zusammengewesen. Ihre Beziehung war von Anfang an sehr unbeständig. Und wenn er auch eigentlich kein Strolch war, hatte er mit seinem Motorrad und seinem aufrührerischen Verhalten für sie doch etwas vom Reiz eines Außenseiters gehabt. Seine »künstlerische« Art hatte ihr imponiert. Damals war sie sogar so rebellisch gewesen, daß sie bei mehreren Gelegenheiten mit ihm Rauschgift probiert hatte. Aber sie hoffte, der jetzt gezogene Schlußstrich würde tatsächlich endgültig sein.

»Sei um halb acht hier«, sagte Dorothy. »Und ich möchte, daß du etwas Attraktives anziehst, vielleicht das Wollkleid, das ich dir im Oktober zum Geburtstag geschenkt habe. Und die Haare: Steck sie dir hoch. Ich würde gern noch länger mit dir sprechen, aber ich muß noch so viel erledigen. Bis morgen also, Liebes. Wiedersehn.«

Laurie nahm den Hörer vom Ohr und schaute ihn in dem dunklen Zimmer ungläubig an. Ihre Mutter hatte einfach aufgelegt. Sie wußte nicht, ob sie fluchen, lachen oder weinen sollte. Sie legte den Hörer auf die Gabel. Schließlich lachte sie. Ihre Mutter war schon ein ganz besonderer Fall.

Laurie ging durch die Wohnung, schaltete das Licht an und zog dann die Vorhänge zu. Abgeschirmt von der Welt, löste sie die Haare und zog sich aus. Aus irgendeinem Grund fühlte sie sich besser. Das verrückte Gespräch mit ihrer Mutter hatte sie aus ihren trüben Gedanken gerissen.

Als sie unter die Dusche ging, gestand sie sich ein, daß sie dazu neigte, in beruflichen Situationen emotionaler zu reagieren, als ihr lieb war. Die Erkenntnis verunsicherte sie. Sie liebte es, sich weiblich zu kleiden, aber sie hatte etwas gegen das Klischee von der zerbrechlichen, launischen Frau. In Zukunft würde sie sich um mehr Professionalität bemühen. Sie erkannte auch, was für einen Fehler sie gemacht hatte, Bob zu vertrauen. Sie würde darauf achten müssen, ihre Meinung für sich zu behalten, insbesondere vor der Presse. Sie war froh, daß Bingham sie nicht gefeuert hatte.

Die Dusche erfrischte sie, und sie nahm sich vor, einen Salat zu machen und anschließend für die Prüfung zu lernen. Dann wieder dachte sie an das Dinner bei ihren Eltern am nächsten Abend. Obwohl ihre erste Reaktion absolut negativ gewesen war, fing sie jetzt an, anders darüber zu denken. Vielleicht würde es ganz interessant und unterhaltsam werden. Dann fragte sie sich, wie unausstehlich der frisch geschiedene Augenarzt und wie alt er wohl sein mochte.

2

Montag, 21.40 Uhr
Queens, New York City

»Ich muß was unternehmen«, sagte Tony Ruggerio. Unruhig rutschte er auf dem Beifahrersitz von Angelo Facciolos schwarzem Lincoln Town Car hin und her. »Wir sitzen jetzt schon vier Abende vor D'Agostinos Lebensmittelladen. Ich halte dieses Nichtstun nicht aus, verstehst du? Ich brauche Action, irgendwas, egal was.« Seine Augen suchten nervös die regenglänzende Straße ab. Der Wagen parkte neben einem Hydranten auf der Roosevelt Avenue.

Angelos Kopf drehte sich langsam zur Seite. Die Augen unter den Lidern betrachteten diesen vierundzwanzigjährigen »Jungen«, der ihm da aufgehalst worden war. Tonys Nervosität und seine impulsive Art stellten Angelos Geduld auf eine harte Probe. Er hielt den »Jungen«, der den Spitznamen »das Tier« hatte, für eine Belastung in seiner Branche und hatte das auch schon Cerino gesagt. Aber es hatte nichts gebracht. Angelo hätte genausogut an eine Wand reden können. Cerino meinte, das Plus des Jungen sei, daß er keine Angst habe; er war unbeherrscht und ehrgeizig und hatte keine Skrupel und kaum Gewissen. Cerino meinte, daß er mehr Leute wie Tony brauche. Angelo war da nicht so sicher.

Tony mit seinen einssiebzig war gedrungen und kräftig. Was ihm aufgrund seiner Figur fehlte, um Eindruck zu machen, versuchte er durch Muskelkraft wettzumachen. Er trainierte regelmäßig in der American Gym in Jackson Heights. Er hatte Angelo erzählt, daß er außerdem Proteine nahm und gelegentlich auch Steroide.

Tony hatte weiche, eindeutig süditalienische Gesichtszüge und glänzendes, dichtes schwarzes Haar. Seine Nase war ziemlich breit und flach und nach rechts abgewinkelt, die Folge irgendwelcher Amateurboxkämpfe. Er war in Woodside aufgewachsen und vorzeitig von der High-School abgegangen, wo er sich häufig wegen seiner Figur und auch wegen seiner Schwester Mary geprügelt hatte, die ein fesches Mädchen war, wie er sich ausdrückte. Er hatte seine Schwester immer beschützt, weil er glaubte, daß alle Männer das gleiche wollten wie er selbst, wenn es um Frauen ging.

»Ich kann nicht länger hier rumhocken«, sagte Tony. »Ich muß raus.« Er griff nach dem Türöffner.

Angelo legte die Hand auf Tonys Arm. »Bleib ruhig!« sagte er mit hinreichend drohender Stimme, um Tony zurückzuhalten. Cerino hatte auf jeden Fall recht gehabt, sie zusammenzustecken. Angelo, der »Schönling«, war der ideale Gegenpol für den ungestümen Tony. Er sah älter als vierunddreißig aus. Im Gegensatz zu Tony war Angelo groß und hager, mit scharfen, kantigen Gesichtszügen. Wie Tony unter seiner geringen Körpergröße, litt Angelo unter seiner Haut. Sein Gesicht trug die Narben einer beinahe tödlich verlaufenden Erkrankung an Windpocken mit sechs Jahren und einer schweren Akne vom vierzehnten bis zweiundzwanzigsten Lebensjahr. War Tony aufbrausend und impulsiv, war Angelo vorsichtig und berechnend: Ein scheinbar ruhiger Soziopath, dessen Wesen geprägt worden war durch eine endlose Reihe von Heimaufenthalten und zuletzt eine harte Zeit in einem Hochsicherheitsgefängnis.

Beide Männer waren ziemlich eitel, was die Kleidung betraf. Aber Tony gab nie so richtig die Figur ab, die ihm vorschwebte; seine Anzüge, egal wie teuer, saßen immer schlecht an seinem unproportionierten, muskelbepackten Körper. Mit Angelos Eleganz zu konkurrieren, hatte es dagegen selbst ein Dressman schwer. Er kleidete sich nicht überkandidelt, aber makellos. Er trug ausschließlich Anzüge, Hemden, Krawatten und Schuhe von Brioni. Waren Tonys Muskelpakete eine Reaktion auf seine untersetzte Statur, war Angelos gediegene Aufmachung eine Reaktion auf sein vernarbtes Gesicht, ein Thema, auf das er keinerlei Anspielung duldete.

Tony lehnte sich auf seinem Sitz zurück. Er warf einen kurzen Blick in Angelos Richtung. Angelo war einer der wenigen, die Tony fürchtete und achtete, ja beneidete. Angelo hatte Verbindungen, war ein gemachter Mann mit einem legendären Ruf.

»Paulie hat mir gesagt, daß Frankie DePasquale in diesem Lebensmittelladen auftauchen wird«, sagte Angelo. »Wir warten also den ganzen nächsten Monat hier, wenn es sein muß.«

»Großer Gott!« murmelte Tony. Anstatt auszusteigen, griff er in seine ausgebeulte Jacke und holte seine 25er Beretta Bantam heraus. Er löste die gefederte Sperre im Griff, ließ das Magazin herausgleiten und zählte die Kugeln, als ob eine der acht Patronen hätte verschwinden können, seit er sie vor einer halben Stunde zum letztenmal gezählt hatte.

Als Tony den Abzug der leeren Pistole betätigte, verdrehte Angelo die Augen. »Steck die Kanone weg«, sagte er. »Was ist bloß los mit dir?«

»Schon gut, schon gut!« sagte Tony, schob das Magazin zurück und steckte die Pistole wieder in das Schulterhalfter. »Keine Panik, ja?« Er warf Angelo einen kurzen Blick zu, der ihn seinerseits einen Moment ansah. Tony hob die Hände. Er kannte Angelo gut genug, um zu wissen, daß er gereizt war. »Die Kanone ist weg. Beruhige dich schon.«

Angelo erwiderte nichts. Er blickte wieder hinüber zum Eingang von D'Agostinos Laden und beobachtete die Menschen, die kamen und gingen.

Tony seufzte tief. »Es war ein total beknackter Monat, seit diese Memmen Paulie die Säure ins Gesicht gekippt haben. Vielleicht haben die Scheißer sich getrennt, sind aus der Stadt getürmt. Das hätte ich jedenfalls gemacht. Am nächsten Tag wär ich hier weg gewesen. Nach Florida oder an die Küste. Vielleicht sitzen wir hier ganz umsonst rum. Hast du schon mal daran gedacht?«

»Frankie ist gesehen worden«, sagte Angelo. »Hier bei D'Agostino.«

»Und wie ist das Ganze passiert?« fragte Tony. »Wie sind die überhaupt so nah an Cerino rangekommen?«

»Es war nicht schwierig«, erklärte Angelo. »Vinnie Dominick hat das Treffen mit Cerino arrangiert. Es sollte ohne Waffen stattfinden. Alle mußten ihre Kanone im Auto lassen. Wir haben sogar einen Metalldetektor dabeigehabt, den Cerino vom Kennedy-Flughafen mitgebracht hatte. Als Terry Manso den Kaffee brachte, schmiß er Paul eine Tasse Säure ins Gesicht. Daß Frankie mit von der Partie war, wissen wir, weil er mit Manso gekommen ist.«

»Und wieso konnte Frankie abhauen?«

»In dem Augenblick, als Paulie die Säure ins Gesicht bekam, ging das Licht aus«, erzählte Angelo. »Dann war der Teufel los, Paulie schrie, und alles ging im Dunkeln in Deckung. Ich war vorne am Fenster. Ich hab einen Stuhl reingeschmissen und bin mit einem Hechtsprung raus. In dem Augenblick sah ich Manso aus der Haustür kommen. Frankie kletterte schon in einen Wagen. Es ging alles so schnell, kaum einer konnte reagieren.«

»Und wie hast du's geschafft, Manso zu schnappen?« fragte Tony.

»Es war ein Wettrennen«, sagte Angelo. »Manso hat verloren. Mein Wagen stand direkt vor dem Restaurant, und die Kanone lag vorn auf dem Sitz, damit ich sofort rankonnte, wenn was schiefgehen würde. Ich hab zweimal geschossen, als Manso zu seinem Wagen rennen wollte. Er hat es nicht geschafft. Beide Kugeln trafen ihn in den Rücken.«

»Wie viele Leute waren beteiligt?« fragte Tony. Er war neugierig auf die Säure-Geschichte, seit er von ihr gehört hatte, aber er hatte sich nicht getraut, davon anzufangen.

»So wie ich das sehe, außer Manso und DePasquale mindestens noch zwei«, meinte Angelo. »Das genau zu erfahren, ist einer der Gründe, warum wir mit Frankie reden wollen.«

»Mann, ich kapier das nicht«, sagte Tony kopfschüttelnd. »Ich möchte wissen, was die Lucia-Leute für das Ding geboten haben.«

»Das weiß keiner genau«, sagte Angelo. »Das heißt, es wird

gemunkelt, die Anfänger hätten es auf eigene Faust gemacht und gedacht, die Lucia-Leute würden sie für ihren Mumm belohnen. Aber soweit wir wissen, haben die Lucia-Leute sich nicht mal bedankt.«

»So was Ungehöriges«, murmelte Tony. »Säure ins Gesicht. Mein Gott!«

»Da fällt mir übrigens ein«, sagte Angelo, »hast du die Batteriesäure?«

»Ja, sicher«, antwortete Tony. »Sie ist in Doc Travinos altem Arztkoffer hinten auf dem Sitz.«

»Gut«, sagte Angelo. »Das wird Paulie gefallen. Das ist doch ein netter Einfall.«

Tony streckte sich. Es war eine Minute still. Dann räusperte er sich. »Was hältst du davon, wenn ich nur eine Sekunde aussteige? Ich möchte ein paar Liegestütze machen. Meine Schultern sind ganz steif.«

Angelo fluchte verhalten und erklärte Tony, daß mit ihm im Auto zu sitzen so sei, wie mit einem zweijährigen Kind eingesperrt zu sein.

»Tut mir leid«, sagte Tony und zog die Augenbrauen hoch. »Ich bin mehr Action gewöhnt als das hier.« Er faltete die Hände und machte ein paar isometrische Übungen. Mitten in diesem Manöver hielt er plötzlich inne und blickte aus dem Seitenfenster.

»Heiliger Strohsack, kommt da nicht Frankie DePasquale?« rief er aufgeregt.

Angelo beugte sich vor, um an Tony vorbei zu sehen. »Sieht ganz so aus.«

»Endlich!« rief Tony, fummelte an seinem Halfter herum, um die Pistole herauszuholen, und faßte nach dem Türgriff. Er spürte Angelos Hand auf seinem Arm. Er sah seinen Mentor überrascht an.

»Noch nicht«, sagte Angelo. »Wir müssen sicher sein, daß der Junge allein ist. Wir dürfen das nicht vermasseln. Es ist vielleicht unsere einzige Chance, und Paulie möchte keinen weiteren Ärger.«

Wie ein aufgeregter Jagdhund, der sich nur mit Mühe zurückhalten kann, der aufgescheuchten Beute nachzusetzen, beobachtete Tony, wie Frankie DePasquale in dem vollen Lebensmittelladen verschwand. Zu seiner Überraschung ließ Angelo den Motor an. »Wo willst du hin?« fragte er.

»Ich setz nur etwas zurück«, erklärte Angelo. »Sieht so aus, als wäre Frankie allein. Wir schnappen ihn uns, wenn er wieder rauskommt.«

Angelo fuhr rückwärts an den Bordstein bei einer Bushaltestelle. Er ließ den Motor laufen. Sie warteten.

Nach zwanzig Minuten kam Frankie mit Tüten in beiden Armen aus dem Laden. Angelo und Tony beobachteten, wie er direkt auf sie zukam.

»Er sieht wie ein Teenager aus«, sagte Angelo.

»Das ist er auch«, bestätigte Tony. »Er ist achtzehn. Er war in der Klasse meiner Schwester, bis er anfing, sich mit den falschen Leuten einzulassen, und die Schule schmiß.«

»Jetzt!« zischte Angelo.

Blitzschnell sprangen Angelo und Tony aus dem Wagen und stellten sich dem verdutzten Frankie DePasquale in den Weg. Frankies Augen weiteten sich, und das Kinn fiel ihm herunter.

»Hallo, Frankie«, sagte Angelo ruhig. »Wir müssen mit dir reden.«

Frankie reagierte, indem er seine Einkäufe fallen ließ. Die Tüten platzten, als sie auf den nassen Gehweg prallten, und mehrere Dosen Tomatenmark rollten in den Rinnstein. Frankie machte kehrt und floh.

Tony war im Nu bei ihm. Er packte ihn fest von hinten und drückte ihn auf das Pflaster. Über ihm kniend, suchte er ihn mit flinken Griffen ab und förderte eine billige kleinkalibrige Pistole zutage. Tony steckte die Pistole ein, dann drehte er den verängstigten Jungen um. Aus der Nähe sah Frankie noch jünger als achtzehn aus. Es hatte tatsächlich den Anschein, als würde er sich noch nicht rasieren.

»Tut mir nichts!« bettelte Frankie.

»Halt's Maul!« fuhr Tony ihn an. Der Junge war ein solcher Hosenscheißer. Es war widerlich.

Angelo fuhr den Lincoln neben sie. Bei laufendem Motor sprang er aus dem Wagen. Ein paar Passanten waren unter ihren Schirmen stehengeblieben, um dem Geschehen zuzusehen. Angelo drängte sich zwischen ihnen durch.

»Gehen Sie weiter«, befahl Angelo. »Polizei.« Angelo zückte eine alte Polizeimarke, die er speziell für solche Fälle in der Tasche hatte. Daß auf ihr Ozone Park stand, wo sie jetzt doch in Woodside waren, machte nichts. Die Form und das blinkende Metall sorgten für die gewünschte Wirkung. Die kleine Menschentraube zerstreute sich wieder.

»Es sind keine Polizisten!« schrie Frankie.

Tony reagierte auf Frankies Ausbruch damit, daß er ihm seine Beretta Bantam an die Schläfe hielt. »Noch ein Wort, und du bist Geschichte, Kleiner.«

»In den Wagen«, befahl Angelo.

Angelo auf der einen und Tony auf der anderen Seite, zogen sie Frankie hoch und zerrten ihn zum Wagen. Sie öffneten die hintere Tür, drückten seinen Kopf nach unten und stießen ihn hinein. Tony stieg hinter ihm ein. Angelo rannte um den Wagen herum und sprang auf den Fahrersitz. Mit quietschenden Reifen fuhren sie aus der Roosevelt Avenue nach Westen.

»Warum macht ihr das?« fragte Frankie. »Ich hab euch doch nichts getan.«

»Halt's Maul!« sagte Angelo vom Vordersitz. Er behielt den Rückspiegel im Auge. Wenn irgend etwas Verdächtiges auftauchen sollte, würde er auf den Queens Boulevard abbiegen. Aber alles blieb ruhig, und so fuhr er weiter. Die Roosevelt Avenue ging in die Greenpoint Avenue über, und Angelos Anspannung ließ allmählich nach.

»Also, du Niete«, begann er und blickte in den Rückspiegel. »Zeit für eine kleine Unterhaltung.« Er konnte gerade noch sehen, daß Frankie sich in die Ecke drückte, so weit wie möglich von Tony weg. Tony hielt die Pistole in der linken Hand, den Arm auf die Rückenlehne gestützt. Er ließ Frankie keine Sekunde aus den Augen.

»Worüber wollt ihr reden?« fragte Frankie.

»Über das Ding, das du mit Manso an Paulie Cerino abgezogen hast«, sagte Angelo. »Du hast doch sicher geahnt, daß wir für Mr. Cerino arbeiten.«

Frankies Blick wanderte von Tonys Gesicht zu Tonys Pistole, dann hoch zu Angelos Bild im Rückspiegel. Er hatte Angst. »Ich war's nicht«, sagte er. »Ich war nur dabei. Es war Mansos Idee. Sie haben mich gezwungen, mitzumachen. Ich wollte nicht, aber sie haben meine Mutter bedroht.«

»Wer sind ›sie‹?« wollte Angelo wissen.

»Ich meine Terry Manso«, sagte Frankie. »Es war nur er.«

Mit einem plötzlichen, tückischen Schlag hieb Tony Frankie den Lauf seiner Pistole quer über das Gesicht.

Frankie schrie auf und preßte die Handflächen auf sein Gesicht. Blut quoll zwischen den Fingern hervor.

»Wofür hältst du uns? Für blöd?« höhnte Tony.

»Tu ihm noch nichts«, sagte Angelo. »Vielleicht ist er ja einsichtig.«

»Bitte tut mir nichts mehr«, flehte Frankie unter Schluchzen.

Tony fluchte verächtlich und zwängte den Lauf seiner Pistole zwischen Frankies Finger hindurch in seinen Mund. »Dein Gehirn wird hier im ganzen Wagen rumspritzen, wenn dir nicht bald was einfällt und du aufhörst, uns zu verarschen.«

»Wer war noch dabei?« fragte Angelo erneut.

Tony zog den Lauf seiner Pistole zurück, damit Frankie sprechen konnte.

»Es war nur Manso«, schluchzte Frankie. »Und er hat mich gezwungen, mitzumachen.«

Angelo schüttelte angewidert den Kopf. »Offensichtlich bist du nicht einsichtig, Frankie. Denk mal an das Licht. Im gleichen Augenblick, als Manso die Säure schüttete, ging das Licht aus. Das war kein Zufall. Wer hat am Licht rumgemacht? Und der Wagen. Wer hat den Wagen gefahren?«

»Ich weiß nichts von dem Licht«, schluchzte Frankie. »Ich weiß auch nicht, wer gefahren ist. Jemand, den ich nicht kannte. Jemand, den Manso mitgebracht hat.«

Angelo gab verärgert Gas. Nichts war heutzutage mehr einfach. Er verabscheute diese dreckigen Sachen. Er hatte die schwache Hoffnung gehegt, daß Frankie in dem Moment auspacken würde, wo sie ihn im Wagen hatten. Das war offensichtlich nicht der Fall.

Bei einem kurzen Blick in den Rückspiegel sah Angelo im zuckenden Licht der vorbeihuschenden Straßenlampen für einen Moment Tonys Gesicht. Tony zeigte sein zufriedenes Lächeln, offenbar fühlte er sich in seinem Element. Selbst Angelo dachte, daß Tony manchmal unheimlich sein konnte.

Als sie in die Gegend der Greenpoint-Kais in Brooklyn kamen, bog Angelo rechts in die Franklin Street ab, dann links in die Java Street. Die Gegend wurde immer verwahrloster, je näher sie dem Wasser kamen. Aufgegebene Lagerhäuser säumten die Straße. Vor fünfundsiebzig bis hundert Jahren war dies eine blühende Hafengegend gewesen, aber das war längst nicht mehr so; jetzt gab es nur noch ein paar vereinzelte Firmen wie die Pepsi-Cola-Anlage beim Newton Creek.

Wo die Java Street, eine Sackgasse, am East River endete, fuhr Angelo durch ein Tor aus Maschendraht. Auf einem Schild über dem Tor stand AMERICAN FRESH FRUIT COMPANY. Der Wagen vibrierte auf dem rauhen Kopfsteinpflaster, aber Angelo verlangsamte das Tempo nicht. Vor einem Lagertor hielt er an.

»Alles aussteigen«, sagte Angelo. Sie parkten im Schatten eines riesigen Lagerschuppens, der über den fast hundert Meter in den East River ragenden Pier gebaut war. Direkt gegenüber am anderen Ufer erhob sich die monumentale blinkende Skyline Manhattans. Tony stieg mit Doc Travinos kleiner schwarzer Tasche aus und bedeutete Frankie, ebenfalls auszusteigen.

Angelo schloß das übermannshohe Tor auf, zog es auf und machte Frankie ein Zeichen, einzutreten. Frankie zögerte an der dunklen Schwelle. »Ich hab euch alles gesagt, was ich weiß. Was wollt ihr von mir?«

Tony gab Frankie einen Stoß, der den Jungen vorwärts stolpern ließ. Angelo legte den Lichtschalter um, der die Quecksilberdampflampen aufleuchten ließ. Zuerst glühten die Lampen nur, doch als sie, den widerstrebenden Frankie hinter sich herziehend, weiter auf den Pier hinausgingen, wurde es immer heller. Bald reichte es aus, die riesigen grünen Bananenstapel zu beleuchten, die das Lager füllten.

»Bitte!« jammerte Frankie, aber Angelo und Tony beachteten ihn nicht. Sie gingen bis ans Ende, wo sie eine getäfelte Tür aufschlossen. Angelo fand den Schalter, der eine einzelne, an einem blanken Draht hängende Birne mit Strom versorgte. In dem Raum standen ein alter Metallschreibtisch, dessen Schubladen fehlten, und ein paar Stühle; im Boden befand sich ein großes Loch. Das Wasser des East River unter dem Loch, das im Rhythmus der Gezeiten wirbelnd um die Pfeiler des Piers strömte, sah eher wie Öl aus, nicht wie Wasser.

»Ich sag euch die Wahrheit«, winselte Frankie. »Es war nur Manso. Er hat mich gezwungen, mitzumachen. Ich weiß sonst nichts.«

»Natürlich, Frankie«, sagte Angelo, und zu Tony gewandt: »Bind ihn an einen Stuhl.«

Tony stellte Doc Travinos Tasche auf den Schreibtisch und öffnete den Schnappverschluß. Er holte eine lange Wäscheleine heraus. Dann forderte er Frankie mit einem maliziösen Lächeln auf, sich auf einen der Holzstühle zu setzen. Frankie tat, wie ihm befohlen wurde. Während Tony ihn festband, steckte Angelo sich eine Zigarette an.

Tony zog einige Male an dem Seil, um die Knoten zu prüfen. Zufrieden stand er auf und nickte Angelo zu.

»Noch einmal, Frankie«, sagte Angelo. »Wer war sonst noch bei der Säuregeschichte dabei? Wer außer dir und Manso?«

»Niemand«, schluchzte Frankie. »Ich sag euch die Wahrheit.«

Angelo blies Frankie spöttisch den Rauch ins Gesicht. Zu Tony blickend, sagte er: »Zeit für das Wahrheitsserum.«

Tony holte ein Glasfläschchen und einen Augentropfer aus Doc

Travinos Tasche. Beides reichte er Angelo. Angelo schraubte den Verschluß ab und roch vorsichtig an der Flasche. Als er einen Schwaden abbekam, zog er rasch den Kopf zurück. »Puhhh, ist das Zeug stark.« Er zwinkerte ein paarmal und wischte sich die Tränen aus den Augenwinkeln.

»Willst du deine Geschichte noch etwas ändern?« fragte Angelo ruhig, nachdem er zu Frankie hinübergegangen war.

»Ich sag euch die Wahrheit«, beharrte Frankie.

Angelo sah Tony an. »Halt seinen Kopf nach hinten.«

Tony packte ein Büschel Haare direkt über der Stirn des Jungen und zog Frankies Kopf mit einem Ruck nach hinten.

»Sag mal, Frankie«, fuhr Angelo fort, als er sich über das nach oben gedrehte Gesicht des Jungen beugte. »Hast du schon mal den Spruch gehört ›Auge um Auge, Zahn um Zahn‹?«

Erst da begriff Frankie, was sie vorhatten. Trotz aller Versuche, die Augen zusammenzukneifen, gelang es Angelo, den Augentropfer in Frankies rechtes Auge zu entleeren.

Ein leichtes Zischen, wie wenn Wasser in eine heiße Pfanne tropft, ging einem durchdringenden Schrei voraus, als die Schwefelsäure sich in das zarte Augengewebe fraß. Angelo blickte kurz zu Tony auf und sah, daß dessen Lächeln einem Grinsen gewichen war. Angelo fragte sich, was mit dieser neuen Generation aus der Welt werden sollte. Dieser Kindskopf Tony hatte seinen Spaß daran. Für Angelo war das hier keine Unterhaltung, es war Arbeit.

Angelo stellte das Fläschchen mit der Schwefelsäure auf den Schreibtisch und zog ein paarmal an seiner Zigarette. Als Frankies Schreie zu einem stockenden Schluchzen abgeebbt waren, beugte sich Angelo zu ihm und fragte gelassen, ob er seine Geschichte nicht ändern wolle.

»Ich rede mit dir!« herrschte Angelo ihn an, als es so schien, als beachtete Frankie ihn nicht.

»Ich sage die Wahrheit«, stieß Frankie hervor.

»Herrgott noch mal!« murmelte Angelo und griff wieder zum Säurefläschchen. Über die Schulter rief er Tony zu: »Halt ihm noch mal den Kopf zurück.«

»Wartet!« sagte Frankie mit belegter Stimme. »Tut mir nichts. Ich sag, was ihr wissen wollt.«

Angelo stellte die Säure wieder auf den Schreibtisch und kam zu Frankie zurück. Er betrachtete die Tränen, die aus den geschlossenen Augen des Jungen liefen, vor allem aus dem, in das er die Säure geträufelt hatte. »Also gut, Frankie«, begann Angelo. »Wer war dabei?«

»Ihr müßt mir was für mein Auge geben«, jammerte Frankie. »Ich halt's nicht mehr aus.«

»Wir kümmern uns darum, sobald du uns erzählt hast, was wir wissen wollen«, sagte Angelo. »Los jetzt, Frankie. Ich verlier langsam die Geduld.«

»Bruno Marchese und Jimmy Lanso«, murmelte Frankie.

Angelo sah Tony an.

Tony nickte. »Ich habe schon von Bruno gehört«, sagte er. »Ein Junge aus der Gegend.«

»Wo können wir sie finden, wenn wir mit ihnen reden möchten?« fragte Angelo.

»55th Street 3822, Wohnung eins«, sagte Frankie. »In der Nähe vom Northern Boulevard.«

Angelo holte ein Stück Papier aus der Tasche und schrieb die Adresse auf. »Wer hatte die Idee?« fragte er.

»Es war Manso«, schluchzte Frankie. »Ich hab euch die Wahrheit gesagt. Es war seine Idee, daß wir alle Männer von Lucia würden und zum inneren Kreis gehörten, wenn wir das machen. Aber ich wollte gar nicht. Sie haben mich gezwungen mitzumachen.«

»Warum hast du uns das nicht schon im Wagen erzählen können, Frankie?« fragte Angelo. »Du hättest uns eine Menge Arbeit und dir einigen Kummer erspart.«

»Ich hatte Angst, die andern würden mich umbringen, wenn sie dahinterkommen, daß ich geredet habe«, erklärte Frankie.

»Du hast also mehr Angst wegen der andern als wegen uns gehabt?« fragte Angelo, als er hinter Frankie trat. Das beleidigte Angelos Selbstachtung. »Das ist seltsam. Aber egal. Jetzt brauchst du dir keine Sorgen mehr um deine Freunde machen, weil wir uns um dich kümmern werden.«

»Ihr müßt mir was für mein Auge geben«, sagte Frankie.

»Natürlich«, erwiderte Angelo. Mit einer ruhigen Bewegung und ohne eine Sekunde innezuhalten, zog Angelo seine Walther TPH Auto und schoß Frankie direkt über dem Nacken in den Hinterkopf. Frankies Kopf schnellte nach vorn, dann fiel er schlaff auf seine Brust.

Das Unvermittelte des letzten Aktes überraschte Tony; er zuckte zusammen und wich zurück, weil er eine Schweinerei mit viel Blut erwartete. Doch es gab keine. »Warum hast du mich nicht gelassen?« maulte er.

»Halt die Klappe und bind ihn los«, fuhr Angelo ihn an. »Wir sind nicht zu deinem Vergnügen hier. Wir arbeiten, verstehst du?«

Nachdem Tony Frankie losgebunden hatte, half Angelo ihm, den schlaffen Körper hinüber zum Loch im Boden zu tragen. Sie zählten bis drei und warfen ihn ins Wasser. Angelo blickte nur so lange hinunter, bis er sicher war, daß die Strömung den Körper hinaus in den Fluß trieb.

»Jetzt fahren wir nach Woodside zurück und statten den anderen einen kleinen Besuch ab«, sagte Angelo.

Die Adresse, die Frankie genannt hatte, war ein kleines, zweigeschossiges Reihenhaus. Die Haustür war geschlossen, hatte jedoch eine Schließanlage, die mit einer Kreditkarte leicht zu öffnen war. Nach wenigen Minuten waren sie im Haus.

Sie bezogen rechts und links der Tür zur Wohnung eins Stellung, und Angelo klopfte. Es kam keine Antwort. Von der Straße hatten sie gesehen, daß Licht brannte.

»Mach auf«, sagte Angelo mit einer Kopfbewegung zur Tür.

Tony nahm ein paar Schritte Anlauf und trat gegen die Tür. Die Einfassung splitterte beim ersten Tritt, und die Tür schwang auf. Im nächsten Augenblick waren Angelo und Tony in der kleinen Wohnung, die Pistole mit beiden Händen gepackt. Die Wohnung war leer. Nur auf dem Couchtisch standen ein paar halbvolle Bierflaschen. Der Fernseher lief.

»Was meinst du?« fragte Tony.

»Die haben Lunte gerochen, als Frankie nicht zurückgekommen ist«, meinte Angelo. Er steckte sich eine Zigarette an und überlegte einen Augenblick.

»Was jetzt?« fragte Tony.

»Weißt du, wo die Familie von diesem Bruno wohnt?«

»Nein, aber das kann ich rauskriegen«, sagte Tony.

»Dann tu's«, befahl Angelo.

3

Dienstag, 7.55 Uhr
Manhattan

Es war ein strahlender Morgen, als Laurie Montgomery die First Avenue nach Norden zur 30th Street ging. Selbst New York sah gut aus in der kühlen, erfrischenden Luft, reingewaschen nach einem Regentag. Es war deutlich kälter als an den vorangegangenen Tagen, ein beunruhigendes Vorzeichen des nahen Winters. Aber die Sonne war herausgekommen, und es ging genug Wind, um die Abgase der Autos zu vertreiben, die sich in Lauries Richtung vorwärts schoben.

Lauries Gang hatte etwas energisch Federndes, als sie sich ihrem Arbeitsplatz näherte. Sie lächelte vor sich hin, als sie daran dachte, wie anders sie sich fühlte verglichen mit dem Heimweg gestern abend. Binghams Rüffel war unangenehm gewesen, aber berechtigt. Sie war im Unrecht gewesen. Wenn sie der Chef gewesen wäre, hätte sie genauso reagiert.

Als sie auf die Haupttreppe zuging, fragte sie sich, was dieser Tag wohl bringen würde. Ein Aspekt ihrer Arbeit, der ihr ganz besonders gefiel, war das Unvorhersehbare. Sie wußte lediglich, daß sie für »Autopsie« eingeteilt war. Sie hatte keine Ahnung, was für Fälle und welche Art intellektueller Probleme an diesem Tag auf sie zukommen würden. Fast jedesmal, wenn sie für Autopsie eingeteilt war, hatte sie mit etwas zu tun, das ihr noch nie begegnet war, manchmal mit etwas, wovon sie noch nicht einmal gelesen hatte. Es war eine Arbeit, die ständig Neues brachte.

An diesem Morgen war es relativ ruhig im Eingangsbereich. Ein paar Medienleute trieben sich noch herum, in der Hoffnung auf weitere Neuigkeiten im Schülerinnenmord. Der gestrige Mord im

Central Park hatte die Titelseiten der Boulevardpresse und die Schlagzeilen der lokalen Morgennachrichten beherrscht.

Kurz vor der zweiten Tür blieb Laurie stehen. Auf einer der Kunstledercouches erblickte sie Bob Talbot in angeregtem Gespräch mit einem anderen Reporter. Nach kurzem Zögern trat Laurie zu ihm.

»Bob, ich möchte einen Moment mit dir reden«, sagte sie. Und an seinen Begleiter gewandt, fügte sie hinzu: »Entschuldigen Sie die Unterbrechung.«

Bob erhob sich eilfertig und trat ein paar Schritte mit Laurie beiseite. Seine Haltung überraschte sie. Sie hatte eigentlich erwartet, daß er kleinlaut und zerknirscht sein würde.

»Dich zwei Tage hintereinander zu sehen, ist ja fast schon ein Rekord«, sagte er. »An das Vergnügen könnte ich mich direkt gewöhnen.«

Laurie kam gleich zur Sache. »Ich kann einfach nicht glauben, daß du mein Vertrauen so wenig achtest. Was ich dir gestern erzählt habe, war nur für deine Ohren bestimmt.«

Bob war offensichtlich betroffen von Lauries Tadel. »Das tut mir furchtbar leid. Ich wußte nicht, daß deine Mitteilung vertraulich war. Du hast nichts dergleichen gesagt.«

»Das hättest du dir denken können. Man muß kein Genie sein, um sich ausmalen zu können, was dein Vertrauensbruch für mich hier bedeutet.«

»Es tut mir leid«, wiederholte Bob. »Es wird nicht mehr vorkommen.«

»Da hast du recht, es wird nicht mehr vorkommen«, sagte Laurie. Sie drehte sich um und strebte der zweiten Tür zu, ohne Bob noch zu beachten, der hinter ihr herrief. Aber auch wenn sie ihn nicht mehr beachtete, war ihr Zorn doch weitgehend verflogen. Schließlich hatte sie am Vortag die Wahrheit gesagt. Sie fragte sich, ob sie sich nicht mehr Gedanken um die sozialen und politischen Seiten ihrer Arbeit machen sollte als um Bob. Für sie lag einer der Reize der Pathologie allgemein und der forensischen Pathologie im besonderen darin, daß sie sich um die Wahrheit bemühte. Der Gedanke, aus irgendeinem Grund einen Kompromiß einzugehen, irritierte sie. Sie hoffte, nie wählen zu müssen zwischen ihren Skrupeln und politischen Überlegungen.

Nachdem Marlene Wilson ihr die Tür geöffnet hatte, begab Laurie sich direkt in den ID-Raum. Wie üblich trank Vinnie Amendola seinen Kaffee und studierte den Sportteil der Zeitung. Hätte die Zeitung nicht das heutige Datum gehabt, Laurie hätte geschworen, daß er überhaupt nicht fort gewesen war. Falls er Laurie gesehen hatte, ließ er es sich jedenfalls nicht anmerken. Riva Mehta, die das Arbeitszimmer mit Laurie teilte, war ebenfalls anwesend. Sie hatte einen leichten indischen Einschlag, einen dunklen Teint und eine weiche, angenehme Stimme. Am Montag waren sie sich überhaupt nicht über den Weg gelaufen.

»Heute ist offenbar dein Glückstag«, neckte Riva sie. Sie holte sich gerade Kaffee, bevor sie nach oben ins Büro ging. Der Dienstag war für sie Schreibtag.

»Wieso?« erkundigte sich Laurie.

Vinnie lachte kurz, ohne von seiner Zeitung aufzublicken.

»Du kriegst einen Schwimmer, ermordet«, erklärte Riva. Ein Schwimmer war eine Leiche, die schon eine Weile im Wasser gelegen hatte. Im allgemeinen waren das keine sehr beliebten Fälle, da die Leichen sich meist schon in einem Zustand fortgeschrittener Verwesung befanden.

Laurie warf einen Blick auf den Arbeitsplan, den Calvin am Morgen aufgestellt hatte. Er enthielt die Autopsien für den Tag und die Namen der Mitarbeiter, die dafür eingeteilt waren. Hinter Lauries Namen standen zwei Fälle von Überdosis und ein Mord durch Erschießen.

»Man hat die Leiche heute morgen aus dem East River gefischt«, sagte Riva. »Ein aufmerksamer Wachmann hat sie offenbar am South Street Sea Port vorbeitreiben sehen.«

»Reizend«, meinte Laurie.

»Ist nicht so schlimm«, bemerkte Vinnie. »Hat nicht lange im Wasser gelegen. Nur ein paar Stunden.«

Laurie nickte erleichtert. Sie mußte den Fall also wahrscheinlich nicht im kleinen Autopsieraum erledigen. Der Geruch machte ihr bei diesen Fällen weniger aus als die Isolation. Der kleine Autopsieraum lag ganz für sich auf der anderen Seite des Leichenschauhauses. Laurie war viel lieber mitten im Geschehen unter den übrigen Kollegen. Im großen Sektionssaal gab es immer einen regen Austausch. Oft lernte sie aus den Fällen der anderen genausoviel wie aus den eigenen.

Laurie schaute nach Name und Alter des Opfers. Frank DePasquale. »Der arme Kerl war erst achtzehn«, sagte sie.

»Wie schrecklich. Und wahrscheinlich wird der Fall, wie die meisten dieser Morde, nie aufgeklärt.«

»Wahrscheinlich nicht«, meinte auch Vinnie, während er die Zeitung umblätterte.

Laurie begrüßte Paul Plodgett, der in der Tür erschien. Er hatte dunkle Ringe unter den Augen. Sie erkundigte sich, wie sich sein berühmter Fall entwickelte.

»Fragen Sie mich nicht«, bat Paul. »Es ist ein Alptraum.«

Laurie goß sich einen Becher Kaffee ein und nahm die drei Mappen mit den heutigen Fällen an sich. Jede Mappe enthielt einen Fallbericht, einen teilweise ausgefüllten Totenschein, eine Auflistung medizinischer Unterlagen, zwei Blätter für Autopsieanmerkungen, eine Notiz über die telefonische Mitteilung des Todes, ein ergänztes Identifizierungsblatt, einen Untersuchungsbericht, ein Blatt für den Autopsiebericht und einen Laborzettel für die HIV-Antikörper-Analyse.

Beim Durchblättern der Unterlagen stieß sie auch auf die Namen der beiden anderen Fälle: Louis Herrera und Duncan Andrews. An den Namen Duncan Andrews erinnerte sie sich noch vom Vortag.

»Das ist der Fall, zu dem Sie mich gestern befragt haben«, sagte eine Stimme über Lauries Schulter. Sie drehte sich um und blickte in Calvin Washingtons pechschwarze Augen. Er war hinter sie getreten und zeigte mit dem Finger auf Andrews' Namen. »Als ich den Namen gesehen habe, dachte ich, daß Sie den Fall vielleicht gern hätten.«

»Ist mir recht«, sagte Laurie.

Jeder Pathologe hatte seine eigene Art, den Autopsietag anzugehen. Einige schnappten sich die Unterlagen und gingen sofort nach unten. Laurie hatte einen anderen Modus operandi. Sie nahm den ganzen Papierwust nach oben in ihr Büro, um sich den Tag so rational wie möglich einzuteilen. Den Kaffeebecher in der einen Hand, ihre Tasche in der anderen und die drei neuen Mappen unter dem Arm, machte sie sich auf den Weg zum Aufzug. Sie kam bis zur Telefonzentrale, als Sergeant Murphy, einer der Polizeibeamten, der dem Gerichtsmedizinischen Institut zugeteilt war, ihren Namen rief. Er kam schnell aus seinem Dienstraum, ihm folgte ein zweiter Mann. Sergeant Murphy war ein temperamentvoller, rotgesichtiger Ire.

»Dr. Montgomery, darf ich Sie mit Detective Lieutenant Lou Soldano bekannt machen«, rief er stolz. »Er ist ein wichtiger Mann im Morddezernat der Zentrale.«

»Freue mich, Sie kennenzulernen, Doktor«, sagte Lou. Er war ein gutaussehender, mittelgroßer Mann mit dunklem Teint, markanten Gesichtszügen und lebhaften Augen, die sie intensiv anblickten. Sein Haar war auf eine Art kurz geschnitten, die zu seinem kräftigen, athletischen Körper paßte.

»Ich freue mich ebenfalls«, erwiderte Laurie. »Wir bekommen hier in der Pathologie nicht sehr viele Detective Lieutenants zu sehen.« Laurie fühlte sich etwas unwohl unter den eindringlichen Blicken des Mannes.

»Man läßt uns nicht allzuoft aus unseren Käfigen«, erklärte Lou. »Ich komme kaum von meinem Schreibtisch weg. Aber hin und wieder schleiche ich mich gern einmal raus, jedenfalls bei bestimmten Fällen.«

»Hoffentlich macht Ihnen Ihr Besuch hier Spaß«, sagte Laurie. Sie lächelte ihm zu und wollte gehen.

»Einen Moment noch, Doktor!« sagte Lou. »Man hat mir gesagt, daß Sie Frank DePasquale obduzieren. Würde es Ihnen etwas ausmachen, wenn ich zusähe? Ich habe schon mit Dr. Washington gesprochen.«

»Überhaupt nicht«, sagte Laurie. »Wenn Sie es vertragen, seien Sie mein Gast.«

»Ich habe schon ein paar Autopsien gesehen«, erklärte Lou. »Ich glaube nicht, daß es Probleme gibt.«

»Gut«, sagte Laurie.

Es entstand eine verlegene Pause. Einen Augenblick sagte keiner etwas. Schließlich wurde Laurie klar, daß der Mann auf eine Aufforderung wartete.

»Ich wollte gerade in mein Büro«, sagte Laurie. »Normalerweise gehe ich immer zuerst die Unterlagen durch. Wollen Sie mitkommen?«

»Gern«, erwiderte er.

Im Aufzug sah Laurie sich Soldano etwas genauer an. Er war ein stämmiger, athletisch wirkender, offensichtlich intelligenter Mann, dessen zerknittertes Aussehen sie etwas an Columbo erinnerte, den Fernsehdetektiv, den Peter Falk berühmt gemacht hatte. Die Bügelfalten in seiner Hose waren längst verschwunden, und obwohl es erst kurz nach acht Uhr morgens war, hatte er einen ausgewachsenen Eintagebart.

Als könnte er Lauries Gedanken lesen, rieb sich Lou mehrmals mit der Hand über das Kinn.

»Ich sehe wahrscheinlich wie ein Landstreicher aus«, sagte er. »Ich bin seit halb fünf auf, als die Leiche von DePasquale ans Ufer geschwemmt wurde. Hatte keine Zeit, mich zu rasieren. Hoffentlich schreckt Sie das nicht ab. Ich bin nicht darauf aus, Don Johnson aus *Miami Vice* nachzueifern.«

»Das ist mir gar nicht aufgefallen«, schwindelte Laurie. »Aber warum interessiert sich ein Detective Lieutenant für ein achtzehnjähriges Mordopfer? Gibt es irgend etwas Besonderes an diesem Fall, das ich wissen müßte?«

»Eigentlich nicht«, meinte Lou. »Es ist eher eine private Sache. Bevor ich zum Lieutenant befördert wurde und zum Morddezernat kam, war ich sechs Jahre beim Dezernat Organisiertes Verbrechen. Bei DePasquale überschneiden sich diese beiden Gebiete. DePasquale war ein junger Gangster, der am Rande mit der Verbrecherorganisation der Lucia-Familie zu tun hatte. Er war zwar erst achtzehn, hatte aber schon ein langes Vorstrafenregister.«

Der Aufzug hielt im vierten Stock, und Laurie bedeutete ihm, daß sie aussteigen müßten.

»Aber das haben Sie wahrscheinlich schon vermutet«, fuhr Lou fort, als er Laurie auf den Gang folgte. »DePasquales Tod war eine offensichtliche Hinrichtung.«

»Wirklich?« fragte Laurie. Für sie war bisher noch gar nichts offensichtlich.

»Auf jeden Fall«, erklärte Lou. »Sie werden feststellen, daß er aus kurzer Entfernung mit einer kleinkalibrigen Waffe in die Gehirnbasis geschossen wurde. Es ist die übliche, bewährte Methode. Sauber und komplikationslos.«

Sie betraten Lauries Büro. Laurie machte Lou mit Riva bekannt, die bereits mitten in der Arbeit steckte. Laurie holte Lou einen Stuhl und beide nahmen Platz.

»Sie haben solche Fälle schon gesehen, oder?« erkundigte sich Lou.

»Ich bin mir nicht sicher«, sagte Laurie ausweichend. Aus ihrer Studienzeit wußte sie, wie man sich um eine präzise Frage herumdrückte. Sie wollte nicht den Eindruck erwecken, unerfahren zu sein.

»Im allgemeinen geht es dabei um Reibereien zwischen rivalisierenden Organisationen«, erklärte Lou. »In diesem Fall um Reibereien zwischen den Gangsterfamilien Lucia und Vaccarro. Das sind die Hauptakteure in Queens, deren Interessen an Ort und Stelle von Bossen der mittleren Ebene, Vinnie Dominick beziehungsweise Paul Cerino, kontrolliert werden. Ich schätze, daß Paul Cerino beim Mord an dem armen Frank DePasquale die Hand im Spiel hatte, und wenn, dann würde ich nichts lieber tun als ihn mit einer Anklage festzunageln. Ich war meine ganzen sechs Jahre im Dezernat Organisiertes Verbrechen hinter dem Kerl her. Für eine Anklage hat es nie gereicht. Aber wenn ich ihn mit einem Kapitalverbrechen wie dem Mord an DePasquale in Verbindung bringen könnte, hätte ich tolle Karten.«

»Dann wollen wir sehen, was wir tun können«, sagte Laurie und schlug DePasquales Mappe auf.

»Wenn Sie oder Ihr Labor irgend etwas finden würden, wäre ich überglücklich«, meinte Lou. »Wir brauchen einen Durchbruch. Das Problem bei Burschen wie Cerino ist, daß zwischen ihnen und den in ihrem Namen verübten Verbrechen so viele Ebenen liegen, daß wir ihnen selten etwas nachweisen können.«

»Oh, wie blöd!« rief Laurie plötzlich. Sie hatte, während sie Lou zuhörte, gleichzeitig DePasquales Akte durchgeblättert.

»Was gibt's?« erkundigte sich Lou.

»Sie haben keine Röntgenaufnahme von DePasquale gemacht«, erklärte Laurie. Sie griff zum Telefon und wählte das Leichenschauhaus. »Wir brauchen vor der Autopsie eine Röntgenaufnahme. Das verzögert die ganze Sache leider etwas. Ich muß einen anderen Fall vorziehen. Tut mir leid.«

Lou zuckte die Schultern.

Laurie bat den medizinisch-technischen Assistenten, der am Telefon war, Frank DePasquale so bald wie möglich zu röntgen. Der MTA sagte das zu. Sie hatte gerade aufgelegt, da stand Calvin Washington in der Tür.

»Laurie«, begann Calvin, »wir haben ein Problem, über das Sie Bescheid wissen sollten.«

Laurie erhob sich, als Calvin eintrat. »Worum geht's denn?« fragte sie. Sie merkte, daß Calvin Lou fragend ansah. »Dr. Washington, Lieutenant Soldano kennen Sie ja schon.«

»Ach ja«, sagte Calvin. »Machen Sie sich nichts draus. Das ist die beginnende Altersverkalkung. Wir haben uns heute morgen gesprochen.« Er reichte Lou die Hand, der aufgestanden war, als Laurie ihn vorstellte.

»Bitte, nehmen Sie wieder Platz, beide«, sagte Calvin. »Laurie, ich muß Sie darauf hinweisen, daß wir im Fall Duncan Andrews vom Büro des Bürgermeisters ziemlich unter Druck gesetzt worden sind. Der Verstorbene hatte offenbar einflußreiche politische Verbindungen. Wir müssen uns also kooperativ zeigen. Bitte, achten Sie ganz besonders auf die Möglichkeit einer natürlichen

Todesursache, so daß Sie die Drogen runterspielen können. Die Familie hätte es lieber so.«

Laurie sah Calvin an und wartete wohl darauf, daß er gleich breit grinsen und erklären würde, daß alles nur ein Scherz war. Doch Calvin blieb unverändert ernst.

»Ich bin nicht sicher, ob ich Sie verstehe«, sagte Laurie.

»Sehr viel klarer kann ich mich nicht ausdrücken«, meinte Calvin. Seine berüchtigte Ungeduld kam zum Vorschein.

»Wollen Sie, daß ich lüge?« fragte Laurie.

»Himmel noch mal, nein, Dr. Montgomery!« fuhr Calvin sie an. »Was soll ich noch alles machen? Ihnen eine Karte zeichnen? Ich bitte Sie lediglich darum, so weit zu gehen, wie Sie können, okay? Finden Sie irgendwas, einen Koronarthrombozyten, ein Aneurysma, irgendwas, und das geben Sie an. Und tun Sie nicht so überrascht oder selbstgerecht. Bei uns spielt auch die Politik eine Rolle, und je eher Sie das begreifen, desto besser für uns alle. Tun Sie's einfach.«

Calvin machte kehrt und verschwand so schnell, wie er gekommen war.

Lou pfiff durch die Zähne und setzte sich wieder. »Energischer Bursche«, bemerkte er.

Laurie schüttelte ungläubig den Kopf. Sie wandte sich an Riva, die ihre Arbeit nicht unterbrochen hatte. »Hast du das gehört?« fragte Laurie.

»Ich hab das auch schon einmal erlebt«, sagte Riva, ohne aufzublicken. »Bei mir war es allerdings ein Selbstmord.«

Mit einem Seufzer ließ Laurie sich in ihren Schreibtischsessel fallen und sah Lou an. »Ich weiß nicht, ob ich bereit bin, Integrität und ethische Grundsätze politischer Opportunität zu opfern.«

»Ich glaube, das hat Dr. Washington gar nicht von Ihnen verlangt«, meinte Lou.

Laurie spürte, wie ihr das Blut ins Gesicht stieg. »Nicht? Tut mir leid, aber ich meine schon.«

»Ich will Ihnen nicht in Ihre Arbeit reinreden«, sagte Lou, »aber ich habe es so aufgefaßt, daß Dr. Washington möchte, daß Sie irgendeine mögliche natürliche Todesursache, die Sie finden, in den Vordergrund stellen. Alles andere kann der Auslegung überlassen werden. Aus irgendeinem Grund macht das einen Unterschied in diesem Fall. Die Welt der Wirklichkeit gegen die Welt des Anscheins.«

»Mir scheint, Sie sind ganz schön abgestumpft gegen das Frisieren von Details«, sagte Laurie. »In der Pathologie erwartet man von uns, daß wir uns an die Wahrheit halten.«

»Kommen Sie«, erwiderte Lou. »Was ist denn die Wahrheit? Es gibt fast in allen Bereichen des Lebens Grauzonen, warum nicht auch beim Tod? Bei meiner Arbeit geht es zufälligerweise um Gerechtigkeit. Es ist ein Ideal. Und ich strebe es an. Aber wenn Sie meinen, daß die Politik nicht manchmal entscheidend darauf Einfluß nimmt, wie die Gerechtigkeit angewandt wird, lügen Sie sich selbst in die Tasche. Zwischen Recht und Gerechtigkeit klafft immer eine Lücke. Kommen Sie wieder auf den Teppich.«

»Mir gefällt das gar nicht«, sagte Laurie.

»Das muß es auch gar nicht«, sagte Lou. »Das gefällt kaum jemandem.«

Laurie schlug die Mappe mit den Unterlagen über Duncan Andrews auf. Sie blätterte sie durch, bis sie zum Untersuchungsbericht kam. Nachdem sie ihn gelesen hatte, blickte sie zu Lou auf. »So langsam verstehe ich die Zusammenhänge«, erklärte sie. »Der Verstorbene war irgend so ein Finanzgenie, Vizepräsident einer Investitionsbank und erst fünfunddreißig. Und oben auf der Seite ist hier angemerkt, daß sein Vater für den Senat kandidiert.«

»Politischer kann es kaum sein«, meinte Lou.

Laurie nickte und las dann im Untersuchungsbericht weiter. Als sie zu der Stelle kam, wo angegeben war, wer den Verstorbenen am Ort des Geschehens identifiziert hatte, fand sie den Namen Sara Wetherbee. In den freien Raum, der für die Angabe der Beziehung der Zeugin zum Verstorbenen gelassen war, hatte der Untersuchungsbeamte »Freundin« gekritzelt.

Laurie schüttelte den Kopf. Einen Menschen an Drogen sterben zu sehen, der einem nahestand, die Vorstellung ließ häßliche

Erinnerungen bei ihr aufkommen. Ihre Gedanken eilten siebzehn Jahre zurück in die Zeit, als sie fünfzehn und im ersten Jahr auf der Langley School gewesen war. Sie erinnerte sich an den herrlichen sonnigen Tag, als wäre es gestern gewesen. Es war Herbst gewesen, frisch und klar, und die Bäume im Central Park hatten wie ein Farbenmeer geleuchtet. Sie war am Metropolitan Museum vorbeigelaufen, dessen Fahnen im böigen Wind heftig geschlagen hatten. Sie war links in die 84th Street eingebogen und in das Wohnhaus ihrer Eltern an der Westseite der Park Avenue getreten.

»Ich bin's«, rief Laurie und warf ihre Schultasche auf den Tisch in der Diele. Es kam keine Antwort. Alles, was sie hörte, war der Verkehr auf der Park Avenue mit dem unablässigen Plärren der Taxihupen.

»Ist jemand da?« rief Laurie und hörte ihre Stimme durch die Flure hallen. Überrascht, daß die Wohnung leer war, ging sie durch das Anrichtezimmer in die Küche. Selbst Holly, das Hausmädchen, war nirgends zu sehen. Doch dann fiel Laurie ein, daß Freitag war, Hollys freier Tag.

»Shelly!« rief Laurie. Ihr älterer Bruder war das lange Wochenende zum Columbus Day vom College nach Hause gekommen. Laurie erwartete, ihn entweder in der Küche oder im Arbeitszimmer zu finden. Sie sah im Arbeitszimmer nach; dort war niemand, aber der Fernseher lief ohne Ton.

Einen Augenblick sah sie sich die stummen Gesten irgendeiner Spielesendung an. Sie fand es seltsam, daß der Fernseher lief. Da sie annahm, daß vielleicht jemand zu Hause war, setzte sie ihren Rundgang durch die Wohnung fort. Aus irgendeinem Grund erfüllten die stillen Zimmer sie mit einer Vorahnung. Von Unruhe und Angst getrieben, beschleunigte sie ihre Schritte.

Vor Shellys Schlafzimmertür blieb Laurie zögernd stehen. Dann klopfte sie. Als keine Antwort kam, klopfte sie noch einmal. Als immer noch keine Antwort kam, drückte sie die Klinke herunter. Die Tür war nicht verschlossen. Laurie stieß sie auf und trat in das Zimmer.

Vor ihr auf dem Boden lag ihr Bruder Shelly. Sein Gesicht war so wächsern wie das elfenbeinfarbene Geschirr in der Vitrine im Eßzimmer. Blutiger Schaum lief aus der Nase. Um den Oberarm war eine Gummimanschette gebunden. Auf dem Boden, fünfzehn Zentimeter von seiner halb geöffneten Hand entfernt, lag eine Spritze, die Laurie am Vorabend gesehen hatte. Auf dem Schreibtisch lag am Rand ein Zellophantütchen. Nach dem, was Shelly ihr am Vorabend erzählt hatte, war ihr ziemlich klar, was es enthielt. Es mußte das »Speedball« sein, auf das er so stolz gewesen war, eine Mischung aus Kokain und Heroin.

Stunden danach am selben Tag machte Laurie die schlimmste Auseinandersetzung ihres Lebens durch – das hochrote, wutverzerrte Gesicht ihres Vaters mit vorquellenden Augen Zentimeter vor dem ihren. Er war außer sich. Seine Finger bohrten sich in ihre Haut, als er sie an den Oberarmen festhielt. Ein paar Schritte weiter weinte ihre Mutter in ein Taschentuch.

»Hast du gewußt, daß dein Bruder Rauschgift genommen hat?« wollte ihr Vater wissen. »Hast du es gewußt? Antworte!« Sein Griff wurde fester.

»Ja«, stieß Laurie hervor. »Ja, ja!«

»Warum hast du uns nichts gesagt?« schrie ihr Vater. »Wenn du etwas gesagt hättest, wäre er noch am Leben.«

»Ich konnte nicht«, schluchzte Laurie.

»Wieso nicht?« schrie ihr Vater. »Sag mir, wieso!«

»Weil ...« Laurie weinte. Sie stockte, dann sagte sie: »Weil er mir gesagt hat, ich solle nichts erzählen. Ich mußte es ihm versprechen.«

»Und dieses Versprechen hat ihn das Leben gekostet«, zischte er. »Es hat ihn genauso umgebracht wie das verfluchte Rauschgift.«

Laurie spürte, wie eine Hand ihren Arm packte, und sie fuhr zusammen. Der Schreck brachte sie in die Gegenwart zurück. Sie zwinkerte ein paarmal mit den Augen, als erwachte sie aus einer Trance.

»Geht es Ihnen nicht gut?« fragte Lou. Er war aufgestanden und hatte Lauries Arm gefaßt.

»Doch, doch«, erwiderte Laurie ein bißchen verlegen. Sie befreite sich aus Lous Griff. »Wo waren wir stehengeblieben?« Ihr Atem hatte sich beschleunigt. Schweißperlen standen auf ihrer Stirn. Sie blickte auf die Papiere vor sich und versuchte sich zu entsinnen, was diese alten, schmerzlichen Erinnerungen wachgerufen hatte. Als wäre es gestern gewesen, empfand sie erneut den quälenden Konflikt zwischen der Loyalität gegenüber dem Bruder und den Eltern und die furchtbare Schuld und Last, sich für erstere entschieden zu haben.

»Woran haben Sie gedacht?« fragte Lou. »Sie waren ganz woanders.«

»Daran, daß das Opfer von seiner Freundin gefunden wurde«, erklärte Laurie, als ihr Blick wieder auf den Namen Sara Wetherbee fiel. Sie hatte nicht vor, diesem Lieutenant ihre Gedanken anzuvertrauen. Bis heute fiel es ihr schwer, mit Freunden über das tragische Ereignis zu reden, mit einem Fremden konnte sie es erst recht nicht. »Es muß sehr hart für die arme Frau gewesen sein.«

»Unglücklicherweise werden Mordopfer oft von denen gefunden, die ihnen am nächsten stehen«, sagte Lou.

»Muß ein furchtbarer Schock gewesen sein«, meinte Laurie. Ihr Mitgefühl war bei Sara Wetherbee. »Aber dieser Duncan Andrews ist sicher nicht der typische Fall für eine Überdosis.«

Lou zuckte die Schultern. »Ich weiß nicht, ob es bei Kokain einen typischen Fall gibt. Als die Droge in den siebziger Jahren auf dem Vormarsch war, gab es in allen Gesellschaftsschichten Todesopfer, von Sportlern und Entertainern über Manager und Collegestudenten bis zu Stadtstreichern. Es ist ein ziemlich demokratisches Gift. Ein großer Gleichmacher, wenn Sie wollen.«

»Wir Pathologen sehen meistens nur das untere Ende der Mißbrauchsskala«, sagte Laurie. »Aber im allgemeinen haben Sie schon recht.« Laurie lächelte. Sie war von Lou beeindruckt. »Was haben Sie gemacht, bevor Sie zur Polizei kamen?«

»Wie meinen Sie das?«

»Waren Sie auf dem College?« fragte Laurie.

»Natürlich war ich auf dem College!« erwiderte Lou gereizt. »Was soll die Frage?«

»Entschuldigung«, sagte Laurie. »Ich wollte Sie nicht beleidigen.«

»Und ich wollte nicht so schroff reagieren«, lenkte Lou ein. »Manchmal habe ich wohl leichte Komplexe wegen der Schule, die ich besucht habe. Ich bin auf ein ganz normales städtisches College auf Long Island gegangen, keines von diesen Ivy League-Elfenbeintürmen. Und Sie?«

»Wesleyan University, oben in Connecticut«, sagte Laurie. »Schon mal davon gehört?«

»Natürlich habe ich schon mal davon gehört«, erwiderte Lou. »Glauben Sie, alle Polizisten sind Dummköpfe? Wesleyan University. Ich hätte es mir denken können. Wie Billy Joel zu sagen pflegt, ihr Uptown-Mädchen lebt auch in einer Uptown-Welt.«

»Woher wissen Sie, daß ich aus New York komme?«

»Ihr Akzent, Doktor«, erklärte Lou. »Er ist genauso unausrottbar wie mein Rego-Park-Akzent.«

»Verstehe«, sagte Laurie. Es war ihr gar nicht recht, ein so offenes Buch zu sein. Sie fragte sich, was dieser Mann aufgrund seiner jahrelangen Berufserfahrung sonst noch alles über sie sagen konnte.

Sie wechselte das Thema. »Wo man zur Schule geht, ist nicht so wichtig wie das, was man dort lernt«, sagte sie. »Sie sollten nicht so empfindlich wegen Ihres Colleges sein. Offensichtlich haben Sie eine gute Ausbildung gehabt.«

»Sie können das leicht sagen«, meinte Lou. »Aber danke für die Blumen.«

Laurie blickte auf die Unterlagen auf ihrem Schreibtisch. Ganz unvermittelt empfand sie so etwas wie Schuld wegen ihres privilegierten Werdegangs mit Privatschule, Wesleyan University und Columbia Medical School. Sie hoffte, sie hatte nicht gönnerhaft geklungen.

»Ich möchte ganz schnell den dritten Fall überfliegen«, sagte sie. Sie öffnete die dritte Mappe. »Louis Herrera, Alter achtundzwanzig, arbeitslos, auf einer Müllhalde hinter einem Lebensmittelgeschäft gefunden.« Laurie sah Lou an. »Ist wahrscheinlich in einem Abbruchhaus gestorben und buchstäblich auf den Müll geworfen worden. Das sind die üblichen Drogentoten, die wir hier sehen. Wieder ein trauriges, vergeudetes Leben.«

»In mancher Hinsicht vielleicht tragischer als der Geldtyp«, meinte Lou. »Ich nehme an, er hatte im Leben nicht so viele Chancen.«

Laurie nickte. Lou hatte eine erfrischende Art. Sie griff nach dem Telefon und wählte die Nummer von Cheryl Myers. Sie bat Cheryl, alle medizinischen Daten über Duncan Andrews zu beschaffen, die sie auftreiben könne. Sie erklärte ihr, daß sie irgendwelche medizinischen Probleme zu finden hoffte, die sie bei der Autopsie vielleicht verwerten konnte.

Als Laurie auflegte, warf sie Lou einen schnellen Blick zu. »Ich kann mir nicht helfen, aber ich komme mir vor, als würde ich betrügen.« Sie erhob sich und suchte die Unterlagen zusammen.

»Sie betrügen nicht«, beruhigte Lou sie. »Im übrigen, warum warten Sie nicht ab, bis Sie alle Informationen haben, einschließlich der Autopsie? Dann können Sie sich immer noch Gedanken machen. Wer weiß, vielleicht ergibt sich alles von selbst.«

»Guter Rat«, sagte Laurie. »Gehn wir nach unten an die Arbeit.«

Normalerweise zog Laurie ihre Arbeitskleidung im Büro an, da aber Lou dabei war, entschloß sie sich, in den Umkleideraum zu gehen. Als sie im Keller aus dem Aufzug stiegen, dirigierte sie Lou auf die Männerseite, während sie selbst auf die Frauenseite ging. Fünf Minuten später trafen sie sich in der Halle. Laurie trug den grünen Sektionskittel, darüber die undurchlässige Schutzkleidung und eine große Schürze. Die Schuhbezüge hatte sie übergestreift. Auf dem Kopf trug sie eine Haube. Um den Hals hing eine Gesichtsmaske. Lou trug einen Sektionskittel, eine Haube und eine Gesichtsmaske.

»Sie sehen wie einer der Ärzte aus«, meinte Laurie, als sie Lou betrachtete, um sicherzustellen, daß er richtig gekleidet war.

»Ich komme mir vor, als würde ich zu einer Operation gehen und nicht zu einer Autopsie«, sagte Lou. »Beim letztenmal habe ich das alles gar nicht angehabt. Muß ich diese Maske wirklich tragen?«

»Im Sektionssaal trägt jeder eine Maske«, erklärte Laurie. »Wegen AIDS und anderer Infektionsgefahren wurden die Vorschriften verschärft. Wenn Sie keine Maske trügen, würde Calvin Sie eigenhändig rausschmeißen.«

Sie gingen den Hauptgang des Leichenschauhauses entlang, vorbei an der Edelstahltür zum begehbaren Kühlraum und der langen Reihe der einzelnen Kühlkammern. Die Kühlkammern bildeten ein großes U in der Mitte des Leichenschauhauses.

»Ein wirklich grauenhafter Ort«, bemerkte Lou.

»Ich glaube schon«, meinte Laurie. »Aber wenn man es gewöhnt ist, ist es nicht mehr ganz so schlimm.«

»Sieht aus wie der Schauplatz für einen Horrorfilm«, sagte Lou. »Wer hat eigentlich diese blauen Fliesen für die Wände ausgesucht? Und was ist mit dem Zementfußboden? Warum ist der nicht versiegelt? Sehen Sie mal die vielen Flecken.«

Laurie blieb stehen und betrachtete den Boden. Obwohl er gescheuert worden war, waren die Flecken nicht zu übersehen. »Er sollte schon längst gefliest werden«, sagte sie.»Das ist irgendwo im New Yorker Bürokratismus verschlampt worden. Jedenfalls hat man mir das erzählt.«

»Und was sollen all die Särge hier?« fragte Lou. »Macht sich richtig gut.« Er deutete auf eine Ansammlung einfacher Kiefernkisten, die sich fast bis zur Decke stapelten. Andere standen hochkant.

»Das sind die Anonymensärge«, erklärte Laurie. »In New York können viele Tote nicht identifiziert werden. Wir bewahren sie nach der Autopsie noch einige Wochen im Kühlraum auf. Wenn sich keine Verwandten melden, werden sie schließlich auf Staatskosten beerdigt.«

»Das sieht ja aus wie auf einem Flohmarkt. Könnte man die Särge nicht irgendwo anders lagern?« fragte Lou.

»Wahrscheinlich nicht«, meinte Laurie. »Ich habe, glaube ich, nie darüber nachgedacht. Ich bin gewohnt, daß sie da stehen.«

Sie ging voraus in den Sektionssaal und hielt Lou die Tür auf. Anders als am Vortag lagen jetzt auf allen Tischen Leichen, an deren großem Zeh ein Schildchen befestigt war. An fünf Tischen wurde bereits gearbeitet.

»Oh, Dr. Montgomery fängt schon vor dem Mittagessen an«, witzelte einer der Ärzte.

»Kluge Leute prüfen erst das Wasser, bevor sie reinspringen«, konterte Laurie.

»Sie sind an Tisch sechs«, rief einer der Sektionsgehilfen ihr von einem Waschbecken zu, wo er gerade ein Stück Darm auswusch.

Laurie blickte sich zu Lou um, der in der Tür stehengeblieben war. Sie merkte, daß er einige Male schluckte. Obwohl er behauptet hatte, er sei schon bei Autopsien dabeigewesen, hatte sie das Gefühl, daß diese »Fließband«-Arbeit etwas viel für ihn war. Da gerade ein Darm ausgewaschen wurde, roch es auch nicht besonders angenehm.

»Sie können jederzeit rausgehen«, wandte sich Laurie an ihn.

Lou hob eine Hand. »Es geht schon«, erwiderte er. »Wenn Sie das aushalten, kann ich das auch.«

Laurie ging zum Tisch sechs. Lou folgte ihr. Vinnie Amendola trat zu ihnen, ebenfalls in vorgeschriebener Schutzkleidung.

»Heute sind wir zusammen, Dr. Montgomery«, sagte Vinnie.

»Fein«, sagte Laurie. »Holen Sie schon mal alles, was wir brauchen, dann fangen wir gleich an.«

Vinnie nickte und ging zu den Instrumentenschränken.

Laurie legte die Notizunterlagen so, daß sie gut erreichbar waren, dann blickte sie auf Duncan Andrews. »Ein gutaussehender Mann«, sagte sie.

»Ich habe gedacht, Ärzte machen sich solche Gedanken überhaupt nicht«, meinte Lou. »Ich dachte, Sie schalten alle irgendwie auf neutral oder so.«

»Kaum«, sagte Laurie. Duncans bleicher Körper lag wie im Schlaf auf dem Stahltisch. Die Augen waren geschlossen. Das einzige, was neben der wachsweißen Farbe sein Aussehen beeinträchtigte, waren die Abschürfungen an den Unterarmen. Laurie zeigte darauf. »Diese tiefen Kratzspuren sind wahrscheinlich die Folge des sogenannten Ameisenkriechens. Das ist eine taktile Halluzination, als krabbelten Käfer auf oder unter der Haut. Sie tritt bei Vergiftungen mit Kokain und Amphetaminen auf.«

Lou schüttelte den Kopf. »Ich begreife nicht, warum Menschen Rauschgift nehmen«, sagte er. »Das geht über meinen Horizont.«

»Sie tun es zum Vergnügen«, erklärte Laurie. »Unglücklicherweise beeinflussen Drogen wie Kokain Gehirnbereiche, die sich während der Evolution als Belohnungszentrum entwickelt haben. Es sollte Verhaltensweisen fördern, die das Überleben einer Art begünstigen. Wenn der Kampf gegen Drogen Erfolg haben soll, muß man die Tatsache, daß Drogen angenehm sein können, anerkennen und nicht leugnen.«

»Wieso habe ich das Gefühl, daß Sie nicht viel von der Sag-einfach-nein-Kampagne halten?« meinte Lou.

»*Weil* ich nichts davon halte. Sie ist dumm«, erklärte Laurie. »Oder zumindest kurzsichtig. Ich glaube, die Politiker, die sich diesen Plan ausgedacht haben, haben keine Ahnung, was es heißt, in der heutigen Gesellschaft aufzuwachsen, vor allem für arme Großstadtkinder. Drogen sind allgegenwärtig, und wenn die Jugendlichen sie nehmen und feststellen, daß sie angenehm sind, glauben sie, daß die da oben sie auch hinsichtlich der negativen und gefährlichen Seite belügen.«

»Haben Sie jemals was von dem Zeug versucht?«

»Ja, Hasch und Kokain.«

»Wirklich?«

»Überrascht Sie das?«

»Ich glaube schon, ein bißchen jedenfalls.«

»Wieso?«

Lou zuckte die Schultern. »Ich weiß nicht. Vielleicht, weil Sie nicht danach aussehen.«

Laurie lachte. »Er sieht im Moment sicher mehr danach aus als ich«, sagte sie und zeigte auf Andrews. »Aber als er noch lebte, hat er bestimmt auch nicht danach ausgesehen. Ich hab's im College mal mit Drogen versucht. Obwohl das mit meinem Bruder passiert ist, oder vielleicht gerade deshalb.«

»Was ist mit Ihrem Bruder passiert?« fragte Lou.

Laurie blickte auf Duncan Andrews' Körper. Sie hatte ihren Bruder gar nicht ins Spiel bringen wollen. Die Bemerkung war ihr herausgerutscht, als spräche sie mit jemandem, der ihr nahestand.

»Ist Ihr Bruder an einer Überdosis gestorben?«

Lauries Blick ging von Duncans Leiche zu Lou. Sie konnte nicht lügen. »Ja«, sagte sie. »Aber ich möchte nicht darüber reden.«

»Selbstverständlich«, lenkte Lou ein. »Ich wollte nicht neugierig sein.«

Laurie wandte sich wieder dem Körper Duncans zu. Eine Sekunde lang lähmte sie der Gedanke, der Körper ihres Bruders läge vor ihr auf dem kalten Tisch. Sie war erleichtert, von Vinnie unterbrochen zu werden, der mit Handschuhen, Präparatengläsern, Konservierungsmitteln, Etiketten und mehreren Instrumenten zurückkam. Sie war froh, anfangen zu können, und schüttelte diese Erinnerungen ab.

»Auf geht's«, sagte Vinnie und klebte als erstes die Etiketten auf die Präparatenbehälter.

Laurie öffnete die Handschuhe und streifte sie über. Sie setzte die Schutzbrille auf und begann mit einer genauen äußerlichen Untersuchung Duncan Andrews'. Nachdem sie den Kopf untersucht hatte, bedeutete sie Lou, auf die andere Seite des Tisches zu gehen. Mit den behandschuhten Händen teilte sie Duncans Haar und zeigte Lou mehrere Prellungen.

»Er hatte bestimmt einen Anfall«, erklärte Laurie. »Sehen wir uns mal die Zunge an.«

Laurie öffnete Duncans Mund. Die Zunge war an mehreren Stellen aufgerissen. »Wie ich's mir gedacht habe«, sagte sie. »Und jetzt wollen wir mal sehen, wieviel Kokain der Bursche genommen hat.« Mit Hilfe einer kleinen Taschenlampe und eines Nasenspekulums blickte sie in Duncans Nase. »Keine Perforationen. Sieht normal aus. Hat wahrscheinlich kaum geschnupft.«

Laurie richtete sich auf. Sie merkte, daß Lous Aufmerksamkeit sich auf einen benachbarten Tisch gerichtet hatte, wo man dabei war, den oberen Teil eines Schädels abzusägen. Ihre Blicke trafen sich.

»Sind Sie okay?« erkundigte sich Laurie.

»Ich weiß nicht recht«, antwortete Lou. »Machen Sie das wirklich jeden Tag?«

»Im Schnitt an drei, vier Tagen in der Woche«, sagte Laurie. »Wollen Sie eine Weile nach draußen? Ich sage Ihnen Bescheid, wenn ich mit DePasquale anfange.«

»Nein, es geht schon. Machen Sie weiter. Was kommt als nächstes?«

»Normalerweise untersuche ich die Augen«, erklärte Laurie. Sie sah Lou an. Das letzte, was sie ihm wünschte, war, daß er ohnmächtig wurde und mit dem Kopf auf den Betonboden schlug. Das war schon einmal einem Besucher passiert.

»Machen Sie ruhig weiter«, drängte Lou. »Ich bin okay.«

Laurie zuckte die Schultern. Dann legte sie Daumen und Zeigefinger auf Duncans Augenlider und zog sie hoch.

Lou rang nach Luft und wandte sich ab.

Einen Augenblick war selbst Laurie erschrocken. Die Augen waren nicht mehr da! Die fleischig roten Augenhöhlen waren mit rosafleckigen Gazebauschen ausgefüllt. Es gab der Leiche ein gräßliches Aussehen.

»Okay!« sagte Lou. »Sie haben gewonnen. Sie haben mich geschafft und haben gewonnen. Das muß ich Ihnen lassen.« Er drehte sich wieder zu Laurie um. Das bißchen Haut, das zwischen Maske und Haube zu sehen war, war kreidebleich. »Ich nehme an, das war eine Art Aufnahmeprüfung für den Neuling.«

Laurie stieß ein kurzes, nervöses Lachen aus. »Es tut mir leid, Lou«, beteuerte sie. »Ich hatte vergessen, daß die Augen entfernt worden sind. Wirklich. Der Mann hatte sich als Organspender eintragen lassen. Wenn man die Augen innerhalb von zwölf Stunden entnimmt, können sie häufig verwertet werden, falls keine sonstigen Kontraindikationen bestehen. Gelegentlich können es sogar mehr als zwölf Stunden sein, wenn der Körper gekühlt wird.«

»Es macht mir nichts, Zielscheibe für einen Scherz zu sein«, sagte Lou.

»Aber es war kein Scherz«, beharrte Laurie. »Es tut mir leid. Ehrlich. Ich bin gestern wegen diesem Fall angerufen worden. Und bei dem ganzen Rummel hatte ich es vergessen. Ich wußte nur noch, daß dies ein Fall war, wo das Opfer Kokain intravenös genommen hatte. Mal sehen, ob wir die Einstichstelle finden.«

Laurie drehte Duncans rechten Arm um, so daß sie die Innenseite untersuchen konnte. Vinnie machte das gleiche mit dem linken Arm. »Da ist es«, sagte Laurie und zeigte auf eine winzige, runde Wunde auf einer der Venen im Ellbogenbereich.

»Ich wußte gar nicht, daß man sich Kokain auch spritzen kann«, sagte Lou.

»Es wird auf sämtliche Arten in den Körper gebracht, die Sie sich vorstellen können, und auch auf einige, die Sie sich nicht vorstellen können«, erklärte Laurie. »Intravenös ist zwar nicht üblich, aber es wird gemacht.« Während sie sprach, wanderten ihre Gedanken zurück zu jenem Abend, bevor sie Shelly tot in seinem Schlafzimmer gefunden hatte. Er war gerade von Yale nach Hause gekommen, und Laurie war bei ihm im Zimmer, begierig, etwas über das College zu hören. Seine Tasche lag offen auf dem Bett.

»Was ist das?« wollte Laurie wissen. Sie hielt eine Packung Kondome hoch.

»Gib das sofort her!« rief Shelly, offensichtlich verärgert, daß seine kleine Schwester so etwas in seinen Sachen gefunden hatte.

Laurie kicherte, als Shelly ihr die Präservative aus der Hand riß. Während er noch damit beschäftigt war, sie in der obersten Schublade seiner Kommode zu verstauen, durchsuchte Laurie weiter seine Tasche, um zu sehen, was es sonst noch zu entdecken gab. Doch was sie sah, war eher beunruhigend als fesselnd. Ganz behutsam zog Laurie eine Einwegspritze aus dem Waschbeutel. Es war dieselbe, die sie am nächsten Tag sehen sollte.

»Was ist das?« wollte sie wissen.

Shelly kam herüber und versuchte, ihr die Spritze wegzunehmen, doch Laurie wich ihm aus.

»Die hast du aus Papas Praxis, stimmt's?« fragte Laurie.

»Gib das her, sonst kriegst du echte Schwierigkeiten«, fuhr Shelly sie an. Er drängte sie an die Wand.

Laurie hielt die Spritze mit beiden Händen hinter ihrem Rükken. Da sie in New York aufgewachsen war, wußte sie, wozu die Spritze benutzt wurde.

»Spritzt du?« fragte sie.

Shelly überwältigte sie und entwand ihr die Spritze. Er trug sie zur Kommode und packte sie zu den Kondomen. Dann drehte er sich zu seiner Schwester um, die sich nicht von der Stelle gerührt hatte.

»Ich hab's ein paarmal versucht«, sagte Shelly. »Es heißt Speedball. In der Schule machen das viele. Ist nichts Besonderes. Aber ich möchte nicht, daß du Mom oder Dad was erzählst. Wenn du das tust, rede ich nie wieder ein Wort mit dir. Verstehst du? Nie wieder.«

Lauries kurze Tagträumerei wurde durch Calvin Washingtons dröhnende Stimme abrupt beendet. »Was wird denn hier gespielt?« ereiferte er sich. »Warum haben Sie noch nicht angefangen? Ich komme her, um zu sehen, ob Sie was entdeckt haben, was uns weiterhelfen kann, und Sie haben noch nicht mal begonnen. Also los jetzt.«

Laurie war plötzlich wieder bei der Sache. Sie führte die äußere Untersuchung zu Ende, bei der sie außer den anderen Anzeichen nur ein paar flächenartige Blutergüsse an Duncans Oberarmen feststellte. Dann griff sie zum Skalpell und machte routiniert den Y-förmigen Einschnitt von den Schultern bis zum Schambein. Unterstützt von Vinnie, arbeitete sie schweigend und rasch, entfernte das Brustbein und legte die inneren Organe frei.

Lou bemühte sich, nicht im Weg zu sein. »Tut mir leid, wenn ich Sie aufgehalten habe«, sagte er, als Laurie eine Pause einlegte, damit Vinnie die Präparatengläser herrichten konnte.

»Macht nichts«, beruhigte Laurie ihn. »Wenn DePasquale an die Reihe kommt, erkläre ich etwas ausführlicher. Jetzt will ich erst mal Andrews fertigmachen. Wenn Calvin richtig durchdreht, könnte es Ärger geben.«

»Ich verstehe«, sagte Lou. »Wäre es Ihnen lieber, wenn ich ginge?«

»Nein, überhaupt nicht. Seien Sie nur nicht beleidigt, wenn ich Sie eine Weile nicht beachte.«

Nach der Untersuchung der inneren Organe in situ entnahm Laurie mittels mehrerer Spritzen verschiedene Flüssigkeiten für toxikologische Tests. Sie und Vinnie gingen ganz planvoll vor, um sicherzustellen, daß die Proben in die entsprechend gekennzeichneten Gefäße kamen. Dann entfernte sie ein Organ nach dem anderen. Am meisten Zeit verwandte sie auf das Herz, bis auch das schließlich entfernt war.

Während Vinnie Magen und Darm zum Becken trug, um sie auszuwaschen, entnahm Laurie dem Herzen mit großer Sorgfalt mehrere Proben für mikroskopische Untersuchungen. Dann entnahm sie einigen anderen Organen ähnliche Proben. Vinnie war inzwischen zurückgekommen. Ohne Hast begann er damit, die Kopfhaut zurückzuziehen. Nachdem Laurie den Schädel untersucht hatte, nickte sie Vinnie zu, der den Schädel mit einer Hochgeschwindigkeitssäge direkt über den Ohren rundum aufschnitt.

Lou blieb auf Distanz, als Laurie das Gehirn aus dem Schädel hob und in eine Schale gleiten ließ, die Vinnie ihr hinhielt. Mit einem langen Messer, das dem eines Metzgers ähnelte, machte sie nacheinander mehrere Schnitte, als würde sie einen fertigen Braten aufschneiden. Sie waren ein eingespieltes Team, das sich ohne viel Worte verstand.

Eine halbe Stunde später führte Laurie Lou aus dem Sektionssaal. Sie ließen die äußere Schutzkleidung zurück und gingen in die Kantine im ersten Stock, um einen Kaffee zu trinken. Sie hatten etwa eine Viertelstunde Zeit, in der Vinnie die sterblichen Überreste Duncans wegräumte und den nächsten Fall »vorbereitete«, Frank DePasquale.

»Vielen Dank, aber ich werde wohl ein paar Tage nichts essen«, sagte Lou, als sie ihm anbot, sich etwas aus einem der Automaten in der Kantine zu nehmen. Laurie goß sich eine zweite Tasse Kaffee ein. Sie saßen an einem Resopaltisch in der Nähe des Mikrowellenherdes. In dem Raum waren außer ihnen noch etwa fünfzehn Personen, die sich alle angeregt unterhielten.

Da Lou einige Raucher sah, holte er eine Schachtel Marlboro und Streichhölzer aus der Tasche und zündete sich eine Zigarette an. Als er Lauries Gesicht bemerkte, nahm er die Zigarette aus dem Mund. »Was dagegen, wenn ich rauche?« fragte er.

»Wenn Sie müssen«, entgegnete Laurie.

»Nur eine.«

»Tja, im großen ganzen kein pathologischer Befund bei Duncan Andrews«, sagte Laurie. »Und bei der Histologie werde ich wahrscheinlich auch nichts finden.«

»Sie können nur tun, was möglich ist«, sagte Lou. »Wenn Sie nicht weiterkommen, lassen Sie Dr. Washington entscheiden, was zu tun ist. Da er zu denen da oben gehört, ist es seine Aufgabe.«

»Wer die Autopsie vornimmt, muß auch den Totenschein ausstellen«, erklärte Laurie. »Aber ich kann's ja mal versuchen.«

»Es war toll, wie geschickt Sie im Sektionssaal mit diesem Messer umgegangen sind...«, sagte Lou.

»Danke für die Blumen«, erwiderte Laurie. »Doch wieso habe ich das Gefühl, als würde noch ein ›Aber‹ kommen?«

»Ich bin einfach erstaunt, daß eine so attraktive Frau wie Sie sich für einen solchen Beruf entscheidet«, meinte Lou.

Laurie schloß die Augen und stieß einen verzweifelten Seufzer aus. »Eine ziemlich chauvinistische Bemerkung.« Sie sah Lou ernst an. »Das hebt Ihr Kompliment leider wieder auf. Wollten Sie sagen: ›Was tut ein so hübsches Mädchen wie Sie an einem solchen Ort?‹«

»Oh, tut mir leid«, entgegnete Lou. »So hab ich es überhaupt nicht gemeint.«

»Wenn jemand über mein Aussehen und meine Fähigkeiten spricht und beides miteinander in Verbindung bringt, wirft das ein negatives Licht auf beides«, erklärte Laurie. Sie nippte an ihrem Kaffee. Sie merkte, daß Lou verstört war und sich unwohl fühlte. »Ich wollte Sie nicht attackieren«, fuhr sie fort. »Aber ich habe es satt, meine Berufswahl zu verteidigen. Und ich habe es auch satt zu hören, daß mein Aussehen und mein Geschlecht irgend etwas mit meiner Stellung zu tun haben.«

»Ich sollte wohl besser meine große Klappe halten«, sagte Lou.

Laurie warf einen kurzen Blick auf die Wanduhr. »Ich glaube, wir gehen wieder runter. Vinnie hat DePasquale bestimmt schon auf dem Tisch.« Sie trank den restlichen Schluck Kaffee und stand auf.

Lou drückte seine Zigarette aus und eilte ihr nach. Fünf Minuten später steckten sie wieder in ihrer Schutzkleidung, standen vor der Leuchtwand im Sektionssaal und sahen sich die Röntgenaufnahmen von Frank DePasquale an. Die Schädelaufnahmen, axiopulpal und von der Seite, ließen deutlich die Kugel erkennen, die in der hinteren Fossa steckte.

»Sie hatten recht mit der Lage der Kugel«, sagte Laurie. »Sie steckt in der Gehirnbasis.«

»Hinrichtungen durch Gangster sind äußerst effizient«, erklärte Lou.

»Das glaube ich«, sagte Laurie. »Es liegt daran, daß eine Kugel in die Gehirnbasis den Hirnstamm trifft. Dort befinden sich die lebenswichtigen Zentren zum Beispiel für die Atmung und den Herzschlag.«

»Ich glaube, wenn ich mal abtreten muß, hätte ich's ganz gern auf diese Weise«, meinte Lou.

Laurie sah ihn an. »Ein sehr angenehmer Gedanke.«

Lou zuckte die Schultern. »Bei meiner Arbeit kommen einem solche Gedanken.«

Laurie blickte wieder auf die Röntgenaufnahme. »Sie hatten auch recht mit dem kleinen Kaliber. Ich schätze, es war eine 22er, höchstens eine 25er.«

»Die benutzen sie normalerweise«, bestätigte Lou. »Die größeren machen einfach zuviel Sauerei.«

Laurie ging voraus zum Tisch sechs, auf dem die sterblichen Überreste Frankies lagen. Die Leiche war ein wenig aufgedunsen. Das rechte Auge war stärker angeschwollen als das linke.

»Er sieht jünger als achtzehn aus«, sagte Laurie.

»Eher wie fünfzehn«, stimmte Lou zu.

Laurie bat Vinnie, den Körper umzudrehen, damit sie sich den Hinterkopf ansehen konnte. Mit einer behandschuhten Hand teilte sie die nassen, verklebten Haare und legte eine runde Einschußwunde frei, die von einem kreisförmigen, abgeschürften Bereich umgeben war. Nachdem sie die Wunde vermessen und fotografiert hatte, rasierte sie vorsichtig die Haare ringsum weg, um sie vollständig freizulegen.

»Es war offensichtlich ein Schuß aus kurzer Entfernung«, sagte Laurie. Sie deutete auf den schmalen Ring aus Schießpulver, dessen schwarze Punkte das ausgestanzte Zentrum umgaben.

»Wie kurz?« fragte Lou.

Laurie überlegte einen Moment. »Ich würde sagen, acht bis zehn Zentimeter. Ungefähr.«

Sie machte noch ein paar weitere Vermessungen und Fotos. Dann kratzte sie mit einem sauberen Skalpell Pulverreste aus einigen der kleinen punktartigen Wunden. Durch leichtes Schlagen der Skalpellschneide gegen die Innenseite eines Glasröhrchens sammelte Laurie das Material für die Laboranalyse.

»Man weiß nie, was die Chemiker vielleicht finden«, sagte sie. Sie reichte Vinnie die Röhrchen zum Beschriften.

»Wir brauchen einen Durchbruch«, erklärte Lou. »Und mir ist egal, woher er kommt.«

Als Vinnie die Röhrchen beschriftet hatte, drehte Laurie mit seiner Hilfe Frank wieder in die Rückenlage.

»Was ist mit dem rechten Auge los?« fragte Lou.

»Ich weiß es nicht«, antwortete Laurie. »Auf der Röntgenaufnahme hat es nicht so ausgesehen, als ob die Kugel in die Augenhöhle gedrungen wäre, aber man weiß nie.« Das Lid war purpurn verfärbt. Geschwollene Bindehaut trat durch die palpebrale Fissur hervor. Vorsichtig zog Laurie das Augenlid nach oben.

»Oh«, machte Lou. »Das sieht nicht gut aus. Der erste Fall hatte überhaupt keine Augen, und bei dem hier sieht es so aus, als ob die Augen unter einen Lkw gekommen wären. Könnte das passiert sein, als er im East River trieb?«

Laurie schüttelte den Kopf. »Ist vor dem Tod passiert. Sehen Sie die Blutungen unter der Schleimhaut? Das bedeutet, daß das Herz noch geschlagen hat. Er lebte noch, als das passiert ist.«

Laurie beugte sich vor und betrachtete die Hornhaut. Aufgrund der Brechung des Lichts der Deckenstrahler an der Oberfläche konnte sie erkennen, daß die Hornhaut unregelmäßig war. Außerdem war sie milchig weiß. Laurie schob das Lid des linken Auges nach oben. Im Gegensatz zur rechten Hornhaut war die linke ungetrübt; das Auge starrte leer zur Decke.

»Kann das von der Kugel kommen?« fragte Lou.

»Ich glaube nicht«, meinte Laurie. »So wie die Hornhaut in Mitleidenschaft gezogen wurde, sieht es eher wie eine chemische Verätzung aus. Wir nehmen eine Probe für die Toxikologie. Ich werde einzelne Schnitte unter dem Mikroskop untersuchen. Ich muß zugeben, so etwas habe ich noch nicht gesehen.«

Laurie setzte die äußere Untersuchung fort. Sie betrachtete die Handgelenke und zeigte darauf. »Sehen Sie diese Abschürfungen und Einschnitte?«

»Ja«, erwiderte Lou. »Was hat das zu bedeuten?«

»Ich würde sagen, der arme Kerl ist gefesselt worden. Die Verletzung am Auge rührt vielleicht von einer Folterung her.«

»Diese widerlichen Burschen«, sagte Lou. »Was mich fuchst, ist, daß sie sich hinter diesem sogenannten Ehrenkodex verstekken und in Wirklichkeit ganz skrupellose Verbrecher sind. Und ganz besonders fuchst mich, daß ihre Machenschaften auf alle Amerikaner italienischer Abstammung zurückfallen.«

Während Laurie Franks Hände und Beine untersuchte, fragte sie Lou, warum die Familien Vaccarro und Lucia sich bekämpften.

»Gebietsansprüche«, sagte Lou. »Sie müssen alle im selben Bett schlafen, in Queens und Teilen von Nassau County. Sie gehen sich ständig wegen Gebietsansprüchen an die Gurgel. Sie sind unmittelbare Rivalen bei Rauschgift, Kreditwucher, Spielclubs, Hehlerei, Erpressung, Autodiebstahl, Entführungen... Egal was, sie haben ihre Finger im Spiel. Ununterbrochen bekämpfen und töten sie sich gegenseitig, aber es ist ein totes Rennen, denn irgendwie müssen sie auch miteinander auskommen. Eine verrückte Welt.«

»Gibt es diese ganzen illegalen Aktivitäten heute immer noch?« fragte Laurie ungläubig.

»Selbstverständlich«, antwortete Lou. »Und das, was wir wissen, ist nur die Spitze des Eisbergs.«

»Warum unternimmt denn die Polizei nichts?«

Lou seufzte. »Wir versuchen es, aber es ist nicht leicht. Wir brauchen Beweise. Und an die kommt man schwer ran, wie ich vorhin erklärt habe. Die Bosse sind abgeschirmt, und die Killer sind Profis. Selbst wenn wir etwas gegen sie in der Hand haben, müssen sie immer noch vor Gericht, und da ist alles möglich. Wir Amerikaner haben immer solche Angst vor der Willkür der Behörden gehabt, daß wir den Verbrechern legal alle Chancen geben, sich dem Zugriff des Gesetzes zu entziehen.«

»Es fällt schwer, zu glauben, daß man so wenig tun kann«, sagte Laurie.

»Wir können nur dann etwas tun, wenn wir eindeutige Beweise haben. Nehmen Sie hier Frank DePasquale. Ich bin zu neunundneunzig Prozent sicher, daß das auf das Konto von Cerino und seinen Jungs geht. Aber ohne einen Beweis, ohne irgendeinen glücklichen Zufall kann ich nichts unternehmen.«

»Ich dachte, die Polizei hat Informanten«, sagte Laurie.

»Wir haben Informanten«, räumte Lou ein. »Aber niemanden, der wirklich alles weiß. Die Leute, die wirklich was erzählen könnten, haben voreinander mehr Angst als vor uns.«

»Vielleicht finde ich ja hier was«, meinte Laurie und blickte wieder auf den toten Frank DePasquale. »Das Dumme ist, daß Beweise bei Wasserleichen häufig abgewaschen werden. Die Kugel ist selbstverständlich noch da. Wenigstens die kann ich Ihnen geben.«

»Ich nehme, was ich kriege«, sagte Lou.

Laurie und Vinnie machten sich an die Autopsie. Bei jedem Schritt erklärte Laurie Lou, was sie taten. Der einzige Unterschied zwischen der Autopsie von Frank und der von Duncan bestand darin, wie Laurie das Gehirn behandelte. Bei Frank verfolgte sie ganz gewissenhaft den Weg der Kugel. Sie hielt fest, daß er nie in die Nähe des geschwollenen Auges kam. Sie achtete auch darauf, daß sie die Kugel nicht mit einem Metallgegenstand berührte. Nachdem sie sie entfernt hatte, tat sie sie in einen Kunststoffbehälter, um Kratzer zu vermeiden.

Später, als die Kugel trocken war, kennzeichnete Laurie sie am unteren Ende und fotografierte sie, bevor sie sie in einen kleinen Beutel tat und diesen versiegelte. Der Beutel wurde dann an eine Beweisbescheinigung geheftet und konnte nun der Polizei übergeben werden, also Sergeant Murphy oder seinem Kollegen eine Treppe höher.

»Das war ja ein ereignisreicher Vormittag«, sagte Lou, als sie den Sektionssaal verließen. »Es war sehr lehrreich, aber ich glaube, Ihren dritten Fall schenke ich mir.«

»Ich war überrascht, daß Sie zwei ausgehalten haben«, sagte Laurie.

Draußen blieben sie stehen. »Wenn das mikroskopische Material von Frank DePasquale ausgewertet ist, gebe ich Ihnen Bescheid, falls irgend etwas Interessantes auftaucht. Das einzige Interessante ist vielleicht das Auge. Aber wer weiß?«

»Es hat Spaß gemacht...«, sagte Lou. Er trat von einem Fuß auf den anderen.

Laurie sah dem Lieutenant in die dunklen Augen. Sie hatte das Gefühl, als wollte er sie etwas fragen, brächte es aber nicht über die Lippen. »Ich gehe nach oben und trinke einen Kaffee«, sagte sie. »Trinken Sie noch einen mit, bevor Sie gehen?«

»Hört sich gut an«, erwiderte Lou ohne zu zögern.

Oben in der Kantine landeten sie am selben Tisch, an dem sie schon vorher gesessen hatten. Laurie konnte nicht verstehen, warum der selbstsichere Lou plötzlich so fahrig und linkisch war.

Sie sah ihm zu, als er die Zigaretten und Streichhölzer herausholte und sich umständlich Feuer gab.

»Rauchen Sie schon lange?« fragte Laurie, nur um etwas zu sagen.

»Seit ich zwölf bin«, antwortete Lou. »In meinem Viertel tat man das.« Er schüttelte das Streichholz aus und machte einen tiefen Zug.

»Haben Sie je daran gedacht, aufzuhören?« fragte Laurie.

»Selbstverständlich«, erwiderte Lou. Er blies den Rauch über seine Schulter. »Es ist ganz einfach, aufzuhören. Ich mache es seit einem Jahr jede Woche. Aber Spaß beiseite, ich möchte wirklich davon wegkommen. Aber es ist sehr schwer in der Zentrale. Da rauchen fast alle.«

»Tut mir leid, daß wir bei DePasquale nichts Besonderes entdeckt haben«, sagte Laurie.

»Vielleicht hilft uns die Kugel irgendwie weiter«, meinte Lou. Er legte die Zigarette auf den Rand des Aschenbechers und versuchte, sie ins Gleichgewicht zu bringen. »Die Ballistiker sind findige Leute. Au!« Lou zog die Hand vom Aschenbecher zurück. Er hatte sich den Finger an der Zigarette verbrannt.

»Stimmt was nicht, Lou?« fragte Laurie.

»Alles okay«, antwortete Lou etwas zu schnell. Er versuchte es erneut und hatte diesmal Erfolg, seine Zigarette zu angeln.

»Sie scheinen sich über irgend etwas aufzuregen«, meinte Laurie.

»Hab eine Menge um die Ohren«, wiegelte er ab. »Aber eins würde ich Sie doch gern fragen. Sind Sie verheiratet?«

Laurie lächelte unwillkürlich und schüttelte den Kopf. »Das ist aber ein Sprung.«

»Stimmt«, pflichtete Lou bei.

»Und unter diesen Umständen auch nicht sehr professionell«, fuhr Laurie fort.

»Auch da kann ich nicht widersprechen«, räumte Lou ein.

Laurie machte eine Pause, als trüge sie einen kleinen Kampf mit sich aus. »Nein«, sagte sie schließlich. »Ich bin nicht verheiratet.«

»Wenn das so ist...«, sagte Lou, nach Worten suchend, »vielleicht könnten wir dann mal essen gehen.«

»Ich fühle mich geschmeichelt, Lieutenannt Soldano«, sagte Laurie etwas verlegen. »Aber normalerweise halte ich Privatleben und Arbeit streng getrennt.«

»Ich auch«, versicherte Lou.

»Was, wenn ich sage, vielleicht, und darüber nachdenke?«

»Fein«, sagte Lou. Laurie merkte, daß er es bedauerte, sie gefragt zu haben. Er stand abrupt auf. Laurie erhob sich ebenfalls, doch Lou forderte sie mit einer Handbewegung auf, sitzen zu bleiben. »Trinken Sie Ihren Kaffee zu Ende. Ich kann bestätigen, daß Sie eine Pause brauchen, glauben Sie mir. Lassen Sie von sich hören.« Lou hob die Hand und ging. An der Tür drehte er sich noch einmal um und winkte.

Laurie erwiderte den Gruß, dann war Lou ihren Blicken entschwunden. Er war wirklich ein bißchen wie Columbo: etwas tolpatschig, aber intelligent. Gleichzeitig hatte er etwas Ungezwungenes, Natürliches, eine erfrischende Direktheit, was ihr sehr gefiel. Außerdem schien er sich einsam zu fühlen.

Sie trank ihren Kaffee aus, stand auf und streckte sich. Als sie die Kantine verließ, wurde ihr bewußt, daß Lou sie auch ein wenig an ihren Hin-und-wieder-Freund Sean Mackenzie erinnerte. Ihre Mutter würde Lou zweifellos genauso unpassend finden. Laurie fragte sich, ob sie sich zum Teil auch deshalb zu diesem Typen hingezogen fühlte, weil sie wußte, daß ihre Eltern nicht einverstanden sein würden. Falls das stimmte, wurde es wirklich Zeit, von dieser Aufsässigkeit endlich loszukommen.

Laurie drückte den Ab-Knopf am Aufzug, als ihr einfiel, daß sie ganz vergessen hatte, Lou ebenfalls zu fragen, ob er verheiratet sei. Sie beschloß, das nachzuholen, wenn er anrufen würde. Sie sah auf die Uhr. Sie war gut vorangekommen: Nur noch eine Autopsie, und es war noch nicht einmal Mittag.

Laurie prüfte noch einmal die Anschrift, die sie auf ein Stück Papier gekritzelt hatte, dann blickte sie an dem imponierenden

Wohnhaus auf der Fifth Avenue hoch. Es lag zwischen der 74th und 76th Street direkt am Central Park. Über dem Eingang spannte sich eine mit Langetten verzierte Markise aus blauem Segeltuch, die bis zur Straßenkante reichte. Ein livrierter Portier stand wartend hinter der schmiedeeisernen, verglasten Tür.

Als Laurie auf die Tür zutrat, hielt der Portier sie ihr auf und fragte höflich, ob er ihr helfen könne.

»Ich möchte den Hausmeister sprechen«, sagte Laurie. Sie knöpfte den Mantel auf. Während der Portier sich mit einer altmodischen Gegensprechanlage abmühte, setzte Laurie sich auf ein Ledersofa und sah sich in der Eingangshalle um. Sie war geschmackvoll und in dezenten, gedämpften Tönen ausgeschmückt. Auf einer Kredenz stand ein großer Strauß frischer Herbstblumen.

Es fiel Laurie nicht schwer, sich Duncan Andrews vorzustellen, wie er selbstbewußt in die Halle seines Wohnhauses trat, die Post an sich nahm und auf den Aufzug wartete. Laurie warf einen Blick zu den Schließfächern hinüber, die diskret von einem chinesisch anmutenden, hölzernen Wandschirm verdeckt wurden. Sie fragte sich, welches Fach wohl Duncan gehörte und ob vielleicht Post für ihn da war.

»Kann ich etwas für Sie tun?«

Laurie erhob sich und stand einem Hispanoamerikaner mit Schnurrbart gegenüber. Auf die Brusttasche seines Hemdes war der Name »Juan« gestickt.

»Ich bin Dr. Montgomery«, stellte Laurie sich vor. »Ich komme vom Gerichtsmedizinischen Institut.« Sie schlug die Klappe ihrer Ledertasche zurück, um ihre glänzende Dienstmarke zu zeigen. Sie sah wie eine Polizeimarke aus.

»Was kann ich für Sie tun?« erkundigte Juan sich.

»Ich würde gern einen Blick in die Wohnung von Duncan Andrews werfen«, sagte Laurie. »Ich bin mit seiner Obduktion befaßt und würde mir gern den Ort seines Ablebens ansehen.«

Laurie befleißigte sich bewußt eines offiziellen Tons. In Wirklichkeit war ihr gar nicht wohl bei dem, was sie tat. Auch wenn die obduzierenden Ärzte in einigen Gerichtsbezirken den Todesort aufsuchen mußten, in New York war das nicht so. Hier hatte man diese Aufgabe den gerichtsmedizinischen Ermittlern übertragen. Aber während ihrer Ausbildung in Miami hatte Laurie des öfteren die Schauplätze aufgesucht. In New York vermißte sie die zusätzlichen Informationen, die solche Besuche brachten. Aber sie wollte Duncans Wohnung gar nicht aus diesem Grund sehen. Sie erwartete nicht, irgend etwas zu entdecken, das den Fall weiterbrachte. Sie fühlte sich eher aus persönlichen Gründen dazu gedrängt. Bei der Vorstellung, daß ein privilegierter, erfolgreicher junger Mann seinem Leben wegen einiger Augenblicke drogenbedingter Lust ein Ende gemacht hatte, mußte sie an ihren Bruder denken. Dieser Tod hatte Schuldgefühle aufgewühlt, die sie siebzehn Jahre lang unterdrückt hatte.

»Mr. Andrews' Freundin ist oben«, sagte Juan. »Jedenfalls habe ich sie vor einer halben Stunde hinauffahren sehen.« Er wandte sich an den Portier und fragte, ob Ms. Wetherbee schon gegangen sei. Der Portier verneinte.

Wieder an Laurie gerichtet, sagte Juan: »Es ist das Apartment 7 C. Ich begleite Sie nach oben.«

Laurie zögerte. Sie hatte nicht damit gerechnet, daß jemand in der Wohnung sein würde. Sie wollte wirklich nicht mit einem Angehörigen der Familie sprechen, und schon gar nicht mit Andrews' Freundin. Aber Juan stand schon im Aufzug und hielt die Tür für sie auf. Nachdem sie sich in ihrer offiziellen Funktion vorgestellt hatte, hatte sie das Gefühl, nicht zurückzukönnen.

Juan klopfte an die Tür von 7 C. Als nicht sofort geöffnet wurde, holte er einen Ring mit Schlüsseln von der Größe eines Baseballs hervor und suchte sie durch. Die Tür ging auf, als er gerade einen Schlüssel ins Schloß stecken wollte.

In der Tür stand eine Frau in Lauries Größe mit blondem, lockigem Haar. Über verwaschenen Jeans trug sie ein Sweatshirt. Die Wangen waren naß von frischen Tränen.

Juan stellte Laurie als jemanden vom Krankenhaus vor und entschuldigte sich dann.

»Ich kann mich nicht erinnern, Sie im Krankenhaus gesehen zu haben«, sagte Sara.

»Ich bin auch nicht vom Krankenhaus«, erklärte Laurie. »Ich komme vom Gerichtsmedizinischen Institut.«

»Wollen Sie bei Duncan eine Autopsie vornehmen?« fragte Sara.

»Das habe ich bereits«, erwiderte Laurie. »Ich wollte mir nur den Ort ansehen, wo er gestorben ist.«

»Natürlich«, sagte Sara. Sie trat von der Tür zurück. »Kommen Sie herein.«

Laurie trat in die Wohnung. Sie wartete, während Sara die Tür schloß. Die Wohnung war geräumig. Selbst von der Diele hatte Laurie einen Blick über den weiten Central Park mit seinen kahlen Bäumen. Unwillkürlich schüttelte sie den Kopf über die Sinnlosigkeit von Andrews Drogensucht. Zumindest äußerlich schien sein Leben ideal gewesen zu sein.

»Duncan ist auf der Schwelle zusammengebrochen«, sagte Sara. Sie deutete auf den Boden an der Tür. Erneut liefen ihr Tränen über die Wangen. »Ich wollte gerade klopfen, da riß er die Tür auf. Es war, als ob er wahnsinnig geworden wäre. Er war praktisch nackt, als er herausgerannt kam.«

»Es tut mir sehr leid«, sagte Laurie. »Drogen können dem Menschen so etwas antun. Bei Kokain kann er das Gefühl haben, als würde er verbrennen.«

»Ich habe überhaupt nicht gewußt, daß er Drogen nahm«, schluchzte Sara. »Wenn ich schneller hergekommen wäre, nachdem er angerufen hatte, wäre es vielleicht nicht passiert. Wenn ich Sonntagabend hiergeblieben wäre, vielleicht ...«

»Drogen sind ein Fluch«, sagte Laurie. »Kein Mensch kennt den Grund, warum Duncan sie genommen hat. Aber es war seine Entscheidung. Sie brauchen sich keine Vorwürfe zu machen.« Laurie stockte. »Ich weiß, wie Ihnen zumute ist«, sagte sie schließlich. »Ich habe meinen älteren Bruder gefunden, als er eine Überdosis genommen hatte.«

»Wirklich?«

Laurie nickte. Zum zweitenmal an diesem Tag hatte sie ein Geheimnis preisgegeben, das sie siebzehn Jahre für sich behalten hatte. Dieser Beruf setzte ihr zu, das war zu erwarten gewesen, aber auf eine Weise, die sie nie für möglich gehalten hätte. Der Fall Duncan Andrews hatte sie aufgewühlt wie bisher kein anderer.

4

Dienstag, 18.51 Uhr
Manhattan

»Himmel Arsch!« fluchte Tony. »Jetzt sitzen wir wieder hier rum. Jeden Abend warten wir. Gestern abend, als wir endlich diesen Wichser DePasquale hatten, hab ich gedacht, daß sich jetzt was tut. Aber nein, wir sind wieder hier und warten, als ob nichts gewesen wäre.«

Angelo beugte sich vor und tippte die Asche seiner Zigarette in den Aschenbecher, dann lehnte er sich wieder zurück. Er sprach kein Wort. Er hatte sich schon am Nachmittag vorgenommen, Tony zu ignorieren. Angelo beobachtete das rege Treiben auf der Straße. Menschen strebten nach der Arbeit nach Hause, führten ihren Hund aus oder kamen aus dem Supermarkt. Er und Tony parkten in einer Ladezone zwischen der 81st und 82nd Street Richtung Norden. Auf beiden Straßenseiten standen dicht gedrängt mehrgeschossige Wohnhäuser, deren Erdgeschosse mit Büros belegt waren.

»Ich geh raus und mach ein paar Liegestütze«, sagte Tony.

»Halt deine verdammte Klappe!« fuhr Angelo ihn an, obwohl er sich geschworen hatte, seinen Partner nicht zu beachten. »Wir haben es gestern abend besprochen. Du gehst nicht raus und machst keine Liegestütze, wenn wir auf einen Einsatz warten. Was ist denn los mit dir? Willst du eine Neonreklame oder sonstwas, damit die Bullen wissen, daß wir hier sind? Wir dürfen keine Aufmerksamkeit erregen. Kannst du das nicht kapieren?«

»Schon gut«, lenkte Tony ein. »Mach dir nicht in die Hose. Ich geh nicht raus.«

Aufs höchste genervt, blies Angelo durch die geschürzten Lippen und trommelte unruhig mit zwei Fingern der rechten Hand auf das Lenkrad. Tony stellte selbst die bewährte Gelassenheit Angelos auf eine harte Probe.

»Wenn wir bei dem Doktor einsteigen wollen, warum gehn wir dann nicht einfach hin und machen es?« sagte Tony nach einer Weile. »Macht doch keinen Sinn, die ganze Zeit zu warten.«

»Wir warten auf die Sekretärin«, erwiderte Angelo. »Wir wollen sichergehen, daß die Praxis leer ist. Außerdem kann sie uns reinlassen. Wir wollen nicht die Tür einschlagen.«

»Wenn sie uns reinläßt, ist es doch nicht leer«, wandte Tony ein. »Das ist doch Blödsinn.«

»Glaub mir«, sagte Angelo, »es ist die beste Art zu tun, was wir tun müssen.«

»Nie sagt mir jemand was«, maulte Tony. »Die ganze Sache ist faul. In eine Arztpraxis einsteigen ist doch beknackt. Noch beknackter als unser Einstieg in die Organbank von Manhattan. Da haben wir wenigstens noch ein paar Hunderter in bar kassiert. Was suchen wir denn überhaupt in einer Arztpraxis?«

»Wenn es nicht zu lange dauert, können wir auch da nachsehen, ob es Bares gibt«, meinte Angelo. »Vielleicht können wir auch nach Percodan und solchem Zeug suchen, wenn dich das glücklich macht.«

»Komische Art, an ein paar Pillen zu kommen«, murmelte Tony.

Angelo lachte trotz seiner Verärgerung.

»Was hältst du vom alten Doc Travino?« fragte Tony. »Glaubst du, daß er überhaupt weiß, wovon er spricht?«

»Ich persönlich habe da meine Zweifel«, erklärte Angelo. »Aber Cerino vertraut ihm, und das ist wichtig.«

»Komm schon, Angelo«, quengelte Tony. »Sag mir, warum wir da einsteigen. Ist Cerino nicht mehr zufrieden mit diesem Doc?«

»Cerino mag ihn«, sagte Angelo. »Er hält ihn für den besten Arzt der Welt. Und genau deshalb steigen wir ein.«

»Aber warum? Sag es mir, dann bin ich ruhig.«

»Wegen ein paar Akten von dem Typ.«

»Ich wußte, daß es beknackt ist«, sagte Tony, »aber nicht so beknackt. Was wollen wir denn mit Akten von dem Typ?«

»Du hast versprochen, ruhig zu sein, wenn ich dir sage, was wir suchen. Also sei ruhig! Außerdem sollst du nicht so viele Fragen stellen.«

»Genau das ist es, was mir so stinkt«, schimpfte Tony. »Kein Mensch sagt mir, was los ist. Wenn ich mehr über das wüßte, was läuft, könnte ich auch mehr tun, wäre ich eine größere Hilfe.«

Angelo lachte hämisch.

»Ich weiß, daß du mir nicht glaubst«, beklagte Tony sich. »Aber so ist es. Stell mich auf die Probe! Ich hätte bestimmt ein paar Ideen, auch für diese Sache.«

»Es läuft alles bestens«, beruhigte Angelo ihn. »Planen ist nicht deine starke Seite. Leute umlegen, das kannst du.«

»Das stimmt. Das mach ich am liebsten. Bum! Und fertig. Nicht so kompliziertes Zeug.«

»In den nächsten Wochen gibt es so viel umzulegen, daß selbst du auf deine Kosten kommst«, versprach Angelo.

»Ich kann es kaum erwarten«, strahlte Tony. »Vielleicht ist das ein Ausgleich für diese blöde Warterei.«

»Da ist sie«, sagte Angelo. Er zeigte auf eine Frau, die aus einem der Wohnhäuser trat. Sie war damit beschäftigt, mit einer Hand einen roten Mantel zuzuknöpfen und mit der anderen Hand einen Hut auf dem Kopf zurechtzusetzen.

»Los, gehen wir«, sagte Angelo. »Aber laß deine Kanone nicht sehen und überlaß mir das Reden.«

Angelo und Tony stiegen aus dem Wagen. Sie gingen zu der Frau hinüber, die sich gerade ans Ende einer Schlange an einem Taxistand gestellt hatte.

»Mrs. Schulman!« rief Angelo.

Die Frau drehte sich zu Angelo um. Ihre mißtrauische Haltung verflog, als sie den Mann wiedererkannte. »Hallo, Mr. . . .«, sagte sie und versuchte, sich an Angelos Namen zu erinnern.

»Facciolo«, half Angelo ihr.

»Ach ja«, sagte sie. »Und wie geht's Mr. Cerino?«

»Bestens, Mrs. Schulman«, antwortete Angelo. »Er kommt schon ganz gut mit dem Stock zurecht. Aber er hat mich gebeten, mit Ihnen zu reden. Haben Sie eine Minute Zeit?«

»Ich denke schon«, sagte Mrs. Schulman. »Worum geht's denn?«

»Es ist vertraulich«, erklärte Angelo. »Es wäre mir lieber, wenn Sie kurz zu unserem Wagen kämen.« Angelo zeigte auf die schwarze Limousine.

Offensichtlich unangenehm überrascht durch diese Aufforderung, murmelte Mrs. Schulman etwas davon, daß sie jetzt gleich eine Verabredung habe.

Angelo griff mit einer Hand in seine Jackentasche und zog seine Walther Automatik so weit heraus, daß Mrs. Schulman den Griff sehen konnte.

»Ich fürchte, ich muß darauf bestehen«, sagte Angelo. »Wir werden Ihre Zeit nicht lange in Anspruch nehmen und Sie anschließend absetzen, wo Sie möchten.«

Mrs. Schulman warf einen kurzen Blick auf Tony, der ihr zulächelte. »Also gut«, sagte sie nervös. »Wenn es nicht zu lange dauert.«

»Das hängt ganz von Ihnen ab«, erklärte Angelo und machte eine Handbewegung zum Wagen.

Tony ging voraus. Mrs. Schulman rutschte auf den Beifahrersitz, nachdem Tony ihr mit einer formvollendeten Verbeugung die Tür geöffnet hatte. Tony stieg hinten ein, Angelo nahm auf dem Fahrersitz Platz.

»Hat dies etwas mit meinem Mann Danny zu tun?« fragte Mrs. Schulman.

»Danny Schulman von der Bayside?« sagte Angelo. »Ist das Ihr Mann?«

»Ja, das ist er«, sagte Mrs. Schulman.

»Wer ist Danny Schulman?« fragte Tony von hinten.

»Er hat einen Laden auf der Bayside, nennt sich Crystal Palace«, erklärte Angelo. »Von Lucias Leuten gehen viele dahin.«

»Er hat sehr gute Beziehungen«, sagte Mrs. Schulman. »Vielleicht möchten Sie mit ihm sprechen.«

»Nein, dies hat nichts mit Danny zu tun«, sagte Angelo. »Wir wollen nur wissen, ob die Praxis vom Onkel Doktor leer ist.«

»Ja, für heute sind alle gegangen«, sagte Mrs. Schulman. »Ich habe abgeschlossen wie üblich.«

»Das ist gut«, sagte Angelo, »denn wir möchten, daß Sie noch mal reingehen. Wir interessieren uns für einige der Akten vom Doktor.«

»Was für Akten?«

»Das erzähl ich Ihnen, wenn wir da sind«, sagte Angelo. »Aber bevor wir gehen, sollten Sie eins wissen: Wenn Sie irgendeine Dummheit machen, wäre das bestimmt Ihre letzte. Habe ich mich klar ausgedrückt?«

»Klar genug«, erwiderte Mrs. Schulman, die langsam ihre Haltung zurückgewann.

»Es ist keine große Sache«, fuhr Angelo fort. »Wir sind schließlich zivilisierte Leute.«

»Ich verstehe«, sagte Mrs. Schulman.

»Also gehen wir«, sagte Angelo und öffnete die Wagentür.

»Hallo, Miss Montgomery«, sagte George. George war einer der Portiers im Wohnhaus von Lauries Eltern. Er war schon seit Jahrzehnten da. Er sah aus wie sechzig, war aber schon zweiundsiebzig. Er erzählte Laurie immer wieder, daß er es gewesen war, der die Tür vom Taxi an dem Tag aufgehalten hatte, als ihre Mutter ein paar Tage nach Lauries Geburt mit ihr vom Krankenhaus nach Hause gekommen war.

Nach ein paar Worten mit George ging Laurie nach oben in die Wohnung ihrer Eltern. So viele Erinnerungen! Selbst der Geruch war ihr vertraut. Aber am stärksten erinnerte die Wohnung sie an jenen schrecklichen Tag, an dem sie ihren Bruder gefunden hatte. Fast hätte sie gewünscht, daß ihre Eltern nach dem tragischen Ereignis umgezogen wären, damit sie nicht immer wieder an den Drogentod ihres Bruders erinnert wurde.

»Hallo, Liebe!« begrüßte ihre Mutter sie im Foyer. Dorothy Montgomery beugte sich vor und hielt ihrer Tochter die Wange hin. Sie duftete nach teurem Parfum. Ihr silbergraues Haar war kurz geschnitten, so wie man es seit einiger Zeit auf den Titelseiten der Modezeitschriften sah.

Dorothy war eine zierliche, energische Frau Mitte Sechzig, die dank einem zweiten Facelifting jünger aussah.

Als Dorothy Lauries Mantel nahm, musterte sie die Kleidung ihrer Tochter mit kritischen Blicken. »Wie ich sehe, hast du nicht das Wollkleid angezogen, das ich dir gekauft habe.«

»Nein, Mutter, das habe ich nicht«, sagte Laurie. Sie schloß die Augen und hoffte, ihre Mutter würde nicht schon gleich an ihr herummäkeln.

»Du hättest wenigstens ein Kleid anziehen können.«

Laurie verkniff sich eine Antwort. Sie hatte sich für eine Jaquardbluse, Modeschmuck und eine Wollhose entschieden, die sie per Katalog bestellt hatte. Noch vor einer Stunde hatte sie dies für eine ihrer besten Kombinationen gehalten. Jetzt war sie sich nicht mehr so sicher.

»Egal«, sagte Dorothy, nachdem sie Lauries Mantel aufgehängt hatte. »Komm, ich möchte, daß du alle begrüßt, vor allem Dr. Scheffield, unseren Ehrengast.«

Dorothy führte Laurie in das große, konventionell eingerichtete Wohnzimmer, einen Raum, der ausschließlich gesellschaftlichen Anlässen vorbehalten war. Es waren acht Personen anwesend, die alle in der einen Hand ein Glas und in der anderen einen Cocktailhappen balancierten. Laurie kannte die meisten Gäste, vier Ehepaare, die seit Jahren mit ihren Eltern befreundet waren. Drei der Männer waren Ärzte, der vierte war ein Banker. Die Frauen waren, wie ihre Mutter, keine Karrierefrauen. Sie widmeten ihre Zeit wohltätigen Zwecken, genau wie ihre Mutter.

Nach einigem Small talk zog Dorothy Laurie durch die Diele zur Bibliothek, wo Sheldon Montgomery Jordan Scheffield ein paar seltene medizinische Bücher zeigte.

»Sheldon, mach deine Tochter mit Dr. Scheffield bekannt.« Dorothy unterbrach ihren Mann mitten im Satz.

Die beiden Männer sahen von einem Buch in Sheldons Hand auf. Lauries Blick wanderte vom strengen, aristokratischen Gesicht ihres Vaters zu Jordan Scheffield. Sie war angenehm überrascht. Sie hatte erwartet, daß Jordan eher so aussehen würde, wie sie sich einen Augenarzt vorstellte: älter, feister, spießig und längst nicht so attraktiv. Doch der Mann, der vor ihr stand, sah sehr gut aus, hatte rötlichblondes Haar, sonnengebräunte Haut, lebhafte blaue Augen und ein markantes Gesicht. Nicht nur sah er nicht wie ein Augenarzt aus, er sah überhaupt nicht wie ein Arzt aus, eher wie ein Berufssportler. Er war noch größer als ihr Vater mit seinen einsachtundachtzig. Und statt eines Glencheckanzugs, wie ihn ihr Vater trug, hatte er eine gelbbraune Hose, einen blauen Blazer und ein weißes Hemd an, das am Hals offen war. Er trug nicht einmal eine Krawatte.

Laurie reichte Scheffield die Hand, als ihr Vater sie vorstellte. Sein Händedruck war kraftvoll und sicher. Er blickte ihr direkt in die Augen und lächelte einnehmend.

Daß ihr Vater Jordan mochte, wurde Laurie augenblicklich klar, als er ihm auf den Rücken klopfte und darauf bestand, ihm noch etwas von dem Scotch einzuschenken, den er normalerweise versteckte, wenn Besuch kam. Sheldon holte den kostbaren Tropfen und ließ Laurie mit Jordan allein.

»Ihre Eltern sind äußerst gastfreundlich«, sagte Jordan.

»Das können sie sein«, bestätigte Laurie. »Sie haben gern Gesellschaft. Sie haben sich sicher auf Ihr Kommen heute abend gefreut.«

»Ich freue mich, hier zu sein«, sagte Jordan. »Ihr Vater hat nur Gutes von Ihnen erzählt. Ich war sehr gespannt, Sie kennenzulernen.«

»Vielen Dank«, erwiderte Laurie. Sie war leicht überrascht zu hören, daß ihr Vater überhaupt von ihr gesprochen hatte und dann auch noch gut. »Ich ebenfalls«, sagte sie. »Ehrlich gesagt, Sie sind nicht so, wie ich erwartet hatte.«

»Was hatten Sie denn erwartet?«

»Nun ja«, meinte Laurie, plötzlich etwas verlegen, »ich hatte gedacht, Sie würden wie ein Augenarzt aussehen.«

Jordan warf den Kopf zurück und lachte laut auf. »Und wie sieht bitte ein Augenarzt aus?«

Laurie war erleichtert, als ihr Vater mit Jordans nachgefülltem Glas zurückkam und ihr eine Erklärung ersparte. Ihr Vater sagte Jordan, daß er ihm einige alte chirurgische Instrumente in seinem Arbeitszimmer zeigen wolle. Als Jordan gehorsam seinem Gastgeber folgte, lächelte er Laurie verschwörerisch zu.

Beim Essen sorgte Jordan dafür, daß sich die Stimmung lokkerte. Es gelang ihm, selbst die zurückhaltendsten Gäste aus der Reserve zu locken. Zum erstenmal seit langem klang fröhliches Lachen durch die Räume.

Sheldon animierte Jordan, einige der Geschichten über seine berühmten Patienten zum besten zu geben, die er ihm erzählt hatte. Jordan kam dem nur zu gern nach, gab die Geschichten ausgelassen, fast ein wenig prahlerisch wieder und brachte alle zum Lachen. Selbst Laurie vergaß ihren an Emotionen reichen Tag, als sie Jordans amüsanten Erzählungen von den Reichen und Berühmten zuhörte, die täglich in seine Praxis kamen.

Jordans Spezialgebiet war das vordere Auge, insbesondere die Hornhaut. Aber er machte auch plastische Chirurgie, sogar schönheitschirurgische Eingriffe. Er hatte Berühmtheiten vom Filmstar bis zu königlichen Hoheiten behandelt. Alle amüsierten sich über seine Story von einem saudiarabischen Prinzen, der mit einem Dutzend Bediensteten in der Praxis erschienen war. Dann ließ er die Namen einiger Sportasse fallen, die er behandelte. Schließlich erwähnte er, daß er gelegentlich sogar einen Mafioso in seiner Praxis habe.

»Einen von der Mafia?« fragte Laurie in ungläubigem Entsetzen.

»O ja«, bestätigte Jordan. »Gott ist mein Zeuge. Echte Gangster. Gerade diesen Monat habe ich einen Paul Cerino behandelt, der offensichtlich Beziehungen zur Unterwelt in Queens hat.«

Laurie verschluckte sich leicht an ihrem Wein, als Jordan den Namen Paul Cerino erwähnte. Es verblüffte sie, ihn schon das zweite Mal an diesem Tag zu hören. Die Unterhaltung stockte, da alle sie besorgt ansahen. Sie winkte ab, es sei alles in Ordnung. Dann fragte sie Jordan, weswegen er Paul Cerino behandelte.

»Verätzungen der Augen durch Säure«, sagte Jordan. »Irgend jemand hat ihm Säure ins Gesicht geschüttet. Er hatte Glück und war so klug, die Augen sofort mit Wasser auszuspülen.«

»Säure! Wie schrecklich«, bemerkte Dorothy.

»Das ist nicht so schlimm wie Alkali. Alkali kann die Hornhaut regelrecht durchfressen.«

»Hört sich furchtbar an«, sagte Dorothy.

»Was ist mit Cerinos Augen?« erkundigte Laurie sich. Sie dachte an das rechte Auge von Frank DePasquale und fragte sich, ob das vielleicht der erste Schritt zum Durchbruch war, auf den Lou hoffte.

»Die Säure hat die Hornhaut beider Augen getrübt«, berichtete Jordan. »Aber die Tatsache, daß er sich die Augen ausgewaschen hat, hat die Bindehaut vor größeren Schäden bewahrt. Nach der Hornhauttransplantation, die wir bald vornehmen wollen, wird er wohl über den Berg sein.«

»Haben Sie keine Angst, mit diesen Leuten zu tun zu haben?« wollte ein Gast wissen.

»Nicht im geringsten«, erwiderte Jordan. »Die brauchen mich doch. Ich bin nützlich für sie. Sie würden mir nichts tun. Eigentlich finde ich das alles ziemlich komisch und unterhaltsam.«

»Woher wissen Sie, daß dieser Cerino ein Gangster ist?« fragte ein anderer Gast.

Jordan lachte kurz auf. »Das ist ziemlich eindeutig. Er erscheint immer mit mehreren Leibwächtern, deren Anzüge so verräterische Ausbuchtungen haben.«

»Paul Cerino ist ein stadtbekannter Gangster«, warf Laurie ein. »Er ist einer der Bosse der mittleren Ebene in der Organisation des Verbrecherclans Vaccarro, die im Moment mit den Gangstern des Lucia-Clans Krieg führt.«

»Woher weißt du das denn?« fragte Dorothy.

»Ich habe heute morgen das Opfer einer Hinrichtung in Unterweltmanier obduziert. Die Behörden glauben, daß der Mord direkt mit der Fehde zusammenhängt, und nichts wäre ihnen lieber, als wenn sie Paul Cerino damit in Verbindung bringen könnten.«

»Wie gräßlich!« sagte Dorothy voller Verachtung. »Laurie, das reicht! Reden wir von etwas anderem.«

»Das ist kaum das richtige Thema für eine Unterhaltung bei Tisch«, bekräftigte Sheldon. Zu Jordan gewandt, fuhr er fort: »Sie müssen meine Tochter entschuldigen. Seit sie ihre ärztliche Karriere aufgegeben hat und in die Pathologie gegangen ist, hat sie ein bißchen das Gefühl für Etikette verloren.«

»Pathologie?« fragte Jordan ungläubig. Er blickte zu Laurie hinüber. »Sie haben mir gar nicht erzählt, daß Sie Pathologin sind.«

»Sie haben mich nicht gefragt«, erwiderte Laurie. Sie lächelte innerlich, denn Jordan war viel zu sehr damit beschäftigt gewesen, über sich selbst zu reden, um sie nach ihrem Leben zu fragen. »Genau gesagt, bin ich Gerichtspathologin und arbeite gegenwärtig im Gerichtsmedizinischen Institut von New York City.«

»Wie wäre es, wenn wir uns über die diesjährige Saison im Lincoln Center unterhielten?« schlug Dorothy vor.

»Ich weiß kaum was über Gerichtsmedizin«, sagte Jordan. »Wir hatten auf der Uni nur zwei Vorlesungen darüber, und vorher sagte man uns, daß es kein Prüfungsfach sei. Und nun raten Sie mal, was ich gemacht habe?« Jordan tat so, als schliefe er ein, schnarchte und ließ den Kopf auf die Brust sinken.

Sheldon lachte über Jordans Späßchen. »Wir hatten nur eine Vorlesung, und die habe ich geschwänzt«, gestand er.

»Ich meine, wir sollten das Thema wechseln«, sagte Dorothy.

»Das Problem bei Laurie ist«, sagte Sheldon zu Jordan, »daß sie nicht in die Chirurgie gegangen ist, wo sie mit Lebenden zu tun gehabt hätte. Wir haben eine junge Ärztin in der Thorakotomie, sie arbeitet hervorragend, ebenso gut wie ein Mann. Laurie hätte auch so gut werden können.«

Laurie mußte ihre ganze Selbstbeherrschung aufbringen, um die dümmliche, sexistische Bemerkung ihres Vaters nicht heftig zu attackieren. Statt dessen verteidigte sie ruhig ihr Fach. »Die Gerichtsmedizin hat sehr viel mit den Lebenden zu tun, und zwar in dem sie für die Toten spricht.« Sie erzählte die Geschichte mit dem Lockenstab und daß die Kenntnis der Ursache dieses Todesfalls einem anderen Menschen vielleicht das Leben retten konnte.

Ein unbehagliches Schweigen trat ein. Alle schauten vor sich auf den Tisch und spielten mit dem Besteck oder Geschirr. Sogar Jordan schien seltsam befangen. Schließlich brach Dorothy das Schweigen mit der Ankündigung, daß im Wohnzimmer der Nachtisch und der Cognac warteten.

Erleichtert begab sich alles in den anderen Raum, aber Laurie hatte der Zwischenfall so aufgeregt, daß sie sich mit dem Gedanken trug, aufzubrechen. Als sie sah, daß die anderen sich unbeschwert weiter unterhielten, überlegte sie, ob sie ihre Mutter beiseite nehmen und sich mit einem bevorstehenden anstrengenden Tag entschuldigen sollte. Aber noch bevor sie sich entschließen konnte, tauchte neben ihr diskret ein Mädchen auf, das für den Abend engagiert worden war, und hielt ihr ein Tablett mit Cognacschwenkern hin. Laurie nahm ein Glas und kehrte der Gruppe den Rücken zu. Sie ging durch die Diele in das Arbeitszimmer.

»Haben Sie etwas dagegen, wenn ich mitkomme?« Jordan war ihr vom Wohnzimmer gefolgt.

»Überhaupt nicht«, sagte Laurie ein wenig überrascht. Sie hatte gedacht, ihr Verschwinden sei nicht bemerkt worden. Sie setzte sich in einen ledernen Clubsessel, während Jordan sich lässig an einen stabilen Fernseher lehnte. Gedämpftes Lachen drang aus dem Wohnzimmer zu ihnen.

»Ich hatte nicht die Absicht, mich über Ihr Fachgebiet lustig zu machen«, sagte er. »Ich finde Pathologie im Gegenteil faszinierend.«

»Wirklich?«

»Die Geschichte mit dem Lockenstab hat mich sehr interessiert«, fuhr er fort. »Ich hatte keine Ahnung, daß man von solchen Dingern einen tödlichen Schlag kriegen kann, außer wenn sie in die Wanne fallen, während man ein Bad nimmt.«

»Das hätten Sie zur rechten Zeit sagen sollen.« Laurie wußte, daß sie unhöflich war, aber sie hatte gerade jetzt keine besonders gastfreundlichen Anwandlungen.

Jordan nickte. »Tut mir leid«, sagte er. »Ich war wohl etwas gehemmt durch Ihre Eltern. Sie scheinen nicht gerade begeistert über Ihre Berufswahl.«

»Ist das so offensichtlich?«

»Allerdings«, sagte Jordan. »Ich habe meinen Ohren nicht getraut, als Ihr Vater diese Bemerkung über die Frau in der Thorakotomie machte. Und Ihre Mutter hat die ganze Zeit versucht, das Gesprächsthema zu wechseln.«

»Sie hätten den Kommentar meiner Mutter an dem Tag hören sollen, als ich ihr eröffnete, daß ich in die Gerichtsmedizin gehe. Sie sagte: ›Was soll ich denn den Leuten sagen, wenn sie fragen, was du machst?‹ Das vermittelt einen recht guten Eindruck über ihre Empfindungen. Und mein Vater, der Herzchirurg par excellence! Er glaubt, daß alles andere als Chirurgie, vor allem als Thoraxchirurgie, etwas für die Schwachen, die Ängstlichen und die Zurückgebliebenen ist.«

»Nicht einfach zufriedenzustellen, die beiden. Es muß hart für Sie sein.«

»Ehrlich gesagt, ich habe ihnen im Lauf der Jahre schon einigen Kummer bereitet. Ich war ziemlich aufsässig, bin mit wilden Typen ausgegangen, Motorrad gefahren, spät nach Hause gekommen, das übliche. Vielleicht habe ich meine Eltern dazu gebracht, bei allem, was ich tue, auf der Hut zu sein. Sie haben mich nie sonderlich unterstützt. Im Grunde haben sie mich nicht beachtet, vor allem mein Vater nicht.«

»Ihr Vater spricht immer sehr lobend von Ihnen«, sagte Jordan. »Praktisch jedesmal, wenn ich ihm im Chirurgenzimmer begegne.«

»Das höre ich zum erstenmal«, sagte Laurie.

»Noch jemand Cognac?« rief Sheldon. Er stand in der Tür und winkte mit der Flasche.

Jordan sagte nein. Laurie schüttelte den Kopf. Sheldon sagte, sie sollten sich melden, wenn sie ihre Meinung änderten. Dann ging er wieder.

»Genug davon«, sagte Laurie. »Das ist ein viel zu ernstes Thema. Ich wollte den Abend nicht ruinieren.« Sie bedauerte, Jordan so viel von sich erzählt zu haben. Es war nicht ihre Art, sich einem relativ Fremden anzuvertrauen; ähnlich war es ihr schon bei Lou Soldano passiert. Aber sie hatte sich den ganzen Tag verwundbar gefühlt, seit ihr der Fall Duncan Andrews zugeteilt worden war.

»Sie haben gar nichts ruiniert«, versicherte Jordan. Dann sah er auf die Uhr. »Oh«, sagte er. »Es ist schon spät, und ich muß morgen früh operieren. Mein erster Patient um halb acht ist ein englischer Baron, Mitglied des Oberhauses.«

»Ah ja«, sagte Laurie ohne sonderliches Interesse.

»Ich glaube, ich mache für heute Schluß. Ich setze Sie gern zu Hause ab. Das heißt natürlich, wenn Sie schon gehen möchten.«

»Ja, das wäre schön«, sagte Laurie. »Ich denke schon ans Aufbrechen, seit wir vom Tisch aufgestanden sind.«

Nach der angemessenen Verabschiedung, bei der Dorothy bemängelte, daß Lauries Mantel viel zu dünn für den Spätherbst sei, verließen Jordan und Laurie die Party und warteten auf den Aufzug.

»Mütter!« sagte Laurie, als die Tür sich hinter ihnen geschlossen hatte.

Auf der Fahrt nach unten redete Jordan von den bedeutenden Leuten, die am nächsten Tag in seine Praxis kommen würden. Laurie war sich nicht sicher, ob er sie beeindrucken oder lediglich aufmuntern wollte.

Als sie aus dem Gebäude in die kalte Novemberluft traten, wechselte Jordan das Gesprächsthema und kam auf den chirurgischen Aspekt seiner Arbeit zu sprechen. Laurie nickte, als würde sie zuhören. In Wirklichkeit wartete sie darauf, daß Jordan zu erkennen gab, in welcher Richtung er seinen Wagen geparkt hatte. Eine Weile blieben sie direkt vor dem Haus stehen, und Jordan erzählte Laurie, wie viele Operationen er pro Jahr machte.

»Hört sich an, als ob Sie viel zu tun hätten«, sagte Laurie.

»Könnte mehr sein«, räumte Jordan ein. »Wenn es nach mir ginge, würde ich doppelt so viele Operationen machen wie im Moment. Die Chirurgie macht mir am meisten Spaß, darin bin ich am besten.«

»Wo steht Ihr Wagen?« fragte Laurie schließlich. Sie zitterte vor Kälte.

»Oh, Entschuldigung«, sagte er. »Gleich hier.« Er zeigte auf eine große, schwarze Limousine, die direkt vor dem Haus ihrer Eltern parkte. Wie auf ein Stichwort sprang ein livrierter Fahrer aus dem Wagen und hielt Laurie die hintere Tür auf.

»Das ist Thomas«, sagte Jordan.

Laurie nickte dem Mann zu und schlüpfte in den eleganten Wagen. Thomas sah aus, als ob er nebenher noch als Rausschmeißer arbeiten würde; er war stämmig gebaut. Das Innere des Wagen war gediegen luxuriös, mit Telefon, Diktiergerät und Fax.

»Oh«, sagte Laurie, als sie all die Geräte bemerkte. »Immer bereit zur Arbeit und zum Vergnügen.«

Jordan lächelte. Er war ganz offensichtlich mit seinem Lebensstil zufrieden. »Wohin?« fragte er.

Laurie nannte ihre Adresse in der 19th Street, und sie fuhren los.

»Ich hätte nicht gedacht, daß Sie einen solchen Wagen fahren«, sagte Laurie. »Ist das nicht ein bißchen extravagant?«

»Ein bißchen vielleicht«, räumte Jordan ein. »Doch dieser Luxus hat auch eine praktische Seite. Ich erledige sämtliche Diktate auf dem Weg zur und von der Praxis und sogar zwischen Praxis und Krankenhaus. Eine Extravaganz, die sich gewissermaßen selbst amortisiert.«

»Das ist eine interessante Art, die Sache zu sehen.«

»Es ist nicht die einzige Rationalisierung«, erklärte Jordan. Und er schilderte, wie er seine Praxis organisiert hatte, um die Produktivität zu steigern.

Laurie mußte, während sie Jordan zuhörte, an Lou Soldano denken. Die beiden Männer hätten nicht gegensätzlicher sein können: der eine zurückhaltend, der andere überheblich narzißtisch; der eine provinziell, der andere weltmännisch; und wo der eine linkisch sein konnte, war der andere gewandt. Aber trotz der Unterschiede fand Laurie jeden auf seine Weise anziehend.

Als sie in die 19th Street bogen, brach Jordan seinen Monolog abrupt ab. »Ich langweile Sie mit dieser ganzen Fachsimpelei«, sagte er.

»Sie sind engagiert, wie ich sehe«, erwiderte Laurie. »Ich mag das.«

Jordan sah sie an. Seine Augen funkelten.

»Ich freue mich wirklich sehr, Sie kennengelernt zu haben«, sagte er. »Ich wünschte, wir hätten mehr Zeit, uns zu unterhalten. Was halten Sie davon, morgen abend mit mir essen zu gehen?«

Laurie lächelte. Es war ein Tag voller Überraschungen gewesen. Sie war kaum noch ausgegangen, seit sie zum x-tenmal mit Sean Mackenzie gebrochen hatte. Aber sie fand Jordan interessant, obwohl er offensichtlich sehr eingebildet war. Impulsiv entschied sie, daß es vielleicht ganz amüsant sein würde, den Mann etwas näher kennenzulernen, auch wenn ihre Eltern ihn schätzten.

»Sehr gern«, sagte sie.

»Wunderbar«, strahlte Jordan. »Wie wär's mit Le Cirque? Ich kenne den Empfangschef, er wird uns einen sehr schönen Tisch geben. Ist acht Uhr recht?«

»Acht Uhr. Fein«, sagte Laurie, obwohl ihr Bedenken kamen, als Jordan das Le Cirque vorschlug. Für die erste Verabredung wäre ihr eine weniger förmliche Umgebung lieber gewesen.

»Wieviel Uhr ist es eigentlich?« fragte Tony. »Meine Batterie ist offenbar verreckt.« Er schüttelte das Handgelenk und schlug dann mit dem Finger auf das Glas seiner Armbanduhr.

Angelo streckte den Arm und sah auf seine Piaget. »Elf nach elf.«

»Ich glaube nicht, daß Bruno rauskommt«, meinte Tony. »Warum gehen wir nicht rein und sehen nach, ob er da ist?«

»Weil wir nicht wollen, daß Mrs. Marchese uns sieht«, erklärte Angelo. »Wenn sie uns sieht, müssen wir sie auch wegschaffen, und das ist nicht recht. Die Lucia-Leute würden so was machen, aber wir nicht. Außerdem kommt der Kleine ja schon.« Angelo zeigte zum Eingang des zweigeschossigen Reihenhauses.

Bruno Marchese trug eine schwarze Lederjacke, frisch gebügelte Guess-Jeans und Sonnenbrille. Einen Augenblick blieb er an der Treppe vor dem Haus stehen, um sich eine Zigarette anzuzünden. Er warf das Streichholz in die Büsche und ging zum Gehweg vor.

»Guck dir diese Brille an«, sagte Angelo. »Hält sich wohl für Jack Nicholson. Schätze, er will ausgehen. Hätte besser zu Hause bleiben sollen. Das Schlimme ist, daß ihr jungen Burschen immer nur ans Bumsen denkt.«

»Schnappen wir ihn uns«, drängte Tony.

»Langsam«, beschwichtigte Angelo ihn. »Laß ihn erst um die Ecke sein. Wir kaufen ihn uns, wenn er in der Bahnunterführung ist.«

Fünf Minuten später kauerte Bruno hinten im Wagen und blickte angstvoll in Tonys lächelndes Gesicht. Es war noch einfacher als bei Frankie gewesen, ihn zu greifen. Der einzige Verlust war Brunos Sonnenbrille gewesen, die im Rinnstein gelandet war.

»Überrascht, uns zu sehen?« fragte Angelo, nachdem sie eine Weile gefahren waren. Angelo betrachtete Bruno im Rückspiegel.

»Worum geht's hier eigentlich?« wollte Bruno wissen.

Tony lachte. »Oh, ein taffer Typ. Taff und dumm. Soll ich ihm ein paar mit der Kanone überziehen?«

»Es geht um den Cerino-Zwischenfall«, sagte Angelo. »Wir möchten von dir was darüber hören.«

»Darüber weiß ich nichts«, erwiderte Bruno. »Ich hab noch nicht mal was davon gehört.«

»Das ist aber komisch«, meinte Angelo. »Wir wissen von einem deiner Freunde, daß du dabei warst.«

»Von wem?« fragte Bruno.

»Frankie DePasquale«, sagte Angelo. Er sah, wie Brunos Gesichtsausdruck sich änderte. Der Junge hatte panische Angst, und das aus gutem Grund.

»Frankie weiß einen Scheiß«, sagte Bruno. »Ich weiß gar nichts von dem Cerino-Zwischenfall.«

»Wenn du nichts darüber weißt, wieso versteckst du dich dann bei deiner Mutter?« fragte Angelo.

»Ich verstecke mich überhaupt nicht«, entgegnete Bruno. »Ich bin in meiner Wohnung rausgeflogen und jetzt nur ein paar Tage hier.«

Angelo schüttelte den Kopf. Schweigend fuhren sie zur American Fresh Fruit Company. Dort angekommen, brachten Angelo und Tony Bruno an dieselbe Stelle, wohin sie Frankie gebracht hatten.

Als Bruno das Loch im Fußboden bemerkte, schmolz seine forsche Haltung dahin. »Also gut, Leute«, sagte er. »Was wollt ihr wissen?«

»Das ist schon besser«, meinte Angelo. »Setz dich erst mal hin.«

Als Bruno saß, beugte Angelo sich zu ihm vor und sagte: »Erzähl uns von der Sache.« Er holte eine Zigarette aus der Tasche und steckte sie an, den Rauch dabei an die Decke blasend.

»Ich weiß nicht viel«, sagte Bruno. »Ich habe nur den Wagen gefahren. Ich war gar nicht drin. Außerdem haben sie mich gezwungen.«

»Wer hat dich gezwungen?« hakte Angelo nach. »Und denk dran, wenn du mich auf den Arm nimmst, kommst du in große Schwierigkeiten.«

»Terry Manso«, gab Bruno zur Antwort. »Es war seine Idee. Ich hab gar nicht gewußt, worum es geht, bis alles vorbei war.«

»Wer war außer dir, Manso und DePasquale noch dabei?«

»Jimmy Lanso.«

»Wer noch?«

»Sonst niemand.«

»Was hat Jimmy gemacht?«

»Er hat sich vorher da umgesehen, um den Sicherungskasten zu suchen. Er hat das Licht ausgemacht.«

»Wer hat sich dieses Ding ausgedacht?«

»Ich hab euch doch schon gesagt, es war alles Mansos Idee«, beteuerte Bruno.

Angelo machte einen weiteren langen Zug an seiner Zigarette, neigte dann den Kopf nach hinten und blies den Rauch aus. Er überlegte, ob es noch irgend etwas gab, was er den Kleinen fragen mußte. Nachdem er zu dem Schluß gekommen war, daß nichts mehr zu fragen war, warf er Tony einen kurzen Blick zu und nickte.

»Bruno, ich möchte dich um einen Gefallen bitten«, sagte Angelo. »Ich möchte, daß du Vinnie Dominick eine Botschaft überbringst. Meinst du, du könntest das für mich tun?«

»Kein Problem«, erklärte Bruno. In seine Stimme kehrte etwas von seiner anfänglichen forschen Art zurück.

»Die Botschaft lautet...«, begann Angelo. Doch er beendete den Satz nicht. Der Knall von Tonys Bantam ließ Angelo zusammenzucken. Wenn es nicht die eigene Waffe war, kam es einem immer viel lauter vor.

Da sie Bruno nicht an den Stuhl gebunden hatten, sackte der Körper nach vorn und fiel auf dem Boden in sich zusammen. Angelo stand darüber und schüttelte den Kopf. »Ich denke, Vinnie wird die Botschaft erhalten«, sagte er.

Mit einer Mischung aus Bewunderung und Vergnügen betrachtete Tony seine Pistole, zog dann ein Taschentuch heraus und wischte den Ruß vom Lauf. »Es fällt mir von Mal zu Mal leichter«, sagte er zu Angelo.

Angelo gab keine Antwort. Statt dessen ging er neben Bruno in die Hocke und zog ihm die Brieftasche aus der Jacke. Sie enthielt mehrere 100-Dollar-Scheine und ein paar kleinere Scheine. Er gab Tony einen Hunderter. Den Rest steckte er selbst ein. Dann schob er die Brieftasche zurück.

»Faß mal mit an«, forderte er Tony auf. Gemeinsam trugen sie Bruno zum Loch und warfen ihn in den Fluß. Wie Frankie trieb auch Bruno sofort ab; nur an einem der Pfähle des Piers wurde er kurz aufgehalten. Angelo klopfte sich die Hose ab. Brunos Leiche hatte etwas Staub vom Boden aufgewirbelt.

»Hast du Hunger?« fragte er.

»Ich komme fast um«, antwortete Tony.

»Gehen wir zu Valentino an der Steinway Street«, schlug Angelo vor. »Ich habe Lust auf eine Pizza.«

Ein paar Minuten später setzte Angelo den Wagen zurück, wendete dann in drei Ansätzen und fuhr durch das hohe Maschendrahttor hinaus. An der Kreuzung Java Street und Manhattan Avenue bog er links ab, dann drückte er auf die Tube.

»Unglaublich, wie leicht es ist, jemanden abzuknallen«, sagte Tony. »Ich weiß noch, als kleiner Junge habe ich das immer für eine große Sache gehalten. Einen Block weiter wohnte bei uns so ein Typ. Wir Kinder hatten gehört, daß er einen umgelegt hatte. Wir haben vor dem Haus gesessen, nur um zu sehen, wenn er rauskam. Er war unser Held.«

»Was für 'ne Pizza willst du?« fragte Angelo.

»Peperoni«, sagte Tony. »Ich weiß noch, als ich das erste Mal einen umgelegt habe, war ich so aufgeregt, daß ich Dünnschiß gekriegt habe. Ich hab sogar schlecht geträumt. Aber jetzt macht es richtig Spaß.«

»Es ist Arbeit«, sagte Angelo. »Wenn du das mal kapieren würdest.«

»Nach welcher Liste machen wir weiter, wenn wir gegessen haben?« fragte Tony. »Nach der alten oder der neuen?«

»Nach der alten«, sagte Angelo. »Ich will die neue Cerino zeigen, einfach um sicher zu sein. Bringt nichts, wenn wir uns unnütz Arbeit machen.«

5

Mittwoch, 6.45 Uhr
Manhattan

Von dort, wo Laurie stand, konnte sie sehen, wie ihr Bruder dem See zustrebte. Er ging schnell; Laurie hatte Angst, er würde anfangen zu laufen. Sie dachte, er wüßte von dem Moor und wie gefährlich tief es war. Doch er ging weiter, als wäre es ihm egal.

»Shelly!« rief Laurie. Entweder beachtete er sie nicht, oder er konnte sie nicht hören. Laurie schrie erneut, so laut sie konnte, aber er reagierte immer noch nicht. Sie lief ihm nach. Er war nur noch einen Schritt von dem schrecklichen Moor entfernt. »Bleib stehen!« schrie Laurie. »Geh nicht so nah ans Wasser! Bleib zurück!«

Doch Shelly ging weiter. Als Laurie das Seeufer erreichte, steckte er schon bis zur Hüfte in dem schwarzen Morast. Er hatte sich zum Ufer gewandt. »Hilf mir!« rief er.

Laurie blieb direkt am Rand stehen. Sie streckte ihm die Hand entgegen, aber sie konnten sich nicht erreichen. Laurie drehte sich um und schrie um Hilfe, aber es war kein Mensch zu sehen. Als sie sich wieder zu Shelly umdrehte, war er bereits bis zum Hals eingesunken. In seinen Augen stand blankes Entsetzen. Er sank weiter, sein Mund öffnete sich, und er schrie.

Shellys Schrei vermischte sich mit einem mechanischen Klingeln, das Laurie aus dem Schlaf riß. Noch immer verzweifelt bemüht, Shelly zu helfen, griff sie ins Leere und riß den Wecker von der Fensterbank. Mit derselben Bewegung warf sie ein noch halbgefülltes Wasserglas um und stieß gegen das Buch, das sie gestern abend gelesen hatte. Der Wecker, das Wasserglas und das Buch fielen herunter.

Lauries plötzliche Bewegung und die auf den Boden polternden Sachen erschreckten Tom derart, daß er zunächst auf die Kommode sprang, wo er den größten Teil von Lauries Kosmetikartikeln umschmiß, dann versuchte, auf die Vorhangleiste über dem Fenster zu gelangen. Da er es nicht schaffte, krallte er sich im Stoff fest, und sein Gewicht riß den ganzen Vorhang herunter.

Bei dem allgemeinen Tumult und Lärm war Laurie aus dem Bett, bevor sie wußte, was sie tat. Es dauerte ein paar Sekunden, bis das Rasseln des Weckers sie vollends wach werden ließ.

Einen Moment stand sie zwischen den Trümmern in ihrem Zimmer und atmete tief durch. Seit Jahren hatte sie diesen Alptraum nicht mehr gehabt, wohl seit dem College nicht mehr, er verstörte sie mehr als das Durcheinander im Zimmer. Schweiß perlte auf ihrer Stirn, und sie spürte, wie ihr Herz jagte.

Nachdem sie sich einigermaßen gefangen hatte, holte sie die Kehrschaufel aus der Küche, um die Glassplitter aufzufegen. Dann sammelte sie die Kosmetikfläschchen vom Boden auf und stellte sie auf die Kommode. Der Vorhang war eine zu schwierige Aufgabe. Sie beschloß, das für später aufzuheben.

Sie entdeckte Tom unter dem Sofa im Wohnzimmer. Nachdem sie ihn hervorgelockt hatte, hielt sie ihn im Schoß und streichelte ihn ein paar Minuten, bis er schnurrte.

Ungefähr zehn Minuten später wollte sie gerade unter die Dusche gehen, als es an der Tür klingelte. Was soll das denn? dachte sie. Sie griff sich ein Handtuch, ging zur Sprechanlage und fragte, wer da sei.

»Thomas«, meldete sich eine Stimme.

»Was für ein Thomas?« fragte Laurie wütend.

»Der Fahrer von Dr. Scheffield. Ich möchte etwas im Auftrag des Doktors abgeben. Er konnte nicht selbst kommen, weil er bereits in der Chirurgie ist.«

»Ich komme sofort runter«, sagte Laurie.

In aller Eile zog sie sich Jeans und ein Sweatshirt über.

»Sie sind aber früh dran heute morgen.« Debra Engler stand wie üblich hinter ihrer Tür.

Laurie war froh, als der Aufzug kam.

Thomas tippte an die Mütze, als er sie sah. Er sagte, er habe sie hoffentlich nicht aus dem Bett geholt. Er hatte eine lange weiße Schachtel für sie, die mit einem breiten, roten Band umwickelt war. Laurie dankte ihm für das Päckchen und ging wieder nach oben.

Sie legte die Schachtel auf den Küchentisch, löste das rote Band, öffnete die Schachtel und entfaltete das Seidenpapier. Eingehüllt in das Papier waren mehrere Dutzend langstielige rote Rosen. Auf den Blumen lag eine Karte, auf der stand: »Bis heute abend, Jordan.«

Laurie hielt den Atem an. Da sie noch nie die Empfängerin eines so aufwendigen Präsents gewesen war, wußte sie nicht recht, wie sie darauf reagieren sollte. Sie war sich nicht einmal sicher, ob es angemessen war, die Blumen anzunehmen. Aber was konnte sie tun? Sie konnte sie schließlich nicht zurückschikken.

Sie faßte in die Schachtel, nahm eine der Blüten in die Hand, atmete ihren frühlingshaften Duft ein und betrachtete das tiefe Rot. Auch wenn die Rosensendung sie verwirrte und ihr ein wenig Unbehagen bereitete, mußte sie dennoch zugeben, daß es romantisch und schmeichelhaft war.

Sie holte die größte Vase, die sie hatte, stellte die Hälfte der Rosen hinein und trug sie ins Wohnzimmer. Die Vase stellte sie auf den Couchtisch. Sie könnte sich daran gewöhnen, frische Blumen in der Wohnung zu haben, dachte sie bei sich. Die Wirkung war erstaunlich.

Laurie lief zurück in die Küche, tat den Deckel auf die Schachtel und band sie wieder zu. Wenn ein Dutzend Rosen in ihrer Wohnung so viel bewirkten, konnte sie ahnen, wie sie sich in ihrem Büro machen würden.

»Um Gottes willen!« rief Laurie, als sie auf die Uhr sah. In panischer Hast zog sie ihre Sachen aus und sprang unter die Dusche.

Es war fast halb neun, als sie im Institut ankam, eine gute halbe

Stunde später als sonst. Da sie ein schlechtes Gewissen hatte, lief sie direkt zum ID-Raum, obwohl sie wegen der Rosenschachtel lieber erst in ihr Zimmer gegangen wäre.

»Dr. Bingham wünscht Sie zu sprechen«, sagte Calvin, als er Laurie sah. »Aber Sie kommen im Schweinsgalopp wieder. Wir haben eine Menge zu tun.«

Laurie legte ihre Tasche und die Rosenschachtel auf einen freien Tisch. Sie war verlegen wegen der Rosen, aber falls Calvin etwas vermutete, ließ er es sich nicht anmerken. Sie lief durch den Empfangsbereich zurück und meldete sich bei Mrs. Sanford. Sie dachte an ihren letzten Besuch im Büro des Chefs und war beunruhigt. Sie versuchte, sich vorzustellen, was er diesmal wollte, konnte es aber nicht.

»Er telefoniert gerade«, sagte Mrs. Sanford. »Nehmen Sie doch kurz Platz. Es wird nicht lange dauern.«

Laurie ging zu einer Couch hinüber, aber noch bevor sie sich setzen konnte, sagte Mrs. Sanford, daß Dr. Bingham jetzt bereit sei, sie zu empfangen.

Laurie holte tief Luft und trat in das Büro des Chefs. Als sie auf seinen Schreibtisch zuging, hatte er den Kopf gesenkt. Er schrieb. Er ließ Laurie einige Sekunden stehen und schrieb seine Notiz zu Ende. Dann blickte er auf.

Einen Augenblick sah er sie mit seinen kalten, blauen Augen an. Er schüttelte den Kopf und seufzte. »Nach monatelanger tadelloser Arbeit haben Sie offenbar eine Vorliebe für Fettnäpfchen entwickelt. Gefällt Ihnen Ihre Arbeit nicht mehr, Doktor?«

»Natürlich gefällt mir meine Arbeit, Dr. Bingham«, erwiderte Laurie alarmiert.

»Setzen Sie sich«, sagte Bingham. Er faltete die Hände und legte sie entschlossen auf sein Notizbuch.

Laurie setzte sich ihm gegenüber auf die Kante eines Sessels.

»Vielleicht gefällt es Ihnen dann in diesem Institut nicht«, fuhr er fort. Es war halb eine Frage, halb eine Feststellung.

»Ganz im Gegenteil«, erklärte Laurie. »Ich bin sehr gern hier. Wieso glauben Sie, daß das nicht der Fall ist?«

»Weil das die einzige Möglichkeit ist, mit der ich Ihr Verhalten erklären kann.«

Laurie hielt seinem Blick stand. »Ich habe keine Ahnung, auf was für ein Verhalten Sie anspielen«, sagte sie.

»Ich spiele auf Ihren Besuch von gestern nachmittag in der Wohnung des verstorbenen Duncan Andrews an, zu der Sie sich offenbar durch Vorzeigen Ihrer Dienstmarke Zutritt verschafft haben. Sind Sie dort gewesen, oder hat man mich falsch informiert?«

»Ich bin dort gewesen«, räumte Laurie ein.

»Hat Dr. Washington Ihnen nicht gesagt, daß wir wegen dieses Falls einem gewissen Druck aus dem Büro des Bürgermeisters ausgesetzt sind?«

»Er hat etwas in dieser Richtung geäußert, aber das, was er sagte, betraf die offizielle Todesursache.«

»Sind Sie nicht auf den Gedanken gekommen, daß dies ein etwas heikler Fall sein könnte und daß Sie vielleicht in jeder Beziehung so umsichtig wie möglich sein sollten?«

Laurie versuchte sich auszumalen, wer sich über ihren Besuch beschwert haben konnte. Und warum. Bestimmt nicht Sara Wetherbee. Während sie noch nachdachte, merkte sie, daß Dr. Bingham auf eine Antwort wartete. »Ich habe nicht gedacht, daß eine Besichtigung der Wohnung irgend jemanden stören könnte«, sagte sie schließlich.

»Es stimmt, daß Sie nicht gedacht haben«, sagte Dr. Bingham sarkastisch. »Das ist ganz offenkundig. Können Sie mir verraten, warum Sie in der Wohnung waren? Die Leiche war ja schon weg. Und Sie hatten sogar schon die Autopsie abgeschlossen. Und außerdem haben wir gerichtsmedizinische Ermittler, die diese Dinge erledigen und die wir angewiesen hatten, sich gerade in diesen Fall nicht einzumischen. Was mich zu meiner Frage zurückbringt: Warum waren Sie dort?«

Laurie versuchte, sich eine Erklärung auszudenken, ohne daß sie Privates erwähnen mußte. Sie wollte nicht mit Dr. Bingham über die Todesursache ihres Bruders sprechen.

»Ich habe Sie etwas gefragt, Dr. Montgomery«, sagte Bingham, als Laurie keine Antwort gab.

»Ich war bei der Autopsie auf nichts gestoßen«, erklärte Laurie schließlich. »Es gab nichts Pathologisches. Ich nehme an, es war der verzweifelte Versuch festzustellen, ob der Ort des Geschehens irgendeine plausible Alternative zu den Drogen bot, die der Mann offenbar genommen hatte.«

»Das als Ergänzung dazu, daß Sie Cheryl Myers baten, einen Blick in die Krankengeschichte des Mannes zu werfen.«

»Das ist richtig«, sagte Laurie.

»Unter normalen Umständen«, sagte Bingham, »könnte eine solche Initiative löblich sein. Unter den gegebenen Umständen hat sie jedoch die Schwierigkeiten des Instituts erhöht. Der Vater, der politisch über beste Beziehungen verfügt, hat herausbekommen, daß Sie dort waren, und einen Riesenaufstand gemacht, als ob wir seinen Senatorenwahlkampf ruinieren wollten. Und das alles zusätzlich zu dem zweiten Schülerinnenmord im Central Park, der uns schon genug Ärger vom Büro des Bürgermeisters eingebracht hat. Mehr können wir uns nicht leisten. Haben Sie verstanden?«

»Ja, Sir«, sagte Laurie.

»Ich hoffe es«, erwiderte Bingham. Er widmete sich wieder der Arbeit auf seinem Schreibtisch. »Das ist alles, Dr. Montgomery.«

Laurie verließ das Büro des Chefs und atmete tief durch. So knapp war sie noch nie an einem Rausschmiß vorbeigekommen. Zwei unangenehme Vorladungen zum Chef in drei Tagen. Noch eine, dachte sie unwillkürlich, und sie würde ihre Stellung los sein.

»Alle Probleme mit dem Chef ausgeräumt?« fragte Calvin, als Laurie zurückkam.

»Ich hoffe«, sagte Laurie.

»Ich auch«, erwiderte Calvin. »Denn ich brauche Sie in Topform.« Er reichte ihr einen Stapel Mappen. »Sie haben heute vier Fälle. Zwei Überdosen wie bei Duncan Andrews und schon wieder zwei Schwimmer. Aber ganz frische Schwimmer, kann ich dazusagen. Da Sie gestern schon die gleichen Fälle hatten, dachte ich mir, daß Ihnen das heute am schnellsten von der Hand geht.

Alle haben viel zu tun. Ich habe einigen fünf Fälle geben müssen. Sie können also zufrieden sein.«

Laurie blätterte die Mappen durch, um sicherzugehen, daß sie vollständig waren. Dann nahm sie ihre Tasche und die Rosenschachtel und fuhr nach oben in ihr Büro. Bevor sie irgend etwas anderes anfing, ging sie ins Labor und borgte sich das größte Glasgefäß, das sie auftreiben konnte. Sie nahm die Rosen aus der Schachtel, arrangierte sie und füllte das Gefäß mit Wasser. Nachdem sie die Blumen auf die Fensterbank gestellt hatte, trat sie einen Schritt zurück. Sie mußte lächeln; die Blumen waren so vollkommen fehl am Arbeitsplatz.

Laurie setzte sich an den Schreibtisch und nahm sich die erste Mappe vor. Sie kam nicht weit. In dem Augenblick, als sie sie aufschlug, klopfte es an die Tür. »Ja bitte«, rief sie.

Die Tür öffnete sich langsam, und Lou Soldano steckte den Kopf ins Zimmer. »Hoffentlich störe ich Sie nicht zu sehr«, sagte er. »Sie haben mich sicher nicht erwartet.«

Er sah aus, als ob er die letzte Nacht überhaupt nicht im Bett gewesen wäre. Er trug denselben ausgebeulten, ungebügelten Anzug und hatte es immer noch nicht geschafft, sich zu rasieren.

»Sie stören mich nicht«, sagte Laurie. »Kommen Sie rein!«

»Wie geht's Ihnen heute?« fragte er, nachdem er sich gesetzt hatte. Den Hut hatte er in den Schoß gelegt.

»Bis auf einen kleinen Zusammenstoß mit dem Chef ganz gut, glaube ich.«

»Hatte doch nichts damit zu tun, daß ich gestern hier war, oder?«

»Nein. Ich habe gestern nachmittag etwas gemacht, was ich besser nicht gemacht hätte. Aber nachher ist man immer klüger.«

»Ich hoffe, es macht Ihnen nichts aus, wenn ich heute schon wieder da bin, aber ich habe erfahren, daß Sie zwei weitere Fälle wie den armen Frankie haben. Sie wurden vom selben Nachtwächter fast an derselben Stelle entdeckt. Ich war deshalb schon um fünf heute früh am Sea Port an der South Street. Ooh!« rief er plötzlich, als er die Rosen bemerkte. »Tolle Blumen. Die waren aber gestern noch nicht da.«

»Gefallen sie Ihnen?« fragte Laurie.

»Bombastisch«, meinte Lou. »Von einem Verehrer?«

Laurie wußte nicht recht, was sie antworten sollte. »Ich denke, Sie würden ihn so nennen.«

»Oh, schön«, sagte Lou. Er blickte auf seinen Hut und strich über die Krempe. »Ja, Dr. Washington hat gesagt, er hätte Ihnen die Fälle zugewiesen; deshalb bin ich hier. Haben Sie was dagegen, wenn ich mich wieder anhänge?«

»Überhaupt nicht«, sagte Laurie. »Wenn Sie meinen, Sie könnten noch ein paar Autopsien vertragen, dürfen Sie gern mitkommen.«

»Ich bin ziemlich sicher, daß wenigstens einer der Fälle etwas mit dem Tod Frankies zu tun hat«, sagte Lou und rutschte auf dem Stuhl nach vorn. »Er heißt Bruno Marchese. So alt wie Frankie und etwa die gleiche Stellung in der Organisation. Warum wir so schnell so viel erfahren haben, liegt daran, daß man die Brieftasche bei ihm gefunden hat, genau wie bei Frankie. Wer immer ihn umgebracht hat, wollte offenbar, daß sein Tod sofort bekannt wird, so eine Art Anzeige. Bei Frankie dachten wir noch, es wäre ein glücklicher Zufall gewesen. Und es macht uns Sorgen: Vielleicht bahnt sich da irgendwas Großes an, vielleicht eine allgemeine Abrechnung zwischen den beiden Organisationen. Wenn das der Fall ist, müssen wir es unterbinden. Bei jeder solchen Abrechnung werden viele unschuldige Menschen getötet.«

»Ist er auf die gleiche Art umgebracht worden?« fragte Laurie, als sie die Mappen durchging, bis sie zu der von Bruno Marchese kam.

»Die gleiche Art«, bestätigte Lou. »Hinrichtung nach Gangstermanier. Schuß in den Hinterkopf aus kurzer Entfernung.«

»Und mit einer kleinkalibrigen Waffe«, ergänzte Laurie, klappte die Mappe zu und griff zum Telefon. Sie wählte die Nummer des Leichenschauhauses. Als sich jemand meldete, verlangte sie Vinnie.

»Sind wir heute wieder zusammen?« fragte Laurie ihn.

»Sie haben mich die ganze Woche auf dem Hals«, antwortete Vinnie.

»Wir haben zwei Schwimmer«, erklärte Laurie. »Bruno Marchese und...« Sie blickte zu Lou hinüber. »Wie heißt der andere?«

»Wir wissen es nicht«, sagte Lou. »Ist noch nicht identifiziert.«

»Keine Brieftasche?« fragte Laurie.

»Noch schlimmer«, erklärte Lou. »Kopf und Hände fehlen. Bei dem wollten sie nicht, daß wir ihn erkennen.«

»Reizend!« sagte Laurie sarkastisch. »Ohne Kopf ist der Fall von begrenztem Wert.« Und zu Vinnie sagte sie: »Ich möchte, daß Bruno Marchese und der Mann ohne Kopf geröntgt werden.«

»Wir sind schon dabei«, sagte Vinnie. »Aber es dauert eine Weile. Wir stehen Schlange. Heute ist viel los. Letzte Nacht hat in Harlem eine Art Bandenkrieg stattgefunden, und wir haben jede Menge Schußopfer. Und im übrigen ist die Leiche ohne Kopf eine Frau, kein Mann. Wann kommen Sie runter?«

»In Kürze«, sagte Laurie. »Sorgen Sie dafür, daß bei der Frau alles für die Feststellung einer eventuellen Vergewaltigung da ist.« Sie legte auf und sah Lou an. »Sie haben mir gar nicht gesagt, daß einer der Schwimmer eine Frau ist.«

»Ich hatte keine Gelegenheit dazu«, erklärte Lou.

»Na ja, egal. Leider kommen die Fälle, an denen Sie interessiert sind, nicht zuerst dran. Tut mir leid.«

»Macht nichts. Ich sehe Ihnen gern bei der Arbeit zu.«

Laurie überflog das Material über die Frau ohne Kopf. Dann ging sie eine der Mappen mit den Überdosen durch. Sie las nur bis zum Untersuchungsbericht, griff dann zur letzten Mappe und warf einen Blick in den dortigen Untersuchungsbericht. »Eigenartig«, sagte sie. Sie sah zu Lou auf. »Dr. Washington hat gesagt, es wären die gleichen Fälle wie der von Duncan Andrews. Ich hatte keine Ahnung, daß er es so wörtlich meint. So ein Zufall.«

»Ebenfalls Überdosis Kokain?« fragte Lou.

»Ja«, sagte Laurie. »Aber das ist nicht der eigentliche Zufall. Der eine ist ein Banker, der andere eine Lektorin.«

»Was ist daran so eigenartig?« fragte Lou.

»Der soziale Hintergrund«, erklärte Laurie. »Alle drei waren erfolgreiche Leute, aktive Aufsteiger, jung und unverheiratet. Eigentlich nicht die Fälle von Überdosis, die wir hier normalerweise bekommen.«

»Aber was ist so eigenartig daran? Sind es nicht die Yuppies, die Koks so populär gemacht haben? Was ist da so überraschend?«

»Daß sie Kokain genommen haben, ist nicht das Überraschende«, sagte Laurie langsam. »So naiv bin ich nicht. Hinter der Fassade des materiellen Erfolgs kann sich eine sehr schwere Sucht verbergen. Aber wie ich schon sagte, sind die Fälle von Überdosis, die wir hier bekommen, in aller Regel Menschen, die völlig am Ende sind. Bei Crack sieht man viele total verarmte Leute aus der untersten Gesellschaftsschicht. Von Zeit zu Zeit haben wir schon auch Leute aus sogenannten besseren Kreisen hier, aber sie haben dann, wenn sie die tödliche Dosis nehmen, meistens schon alles verloren: Arbeit, Familie, Geld. Diese jüngsten Fälle kommen mir einfach nicht wie typische Fälle von Überdosis vor. Ich frage mich, ob in den Drogen nicht irgendein Gift war. Wo habe ich denn den Artikel aus dem *American Journal of Medicine*?« sagte sie mehr zu sich selbst. »Ach, da ist er ja.«

Laurie zog die Kopie eines Artikels hervor und reichte sie Lou. »Auf der Straße verkauftes Kokain wird immer mit irgend etwas gestreckt, meistens mit Zucker oder herkömmlichen Aufputschmitteln, manchmal aber auch mit heimtückischem Zeug. In dem Artikel geht es um mehrere Vergiftungen durch ein Kilo Kokain, das mit Strychnin gestreckt war.«

»Nicht schlecht«, sagte Lou, als er den Artikel überflog. »Das wäre ein toller Trip.«

»Es wäre ein schneller Trip hierher ins Leichenschauhaus«, stimmte Laurie zu. »Bei drei ziemlich atypischen Fällen von Überdosis mit derart überraschend ähnlichem sozialem Hintergrund innerhalb von zwei Tagen frage ich mich, ob sie das Kokain nicht aus derselben vergifteten Quelle bezogen haben.«

»Das ist, glaube ich, ein ziemlich gewagter Schluß«, meinte Lou.

»Vor allem bei nur drei Fällen. Aber selbst wenn Ihr Verdacht richtig wäre, interessiert mich das nicht sonderlich.«

»Interessiert Sie nicht?« Laurie konnte kaum glauben, was sie da hörte.

»Bei all den Problemen, die diese Stadt hat, bei all der Gewalt und Straßenkriminalität fällt es mir schwer, viel Sympathie für diese feinen Pinkel aufzubringen, die in ihrer Freizeit nichts Besseres zu tun haben, als verbotene Drogen zu nehmen. Ich mache mir, ehrlich gesagt, viel mehr Gedanken um solche armen Schweine wie diese Frau ohne Kopf, die da unten liegt.«

Laurie war sprachlos, doch bevor sie etwas erwidern konnte, klingelte das Telefon. Sie war überrascht, Jordan Scheffield am anderen Ende der Leitung zu hören, als sie abnahm.

»Ich habe meinen ersten Fall abgeschlossen«, sagte er. »Lief bestens. Ich bin sicher, der Baron wird zufrieden sein.«

»Freut mich zu hören«, sagte Laurie mit einem befangenen Blick auf Lou.

»Haben Sie die Blumen bekommen?«

»Ja«, sagte Laurie. »Ich kann sie von hier aus sehen. Vielen Dank. Es war genau das, was der Arzt verordnet hat.«

»Sehr schlagfertig«, lachte Jordan. »Ich dachte mir, es wäre die angemessene Art, Sie wissen zu lassen, daß ich mich freue, Sie heute abend zu sehen.«

»Diese Geste könnte in die gleiche Kategorie fallen wie Ihre Luxuslimousine«, sagte Laurie. »Ein wenig extravagant. Aber ich weiß es zu schätzen, daß Sie an mich gedacht haben.«

»Ich wollte mich nur ganz kurz melden. Ich muß wieder in die Chirurgie«, sagte Jordan. »Bis um acht also.«

»Entschuldigen Sie«, sagte Lou, als Laurie aufgelegt hatte. »Sie hätten mir sagen können, daß es privat war. Ich wäre rausgegangen.«

»Ich bekomme normalerweise keine Privatanrufe hier«, sagte Laurie. »Ich war selbst überrascht.«

»Ein Dutzend Rosen. Eine Luxuslimousine. Muß ein interessanter Typ sein.«

»Das ist er«, bestätigte Laurie. »Er hat übrigens gestern abend etwas gesagt, das Sie wahrscheinlich interessieren wird.«

»Das kann ich kaum glauben. Aber ich bin ganz Ohr.«

»Der Anrufer ist Arzt«, erklärte Laurie. »Er heißt Jordan Scheffield. Vielleicht haben Sie von ihm gehört. Er muß ziemlich bekannt sein. Jedenfalls erzählte er gestern abend, daß er den Mann behandelt, an dem Sie so interessiert sind: Mr. Paul Cerino.«

»Kein Scherz?« fragte Lou. Er war überrascht. Er war auch interessiert.

»Jordan Scheffield ist Ophthalmologe«, sagte Laurie.

»Warten Sie eine Sekunde«, bat Lou. Er griff in seine Jacke und zog einen zerfledderten Schreibblock und einen Kugelschreiber heraus. »Lassen Sie mich das aufschreiben.« Die Zunge zwischen den Lippen, notierte er sich Jordans Namen. Dann bat er Laurie, das Wort Ophthalmologe zu buchstabieren.

»Ist das das gleiche wie Optometriker?« fragte er.

»Nein«, sagte Laurie. »Ein Ophthalmologe ist ein Arzt, der sowohl Augenoperationen vornimmt als auch Augenheilkunde betreibt. Ein Optometriker ist mehr darauf spezialisiert, optische Probleme mit Hilfe von Brillen und Kontaktlinsen zu lösen.«

»Und was sind Optiker? Ich habe diese Burschen immer durcheinandergeworfen. Mir hat das nie jemand erklärt.«

»Der Optiker führt die Brillenverschreibungen des Ophthalmologen oder des Optometrikers durch«, sagte Laurie.

»Jetzt weiß ich Bescheid«, sagte Lou, »erzählen Sie mir von Dr. Scheffield und Paul Cerino.«

»Das ist das Interessanteste«, sagte Laurie. »Jordan erzählte, daß er Mr. Cerino wegen Verätzung der Augen durch Säure behandle. Irgend jemand hat Paul Cerino Säure in die Augen geschüttet, um ihn zu blenden.«

»Was Sie nicht sagen. Das könnte einiges erklären. Vielleicht auch diese beiden Hinrichtungen der Lucia-Leute durch Killer. Und das mit Frankies Auge, könnte das Säure gewesen sein?«

»Ja«, sagte Laurie. »Das könnte Säure gewesen sein. Aber es ist schwer, das zu bestimmen, da die Leiche im Wasser gelegen hat;

doch alles in allem entsprach die Schädigung seines Auges eindeutig einer Verätzung durch Säure.«

»Können Sie versuchen, eine Bestätigung vom Labor zu bekommen, daß es Säure war? Das könnte der erste Schritt zu dem Durchbruch sein, um den ich gebetet habe.«

»Natürlich versuchen wir das«, sagte Laurie. »Aber wie ich schon sagte, da er so lange im Wasser gelegen hat, könnte es schwierig werden. Wir werden beim jetzigen Fall auch die Kugel untersuchen. Vielleicht ist es die gleiche wie bei Frankie.«

»So aufgeregt war ich schon seit Monaten nicht mehr«, gestand Lou.

»Kommen Sie«, sagte Laurie.

Gemeinsam gingen sie hinunter ins Labor. Laurie suchte den Leiter, Dr. John DeVries, einen Toxikologen. Er war ein großgewachsener, schmächtiger Mann mit hageren Wangen und der Blässe eines Gelehrten. Er trug einen fleckigen Kittel, der mehrere Nummern zu klein war.

Laurie machte die Männer miteinander bekannt, dann fragte sie, ob schon Ergebnisse von den Fällen des gestrigen Tages vorlägen.

»Einige vielleicht«, meinte John. »Haben Sie die Zugangsnummern?«

»Selbstverständlich.«

»Kommen Sie in mein Büro.« John führte sie in ein enges Kabuff, das mit Büchern und Stapeln wissenschaftlicher Zeitschriften angefüllt war.

Er beugte sich über seinen Schreibtisch und tippte einiges in seinen Computer. »Wie sind die Zugangsnummern?« fragte er.

Laurie nannte Duncan Andrews' Nummer, und John gab sie ein.

»Im Blut war Kokain und Urin«, las er vom Bildschirm ab. »Und offensichtlich in hoher Konzentration. Aber das war jetzt nur eine Dünnschichtchromatographie.«

»Irgendwelche Verunreinigungen oder andere Drogen?« fragte Laurie.

»Bis jetzt nicht«, erwiderte John und richtete sich auf. »Aber wir machen noch eine Gaschromatographie und eine Massenspektrometrie, sobald wir Zeit haben. Wir haben sehr viel zu tun.«

»Dies war ein Fall von Kokain-Überdosis – aber es ist insofern etwas atypisch, als der Verstorbene offenbar kein Gewohnheitskonsument war. Und wenn er Drogen nahm – was seine Familie vehement bestreitet –, wirkte sich das nicht störend auf sein Leben aus. Der Mann war sehr erfolgreich, ein solider Bürger; die Art Leute, von denen man nicht erwartet, daß sie an einer Überdosis sterben. Sein Tod war somit vielleicht ungewöhnlich, aber nicht außergewöhnlich. Kokain kann eine Aufsteigerdroge sein. Aber jetzt habe ich einen Tag später zwei weitere Fälle von Überdosis mit ähnlichen Profilen bekommen. Ich mache mir Sorgen, daß eine Lieferung Kokain vielleicht mit irgendeinem Stoff vergiftet ist. Vielleicht hat das diese vermutlichen Gelegenheitskonsumenten umgebracht. Ich wäre Ihnen wirklich sehr dankbar, wenn Sie die Proben so schnell wie möglich machen könnten. Vielleicht können wir andere Leben retten.«

»Ich werde tun, was ich kann«, sagte John. »Aber wie ich Ihnen schon sagte, wir haben viel zu tun. Wollten Sie noch etwas über einen anderen Fall wissen?«

Laurie nannte Frank DePasquales Zugangsnummer, und John befragte den Bildschirm. »Nur eine Spur Cannabinoide im Urin. Ansonsten nichts.«

»Es war eine Augengewebsprobe dabei«, sagte Laurie. »Da schon irgendwas gefunden?«

»Ist noch nicht untersucht worden.«

»Das Auge schien verätzt zu sein«, erläuterte Laurie. »Wir vermuten inzwischen Säure. Können Sie auf Säure achten? Es könnte wichtig sein, daß wir das dokumentieren.«

»Ich tue, was ich kann.«

Laurie bedankte sich, dann gab sie Lou ein Zeichen, ihr zum Aufzug zu folgen. Auf dem Weg dorthin schüttelte sie den Kopf. »Von ihm etwas zu erfahren, ist, als ob man Wasser aus einem Stein pressen wollte«, klagte sie.

»Er wirkte erschöpft«, meinte Lou. »Oder er haßt seine Arbeit. Eins von beiden.«

»Ich muß zu seiner Verteidigung sagen, daß er viel zu tun hat«, erklärte Laurie. »Wie überall hier sind auch seine Mittel beschränkt, und es wird immer schlimmer, und er ist personalmäßig ganz schlecht dran. Aber ich hoffe, er findet die Zeit, in den Drogenfällen nach einer Verunreinigung zu suchen. Je mehr ich darüber nachdenke, desto sicherer bin ich mir.«

Als sie zu den Aufzügen kamen, schaute Laurie kurz auf die Uhr. »Ich muß einen Gang zulegen!« Sie blickte zu Lou auf. »Ich kann es mir nicht leisten, daß außer Dr. Bingham auch noch Dr. Washington sauer auf mich ist. Sonst sitze ich bald auf der Straße und kann mir eine neue Stelle suchen.«

Lou sah ihr fest in die Augen. »Diese Überdosisfälle beschäftigen Sie sehr, nicht wahr?«

»Ja, das stimmt«, gab Laurie zu. Sie wandte die Augen ab und blickte nach oben auf die Fahrstuhlanzeige. Lous Bemerkung ließ die Erinnerung an den Alptraum wiederaufleben, den sie am Morgen gehabt hatte. Sie hoffte, er würde ihren Bruder nicht erwähnen. Glücklicherweise ging die Fahrstuhltür auf, und sie stiegen ein.

Sie zogen die Schutzkleidung an und betraten den großen Sektionssaal. Es herrschte Betriebsamkeit wie in einem Bienenstock; alle Tische waren belegt. Laurie bemerkte, daß an Tisch eins sogar Dr. Washington arbeitete. Es mußte schon einiges los sein, wenn er da war; normalerweise erledigte er keine Routinefälle.

Lauries erster Fall lag auf dem Tisch. Vinnie hatte sich die Freiheit herausgenommen, alle Utensilien herbeizuschaffen, die sie seiner Meinung nach brauchte. Der Verstorbene hieß Robert Evans, neunundzwanzig Jahre alt.

Laurie richtete ihre Papiere hin und begann professionell und gewissenhaft mit der äußeren Untersuchung. Sie war schon halb fertig, als sie merkte, daß Lou ihr gar nicht gegenüberstand. Sie hob den Kopf und sah ihn abseits stehen. »Entschuldigen Sie, daß ich Sie nicht einbezogen habe«, sagte sie.

»Schon gut. Machen Sie Ihre Arbeit. Mir geht's gut. Ich sehe, daß Sie alle viel zu tun haben. Ich möchte nicht im Weg stehen.«

»Sie stehen nicht im Weg«, sagte Laurie. »Sie wollten zusehen, also kommen Sie und sehen Sie zu.«

Lou ging um den Tisch, sorgsam darauf achtend, nirgends anzustoßen. Die Hände hatte er hinter dem Rücken verschränkt. Er blickte auf Robert Evans. »Was Interessantes entdeckt?« fragte er.

»Dieser arme Kerl hatte einen Anfall, genau wie Duncan Andrews«, erklärte Laurie. »Die daraus resultierenden Prellungen und die arg zerbissene Zunge beweisen es. Und dann ist da noch etwas. Sehen Sie hier an der Unterarmbeuge. Sehen Sie diesen blassen runden Punkt? Erinnern Sie sich, dasselbe bei Duncan Andrews gesehen zu haben?«

»Sicher«, sagte Lou. »Das war die Stelle, wo er sich das Kokain in die Vene gespritzt hat.«

»Genau«, bestätigte Laurie. »Mit andern Worten, Mr. Evans hat das Kokain genauso genommen wie Mr. Andrews.«

»Und?«

»Ich habe Ihnen gestern gesagt, daß man Kokain auf die verschiedensten Arten nehmen kann«, sagte Laurie. »Aber Schnupfen oder Insufflation, wie die Mediziner sagen, ist der in der Freizeit übliche Weg.«

»Und wie ist es mit Rauchen?« fragte Lou.

»Sie meinen Crack. Kokainhydrochlorid, das Salz, ist kaum flüchtig und kann nicht geraucht werden. Wenn man es rauchen will, muß man es in seine freie Base umwandeln, in Crack. Worauf es hier ankommt, ist, daß die übliche Form des Kokains zwar gespritzt werden kann, aber normalerweise nicht gespritzt wird. Daß es in diesen beiden Fällen so eingenommen wurde, ist eigenartig, und ich weiß noch nicht, was ich davon halten soll.«

»War es in den sechziger Jahren nicht üblich, Kokain zu spritzen?«

»Nur wenn es mit Heroin kombiniert wurde zum sogenannten Speedball.« Laurie schloß einen Moment die Augen, atmete tief ein und mit einem Seufzer wieder aus.

»Alles in Ordnung?« fragte Lou.

»Ja, ja«, sagte Laurie.

»Vielleicht ist das, was wir hier erleben, der Anfang einer neuen Mode«, meinte Lou.

»Ich hoffe, nicht«, sagte Laurie. »Aber wenn, dann ist sie viel zu tödlich, um sich lange zu halten.«

Eine Viertelstunde später, als Laurie das Skalpell in die Brust einführte, lief Lou ein Schauer über den Rücken. Obwohl der Mann tot war und kein Blut floß, konnte Lou sich nicht von dem Gedanken frei machen, daß das rasierklingenscharfe Messer in menschliches Gewebe wie sein eigenes schnitt.

Da offenbar keine krankhaften Veränderungen vorlagen, hatte Laurie die Autopsie von Robert Evans bald abgeschlossen. Während Vinnie die Leiche hinausbrachte und Bruno Marchese holte, gingen Laurie und Lou zur Röntgenbildwand, um sich die Aufnahmen von Bruno und der Frau ohne Kopf anzusehen.

»Die Kugel befindet sich etwa an der gleichen Stelle«, erklärte Laurie und zeigte auf den hellen Punkt innerhalb der Umrisse von Brunos Schädel.

»Sieht wie ein etwas größeres Kaliber aus«, meinte Lou. »Ich kann mich irren, aber das ist, glaube ich, nicht dieselbe Waffe.«

»Ich bin beeindruckt, wenn Sie recht haben«, sagte Laurie.

Sie hängte Brunos Ganzkörperaufnahme auf und betrachtete sie mit geübtem Blick. Als sie nichts Abnormales feststellen konnte, wechselte sie die Aufnahme gegen die von der unglücklichen Frau aus.

»Es ist gut, daß wir die Aufnahme gemacht haben«, sagte Laurie.

»Hm.« Lou blickte angestrengt auf die wie Nebel aussehenden Schatten.

»Wollen Sie sagen, daß Sie die Abnormalität nicht sehen?« fragte Laurie.

»Genau. Außerdem verstehe ich nicht, wie ihr Ärzte viel auf diesen Dingern erkennt. Ich meine, eine Kugel, die fällt auf, aber alles andere sieht doch aus wie ein Haufen Kleckse.«

»Ich glaube einfach nicht, daß Sie das nicht sehen«, ereiferte Laurie sich.

»Also gut, ich bin blind«, sagte Lou etwas kleinlaut. »Sagen Sie's mir!«

»Der Kopf und die Hände!« erklärte Laurie. »Sie sind weg.«

»Sie falsche Hexe!« lachte Lou unterdrückt auf, damit niemand am Nachbartisch es hören konnte.

»Das ist doch eine Abnormalität«, neckte Laurie ihn.

Als sie mit den Röntgenaufnahmen fertig waren, gingen sie an den Tisch zurück und kamen gerade noch rechtzeitig, um Vinnie zu helfen, Bruno Marchese von der Rollbahre auf den Tisch zu legen. Lou wollte mit anfassen, doch Laurie scheuchte ihn weg, da er keine Handschuhe trug. Um Zeit zu sparen, begann sie mit der Untersuchung der Leiche in Bauchlage.

Die Schußwunde sah fast genau wie die von Frankie aus, nur daß der Streuungsdurchmesser der Tüpfelung etwas größer war, was darauf schließen ließ, daß der Schuß aus etwas größerer Entfernung abgefeuert worden war. Nachdem Laurie die notwendigen Fotos und Proben genommen hatte, drehte sie den Körper mit Vinnies Hilfe in die Rückenlage.

Als erstes prüfte Laurie die Augen. Sie waren normal.

»Nach dem, was Sie oben gesagt haben, hatte ich gehofft, daß wir an den Augen irgendwas finden«, meinte Lou.

»Ich auch«, gab Laurie zu. »Ich würde Ihnen so gerne zu dem Durchbruch verhelfen, den Sie brauchen.«

»Es kann trotzdem wichtig sein. Wenn man Paul Cerino Säure ins Gesicht geschüttet hat und Frank DePasquale auch, ist das auf jeden Fall eine Verbindung. Ich glaube, ich nehme mir mal die Zeit und fahre raus nach Queens, um ein bißchen mit Cerino zu plaudern.«

Laurie schloß die äußere Untersuchung ab und begann mit der inneren. Da auch hier keine krankhaften Veränderungen vorlagen, ging alles sehr schnell. Als die Obduktion Brunos beendet war, schob Vinnie die Leiche hinaus und holte den zweiten Schwimmer. Laurie half Vinnie, den Körper auf den Tisch zu legen.

Laurie betrachtete die Abtrennungsstellen der Gliedmaßen und den Hals der Frau. »Sie wurde nach dem Tod verstümmelt«, erklärte sie.

»Das ist ja tröstlich«, meinte Lou. Er hatte das Gefühl, daß seine Belastbarkeit mit jedem Fall abnahm. Er hatte bei dieser verstümmelten Leiche mehr Schwierigkeiten als bei den anderen.

»Das Abtrennen des Kopfes und der Hände ist unfachmännisch erfolgt«, stellte Laurie fest. »Sehen Sie hier die groben Sägespuren an den freiliegenden Knochen. Das Gewebe ist natürlich zum Teil von Fischen oder Krabben angefressen.«

Lou zwang sich hinzusehen, obwohl er es lieber nicht getan hätte. Ihm war etwas übel.

»Ansonsten sieht der Torso normal aus«, sagte Laurie. »Keine menschlichen Bißspuren.«

Lou schluckte erneut. »Haben Sie mit Bißspuren gerechnet?« fragte er schwach.

»Wenn es um eine Vergewaltigung geht«, erklärte Laurie, »findet man gelegentlich auch Bißspuren. Man muß daran denken, sonst übersieht man sie leicht.«

»Ich werde es mir merken«, sagte Lou.

Laurie untersuchte sorgfältig die Brust und den Bauch. Die einzig bemerkenswerte Entdeckung war eine Narbe im rechten oberen Bereich, die parallel zu den Rippen verlief.

»Das könnte sich als wichtig bei der Identifizierung erweisen«, sagte sie und zeigte auf die Narbe. »Ich denke, es war eine Gallenblasenoperation.«

»Was ist, wenn die Leiche überhaupt nicht identifiziert wird?« fragte Lou.

»Sie bleibt ein paar Wochen in der begehbaren Kühlkammer«, erklärte Laurie. »Wenn wir danach immer noch nicht wissen, wer sie ist, landet sie in einem jener Kiefernsärge da draußen.«

Laurie öffnete den Kasten mit den Utensilien zur Feststellung einer Vergewaltigung und breitete den Inhalt aus. »Das meiste ist wahrscheinlich sinnlos, nachdem der Körper im Fluß gelegen hat, aber ein Versuch lohnt sich immer.« Während sie die notwendigen

Proben entnahm, fragte sie Lou, ob er der Meinung sei, daß der Fall mit dem von Frank oder Bruno zusammenhänge.

»Ich bin mir nicht sicher, aber ich habe einen Verdacht. Es sind mehrere Leute, auch Polizeitaucher, dabei, nach dem Kopf und den Händen zu suchen. Eins weiß ich: Wer immer diese Frau ins Wasser geworfen hat, wollte nicht, daß sie identifiziert wird. Beim Gezeiten- und Strömungsmuster des East River läßt die Tatsache, daß sie in etwa am selben Ort wie Frankie und Bruno gefunden wurde, vermuten, daß sie an derselben Stelle ins Wasser geworfen wurde. Ja, ich glaube schon, daß da ein Zusammenhang bestehen könnte.«

»Wie hoch sind Ihrer Meinung nach die Chancen, den Kopf oder die Hände zu finden?« fragte Laurie.

»Nicht sehr hoch. Sie können dort ins Wasser geworfen worden sein, wo man den Körper versenkt hat, aber vielleicht sind sie überhaupt nicht in den Fluß geworfen worden.«

Laurie hatte die Leiche inzwischen eröffnet. Sie stellte fest, daß das Opfer bisher zweimal operiert worden war: eine Gallenblasenresektion, wie sie vermutet hatte, und die Entfernung der Gebärmutter.

Da drei der vier Fälle vor Mittag erledigt waren, hielt Laurie es angesichts dieses Tempos für vertretbar, auf die Schnelle eine Tasse Kaffee mit Lou zu trinken. Lou stimmte erleichtert zu und sagte, er könne nach dem morgendlichen Horrortrip eine Stärkung gebrauchen. Außerdem müsse er zurück ins Revier. Da er die Autopsie der beiden »Schwimmer« miterlebt habe, könne er es nicht rechtfertigen, noch länger zu bleiben. Flachsend sagte er zu Laurie, daß sie den zweiten Überdosisfall ohne seine Hilfe erledigen müsse.

Laurie legte die äußere Schutzkleidung ab und ging mit Lou zum Kaffeeautomaten im ID-Büro. Laurie setzte sich auf einen Schreibtischstuhl, Lou auf die Ecke eines Schreibtisches. Wie schon am Vortag, änderte sich Lous Verhalten urplötzlich, als er im Begriff war zu gehen. Er wurde tolpatschig und verlegen. Er schaffte es sogar, sich etwas Kaffee über den Kittel zu schütten.

»Tut mir leid«, sagte er und betupfte die Kaffeeflecken mit einer Serviette. »Es macht hoffentlich keine Flecken.«

»Seien Sie nicht albern, Lou«, sagte Laurie. »Diese Kittel haben schon schlimmere Flecken als Kaffee gehabt.«

»Da haben Sie wohl recht.«

»Haben Sie etwas auf dem Herzen?« fragte Laurie.

»Nja«, sinnierte Lou. Er starrte in den Kaffee. »Ich würde gern wissen, ob Sie Lust hätten, heute abend mit mir einen Happen zu essen. Ich kenne da ein tolles Restaurant in Little Italy in der Mulberry Street.«

»Ich möchte Sie auch etwas fragen«, erwiderte Laurie. »Gestern haben Sie mich gefragt, ob ich verheiratet bin. Aber Sie haben nicht gesagt, ob Sie verheiratet sind.«

»Ich bin nicht verheiratet.«

»Waren Sie mal verheiratet?«

»Ja, ich war verheiratet. Ich bin seit einigen Jahren geschieden. Ich habe zwei Kinder: ein siebenjähriges Mädchen und einen fünfjährigen Jungen.«

»Sehen Sie sie gelegentlich?«

»Selbstverständlich sehe ich sie«, sagte Lou. »Was denken Sie denn? Daß ich meine eigenen Kinder nicht sehe? Ich habe sie jedes Wochenende.«

»Sie brauchen sich nicht zu verteidigen«, sagte Laurie. »Ich war lediglich neugierig. Gestern, nachdem Sie gegangen waren, ist mir eingefallen, daß Sie mich nach meinem Familienstand gefragt haben, ohne mir von Ihrem zu erzählen.«

»Es war ein Versehen«, sagte Lou. »Aber wie ist es mit dem Essen?«

»Ich habe heute abend leider etwas vor«, sagte Laurie.

»In Ordnung«, sagte Lou. »Zuerst mich ausquetschen über meine Familienverhältnisse und mich dann abblitzen lassen. Ich nehme an, Sie treffen sich mit dem tollen Arzt mit den Rosen und dem Luxusschlitten. Ich bin vermutlich nicht so ganz seine Klasse.« Er stand abrupt auf. »Ich gehe jetzt wohl am besten.«

»Ich denke, Sie sind überempfindlich und albern«, brauste Laurie auf. »Ich habe lediglich gesagt, daß ich heute abend etwas vorhabe.«

»Überempfindlich und albern, ja? Ich werde es mir merken. Es war ein weiterer, sehr aufschlußreicher Morgen. Haben Sie vielen Dank. Wenn Sie bei einem der Schwimmer etwas Interessantes entdecken, rufen Sie mich bitte an.« Damit warf Lou seinen Plastikbecher in einen in der Nähe stehenden Abfalleimer und verließ den Raum.

Laurie blieb noch einen Augenblick sitzen und nippte an ihrem Kaffee. Sie wußte, daß sie Lous Gefühle verletzt hatte, und das bereitete ihr Unbehagen. Gleichzeitig hielt sie ihn für unreif. Etwas von dem Charme, den sie am Tag zuvor bemerkt hatte, blätterte ab.

Als Laurie ihren Kaffee getrunken hatte, kehrte sie in den Sektionssaal und zu ihrem vierten Fall zurück: Marion Overstreet, achtundzwanzig Jahre, Lektorin in einem großen New Yorker Verlag.

»Brauchen Sie irgendwas für diesen Fall?« erkundigte Vinnie sich. Er war gern unterwegs.

Laurie schüttelte den Kopf, nein. Sie betrachtete die junge Frau auf dem Tisch und fragte sich, ob diese Frau mit Drogen gespielt hätte, wenn sie mit einem so schrecklichen Preis hätte rechnen müssen.

Die Autopsie nahm nicht viel Zeit in Anspruch. Laurie und Vinnie arbeiteten gut zusammen. Das Sprechen beschränkte sich auf ein Minimum. Der Fall hatte eine bemerkenswerte Ähnlichkeit mit dem von Duncan Andrews und Robert Evans, bis hin zu der Tatsache, daß Marion Overstreet das Kokain gespritzt, nicht geschnupft hatte. Es gab nur einige kleinere Überraschungen, die Laurie von Cheryl Myers oder einem der anderen gerichtsmedizinischen Ermittler prüfen lassen würde. Um Viertel vor eins verließ sie den großen Sektionssaal.

Nachdem sie sich umgezogen hatte, trug sie die Proben der heutigen Fälle selbst in die Toxikologie. Sie hoffte auf eine weitere kurze Unterhaltung mit dem Cheftoxikologen. Sie entdeckte John

DeVries in seinem Büro, wo er gerade zu Mittag aß. Auf seinem Schreibtisch standen geöffnet eine altmodische Butterbrotdose und eine Thermosflasche.

»Ich habe die beiden Überdosen fertig«, begann Laurie. »Ich habe die Proben gleich mitgebracht.«

»Stellen Sie sie auf den Annahmetisch im Labor«, forderte er sie auf. Mit beiden Händen hielt er ein großes Wurstbrot.

»Haben Sie eine Verunreinigung im Fall Andrews gefunden?« erkundigte sie sich erwartungsvoll.

»Sie waren doch erst vor ein paar Stunden hier. Ich rufe Sie an, wenn ich etwas finde.«

»So bald wie möglich«, bat Laurie ihn. »Ich will nicht drängeln. Ich bin nur überzeugter denn je, daß irgendeine Verunreinigung im Spiel ist. Und wenn, dann möchte ich sie finden.«

»Wenn es sie gibt, finden wir sie. Aber geben Sie uns um Gottes willen eine Chance.«

»Danke«, sagte Laurie. »Ich will versuchen, geduldig zu sein. Es ist nur so, daß –«

»Ich weiß, ich weiß«, fiel John ihr ins Wort. »Ich kriege das Ergebnis schon. Bitte!«

»Ich bin schon draußen«, sagte Laurie. Sie hob die Hände zum Zeichen, daß sie sich fügte.

Wieder in ihrem Zimmer, aß sie ihre Lunchbrote, diktierte die Autopsieberichte vom Morgen und versuchte, einige Schreibarbeiten zu erledigen. Sie merkte, daß die mit den Überdosen zusammenhängenden Fälle sie nicht losließen.

Was sie beunruhigte, war das Gespenst weiterer Fälle. Falls in der Stadt irgendeine verunreinigte Kokainquelle sprudelte, bedeutete das, daß es weitere Todesfälle geben würde. Jetzt war John am Zug. Sie konnte nicht mehr tun.

Oder doch? Wie konnte sie weitere Todesfälle verhindern? Der Schlüssel lag darin, die Öffentlichkeit zu warnen. Hatte Bingham ihr nicht gerade erst vorgehalten, daß sie soziale und politische Verantwortung hatten? Das brachte sie auf einen Gedanken.

Sie griff zum Telefon und wählte die Nummer der Chefsekretärin. Sie fragte Mrs. Sanford, ob Dr. Bingham wohl einen Moment für sie Zeit hätte.

»Ich denke, ich kann Sie noch zwischenschieben«, sagte Mrs. Sanford, »aber Sie müssen sofort kommen. Dr. Bingham muß ins Rathaus zum Lunch.«

Als sie Binghams Büro betrat, war ihr klar, daß der Chef nicht bereit war, ihr mehr als eine Minute seiner Zeit einzuräumen. Auf seine Frage, worum es gehe, umriß Laurie den Hintergrund der drei Kokain-Fälle so knapp wie möglich. Sie hob die finanziell gesicherte Lage hervor, die Tatsache, daß offenbar keines der Opfer drogenabhängig gewesen war und daß alle drei das Kokain gespritzt hatten.

»Ja, ich verstehe«, sagte Bingham. »Und worauf wollen Sie hinaus?«

»Ich befürchte, daß wir den Anfang einer Serie von Todesfällen erleben«, sagte Laurie. »Ich mache mir Gedanken wegen einer giftigen Verunreinigung in irgendeiner Kokainlieferung.«

»Bei nur drei Fällen? Meinen Sie nicht, daß das ein ziemlich gewagter Sprung ist?«

»Mir geht es darum«, betonte Laurie, »daß es bei drei Fällen bleibt.«

»Ein erstrebenswertes Ziel«, meinte Bingham. »Aber sind Sie sich wegen dieser vermeintlichen Verunreinigung sicher? Was sagt denn John dazu?«

»Er prüft noch«, sagte Laurie.

»Er hat noch gar nichts gefunden?«

»Noch nicht«, räumte Laurie ein. »Aber er hat bis jetzt erst die Dünnschichtchromatographie eingesetzt.«

»Dann werden wir wohl abwarten müssen«, sagte Bingham. Er erhob sich.

Laurie blieb sitzen. Nachdem sie so weit gekommen war, war sie nicht bereit, schon aufzugeben. »Ich habe mir gedacht, daß wir vielleicht eine Erklärung an die Presse geben sollten«, sagte sie. »Wir könnten eine Warnung aussprechen.«

»Ausgeschlossen«, lehnte Bingham ab. »Ich habe nicht vor, den guten Ruf des Instituts wegen einer Vermutung aufs Spiel zu setzen, die sich auf drei Fälle stützt. Kommen Sie nicht ein bißchen früh zu mir? Warum warten Sie nicht ab, was John herausfindet? Außerdem wäre es bei einer solchen Erklärung notwendig, Namen zu nennen, und der Andrews-Clan würde mir augenblicklich den Bürgermeister auf den Hals hetzen.«

»Es war nur ein Vorschlag«, sagte Laurie.

»Danke, Doktor«, sagte Bingham. »Wenn Sie mich jetzt entschuldigen, ich bin schon viel zu spät.«

Laurie war gekränkt, daß Bingham ihrem Vorschlag nicht mehr Beachtung schenkte, aber ohne schlüssigere Beweise konnte sie die Sache kaum vorantreiben. Sie hatte nur den einen Wunsch, etwas unternehmen zu können, bevor sie noch mehr Fälle der gleichen Art auf den Tisch bekam.

Da kam ihr eine Idee. Zu ihrer gerichtsmedizinischen Ausbildung in Miami hatte auch die direkte Ermittlung vor Ort gehört. Wenn sie einige zukünftige Schauplätze aufsuchte, ergab sich vielleicht ein entscheidender Hinweis.

Laurie begab sich zur gerichtsmedizinischen Ermittlungsabteilung, wo sie deren Chef, Bart Arnold, an seinem Schreibtisch antraf. Zwischen zwei seiner zahllosen Telefonate erklärte sie ihm, daß sie benachrichtigt zu werden wünsche, wenn weitere Fälle von Überdosis eingingen, die denen glichen, die sie zuletzt gehabt hatte. Sie trat sehr bestimmt auf. Bart versicherte ihr, daß er es den anderen sagen werde.

Laurie war schon auf dem Weg zurück in ihr Zimmer, als ihr einfiel, daß sie auch darum ersuchen sollte, ihr die Autopsien aller ähnlichen Fälle von Überdosis zuzuteilen. Das hieß Dr. Washington aufsuchen.

»Ich habe immer ein ungutes Gefühl, wenn jemand von der Front mich sprechen will«, sagte Calvin, als Laurie den Kopf in sein Zimmer steckte. »Worum geht es, Dr. Montgomery? Hoffentlich nicht um Ihren Urlaubstermin. Angesichts der gegenwärtigen Leichenschwemme haben wir beschlossen, in diesem Jahr keinen Urlaub mehr zu genehmigen.«

»Urlaub! Schön wär's!« erwiderte Laurie lächelnd. Trotz seiner schroffen Art mochte und schätzte sie Calvin. »Ich wollte mich bedanken, daß Sie mir heute morgen die beiden Überdosen zugeteilt haben.«

Calvin hob eine Augenbraue. »Das ist neu. Bisher hat mir noch nie jemand dafür gedankt, daß ich ihm einen Fall zugeteilt habe. Wieso habe ich das Gefühl, daß hinter diesem Besuch noch was anderes steckt?«

»Weil Sie von Natur aus argwöhnisch sind«, sagte Laurie lächelnd. »Ich finde die Fälle wirklich interessant. Mehr als interessant sogar. Und ich möchte darum bitten, daß alle ähnlichen Fälle, die reinkommen, mir zugeteilt werden.«

»Sie schmachtet nach Arbeit!« staunte Calvin. »Da wird einem armen Verwaltungsmenschen richtig warm ums Herz. In Ordnung. Sie können alles haben, was Sie wollen. Aber damit ich keinen Fehler mache, was verstehen Sie unter ähnlich? Wenn Sie alle Überdosen übernehmen wollten, wären Sie rund um die Uhr hier.«

»Fälle von Überdosis oder Toxizität aus dem gehobenen Milieu«, erklärte Laurie. »So wie die beiden, die Sie mir heute morgen gegeben haben. Leute in den Zwanzigern oder Dreißigern, gute Ausbildung und in guter körperlicher Verfassung.«

»Ich werde mich persönlich darum kümmern, daß Sie sie alle bekommen«, sagte Calvin freundlich. »Aber eins möchte ich gleich klarstellen. Wenn Sie mit Überstunden kommen, ich zahle nicht.«

»Ich hoffe, es wird keine Überstunden geben«, sagte Laurie.

Sie verabschiedete sich von Calvin, ging in ihr Zimmer zurück und machte sich an die Arbeit. Die erfreuliche Unterredung mit Dr. Washington hatte die mit Bingham wettgemacht, und mit diesem bißchen Seelenfrieden war sie in der Lage, sich zu konzentrieren. Sie erledigte mehr Arbeit, als sie erwartet hatte, und schloß mehrere Fälle ab, einschließlich der meisten Autopsien vom Wochenende. Sie fand sogar noch die Zeit, mit den verzweifelten Eltern eines an plötzlichem Kindstod gestorbenen Säuglings zu sprechen. Laurie konnte ihnen versichern, daß es nicht ihre Schuld gewesen war.

Das einzige Problem, das sich am frühen Nachmittag abzeichnete, war ein Anruf von Cheryl Myers. Sie berichtete Laurie, daß sie bei Duncan Andrews keinerlei medizinische Befunde hatte ermitteln können. Sein einziger kurzer Aufenthalt in einem Krankenhaus lag fast fünfzehn Jahre zurück, als er sich beim Footballspiel in der Schule den Arm gebrochen hatte. »Soll ich weitersuchen?« fragte Cheryl nach einer Pause.

»Ja«, bat Laurie. »Es kann nicht schaden. Versuchen Sie, bis in seine Kindheit vorzudringen.« Laurie wußte, daß sie auf nicht weniger als ein Wunder hoffte, aber sie wollte nichts unversucht lassen. Dann konnte sie den ganzen Fall an Calvin Washington abgeben. Sie entschied, daß Lou recht hatte: Wenn die da oben am Ergebnis drehen wollten, weil es politisch ratsam schien, sollten sie es gefälligst selbst tun.

Am späten Nachmittag kreisten Lauries Gedanken wieder um die Drogenfälle. Aus einer plötzlichen Laune heraus beschloß sie, sich anzusehen, wo Evans und Overstreet gewohnt hatten. Sie nahm auf der First Avenue ein Taxi und ließ sich zu Evans' Wohnung am Central Park South in der Nähe des Columbus Circle fahren.

Als das Taxi am Ziel hielt, bat Laurie den Fahrer zu warten. Sie sprang aus dem Wagen, um sich das Gebäude in Ruhe ansehen zu können. Sie versuchte sich zu erinnern, wer noch hier in der Gegend wohnte. Irgendein Filmstar, da war sie sicher. Wahrscheinlich wohnten Dutzende von Filmstars in der Gegend. Wegen des Blicks auf den Park und der Nähe zur Fifth Avenue war Central Park South eine allererste Adresse. In Manhattan konnte man kaum besser wohnen.

Während Laurie so dastand, versuchte sie sich auszumalen, wie Robert Evans selbstsicher die Straße entlangkam, die Aktentasche in der Hand, und das Gebäude betrat, voller Vorfreude auf einen anregenden Abend. Es fiel schwer, dieses Bild mit einem so frühzeitigen und zwielichtigen Tod in Einklang zu bringen.

Laurie stieg wieder in das Taxi und nannte dem Fahrer die Adresse von Marion Overstreet: ein anheimelndes Haus aus rötlichbraunem Sandstein in der West 67th Street, nur einen Block vom Central Park entfernt. Diesmal stieg sie gar nicht aus. Sie betrachtete lediglich das schöne Wohnhaus und versuchte wieder, sich die junge Lektorin im Leben vorzustellen. Zufrieden bat sie den verwunderten Fahrer, sie zum Institut zurückzufahren.

Nach der morgendlichen Auseinandersetzung mit Bingham wegen ihres Besuchs in Duncan Andrews' Wohnung hatte Laurie wohlweislich darauf verzichtet, sich in den Häusern der beiden Opfer umzusehen. Sie wollte sie sich lediglich von außen ansehen. Sie wußte nicht, warum sie den Drang verspürt hatte, es zu tun, und als sie ins Institut zurückkam, fragte sie sich, ob es nicht ein schlechter Einfall gewesen war. Der Ausflug hatte sie bedrückt, denn er ließ die Opfer und ihr Schicksal realer erscheinen.

Im Büro traf Laurie ihre Zimmerkollegin Riva. Riva beglückwünschte sie zu den wunderschönen Rosen. Laurie dankte ihr und sah die Blumen lange an. Bei ihrer augenblicklichen Gemütsverfassung wirkten sie ganz anders. Hatten sie am Morgen noch Festlichkeit verbreitet, erschienen sie jetzt eher wie ein Symbol des Schmerzes, erinnerten fast an ein Begräbnis.

Lou Soldano war immer noch gereizt, als er über die Queensboro Bridge von Manhattan nach Queens fuhr. Er kam sich wie ein Idiot vor, daß er sich so einfach hatte abspeisen lassen. Andererseits, was hatte er sich gedacht? Sie war eine Ärztin, Herrgott noch mal, auf der East Side von Manhattan aufgewachsen. Worüber hätten sie sich unterhalten sollen? Über die Mets? Die Giants? Wohl kaum. Lou war der erste, der zugab, nicht zu den gebildetsten Leuten der Stadt zu gehören. Über Kriminalistik und Sport gingen seine Interessen kaum hinaus.

»Sehen Sie manchmal Ihre Kinder?« imitierte Lou laut und bewußt affektiert Lauries Stimme. Mit einem kurzen, leisen Fluch schlug er auf das Lenkrad und drückte dabei aus Versehen auf die Hupe seines Chevrolet Caprice. Der Fahrer vor ihm drehte sich um und zeigte ihm einen Vogel.

»Ja, du auch«, brummte er. Am liebsten hätte er nach unten gelangt, das Blaulicht aufs Dach gesetzt und wäre an dem Kerl vorbeigerauscht. Aber er tat es nicht. Solche Sachen machte Lou nicht. Er mißbrauchte seine Macht nicht, obwohl er es in Gedanken regelmäßig tat.

»Ich hätte die Triborough Bridge nehmen sollen«, murmelte er, als der Verkehr auf der Queensboro zum Stillstand kam. Vom letzten Drittel der Brücke bis zur Einmündung in den Northern Boulevard ging es stop and go und meistens stop. Das gab Lou Zeit, an das letzte Mal zu denken, als er Paul Cerino gesehen hatte.

Es war vor etwa drei Jahren gewesen, als Lou gerade seinen Detective Sergeant gemacht hatte. Damals war er noch beim Dezernat Organisiertes Verbrechen gewesen und hatte Cerino gut vier Jahre im Nacken gesessen. Es war deshalb eine Überraschung gewesen, als der Telefonist des Reviers gesagt hatte, ein Mr. Paul Cerino sei am Apparat. Verwundert, warum der Mann, hinter dem er her war, ihn anrief, hatte Lou mit großer Neugier zum Hörer gegriffen.

»Hallo, wie geht's?« hatte Cerino gesagt, als ob sie die besten Freunde wären. »Ich möchte Sie um einen Gefallen bitten. Würde es Ihnen was ausmachen, heute nachmittag nach Dienstschluß bei mir vorbeizukommen?«

In das Haus eines Gangsters eingeladen zu werden, war eine so aberwitzige Sache, daß Lou niemandem davon erzählen wollte. Aber schließlich hatte er es doch seinem Partner Brian O'Shea anvertraut, der ihn für verrückt erklärte, weil er angenommen hatte. »Was ist, wenn der dich umlegen will?«

»Brian!« hatte Lou gesagt. »Er würde mich nicht hier im Revier anrufen, wenn er vorhätte, mich kaltzumachen. Außerdem, selbst wenn er die Absicht hätte, würde er sich selbst schön raushalten. Es ist irgendwas anderes. Vielleicht will er einen Deal machen. Vielleicht will er jemand verpfeifen. Ich gehe jedenfalls hin. Vielleicht ist es ein dickes Ding.«

So war Lou mit großen Hoffnungen auf einen Durchbruch hingegangen, der ihm vielleicht eine Belobigung oder sogar eine Beförderung eingebracht hätte. Natürlich erfolgte der Besuch ohne Brians Einverständnis, und Brian hatte auch darauf bestanden, mitzukommen und im Wagen zu warten. Sie hatten ausgemacht, daß Brian ein Einsatzkommando rufen würde, wenn Lou nicht spätestens nach einer halben Stunde wieder herauskäme.

Lou war mit einigem Bammel die Stufen zu Cerinos bescheidenem Haus in der Clintonville Street in Whitestone hinaufgestiegen. Selbst das Äußere des Hauses bereitete Lou Unbehagen. Es hatte etwas Falsches. Bei dem Riesengeld, das der Mann mit all seinen illegalen Aktivitäten und der einzigen legalen Firma, der American Fresh Fruit Company, machen mußte, war es Lou ein Rätsel, warum er in einem so kleinen, unauffälligen Haus wohnte.

Noch ein letzter Blick zurück zu Brian, dessen Bedenken Lous Besorgnis noch gesteigert hatten, und ein letzter Griff, um zu prüfen, ob seine Smith and Wesson richtig im Halfter steckte, dann drückte er auf die Klingel. Mrs. Cerino öffnete die Tür. Tief durchatmend trat Lou ein...

Lou lachte laut auf, so daß ihm Tränen in die Augen traten. Dazu war das Erlebnis auch nach drei Jahren noch gut. Immer noch lachend, warf er einen kurzen Blick in den Wagen direkt links neben ihm. Der Fahrer sah ihn an, als hätte Lou den Verstand verloren, mitten in diesem widerlichen Verkehr zu lachen.

Es war ein Schock für Lou gewesen, als er, auf das Schlimmste gefaßt, an jenem Tag Cerinos Haus betreten hatte. Er war, ohne es zu ahnen, zu einer Überraschungsparty gekommen, die zur Feier seiner Ernennung zum Detective Sergeant gegeben wurde!

Damals hatte Lou sich gerade erst von seiner Frau getrennt, so daß außer auf dem Revier niemand von der Beförderung Notiz genommen hatte. Irgendwie hatte Cerino davon erfahren und beschlossen, eine Party für ihn zu veranstalten. Nur Mr. und Mrs. Cerino und ihre beiden Söhne Gregory und Steven. Es hatte Kuchen und Limo gegeben. Lou war sogar rausgegangen und hatte Brian geholt.

Die Ironie bei der ganzen Sache war, daß Lou und Cerino schon so lange Feinde gewesen waren, daß sie fast Freunde geworden waren. Schließlich wußten sie eine Menge voneinander.

Lou brauchte fast eine Stunde, um zu Cerinos Haus zu kommen, und als er endlich die Treppe hinaufging, war es etwa die gleiche Tageszeit wie damals, als die Überraschungsparty stattfand. Lou erinnerte sich, als wäre es gestern gewesen.

Er blickte durch die Vorderfenster und sah, daß im Wohnzimmer Licht brannte. Draußen war es bereits dunkel, obwohl es erst halb sechs war. Der Winter war im Anmarsch.

Lou drückte auf die Klingel und hörte das gedämpfte Läuten. Die Tür wurde von Gregory geöffnet, dem älteren Jungen. Er war etwa zehn. Er erkannte Lou wieder, begrüßte ihn freundlich und bat ihn einzutreten. Gregory war ein guterzogener Junge.

»Ist dein Vater zu Hause?« fragte Lou.

Er hatte die Frage kaum ausgesprochen, als Cerino auch schon auf Strümpfen und mit einem Stock mit roter Spitze aus dem Wohnzimmer kam. Im Hintergrund lief ein Radio.

»Wer ist es?« fragte er Gregory.

»Detective Soldano«, antwortete dieser.

»Lou!« rief Cerino, ging auf ihn zu und streckte ihm die Hand entgegen.

Lou schüttelte Paul die Hand und bemühte sich, die Augen hinter der verspiegelten Sonnenbrille zu erkennen. Paul Cerino war ein großer Mann mit leichtem Übergewicht, seine wenig ausgeprägten Züge waren tief in das fleischige Gesicht eingesunken. Er hatte dunkles, kurzgeschnittenes Haar und große Ohren. Auf beiden Wangen waren rote Flecken von frisch verheilter Haut. Lou vermutete, daß das von der Säure herrührte.

»Wie wär's mit einem Kaffee?« fragte Paul. »Oder einem Schluck Wein?« Ohne eine Antwort abzuwarten, rief Paul nach Gloria, seiner Frau. Gregory kam mit Steven, dem jüngeren Cerino, zurück. Er war acht.

»Kommen Sie rein«, forderte Paul Lou auf. »Setzen Sie sich. Erzählen Sie, was so los ist. Sind Sie noch verheiratet?«

Lou folgte Paul in das Wohnzimmer. Er merkte, daß Paul sich gut an seine verringerte Sehfähigkeit gewöhnt hatte, zumindest in den eigenen vier Wänden. Er brauchte den Stock nicht, um zum Radio zu gehen und es abzustellen. Und er brauchte ihn auch nicht, um seinen Lieblingssessel zu finden, in den er sich mit einem Seufzer fallen ließ.

»Tut mir leid, das mit Ihren Augen«, sagte Lou und nahm Paul gegenüber Platz.

»So was passiert«, erwiderte Paul gelassen.

Gloria erschien und begrüßte Lou. Wie Paul hatte auch sie etwas Übergewicht – eine dralle Frau mit einem sanften, freundlichen Gesicht. Wenn sie wußte, womit ihr Mann sein Geld verdiente, ließ sie es sich nicht anmerken. Sie agierte wie die typische Vorstadthausfrau aus der unteren Mittelschicht, die zusehen muß, daß sie mit dem Haushaltsgeld auskommt. Lou fragte sich, was Paul mit dem vielen Geld machte, das er scheffelte.

Lou entschied sich für Kaffee, und Gloria verschwand in der Küche.

»Ich habe erst heute von Ihrem Unfall gehört«, sagte Lou.

»Ich habe es nicht allen Freunden erzählt«, sagte Paul grinsend.

»Hatten die Lucia-Leute da die Finger drin?« fragte Lou. »War es Vinnie Dominick?«

»Nein, nein!« wehrte Paul ab. »Es war ein Unfall. Ich mußte den Wagen mit Starthilfe anlassen, und da ist die Batterie hochgegangen. Dabei habe ich eine Ladung Säure ins Gesicht gekriegt.«

»Jetzt kommen Sie aber, Paul«, grollte Lou. »Ich mache den weiten Weg, um Ihnen mein Mitgefühl auszudrücken. Da ist doch das mindeste, was Sie tun können, mir die Wahrheit zu erzählen. Ich weiß bereits, daß man Ihnen die Säure ins Gesicht geschüttet hat. Es ist nur die Frage, wer dahintersteckt.«

»Woher wollen Sie das wissen?« fragte Cerino.

»Ich habe es brühwarm von jemand, der es weiß«, erwiderte Lou. »Es stammt letztlich aus einer absolut zuverlässigen Quelle. Von Ihnen!«

»Von mir?« fragte Paul, ehrlich überrascht.

Gloria kam mit einem Espresso für Lou zurück. Er nahm sich etwas Zucker. Sie zog sich sofort wieder zurück. Die Jungens folgten ihr.

»Da haben Sie mich aber neugierig gemacht«, sagte Paul. »Erklären Sie mir doch mal, wieso ich die Quelle dieses Gerüchts über meine Augen war.«

»Sie haben es Ihrem Arzt erzählt, Jordan Scheffield«, erklärte Lou. »Er hat es Laurie Montgomery, einer Gerichtspathologin, erzählt, und die hat es mir gesagt. Und mit der Pathologin habe ich gesprochen, weil ich ihr bei ein paar Obduktionen von Mordopfern zugesehen habe. Die Namen sind Ihnen vielleicht bekannt: Frankie DePasquale und Bruno Marchese.«

»Noch nie gehört«, sagte Paul.

»Es sind Lucia-Leute«, erklärte Lou. »Und einer von ihnen hatte seltsamerweise an einem Auge Verätzungen durch Säure.«

»Wie furchtbar«, sagte Paul. »Die Batterien sind offenbar auch nicht mehr das, was sie mal waren.«

»Sie bleiben also dabei, Sie hätten Batteriesäure in die Augen bekommen?« fragte Lou.

»Selbstverständlich«, bekräftigte Paul. »Denn so ist es passiert.«

»Wie geht's denn den Augen?«

»Ganz gut, wenn man bedenkt, was alles hätte passieren können. Doch der Arzt meint, es wird wieder, sobald ich operiert bin. Ich muß noch ein bißchen warten, aber ich bin sicher, Sie wissen das.«

»Wovon sprechen Sie?« sagte Lou. »Von Augen weiß ich nur, wie viele jeder Mensch hat.«

»Ich wußte auch nicht viel mehr«, sagte Paul. »Jedenfalls nicht, bevor das passiert ist. Aber seitdem habe ich einiges gelernt. Ich habe gedacht, sie transplantieren das ganze Auge. Wissen Sie, so wie man eine alte Radioröhre auswechselt. Das Ding einfach mit allen Kontakten wieder an die richtige Stelle stecken. Aber so funktioniert das nicht. Sie transplantieren nur die Hornhaut.«

»Für mich sind das alles böhmische Dörfer«, sagte Lou.

»Wollen Sie mal schauen, wie meine Augen aussehen?« fragte Paul.

»Ich weiß nicht so recht«, meinte Lou.

Paul nahm die verspiegelte Sonnenbrille ab.

»Uuh.« Lou zuckte zurück. »Setzen Sie die Brille wieder auf. Das ist wirklich schlimm für Sie, Paul. Es sieht gräßlich aus. Es sieht aus, als ob Sie weiße Murmeln in den Augen hätten.«

Paul setzte kichernd die Brille wieder auf. »Ich dachte, ein abgehärteter Polizist wie Sie würde sich freuen, daß sein Erzfeind eine Schlappe eingesteckt hat.«

»Lieber Himmel, nein!« protestierte Lou. »Ich will Sie nicht behindert. Ich will Sie hinter Gitter haben.«

Paul lachte. »Noch immer am Ball, ha?«

»Sie aus dem Verkehr zu ziehen, ist immer noch eines der Hauptziele in meinem Leben«, bekräftigte Lou. »Und daß wir die Verätzungen an Frankie DePasquales Auge entdeckt haben, macht mir etwas Hoffnung. Im Moment sieht es ganz so aus, als ob Sie hinter dem Mord an dem Jungen stecken.«

»Aber Lou«, entgegnete Paul. »Es verletzt meine Gefühle, daß Sie nach all diesen Jahren etwas so Häßliches von mir denken.«

6

Mittwoch, 20.45 Uhr
Manhattan

Zuerst hatte Laurie gedacht, ein so einmaliges Erlebnis sei es wert, sich ein paar Minuten gedulden zu müssen; doch als es auf Viertel vor neun zuging, wurde sie langsam ärgerlich. Thomas, Jordans Fahrer, war genau zur vereinbarten Zeit um acht Uhr erschienen und hatte bei ihr geklingelt. Aber als Laurie nach unten kam, erfuhr sie, daß Jordan nicht da war. Er war noch bei einer Notoperation.

»Ich soll Sie zum Restaurant fahren«, hatte Thomas gesagt. »Dr. Scheffield kommt direkt dorthin.«

Völlig überrascht hatte Laurie zugestimmt. Sie war sich komisch vorgekommen, allein in das extravagante Restaurant zu gehen, aber der Oberkellner, der sie schon erwartete, hatte sich ihrer sofort angenommen. Sie war diskret zu einem reservierten Tisch geführt worden, der eingezwängt zwischen anderen Tischen am Fenster stand. Auf einem Beistelltisch stand in einem Kühler eine Flasche Meursault. Der Weinkellner war augenblicklich erschienen und hatte Laurie das Flaschenetikett gezeigt. Nachdem sie genickt hatte, hatte er die Flasche entkorkt, ihr einen Schluck eingegossen, ihr O. K. abgewartet, dann das Glas gefüllt. Das alles war wortlos geschehen.

Um fünf vor neun war Jordan schließlich gekommen.

Voller Elan betrat er den Raum; er winkte Laurie mit der Hand zu, ging aber nicht sofort zu ihr. Statt dessen schlängelte er sich durch den vollbesetzten Raum und blieb an mehreren Tischen stehen, um Bekannte zu begrüßen. Von allen Seiten winkte und lächelte man ihm zu.

»Tut mir leid«, sagte er, als er schließlich Platz nahm. »Ich war noch in der Chirurgie, aber ich nehme an, Thomas hat Ihnen das gesagt.«

»Das hat er«, bestätigte Laurie. »Was für eine Notoperation war es denn?«

»Es war eigentlich kein Notfall«, erklärte Jordan, nervös sein Gedeck zurechtrückend. »Ich operiere erst seit kurzem, und deshalb muß ich einige Fälle dazwischenschieben, wenn der Operationssaal gerade frei ist. Wie ist der Wein?«

Der Weinkellner war wieder zu ihnen getreten und goß Jordan einen Schluck zum Probieren ein.

»Der Wein ist ausgezeichnet«, sagte Laurie. »Sie kennen offenbar viele Leute hier.«

Jordan nippte vom Wein und machte ein konzentriert ernstes Gesicht, als er ihn im Mund kreisen ließ. Er nickte zustimmend, gab zu erkennen, daß sein Glas gefüllt werden konnte, sah dann Laurie an. »Ich sehe fast immer einige Patienten hier«, erklärte er. »Wie war's bei Ihnen heute? Hoffentlich besser als bei mir.«

»Hatten Sie Ärger?«

»Mehr als genug. Als erstes erschien meine Sekretärin, die seit fast zehn Jahren bei mir ist, heute morgen nicht. Sie ist noch nie weggeblieben, ohne anzurufen. Wir haben versucht, sie zu erreichen, aber es hat sich niemand gemeldet. Bei den Terminen ging also alles drunter und drüber, als ich aus der Klinik kam. Und dann entdeckten wir, daß jemand in der Nacht in die Praxis eingebrochen war und die Portokasse und das gesamte Percodan gestohlen hat, das wir da hatten.«

»Wie schrecklich«, sagte Laurie. Sie erinnerte sich, was für ein Gefühl es war, bestohlen zu werden. Ihr Zimmer im College war einmal durchwühlt worden. »Irgendwas verwüstet worden?« fragte sie. Die Leute, die in ihr Zimmer eingedrungen waren, hatten alles kurz und klein geschlagen.

»Nein«, sagte Jordan. »Aber der Einbrecher hat seltsamerweise meine Unterlagen durchwühlt und das Kopiergerät benutzt.«

»Das hört sich nach mehr als einem einfachen Einbruch an«, meinte Laurie.

»Und genau das macht mir Sorgen. Die Portokasse und das Percodan, das ist nicht so schlimm. Aber mir gefällt es gar nicht, daß jemand in den Unterlagen rumschnüffelt, nicht bei den hohen Außenständen, die ich habe. Ich habe schon meinen Steuerberater gebeten, noch mal alles auszudrucken; ich möchte sichergehen, daß kein größeres Manko besteht. Haben Sie schon die Speisekarte gesehen?«

»Noch nicht«, sagte Laurie. Ihre Verärgerung verflog allmählich, jetzt wo Jordan da war.

Auf Jordans Wink erschien der Oberkellner mit zwei Karten. Jordan, der häufig hier aß, hatte eine Menge Vorschläge. Laurie bestellte etwas von der Tageskarte, die der Hauptkarte beilag.

Sie fand das Essen ausgezeichnet, obwohl die ungewohnte Atmosphäre es ihr schwermachte, abzuschalten. Aber Jordan schien in seinem Element zu sein.

Als sie auf Nachtisch und Kaffee warteten, fragte Laurie ihn, wie sich Säure auf das Auge auswirkt. Er ging sofort auf die Frage ein und ließ sich ausführlich über die Reaktionen der Horn- und der Bindehaut sowohl auf Säure wie Alkali aus. Laurie verlor in der Mitte seiner Ausführungen das Interesse, blickte ihn aber unentwegt an. Sie mußte zugeben: Er war ein attraktiver Mann.

Zu Lauries Erleichterung unterbrach die Ankunft von Nachtisch und Kaffee Jordans improvisierte Vorlesung. Über seiner Mousse au chocolat wechselte er das Thema. »Wahrscheinlich sollte ich dankbar sein, daß diese Diebe nichts von den wertvollen Sachen mitgenommen haben, etwa die Picassos im Wartezimmer.«

Laurie stellte die Kaffeetasse ab. »Sie haben Picassos im Wartezimmer?«

»Signierte Zeichnungen«, sagte Jordan beiläufig. »Etwa zwanzig Stück. Es ist wirklich eine hochmoderne Praxis, und da wollte ich beim Wartezimmer nicht knauserig sein. Das ist schließlich der Ort, wo die Patienten die meiste Zeit verbringen.« Jordan lachte zum erstenmal, seit er sich gesetzt hatte.

»Das ist ja noch extravaganter als der Wagen«, sagte Laurie. Die Vorstellung von soviel Protzigkeit in einer ärztlichen Praxis kam ihr obszön vor, vor allem wenn man an die galoppierenden Behandlungskosten dachte.

»Es ist schon eine ganz ordentliche Praxis«, sagte Jordan stolz. »Am schönsten finde ich, daß die Patienten sich bewegen. Ich gehe nicht zu ihnen, sondern sie kommen zu mir.«

»Ich glaube, das verstehe ich nicht ganz«, sagte Laurie.

»Alle fünf Behandlungszimmer sind auf einer Drehvorrichtung installiert. Sie kennen doch diese rotierenden Restaurants auf manchen Gebäuden. Das ist so ähnlich. Wenn ich in meinem Sprechzimmer einen Knopf drücke, dreht sich das ganze Ding, und das Behandlungszimmer, das ich haben will, rückt an mein Sprechzimmer. Ein Druck auf einen anderen Knopf, und die Zwischenwand geht nach oben. Es ist genauso schön wie eine Fahrt in Disneyland.«

»Klingt sehr eindrucksvoll«, sagte Laurie. »Teuer, aber eindrucksvoll. Ich nehme an, Ihre laufenden Kosten sind ziemlich hoch.«

»Astronomisch«, bestätigte Jordan. Er schien stolz darauf zu sein. »So hoch, daß ich kaum wage, Urlaub zu machen. Es ist zu kostspielig! Nicht der Urlaub, sondern die Praxis ungenutzt zu lassen. Außerdem habe ich noch zwei Operationszimmer für ambulante Behandlung.«

»Ich würde die Praxis irgendwann ganz gerne mal sehen«, sagte Laurie.

»Ich zeige sie Ihnen mit Vergnügen. Warum nicht jetzt? Sie ist gleich um die Ecke auf der Park Avenue.«

Laurie sagte, sie halte das für eine tolle Idee, und Jordan hatte kaum die Rechnung unterschrieben, da waren sie schon draußen.

Der erste Raum, den sie betraten, war Jordans privates Sprechzimmer. Wände und Möbel waren ganz aus hochglänzendem Teak. Die Polsterung bestand aus schwarzem Leder. Die hochmodernen ophthalmologischen Geräte hätten ausgereicht, ein kleines Krankenhaus auszustatten.

Als nächstes gingen sie in das Wartezimmer, das mit Mahagoni getäfelt war. Wie Jordan gesagt hatte, hingen ringsum an den Wänden Picasso-Zeichnungen. Am Ende eines kurzen Gangs befand sich ein runder Raum mit fünf Türen ringsum. Jordan öffnete eine und bat Laurie, sich in den Behandlungsstuhl zu setzen.

»Bleiben Sie hier«, sagte er und verließ den Raum.

Laurie wartete gespannt. Plötzlich hatte sie das Gefühl, als bewege sich der Raum. Dann brach die wirkliche oder eingebildete Bewegung abrupt ab, und das Licht im Raum erlosch langsam. Gleichzeitig verschwand die Wand ihr gegenüber nach oben. Das Behandlungszimmer schloß genau an Jordans privates Sprechzimmer an. Vor einer Hintergrundbeleuchtung saß Jordan an seinem Schreibtisch und lehnte sich in seinem Sessel zurück.

»Wie heißt es? Wenn der Prophet nicht zum Berg kommt, muß der Berg zum Propheten kommen. Hier gilt das gleiche Prinzip. Meine Patienten sollen das Gefühl haben, sich in starken Händen zu befinden. Ich glaube tatsächlich, daß sie das schneller gesund macht. Ich weiß, es klingt etwas nach Hokuspokus, aber bei mir funktioniert das.«

»Ich bin beeindruckt«, sagte Laurie. »Ich habe noch nie so etwas gesehen. Wo haben Sie Ihre Unterlagen?«

Jordan führte Laurie durch eine andere Tür, die von seinem Zimmer auf einen langen Korridor ging. Am Ende des Korridors befand sich ein fensterloser Raum mit einer Reihe Aktenschränke, einem Kopiergerät und einem Computerterminal.

»Alle Unterlagen befinden sich in den Aktenschränken«, sagte er. »Fast das gesamte Material ist aber auch noch auf Platte im Computer gespeichert.«

»Sind das die Unterlagen, die die Einbrecher durchsucht haben?« fragte Laurie.

»Ja«, bestätigte Jordan. »Und das ist das Kopiergerät. Ich bin sehr heikel, was die Unterlagen betrifft. Ich wußte, daß jemand drangewesen ist, weil die Blätter einiger Akten nicht in der richtigen Reihenfolge lagen. Ich wußte auch, daß der Kopierer benutzt worden ist, nachdem wir gegangen waren, weil ich am Ende jedes

Tages von meiner Sekretärin die Zahl am Gerät aufschreiben lasse.«

»Was ist mit Paul Cerinos Akte?« fragte Laurie. »Hat sich dafür auch jemand interessiert?«

»Ich weiß nicht«, sagte Jordan. »Aber das ist eine gute Frage.« Jordan ging die Kartei mit dem Buchstaben »C« durch und zog eine Manilamappe heraus.

»Sie haben recht«, sagte er, nachdem er die Mappe durchgeblättert hatte. »Hier ist auch jemand drangewesen. Sehen Sie dieses Informationsblatt? Es muß immer obenauf liegen. Hier lag es ganz hinten.«

»Gibt es eine Möglichkeit, festzustellen, ob sie fotokopiert worden ist?«

Jordan überlegte einen Augenblick, schüttelte dann aber den Kopf. »Nicht daß ich wüßte. Woran denken Sie?«

»Ich weiß nicht recht«, sagte Laurie. »Aber dieser vermeintliche Einbruch sollte Sie veranlassen, etwas vorsichtiger zu sein. Ich weiß, Sie meinen, diesen Cerino zu behandeln sei ein mehr oder weniger unterhaltsamer Gag, aber Sie müssen begreifen, daß er offensichtlich ein ganz unangenehmer Mensch ist. Und vielleicht noch wichtiger ist, daß er einige äußerst unangenehme Feinde hat.«

»Sie meinen, Cerino könnte für diesen Einbruch verantwortlich sein?«

»Ich weiß es nicht, aber möglich ist es, so oder andersrum. Vielleicht wollen seine Feinde nicht, daß Sie ihn heilen. Es ist alles Mögliche denkbar. Das einzige, was ich mit Sicherheit weiß, ist, daß diese Typen Ernst machen. In den letzten zwei Tagen habe ich zwei junge Männer obduziert, die in Unterweltmanier ermordet wurden, und einer von ihnen hatte an einem Auge etwas, das wie eine Verätzung durch Säure aussah.«

»Hört sich nicht gut an.«

»Ich will Ihnen keine Angst einjagen«, sagte Laurie. »Ich erzähle Ihnen das nur, damit Ihnen klar wird, worauf Sie sich einlassen, wenn Sie diese Leute behandeln. Ich weiß nicht, ob Sie sich erinnern: Ich erzählte bei meinen Eltern, daß die beiden Verbrecherfamilien, die Vaccarros und die Lucias, sich im Moment befehden. Deshalb hat Cerino die Säure ins Gesicht gekriegt. Er ist einer der Vaccarro-Bosse.«

»Tatsächlich? Das läßt die Dinge in einem ganz anderen Licht erscheinen. Jetzt haben Sie mir aber doch angst gemacht. Glücklicherweise werde ich Cerino bald operieren, dann habe ich das alles hinter mir.«

»Hat Cerino schon einen Termin?«

Jordan schüttelte den Kopf. »Noch keinen festen. Ich warte auf Material, wie üblich.«

»Ich meine, Sie sollten ihn so schnell wie möglich operieren. Und ich würde an Ihrer Stelle Tag und Stunde geheimhalten.«

Jordan brachte den Inhalt von Cerinos Akte wieder in die richtige Reihenfolge und stellte sie in den Schrank zurück. »Wollen Sie die übrige Praxis noch sehen?« fragte er.

»Gern«, erwiderte Laurie.

Jordan führte Laurie tiefer in das Praxislabyrinth und zeigte ihr verschiedene Räume, die besonderen ophthalmologischen Tests dienten. Am meisten Eindruck machten die beiden hochmodernen Operationssäle auf sie, die mit allen erforderlichen Hilfsgeräten ausgestattet waren.

»Sie haben hier ein Vermögen investiert«, sagte Laurie, als sie den letzten Raum erreicht hatten, ein Fotolabor.

»Das kann man wohl sagen«, stimmte Jordan zu. »Aber es macht sich auch bezahlt. Im Moment mache ich im Jahr brutto zwischen eins Komma fünf und zwei Millionen.«

Laurie schluckte. Die Zahl war atemberaubend. Obwohl sie wußte, daß ihr Vater als Herzchirurg ein stattliches Einkommen haben mußte, um seinen Lebensstil finanzieren zu können, war sie noch nie mit einer solchen astronomischen Zahl konfrontiert worden. Nach dem, was sie über die Notlage des amerikanischen Gesundheitswesens und das armselige Budget wußte, mit dem das Gerichtsmedizinische Institut auskommen mußte, kam ihr das wie eine abscheuliche Geldverschwendung vor.

»Wie wär's, wenn Sie sich noch meine Wohnung ansehen?« schlug Jordan vor. »Wenn Ihnen die Praxis gefällt, wird Ihnen auch die Wohnung gefallen. Sie ist vom selben Architekten eingerichtet worden.«

»Gern«, sagte Laurie eher automatisch. Sie war in Gedanken noch bei Jordans Angaben über sein Einkommen.

Auf dem Weg zurück durch die Praxis erkundigte Laurie sich nach Jordans Sekretärin. »Haben Sie im Laufe des Tages von ihr gehört?«

»Nein«, sagte Jordan, offensichtlich noch immer verärgert über ihr Nichterscheinen. »Sie hat nicht ein einziges Mal angerufen, und auch zu Hause hat sich niemand gemeldet. Ich kann mir nur denken, daß es etwas mit ihrem Taugenichts von Mann zu tun hat. Wenn sie nicht eine so gute Sekretärin wäre, hätte ich sie seinetwegen entlassen. Er hat ein Restaurant in Bayside, ist aber auch in einige dunkle Geschäfte verwickelt. Sie hat sich mir anvertraut, als sie in mehreren Fällen Kredit für eine Kaution zur Haftverschonung brauchte. Er ist nie verurteilt worden, hat aber einige Zeit auf Rikers Island zugebracht.«

Als sie wieder im Fond des Wagens saßen, fragte Laurie Jordan nach dem Namen seiner verschwundenen Sekretärin.

»Marsha Schulman. Warum fragen Sie?«

»Reine Neugier«, sagte sie.

Thomas brauchte nicht lange für die Fahrt zum Privateingang des Trump Tower. Der Portier hielt Laurie die Wagentür auf, doch sie zögerte.

»Jordan«, sagte sie und sah ihn im gedämpften Licht des Wageninnern an, »wären Sie böse, wenn ich Sie bäte, Ihre Wohnung ein andermal ansehen zu dürfen? Ich habe gerade festgestellt, wie spät es ist, und ich muß morgen früh raus.«

»Überhaupt nicht«, sagte er. »Das verstehe ich vollkommen. Ich muß selbst auch in aller Herrgottsfrühe operieren. Aber unter einer Bedingung.«

»Und die wäre?«

»Daß wir morgen abend wieder zusammen essen gehen.«

»Können Sie es denn zwei Abende hintereinander mit mir aushalten?« fragte Laurie. Seit ihrer Schulzeit war sie nicht mehr so »bestürmt« worden. Sie war geschmeichelt, aber auf der Hut.

»Mit größtem Vergnügen«, erklärte Jordan.

»Also gut«, willigte Laurie ein. »Aber gehen wir lieber in ein nicht so vornehmes Restaurant.«

»Akzeptiert«, sagte Jordan. »Essen Sie gern italienisch?«

»O ja, sehr.«

»Dann gehen wir zu Palio«, sagte Jordan. »Um acht.«

Vinnie Dominick blieb kurz vor dem Restaurant Vesuvio auf der Corona Avenue in Elmhurst stehen und nutzte sein Spiegelbild in der Scheibe, um sich die Haare zu glätten und seine Gucci-Krawatte zurechtzurücken. Zufrieden forderte er Freddie Capuso mit einer Bewegung auf, die Tür zu öffnen.

Vinnie hatte seit der High-School den Spitznamen »der Prinz«. Er galt damals als gutaussehender Bursche, den die Mädchen seiner Gegend ziemlich attraktiv fanden. Er hatte ein volles, aber gutgeschnittenes Gesicht. Da er Wert auf ein tadelloses Äußeres legte, nahm er viel Brillantine für sein dunkles Haar und kämmte es straff nach hinten. Er wirkte deutlich jünger als vierzig und brüstete sich, anders als die meisten seiner Altersgenossen, mit seinen sportlichen Erfolgen. Ein Basketballstar schon in der High-School, war er dem Spiel über die Jahre treu geblieben und trainierte an drei Abenden in der Woche in der Sporthalle von St. Mary.

Vinnie betrat das Restaurant und überflog den Raum. Freddie und Richie blieben ihm auf den Fersen. Vinnie erblickte sofort, wen er suchte: Paul Cerino. Im Restaurant aßen noch ein paar Gäste, da die Küche bis um elf Uhr geöffnet war, aber die meisten waren schon gegangen. Es war ein guter Ort und eine gute Zeit für ein Treffen.

Vinnie schlenderte zu Pauls Tisch hinüber, mit der Gelassenheit eines Mannes, der sich mit einem guten alten Freund trifft. Freddie und Richie folgten im Abstand von ein paar Schritten. Als Vinnie den Tisch erreichte, standen die beiden Männer, die bei Paul saßen, auf. Vinnie erkannte sie wieder: Angelo Facciolo und Tony Ruggerio.

»Wie geht's dir, Paul?« fragte Vinnie.

»Kann nicht klagen«, antwortete Paul. Er reichte Vinnie die Hand.

»Setz dich doch, Vinnie«, forderte er ihn auf. »Einen Schluck Wein? Angelo, gieß ihm ein Glas ein.«

Während Vinnie sich setzte, griff Angelo zu einer offenen Flasche Brunello, die auf dem Tisch stand, füllte ein Glas und stellte es vor Vinnie.

»Ich möchte dir danken, daß du einverstanden warst, dich mit mir zu treffen«, sagte Vinnie. »Nach dem, was in letzter Zeit passiert ist, betrachte ich das als ein besonderes Entgegenkommen.«

»Als du gesagt hast, es sei wichtig und betreffe die Familie, wie hätte ich da nein sagen können?«

»Zuerst einmal möchte ich dir sagen, wie sehr mich die Sache mit deinen Augen betrübt«, begann Vinnie. »Es war eine schreckliche Tragödie und hätte nie passieren dürfen. Und ich schwöre dir vor all diesen Männern beim Grab meiner Mutter, daß ich nichts davon gewußt habe. Die Strolche haben das auf eigene Faust gemacht.«

Es entstand eine Pause. Niemand sagte etwas. Schließlich sprach Cerino: »Was hast du sonst noch auf dem Herzen?«

»Ich weiß, daß deine Leute Frankie und Bruno umgelegt haben«, sagte Vinnie. »Und obwohl wir das wissen, haben wir nicht zurückgeschlagen. Und wir werden auch nicht zurückschlagen. Warum? Weil Frankie und Bruno bekommen haben, was sie verdienten. Sie haben auf eigene Faust gehandelt. Sie haben gegen die Disziplin verstoßen. Und wir schlagen auch deshalb nicht zurück, weil es wichtig ist, daß wir beide gut miteinander auskommen. Ich will keinen Krieg. Das macht nur die Behörden mobil. Und es schadet unseren Geschäften.«

»Und woher weiß ich, daß ich diesem Friedensangebot trauen kann?« fragte Cerino.

»Ich komme in ehrlicher Absicht«, antwortete Vinnie. »Würde ich dich um ein solches Treffen an einem Ort deiner Wahl bitten, wenn ich es nicht ernst meinte? Außerdem, als weiteren Beweis für meinen Wunsch, die Sache beizulegen, bin ich bereit, dir zu sagen, wo Jimmy Lanso sich versteckt, der vierte und letzte von den Burschen.«

»Wirklich?« fragte Cerino. Zum erstenmal im Verlauf der Unterhaltung zeigte er sich überrascht. »Und wo wäre das?«

»In der Leichenhalle seines Vetters. Bestattungsinstitut Spoletto in Ozone Park.«

»Ich weiß deine Offenheit sehr zu schätzen«, sagte Paul. »Aber ich habe das Gefühl, daß da noch was ist.«

»Ich möchte dich um einen Gefallen bitten«, sagte Vinnie. »Ich möchte dich als Kollegen bitten, mir entgegenzukommen. Ich möchte dich bitten, Jimmy Lanso zu verschonen. Er gehört zur Familie. Er ist ein Neffe des Mannes der Schwester meiner Frau. Ich werde dafür sorgen, daß der Bursche bestraft wird, aber ich möchte dich als Freund bitten, ihn nicht umzulegen.«

»Ich werde mir das auf jeden Fall ernsthaft überlegen«, sagte Paul.

»Danke«, erwiderte Vinnie. »Wir sind schließlich zivilisierte Menschen. Junge Burschen können Fehler machen. Du und ich, wir hatten unsere Meinungsverschiedenheiten, aber wir respektieren uns und kennen unsere gemeinsamen Interessen. Ich bin sicher, daß du das alles bedenken wirst.«

»Ich werde alles berücksichtigen«, sagte Paul.

Vinnie stand auf und verließ das Restaurant.

Paul hob sein Weinglas und trank einen Schluck. »Angelo«, rief er über die Schulter, »hat Vinnie eigentlich sein Glas angerührt?«

»Nein«, antwortete Angelo.

»Ich habe es auch nicht erwartet«, sagte Paul. »Und so was nennt sich zivilisiert.«

»Was ist mit Jimmy Lanso?« fragte Angelo.

»Umlegen«, befahl Cerino. »Fahr mich nach Hause, und dann tu es.«

»Und wenn es eine Falle ist?« fragte Angelo.

Paul nippte wieder an seinem Glas. »Das bezweifle ich sehr«, sagte er. »Vinnie würde nicht lügen, wenn es um die Familie geht.«

Angelo gefiel die Sache gar nicht. Beim Gedanken an eine Leichenhalle überlief es ihn kalt. Außerdem glaubte er nicht, daß Vinnie Dominick die Wahrheit sagte, ob es nun um die Familie oder um Geschäfte ging. Nach seiner Meinung war die Wahrscheinlichkeit groß, daß dies eine Falle war, auch wenn Cerino anders darüber dachte. Und wenn es eine Falle war, würde es gefährlich werden, in das Bestattungsinstitut Spoletto einzusteigen. Angelo kam zu dem Schluß, daß dies eine gute Gelegenheit wäre, Tony den Vortritt zu lassen. Tony war tatendurstig, er würde sich bestimmt freuen. Seit einem Jahr beschwerte er sich, daß er nie etwas allein machen durfte.

»Was meinst du, Tony?« fragte Angelo, als sie gegenüber der Leichenhalle parkten. Es war ein ziemlich großes weißes, mit Schindeln verkleidetes Gebäude mit griechischen Säulen, die ein kleines Portal trugen.

»Sieht gut aus«, sagte Tony. Seine Augen funkelten vor Erregung.

»Meinst du nicht, es ist ein bißchen unheimlich?« fragte Angelo.

»Ach was«, erwiderte Tony. »Der Vetter von meinem Onkel hatte ein Bestattungsinstitut. Ich hab sogar einen Sommer da gearbeitet, als ich einen Job für die Bewährungskommission brauchte. Die Arbeit ist zwar nicht das Übliche, aber für das, was wir vorhaben, ist es, glaub ich, ganz gut. Wir legen ihn um, sie balsamieren ihn ein. Alles unter einem Dach.« Tony lachte. »Verstehst du?«

»Natürlich versteh ich«, erwiderte Angelo ärgerlich.

»Komm, gehn wir«, drängelte Tony. »Ich sehe hinten Licht brennen. Da wird Lanso sich wahrscheinlich verstecken.«

»Du sagst, du hast mal in einem Bestattungsinstitut gearbeitet?« fragte Angelo, während er die Gegend nach verdächtigen Anzeichen absuchte.

»Ungefähr zwei Monate«, sagte Tony.

»Da du dich in so einem Laden auskennst, gehst du vielleicht am besten zuerst rein.« Er hoffte, es hörte sich so an, als wäre die Idee ihm gerade erst jetzt gekommen. »Sobald du Lanso in der Falle hast, machst du das Licht an und aus. Ich seh mich hier inzwischen etwas um und paß auf, daß da nichts faul ist.«

»Hört sich toll an«, sagte Tony. Dann war er verschwunden.

Jimmy Lanso erhob sich von der Liege, ging zu dem kleinen Fernseher hinüber und drehte den Ton ab. Er meinte, wieder ein Geräusch gehört zu haben wie schon in den vergangenen Nächten. Er lauschte angespannt, hörte aber nichts außer dem eigenen hämmernden Herzen und einem leichten Klingeln in den Ohren, das von den vielen Aspirins herrührte, die er schon geschluckt hatte. Da er bis auf ein paar kurze Augenblicke seit etwa sechzig Stunden nicht geschlafen hatte, war er ein einziges Nervenbündel. Er hielt sich in dem Bestattungsinstitut versteckt, seit er und Bruno ihre Bude in Woodside aufgegeben hatten, nachdem Frankie nicht zurückgekommen war und auch nicht angerufen hatte.

Der letzte Monat war für Jimmy ein Alptraum gewesen. Seit dem blöden Säureattentat lebte er in ständiger Angst. Bis dieses miese Ding so erbärmlich ausging, war er überzeugt gewesen, daß die Rolle, die er dabei spielte, ihm den Aufstieg sichern würde. Statt dessen schien er sich sein eigenes Grab geschaufelt zu haben. Den ersten Schock hatte er erlebt, als Terry Manso bei dem Versuch, zum Wagen zu rennen, erschossen worden war. Und inzwischen hatte er erfahren, daß man Frankie und auch Bruno aus dem East River gefischt hatte. Es würde nicht mehr lange dauern, dann würden sie auch ihn kriegen.

Jimmys einzige Hoffnung war, daß sein Onkel mit Vinnie Dominick gesprochen hatte, seinem angeheirateten Schwager, und Vinnie zugesagt hatte, sich der Sache anzunehmen. Aber bevor er nicht erfuhr, daß alles o. k. war, konnte er keine Sekunde abschalten.

Jimmy hörte ein schwaches Rumpeln im Einbalsamierungsraum. Das war nicht seine Phantasie gewesen. Da er den Ton des Fernsehers abgestellt hatte, war das sonnenklar. Er erstarrte und lauschte, ob er das Geräusch noch einmal hören würde. Schweißperlen standen ihm auf der Stirn. Als es ruhig blieb, brachte er den Mut auf, hinüber zur Tür des Abstellraums zu gehen, in dem er sich versteckt hielt, und nachzusehen.

Jimmy öffnete die Tür so geräuschlos wie möglich und ließ den Blick langsam durch den unbeleuchteten Einbalsamierungsraum wandern. An einer Wand waren mehrere hohe Fenster, die etwas Licht von einer Straßenlampe hereinließen, aber der größte Teil des Raums lag im Dunkeln. Jimmy bemerkte die beiden in Tücher gehüllten Leichen, die sein Vetter am Abend einbalsamiert hatte. Sie lagen auf fahrbaren Tischen, die an der Wand gegenüber den Fenstern standen. Die weißen Laken schienen in dem dämmrigen Licht zu leuchten. In der Mitte des Raums stand der Einbalsamierungstisch, von dem Jimmy aber nur die Umrisse erkennen konnte. An der Wand ihm gegenüber stand ein großer Schrank mit Glastüren, der schemenhaft aus dem Schatten ragte. An der Wand unter den Fenstern befanden sich mehrere Keramikspülbecken.

Mit zitternden Fingern tastete Jimmy nach dem Schalter und knipste das Licht an. Im selben Augenblick sah er den Verursacher des Geräuschs. Eine fette Ratte hockte auf dem Einbalsamierungstisch. Gestört in ihrer Nahrungssuche, blickte sie Jimmy mit bösen, glühenden Augen an. Dann sprang sie vom Tisch, lief zu einem Riß im Boden und verschwand in einem Gulli.

Jimmy empfand zugleich Ekel und Erleichterung. Ihm graute vor Ratten, er haßte es aber auch, sich in einem Bestattungsinstitut zu verstecken. Der Ort war ihm unheimlich und erinnerte ihn an all die Horrorgeschichten, die er als kleiner Junge gelesen hatte. Seine Phantasie hatte ihm alle denkbaren Erklärungen für die Geräusche vorgegaukelt, die er gehört hatte. Es war viel besser, daß eine Ratte herumlief als eine der einbalsamierten Leichen wie in »Geschichten aus der Gruft«.

Jimmy lief zu einer kleinen Metallkiste und schob sie über den

Boden auf den Riß, in dem die Ratte verschwunden war. Dann ging er zurück in sein Zimmer. Aber er kam nicht weit. Durch die Tür zum Abstellraum hörte er einen weiteren dumpfen Schlag.

In dem Glauben, die Ratte sei im Abstellraum wieder herausgekommen, packte Jimmy einen Besen, mit dem er täglich saubergemacht hatte. Wild entschlossen, die Ratte kurz und klein zu schlagen, stieß er die Tür zum Abstellraum auf. Er tat sogar einen Schritt nach vorn, bevor er erstarrte. Das Blut wich ihm aus dem Gesicht. Vor ihm stand eine Gestalt, deren Züge sich im Halbdunkel verloren.

Ein erstickter Schrei entrang sich Jimmys Lippen, und er stolperte zurück. Der Besen entglitt seinen Händen und fiel polternd auf den gekachelten Boden. Jimmys schrecklichste Befürchtungen waren Wirklichkeit geworden. Eine der Leichen war lebendig geworden.

»Hallo, Jimmy«, sagte die Gestalt.

Panisches Entsetzen konnte die Lähmung in Jimmys Gehirn nicht überwinden. Er stand wie angewurzelt da, als die Gestalt aus dem Halbdunkel des Abstellraums auf ihn zutrat, umhüllt vom kalten Hauch aus einem offenen Fenster.

»Du siehst etwas blaß aus«, sagte Tony. Er hatte die Pistole in der Hand, aber sie war nach unten gerichtet. »Vielleicht legst du dich am besten auf den alten Tisch da.« Tony zeigte mit der freien Hand auf den Einbalsamierungstisch.

»Sie haben mich gezwungen«, stammelte Jimmy sabbernd, als er begriff, daß er es nicht mit einem übernatürlichen Wesen zu tun hatte, sondern mit einem lebendigen Menschen, offensichtlich einem von Cerinos Leuten.

»Ja, natürlich«, sagte Tony mit gespielt tröstender Stimme. »Aber leg dich trotzdem auf den Tisch.«

Während Jimmy mit schlotternden Knien zum Einbalsamierungstisch hinüberging, trat Tony zum Wandschalter und knipste mehrere Male das Licht an und aus.

»Auf den Tisch!« befahl Tony, als er merkte, daß Jimmy zögerte.

Mit einiger Mühe kam Jimmy auf den Tisch und setzte sich auf den Rand.

»Hinlegen!« schnauzte Tony. Als Jimmy sich hingelegt hatte, trat Tony zu ihm und blickte auf ihn hinunter. »Toller Ort, sich zu verstecken«, sagte er.

»Es war alles Mansos Idee«, stieß Jimmy hervor. Sein Kopf lag auf einem schwarzen Gummiklotz. »Ich hab nur das Licht ausgemacht. Ich wußte nicht mal, worum es ging.«

»Alle sagen, es war Mansos Idee«, beklagte sich Tony. »Natürlich ist er der einzige, der es nicht geschafft hat, abzuhauen. Zu dumm, daß er nicht da ist, um sich zu verteidigen.«

Ein dumpfes Geräusch im Abstellraum kündigte Angelo an. Vorsichtig betrat er den Raum, sich wie ein gefangenes Tier umblickend. Ihm gefiel es in der Leichenhalle nicht. »Hier stinkt's«, sagte er.

»Das ist Formaldehyd«, erklärte Tony. »Da gewöhnst du dich dran. Nach einiger Zeit riechst du's gar nicht mehr. Komm her und begrüß Jimmy Lanso.«

Angelo kam zum Einbalsamierungstisch und betrachtete Jimmy voller Verachtung. »Mieser kleiner Pisser«, sagte er.

»Es war Mansos Idee«, wiederholte Jimmy. »Ich hab überhaupt nichts gemacht.«

»Wer war sonst noch dabei?« fragte Angelo. Er wollte sichergehen.

»Manso, DePasquale und Marchese. Sie haben mich gezwungen.«

»Keiner will es gewesen sein«, sagte Angelo angewidert. »Jimmy, ich fürchte, du wirst eine kleine Reise machen müssen.«

»Bitte nicht«, bettelte Jimmy.

Tony beugte sich vor und flüsterte Angelo etwas ins Ohr. Angelo blickte kurz zum Einbalsamierungsgerät hinüber, dann wieder auf Jimmy, der zusammengekauert auf dem Tisch lag.

»Klingt nicht schlecht«, sagte Angelo und nickte. »Vor allem für so einen erbärmlichen Scheißer.«

»Halt ihn fest«, sagte Tony ausgelassen. Er rannte hinüber zum

Einbalsamierungstisch und stellte eine Pumpe an. Er prüfte die Anzeige, bis ausreichend Saugleistung erreicht war. Dann schob er den Saugapparat zum Tisch hinüber.

Jimmy verfolgte diese Vorbereitungen mit wachsender Unruhe. Da er nie zugesehen hatte, wenn sein Vetter Einbalsamierungen vorgenommen hatte, hatte er keine Ahnung, was Tony im Schilde führte. Aber was immer es war, er war sicher, daß es ihm nicht gefallen würde.

Angelo beugte sich über seine Brust und hielt ihm die Hände fest. Bevor Jimmy erraten konnte, was mit ihm geschah, bohrte Tony ihm den messerscharfen Trokar in den Bauch und rührte mit der Nadel wahllos herum.

Mit einem erstickten Schrei schien Jimmys Gesicht sich nach innen zu ziehen, seine Wangen wurden hohl und bleich. Der Behälter auf der Saugvorrichtung füllte sich mit Blut, Gewebestückchen und halbverdauten Essensresten.

Angelo wurde übel, er ließ den Jungen los und wandte sich ab. Einen Augenblick versuchten Jimmys Hände, Tony den Trokar zu entwinden, doch sie erschlafften bald, er fiel in Ohnmacht.

»Wie findest du das?« fragte Tony und trat einen Schritt zurück, um sein Werk zu begutachten. »Saubere Arbeit, ha? Jetzt müßte ich ihn nur noch mit Einbalsamierungsflüssigkeit vollpumpen, und er wäre praktisch fertig für das Grab.«

»Komm, wir verschwinden hier«, sagte Angelo. Ihm war etwas mulmig. »Wisch die Fingerabdrücke auf dem Gerät ab.«

Fünf Minuten später gingen sie denselben Weg zurück, den sie gekommen waren, und kletterten aus dem Fenster. Sie hatten kurz daran gedacht, die Tür zu nehmen, sich dann aber doch dagegen entschieden, da sie möglicherweise durch eine Alarmanlage gesichert war.

Im Wagen löste sich Angelos Anspannung langsam. Cerino hatte recht gehabt. Dominick hatte nicht gelogen. Es war keine Falle gewesen. Als er anfuhr, hatte er das Gefühl, etwas zu Ende gebracht zu haben. »Das war also das Ende der Säureboys«, sagte er. »Jetzt geht's wieder an die richtige Arbeit.«

»Hast du Cerino schon die zweite Liste gezeigt?« fragte Tony.
»Ja, aber wir fangen mit der ersten an«, antwortete Angelo. »Die zweite Liste ist einfacher.«

»Mir ist das egal«, sagte Tony. »Aber was hältst du davon, erst mal was zu essen? Im Vesuvio hab ich richtig Hunger gekriegt. Wie wär's mit 'ner Pizza?«

»Ich meine, wir sollten erst noch eine Sache erledigen«, sagte Angelo. Er wollte etwas Abstand zwischen die gräßliche Szene im Bestattungsinstitut Spoletto und sein nächstes Essen bringen.

Erneut heimgesucht von dem Alptraum, in dem ihr Bruder im bodenlosen schwarzen Morast versank, war Laurie dankbar für das Klingeln des Weckers, das sie aus dem Schlaf riß. Benommen faßte sie zum Wecker hinüber und stellte ihn ab. Bevor sie den Arm unter die warme Decke zurückziehen konnte, ertönte das Klingeln wieder. Erst jetzt merkte sie, daß es gar nicht der Wecker war. Es war das Telefon.

»Dr. Montgomery, ich bin Dr. Ted Ackerman«, meldete sich der Anrufer. »Es tut mir leid, daß ich Sie um diese Zeit störe, aber ich bin der Tour Doctor vom Dienst, und man hat mir gesagt, ich sollte Sie bei bestimmten Fällen anrufen.«

Laurie war so verwirrt, daß sie nicht antwortete. Sie blickte auf die Uhr und sah, daß es halb drei nachts war. Kein Wunder, daß sie Mühe hatte, sich zurechtzufinden.

»Ich habe gerade einen Anruf bekommen«, fuhr Ted fort. »Hört sich an wie ein Fall, den Sie meinen. Sieht auch nach Kokain aus. Der Verstorbene ist ein Banker, einunddreißig Jahre. Heißt Stuart Morgan.«

»Wo?« fragte Laurie.

»Fifth Avenue 970«, sagte Ted. »Wollen Sie die Sache übernehmen, oder soll ich gehen? Mir ist es egal.«

»Ich gehe«, erklärte Laurie. »Danke.« Sie hängte ein und stand auf. Sie fühlte sich miserabel. Tom war dagegen offenbar erfreut, geweckt worden zu sein. Zufrieden schnurrend rieb er sich an ihren Beinen.

Laurie zog sich rasch an und schnappte sich eine Kamera und einige Paar Gummihandschuhe. Während sie sich noch den Mantel zuknöpfte und davon träumte, bald wieder nach Hause zu kommen und ins Bett zu kriechen, verließ sie ihre Wohnung.

Sie fuhr nach unten; die Straße war menschenleer, aber auf der First Avenue war Verkehr. Nach fünf Minuten saß sie in einem Taxi, das von einem afghanischen Freiheitskämpfer gefahren wurde. Eine Viertelstunde später stieg sie an der Fifth Avenue 970 aus. Ein Wagen der New Yorker Polizei und ein städtischer Krankenwagen standen auf dem Gehweg. Das Blaulicht beider Fahrzeuge blinkte.

Im Gebäude zeigte Laurie ihre Dienstmarke und wurde zum Penthouse B gewiesen.

»Sind Sie der Tour Doctor?« fragte ein uniformierter Polizist, offensichtlich überrascht, als Laurie die Wohnung betrat und erneut ihre Marke vorwies. Auf seinem Namensschild stand »Ron Moore«. Er war ein muskulöser, massiger Enddreißiger.

Laurie nickte ungeduldig.

»Donnerwetter«, rief der Polizist. »Sie sehen nicht wie eine Gerichtsärztin aus.«

»Trotzdem bin ich es«, entgegnete Laurie abweisend.

»He, Pete!« schrie Moore. »Guck dir mal an, was da gerade reinspaziert ist. Sieht eher wie ein *Playboy*-Bunny aus!«

Ein anderer uniformierter, jünger wirkender Polizist steckte den Kopf durch eine Tür. Seine Augenbrauen gingen hoch, als er Laurie erblickte. »Das gibt's doch nicht«, staunte er. Er hatte einen Stoß Briefe in der Hand.

»Wer hat hier die Leitung?« fragte Laurie.

»Ich, Honey«, antwortete Ron.

»Mein Name ist Dr. Montgomery, nicht Honey«, sagte Laurie.

»In Ordnung, Doktor.«

»Kann mich jemand kurz rumführen?«

»Das läßt sich schon machen«, sagte Ron. »Das hier ist offensichtlich das Wohnzimmer. Beachten Sie die Drogenutensilien auf dem Couchtisch. Das Opfer hat sich offenbar dort gespritzt und ist dann in die Küche gegangen. Da liegt auch die Leiche. In die Küche kommen Sie durch das Arbeitszimmer.«

Laurie sah sich kurz in der Wohnung um. Sie war klein, aber schön ausgestattet. Von ihrem Standort in der Diele konnte sie das Wohnzimmer und einen Teil des Arbeitszimmers sehen. Im Wohnzimmer boten zwei große Südfenster einen außergewöhnlichen Ausblick. Aber mehr noch als für den Blick interessierte Laurie sich für das Durcheinander auf dem Boden. Es sah aus, als wäre die Wohnung durchwühlt worden.

»War das ein Einbruch?« fragte Laurie.

»Nee«, sagte Ron. »Das haben wir gemacht. Gehört zu unserer üblichen gründlichen Durchsuchung, wenn Sie wissen, was ich meine.«

»Ich bin nicht sicher, ob ich das weiß«, sagte Laurie.

»Wir sind bei unseren Suchaktionen immer so erschöpfend.«

»Suche wonach?«

»Nach der Identität«, erklärte Ron.

»Haben Sie all die Diplome hier an den Wänden nicht gesehen?« fragte Laurie und machte eine ausladende Handbewegung. »Der Name ist doch ziemlich offensichtlich.«

»Haben wir schätzungsweise übersehen«, sagte Ron.

»Wo ist die Leiche?«

»Hab ich Ihnen doch schon gesagt, in der Küche.« Ron zeigte zum Arbeitszimmer.

Laurie begab sich hinüber, wobei sie dem Durcheinander auf dem Boden auswich, und betrat das Arbeitszimmer. Alle Schreibtischschubladen waren herausgezogen. Offensichtlich war ihr Inhalt durchwühlt worden.

»Ich nehme an, Sie haben hier drin auch nach der Identität gesucht«, sagte Laurie.

»Das stimmt, Doktor«, bestätigte Ron.

Laurie durchquerte das Arbeitszimmer bis zur Küchenschwelle. Dort blieb sie stehen. Die Küche sah genauso wüst wie die anderen Zimmer aus. Der Kühlschrank war ausgeräumt, einschließlich der Traggitter. Laurie bemerkte auch einige Kleidungsstücke auf dem

Boden. Die Kühlschranktür war nur angelehnt. »Jetzt erzählen Sie mir nur nicht, Sie hätten auch hier nach der Identität gesucht«, sagte Laurie sarkastisch.

»Hier nicht, nein!« sagte Ron. »Das Chaos stammt vom Opfer.«

»Wo ist die Leiche?« fragte Laurie.

»Im Kühlschrank.«

Laurie trat zum Kühlschrank und öffnete die Tür. Ron hatte sich keinen Scherz erlaubt. Stuart Morgan saß im Kühlschrank eingezwängt. Er war fast nackt, nur mit Jockey-Shorts, einem Gürtel mit Geldtasche und Söckchen bekleidet. Sein Gesicht war kreideweiß. Der rechte Arm war erhoben, die Hand zu einer festen Faust geballt.

»Ich kann nicht begreifen, warum er in den Kühlschrank klettern wollte«, sagte Ron. »Das Verrückteste, was ich bisher gesehen habe, seit ich im Dienst bin.«

»Vermutlich Hyperpyrexie«, erklärte Laurie und betrachtete Stuart Morgan. »Kokain kann die Körpertemperatur wahnsinnig erhöhen. Die Konsumenten drehen durch. Sie würden alles tun, damit die Hitze nachläßt. Aber im Kühlschrank habe ich auch noch keinen gesehen.«

»Wenn Sie die Leiche freigeben, können die Jungs draußen ihn rausholen«, sagte Ron. »Wir haben noch einiges zu tun.«

»Haben Sie den Toten angerührt?« fragte Laurie unvermittelt.

»Wovon reden Sie da?« sagte Ron nervös.

»Ich will wissen, ob Sie oder Ihr Kollege den Toten angerührt haben.«

»Hm...« Ron war offenbar nicht geneigt zu antworten.

»Es ist eine ganz einfache Frage.«

»Wir mußten feststellen, ob er tot ist«, erklärte Ron. »Aber das war leicht, denn er war so kalt wie eine von den Gurken hier auf dem Boden.«

»Sie haben also nur hineingefaßt und den Puls gefühlt?«

»Das ist richtig«, sagte Ron.

»Wo?«

»Am Handgelenk.«

»Am rechten Handgelenk?«

»Moment mal, Sie werden mir zu speziell«, wandte Ron ein. »Ich weiß nicht mehr, welches Handgelenk.«

»Ich will Ihnen was erklären«, sagte Laurie, während sie den Objektivdeckel ihrer Kamera abnahm und daranging, Aufnahmen von der Leiche im Kühlschrank zu machen. »Sehen Sie den rechten Arm, der in die Luft ragt?«

»Ja«, antwortete Ron.

»Er bleibt aufgrund der Totenstarre so stehen«, erklärte Laurie. Das Blitzlicht zuckte auf, als sie eine Aufnahme machte.

»Davon hab ich schon mal gehört«, sagte Ron.

»Aber die Totenstarre tritt erst ein, nachdem der Körper eine Zeitlang schlaff gewesen ist«, fuhr Laurie fort. »Fällt Ihnen dazu irgend etwas bei dieser Leiche auf?« Laurie machte eine weitere Aufnahme aus einer anderen Perspektive.

»Ich weiß nicht, was Sie meinen.«

»Ich will sagen, daß der Leichnam nach dem Tod bewegt worden ist«, erklärte Laurie. »Vielleicht aus dem Kühlschrank raus und dann wieder hinein. Und das muß mehrere Stunden nach dem Tod gewesen sein, denn es dauert etwa zwei Stunden, bis die Totenstarre eintritt.«

»Das ist ja hochinteressant«, sagte Ron. »Vielleicht sollte Pete das auch erfahren.« Ron ging zur Tür des Arbeitszimmers und rief Pete in die Küche. Als er kam, erklärte Ron ihm, was Laurie eben gesagt hatte.

»Vielleicht hat die Freundin von dem Typ ihn rausgezogen«, meinte Pete.

»Dieser Tote wurde von seiner Freundin gefunden?« fragte Laurie.

»Ja«, bestätigte Pete. »Die Freundin hat den Notarzt angerufen. Vielleicht hat sie ihn rausgezogen.«

»Und dann wieder zurückgepackt?« fragte Laurie skeptisch. »Wohl sehr unwahrscheinlich.«

»Was meinen Sie denn, was passiert ist?« wollte Ron wissen.

Laurie sah die beiden Polizisten einen Augenblick an und überlegte, wie sie am besten vorgehen sollte. »Ich weiß nicht, was ich meinen soll«, sagte sie schließlich. Sie zog sich die Gummihandschuhe über. »Aber jetzt möchte ich die Leiche untersuchen, für den Abtransport freigeben und nach Hause gehen.«

Laurie faßte in den Kühlschrank und berührte Stuart Morgans Körper. Er war aufgrund der Totenstarre hart und kalt. Als sie ihn untersuchte, wurde offensichtlich, daß auch andere Gliedmaßen sich in so unnatürlicher Lage befanden wie der rechte Arm. Sie bemerkte eine Einstichstelle in der Armbeuge des linken Arms. Bis auf den Kühlschrank hatte dieser Fall fraglos eine unheimliche Ähnlichkeit mit denen von Duncan Andrews, Robert Evans und Marion Overstreet.

Laurie richtete sich auf und wandte sich an Ron. »Würde es Ihnen was ausmachen, mir zu helfen, den Toten aus dem Kühlschrank zu heben?« fragte sie.

»Pete, du hilfst ihr«, ordnete Ron an.

Pete machte ein verärgertes Gesicht, nahm von Laurie jedoch ein Paar Gummihandschuhe an und zog sie über. Gemeinsam hoben sie Stuart Morgan aus dem Kühlschrank und legten ihn auf den Boden.

Laurie machte noch ein paar Aufnahmen. Für ihr geschultes Auge war aufgrund der Körperhaltung offenkundig, daß die Totenstarre eingetreten war, als der Körper sich im Kühlschrank befunden hatte. So viel war klar. Es war aber auch klar, daß die Stellung, in der sie den Leichnam gefunden hatte, nicht die war, in der er ursprünglich gewesen war.

Beim Fotografieren der Leiche bemerkte Laurie, daß die Geldtasche halb geöffnet war. Der Reißverschluß hatte sich an einem Geldschein verklemmt. Sie machte eine Nahaufnahme.

Laurie legte die Kamera beiseite und beugte sich vor, um die Geldtasche etwas genauer zu untersuchen. Mit einiger Mühe gelang es ihr, den Reißverschluß aufzuziehen und das Täschchen zu öffnen. Es enthielt drei Dollarscheine, die am Rand eingerissen waren, weil sie sich im Reißverschluß verfangen hatten.

Laurie stand auf und übergab Ron die drei Dollar. »Beweismaterial«, sagte sie.

»Beweismaterial wofür?« fragte Ron.

»Ich habe schon von Fällen gehört, wo die Polizei Unfall- oder Mordopfer bestohlen hat«, sagte Laurie. »Aber ich hatte nicht gedacht, jemals einen so offensichtlichen Fall zu erleben.«

»Wovon zum Teufel sprechen Sie?«

»Die Leiche kann weggebracht werden, Sergeant Moore«, sagte Laurie. »Außerdem muß ich Sie einladen, der Autopsie beizuwohnen. Aber ehrlich gesagt, ich hoffe, Sie nie wiederzusehen.«

Laurie streifte sich die Gummihandschuhe ab, warf sie in den Abfalleimer, nahm ihre Kamera und verließ die Wohnung.

»Ich krieg keinen Bissen mehr runter«, sagte Tony und schob die Reste der Pizza von sich. Er zog die Serviette aus dem Kragen und wischte sich die Tomatenspuren vom Mund. »Was ist denn los? Magst du keine Peperoni? Du ißt wie ein Spatz.«

Angelo nippte an seinem San Pellegrino. Das leicht sprudelnde Wasser beruhigte seinen Magen, der nach dem Besuch im Bestattungsinstitut Spoletto noch immer rebellierte. Er hatte einige Bissen von der Pizza probiert, aber es hatte ihm nicht geschmeckt. Es hatte ihn sogar angeekelt, so daß er ungeduldig darauf wartete, daß Tony endlich fertig würde.

»Bist du fertig?« fragte er.

»Ja«, antwortete Tony, die Speisereste aus den Zähnen saugend. »Aber gegen einen Kaffee hätte ich nichts einzuwenden.«

Sie saßen in einer kleinen italienischen Pizzeria in Elmhurst, die die ganze Nacht geöffnet hatte, nicht weit vom Vesuvio entfernt. An den weit auseinander stehenden Resopaltischen hockte noch eine Handvoll Gäste, obwohl es schon halb vier Uhr morgens war. Eine alte Musikbox spielte beliebte Stücke aus den 50er und 60er Jahren.

Angelo trank noch ein Mineralwasser, während Tony sich einen Espresso bestellte.

»Fertig?« fragte Angelo, als Tony seine leere Espressotasse

klappernd abstellte. Angelo wollte aufbrechen, hatte aber das Gefühl, Tony noch etwas Zeit zum Entspannen lassen zu müssen. Schließlich hatten sie einiges erledigt.

»Fertig«, sagte Tony und wischte sich ein letztes Mal mit der Serviette über den Mund. Sie standen auf, warfen ein paar Scheine auf den Tisch und traten in die kalte Novembernacht hinaus. Den Kopf zwischen den Mantelkragen gezogen, eilten sie zum Wagen. Es hatte angefangen zu nieseln.

Während der Motor lief, damit die Heizung auf Touren kam, nahm Angelo die zweite Liste aus dem Handschuhfach und überflog sie. »Hier ist was in Kew Garden Hills«, sagte er. »Das paßt gut und müßte auch schnell und leicht zu schaffen sein.«

»Langsam macht es richtig Spaß«, sagte Tony fröhlich. Er rülpste. »Ich mag diese Peperoni.«

Angelo legte das Blatt ins Handschuhfach zurück. Als er auf der verlassenen Straße losfuhr, sagte er: »Wenn man nachts arbeitet, kommt man viel leichter rum in der Stadt.«

»Das einzige Problem ist, sich an das Schlafen tagsüber zu gewöhnen«, meinte Tony. Er holte seine Beretta Bantam heraus und schraubte den Schalldämpfer auf den Lauf.

»Steck das Ding weg, bis wir da sind«, raunzte Angelo. »Du machst mich nervös.«

»Bereite mich nur vor«, sagte Tony. Er versuchte, die Pistole zurück ins Halfter zu stecken, aber mit dem Schalldämpfer paßte sie nicht mehr ganz hinein. Der Griff ragte aus der Jacke. »Ich freue mich riesig auf diesen Teil, weil wir da nicht so vorsichtig rumschleichen müssen.«

»Wir müssen immer noch vorsichtig sein«, fuhr Angelo ihn an. »Wir müssen überhaupt immer vorsichtig sein.«

»Reg dich wieder ab«, sagte Tony. »Du weißt, wie ich das meine. Wir brauchen uns nicht mehr um all das verrückte Zeug kümmern. Jetzt geht es schnell, und dann verduften wir wieder. Ich meine, bumm, aus, und weg sind wir.« Er tat so, als würde er mit dem ausgestreckten Zeigefinger auf einen Fußgänger schießen, wobei er über den Knöchel zielte.

Sie brauchten eine Weile, bis sie das Haus gefunden hatten, ein bescheidenes, zweigeschossiges Gebäude aus Stein und Stuck mit einem Schieferdach. Es lag in einer ruhigen Sackgasse, an deren Ende sich ein Friedhof befand.

»Nicht schlecht«, sagte Tony. »Diese Leute scheinen ziemlich Pulver zu haben.«

»Und eventuell eine Alarmanlage«, fügte Angelo hinzu. Er fuhr an den Straßenrand und parkte. »Hoffentlich ist es nichts Kompliziertes. Ich mag keine Komplikationen.«

»Wen sollen wir umlegen?« fragte Tony.

»Ich hab's vergessen«, sagte Angelo. Er griff zum Handschuhfach hinüber und holte die zweite Liste heraus. »Die Frau«, sagte er, als er den Namen gefunden hatte. Er packte die Liste ins Handschuhfach zurück. »Wir erledigen das ganz zügig, und damit es kein Durcheinander gibt: Ich leg sie um. Sie sind wahrscheinlich im Bett, deshalb übernimmst du den Mann. Wenn er aufwacht, ausschalten. Verstehst du?«

»Natürlich versteh ich«, erwiderte Tony. »Wofür hältst du mich? Für doof? Ich verstehe alles. Aber du weißt, wie gern ich das mache. Wie wär's, wenn ich sie umlege und du übernimmst den Mann?«

»Himmel Herrgott!« schimpfte Angelo. Er holte seine Pistole heraus und setzte den Schalldämpfer auf. »Das ist Arbeit, kein Truthahnschießen. Wir sind nicht zu unserem Vergnügen hier.«

»Was macht es für'n Unterschied, ob du sie umlegst oder ich?« fragte Tony.

»Letztlich überhaupt keinen«, räumte Angelo ein. »Aber ich habe die Verantwortung, und ich übernehme die Frau. Ich möchte sichergehn, daß sie tot ist. Ich bin es schließlich, der Cerino Rede und Antwort stehen muß.«

»Du meinst also, du kannst jemand besser erschießen als ich?« fragte Tony. Er schien beleidigt zu sein.

»Mein Gott, Tony«, seufzte Angelo. »Du kannst den nächsten umlegen. Was ist, sollen wir uns abwechseln?«

»Okay, das ist gerecht«, sagte Tony. »Jeder den gleichen Teil.«

»Freut mich, daß du einverstanden bist«, sagte Angelo. »Ich komme mir vor wie im Kindergarten. Also, gehn wir!«

Sie stiegen aus dem Wagen, überquerten die Straße und verschwanden zwischen den dichten, nassen Sträuchern, die das fragliche Haus umgaben. Als sie an der Hintertür ankamen, untersuchte Angelo sie sorgfältig, fuhr mit der Hand über den Querbalken, leuchtete mit einer kleinen Taschenlampe durch die Ritzen und prüfte das Schloß. Er richtete sich auf.

»Keine Alarmanlage«, sagte er erstaunt, »oder es ist etwas, das ich übersehen habe.«

»Willst du durch ein Fenster rein oder durch eine Tür?« fragte Tony.

»Die Tür dürfte eigentlich kein Problem sein«, meinte Angelo.

Mit seinem Taschenmesser hatte Tony im Nu den Kitt an einem der Fenster neben der Tür entfernt. Mit einer spitzen Zange zog er die Drahtstifte heraus und hob dann die Scheibe nach draußen. Er griff hinein, entriegelte die Tür und drehte den Knauf.

Die Tür ging mit einem nur schwachen Quietschen auf. Keine Alarmanlage ertönte, und kein bissiger Hund bellte. Angelo trat leise ein, die Pistole neben dem Kopf nach oben gerichtet. Er ließ den Blick durch den Raum schweifen. Es schien ein Wohnzimmer zu sein mit einer ginganbezogenen Sitzgarnitur und einem Fernseher mit Großbildschirm. Angelo lauschte eine Minute, dann senkte er die Pistole. Als er auch hier keine Alarmanlage entdeckte, ließ seine Anspannung allmählich nach.

Mit einem Wink zu Tony, ihm zu folgen, bewegte Angelo sich lautlos zur Eingangsdiele. Gemeinsam schlichen die beiden Männer eine große geschwungene Treppe hinauf, die zu einem Korridor im Obergeschoß führte, auf den ein halbes Dutzend Türen ging. Alle Türen bis auf eine waren leicht geöffnet. Auf seinen Instinkt vertrauend, ging Angelo direkt darauf zu. Nachdem er sich versichert hatte, daß Tony hinter ihm stand, drückte er vorsichtig die Türklinke. Die Tür öffnete sich auf seinen Druck.

Lautes Schnarchen kam aus dem Bett an der gegenüberliegenden Wand. Angelo wußte nicht genau, wer schnarchte, aber da er sicher war, daß beide tief schliefen, gab er Tony ein Zeichen, ihm zu folgen. Gemeinsam näherten sie sich dem Bett.

Es war ein breites französisches Bett mit einer Daunendecke. Im Bett lagen ein Mann und eine Frau im späten mittleren Alter. Beide lagen auf dem Rücken.

Angelo wandte sich nach rechts, auf die Seite der Frau. Tony ging auf die andere Seite. Die Opfer rührten sich nicht. Angelo hob die Hand, zeigte im Dämmerlicht des Schlafzimmers auf seine Walther, was hieß, daß er bereit war, die Frau ins Jenseits zu befördern, und daß Tony den Mann im Auge behalten sollte.

Tony nickte. Und als Angelo seine Pistole auf den Kopf der schlafenden Frau richtete, tat Tony auf der anderen Bettseite das gleiche. Angelo ging mit der Waffe ganz dicht heran, zielte auf die Schläfe direkt über und vor dem Ohr. Die Kugel sollte in die Gehirnbasis dringen, ungefähr dorthin, wo sie steckengeblieben wäre, wenn er in den Hinterkopf hätte schießen können.

Der Schuß war laut im Verhältnis zur Stille, die im Zimmer herrschte, aber verglichen mit normalen Geräuschen war es ein zischender dumpfer Schlag, wie eine Faust, die auf ein Kissen trifft.

Angelo, der beim Abdrücken leicht zusammengezuckt war, hatte sich kaum gefangen, als es einen ähnlichen zischenden dumpfen Schlag tat. Aus den Augenwinkeln sah er, wie der Kopf des Mannes aus dem Kissen hochfuhr, dann wieder zurückfiel. Ein dunkler Fleck, der im dämmrigen Licht schwarz wirkte, breitete sich aus.

»Ich konnte nicht anders«, sagte Tony. »Ich hab deinen Schuß gehört und mußte abdrücken. Ich mag das. Es gibt mir einen richtigen Kick.«

»Du bist ein verdammter Psychopath«, fuhr Angelo ihn an. »Du solltest nur schießen, wenn der Typ sich bewegt. So war es abgemacht.«

»Was macht denn das für'n Unterschied?«

»Der Unterschied ist, daß du lernen mußt, Befehle zu befolgen«, sagte Angelo bissig.

»Schon gut, schon gut«, lenkte Tony ein. »Tut mir leid. Ich konnte nicht anders. Nächstes Mal mach ich's genau so, wie du sagst.«

»Los, raus hier«, befahl Angelo. Er ging zur Tür.

»Wollen wir nicht kurz nach Geld und Wertsachen gucken?« fragte Tony. »Wo wir schon mal da sind.«

»Ich will keine Zeit vergeuden«, sagte Angelo. An der Tür zum Gang drehte er sich um. »Komm jetzt, Tony! Wir sind nicht hier, um abzusahnen. Cerino zahlt gut genug.«

»Aber was Cerino nicht weiß, kann ihm doch nichts ausmachen«, wandte Tony ein. Schnell nahm er eine Brieftasche und eine Rolex-Armbanduhr vom Nachttisch. »Nur ein kleines Andenken.«

»Gut«, sagte Angelo. »Aber jetzt raus hier.«

Drei Minuten später brausten sie davon.

»Heiliger Strohsack!« rief Tony.

»Was ist denn?«

»Hier sind über fünfhundert Mäuse drin.« Tony wedelte mit den Scheinen. Die goldene Rolex trug er bereits am Handgelenk. »Rechne das zu dem dazu, was Cerino uns zahlt, dann sind wir fein raus.«

»Sieh zu, daß du die Brieftasche los wirst«, sagte Angelo. »Die kann uns das Genick brechen.«

»Kein Problem«, beschwichtigte Tony. »Die schmeiß ich in die Verbrennungsanlage.«

Angelo fuhr an den Bordstein und hielt an.

»Was jetzt?« fragte Tony.

Angelo beugte sich hinüber und holte die Liste aus dem Handschuhfach. »Ich möchte sehen, ob noch jemand hier in der Gegend wohnt«, sagte er. »Treffer«, rief er nach kurzem Überfliegen. »Hier sind zwei in Forest Hills. Das ist gleich um die Ecke. Wir können beide noch vor Tagesanbruch umlegen, kein Problem. Ich hab ja gesagt, es wird eine richtig gute Nacht.«

»Ich würde sagen, es wird eine Riesennacht«, jubelte Tony. »Soviel Kohle hab ich noch nie gemacht.«

»Ah ja«, sagte Angelo, der den Stadtplan studierte. »Ich weiß, wo die beiden Häuser sind. Teure Gegend.« Er packte die Liste und den Stadtplan auf die Mittelkonsole, legte den Gang ein und fuhr los.

Angelo brauchte nicht einmal eine halbe Stunde, bis sie am ersten Haus vorbeifuhren. Es war eine große weiße Villa weitab von der Straße. Angelo schätzte das Grundstück auf mindestens achttausend Quadratmeter. Mehrere kahle Ulmen säumten eine lange, gebogene Zufahrt.

»Wer ist diesmal dran?« fragte Tony, während er das Anwesen betrachtete.

»Der Mann«, sagte Angelo. Er überlegte, wo er den Wagen parken sollte. In einer so vornehmen Gegend parkten nicht viele Wagen auf der Straße. Am Ende entschloß er sich, die Zufahrt zu benutzen, da sie in einer Schleife hinter dem Haus verschwand. Er konnte den Wagen so parken, daß er von der Straße nicht zu sehen war. Er schaltete das Licht aus, als er die Zufahrt entlangfuhr, und hoffte, der abgedunkelte Wagen würde nicht auffallen.

»Denk dran«, sagte Tony, als sie sich fertigmachten, »diesmal bin ich dran.«

Angelo hob die Augen zum Himmel, als ob er sagen wollte: »Lieber Gott, warum gerade ich?« Dann nickte er, und sie gingen auf das Haus zu.

Die weiße Villa erwies sich als schwieriger als das bescheidene Steinhaus vorhin. Sie hatte mehrere getrennte Alarmsysteme, die aufzuspüren und auszuschalten Angelo einige Zeit kostete. Es verging eine halbe Stunde, bis sie den ganzen Rahmen eines Schiebefensters zur Waschküche ausgehebelt hatten.

Angelo schlüpfte als erster hinein, um festzustellen, ob es Infrarotdetektoren oder Laser gab. Als er das Zeichen gab, daß die Luft rein sei, kletterte auch Tony über die Fensterbank.

Sie blieben zusammen und bewegten sich behutsam durch die Küche, wo sie hörten, daß in einem Zimmer in der Nähe ein Fernseher lief.

So vorsichtig wie möglich näherten sie sich dem Ton. Er kam aus einem Raum, der von der Eingangshalle abging. Angelo ging voran und spähte um die Ecke.

Es war ein Arbeitszimmer mit einer eingebauten Bar an der einen Wand und einem riesigen Rückpro-Fernseher an der anderen. Vor dem Fernseher stand ein mit Chintz bezogenes Sofa. Mitten auf dem Sofa saß ein extrem übergewichtiger Mann in einem blauen Bademantel und schlief. Seine kurzen, überraschend hageren Beine ragten unter dem massigen Bauch hervor und ruhten auf einem Sessel. An den Füßen steckten Lederpantoffeln.

Angelo trat zurück, um sich mit Tony zu besprechen. »Er ist allein und schläft. Wahrscheinlich ist die Frau, wenn es eine gibt, oben.«

»Was machen wir?«

»Du wolltest ihn ja unbedingt umlegen«, sagte Angelo. »Also geh rein und mach's. Aber mach es richtig. Dann sehen wir nach der Frau.«

Lächelnd schlüpfte Tony an Angelo vorbei. Die Pistole mit dem Schalldämpfer hatte er in der rechten Hand.

Tony ging in das Arbeitszimmer und trat direkt an den Mann auf dem Sofa heran. Er richtete die Pistole auf die Schläfe des Mannes unmittelbar über dem Ohr und stieß ihn absichtlich mit dem Bein an.

Der Mann brabbelte, als er mühsam die schweren Lider hob. »Gloria, Liebes?« brachte er hervor.

»Nein, mein Guter, ich bin's – Tony.«

Der zischende dumpfe Schlag warf den Mann nach rechts auf das Sofa. Tony beugte sich über ihn, setzte die Öffnung des Schalldämpfers auf die Gehirnbasis und schoß noch einmal. Der Mann rührte sich nicht.

Tony richtete sich auf und blickte zu Angelo zurück. Angelo gab ein Zeichen, ihm zu folgen. Zusammen stiegen sie die Treppe hinauf. Im zweiten Stock mußten sie in mehrere Zimmer schauen, bis sie Gloria entdeckten. Sie schlief fest bei brennendem Licht, trug aber eine schwarze Augenmaske und Ohrstöpsel.

»Hält sich wohl für einen Filmstar«, sagte Tony.

»Gehen wir«, sagte Angelo. Er zupfte Tony am Ärmel.

»Ach, komm«, schmollte Tony. »So eine leichte Beute.«

»Ich habe nicht vor, zu diskutieren«, sagte Angelo kalt. »Wir gehen.«

Im Auto zog Tony, während Angelo den kürzesten Weg zum nächsten Haus suchte, einen Flunsch, Angelo war es recht. So hatte er wenigstens seine Ruhe.

Das letzte Haus war ein zweistöckiges Reihenhaus mit einer Blechmarkise, die einen Autostellplatz vor einer Garage überdachte. Ein niedriger Zaun aus Maschendraht umgab ein briefmarkengroßes Stück Rasen, auf dem zwei Flamingoskulpturen standen.

»Der Mann oder die Frau?« fragte Tony, der zum erstenmal sein Schweigen brach.

»Die Frau«, sagte Angelo. »Und wenn du willst, kannst du sie haben.« Er neigte zu Großmut, da die Arbeit der Nacht dem Ende zuging.

In das Haus einzusteigen war ein Kinderspiel. Sie gingen über den Seitenweg und drangen durch die Hintertür ein. Zu ihrer Überraschung fanden sie den Ehemann schlafend auf der Couch, neben sich einen leeren Sechserpack Bier auf dem Boden.

Angelo befahl Tony, allein nach oben zu gehen. Er selbst würde den Mann im Auge behalten. Im Halbdunkel bemerkte er Tonys begieriges Lächeln; der Appetit des Jungen, Leute umzulegen, war offenbar nicht zu stillen.

Ein paar Minuten später hörte Angelo ganz schwach den gedämpften Schuß aus Tonys Waffe, auf den rasch ein zweiter folgte. Der Junge war wenigstens gründlich. Wenige Minuten danach erschien er wieder.

»Hat er sich gerührt?« fragte Tony.

Angelo schüttelte den Kopf und gab das Zeichen zum Aufbruch.

»Zu schade«, sagte Tony. Seine Augen ruhten einen Moment auf dem schlafenden Mann, bevor er sich umdrehte und Angelo durch die Tür folgte.

Auf der hinteren Veranda streckte Angelo sich und blickte zum heller werdenden Himmel. »Die Sonne kommt«, sagte er. »Was hältst du von Frühstück?«

»Hört sich gut an«, meinte Tony. »Was für eine Nacht! Besser geht's wirklich nicht.« Auf dem Weg zum Wagen schraubte er den Schalldämpfer von seiner Pistole.

7

Donnerstag, 7.45 Uhr
Manhattan

Obwohl Laurie wegen des nächtlichen Ausflugs nicht viel geschlafen hatte, achtete sie darauf, etwas früher bei der Arbeit zu sein, um ihre gestrige Verspätung auszugleichen. Es war erst Viertel vor acht, als sie die Stufen zum Institut hinaufstieg.

Sie begab sich direkt zum ID-Büro und glaubte, eine leichte Spannung in der Luft zu spüren. Einige der Pathologen, die normalerweise nicht vor halb neun erschienen, waren bereits bei der Arbeit. Kevin Southgate und Arnold Besserman, zwei der älteren Ärzte, standen erregt debattierend bei der Kaffeemaschine. Der liberale Kevin und der erzkonservative Arnold waren sich nie in irgend etwas einig.

»Und ich sage Ihnen«, dozierte Arnold, als Laurie sich vorbeidrängelte, um sich Kaffee zu holen, »wenn wir mehr Polizei auf der Straße hätten, würde so etwas nicht passieren.«

»Da bin ich anderer Meinung«, erwiderte Kevin. »Eine solche Tragödie –«

»Was ist denn passiert?« fragte Laurie, in ihrem Kaffee rührend.

»Eine Mordserie in Queens«, erklärte Arnold. »Kopfschüsse aus nächster Entfernung.«

»Kleines Kaliber?« fragte Laurie.

Arnold sah Kevin an. »Das weiß ich noch nicht.«

»Die Fälle sind noch nicht obduziert«, sagte Kevin.

»Hat man sie aus dem Fluß gefischt?«

»Nein«, sagte Arnold. »Diese Leute haben schön brav zu Hause geschlafen. Wenn wir auf der Straße mehr Polizei –«

»Ach, kommen Sie, Arnold!« fiel Kevin ihm ins Wort.

Laurie überließ die beiden ihrem Streit und ging zum Anschlag, um den Obduktionsplan zu studieren. An ihrem Kaffee nippend, prüfte sie, wer außer ihr eingeteilt war und welche Fälle es gab. Neben ihrem Namen standen drei Fälle, unter anderem der Name Stuart Morgan. Sie war zufrieden. Calvin hielt sich an sein Versprechen.

Laurie stellte fest, daß auch die beiden anderen Fälle von Überdosis/Toxizität waren, und blätterte die Untersuchungsberichte durch. Entsetzt erkannte sie sofort, daß die Profile denen der vorangegangenen verdächtigen Fälle ähnelten. Randall Thatcher, einunddreißig Jahre alt, war Rechtsanwalt; Valerie Abrams, dreiunddreißig, war Börsenmaklerin.

Gestern hatte sie befürchtet, daß weitere Fälle folgen würden, doch sie hatte gehofft, ihre Befürchtungen würden sich nicht bestätigen. Und jetzt drei weitere Fälle! Über Nacht hatte ihre bescheidene Serie um hundert Prozent zugenommen.

Auf dem Weg zur gerichtsmedizinischen Ermittlungsabteilung ging Laurie durch die Telefonzentrale. Als sie am Verbindungsbüro der Polizei vorbeikam, überlegte sie, was sie im Fall des vermuteten Diebstahls in der Wohnung von Morgan tun sollte. Sie beschloß, im Moment gar nichts zu unternehmen. Wenn sie Lou traf, konnte sie die Sache mit ihm besprechen.

Sie entdeckte Cheryl Myers in ihrem winzigen, fensterlosen Büro.

»Kein Glück bisher im Fall Duncan Andrews«, erklärte Cheryl, noch bevor Laurie etwas sagen konnte.

»Deswegen bin ich gar nicht vorbeigekommen«, sagte Laurie. »Ich habe gestern abend bei Bart hinterlassen, daß man mich anrufen sollte, wenn irgendwelche Fälle von Überdosis wie der von Duncan Andrews oder Marion Overstreet gemeldet würden. Einen Fall hat man mir gemeldet. Aber heute morgen stelle ich fest, daß es noch zwei weitere Fälle gegeben hat, von denen ich nichts erfahren habe. Wissen Sie, warum man mich nicht verständigt hat?«

»Nein«, sagte Cheryl. »Ted hatte letzte Nacht Dienst. Wir

können ihn erst heute abend fragen. Hat es Schwierigkeiten gegeben?«

»Eigentlich nicht«, räumte Laurie ein. »Ich bin nur neugierig. Ich hätte sowieso nicht zu allen drei Tatorten gehen können. Und ich mache ja die Autopsien. Haben Sie übrigens im Fall Marion Overstreet schon beim Krankenhaus nachgefragt?«

»Ja, natürlich«, sagte Cheryl. »Ich habe mit einem Dr. Murray gesprochen, und er sagte, sie würden sich an Ihre Anweisungen halten.«

»Das habe ich erwartet«, sagte Laurie. »Aber eine Kontrolle schadet nie. Dann hab ich da noch etwas, wenn Sie das bitte für mich erledigen: Sehen Sie einmal nach, was Sie an ärztlichen, vor allem chirurgischen Unterlagen über eine Frau namens Marsha Schulman auftreiben können. Ich hätte gern auch einige Röntgenaufnahmen. Ihr Alter kenne ich nicht genau. Sagen wir, so um die Vierzig.« Seitdem Jordan Laurie vom Verschwinden seiner Sekretärin und von den dunklen Geschäften ihres Mannes erzählt hatte, hatte sie ein ungutes Gefühl, vor allem angesichts des seltsamen Einbruchs in Jordans Praxis.

Cheryl schrieb einige Stichworte auf einen Notizblock auf ihrem Schreibtisch. »Ich kümmere mich gleich darum.«

Als nächstes suchte Laurie John DeVries auf. Wie sie befürchtet hatte, war er mehr als unfreundlich.

»Ich habe Ihnen gesagt, daß ich Sie anrufe«, sagte er wütend, als Laurie nach einer möglichen Verunreinigung fragte. »Ich habe außer Ihrem Fall noch hundert andere.«

»Ich weiß, daß Sie viel zu tun haben«, beschwichtigte Laurie, »aber heute morgen sind drei weitere Fälle von Überdosis gebracht worden, genau wie die drei, die ich schon hatte. Damit erhöht sich die Zahl der Toten auf sechs junge, wohlhabende, erfolgreiche Aufsteiger. Es muß irgendwas in dem Kokain sein, und wir müssen es finden.«

»Sie können die Tests gern selber machen«, sagte John. »Aber ich möchte, daß Sie mich in Ruhe lassen. Wenn Sie das nicht tun, muß ich mit Dr. Bingham reden.«

»Warum sind Sie so unfreundlich?« fragte Laurie. »Ich habe mich bemüht, mich in dieser Sache zurückzuhalten.«

»Sie sind eine Nervensäge«, fuhr John sie an.

»Sehr schön«, entgegnete Laurie. »Immer gut zu wissen, daß wir hier eine Atmosphäre guter Zusammenarbeit haben.«

Leise vor sich hin fluchend, stolzierte sie aus dem Labor. Da spürte sie, wie eine Hand nach ihrem Arm griff, und sie wirbelte herum, bereit, John DeVries zu ohrfeigen, daß er es wagte, sie anzurühren. Aber es war nicht John. Es war einer seiner jüngeren Assistenten, Peter Letterman.

»Kann ich Sie einen Augenblick sprechen?« fragte Peter. Er blickte besorgt über die Schulter.

»Natürlich«, sagte Laurie.

»Kommen Sie in mein Kabuff«, sagte Peter und bedeutete ihr, ihm zu folgen. Sie traten in einen Raum, in dem kaum genug Platz war für einen Schreibtisch, ein Computerterminal, einen Aktenschrank und zwei Stühle. Peter schloß die Tür hinter ihr.

Er war ein hagerer, schlaksiger blonder Bursche mit feinen, etwas weichen Gesichtszügen und intensiven Augen – der typische graduierte Student, dachte Laurie. Unter dem weißen Laborkittel trug er ein am Hals offenes Flanellhemd.

»Es ist etwas schwierig, mit John auszukommen«, begann er.

»Das ist leicht untertrieben«, erwiderte Laurie.

»Viele Künstler sind so«, fuhr Peter fort. »Und John ist eine Art Künstler. Was die Chemie und insbesondere die Toxikologie betrifft, ist er ein As. Ich habe Ihre Unterhaltung notgedrungen mit angehört. Ich glaube, einer der Gründe, warum er es Ihnen so schwermacht, ist, daß er die Verwaltung von der Notwendigkeit überzeugen möchte, seinen Etat zu erhöhen. Er verzögert bewußt einige Berichte, und meistens ist das nicht weiter schlimm. Ich meine, die Leute sind tot. Aber wenn Ihre Vermutungen zutreffen, hört sich das ja so an, als ob wir zur Abwechslung mal bei den Lebensrettern mitmachen könnten. Ich möchte Ihnen deshalb helfen. Ich werde sehen, was ich für Sie tun kann, auch wenn ich ein paar Überstunden machen müßte.«

»Das wäre schön, und ich wäre Ihnen sehr dankbar, Peter«, sagte Laurie.

Peter lächelte verlegen. »Wir waren auf der gleichen Schule«, sagte er.

»Wirklich? Wo denn?«

»Wesleyan. Ich war zwei Jahre unter Ihnen, aber ein Fach hatten wir gemeinsam. Physikalische Chemie.«

»Tut mir leid, aber ich erinnere mich nicht an Sie«, sagte Laurie.

»Na ja, ich war damals ein ziemlich mickriges Bürschchen. Auf jeden Fall gebe ich Ihnen Bescheid, ob ich was erreiche.«

Laurie kehrte in ihr Büro zurück und sah die Menschheit nach Peters großzügigem Hilfsangebot wieder beträchtlich zuversichtlicher. Sie ging die Autopsiemappen des heutigen Tages durch, stieß aber nur bei zwei Fällen auf einige Unklarheiten, die denen im Fall Marion Overstreet ähnelten. Der Ordnung halber rief sie Cheryl an und bat sie, die Fragen zu klären.

Nachdem Laurie sich umgezogen hatte, fuhr sie nach unten in den Sektionssaal. Vinnie hatte Stuart Morgan bereits »auf dem Tisch«. Sie machten sich unverzüglich an die Arbeit.

Die Obduktion verlief glatt. Sie beendeten gerade die Untersuchung der inneren Organe, als Cheryl Myers hereinkam, eine Maske vor ihr Gesicht haltend. Laurie blickte rasch umher, um sicher zu sein, daß Calvin nicht in Sicht war, denn Cheryl hatte keine Schutzkleidung an. Glücklicherweise war er nicht im Saal.

»Ich hatte Glück mit Marsha Schulman«, sagte sie und hielt mehrere Röntgenaufnahmen hoch. »Sie ist im Manhattan General behandelt worden, weil sie für einen der Ärzte dort gearbeitet hat. Sie hatten neuere Brustaufnahmen, die sie gleich rübergeschickt haben. Soll ich sie mal einspannen?«

»Bitte«, sagte Laurie. Sie wischte die Hände an der Schürze ab und folgte Cheryl zur Röntgenbildwand. Cheryl steckte die Aufnahmen in die Halterung und trat zur Seite.

»Sie wollen sie sofort zurückhaben«, erklärte sie. »Die Röntgenassistentin hat mir einen Gefallen getan und sie ohne Erlaubnis rausgegeben.«

Laurie betrachtete die Röntgenbilder. Es waren zwei Jahre alte Aufnahmen der Brust von vorn und von der Seite. Die Lunge war klar und normal. Auch das Herz sah normal aus. Enttäuscht wollte Laurie Cheryl schon bitten, die Aufnahmen wieder abzuhängen, als ihr Blick auf das Schlüsselbein fiel. Das rechte Schlüsselbein wies auf zwei Dritteln seiner Länge eine kleine Kante auf und trat auf der Aufnahme etwas stärker hervor. Marsha Schulman hatte sich irgendwann einmal das Schlüsselbein gebrochen. Der Bruch war zwar gut verheilt, aber es war eindeutig ein Bruch gewesen.

»Vinnie«, rief Laurie. »Lassen Sie sich die Röntgenaufnahmen bringen, die wir von der Schwimmerin ohne Kopf gemacht haben.«

»Haben Sie was entdeckt?« fragte Cheryl.

Laurie wies auf den Bruch und erklärte Cheryl, warum er auf der Aufnahme so erschien. Vinnie brachte die gewünschte Röntgenaufnahme. Er hängte den neuen Film neben den von Marsha Schulman.

»Sehen Sie sich das an!« rief Laurie. Sie zeigte auf das gebrochene Schlüsselbein. Es war auf beiden Aufnahmen identisch. »Ich glaube, wir haben es mit ein und derselben Person zu tun«, sagte sie.

»Wer ist es?« fragte Vinnie.

»Sie heißt Marsha Schulman«, sagte Laurie, nahm die Aufnahmen aus dem Manhattan General ab und reichte sie Cheryl. Dann bat sie Cheryl nachzuprüfen, ob Marsha Schulman die Gallenblase und die Gebärmutter entfernt worden war. Sie erklärte ihr, daß es wichtig sei, und bat sie um rasche Erledigung.

Zufrieden über diese Entdeckung machte Laurie sich an den zweiten Fall, Randall Thatcher. Wie beim ersten gab es auch hier im wesentlichen keinen krankhaften Befund. Die Obduktion verlief schnell und glatt. Erneut konnte Laurie mit ziemlicher Sicherheit feststellen, daß das Kokain intravenös gespritzt worden war. Als sie den Leichnam zunähten, kam Cheryl mit der Information zurück, daß bei Marsha Schulman tatsächlich die beiden fraglichen Operationen vorgenommen worden waren. Beide waren im Manhattan General durchgeführt worden.

Fasziniert von dieser zusätzlichen Bestätigung unterbrach Laurie ihre Arbeit und ging in ihr Büro, um die beiden ersten Fälle auf Band zu sprechen und einige Telefonate zu erledigen. Als erstes versuchte sie Jordan zu erreichen; er sei bei einer Operation, hieß es.

»Schon wieder?« seufzte Laurie. Sie war enttäuscht, ihn nicht sofort informieren zu können.

»Er hat in letzter Zeit viele Transplantationen gemacht«, erklärte die Sprechstundenhilfe. »Weit mehr als sonst.«

Laurie bat sie, Jordan auszurichten, sie habe eine dringende Nachricht. Dann rief sie die Polizeizentrale an und fragte nach Lou.

Zu ihrem Verdruß war auch Lou nicht erreichbar. Laurie hinterließ ihre Nummer und bat um Rückruf.

Etwas unmutig erledigte sie ihre Diktate, dann ging sie zurück in den Sektionssaal zu ihrem dritten und letzten Fall für heute. Während sie auf den Aufzug wartete, fragte sie sich, ob Bingham jetzt, wo es schon sechs Fälle waren, bereit sein würde, seine Meinung hinsichtlich einer öffentlichen Erklärung zu ändern.

Als die Fahrstuhltür aufging, stieß Laurie buchstäblich mit Lou zusammen. Einen Augenblick sahen sie sich verlegen an.

»Entschuldigung«, sagte sie.

»Es war meine Schuld«, sagte Lou. »Ich habe nicht aufgepaßt, wohin ich gehe.«

»Nein, ich habe nicht aufgepaßt«, sagte Laurie.

Dann lachten beide über ihr komisches Verhalten.

»Wollten Sie zu mir?« fragte Laurie.

»Nein«, antwortete Lou. »Ich habe den Papst gesucht. Irgend jemand hat gesagt, er wäre im vierten Stock.«

»Sehr witzig«, sagte Laurie und führte ihn in ihr Büro. »Ich habe vor einer Minute versucht, Sie anzurufen.«

»Ja, natürlich!« spottete Lou.

»Wirklich«, sagte Laurie. Sie setzte sich an ihren Schreibtisch.

Lou nahm den Stuhl, auf dem er schon am Vortag gesessen hatte. »Ich habe die Schwimmerin ohne Kopf identifiziert, die zusammen mit Marchese gefunden wurde. Sie heißt Marsha Schulman. Es ist Jordan Scheffields Sekretärin.«

»Meinen Sie den Rosendoktor? Sie war seine Sekretärin?« Lou zeigte auf die Blumen, die noch nichts von ihrer Frische verloren hatten.

»Es ist ein und dieselbe Person«, bestätigte Laurie. »Erst gestern abend hat er mir erzählt, daß sie nicht zur Arbeit erschienen war. Und er hat mir auch erzählt, daß ihr Mann Verbindungen zum organisierten Verbrechen hat.«

»Wie heißt ihr Mann?«

»Danny Schulman.«

»Könnte es der Danny Schulman sein, der ein Restaurant in Bayside besitzt?«

»Das ist er«, sagte Laurie. »Anscheinend ist er einige Male mit dem Gesetz in Konflikt geraten.«

»Allerdings. Er steht mit dem Verbrecherclan Lucia in Verbindung. Zumindest haben sie sein Lokal benutzt, um einige ihrer Geschäfte abzuwickeln, Hehlerei, Glücksspiel, solche Sachen. Wir haben den alten Danny hochgenommen und gehofft, er würde ein paar von den Oberbossen verpfeifen, aber der Bursche ist durchgekommen, ohne zu reden.«

»Sie meinen, seine Frau könnte wegen seiner Geschäfte umgebracht worden sein?«

»Wer weiß? Vielleicht wurden Drohungen ausgesprochen, Warnungen nicht beachtet. Das sehe ich mir noch genauer an.«

»Was für ein widerliches Geschäft«, sagte Laurie.

»Sie untertreiben«, meinte Lou. »Aber da wir gerade von widerlichen Geschäften sprechen, haben Sie schon etwas über Frankie DePasquales Auge erfahren? Hat man Säure nachweisen können?«

»Leider habe ich noch nichts gehört. Dr. DeVries ist nicht sonderlich entgegenkommend. Ich glaube nicht, daß er die Proben schon untersucht hat. Aber etwas Gutes gibt es trotzdem zu berichten: Einer seiner jungen Assistenten will mir heimlich helfen. Irgendwann werde ich vielleicht doch noch zu meinen Ergebnissen kommen.«

»Ich hoffe es«, sagte Lou. »In der Kriminellenszene von Queens läuft irgendeine große Sache. Letzte Nacht sind vier Morde in Gangstermanier verübt worden. Die Opfer wurden im eigenen Haus erschossen. Und dazu wurde noch ein Freund von Frankie und Bruno in einem Bestattungsinstitut in Ozone Park umgebracht. Was immer sich da zusammengebraut hat, fängt an überzukochen.«

»Ich habe schon gehört, daß es in Queens mehrere Morde gegeben hat«, sagte Laurie.

»Ein Ehepaar ist im Schlaf im Bett erschossen worden. Die beiden anderen, ein Mann und eine Frau, haben ebenfalls geschlafen. Soweit wir wissen, hatte keine dieser Personen bisher irgendeine Verbindung zum organisierten Verbrechen.«

»Hört sich so an, als ob Sie nicht überzeugt wären.«

»Bin ich auch nicht. Die Art, wie sie getötet wurden, ist fast eine Anklage. Jedenfalls habe ich drei verschiedene Teams auf die drei Fälle angesetzt, und ein Team vom Dezernat Organisiertes Verbrechen arbeitet ebenfalls daran. Wir haben so viele Männer da draußen, daß sie sich bald gegenseitig auf die Füße treten.«

»Sieht so aus, als würden die Familien Vaccarro und Lucia auf eine Kraftprobe zusteuern«, meinte Laurie. »Aber wissen Sie, wenn irgendwelche Gangster andere Gangster aus dem Verkehr ziehen, berührt mich das weniger. Jedenfalls nicht so sehr wie der Tod gebildeter Menschen durch diese Kokainüberdosen. Ich habe heute schon wieder drei bekommen. Es sind also jetzt schon sechs.«

»Ich schätze, wir sehen die Dinge aus unterschiedlicher Perspektive«, sagte Lou. »Ich empfinde genau das Gegenteil. Was mich betrifft, kann ich nicht allzuviel Mitgefühl für reiche, privilegierte Leute aufbringen, die sich selbst bei dem Versuch umbringen, sich aufzuputschen. Tatsächlich ist es mir völlig egal, welcher Klasse die Fixer angehören, die durch Drogenmißbrauch umkommen, denn sie haben die Nachfrage angeheizt. Gäbe es keine Nachfrage, hätten wir auch kein Drogenproblem. Die Fixer haben mehr Schuld an dieser katastrophalen Entwicklung als die elenden Bauern in Peru oder Kolumbien, die die Kokapflanzen anbauen. Mit jedem Toten geht die Nachfrage zurück.«

»Ich glaube, ich höre nicht richtig«, ereiferte Laurie sich. »Es sind produktive Mitglieder der Gesellschaft, die wir da verlieren. Menschen, für deren Ausbildung die Gesellschaft Zeit und Geld aufgewendet hat. Und warum sterben sie? Weil irgendein Schwein das Rauschgift verunreinigt oder es mit einem tödlichen Stoff streckt. Diese Todesfälle zu unterbinden, ist um einiges wichtiger, als eine Horde von Gangstern daran zu hindern, sich gegenseitig umzubringen. Sie erweisen doch damit der Gesellschaft nur einen Dienst.«

»Aber es sind nicht nur Gangster betroffen, wenn Bandenkriege ausbrechen«, schrie Lou. »Außerdem reicht das organisierte Verbrechen weit in unser Leben hinein. In einer Stadt wie New York ist es überall. Nehmen Sie die Müllabfuhr –«

»Die Müllabfuhr interessiert mich nicht!« unterbrach Laurie ihn. »Das ist das Dümmste, was ich –«

Mitten im Satz hielt sie inne. Sie merkte, daß sie sich in Wut geredet hatte, und wütend auf Lou zu werden war lächerlich.

»Tut mir leid, daß ich laut geworden bin«, entschuldigte sie sich. »Es hört sich so an, als ob ich wütend auf Sie wäre, aber das bin ich nicht. Ich bin ratlos. Ich kann niemanden finden, der meine Besorgnis wegen dieser Überdosisfälle teilt, nicht einmal Sie, und ich meine, weitere Todesfälle könnten verhindert werden. Aber wie es aussieht, müssen wahrscheinlich erst noch weit mehr Leute draufgehen, bevor irgend jemand einen Finger rührt.«

»Mir tut's auch leid, daß ich laut geworden bin«, sagte Lou. »Ich nehme an, ich bin auch ratlos. Ich brauche einen Durchbruch. Und ich habe den Polizeichef im Nacken. Ich bin erst seit einem Jahr Lieutenant im Morddezernat. Ich will Menschenleben retten, aber ich will auch meinen Job behalten. Ich bin gern Polizist. Ich kann mir nicht vorstellen, irgend etwas anderes zu tun.«

»Da Sie gerade von der Polizei sprechen«, wechselte Laurie das Thema. »Ich habe letzte Nacht einen kleinen Schock erlebt. Ich hätte gern Ihren Rat.«

Laurie schilderte, was sich in der letzten Nacht in der Wohnung von Stuart Morgan abgespielt hatte. Sie bemühte sich, so objektiv wie möglich zu sein, da es keine eindeutigen Beweise gab. Doch als sie die Geschichte erzählte, vor allem von den drei Dollarscheinen, die noch in der Geldtasche steckten, wuchs ihre Überzeugung, daß die uniformierten Streifenbeamten einiges aus der Wohnung von Stuart Morgan gestohlen hatten.

»Eine üble Sache«, sagte Lou angewidert.

Es entstand eine Pause. Laurie sah Lou erwartungsvoll an.

»Ist das alles, was Sie dazu sagen können?« fragte sie schließlich.

»Was könnte ich sonst sagen? Ich hasse es, solche Geschichten zu hören, aber so was kommt vor. Was kann man tun?«

»Ich hatte gedacht, Sie würden nach den Namen der beiden Beamten fragen, damit sie einen Verweis bekommen und –«

»Und was?« fiel Lou ihr ins Wort. »Gefeuert werden? Das werde ich nicht tun. Bei dem Gehalt, das der normale Streifenbeamte hat, muß man hin und wieder mit so einem kleinen Diebstahl rechnen. Hier und da ein paar Dollar. Es ist eine Art Leistungsprämie. Bedenken Sie, die Arbeit der Polizei ist verdammt frustrierend und gefährlich. Es ist also gar nicht so überraschend. Nicht, daß ich persönlich das gutheiße, aber man muß damit rechnen.«

»Das ist eine sehr praktische Moral«, erwiderte Laurie. »Wenn Sie den ›Gesetzeshütern‹ erlauben, Gesetze zu brechen, wo ziehen Sie da die Grenze? Aber diese Art von Diebstahl ist nicht nur moralisch anfechtbar, sie ist auch aus rechtsmedizinischer Sicht verheerend. Diese Leute haben am Tatort wie die Wilden gehaust und Beweise verzerrt und zerstört.«

»Es ist schlimm, und es ist falsch, aber ich werde von dieser Art unerlaubten Verhaltens in einem Fall von Drogenmißbrauch kein Aufhebens machen. Ich würde anders empfinden, wenn es ein Mordfall gewesen wäre. Die Beamten sicher auch.«

»Ich kann es nicht glauben, was für einen doppelten Moralkodex Sie haben! Jeder Drogenkonsument kann, soweit es Sie betrifft, tot umfallen, und wenn Polizisten ein Opfer bestehlen, bevor der Gerichtsarzt eintrifft, um so besser.«

»Tut mir leid, wenn ich Sie enttäusche«, sagte Lou. »Aber so denke ich nun mal. Sie haben mich gefragt, was ich denke, und ich habe es Ihnen gesagt. Wenn Sie die Sache weiterverfolgen wollen, rate ich Ihnen, die Abteilung Interne Angelegenheiten in der Zentrale anzurufen und denen die Geschichte zu erzählen. Was mich angeht, konzentriere ich mich lieber auf die wirklich schlimmen Typen.«

»Ich glaube tatsächlich, ich höre nicht richtig«, sagte Laurie. »Ich bin sprachlos. Bin ich eigentlich zu naiv?«

»Ich berufe mich auf den fünften Zusatzartikel zur Verfassung«, erklärte Lou scherzhaft, um die Stimmung aufzulockern. »Aber was halten Sie davon, wenn wir heute abend weiterdiskutieren? Wollen wir zusammen essen gehen?«

»Ich habe schon etwas vor.«

»Selbstverständlich. Wie kindisch von mir, anzunehmen, Sie könnten abkömmlich sein. Ich nehme an, es ist wieder der Rosendoktor. Aber sagen Sie mir nichts. Was von meinem Selbstgefühl noch übrig ist, würde das nicht verkraften. Wie bei seiner Luxuskarosse und all dem übrigen zu erwarten ist, geht er mit Ihnen dorthin, wo ich mir nicht einmal leisten könnte, meinen Mantel abzugeben. Geben Sie mir Bescheid, wenn das Labor sich entschließt, die Tests zu machen, die eventuell etwas bringen. Ciao!«

Lou stand auf und verließ das Zimmer. Laurie war froh, daß er weg war. Er konnte einen auf die Palme bringen. Wenn er ihre Absage für diesen Abend persönlich nehmen wollte, bitte. Was erwartete er von ihr? Daß sie alles stehen- und liegenließ?

Sie wollte gerade die Abteilung Interne Angelegenheiten in der Polizeizentrale anrufen, wie Lou ihr ironisch geraten hatte, aber bevor sie den Hörer abnehmen konnte, klingelte das Telefon. Es war Jordan.

»Ich hoffe, Sie haben nicht angerufen, um für heute abend abzusagen?«

»Nein, nein«, sagte Laurie. »Es ist wegen Ihrer Sekretärin, Marsha Schulman.«

»Sie meinen, meine frühere Sekretärin«, sagte Jordan. »Sie ist auch heute morgen weder erschienen, noch hat sie sich gemeldet, und ich habe vor, sie zu ersetzen. Ich habe schon eine vorübergehende Vertretung.«

»Ich fürchte, sie ist tot«, sagte Laurie.

»O nein! Ist das Ihr Ernst?«

Laurie erklärte, wie sie die Leiche ohne Kopf mit Hilfe der Röntgenaufnahmen und anhand des Schlüsselbeinbruchs identifiziert hatte.

»Die gerichtsmedizinischen Ermittler verfolgen die Sache weiter, um die Identifizierung absolut zweifelsfrei zu klären«, sagte Laurie, »aber mit dem, was wir jetzt schon haben, können wir, glaube ich, ziemlich sicher sein.«

»Ich möchte wissen, ob dieser Mistkerl von Ehemann in die Geschichte verwickelt war«, überlegte Jordan laut.

»Bestimmt wird die Polizei diese Möglichkeit untersuchen«, sagte Laurie. »Ich dachte, Sie sollten es auf jeden Fall erfahren.«

»Ich weiß gar nicht, ob ich es erfahren will«, sagte Jordan.

»Tut mir leid, daß ich der Übermittler einer so tragischen Nachricht bin«, sagte Laurie.

»Dafür können Sie nichts. Und erfahren mußte ich es ja wohl. Auf jeden Fall sehen wir uns um acht.«

»Ja, um acht.«

Laurie legte auf und wählte die Nummer der Abteilung Interne Angelegenheiten. Sie sprach mit einer desinteressierten Sekretärin, die die Einzelheiten aufnahm und zusagte, sie an ihren Chef weiterzuleiten.

Laurie saß an ihrem Schreibtisch, um ihre Gedanken zu ordnen, bevor sie zurück in den Sektionssaal zu ihrem letzten Fall ging. Sie fühlte sich bedrückt. Es war, als würde jeder Aspekt ihres Lebens – persönlich, beruflich und ethisch – ihrer Kontrolle entgleiten.

»Ich bin Lieutenant Lou Soldano«, sagte Lou höflich. Er zeigte der Empfangsdame mit den strahlenden Augen seine Marke.

»Morddezernat?« fragte sie.

»Ja«, bestätigte Lou. »Ich möchte den Doktor sprechen. Es dauert nur ein paar Minuten.«

»Nehmen Sie doch bitte im Wartezimmer Platz. Ich sage ihm, daß Sie hier sind.«

Lou setzte sich und blätterte unbeteiligt eine neue Ausgabe von *The New Yorker* durch. Er bemerkte die Zeichnungen an den Wänden, vor allem eine, die offenkundig pornographisch war. Er fragte sich, ob jemand sie wohl bewußt ausgewählt hatte oder ob sie zusammen mit der übrigen Einrichtung geliefert worden waren. Egal, dachte Lou, über Geschmack läßt sich nicht streiten.

Im Gegensatz zu den Zeichnungen beeindruckte das Wartezimmer Lou durchaus. Die Wände waren mahagonigetäfelt. Ein geschmackvoller, mindestens ein Zoll dicker Perserteppich bedeckte den Boden.

Lou studierte die Gesichter der Patienten, die diesen Aufwand bezahlten und dazu den Wagen und die Rosen. Es waren etwa zehn Personen im Wartezimmer, einige mit Augenklappe, andere, die vollkommen gesund aussahen, so auch eine mit Schmuck behängte Frau mittleren Alters. Lou hätte sie gern gefragt – nur um sich ein Bild machen zu können –, weswegen sie hier war, aber er wagte es nicht.

Die Zeit verstrich schleppend, und ein Patient nach dem andern verschwand in der weitläufigen Praxis. Lou bemühte sich, seine Ungeduld zu zügeln, aber nach einer Dreiviertelstunde wurde er langsam gereizt. Wollte Scheffield ihn bewußt brüskieren? Ein Detective Lieutenant des Morddezernats konnte doch wohl erwarten, so rasch wie möglich empfangen zu werden. Außerdem hatte Lou nicht vor, die Zeit des Arztes lang in Anspruch zu nehmen.

Lou hatte für seinen Besuch einen doppelten Grund. Er wollte mehr über Marsha Schulman erfahren, aber auch über Paul Cerino sprechen. Es war eine Art Fischzug; vielleicht konnte der Arzt ihm einige Einzelheiten mitteilen, die er noch nicht kannte. Den hartnäckigen Gedanken in seinem Unterbewußtsein verdrängte er: In Wirklichkeit war er nämlich hier, um sich den Mann anzusehen, der sich jeden Abend mit Dr. Laurie Montgomery zum Essen traf.

»Mr. Soldano«, rief die Sekretärin ihn schließlich auf. »Dr. Scheffield läßt bitten.«

»Wurde auch Zeit«, murmelte Lou, als er sich erhob und die Zeitschrift auf den Tisch warf. Er ging zu der Tür, die die Sekretärin aufhielt. Es war nicht die Tür, durch die alle Patienten gegangen waren.

Lou wurde über einen kurzen Gang in Jordans Privatbüro geführt. Er ging bis in die Mitte des Zimmers. Hinter ihm wurde die Tür geschlossen.

Lou blickte auf Jordans blonden Haarschopf. Der Arzt machte Notizen in einer Akte.

»Setzen Sie sich«, sagte Jordan, ohne aufzuschauen.

Lou überlegte, was er tun sollte. Der Gedanke, eine Aufforderung, die eher einem Befehl als einer Bitte glich, zu befolgen, widerstrebte ihm, und so blieb er, wo er war. Sein Blick streifte durch das Büro. Er war beeindruckt und konnte nicht umhin, den Rahmen mit seinem eigenen nüchternen Rattenloch mit dem Metallschreibtisch und den abblätternden Wänden zu vergleichen. Wer hatte behauptet, das Leben sei gerecht?

Lou wandte sich wieder dem Arzt zu, konnte aber nicht viel mehr erkennen, als daß der Mann gepflegt aussah. Er trug einen normalen weißen Arztkittel, der weißer als weiß zu sein schien und so gestärkt war, daß er steif wie ein Brett aussah. Am Ringfinger trug er einen großen goldenen Siegelring.

Jordan schloß seine Notizen ab und ordnete die Blätter sorgfältig, bevor er die Akte zuklappte. Dann blickte er auf. Er schien wirklich überrascht, daß Lou, den Hut in der Hand, noch mitten im Zimmer stand.

»Bitte«, sagte Jordan. Er erhob sich und wies auf einen der beiden Sessel vor seinem Schreibtisch. »Setzen Sie sich. Entschuldigen Sie, daß ich Sie habe warten lassen, aber ich bin im Moment furchtbar beschäftigt. Eine Menge Operationen. Was kann ich für Sie tun? Ich nehme an, Sie sind wegen meiner Sekretärin Marsha Schulman hier. Tragische Situation. Ich hoffe, die Polizei hat auch ein Auge auf die wahrscheinliche Verstrickung ihres Ehemanns.«

Lous Blick wanderte zu Jordans Gesicht hoch. Es irritierte ihn, daß der Mann so groß war. Er kam sich im Vergleich zu ihm klein vor, obwohl er selbst einsachtzig war.

»Was wissen Sie über Mr. Schulman?« fragte Lou. Nach Jordans freundlicherer Aufforderung nahm Lou Platz. Jordan ebenfalls. Lou hörte zu, während Jordan alles über Marshas Mann erzählte, was er wußte. Da Lou bereits beträchtlich mehr als Jordan wußte, nützte er die Zeit, den Arzt zu beobachten, wobei ihm unter anderem ein leichter, aber wahrscheinlich aufgesetzter englischer Akzent auffiel. Noch bevor Jordan seinen Bericht über Danny Schulman beendet hatte, war Lou zu dem Schluß gekommen, daß Jordan ein aufgeblasener, affektierter und arroganter Schleimer war. Er konnte nicht begreifen, was eine so realistische Frau wie Laurie an ihm fand.

Lou beschloß, das Thema zu wechseln. »Was ist mit Paul Cerino?« fragte er.

Jordan zögerte einen Augenblick. Er war überrascht, daß Cerinos Name genannt wurde. »Entschuldigen Sie, wenn ich frage«, sagte er, »aber was soll Mr. Cerino mit alldem zu tun haben?«

Lou freute sich zu sehen, wie Jordan sich wand. »Ich wäre Ihnen dankbar, wenn Sie mir alles sagen würden, was Sie über Mr. Cerino wissen.«

»Mr. Cerino ist ein Patient«, erwiderte Jordan steif.

»Das weiß ich schon«, sagte Lou. »Mich würde interessieren, wie seine Behandlung verläuft.«

»Ich spreche nicht über meine Patienten«, entgegnete Jordan kühl.

»Wirklich nicht?« fragte Lou, die Augenbrauen hebend. »Da habe ich aber etwas anderes gehört. Tatsächlich weiß ich aus zuverlässiger Quelle, daß Sie sich sehr eingehend über Mr. Cerinos Fall ausgelassen haben.«

Jordans Lippen wurden etwas schmaler.

»Aber wir können das Thema für den Augenblick lassen«, sagte Lou. »Ich wollte Sie außerdem noch fragen, ob Sie oder eine Ihrer Mitarbeiterinnen das Opfer irgendeines Erpressungsversuchs gewesen sind.«

»Mit Sicherheit nicht«, wehrte Jordan ab. Er lachte nervös. »Warum sollte mich jemand bedrohen?«

»Wenn man anfängt, sich mit Leuten wie Cerino einzulassen, sind Dinge wie Erpressung keine Seltenheit. Könnte Ihre Sekretärin in irgendeiner Weise bedroht worden sein?«

»Weswegen?«

»Ich weiß es nicht«, sagte Lou. »Ich wollte es von Ihnen hören.«

»Cerino würde mich oder eine meiner Angestellten bestimmt nicht erpressen wollen. Ich behandle den Mann. Ich helfe ihm.«

»Diese Gangster des organisierten Verbrechens denken anders als normale Menschen«, erklärte Lou. »Sie halten sich für etwas Besonderes und glauben, über dem Gesetz zu stehen; eigentlich über allem. Wenn sie nicht genau das bekommen, was sie wollen, bringen sie Sie um. Wenn sie bekommen, was sie wollen, aber zu dem Schluß kommen, daß sie Sie nicht mögen oder Ihnen zuviel Geld schulden, bringen sie Sie um.«

»Ich gebe ihnen ganz bestimmt, was sie haben wollen.«

»Wie Sie meinen, Doktor. Ich versuche nur, alle Winkel zu erkunden. Ihre Sekretärin ist tot, und irgend jemand hat sie auf ziemlich brutale Weise umgebracht. Und wer immer das war, wollte nicht, daß sie so bald identifiziert wird. Ich möchte wissen, warum.«

»Alles, was ich Ihnen sagen kann, ist, daß ich ziemlich sicher bin, daß Marshas Verschwinden oder Tod nichts mit Mr. Cerino zu tun hat. Wenn Sie mich jetzt bitte entschuldigen, ich muß mich um meine Patienten kümmern. Falls Sie noch weitere Fragen haben, wenden Sie sich vielleicht am besten an meinen Anwalt.«

»Natürlich, Doktor, natürlich«, sagte Lou. »Ich bin schon draußen. Aber einen Rat will ich Ihnen noch geben: Ich wäre an Ihrer Stelle äußerst vorsichtig, wo es um Paul Cerino geht. Die Mafia mag ja faszinierend erscheinen, wenn man über sie liest oder einen Film sieht, aber ich schätze, Sie würden einen etwas anderen Eindruck bekommen, wenn Sie die Leiche von Mrs. Schulman sähen. Und ein letztes Wort: Ich würde mir überlegen, ob ich ihm eine Rechnung schicke. Danke für Ihre Zeit, Doktor.«

Lou verließ das Gebäude mit einem etwas unbehaglichen Gefühl. Es war eine wertlose Begegnung gewesen, die ihn nur aufgebracht hatte. Er konnte aufgeblasene, verhätschelte Dummköpfe wie Jordan Scheffield nicht ausstehen. Wenn der Arzt Schwierigkeiten mit Paul Cerino bekam, war es seine eigene Schuld. Er war derart überheblich, daß er die Gefahr nicht sah.

Eine halbe Stunde später war Lou in seinem Büro in der Polizeizentrale. Er blieb einen Augenblick auf der Schwelle stehen und sah sich angewidert um. Ein krasserer Gegensatz zu der schicken Umgebung Jordan Scheffields war kaum vorstellbar. Die Einrichtung war aus dem üblichen grauen Metall, städtische Norm, mit den Brandflecken unzähliger Zigaretten, die am Rand abgelegt worden waren, und den Flecken von verschüttetem Kaffee. Auf dem Boden lag abgetretenes, rissiges Linoleum. Die Wände waren vor Jahren in einem matten Grün gestrichen worden, das nach einem Wasserschaden im Stockwerk darüber Blasen geworfen hatte. Papiere und Berichte stapelten sich auf allen ebenen Flächen, da der Aktenschrank voll war.

Lou hatte nie groß über sein Büro nachgedacht, doch heute kam es ihm bedrückend schmuddelig vor. Es war irrational, das wußte er, aber er regte sich wieder und wieder über diesen selbstgefälligen Arzt auf.

Detective Lieutenant Harvey Lawson, der gerade vorbeikam, unterbrach Lous Gedanken. »He, Lou«, sagte er, »du weißt doch, diese Tussi, von der du gestern erzählt hast? Die von der Gerichtsmedizin?«

»Ja?«

»Ich habe gerade gehört, daß sie bei Intern angerufen hat. Hat sich über zwei Streifenbeamte beschwert, die einen Drogentoten bestohlen haben sollen. Was hältst du davon?«

Tony und Angelo saßen in Angelos Town Car. Der Wagen stand gegenüber dem Goldblatt-Pavillon des Manhattan General Hospital. Der Goldblatt-Pavillon war der luxuriöse Teil des Krankenhauses, wo verwöhnte, betuchte Patienten à la carte essen und auch Wein trinken konnten, sofern der ärztliche Speiseplan derartige Extravaganzen erlaubte.

Es war 14.48 Uhr, und Tony und Angelo waren erschöpft. Sie hatten gehofft, nach ihrer langen Nacht etwas schlafen zu können, doch Paul Cerino hatte andere Pläne mit ihnen.

»Was hat Doc Travino gesagt, wann sollen wir es machen?« fragte Tony.

»Um drei«, sagte Angelo. »Das ist wahrscheinlich die Zeit, wo im Krankenhaus am meisten los ist. Da gehen die Schwestern von der Frühschicht, und die Spätschicht kommt.«

»Wenn der Doc das sagt, mir soll's recht sein.«

»Mir gefällt das nicht«, sagte Angelo. »Ich meine immer noch, das ist zu riskant.« Mit wachsamen Augen suchte er die Umgebung ab. Es herrschte reger Betrieb, und viele Polizisten waren unterwegs. In den zehn Minuten, die sie inzwischen hier standen, hatte Angelo drei Streifenwagen vorbeifahren sehen.

»Betrachte es als eine Herausforderung«, regte Tony an. »Und denk an das Geld, das wir kassieren.«

»Ich arbeite lieber nachts«, sagte Angelo. »Und Herausforderungen brauche ich in meinem Leben nicht mehr. Außerdem sollte ich jetzt im Bett liegen. Ich sollte nicht arbeiten, wenn ich so müde bin. Ich könnte einen Fehler machen.«

»Nimm's leicht«, sagte Tony. »Das wird bestimmt Spaß machen.«

Doch Angelo war nicht umzustimmen. »Ich habe ein schlechtes Gefühl bei der Geschichte«, erklärte er. »Vielleicht sollten wir einfach nach Hause fahren und schlafen. Wir haben wieder eine harte Nacht vor uns.«

»Warte du hier, und ich geh allein rein. Dein Geld kriegst du auch so.«

Angelo biß sich auf die Lippe. Es war verlockend, den Jungen allein ins Krankenhaus zu schicken, aber wenn irgend etwas schiefging, würde Cerino toben, das wußte er. Und selbst unter den günstigsten Umständen war die Wahrscheinlichkeit groß, daß die Sache platzte, wenn Tony allein ging. Widerstrebend kam Angelo zu dem Schluß, daß er keine Wahl hatte.

»Danke für das Angebot«, sagte Angelo, während er erneut die Gegend absuchte, »aber ich meine, wir sollten das zusammen machen.« Er drehte sich zufällig zu Tonys Seite und sah zu seinem Entsetzen, daß Tony seine Pistole in der Hand hielt.

»Bist du verrückt geworden?« schrie Angelo. »Steck das verdammte Ding weg. Was meinst du, wenn jemand hier vorbeikommt und sieht dich damit rumspielen? Hier sind überall Bullen.«

»Schon gut«, beschwichtigte Tony. Er schob das Magazin in den Griff und ließ die Pistole wieder in das Halfter gleiten. »Du hast eine tolle Laune. Ich hab mich schon umgeguckt, bevor ich die Kanone rausgeholt habe. Meinst du, ich bin blöd? Es ist kein Mensch in der Nähe des Wagens.«

Angelo schloß die Augen und versuchte sich zu beruhigen. Er hatte Kopfschmerzen. Seine Nerven waren angespannt. Er haßte es, so müde zu sein.

»Es ist gleich drei«, sagte Tony.

»In Ordnung«, erwiderte Angelo. »Du weißt noch, wie wir vorgehen, wenn wir ins Krankenhaus kommen?«

»Ich weiß, was wir machen müssen«, sagte Tony genervt. »Kein Problem.«

»In Ordnung«, sagte Angelo erneut. »Gehn wir.«

Sie stiegen aus dem Wagen. Angelo überprüfte noch einmal kurz die unmittelbare Umgebung. Dann überquerte er mit Tony die Straße und trat in die Eingangshalle des belebten Manhattan General Hospital.

Als erstes machten sie am Kiosk halt, wo Angelo zwei Sträuße Schnittblumen erstand. Einen reichte er Tony, den anderen trug er selbst. Die Blumen in der Hand, gingen sie zurück in die Eingangshalle und stellten sich in die Schlange am Informationsschalter.

»Mary O'Connor«, sagte Angelo höflich, als er an der Reihe war.

»Fünfhundertsieben«, antwortete die Angestellte am Schalter, nachdem sie den Computer befragt hatte.

Als sie sich vor den Aufzügen anstellten, beugte Tony sich zu Angelo hinüber und flüsterte: »So weit, so gut.«

Angelo blickte Tony erneut finster an, sagte aber nichts. Krankenschwestern, die ihren Dienst begannen, betraten mit ihnen den Aufzug. Für einen Rüffel war keine Zeit. Im vierten Stock stiegen Angelo und Tony zusammen mit drei Schwestern aus.

Angelo wartete, um zu sehen, wohin die Schwestern gingen, und entschied sich dann für die entgegengesetzte Richtung. Er merkte zwar sofort, daß Zimmer 507 auf der anderen Seite lag, ging jedoch weiter, bis die Schwestern das Stationszimmer erreicht hatten, und machte erst dann kehrt.

Angelo bewegte sich so, als wüßte er genau, wohin er ging. Er schlenderte am Stationszimmer vorbei, ohne auch nur einen Blick in diese Richtung zu werfen.

Danach war es ganz einfach, Zimmer 507 zu finden. Angelo blieb stehen und warf einen vorsichtigen Blick in das Zimmer. Zufrieden, daß kein Fremder im Zimmer war, trat er über die Schwelle und beobachtete die Frau im Bett. Sie schaute auf einen Fernseher, der auf einem am Bettrahmen befestigten Schwenkarm stand.

Die Frau hatte über einem Auge eine Klappe. Das ungeschützte Auge wandte sich vom Fernseher auf Angelo. Sie sah ihn fragend an.

»Guten Tag, Mrs. O'Connor«, sagte Angelo freundlich. »Sie haben Besuch.«

Angelo winkte Tony, ins Zimmer zu kommen.

»Wer sind Sie?« fragte Mrs. O'Connor.

Tony trat, den Blumenstrauß vor sich haltend, lächelnd in das Zimmer. Mrs. O'Connors Blick wanderte von Angelo zu Tony.

»Ich glaube, Sie sind im falschen Zimmer«, sagte sie. »Vielleicht die falsche O'Connor.«

»Oh?« meinte Angelo fragend. »Sind Sie nicht die Mrs. O'Connor, die heute noch operiert werden soll?«

»Ja«, bestätigte Mrs. O'Connor. »Aber ich kenne Sie beide nicht, oder?«

»Das halte ich für unwahrscheinlich«, sagte Angelo. Er ging zur Tür und sah in den Gang. Im Schwesternzimmer herrschte immer noch Hochbetrieb. Aus der anderen Richtung kam niemand. »Ich glaube, es ist Zeit für Mrs. O'Connors Behandlung.«

Tonys Lächeln wurde noch breiter. Er legte die Blumen auf den Nachttisch.

»Was für eine Behandlung?« fragte Mrs. O'Connor.

»Entspannungstherapie«, erklärte Tony. »Darf ich Ihr Kissen nehmen?«

»Hat Dr. Scheffield das angeordnet?« Obwohl Mrs. O'Connor mißtrauisch war, widersetzte sie sich nicht, als Tony ihr das Kissen unter dem Kopf wegzog. Sie war es nicht gewohnt, Anordnungen ihrer Ärzte zu hinterfragen.

»Nicht direkt«, sagte Tony.

Mrs. O'Connor versuchte, sich aufzurichten. »Ich möchte Schwester Lang sprechen«, begann sie. Aber sie hatte keine Chance, weiterzureden. Tony drückte ihr das Kissen auf das Gesicht, dann setzte er sich auf ihre Brust.

Ein paar erstickte Laute folgten, aber Mrs. O'Connor kämpfte nicht lange. Sie strampelte einige Male mit den Beinen, aber das war wohl weniger eine Gegenwehr als eine unwillkürliche Reaktion auf den Mangel an Luft.

Angelo stand inzwischen Schmiere. Er behielt das Schwesternzimmer im Auge. Kein Problem von dort. Die Schwestern unterhielten sich angeregt. Angelo schaute in die andere Richtung des Ganges. Sein Herz setzte aus, als er eine Frau mittleren Alters erblickte, die mit einem Wagen voller Wasserkaraffen auf das Zimmer 507 zukam. Sie war nur noch fünf Meter entfernt.

Angelo trat ins Zimmer zurück und schloß die Tür. Tony hatte seine »Behandlung« noch nicht ganz beendet. Er saß noch immer auf Mrs. O'Connors Brust.

»Es kommt jemand!« rief Angelo ihm warnend zu. Er zog die Pistole aus dem Halfter und hantierte mit dem Schalldämpfer.

Tony drückte weiter auf das Kissen. An der Tür klopfte es.

Angelo machte eine Bewegung zum Bad. »Komm her«, drängte er flüsternd, als Tony keine Anstalten machte, ihm zu folgen. Nach weiteren zehn Sekunden klopfte es noch einmal. Widerstrebend hob Tony das Kissen. Mary O'Connor lag blau und reglos da. Ihr freies Auge blickte starr zur Decke.

Hektisch winkte Angelo Tony, zu ihm ins Bad zu kommen, als es zum drittenmal klopfte. Erst als die Tür zum Gang aufging, huschte Tony vom Bett ins Bad, wodurch Angelo gezwungen war, sich breitbeinig über die Toilette zu stellen. Tony zog die Badezimmertür halb zu, als die Frau mit dem Wagen in das Zimmer trat.

Angelo hatte seine Pistole griffbereit. Der Schalldämpfer war aufgeschraubt. Ihm gefiel der Gedanke, sie zu benutzen, gar nicht, aber er fürchtete, keine andere Wahl zu haben. Durch die einen Spalt geöffnete Badezimmertür konnte er beobachten, wie die Frau Mrs. O'Connors Wasserkaraffe gegen eine neue austauschte. Er hielt den Atem an. Die Frau war nur ein, zwei Meter entfernt. Sein Plan war, zu warten, bis sie Mrs. O'Connor erblickte, um dann zu handeln. Zu seiner Überraschung verschwand die Frau jedoch aus dem Zimmer, ohne auch nur einen Blick in Mrs. O'Connors Richtung zu werfen.

Nachdem sie eine ganze Minute gewartet hatten, forderte Angelo Tony auf, vorsichtig hinauszuspähen.

Behutsam öffnete Tony die Badezimmertür so weit, daß er den Kopf um die Ecke strecken konnte.

»Sie ist weg«, sagte er.

»Dann nichts wie raus hier.«

Sie traten aus dem Bad. Tony blieb am Bett stehen. »Glaubst du, daß sie tot ist?« fragte er.

»Du kannst nicht so blau sein und noch leben«, meinte Angelo. »Komm. Nimm deine Blumen. Ich möchte weit weg sein, wenn sie sie finden.«

Ohne Zwischenfall gelangten sie zum Wagen. Gut, daß ich mitgegangen bin, dachte Angelo. Der schießwütige Tony hätte seinen Weg mit Leichen gepflastert.

Als Angelo anfuhr, sagte Tony: »Ersticken ist nicht schlecht. Aber ich finde Erschießen immer noch besser. Es ist sicherer, schneller und macht auf jeden Fall mehr Spaß.«

Lou holte eine Zigarette heraus und steckte sie an. Eigentlich war ihm gar nicht besonders nach Rauchen zumute. Er wollte nur die Zeit totschlagen. Die Besprechung hatte schon vor einer halben Stunde beginnen sollen, aber noch immer trudelten Beamte ein. Anlaß waren die drei Hinrichtungen in Gangstermanier, die letzte Nacht in Queens stattgefunden hatten. Lou hatte gedacht, diese Vorkommnisse hätten den Männern des Morddezernats die Dringlichkeit bewußtgemacht, doch es fehlten immer noch drei Detectives.

»Wir warten nicht länger«, sagte Lou schließlich. Er bedeutete Norman Carver, einem Detective Sergeant, anzufangen. Norman hatte offiziell die Leitung der Untersuchung, obwohl die drei mit den Fällen befaßten Einheiten in Wirklichkeit unabhängig voneinander arbeiteten.

»Ich fürchte, wir haben nicht viel«, begann Norman. »Die einzige Gemeinsamkeit, die wir bei den drei Fällen bisher festgestellt haben, abgesehen von der Mordart, ist, daß alle Opfer auf die eine oder andere Weise mit dem Restaurantgeschäft zu tun hatten, als Besitzer, Teilhaber oder Lieferant.«

»Das ist eine ziemlich dünne Verbindung«, bemerkte Lou. »Gehen wir die Fälle einzeln durch.«

»Der erste waren die Goldburgs in Kew Gardens«, sagte Norman. »Harry und Martha Goldburg wurden im Schlaf erschossen. Laut vorläufigem Bericht wurden zwei Pistolen benutzt.«

»Was hat Harry beruflich gemacht?« fragte Lou.

»Besaß ein gutgehendes Restaurant hier in Manhattan«, antwortete Norman. »Heißt La Dolce Vita. East Side. 54th Street. Er hatte einen Partner namens Anthony DeBartollo. Bisher hat es hinsichtlich der Teilhaberschaft oder des Restaurants keine Probleme gegeben, weder finanziell noch persönlich.«

»Nächster Fall«, sagte Lou.

»Steven Vivonetto aus Forest Hills«, sagte Norman. »Besaß eine Imbißkette namens Pasta Pronto in Nassau County. Auch hier keinerlei finanzielle Schwierigkeiten, von denen wir wissen, aber das ist alles nur vorläufig.«

»Und der letzte?«

»Janice Singleton, auch aus Forest Hills«, trug Norman vor. »Verheiratet mit Chester Singleton. Er hat einen Lieferservice für Restaurants und wurde vor kurzem von der Vivonetto-Kette als Lieferant aufgenommen. Auch hier keine finanziellen Probleme. Das Geschäft lief seit dem Pasta-Pronto-Vertrag sogar besser.«

»Wer hat Pasta Pronto vor Singleton beliefert?« fragte Lou.

»Das wissen wir noch nicht«, sagte Norman.

»Ich denke, das sollten wir herausfinden«, drängte Lou. »Haben die Singletons und Vivonettos sich persönlich gekannt?«

»Noch nicht überprüft«, sagte Norman. »Kommt aber noch.«

»Wie sieht's mit Verbindungen zum organisierten Verbrechen aus?« fragte Lou. »Nach der Art, wie diese Leute umgebracht wurden, liegt der Verdacht nahe.«

»Das haben wir am Anfang auch gedacht«, erklärte Norman. Er sah nacheinander die fünf übrigen Männer im Zimmer an. Alle nickten. »Aber wir haben fast nichts gefunden. Ein paar von den Restaurants, die Singleton beliefert hat, haben lose Verbindungen, aber nichts Großes.«

Lou seufzte. »Es muß irgendeine Verbindung zwischen den dreien geben.«

»Meine ich auch«, sagte Norman. »Die Kugeln, die wir von der Gerichtsmedizin bekommen haben, lassen vermuten, daß Harry Goldburg, Steven Vivonetto und Janice Singleton mit derselben Waffe erschossen wurden, Martha Goldburg mit einer anderen. Aber der ballistische Bericht steht noch aus. Bisher gibt's nur eine Voruntersuchung. Aber alle hatten das gleiche Kaliber. Es besteht also der starke Verdacht, daß hinter den drei Morden dieselben Leute stecken.«

»Was ist mit Raub?« wollte Lou wissen.

»Verwandte der Goldburgs sagen, Harry habe eine goldene Rolex besessen. Die haben wir noch nicht gefunden. Auch seine Brieftasche ist noch nicht aufgetaucht. Aber an den anderen Tatorten ist offenbar nichts mitgenommen worden.«

»Sieht so aus, als ob die Antwort im Restaurantumfeld zu suchen ist«, meinte Lou. »Beschafft ausführliche Finanzberichte. Und versucht auch rauszufinden, ob die Opfer erpreßt oder sonstwie bedroht wurden. Und das alles lieber heute als morgen. Der Boss sitzt mir im Nacken.«

»Unsere Leute arbeiten rund um die Uhr«, sagte Norman.

Lou nickte.

Norman reichte Lou ein maschinenbeschriebenes Blatt. »Das ist eine Zusammenfassung von dem, was ich eben berichtet habe. Die Tippfehler bitte übersehen.«

Lou überflog es rasch. Nachdenklich zog er an seiner Zigarette. In Queens war irgendeine große und üble Geschichte im Gange. Das war klar. Er überlegte, ob diese Morde irgend etwas mit Paul Cerino zu tun haben konnten. Es war unwahrscheinlich. Aber dann fiel Lou Marsha Schulman ein. Er fragte sich, ob eines der Opfer ihren Mann Danny kannte. Es war ein weit hergeholter Verdacht, aber es bestand die Chance, daß er das Bindeglied war.

8

Donnerstag, 15.00 Uhr
Manhattan

Nachdem Laurie sich einen Becher Kaffee geholt hatte, der zu dieser Tageszeit eher wie Spülwasser aussah, begab sie sich zu der Konferenz, die jeden Donnerstagnachmittag im Besprechungsraum neben Binghams Büro stattfand. Dies war die einzige Gelegenheit, bei der alle Gerichtspathologen der Stadt zusammenkamen, um sich über Fälle auszutauschen und über diagnostische Probleme zu diskutieren. Im Gerichtsmedizinischen Institut von New York City wurden nur Fälle aus der Bronx und aus Manhattan bearbeitet, während die Stadtbezirke Queens, Brooklyn und Staten Island eigene Zweiginstitute hatten. Donnerstag war der Tag, an dem alle zusammenkamen. Die Teilnahme an der Konferenz war nicht freigestellt. Bingham verlangte vollzähliges Erscheinen.

Wie gewöhnlich wählte Laurie sich einen Platz in der Nähe der Tür. Wenn die Diskussion für ihren Geschmack zu verwaltungstechnisch oder politisch wurde, schlich sie sich meist hinaus.

Der interessanteste Teil dieser wöchentlichen Konferenzen waren die Unterhaltungen, bevor die Sitzung eröffnet wurde. Vor allem bei diesen zufälligen Begegnungen im Vorfeld konnte Laurie interessante Einzelheiten über besonders ausgefallene oder gräßliche Fälle erfahren. In der Hinsicht machte dieser Donnerstag keine Ausnahme.

»Ich dachte, ich hätte schon alles gesehen«, erzählte Dick Katzenburg Paul Plodgett und Kevin Southgate. Dick war der Chef des Instituts in Queens. Laurie spitzte die Ohren.

»Es war der aberwitzigste Mord, den ich je gesehen habe«, fuhr

Dick fort. »Und ich habe weiß Gott schon einige schlimme Sachen erlebt.«

»Erzählen Sie nun, oder müssen wir erst betteln?« fragte Kevin, der offenbar ganz wild auf die Geschichte war. Die Pathologen tauschten gern »Kriegserlebnisse« aus, die entweder intellektuell anregend oder grotesk und bizarr waren.

»Es war ein junger Bursche«, erzählte Dick. »Umgebracht in einem Bestattungsinstitut mit dem Saugapparat, den man zum Einbalsamieren verwendet.«

»Er wurde totgeschlagen?« fragte Kevin. Bis jetzt war er noch nicht beeindruckt.

»Aber nein!« sagte Dick. »Mit dem Trokar wurden ihm wie zur Einbalsamierung die Eingeweide bei lebendigem Leib aus dem Körper gesaugt.«

»Oh«, sagte Paul, offensichtlich beeindruckt. »Das ist wirklich stark. Das erinnert mich an den Fall von –«

»Dr. Montgomery«, rief eine Stimme.

Laurie drehte sich um. Dr. Bingham stand vor ihr. »Ich muß leider wieder etwas mit Ihnen besprechen«, sagte er.

Unbehagen beschlich Laurie. Sie überlegte, was sie diesmal ausgefressen hatte.

»Dr. DeVries ist zu mir gekommen«, begann Bingham. »Er hat sich beklagt, daß Sie bei ihm waren und ihn wegen einiger Testergebnisse gedrängt haben. Ich weiß, daß Sie diese Ergebnisse dringend brauchen, aber Sie sind nicht die einzige, die wartet. Dr. DeVries versinkt im Moment in Arbeit. Das brauche ich Ihnen, glaube ich, nicht zu sagen. Aber erwarten Sie keine Sonderbehandlung. Sie werden warten müssen wie alle anderen auch. Ich wäre Ihnen dankbar, wenn Sie Dr. DeVries nicht mehr belästigen. Habe ich mich klar genug ausgedrückt?«

Bingham drehte sich abrupt um und ging. Bevor Laurie eine Chance hatte, sich zu diesem dritten Tadel in vier Tagen zu äußern, eröffnete Bingham die Sitzung.

Er gab zu Beginn der Konferenz wie üblich eine Zusammenfassung der statistischen Zahlen der letzten Woche. Dann berichtete er kurz über den Stand im Mordfall Central Park, da er in den Medien soviel Beachtung gefunden hatte. Er entkräftete noch einmal die Vorwürfe der Medien, das Institut habe sich in dem Fall schwere Versäumnisse zuschulden kommen lassen. Er schloß mit dem Rat an alle, sich mit persönlichen Meinungsäußerungen zurückzuhalten. Laurie war sicher, daß diese letzte Bemerkung ihr galt.

Nach Binghams Rede sprach Calvin über Verwaltungsfragen, insbesondere darüber, wie sich die Kürzung der Mittel durch die Stadt auf die Arbeit des Instituts auswirkte. Alle zwei Wochen wurde irgendeine Leistung oder Lieferung gekürzt oder abgeschafft.

Nach Calvins Ausführungen gaben die Institutsleiter von Queens, Brooklyn und Staten Island kurze Berichte. Einige der Anwesenden gähnten, andere nickten ein.

Schließlich wurde die allgemeine Aussprache eröffnet. Dick Katzenburg schilderte einige Fälle, unter anderem auch den gräßlichen aus dem Bestattungsinstitut in Queens.

Nach ihm meldete Laurie sich zu Wort. Sie schilderte ihre sechs Überdosisfälle so knapp wie möglich, darauf bedacht, die demographischen Unterschiede aufzuzeigen, die sie von den üblichen Fällen dieser Art abhoben. Sie beschrieb die Verstorbenen als alleinstehende Yuppies, deren Drogenkonsum für Freunde und Familie völlig überraschend war. Sie erklärte, daß in allen Fällen das Kokain intravenös injiziert worden war, und zwar ohne mit Heroin gemischt zu sein.

»Meine Sorge ist«, sagte Laurie, und sie vermied, Bingham anzusehen, »daß wir am Anfang einer Serie ungewöhnlicher Todesfälle durch Überdosis stehen. Ich vermute, daß eine Verunreinigung der Drogen der Grund ist, aber wir haben bisher nichts gefunden. Worum ich bitten möchte, ist, mir Bescheid zu geben, falls jemand auf ähnliche Fälle stößt wie die von mir beschriebenen.«

»Ich habe in den letzten Wochen vier solche Fälle gehabt«, meldete Dick sich, als Laurie geendet hatte. »Da wir so viele Fälle von Überdosis und Toxizität haben, habe ich den demographischen Daten nicht viel Beachtung geschenkt. Aber jetzt, wo Sie es erwähnen, alle vier waren beruflich erfolgreiche Aufsteiger. Zwei waren Akademiker. Und drei der vier haben das Kokain intravenös genommen, der vierte oral.«

»Oral?« wiederholte jemand überrascht. »Eine Überdosis Kokain oral? Das ist ganz schön ausgefallen. Normalerweise erlebt man das nur bei den Drogenkurieren, den ›Mulis‹ aus Südamerika, wenn bei denen mal ein Kondom platzt.«

»Bei Drogensüchtigen überrascht mich nichts mehr«, sagte Dick. »Einer von diesen Fällen wurde eingepfercht in einem Kühlschrank gefunden. Anscheinend ist ihm so heiß geworden, daß er hineingekrochen war, um sich Erleichterung zu verschaffen.«

»Einer von meinen Fällen wurde auch in einem Kühlschrank gefunden«, warf Laurie ein.

»Ich hatte ebenfalls einen«, sagte Jim Bennett. Er war der Institutschef von Brooklyn. »Und wenn ich jetzt darüber nachdenke, da war noch einer, der halb nackt auf die Straße gerannt ist, bevor er seinen tödlichen Anfall hatte. Er hatte das Rauschgift oral genommen, aber erst, nachdem er es intravenös versucht hatte.«

»Waren die demographischen Daten bei diesen beiden Fällen genauso ungewöhnlich für eine Überdosis?« fragte Laurie.

»Zweifellos«, meinte Jim. »Der Mann, der auf die Straße gerannt ist, war ein erfolgreicher Anwalt. Und in beiden Fällen schworen die Familien Stein und Bein, daß die Verstorbenen keine Drogen genommen hätten.«

Laurie blickte zu Margaret Hauptman hinüber, die das Institut in Staten Island leitete. »Sind Ihnen ähnliche Fälle untergekommen?« fragte sie.

Margaret schüttelte den Kopf.

Laurie fragte Dick und Jim, ob sie ihr die Daten der von ihnen geschilderten Fälle per Fax übermitteln würden. Sie sagten sofort zu.

»Eins muß ich noch erwähnen«, sagte Dick. »Bei drei von diesen vier Fällen haben die betroffenen Familien starken Druck auf mich ausgeübt, den Fall als natürlichen Tod hinzustellen.«

»Das ist ein Punkt, auf den ich aufmerksam machen möchte«, schaltete sich Bingham ein, der zum erstenmal seit Beginn der Aussprache das Wort ergriff. »Bei Todesfällen durch Überdosis von Angehörigen der oberen Gesellschaftsschichten möchten die Familien die ganze Angelegenheit natürlich herunterspielen. Ich meine, wir sollten uns da kooperativ zeigen. Wir können es uns politisch nicht leisten, diese Kreise zu vergraulen.«

»Ich weiß nicht, was ich von diesem Kühlschrankaspekt halten soll«, sagte Laurie. »Obwohl mich das auf die mögliche Verunreinigung zurückbringt. Vielleicht gibt es irgendeine Chemikalie, die eine synergistische Wirkung mit Kokain hat und zu einer Verstärkung der Hyperpyrexie führt. Auf jeden Fall habe ich die Befürchtung, daß all diese Todesfälle auf dieselbe Rauschgiftquelle zurückgehen. Jetzt, wo wir diese vielen Fälle haben, müßten wir das doch nachweisen können, wenn wir die Prozentwerte der natürlichen Hydrolysate vergleichen. Selbstverständlich sind wir da auf die Kooperation des Labors angewiesen.«

Laurie blickte nervös zu Bingham hinüber, um zu sehen, ob sich sein Gesichtsausdruck nach ihrem Hinweis auf das Labor änderte. Er zeigte keine Reaktion.

»Ich glaube nicht, daß unbedingt eine Verunreinigung vorliegen muß«, meinte Dick. »Kokain ist ohne weiteres allein in der Lage, diese Todesfälle zu verursachen. Bei den vier Fällen, die ich hatte, waren die Serumwerte hoch. Sehr hoch. Diese Leute haben hohe Dosen genommen. Vielleicht war das Kokain überhaupt nicht gestreckt, vielleicht war es hundertprozentig rein. Wir haben das alles schon bei Heroin erlebt.«

»Ich glaube doch, daß eine Verunreinigung vorliegt«, widersprach Laurie. »Bei der hohen Intelligenz dieser Opfergruppe fällt es mir schwer zu glauben, daß bei der Dosierung so viele von ihnen gestümpert haben.«

Dick zuckte die Schultern. »Vielleicht haben Sie recht«, räumte er ein. »Ich meine nur, wir sollten keine voreiligen Schlüsse ziehen.«

Als Laurie die Besprechung verließ, empfand sie eine seltsame und beunruhigende Mischung aus Erregung, erneuter Frustration und Angst. Innerhalb weniger Stunden hatte sich ihre Serie von sechs auf zwölf Fälle verdoppelt. Das war bedenklich. Ihre Vermutungen über die Zunahme der Fälle schienen von der Wirklichkeit übertroffen zu werden, und zwar in einem erschreckenden Tempo.

Mehr noch als vorher hatte Laurie jetzt das Gefühl, daß die Öffentlichkeit gewarnt werden müsse, vor allem diese Gruppe von Yuppie-Typen. Das Problem war: auf welchem Weg? Natürlich wagte sie es nicht, noch einmal zu Bingham zu gehen. Aber sie mußte etwas unternehmen.

Plötzlich fiel ihr Lou ein. Das Morddezernat hatte doch sicher Verbindung zur Rauschgift- und Sittenpolizei. Vielleicht hatte dieses Dezernat eine Möglichkeit, die Öffentlichkeit zu warnen, daß eine bestimmte Droge besonders gefährlich war. Entschlossen ging sie in ihr Büro und wählte Lous Nummer. Sie war erleichtert, als er sich meldete.

»Ich bin so froh, daß Sie noch da sind«, sagte sie mit einem Seufzer.

»Wirklich?«

»Ich würde gern gleich rüberkommen und mit Ihnen reden«, sagte Laurie.

»Wirklich?«

»Warten Sie auf mich?«

»Natürlich«, sagte Lou. Er war zugleich verwirrt und freudig erregt. »Kommen Sie her.«

Laurie legte auf, nahm ihre Aktentasche, öffnete sie, warf einige halbfertige Unterlagen hinein, schnappte sie zu, griff ihren Mantel und rannte zum Aufzug.

Es regnete leicht, als sie auf die First Avenue hinaustrat. Sie hatte kaum Hoffnung, ein Taxi zu bekommen, doch wie das Glück so spielt, hielt eins am Gehweg direkt vor ihr, und ein Fahrgast stieg aus. Laurie schlüpfte in den Wagen, noch bevor der Fahrgast eine Chance hatte, die Tür zu schließen.

Laurie war noch nie in der New Yorker Polizeizentrale gewesen. Sie war überrascht, als der Wagen vor einem relativ modernen Backsteingebäude hielt. Gleich am Haupteingang mußte sie sich eintragen, während ein Sicherheitsbeamter Lou anrief, um sich zu vergewissern, daß sie erwartet wurde. Dann wurde ihre Aktentasche durchsucht. Mit einem Besucherpaß und Anweisungen versehen, fand sie schließlich Lous Büro. Es stank, wie das ganze Haus, nach Zigarettenrauch.

»Darf ich Ihnen den Mantel abnehmen?« fragte Lou, als sie eintrat. Er nahm den Mantel und hängte ihn an einen Garderobenständer. Dabei fing er einen schmutzigen Blick Harvey Lawsons vom Büro gegenüber auf. Er schloß die Tür.

»Sie klangen ziemlich aufgeregt am Telefon«, sagte Lou, als er hinter seinen Schreibtisch ging. Laurie hatte sich auf einen der beiden unbequemen Besucherstühle gesetzt. Ihre Aktentasche stand neben ihr auf dem Boden.

»Ich brauche Ihre Hilfe«, sagte sie. Sie war angespannt und hielt die Hände fest im Schoß verschränkt.

»Oh, wirklich? Ich hatte gehofft, diese Aufregung hätte etwas mit dem heutigen Abendessen zu tun, etwa daß Sie Ihre Meinung geändert hätten.« Er konnte den Sarkasmus in der Stimme nicht verbergen. Er war offensichtlich verbittert.

»Meine Serie hat sich verdoppelt«, sagte Laurie. »Es sind inzwischen zwölf Fälle statt sechs.«

»Das ist interessant«, erwiderte Lou lakonisch.

»Ich habe gehofft, daß Sie vielleicht einen Weg wüßten, wie wir die Öffentlichkeit warnen können«, sagte Laurie. »Ich glaube, wir erleben bald eine Flut solcher Fälle, wenn nicht sehr rasch etwas geschieht.«

»Was erwarten Sie von mir? Daß ich eine Anzeige im *Wall Street Journal* aufgebe: ›Yuppies, sagt einfach nein‹?«

»Lou, ich meine es ernst«, drängte Laurie. »Ich mache mir wirklich Sorgen deswegen.«

Lou seufzte. Er nahm sich eine Zigarette und zündete sie an.

»Müssen Sie rauchen?« fragte Laurie. »Ich bin nur ganz kurz hier.«

»Himmeldonnerwetter«, brauste er auf. »Das ist mein Büro.«

»Dann versuchen Sie bitte, den Rauch wegzublasen.«

»Also noch mal die Frage«, sagte Lou. »Was soll ich Ihrer Meinung nach tun? Sie müssen sich doch was gedacht haben, wenn Sie sich die Mühe machen, den weiten Weg auf sich zu nehmen.«

»Nein, nichts Besonderes«, gab Laurie zu. »Ich dachte, das Rauschgiftdezernat hat vielleicht irgendeine Möglichkeit, die Öffentlichkeit zu warnen. Kann die Polizei nicht irgendeine Erklärung an die Presse geben?«

»Warum macht das denn nicht das Gerichtsmedizinische Institut? Die Polizei ist dazu da, Leute festzunehmen, die Drogen besitzen, nicht, ihnen zu helfen.«

»Der Chef weigert sich bisher, an die Öffentlichkeit zu gehen. Ich bin sicher, er wird seine Meinung ändern, aber bis dahin sind Menschenleben gefährdet.«

Lou zog an seiner Zigarette und blies den Rauch über die Schulter. »Was ist mit den anderen Pathologen? Sind die auch so überzeugt wie Sie, daß die Sache zu einer Flut toter Yuppies aufläuft?«

»Ich habe sie nicht befragt«, sagte Laurie.

»Meinen Sie nicht, daß Sie wegen Ihres Bruders ein bißchen zu empfindlich auf diese Todesfälle reagieren?«

Laurie wurde wütend. »Ich bin nicht hierhergekommen, damit Sie den Amateurpsychologen spielen. Aber wenn wir schon mal beim Thema sind, jawohl, ich reagiere empfindlich. Ich weiß, wie es ist, einen nahestehenden Menschen durch Drogen zu verlieren. Aber ich meine, daß diese Art von Einfühlungsvermögen ein Segen für meine Arbeit ist. Wenn abgestumpfte Polizisten wie Sie etwas mehr Einfühlungsvermögen hätten, könnten im öffentlichen Dienst Tätige sich vielleicht mehr der Aufgabe widmen, Leben zu retten, anstatt Tote zu bestehlen.«

Lou beherrschte sich. »Ehrlich gesagt, Dr. Montgomery, ich

würde mich gern der Aufgabe widmen, Leben zu retten. Eigentlich bin ich der Meinung, das schon jetzt zu tun. Aber solange Sie mir keine Beweise zur Untermauerung Ihrer Theorie liefern können, fürchte ich, daß die Kollegen vom Rauschgiftdezernat mich nur auslachen würden.«

»Können *Sie* nicht irgend etwas tun?«

»Ich? Ein Detective Lieutenant beim Morddezernat?« Lou war ärgerlich, aber er wußte, daß Laurie sich wirklich Sorgen machte. »Können Sie sich nicht an die Medien wenden?«

»Ich nicht«, sagte Laurie. »Wenn ich mich hinter Dr. Binghams Rücken an die Medien wende, kann ich mir einen neuen Job suchen. Das ist sicher. Wir sind deswegen schon aneinandergeraten. Und was ist mit Ihnen?«

»Ich? Ein Lieutenant vom Morddezernat, der sich plötzlich um Fälle von Drogenmißbrauch kümmert? Man würde Namen wissen wollen und woher ich sie habe, und ich müßte sagen, daß ich sie von Ihnen habe. Im übrigen würde mein Chef fragen, wieso ich mich plötzlich für Rauschgiftsüchtige engagiere, statt die Gangstermorde aufzuklären. Nein, ich kann das auch nicht. Wenn ich mich an die Medien wenden würde, könnte ich mir wahrscheinlich auch einen neuen Job suchen.«

»Könnten Sie nicht doch versuchen, mit Ihren Kollegen vom Rauschgiftdezernat zu sprechen?« fragte Laurie.

»Ich habe eine andere Idee«, sagte Lou. »Wie wär's denn mit Ihrem Freund, dem Arzt? Es ist doch eigentlich ganz natürlich, daß ein Arzt sich für solche Probleme interessiert. Außerdem, mit seinem Luxusschlitten und so einer schnieken Praxis gehört er doch offenbar selbst zu der Gruppe, die Sie warnen wollen.«

»Jordan ist nicht mein Freund«, sagte Laurie. »Er ist ein Bekannter. Und wieso kennen Sie seine Praxis?«

»Ich war heute nachmittag da.«

»Warum?«

»Wollen Sie die Wahrheit hören oder was ich mir selbst gesagt habe?«

»Wie wär's mit beidem?« meinte Laurie.

»Ich wollte ihn nach seinem Patienten Paul Cerino fragen«, sagte Lou. »Und auch nach seiner Sekretärin, da sie ja jetzt ein Mordopfer ist. Aber ich war auch neugierig, den Typ kennenzulernen. Und wenn Sie meine Meinung hören wollen, er ist ein Schleimer.«

»Ich will Ihre Meinung aber nicht hören«, fuhr sie ihn an.

»Ich verstehe nicht«, bohrte Lou weiter, »warum Sie sich für so einen angeberischen, aufgeblasenen, wichtigtuerischen Schmarotzer interessieren. Ich habe noch nie eine solche Arztpraxis gesehen. Und sein Schlitten ... bitte! Der Typ nimmt seine Patienten aus, das sieht doch selbst ein Blinder. Was reizt Sie so an ihm? Sein Geld?«

»Nein!« entgegnete Laurie unwillig. »Aber da Sie von Geld reden, ich habe Ihre Abteilung Interne Angelegenheiten angerufen –«

»Ich hab's schon gehört«, unterbrach Lou sie. »Hoffentlich schlafen Sie jetzt besser, wo Sie einen armen Streifenbeamten in Schwierigkeiten gebracht haben, der vielleicht gerade versucht, seinen Kindern das College zu ermöglichen. Bravo für Ihre strengen moralischen Maßstäbe. Wenn Sie mich jetzt entschuldigen, ich muß noch nach Forest Hills und ein paar wirkliche Verbrechen aufklären.« Lou drückte seine Zigarette aus und stand auf.

»Sie werden also nicht mit dem Rauschgiftdezernat reden?« fragte Laurie in einem letzten Versuch.

Lou beugte sich über seinen Schreibtisch. »Nein, das werde ich nicht tun«, antwortete er. »Ich denke, ihr reichen Leute könnt euch selbst um euch kümmern.«

Laurie, die ihren Ärger mühsam im Zaum hielt, stand auf. »Danke für nichts, Lieutenant«, sagte sie kühl. Sie nahm ihren Mantel, griff ihre Aktentasche und stolzierte aus Lous Büro. Unten warf sie ihren Besucherpaß auf den Tisch des Sicherheitsbeamten und verließ das Gebäude.

Ein Taxi zu bekommen war einfach, da viele leer aus Richtung Brooklyn Bridge kamen. Sie brauchte nur die First Avenue hochzufahren und war schon zu Hause. Auf ihrer Etage stieg sie aus dem Aufzug, blickte Debra Engler böse an und schlug die Wohnungstür hinter sich zu.

»Und ich habe einmal gedacht, er wäre charmant«, sagte sie verächtlich lachend, zog sich aus und ging unter die Dusche. Sie wunderte sich, daß sie es über sich gebracht hatte, so lange in Lou Soldanos Büro zu sitzen und all die Beleidigungen hinzunehmen, in der vergeblichen Hoffnung, daß er geruhen würde, ihr zu helfen. Es war ein demütigendes Erlebnis gewesen.

In einen weißen Frotteebademantel gehüllt, ging Laurie zum Anrufbeantworter und hörte die Mitteilungen ab, während ein hungriger Tom ihr um die Beine strich und schnurrte. Eine Nachricht war von ihrer Mutter, die andere von Jordan. Beide baten sie anzurufen, wenn sie nach Hause käme. Jordan hatte nicht seine Privatnummer, sondern eine andere Nummer mit Nebenanschluß hinterlassen.

Als sie dort anrief, erfuhr sie, daß er gerade operiere, sie aber am Apparat bleiben möge.

»Entschuldigung«, sagte Jordan, als er sich ein paar Minuten später meldete. »Ich operiere immer noch, aber ich habe gebeten, auf jeden Fall benachrichtigt zu werden, wenn Sie anrufen.«

»Sind Sie jetzt gerade mitten in einer Operation?«

»Das macht nichts«, sagte Jordan. »Ich kann ein paar Minuten unterbrechen. Ich wollte fragen, ob wir das Dinner heute abend etwas später legen können. Ich möchte nicht, daß Sie wieder warten, aber ich habe noch einen weiteren Fall.«

»Sollen wir es nicht einfach verschieben?«

»Nein, bitte!« wehrte Jordan ab. »Es war ein furchtbarer Tag, und ich freue mich darauf, Sie zu sehen. Sie wissen ja, Sie haben schon gestern abend etwas aufgeschoben.«

»Sind Sie nicht müde? Vor allem, wenn Sie noch einen Fall haben?«

Laurie fühlte sich selbst erschöpft. Der Gedanke, jetzt gleich ins Bett zu gehen, war sehr verlockend.

»Durchaus nicht. Es muß ja nicht so spät werden.«

»Wann können Sie kommen?«

»Um neun«, sagte Jordan. »Ich schicke Thomas vorbei.«

Widerstrebend sagte Laurie zu. Dann rief sie Calvin Washington zu Hause an.

»Was gibt's, Montgomery?« fragte Calvin, nachdem seine Frau ihn ans Telefon gerufen hatte. Er klang mürrisch.

»Entschuldigen Sie, daß ich Sie zu Hause störe«, sagte Laurie. »Aber da ich jetzt schon zwölf Fälle in meiner Serie habe, möchte ich Sie bitten, mir alle Fälle zuzuteilen, die morgen eventuell reinkommen.«

»Sie haben morgen keine Autopsien. Sie haben Ihren Schreibtag.«

»Ich weiß. Deshalb rufe ich ja an. Ich habe am Wochenende keinen Bereitschaftsdienst und könnte den Schreibkram dann erledigen.«

»Montgomery, ich denke, Sie sollten etwas bremsen. Sie verbeißen sich zu sehr in Ihre Theorie. Sie sind emotional zu sehr engagiert; Sie verlieren Ihre Objektivität. Es tut mir leid, aber morgen ist für Sie Schreibtag, egal, was mit den Füßen voran durch die Tür kommt.«

Laurie legte auf. Sie fühlte sich deprimiert. Gleichzeitig war ihr klar, daß an dem, was Calvin gesagt hatte, etwas Wahres war. Vielleicht hatte sie sich emotional zu sehr engagiert.

Laurie saß am Telefon und überlegte, ob sie den Anruf ihrer Mutter beantworten sollte. Das letzte, was sie jetzt brauchte, waren bohrende Fragen über ihre Beziehung zu Jordan Scheffield. Außerdem war sie sich selbst noch nicht im klaren, was sie von ihm halten sollte. Sie beschloß, ihre Mutter heute nicht anzurufen.

Als Lou durch den Midtown Tunnel auf den Long Island Expressway fuhr, fragte er sich, warum er immer wieder mit dem Kopf gegen eine Mauer anrennen mußte. Eine Frau wie Laurie Montgomery würde in jemandem wie ihm immer nur den städtischen Bediensteten sehen. Warum gab er sich dem Größenwahn hin, daß Laurie plötzlich sagen würde: »Oh, Lou, ich habe mir immer gewünscht, einen Polizeibeamten kennenzulernen, der auf ein städtisches College gegangen ist.«

Wütend und irritiert schlug er auf das Lenkrad. Als Laurie so unvermittelt angerufen und darauf bestanden hatte, ihn in seinem Büro aufzusuchen, hatte er geglaubt, sie wollte ihn aus persönlichen Gründen sehen, nicht wegen irgendeiner hirnverbrannten Idee, die Öffentlichkeit mit seiner Hilfe vor einer Kokainepidemie unter Yuppies zu warnen.

Lou verließ den Long Island Expressway und fuhr auf den Woodhaven Boulevard, der nach Forest Hills führte. Da ihm nach Lauries Besuch nicht danach zumute war, an seinem Schreibtisch mit Büroklammern zu spielen, hatte er beschlossen, rauszufahren und sich auf eigene Faust etwas bei den überlebenden Ehepartnern umzusehen. Es war außerdem besser, als zurück in seine miese Wohnung in der Prince Street in SoHo zu gehen und sich vor den Fernseher zu hocken.

Als Lou die lange, geschwungene Auffahrt zum Haus der Vivonettos hinauffuhr, verschlug es ihm doch etwas den Atem. Eine Villa mit weißen Säulen. Augenblicklich klingelte es in seinem Hinterkopf. Ein derartiger Luxus ließ auf schweres Geld schließen. Und Lou konnte nicht glauben, daß ein simpler Restaurantbesitzer so viel Geld machte, ohne Verbindungen zur organisierten Kriminalität zu haben.

Lou parkte seinen Wagen am vorderen Eingang. Er hatte vorher angerufen, und Mrs. Vivonetto erwartete ihn. Als er läutete, öffnete ihm eine Frau, die das Make-up pfundweise aufgelegt hatte. Sie trug ein weißes, schulterfreies Wollkleid. Von Trauer war nicht sehr viel zu spüren.

»Sie sind bestimmt Lieutenant Soldano«, begrüßte sie ihn. »Kommen Sie herein. Ich bin Gloria Vivonetto. Darf ich Ihnen etwas zu trinken anbieten?«

Lou bat um ein Glas Wasser. »Sie wissen ja, im Dienst«, murmelte er erklärend. Gloria füllte ihm ein Glas an der Bar im Wohnzimmer. Sich selbst mixte sie einen Wodka mit Limonensaft.

»Es tut mir leid, was Ihrem Mann zugestoßen ist«, sagte Lou. Es war seine Standardeinleitung bei derartigen Gelegenheiten.

»Das konnte nur ihm passieren«, erregte sich Gloria. »Wieder und wieder habe ich ihm gesagt, er solle nicht so lange aufbleiben und fernsehen. Und jetzt läßt er sich auch noch erschießen. Ich habe keine Ahnung, wie man ein Geschäft führt. Ich bin sicher, die Leute werden mich ausnehmen wie eine Gans.«

»Kennen Sie irgend jemanden, der Ihrem Mann den Tod gewünscht haben könnte?« fragte Lou.

»Ich habe das alles schon mit den anderen Beamten besprochen. Müssen wir das noch mal durchgehen?«

»Vielleicht nicht«, sagte Lou. »Lassen Sie mich ganz offen sein, Mrs. Vivonetto. Die Art, wie Ihr Mann umgebracht wurde, legt den Verdacht einer Verbindung zum organisierten Verbrechen nahe. Wissen Sie, was ich meine?«

»Sie meinen die Mafia?«

»Nun ja, das organisierte Verbrechen ist nicht nur die Mafia«, erklärte Lou. »Aber es geht in die Richtung. Können Sie sich irgendeinen Grund vorstellen, warum solche Leute Ihren Mann umbringen wollten?«

»Ha!« lachte Gloria. »Mein Mann hat nie mit etwas so Interessantem wie der Mafia zu tun gehabt.«

»Was war mit seinem Geschäft?« hakte Lou nach. »Hatte Pasta Pronto irgendeine Verbindung zum organisierten Verbrechen?«

»Nein«, antwortete Gloria.

»Sind Sie sicher?«

»Nun, ganz sicher natürlich nicht. Ich hatte nichts mit dem Geschäft zu tun. Aber ich kann mir nicht vorstellen, daß er jemals was mit der Mafia hatte. Außerdem war mein Mann nicht gesund. Er hätte es ohnehin nicht mehr lange gemacht. Wer ihn aus dem Weg hätte räumen wollen, hätte warten können, bis er von selbst abgekratzt wäre.«

»Welche Krankheit hatte Ihr Mann?« fragte Lou.

»Welche Krankheit hatte er nicht?« erwiderte sie. »Alles fiel auseinander. Er hatte Schwierigkeiten mit dem Herzen und schon zwei Bypassoperationen hinter sich. Seine Nieren waren auch nicht besonders. Sie wollten ihm die Gallenblase rausnehmen, haben es aber immer wieder aufgeschoben und gesagt, sein Herz würde das nicht aushalten. Am Auge sollte er operiert werden. Und seine Prostata war hinüber. Ich weiß nicht, was da nicht stimmte, aber seine ganze untere Hälfte funktionierte nicht mehr. Schon seit Jahren.«

»Das tut mir leid«, sagte Lou, der nicht wußte, was er sonst hätte sagen sollen. »Ich nehme an, er hat viel durchgemacht.«

Gloria zuckte die Schultern. »Er hat nie auf sich geachtet. Er hatte Übergewicht, trank Unmengen und rauchte wie ein Schlot. Die Ärzte haben mir gesagt, er würde es vielleicht kein Jahr mehr machen, wenn er sich nicht umstellt, aber das hatte er ganz bestimmt nicht vor.«

Lou kam zu dem Schluß, daß er von dieser lustigen Witwe nicht sehr viel erfahren würde. »Ja, dann«, sagte er und erhob sich, »danke für Ihre Zeit, Mrs. Vivonetto. Falls Ihnen irgend etwas einfällt, das Ihrer Meinung nach wichtig sein könnte, rufen Sie mich bitte an.« Er gab ihr seine Karte.

Als nächstes fuhr Lou zur Wohnung der Singletons.

Mr. Chester Singleton öffnete die Tür. Er war ein großgewachsener Mann mittleren Alters mit einer Dreiviertelglatze und Hängebacken. Seine Augen waren rot und geädert. Lou wußte in dem Augenblick, in dem er ihn sah, daß der Mann in echter Trauer war.

»Detective Soldano?«

Lou nickte und wurde sofort hineingebeten.

Das Haus war einfach, aber solide eingerichtet. Über die Rükkenlehne einer karierten, abgenutzten Couch war eine Häkeldecke gelegt. Dutzende gerahmter Fotos bedeckten die Wände, die meisten in Schwarzweiß.

»Das mit Ihrer Frau tut mir sehr leid«, sagte Lou.

Chester nickte, atmete tief ein und biß sich auf die Unterlippe.

»Ich weiß, daß schon andere Kollegen hier waren«, fuhr Lou fort. Er hatte vor, sofort zur Sache zu kommen. »Ich möchte Sie ohne Umschweife fragen, warum ein professioneller Killer in Ihr Haus kommt und Ihre Frau erschießt.«

»Ich weiß es nicht«, antwortete Chester. Seine Stimme zitterte vor Erregung.

»Ihr Lieferservice hat auch einige Restaurants beliefert, die mit dem organisierten Verbrechen in Verbindung stehen. Hat sich irgendeines der Restaurants, die Sie beliefern, über Ihren Service beklagt?«

»Kein einziges«, sagte Chester. »Und ich weiß auch nichts von organisiertem Verbrechen. Natürlich habe ich was läuten hören. Aber ich habe nie jemanden kennengelernt oder gesehen, den ich als Gangstertyp bezeichnen würde.«

»Was ist mit Pasta Pronto?« fragte Lou. »Ich habe gehört, das ist ein neuer Kunde.«

»Ich beliefere sie erst seit kurzem, das ist richtig. Aber nur zum Teil. Ich nehme an, sie wollten mich erst prüfen. Ich hoffe, das Geschäft mit ihnen auszuweiten.«

»Haben Sie Steven Vivonetto gekannt?« fragte Lou.

»Ja, aber nicht näher. Er war ein reicher Mann.«

»Sie wissen, daß er letzte Nacht ebenfalls erschossen wurde?« fragte Lou.

»Ja. Ich habe es in der Zeitung gelesen.«

»Haben Sie in letzter Zeit irgendwelche Drohungen erhalten?« fragte Lou weiter. »Irgendwelche Erpressungsversuche? Irgendeine Schutzgeldbande, die sich bei Ihnen gemeldet hat?«

Chester schüttelte den Kopf.

»Können Sie sich irgendeinen Grund denken, warum Ihre Frau und Steven Vivonetto in derselben Nacht und vielleicht sogar von denselben Leuten umgebracht worden sind?«

»Nein«, erwiderte Chester. »Ich kann mir keinen Grund denken, warum jemand Janice hätte umbringen wollen. Alle haben sie gemocht. Sie war der liebenswerteste, netteste Mensch der Welt. Und außerdem war sie krank.«

»Was hatte sie?« fragte Lou.

»Krebs. Unglücklicherweise hatte er sich schon ausgebreitet, als man ihn entdeckte. Sie ist nie gern zum Arzt gegangen. Wäre sie nur früher gegangen, vielleicht hätte man mehr tun können. So wurde sie nur chemotherapeutisch behandelt. Eine Zeitlang schien es ganz gut zu laufen, aber dann bekam sie diesen schrecklichen Ausschlag im Gesicht. Nennt sich Herpes zoster. Er hat sogar auf eins ihrer Augen übergegriffen und es so geschädigt, daß sie operiert werden sollte.«

»Konnten die Ärzte ihr irgendwelche Hoffnung machen?«

»Leider nicht. Sie haben mir erklärt, sie könnten nichts mit Sicherheit sagen, aber sie waren der Meinung, daß es vielleicht ein Jahr oder so anhalten könnte, oder noch weniger, wenn der Krebs schneller zurückkäme.«

»Das ist wirklich schrecklich«, sagte Lou.

»Vielleicht hat das, was passiert ist, ja auch was Gutes. Vielleicht hat es ihr viel Leid erspart. Aber sie fehlt mir so. Wir waren einunddreißig Jahre verheiratet.«

Nachdem Lou ihm noch einmal sein Mitgefühl ausgesprochen und seine Karte hinterlassen hatte, verabschiedete er sich. Auf der Rückfahrt nach Manhattan überdachte er das wenige, was er erfahren hatte. Die Verbindung zum organisierten Verbrechen war in beiden Fällen bestenfalls vage. Mit Überraschung hatte er festgestellt, daß beide Opfer todkrank gewesen waren. Er fragte sich, ob die Killer das gewußt hatten.

Automatisch griff er in die Jackentasche und holte eine Zigarette heraus. Er drückte auf den Zigarettenanzünder. Dann dachte er an Laurie. Er kurbelte das Fenster hinunter und warf die noch nicht angezündete Zigarette in dem Moment auf die Straße, als der Anzünder heraussprang. Er seufzte auf und überlegte, wo dieser aufgeblasene Jordan Scheffield wohl mit ihr essen würde.

Vinnie Dominick kam in die Umkleidekabine der Sporthalle von St. Mary und setzte sich erschöpft auf die Bank. Er war völlig verschwitzt. Er blutete leicht aus einem kleinen Kratzer auf der Wange.

»Sie bluten ja, Boß«, sagte Freddie Capuso.

»Verschwinde«, fuhr Vinnie ihn an. »Ich weiß, daß ich blute. Aber was mich viel mehr ärgert, ist, daß dieser miese kleine Jeff Young behauptet, er hätte mich überhaupt nicht angerührt, und zehn Minuten jammert, als ich ein Foul reklamiere.«

Vinnie hatte gerade ein einstündiges Basketballspiel drei gegen drei hinter sich. Seine Mannschaft hatte verloren, und er war gereizt. Seine Laune wurde noch schlechter, als sein Vertrauensmann, Franco Ponti, mit einem langen Gesicht hereinkam.

»Sag mir bloß nicht, daß es stimmt«, sagte Vinnie.

Franco ging zu ihm hinüber. Er stellte einen Fuß auf die Bank und stützte die Hände auf sein Knie. Seit der High-School hatte er den Spitznamen Falke. Mit der schmalen Hakennase, den dünnen Lippen und den kleinen, runden Augen sah er tatsächlich wie ein Raubvogel aus.

»Es stimmt«, sagte Franco. Er sprach mit monotoner Stimme. »Jimmy Lanso ist letzte Nacht im Beerdigungsinstitut seines Vetters umgelegt worden.«

Vinnie sprang von der Bank auf und schlug mit der Faust gegen einen der Metallspinde. Das scheppernde Geräusch wirkte in dem kleinen Umkleideraum wie Donnerkrachen. Alle zuckten zusammen, nur Franco nicht.

»Himmelarsch!« fluchte Vinnie. Er lief hin und her. Freddie Capuso machte ihm Platz.

»Was soll ich meiner Frau jetzt sagen?« tobte Vinnie. »Was soll ich meiner Frau sagen?« wiederholte er noch lauter. »Ich habe ihr versprochen, mich darum zu kümmern.« Wieder schlug er gegen einen der Spinde. Schweiß lief ihm über das Gesicht.

»Sag ihr, daß es falsch war, Cerino zu trauen«, riet Franco.

Vinnie blieb stehen. »Ich dachte, Cerino wäre ein zivilisierter Mensch«, stieß er wütend hervor. »Aber jetzt weiß ich es besser.«

»Das ist noch nicht alles«, sagte Franco. »Cerinos Männer haben außer Jimmy Lanso auch noch ein paar andere Leute umgelegt. Letzte Nacht zwei in Kew Gardens und zwei in Forest Hills.«

»Ich hab das in den Nachrichten gesehen.« Vinnie war verblüfft. »Das waren Cerinos Leute?«

»Genau«, bestätigte Franco.

»Warum?« fragte Vinnie. »Von den Namen habe ich keinen einzigen gekannt.«

»Das weiß kein Mensch.« Franco zuckte die Schultern.

»Irgendeinen Grund muß es doch geben.«

»Ganz bestimmt«, sagte Franco. »Aber ich weiß nicht, was da läuft.«

»Finde es raus!« befahl Vinnie. »Mit Cerino und seinen Gaunern geschäftlich rivalisieren, ist eine Sache, wenn die uns jetzt aber alles ruinieren, ist das was ganz anderes. Wir werden nicht hier rumsitzen und zusehen.«

»In Queens laufen überall die Bullen rum«, sagte Franco.

»Und genau das können wir nicht gebrauchen«, sagte Vinnie. »Wenn die Behörden mobil machen, müssen wir einen großen Teil unserer Operationen aufschieben. Du mußt rausfinden, was Cerino vorhat. Ich verlaß mich auf dich, Franco.«

Franco nickte. »Ich tu mein Bestes.«

»Sie essen nicht sehr viel«, sagte Jordan.

Laurie blickte von ihrem Teller auf. Sie aßen in einem Restaurant, das sich Palio nannte. Die Küche war italienisch, die Inneneinrichtung ein angenehmes Gemisch aus Orientalisch und Modern. Vor ihr stand ein köstliches Reisgericht mit Meeresfrüchten. In ihrem Glas hatte sie einen spritzigen Pinot Grigio. Doch Jordan hatte recht; sie aß kaum etwas. Obwohl sie tagsüber nicht viel gegessen hatte, war sie einfach nicht hungrig.

»Schmeckt es Ihnen nicht?« fragte Jordan. »Sie haben doch gesagt, daß Sie italienische Küche mögen.« Er war so lässig elegant gekleidet wie immer; er trug einen schwarzen Samtblazer und ein Seidenhemd, das am Hals offen war. Keine Krawatte.

Die Abstimmung hatte an diesem Abend wesentlich besser geklappt. Wie versprochen, hatte Jordan kurz vor neun angerufen, als er mit dem Operieren fertig war, um ihr mitzuteilen, daß Thomas auf dem Weg zu ihr sei und er nur schnell in seine Wohnung gehen und sich umziehen wolle. Als Thomas und Laurie beim Trump Tower vorfuhren, wartete Jordan bereits am Straßenrand. Von dort war es nur ein kurzes Stück zur West 51st Street gewesen.

»Es schmeckt mir ausgezeichnet«, erwiderte Laurie. »Ich glaube, ich habe einfach keinen großen Appetit. Es war ein langer Tag.«

»Ich habe absichtlich nicht vom heutigen Tag geredet«, sagte Jordan. »Ich dachte, es wäre am besten, sich erst mal einen Schluck Wein zu genehmigen. Wie ich schon am Telefon erwähnt habe, war mein Tag grauenhaft. Das ist das einzige Wort dafür. Seit Ihrem Anruf wegen der bedauernswerten Marsha Schulman. Jedesmal wenn ich an sie denke, wird mir ganz anders. Ich habe sogar Schuldgefühle wegen meines Unmuts, weil sie nicht zur Arbeit gekommen war, und dabei trieb sie ohne Kopf im East River. Mein Gott!« Jordan konnte nicht weitersprechen. Er vergrub das Gesicht in den Händen und schüttelte langsam den Kopf. Laurie griff über den Tisch und legte die Hand auf seinen Arm. Sie empfand mit ihm, registrierte diese Gefühlsaufwallung aber auch mit Erleichterung. Bis zu diesem Augenblick hatte sie das Gefühl gehabt, er wäre einer solchen Regung unfähig und ziemlich unberührt vom Mord an seiner Sekretärin. Er kam ihr plötzlich sehr viel menschlicher vor.

Jordan riß sich zusammen. »Aber das ist noch nicht alles«, fuhr er betrübt fort. »Ich habe heute eine Patientin verloren. Mit ein Grund dafür, daß ich mich für die Ophthalmologie entschieden habe, war, daß ich wußte, wie schwer mir der Umgang mit dem Tod fällt, aber ich wollte operieren. Die Ophthalmologie schien ein idealer Kompromiß zu sein, bis heute. Ich habe eine Patientin verloren, die kurz vor der Operation stand, Mary O'Connor.«

»Das tut mir leid«, sagte Laurie. »Ich weiß, wie Ihnen zumute ist. Mir ist es auch immer schwergefallen, mit sterbenden Patienten umzugehen. Ich nehme an, das ist einer der Gründe, weshalb ich mich für die Pathologie entschieden habe, speziell die Gerichtspathologie. Meine Patienten sind alle schon tot.«

Jordan lächelte schwach. »Mary war eine wunderbare Frau und

eine so schätzenswerte Patientin«, sagte er. »Ich hatte sie schon an einem Auge operiert und wollte heute nachmittag das andere machen. Sie war eine gesunde Frau ohne erkennbare Herzbeschwerden, und dann findet man sie tot in ihrem Bett. Sie starb beim Fernsehen.«

»Wie schrecklich für Sie«, sagte Laurie mitfühlend. »Aber denken Sie daran, daß in solchen Fällen oft versteckte Krankheiten entdeckt werden. Wenn Mrs. O'Connor morgen obduziert wird, gebe ich Ihnen selbstverständlich Bescheid, ob wir etwas gefunden haben.«

»Das wäre lieb von Ihnen.«

»Mein Tag war nicht ganz so schlimm wie Ihrer«, sagte Laurie. »Aber ich begreife allmählich, wie Kassandra zumute gewesen sein muß, als Apollo ihr verkündete, daß niemand auf sie hören würde.«

Laurie erzählte Jordan von ihren Überdosisfällen und daß sie sicher sei, es werde weitere Fälle geben, wenn keine entsprechenden Warnungen veröffentlicht würden. Sie sprach davon, wie frustrierend es gewesen war, daß sie ihren Chef nicht hatte überzeugen können, mit der Sache an die Öffentlichkeit zu gehen. Und sie berichtete empört, daß sie bei der Polizei gewesen war und man sich sogar dort geweigert hatte, zu helfen.

»Hört sich entmutigend an«, sagte Jordan. Dann wechselte er das Thema. »Ein Gutes hatte mein Tag allerdings. Ich habe viel operiert, und das tut mir und meinem Konto sehr gut. In den letzten Wochen habe ich doppelt so viele Fälle wie sonst gehabt.«

»Das freut mich«, sagte Laurie. Wieder fiel ihr Jordans Hang auf, das Gespräch auf sich selbst zu lenken.

»Ich hoffe nur, es bleibt so«, sagte er. »Schwankungen sind immer da. Damit kann ich leben. Aber das jetzige Tempo ist wirklich frappierend.«

Als sie mit dem Hauptgang fertig waren und der Tisch abgeräumt war, schob der Ober einen Wagen mit verlockenden Nachspeisen an ihren Tisch. Jordan wählte einen Schokoladenkuchen, Laurie Beeren. Jordan trank einen Espresso, Laurie einen koffeinfreien Kaffee. Als sie ihren Kaffee umrührte, warf sie einen verstohlenen Blick auf ihre Uhr. Jordan bemerkte es.

»Ich weiß, es ist spät«, sagte er. »Ich weiß auch, daß Sie früh aufstehen müssen. Ich bringe Sie in einer halben Stunde nach Hause, wenn Sie mir versprechen, daß wir morgen abend wieder zusammen essen werden.«

»Schon wieder?« fragte Laurie. »Jordan, Sie bekommen mich über.«

»Unsinn«, widersprach er. »Ich genieße jede Minute. Ich wünsche nur, es wäre nicht immer so schnell vorbei. Aber morgen ist Freitag. Wochenende. Vielleicht wissen Sie dann auch schon etwas Neues über Mary O'Connor. Bitte, Laurie.«

Laurie konnte es kaum glauben, daß sie drei Abende hintereinander zum Essen eingeladen wurde. Es war zweifellos schmeichelhaft. »Also gut«, willigte sie ein. »Sie haben es sich selbst zuzuschreiben.«

»Wunderbar«, sagte Jordan. »Irgendeinen Wunsch hinsichtlich des Restaurants?«

»Ich glaube, Sie haben da sehr viel mehr Erfahrung. Wählen Sie aus.«

»Einverstanden. Sagen wir wieder neun Uhr?«

Laurie nickte. Während sie ihren Kaffee trank, blickte sie in Jordans klare Augen und dachte an Lous abfällige Bemerkungen über ihn. Einen Moment war sie versucht zu fragen, wie das Gespräch mit dem Detective Lieutenant verlaufen sei, beschloß dann aber doch, es nicht zu tun. Manche Dinge blieben besser unausgesprochen.

9

Donnerstag, 23.50 Uhr
Manhattan

»Nicht schlecht«, sagte Tony. Er und Angelo verließen gerade eine Pizzeria an der 42nd Street in der Nähe des Times Square, die rund um die Uhr geöffnet hatte. »Ich war überrascht. Das Ding sieht wie eine Bruchbude aus.«

Angelo gab keine Antwort. Er dachte bereits an den Job, der auf sie wartete. Als sie zum Parkhaus kamen, deutete Angelo mit dem Kopf auf seinen Wagen. Der Parkhausbesitzer, Lenny Helman, zahlte an Cerino Schutzgeld. Da Angelo meistens das Geld abholte, parkte er kostenlos.

»Sind hoffentlich keine Kratzer am Wagen«, sagte Angelo, als der Gehilfe den Wagen bis zur Ausfahrt gefahren hatte. Nachdem Angelo sich vergewissert hatte, daß der auf Hochglanz polierte Lack keinen Makel aufwies, stieg er ein. Tony setzte sich auf den Beifahrersitz. Sie fädelten sich in den Verkehr auf der 42nd Street ein.

»Was kommt jetzt dran?« fragte Tony, der sich so gesetzt hatte, daß er Angelo direkt ansehen konnte. Der Schein der leuchtenden Neonreklamen der Kinos spielte auf Angelos hagerem Gesicht und ließ es wie das einer Mumie erscheinen.

»Wir gehen zur Nachfrageliste über«, erklärte Angelo.

»Prima«, sagte Tony begeistert. »Die andere hängt mir langsam zum Hals raus. Wohin?«

»86th«, sagte Angelo. »In der Nähe vom Metropolitan Museum.«

»Gute Gegend«, sagte Tony. »Da gibt's bestimmt ein paar Andenken mitzunehmen.«

»Mir ist nicht wohl dabei«, sagte Angelo. »Reiche Gegend heißt auch komplizierte Alarmanlagen.«

»Das machst du doch mit links«, meinte Tony.

»Bisher ist alles etwas zu glatt gelaufen«, wandte Angelo ein. »Ich mache mir langsam Sorgen.«

»Du machst dir zuviel Gedanken«, sagte Tony lachend. »Es geht darum alles so gut, weil wir wissen, was wir tun. Und je öfter wir es tun, um so besser werden wir. Das ist überall so.«

»Pannen passieren immer«, widersprach Angelo. »Egal wie gut du dich vorbereitest. Wir müssen damit rechnen. Und damit fertigwerden, wenn es passiert.«

»Ach, du bist ein Schwarzseher«, frotzelte Tony.

Vertieft in ihr Geplänkel, bemerkten weder Tony noch Angelo den schwarzen Cadillac, der zwei Wagen hinter ihnen fuhr. Am Lenkrad genoß ein entspannter Franco Ponti eine Kassette mit Arien aus *Aida*. Nach einem Hinweis von einem Kontaktmann in der Gegend des Times Square beschattete Franco Angelo und Tony, seit sie in der Pizzeria haltgemacht hatten.

»Wen nehmen wir uns vor?« fragte Tony.

»Die Frau«, antwortete Angelo.

»Wer ist dran?« Tony wußte, daß es Angelo war, hoffte aber, er könnte es vergessen haben.

»Ich reiß mich nicht drum«, sagte Angelo. »Du kannst sie haben. Ich behalte den Mann im Auge.«

Angelo fuhr mehrere Male an dem fünfstöckigen Backsteingebäude vorbei, bevor er parkte. Es hatte eine Doppeltür über einer kurzen Treppenflucht aus Granit. Unter dem kleinen ebenerdigen Vorbau befand sich eine weitere Tür.

»Wahrscheinlich ist der Dienstboteneingang der beste Weg«, meinte Angelo. »Wir haben ein bißchen Deckung durch den Vorbau. Eine Alarmanlage ist da, das sehe ich, aber wenn es so eine ist, wie ich glaube, ist es eine Kleinigkeit.«

»Du bist der Boß«, sagte Tony. Er holte seine Pistole heraus und setzte den Schalldämpfer auf.

Sie parkten fast einen Block weiter und gingen zu Fuß zurück.

Angelo trug eine kleine Reisetasche mit Werkzeug. Als sie das Haus erreichten, wies Angelo Tony an, auf dem Gehweg zu warten und ihn zu warnen, wenn jemand käme. Angelo ging die wenigen Stufen zum Dienstboteneingang hinunter.

Tony stand Schmiere, doch die Straße war ruhig. Kein Mensch war zu sehen. Was Tony nicht bemerkte, war Franco Pontis Wagen, der nur ein paar Häuser weiter vor einer Einfahrt parkte.

»Alles klar«, flüsterte Angelo vom dunklen Dienstboteneingang. »Komm.«

Sie traten in einen langen Gang und waren schnell an der Treppe. Es gab einen Aufzug, aber sie waren so klug, ihn nicht zu benutzen. Zwei Stufen auf einmal nehmend, stiegen sie zum Erdgeschoß hoch und lauschten. Bis auf die große alte Standuhr, die laut im Dunkeln tickte, war das Haus ruhig.

»Kannst du dir vorstellen, in einem solchen Haus zu wohnen?« flüsterte Tony. »Ist ja ein richtiger Palast.«

»Halt die Klappe«, fuhr Angelo ihn an.

Sie stiegen höher über eine geschwungene Doppeltreppe, die einen Kronleuchter umrundete, der nach Tonys Schätzung einen Durchmesser von knapp zwei Metern hatte. Im ersten Stock spähten sie in mehrere Wohnräume, eine Bibliothek und ein Arbeitszimmer. Im zweiten Stock waren sie schließlich am Ziel: dem ehelichen Schlafzimmer.

Angelo stellte sich auf die eine Seite der Doppeltür, Tony auf die andere. Beide Männer hatten die Pistole in der Hand. Die Schalldämpfer waren aufgeschraubt.

Langsam drückte Angelo die Klinke nach unten und schob die Tür auf. Das Schlafzimmer war größer als alles, was sie bisher gesehen hatten. An der Wand gegenüber – Angelo kam es weit entfernt vor – stand ein großes Himmelbett.

Angelo trat in das Zimmer und machte Tony ein Zeichen, ihm zu folgen. Er ging zur rechten Seite des Betts, wo der Mann schlief. Tony ging zur anderen Seite. Angelo nickte. Tony zielte mit der Pistole, Angelo ebenfalls.

Tonys Waffe ging mit dem vertrauten dumpf zischenden Laut

los, und die Frau zuckte zusammen. Der Mann hatte offenbar einen leichten Schlaf. Der Schuß war kaum losgegangen, da saß er schon mit weit aufgerissenen Augen aufrecht im Bett. Angelo schoß, bevor der Mann die Möglichkeit hatte, irgend etwas zu sagen. Er kippte zu seiner Frau hinüber.

»O nein!« stöhnte Angelo auf.

»Was ist los?«

Mit dem vorderen Ende des Schalldämpfers bog Angelo die Finger des sterbenden Mannes auseinander. In seiner Hand lag ein kleines Kunststoffgerät mit einem Knopf.

»Der Kerl hatte ein Alarmgerät«, sagte Angelo.

»Was heißt das?« fragte Tony.

»Das heißt, daß wir auf dem schnellsten Weg hier raus müssen. Los, komm.«

So schnell es im Halbdunkel möglich war, liefen sie die Treppen hinunter. Als sie auf die Treppe zum Erdgeschoß einbogen, stießen sie fast mit der Haushälterin zusammen, die auf dem Weg nach oben war.

Die Frau schrie auf, machte kehrt und floh zurück nach unten. Tony feuerte mit seiner Bantam hinterher, aber auf mehr als zwei Meter war seine Waffe nicht genau. Die Kugel verfehlte die Frau und zerschmetterte statt dessen einen großen, goldgerahmten Spiegel.

»Wir müssen sie kriegen«, rief Angelo, dem klar war, daß die Frau sie genau gesehen hatte. Er stürzte die Treppe hinunter. Unten rutschte er auf dem mit Spiegelscherben übersäten Marmorboden aus, fing sich aber und rannte durch den Gang zur Rückseite des Hauses. Vor sich sah er die Frau, die verzweifelt versuchte, eine Glastür zu öffnen, die auf den Hof hinter dem Haus führte.

Bevor er sie fassen konnte, war sie zur Tür hinaus. Angelo kam nur Sekunden zu spät. Tony war direkt hinter ihm. Sie rannten nach draußen hinter ihr her, stolperten aber über einige Gartenstühle, die sie in der Finsternis nicht sehen konnten.

Angelo blieb stehen und spähte in die Dunkelheit. Der Hof

hinter dem Haus war eher ein kleiner Park. In der Mitte befand sich ein rechteckiger, schimmernder Teich. Rechts stand ein efeubewachsenes Gartenhäuschen, das halb im Schatten lag. Vom kräftigen Ast einer mächtigen Eiche hing eine Schaukel. Angelo konnte die Frau nirgendwo entdecken.

»Wo ist sie hin?« flüsterte Tony.

»Wenn ich das wüßte, würde ich dann hier rumstehen?« erwiderte Angelo. »Du gehst da lang, ich hier.« Er zeigte auf die beiden Seiten des Teichs.

Sie durchstöberten den ganzen Garten. Selbst in die dunklen, mit Farn und Sträuchern bestandenen Nischen schauten sie.

»Da ist sie!« rief Tony und zeigte zurück zum Haus.

Angelo gab zwei Schüsse auf die fliehende Frau ab. Der erste zertrümmerte die Glastür. Nach dem zweiten sah er, wie die Frau taumelte und zu Boden stürzte.

»Du hast sie erwischt!« schrie Tony.

»Jetzt aber weg hier«, sagte Angelo. In der Ferne hörte er Sirenen. Sie waren nicht genau zu lokalisieren, aber sie schienen näher zu kommen.

Da Angelo nicht riskieren wollte, das Haus durch die Vordertür zu verlassen, wandte er sich der hinteren Gartenmauer zu. Auf der anderen Seite des Teichs entdeckte er eine Tür. »Los, komm!« rief er zu Tony hinüber. Angelo erreichte die Tür als erster. Er schob den alten Riegel zurück, der die Tür sicherte, und rannte auf einen mit Gerümpel übersäten Weg hinaus. Sie liefen den dunklen Weg entlang und rüttelten an jeder Gartentür, an der sie vorbeikamen. Schließlich entdeckte Tony ein Tor mit fast verrotteten Brettern und trat es ein.

Der Garten, in den sie traten, schien genauso verwahrlost wie das Tor.

»Und jetzt?« fragte Tony.

»Da lang«, sagte Angelo. Er zeigte auf einen dunklen Durchgang, der zur Vorderseite des Hauses führte. Am Ende des Durchgangs kamen sie an eine verriegelte Tür. Sie schoben den Riegel zurück und gingen hinaus. Sie waren auf der 85th Street.

Angelo klopfte sich den Anzug ab. Tony tat das gleiche. »Okay«, sagte Angelo. »Jetzt ganz cool, sicher und entspannt.«

Die beiden gingen gemächlich die Straße entlang und um die Ecke, so als wären sie hier zu Hause. Langsam näherten sie sich Angelos Wagen. Die Sirenen waren tatsächlich zu dem Backsteinhaus unterwegs gewesen, das sie gerade verlassen hatten. Vor sich konnten sie drei Streifenwagen mit blinkendem Blaulicht erkennen, die die Straße vor dem Haus absperrten.

Angelo öffnete die Wagentüren, und sie stiegen ein.

»Das war sagenhaft!« schwärmte Tony, als sie einige Häuserblocks weiter waren. »Das war die coolste Nummer, die ich je erlebt habe.«

Angelo blickte ihn finster an. »Es war eine Katastrophe«, sagte er.

»Wieso? Wir sind weg. Kein Problem. Und du hast die Frau erwischt. Die lag sofort flach.«

»Aber wir haben nicht nachgesehen«, wandte Angelo ein. »Woher soll ich wissen, ob ich sie richtig erwischt oder nur angeschossen habe? Wir hätten nachsehen sollen. Sie hat uns beide gesehen.«

»Sie ist sofort umgekippt«, sagte Tony. »Du hast sie bestimmt erledigt.«

»Wie ich gesagt habe: Pannen passieren immer. Wie soll ein Mensch ahnen, daß der Idiot mit einem Panik-Alarmknopf schläft?« Angelo war froh, daß er sich am Lenkrad festhalten konnte, so sehr zitterten seine Hände.

»Also jetzt haben wir jedenfalls die Pechnummer hinter uns«, sagte Tony. »Jetzt kannst du nicht mehr sagen, es liefe alles zu glatt. Wie geht's weiter?«

»Ich weiß nicht«, meinte Angelo. »Vielleicht sollten wir für heute Schluß machen.«

»Warum das denn?« fragte Tony vorwurfsvoll. »Der Abend hat doch gerade erst angefangen. Komm! Ziehn wir wenigstens noch eine Sache durch. Wir können doch nicht so viel Geld sausenlassen.«

Angelo dachte eine Minute nach. Sein Gefühl riet ihm, für heute Schluß zu machen. Andererseits hatte Tony recht. Es war wirklich eine Stange Geld. Im übrigen war es bei ihrem Job wie beim Reiten: Man fällt herunter und steigt wieder auf. Sonst reitet man vielleicht nie wieder.

»Also gut«, sagte er schließlich. »Noch eine Sache.«

»Das wollte ich hören«, sagte Tony. »Wohin?«

»Ins Village. Auch ein Stadthaus.«

Angelo fuhr die 97th Street quer durch den Central Park und bog auf den Henry Hudson Parkway. Sie schwiegen. Keiner von beiden bemerkte den schwarzen Cadillac weiter hinten.

»Es muß hier auf der linken Seite sein«, sagte Angelo, als sie in die Bleecker Street einbogen. Er zeigte auf ein dreigeschossiges Stadthaus, das an der Haustür einen Löwenkopf als Klopfer hatte. Tony nickte, als sie vorbeifuhren.

Angelo spürte, daß sein Puls schneller ging. »Diesmal ist es der Mann«, sagte er. »Wir machen's wie vorhin. Du legst ihn um, ich achte auf die Frau.«

»Alles klar«, sagte Tony aufgekratzt.

Diesmal parkte Angelo weiter weg als üblich. Sie gingen schweigend zurück, unterbrochen nur vom gelegentlichen Klappern der Werkzeuge in Angelos Reisetasche. Sie begegneten einigen Fußgängern. Die Straßen waren nicht mehr so leer: Im Village herrschte immer mehr Betrieb als an der Upper East Side.

Die Alarmanlage an dem Haus, auf das sie es abgesehen hatten, war für Angelo ein Kinderspiel. Schon nach wenigen Minuten schlichen er und Tony auf Zehenspitzen die knarrende Treppe hinauf.

Bequemerweise war an einer Steckdose im Gang oben ein kleines Nachtlicht angeschlossen. Der rötliche Schein, den es verbreitete, reichte gerade, um sich zurechtzufinden.

Das erste Zimmer, in das Angelo spähte, erwies sich als ein leeres Gästezimmer. Da es auf dieser Etage nur noch eine weitere Tür gab, vermutete er dahinter das eheliche Schlafzimmer.

Wieder nahmen die beiden Männer rechts und links von der Tür

Aufstellung, die Pistolen neben dem Kopf. Angelo drückte auf die Klinke und schob die Tür mit einer raschen Bewegung auf.

Er hatte kaum einen Schritt in das Zimmer getan, als ihn im Halbdunkel ein knurrender Hund ansprang. Die Pfoten des Tiers trafen ihn auf die Brust und stießen ihn durch die Tür zurück gegen die Wand im Gang. Der Hund schnappte nach ihm und biß durch die Jacke und das Hemd bis in die Haut. Angelo war sich nicht sicher, aber vermutlich war es ein Dobermann. Für einen Bullterrier war er zu lang und schlank, obwohl er zweifellos dessen Angriffslust hatte. Angelo war vor Schreck wie gelähmt.

Tony reagierte schnell. Er trat zur Seite und schoß dem Hund direkt in die Brust, doch der Hund ließ nicht ab. Knurrend riß er Angelo ein weiteres großes Stück Stoff aus der Jacke und schleuderte es fort. Dann schnappte er erneut zu.

Tony wartete, bis er eine gute Schußposition hatte, und drückte noch einmal ab. Diesmal traf er den Hund in den Kopf. Das Tier erschlaffte augenblicklich und schlug dumpf auf den Boden.

Der Schrei einer Frau jagte Angelo neue Schauer den Rücken hinunter. Die Frau des Hauses war gerade noch rechtzeitig aufgewacht, um mitzuerleben, wie ihr Hund abgeschlachtet wurde. Sie stand ein, zwei Meter vom Fußende ihres Betts entfernt, das Gesicht vor Entsetzen verzerrt.

Tony hob die Pistole, und wieder gab es einen dumpf zischenden Laut. Das Schreien der Frau brach abrupt ab. Ihre Hand fuhr an die Brust. Sie zog die Hand weg und blickte auf den Blutfleck. Ihr Gesicht drückte Verständnislosigkeit aus, so als könnte sie nicht glauben, daß auf sie geschossen worden war.

Tony trat über die Schwelle in das Zimmer. Er hob die Pistole erneut und schoß ihr mitten in die Stirn. Wie der Hund sackte sie augenblicklich zusammen und sank zu Boden.

Angelo wollte etwas sagen, doch da kam aus dem Erdgeschoß ein furchtbarer Schrei, und der Ehemann stürmte mit einer großkalibrigen Doppelflinte die Treppe herauf. Er hielt das Gewehr mit beiden Händen in Brusthöhe.

Angelo ahnte, was kommen würde, und warf sich in dem Augenblick zu Boden, als die Flinte mit einem gewaltigen Knall losging. Die Detonation wirkte in dem engen Treppenhaus betäubend. Die geballte Schrotladung riß ein dreißig Zentimeter großes Loch in die Wand, wo Angelo eben noch gestanden hatte.

Auch Tony hatte reflexartig reagiert und sich zur Seite geworfen, um nicht in der offenen Schlafzimmertür zu stehen. Der zweite Gewehrschuß ging mitten durch das Schlafzimmer und durchschlug eines der hinteren Fenster.

Aus seiner Position am Boden schoß Angelo in schneller Folge zweimal mit seiner Walther und traf den Mann in die Brust und das Kinn. Die Wirkung der Schüsse stoppte die Vorwärtsbewegung des Mannes. Dann kippte er wie in Zeitlupe nach hinten. Mit einem entsetzlichen Lärm fiel er die Treppe hinunter und blieb unten auf dem Boden liegen.

Tony tauchte aus dem Schlafzimmer auf und lief die Treppe hinunter, um dem am Boden liegenden Mann noch eine Kugel in den Kopf zu jagen. Angelo rappelte sich auf und griff seine Reisetasche. Er zitterte. Noch nie war er dem Tod so nah gewesen. Mit wackligen Beinen eilte er die Treppe hinunter und rief Tony zu, daß sie so schnell wie möglich hier verschwinden müßten.

Als sie an die Vordertür kamen, stellte Angelo sich auf die Zehenspitzen, um hinauszuschauen. Was er sah, gefiel ihm gar nicht. Vor dem Haus hatte sich eine Handvoll Menschen angesammelt, die nach oben blickten. Zweifellos hatten sie das Splittern der Scheibe gehört, als das Schlafzimmerfenster herausgeschossen worden war. Vielleicht hatten sie auch beide Schüsse gehört.

»Hinten raus!« rief Angelo. Er wußte, daß sie das Risiko einer Auseinandersetzung mit diesen Leuten nicht eingehen konnten. Ohne Mühe stiegen sie über den Maschendrahtzaun im Hof hinter dem Haus, der nicht einmal mit Stacheldraht gesichert war. Dann liefen sie durch einen benachbarten Hof weiter zu einer anderen Straße. Angelo war froh, daß er den Wagen so weit weg geparkt hatte. Sie schafften es ohne Zwischenfälle bis zum Auto. Als sie losfuhren, hörten sie in der Ferne die ersten Sirenen.

»Was war denn das für ein Hund?« fragte Tony, als sie die Sixth Avenue entlangfuhren.

»Ich glaube, es war ein Dobermann«, sagte Angelo. »Ich hatte wahnsinnigen Schiß.«

»Nicht nur du«, gestand Tony. »Und dann die Knarre. Das war knapp.«

»Zu knapp. Wir hätten nach dem ersten Ding Schluß machen sollen.« Angelo schüttelte widerwillig den Kopf. »Vielleicht werde ich zu alt für so was.«

»Quatsch«, widersprach Tony. »Du bist der Beste.«

»Das hab ich auch mal gedacht«, sagte Angelo. Verzweifelt blickte er an seinem zerfetzten Brioni-Sakko hinunter. Gewohnheitsmäßig warf er einen kurzen Blick in den Rückspiegel, aber nichts von dem, was er sah, beunruhigte ihn. Natürlich hielt er nach Polizeiautos Ausschau, nicht nach Franco Pontis Limousine, die ihnen in diskretem Abstand folgte.

10

Freitag, 6.45 Uhr
Manhattan

Eigentlich war es Laurie ganz lieb, daß sie die Nacht hatte durchschlafen können. Niemand hatte angerufen und von weiteren Fällen für ihre Serie berichtet. Lag das nun daran, daß keine weiteren Fälle aufgetaucht waren, oder aber, wie sie vermutete, daß sie nur nicht verständigt worden war? Sie zog sich so schnell sie konnte an und gönnte sich nicht einmal einen Kaffee, so eilig hatte sie es, zur Arbeit zu kommen und Gewißheit zu erlangen.

Als sie das Institut betrat, wußte sie, daß irgend etwas Außergewöhnliches passiert war. Wieder war eine Gruppe Reporter in der Eingangshalle versammelt. Laurie spürte, wie sich ihr Magen zusammenzog, als sie sich fragte, was diese Hektik wohl zu bedeuten hatte.

Sie ging direkt zum ID-Büro und holte sich einen Becher Kaffee, bevor sie irgend etwas anderes unternahm. Vinnie war wie üblich in den Sportteil seiner Zeitung vertieft. Von den Ärzten war außer ihr offenbar noch niemand da. Sie nahm den Arbeitsplan vom Tisch, um zu sehen, was für Fälle heute anlagen.

Sie überflog das Blatt und stieß auf vier Überdosen. Zwei Fälle waren Riva zugeteilt, zwei George Fontworth, der schon vier Jahre im Institut war. Laurie blätterte die für Riva bestimmten Mappen durch und warf einen schnellen Blick auf das Blatt unter dem Untersuchungsbericht. Da es Harlemer Adressen waren, nahm Laurie an, daß es sich um die üblichen Fälle handelte, die man in den Abbruchhäusern fand. Erleichtert legte sie die Mappen zurück. Dann griff sie nach den beiden für George bestimmten Mappen. Als sie den ersten Untersuchungsbericht las, beschleunigte sich ihr Puls. Der Verstorbene war Wendell Morrison, sechsunddreißig Jahre alt, ein Arzt!

Mit fahrigen Händen öffnete sie die letzte Mappe: Julia Myerholtz, neunundzwanzig, Kunsthistorikerin.

Laurie atmete tief aus. Sie hatte gar nicht gemerkt, daß sie den Atem angehalten hatte. Ihre Ahnung hatte nicht getrogen: Es gab zwei weitere Fälle von Überdosis mit ähnlichem sozialen Hintergrund wie die anderen. Sie empfand einen Widerstreit von Gefühlen – Empörung darüber, daß sie nicht, wie verlangt, angerufen worden war, und Entsetzen, daß ihre Befürchtungen sich bewahrheitet hatten und es zwei weitere Todesfälle gegeben hatte.

Laurie begab sich direkt zum gerichtsmedizinischen Ermittlungsbüro und suchte Bart Arnold. Sie klopfte an die Tür und trat ein, bevor er ›Herein‹ rufen konnte.

»Warum hat man mich nicht angerufen? Ich habe es Ihnen persönlich gesagt. Ich habe gesagt, daß ich bei Kokainüberdosen angerufen werden möchte, die in ein bestimmtes demographisches Muster passen. Letzte Nacht waren es zwei Fälle. Ich bin nicht angerufen worden. Warum nicht?«

»Ich hatte Anweisung, daß Sie nicht angerufen werden sollten«, erklärte Bart.

»Warum nicht?«

»Man hat mir keine Gründe genannt«, sagte Bart. »Ich habe den Tour Docs Bescheid gesagt, als sie ihren Dienst antraten.«

»Wer hat die Anweisung gegeben?«

»Dr. Washington. Tut mir leid, Laurie. Ich hätte es Ihnen selbst gesagt, aber Sie waren schon weg.«

Laurie war eher wütend als gekränkt. Sie war nicht versehentlich übergangen worden, man war gezielt darauf aus, sie auszuschalten. Vor dem Büro des Polizeibeamten traf sie Lou Soldano.

»Kann ich Sie eine Minute sprechen?« fragte er.

Laurie sah ihn entgeistert an. Schlief der Mann eigentlich nie? Wieder sah er aus, als wäre er die ganze Nacht aufgewesen. Er war unrasiert, und seine Augen hatten rote Ränder. Das kurzgeschnittene Haar klebte an der Stirn.

»Ich bin etwas in Eile, Lieutenant«, sagte Laurie.

»Nur einen Augenblick. Bitte.«

»Also gut«, gab Laurie nach. »Was gibt es?«

»Ich hatte gestern abend etwas Zeit nachzudenken«, begann Lou. »Ich möchte mich entschuldigen, daß ich mich gestern nachmittag so dämlich aufgeführt habe. Also, tut mir leid.«

Das letzte, was sie von Lou erwartet hätte, war eine Entschuldigung. Aber sie freute sich darüber.

»Wenn ich das erklären darf«, fuhr er fort. »Ich stehe stark unter Druck vom Chef wegen dieser Gangstermorde. Er erwartet eine rasche Lösung der Fälle.«

»Ich glaube, wir sind beide ziemlich gestreßt«, sagte Laurie. »Aber ich nehme Ihre Entschuldigung an.«

»Danke«, erwiderte Lou. »Wenigstens eine Hürde weggeräumt.«

»Und was bringt Sie heute morgen hierher?«

»Haben Sie nichts von den Morden gehört?«

»Was für Morde? Morde haben wir jeden Tag.«

»Solche aber nicht«, meinte Lou. »Weitere Gangstermorde. Profiarbeit. Zwei Ehepaare hier in Manhattan.«

»Aus dem Fluß gefischt?«

»Nein. Zu Hause erschossen. Beide Ehepaare waren wohlhabend, eins ganz besonders. Und das hatte darüber hinaus noch politische Beziehungen.«

»Ach ja«, sagte Laurie. »Noch mehr Druck.«

»Das können Sie laut sagen«, bestätigte Lou. »Der Bürgermeister ist auf achtzig. Er hat den Polizeichef schon zur Schnecke gemacht, und raten Sie mal, wen der sich als Zielscheibe gewählt hat: meine Wenigkeit.«

»Haben Sie irgendeine Vermutung?« fragte Laurie.

»Ich wünschte, ich hätte eine«, sagte Lou. »Es ist irgendwas Großes im Busch, aber ich habe ums Verrecken keine Ahnung, worum es geht. Vorgestern nacht hat es in Queens drei ähnliche Fälle gegeben. Jetzt diese beiden in Manhattan. Und es scheint keine Verbindung zum organisierten Verbrechen zu geben. Ganz sicher nicht bei den beiden letzten Fällen. Aber der Modus operandi weist eindeutig auf Gangster hin.«

»Dann sind Sie wegen der Obduktionen hier?« fragte Laurie.

»Ja. Vielleicht bekomme ich hier einen Job, wenn ich bei der Polizei rausfliege. Ich verbringe hier genausoviel Zeit wie in meinem Büro.«

»Wer hat denn die Fälle?« fragte Laurie.

»Dr. Southgate und Dr. Besserman«, sagte Lou. »Wie sind die beiden, in Ordnung?«

»Sie sind hervorragend. Beide haben viel Erfahrung.«

»Ein bißchen hatte ich ja gehofft, Sie würden es machen. Wir haben doch ganz gut zusammengearbeitet, oder?«

»Sie sind bei Southgate und Besserman in guten Händen«, sagte Laurie.

Lou drehte den Hut in den Händen. Plötzlich hatte Laurie wieder dieses Gefühl, das sie schon an früheren Tagen gehabt hatte. Lou schien schrecklich verlegen zu werden, als wollte er etwas sagen, brächte es aber nicht heraus.

»Ja, dann ... Ich bin froh, daß ich Sie getroffen habe«, sagte Lou, Lauries Blick ausweichend. »Also ... bis später dann. Wiedersehn.« Lou drehte sich um und ging ins Polizeibüro.

Einen Augenblick verfolgte Laurie Lous müde, schwerfällige Schritte, und erneut rührte sie das Gefühl der Einsamkeit dieses Mannes an. Sie fragte sich, ob er sie wieder zum Essen hatte einladen wollen.

Einen Augenblick wußte Laurie nicht, wohin sie hatte gehen wollen. Doch ihr Zorn kehrte in dem Moment zurück, als sie sich an Dr. Washingtons Versuch erinnerte, sie von ihrer Fallserie abzubringen. Mit erneuter Entschlossenheit begab sie sich zu seinem Büro und klopfte an die offene Tür. Sie stand vor ihm, bevor er auch nur ein Wort sagen konnte.

Calvin saß hinter einem Berg von Schriftstücken. Er blickte über den Rand seiner metallgefaßten Lesebrille, die sich auf seinem breiten Gesicht winzig ausnahm. Er war offenbar nicht begeistert, Laurie zu sehen. »Was gibt es, Montgomery?«

»Letzte Nacht hat es zwei weitere ähnliche Fälle gegeben wie die, an denen ich interessiert bin«, begann Laurie.

»Sie sagen mir nichts, was ich nicht schon wüßte«, unterbrach er sie.

»Ich weiß, ich habe heute meinen Schreibtag, aber ich wäre Ihnen sehr dankbar, wenn Sie mich die Autopsien machen ließen. Irgend etwas sagt mir, daß diese Fälle zusammenhängen. Wenn ich sie alle bekomme, entdecke ich vielleicht irgendwelche Verbindungen.«

»Wir haben schon am Telefon darüber gesprochen«, sagte Calvin. »Ich habe Ihnen gesagt, daß ich das Gefühl habe, Sie lassen sich fortreißen. Sie sind nicht mehr objektiv.«

»Bitte, Dr. Washington«, sagte Laurie, obwohl sie es haßte zu bitten.

»Nein, verdammt noch mal!« Calvin schlug mit der flachen Hand auf den Tisch. Er erhob sich. »George Fontworth macht die Überdosisfälle, und ich möchte, daß Sie sich an Ihre Arbeit halten. Sie haben einige Ihrer Fälle noch nicht abgeschlossen. Das brauche ich Ihnen wohl nicht zu sagen. Ich kann solchen Ärger jetzt nicht gebrauchen. Nicht bei dem Druck, unter dem wir gerade stehen.«

Laurie nickte, dann verließ sie das Büro. Wäre sie nicht so wütend gewesen, hätte sie wahrscheinlich geheult. Sie ging direkt weiter zu Bingham.

Diesmal wartete sie, bis sie hereingerufen wurde. Bingham telefonierte noch, doch er winkte ihr, näher zu treten.

Laurie hatte den Eindruck, daß Bingham mit jemandem im Rathaus sprach, er sagte immer wieder: »Ja«, »Sicher« und »Selbstverständlich«.

Als er schließlich auflegte und Laurie ansah, wußte sie, daß er wütend war. Der Zeitpunkt ihres Besuchs war nicht günstig. Aber nun konnte sie nicht zurück.

»Ich werde bewußt davon abgehalten, mich weiter um diese Überdosisfälle zu kümmern«, begann sie. Sie versuchte, beherrscht zu klingen, doch ihre Stimme war emotionsgeladen. »Dr. Washington hat veranlaßt, daß ich letzte Nacht an keinen der

Tatorte gerufen wurde. Er weist mir nicht die entsprechenden Autopsien zu. Ich glaube nicht, daß es im Interesse des Instituts ist, mich von diesen Fällen auszuschließen.«

Bingham führte die Hände ans Gesicht und rieb sich die Augen. Als er wieder zu Laurie aufsah, waren seine Augen gerötet. »Wir werden in der Presse verstärkt angegriffen, einen Mordfall im Central Park mangelhaft abgewickelt zu haben; wir haben eine Welle brutaler professioneller Morde, die den Gipfel des allnächtlichen New Yorker Chaos darstellen; und jetzt kommen Sie noch und machen Ärger. Ich kann es nicht fassen, Dr. Montgomery. Wirklich, ich kann es nicht fassen.«

»Ich möchte, daß man mir erlaubt, diese Fälle weiter zu bearbeiten«, sagte Laurie. »Inzwischen sind es mindestens vierzehn. Irgend jemand muß den Überblick behalten. Ich meine, daß ich das kann. Ich bin überzeugt, daß wir es mit einer weitgestreuten Serie von Unglücksfällen zu tun haben. Wenn es eine Verunreinigung gibt, und ich bin überzeugt, daß es sie gibt, müssen wir die Öffentlichkeit warnen!«

Bingham blickte zur Decke, hob die Hände und sagte leise vor sich hin: »Sie ist seit etwa fünf Monaten hier und will mir sagen, wie das Institut zu leiten ist.« Er schüttelte den Kopf. Dann richtete er seine Augen wieder auf Laurie. Diesmal sprach er um einiges schärfer.

»Calvin ist ein fähiger Verwaltungsmann. Das heißt, er ist mehr als fähig, er ist hervorragend. Was er sagt, gilt. Haben Sie verstanden? Das wär's; das Thema ist erledigt.« Damit wandte er sich dem Stoß Briefe zu, die sich in seinem Eingangskorb stapelten.

Laurie ging sofort weiter zum Labor. Sie hielt es für das beste, in Bewegung zu bleiben, sonst würde sie vielleicht etwas Übereiltes tun, das sie später bereuen müßte. Sie suchte Peter Letterman, lief jedoch John DeVries in die Arme. »Vielen Dank, daß Sie beim Chef ein gutes Wort für mich eingelegt haben«, sagte sie sarkastisch. In ihrem Zorn war sie nicht imstande, sich zu bremsen.

»Ich mag nicht, wenn man mich drängelt«, erwiderte John. »Ich habe Sie gewarnt.«

»Ich habe Sie nicht gedrängelt«, gab Laurie zurück. »Ich habe Sie lediglich gebeten, Ihre Arbeit zu tun. Haben Sie eine Verunreinigung gefunden?«

»Nein«, sagte John. Er schob sich an ihr vorbei, ohne sie einer weiteren Antwort zu würdigen.

Laurie schüttelte den Kopf. Sie fragte sich, ob ihre Tage im Gerichtsmedizinischen Institut für New York City gezählt waren.

Sie entdeckte Peter in einer Ecke des Labors, wo er am größten und neuesten Gaschromatographen saß.

»Sie gehen John am besten aus dem Weg«, riet er. »Mir blieb nichts anderes übrig, als das mit anzuhören.«

»Glauben Sie mir, ich wollte nicht zu ihm«, sagte Laurie.

»Ich habe auch keine Verunreinigung gefunden«, erklärte Peter. »Aber ich habe Proben mit diesem Gaschromatographen untersucht. Er hat eine sogenannte ›Falle‹. Falls wir etwas entdecken, dann mit dem Ding hier.«

»Bleiben Sie dran«, sagte Laurie. »Wir sind inzwischen bei vierzehn Fällen.«

»Ich habe etwas rausgefunden«, sagte Peter. »Wie Sie wissen, hydrolysiert Kokain zu Benzoylekgonin, Ekgoninmethylester und Ekgonin.«

»Ja«, sagte Laurie. »Und weiter?«

»Jeder Posten Kokain, der hergestellt wird, weist ganz spezifische Prozentwerte dieser Hydrolysate auf«, erklärte Peter. »Wenn man also die Zusammensetzung untersucht, kann man eine ziemlich genaue Aussage über die Herkunft der Proben machen.«

»Und?«

»Sämtliche Proben, die ich aus den Spritzen entnommen habe, weisen die gleichen Prozentwerte auf. Das heißt, das Kokain stammt aus ein und demselben Posten.«

»Also aus der gleichen Quelle«, ergänzte Laurie.

»Genau.«

»Das habe ich vermutet«, sagte Laurie. »Schön, daß es dokumentiert worden ist.«

»Ich gebe Ihnen Bescheid, wenn ich mit diesem Gerät irgendeine Verunreinigung finde.«

»Bitte, tun Sie das. Wenn ich den Beweis für eine Verunreinigung hätte, würde Dr. Bingham sicher eine Erklärung veröffentlichen.« Doch als Laurie zu ihrem Zimmer ging, fragte sie sich, ob sie überhaupt bei irgend etwas sicher sein konnte.

»Laß meinen Arm los!« schnauzte Cerino. Angelo hatte ihn durch die Tür in Jordan Scheffields Praxis führen wollen. »Ich kann mehr sehen, als du denkst.« Cerino hatte seinen Stock mit der roten Spitze bei sich, benutzte ihn jedoch nicht. Tony trat als letzter ein und zog die Tür zu.

Eine von Jordans Sprechstundenhilfen führte die Gruppe durch den Gang in ein Behandlungszimmer und sorgte dafür, daß Cerino bequem in einem der Untersuchungsstühle saß.

Wenn Cerino zu Jordan in die Praxis kam, nahm er nicht den normalen Eingang; das Wartezimmer umging er ohnehin. Das war der übliche Weg für alle VIP-Patienten Jordans.

»O Gott!« rief die Sprechstundenhilfe, als sie Tonys Gesicht sah. Vom linken Ohr lief eine tiefe Rißwunde bis zum Mundwinkel. »Das ist aber eine häßliche Wunde. Wie ist das denn passiert?«

»Eine Katze«, sagte Tony und hielt verlegen eine Hand vor das Gesicht.

»Hoffentlich haben Sie eine Tetanusspritze bekommen. Sollen wir Ihnen die Wunde auswaschen?«

»Nein, danke«, wehrte Tony ab, dem diese Fürsorge im Beisein von Cerino peinlich war.

»Lassen Sie mich wissen, wenn Sie Ihre Meinung ändern«, sagte die Sprechstundenhilfe und ging zur Tür.

»Gib mir Feuer«, sagte Cerino, als sie den Raum verlassen hatte. Angelo zündete Paul die Zigarette an, dann nahm er sich selbst eine.

Tony entdeckte etwas abseits einen Sessel und setzte sich. Angelo blieb links hinter Cerino stehen. Beide, er und Tony, waren erschöpft, da sie wegen Cerinos unerwartetem Besuch beim Arzt aus dem Bett geholt worden waren. Beide litten auch noch unter den Nachwirkungen ihrer Erlebnisse bei den beiden letzten Unternehmungen, vor allem Angelo.

»Da sind wir wieder in Disneyland«, sagte Paul.

Der Raum blieb stehen, und die Wand ging in die Höhe. Jordan stand in seinem Sprechzimmer, Cerinos Akte in der Hand. Als er vortrat, bemerkte er augenblicklich den Zigarettenrauch.

»Entschuldigen Sie«, sagte er, »aber hier darf nicht geraucht werden.«

Angelo suchte nervös nach einer Ablage für seine brennende Zigarette. Cerino packte ihn am Arm und bedeutete ihm, sich nicht zu rühren.

»Wenn wir rauchen möchten, dann rauchen wir«, sagte er. »Wie ich Ihnen schon sagte, als Sie mich anriefen, Doktor, bin ich etwas unzufrieden mit Ihnen, und ich wiederhole das hier ausdrücklich.«

»Aber die Instrumente«, sagte Jordan und zeigte auf die Spaltlampe. »Rauch ist schädlich für sie.«

»Zum Teufel mit den Instrumenten, Doktor«, sagte Paul. »Ich will wissen, warum Sie in der ganzen Stadt herumposaunen, wie es mir geht.«

»Wovon reden Sie?« fragte Jordan. Cerino hatte am Telefon gesagt, daß er verärgert sei. Jordan hatte angenommen, daß es etwas mit dem Warten auf ein geeignetes Hornhauttransplantat zu tun habe. Cerinos Vorwurf traf ihn vollkommen unvorbereitet.

»Ich rede von einem Detective mit Namen Lou Soldano«, sagte Paul. »Und von einem Weibsbild mit Namen Dr. Laurie Montgomery. Sie haben es dem Weibsbild erzählt, das Weibsbild hat es dem Detective erzählt, und der Detective kam zu mir. Ich will Ihnen eins sagen, Doktor. Mir stinkt das ganz gewaltig. Ich habe versucht, die Einzelheiten meines kleinen Unfalls geheimzuhalten. Aus geschäftlichen Gründen, verstehen Sie?«

»Wir Ärzte diskutieren manchmal über einen Fall«, verteidigte Jordan sich. Ihm war plötzlich sehr warm geworden.

»Geben Sie mir keine Chance mehr, Doktor?« sagte Paul spöttisch. »Wie ich höre, ist diese vermeintliche Kollegin Gerichtspathologin. Und für den Fall, daß Sie es noch nicht bemerkt haben, ich bin noch nicht tot. Und wenn *Sie* sie aus irgendeinem seltsamen Grund konsultiert hätten, würde sie darüber nicht mit einem Detective vom Morddezernat geplaudert haben. Da müssen Sie mir schon eine bessere Erklärung liefern.«

Jordan saß in der Klemme. Ihm fiel keine plausible Ausrede ein.

»Tatsache ist, daß Sie die Schweigepflicht nicht gewahrt haben, Doktor. Das ist doch das schöne Wort, das ihr Ärzte immer gebraucht, oder? So wie ich das sehe, könnte ich zu einem Anwalt gehen und Ihnen ein Verfahren wegen standeswidrigen Verhaltens anhängen, nicht wahr?«

»Ich bin mir nicht sicher ...« Jordan brachte keinen vollständigen Satz heraus.

»Ich will Ihre Ausreden gar nicht hören«, fuhr Cerino fort. »Wahrscheinlich gehe ich nicht zu einem Anwalt. Wissen Sie, warum? Ich habe viele Freunde, die billiger als ein Anwalt sind und viel effektiver arbeiten. Wissen Sie, Doktor, meine Freunde sind eine Art Spezialisten wie Sie: Spezialisten für Kniescheiben, Beinknochen und Handgelenke. Ich kann mir sehr gut vorstellen, was es für Ihre Praxis bedeuten würde, wenn Ihre Hand zufällig von einer Autotür zerquetscht würde.«

»Mr. Cerino ...«, sagte Jordan in besänftigendem Ton, doch Paul fiel ihm ins Wort.

»Ich denke, ich habe mich klar ausgedrückt, Doktor. Ich verlasse mich darauf, daß Sie nicht mehr herumquatschen. Kapiert?«

Jordan nickte. Seine Hände zitterten.

»Nun, Doktor, es ist nicht meine Absicht, Sie zu beunruhigen. Ich möchte Sie in guter Verfassung, sonst nichts. Denn dahin sollen Sie auch mich bringen: in gute Verfassung. Ich war sehr erfreut, als Ihre Sprechstundenhilfe heute morgen anrief und sagte, daß ich wegen der Operation vorbeikommen könnte.«

»Ich bin auch sehr froh«, sagte Jordan und versuchte, etwas Professionalität und Haltung zurückzugewinnen. »Sie haben

Glück, daß Ihre Chance so schnell gekommen ist. Die Wartezeit war sehr viel kürzer als gewöhnlich.«

»Für mich nicht kurz genug«, erwiderte Paul. »In meiner Branche brauche ich alle meine fünf Sinne und noch einige mehr. Es gibt jede Menge Schurken, die mich liebend gern aus dem Verkehr ziehen oder ins Jenseits befördern würden. Bringen wir's also hinter uns.«

»Von mir aus gern«, sagte Jordan nervös. Er legte Cerinos Akte auf das Linsengestell. Er setzte sich rittlings auf einen kleinen, fahrbaren Hocker vor Cerinos Untersuchungsstuhl, schwenkte die Spaltlampe und wies Cerino an, sein Kinn auf die Kinnstütze zu legen.

Mit zitternder Hand faßte Jordan nach unten und schaltete die Spaltlampe an. Dabei traf ihn eine Wolke von Knoblauch aus Cerinos Mund.

»Wie ich höre, haben Sie in letzter Zeit mehr operiert als sonst«, sagte Paul.

»Das stimmt«, bestätigte Jordan.

»Da ich selbst Geschäftsmann bin, denke ich mir, daß Sie möglichst viel operieren möchten, weil damit das große Geld zu machen ist.«

»Das ist richtig.« Jordan bewegte den Strahl der Spaltlampe so, daß er auf Cerinos stark vernarbte Hornhaut fiel.

»Ich habe da so einige Ideen, wie man Ihr Operationsgeschäft beleben könnte«, sagte Cerino. »Wäre das interessant für Sie?«

»Selbstverständlich«, erwiderte Jordan.

»Bringen Sie meine Augen erst mal in Ordnung, Doktor«, sagte Cerino. »Wenn Sie das machen, bleiben wir Freunde. Und dann, wer weiß? Vielleicht kommen wir ins Geschäft.«

Jordan war sich nicht sicher, ob er mit diesem Kerl befreundet sein wollte, aber sein Feind wollte er ganz bestimmt nicht sein. Er hatte das Gefühl, daß Paul Cerinos Feinde nicht lange lebten. Er war fest entschlossen, bei Cerino sein Bestes zu geben. Und er hatte auch schon eine andere Entscheidung getroffen: Er würde dem Mann keine Rechnung schicken.

Laurie legte den Kugelschreiber weg und lehnte sich zurück. Sie hatte versucht, sich auf ihre Schreibarbeit zu konzentrieren, doch sie kam nicht recht vom Fleck. Ihre Gedanken schweiften immer wieder ab zu den Überdosisfällen. Es irritierte sie, daß sie nicht im Sektionssaal stand und die beiden Fälle bearbeitete, die in der Nacht eingeliefert worden waren.

Sie hatte der Versuchung widerstanden, sich nach unten zu stehlen und Fontworth bei der Arbeit über die Schulter zu schauen. Calvin wäre in die Luft gegangen, wenn er sie dort gesehen hätte. Laurie blickte auf die Uhr. Sie entschied, daß es spät genug sei, nach unten zu gehen und nachzusehen, ob Fontworth irgend etwas entdeckt hatte. Sie war gerade aufgestanden, da kam Lou herein.

»Beim Aufbruch?« fragte er.

Laurie setzte sich wieder. »Wahrscheinlich besser, wenn ich bleibe.«

»Ja?«

»Es ist eine lange Geschichte«, sagte Laurie. »Wie läuft's bei Ihnen? Sie sehen erschöpft aus.«

»Das bin ich auch«, räumte Lou ein. »Ich bin seit drei auf den Beinen. Und bei Autopsien zusehen, die nicht Sie machen, ist Arbeit.«

»Sind sie fertig?« fragte Laurie.

»Ach, woher denn«, sagte Lou. »Ich bin fertig, ich konnte nicht mehr stehen. Aber die beiden Ärzte werden wahrscheinlich den ganzen Tag für die vier Fälle und den Hund brauchen.«

»Den Hund?«

»In einem Fall hat der Killer nicht nur den Mann und die Frau erschossen, sondern auch den Hund«, sagte Lou. »Der Hund wird natürlich nicht obduziert. Das war nur ein Scherz.«

»Irgendwas Brauchbares entdeckt?«

»Ich weiß nicht. Das Geschoßkaliber scheint ähnlich zu sein wie das in Queens, aber wir müssen warten, was die Ballistiker sagen, bevor wir sicher sind, daß dieselben Waffen verwendet wurden. Und die Ballistik ist Wochen im Rückstand.«

»Noch keine Ideen?«

Lou schüttelte den Kopf. »Leider nein. Die Fälle in Queens ließen auf einen Zusammenhang mit Restaurants schließen, aber die beiden Fälle jetzt haben nichts mit der Branche zu tun. Ein Opfer war ein einflußreicher Banker, der viel Geld in den Wahlkampf des Bürgermeisters gesteckt hat. Der andere war Manager in einem der großen Auktionshäuser.«

»Noch immer keine Verbindung zur organisierten Kriminalität?«

»Nichts. Aber wir gehen der Sache weiter nach. Keine Frage, daß hier Profis am Werk waren. Ich habe zwei weitere Teams auf diese beiden Manhattan-Fälle angesetzt. Mit den drei Teams in Queens und den beiden neuen bin ich personell am Ende. Das einzig Positive bisher ist, daß die Haushälterin aus einem der Häuser noch lebt. Wenn sie durchkommt, haben wir unsere erste Zeugin.«

»Ich hätte in meiner Serie auch gern was Positives«, sagte Laurie. »Wenn doch nur einer die Überdosis überleben würde! Ich wünschte, ich hätte ein paar Mitarbeiter, um die Herkunft des Kokains herauszufinden, das alle diese Menschen umbringt.«

»Glauben Sie, daß es aus einer einzigen Quelle stammt?«

»Ich weiß es«, sagte Laurie. Sie erklärte ihm, wie Peter den wissenschaftlichen Nachweis geführt hatte.

In dem Moment ertönte Lous Piepser. Lou prüfte die Nummer. »Da wir gerade von Mitarbeitern reden«, sagte er. »Das ist einer meiner Männer. Darf ich Ihr Telefon benutzen?«

Laurie nickte.

»Was gibt's, Norman?« fragte Lou. Er hatte den Lautsprecher eingeschaltet, so daß Laurie das Gespräch mithören konnte.

»Wahrscheinlich ist es nichts«, sagte Norman. »Aber ich dachte, ich sag's Ihnen doch. Ich habe bei diesen drei Fällen eine Gemeinsamkeit gefunden: einen Arzt.«

»Wirklich?« sagte Lou. Er verdrehte, zu Laurie gewandt, die Augen. Das war nicht gerade der Durchbruch, auf den er gehofft hatte. »Das ist keine Gemeinsamkeit, die uns in diesem Mordfall viel helfen wird, Norman.«

»Ich weiß«, sagte Norman. »Aber es ist das einzige, was rausgekommen ist. Sie erinnern sich, daß Sie mir erzählt haben, Steven Vivonetto und Janice Singleton wären unheilbar krank gewesen?«

»Ja«, sagte Lou. »War von den Kaufmans auch jemand unheilbar krank?«

»Nein, aber auch Henriette Kaufman war in ärztlicher Behandlung. Und zwar beim selben Arzt, bei dem auch Steven Vivonetto und Janice Singleton waren. Steven und Janice waren natürlich noch bei einem Dutzend anderer Ärzte. Aber es gibt einen Arzt, der alle drei behandelt hat.«

»Und was für ein Arzt ist das?«

»Ein Augenarzt. Heißt Jordan Scheffield.«

Lou sah erstaunt auf. Er konnte kaum glauben, was er gehört hatte. Er warf Laurie einen kurzen Blick zu. In ihren Augen stand das gleiche Erstaunen.

»Wie haben Sie das herausgefunden?« fragte Lou.

»Reiner Zufall«, räumte Norman ein. »Nachdem Sie mir gesagt hatten, daß Steven und Janice unheilbar krank waren, habe ich mir die Krankenakten von allen angesehen. Mir ist die Gemeinsamkeit erst aufgefallen, als ich das ganze Material, das gekommen war, noch einmal durchgegangen bin. Meinen Sie, es ist wichtig?«

»Ich weiß noch nicht«, sagte Lou. »Auf jeden Fall eigenartig.«

»Soll ich die Sache in irgendeiner Weise im Auge behalten?«

»Ich wüßte nicht mal wie. Lassen Sie mich darüber nachdenken. Machen Sie auf jeden Fall mit der Untersuchung weiter.«

Lou legte auf. »Tja, die Welt ist klein. Entweder das, oder Ihr Freund kommt ganz schön herum.«

»Er ist nicht mein Freund«, erwiderte Laurie gereizt.

»Oh, Entschuldigung«, sagte Lou. »Das hatte ich ganz vergessen. Ihr Bekannter.«

»Wissen Sie, an dem Abend, als Marsha Schulman verschwand, erzählte Jordan mir, daß in seine Praxis eingebrochen worden ist. Jemand hatte seine Akten durchsucht.«

»Wurden welche gestohlen?«

»Nein. Einige wurden offenbar kopiert. Ich habe ihn in Cerinos Akte nachsehen lassen; es war eine von denen, die herausgenommen worden waren.«

»Im Ernst?« fragte Lou. Er saß mehrere Minuten in nachdenklichem Schweigen da.

Laurie schwieg ebenfalls.

»Es ergibt nicht viel Sinn«, meinte Lou schließlich. »Hat sich der Lucia-Clan eingeschaltet, weil Cerino sich von Scheffield behandeln läßt? Ich versuche die ganze Zeit, Cerinos Rivalen Vinnie Dominick da einzubauen, aber ich kann mir keinen Reim auf all das machen.«

»Was wir machen könnten, wäre, die Gangsteropfer zu überprüfen, die heute eingeliefert wurden, um zu sehen, ob unter ihnen ebenfalls Patienten von Jordan sind.«

Lous Gesicht hellte sich auf. »Das ist ein guter Gedanke. Freut mich, daß ich drauf gekommen bin.« Er grinste.

Mit gespieltem Unmut warf Laurie eine Büroklammer nach ihm.

Fünf Minuten später betraten sie in Schutzkleidung den Sektionssaal. Glücklicherweise war Calvin nirgendwo zu sehen.

Sowohl Southgate wie Besserman waren bei ihrer zweiten Obduktion. Southgate war fast fertig; die Kaufmans mit ihren eindeutigen Kopfwunden waren ziemlich unproblematische Fälle. Die Fälle von Besserman waren komplizierter. Er hatte zuerst Dwight Sorenson obduziert, bei dem drei Schußkanäle untersucht werden mußten. Es war eine mühsame und zeitraubende Arbeit gewesen, so daß Besserman gerade erst mit der Obduktion Amy Sorensons begonnen hatte, als Lou und Laurie auftauchten.

Mit Erlaubnis der Ärzte überflogen Laurie und Lou die Unterlagen der einzelnen Fälle. Leider gaben die Krankengeschichten nicht viel her.

»Ich habe eine bessere Idee«, sagte Laurie. Sie ging zum Telefon und rief Cheryl Myers an.

»Cheryl, ich möchte Sie um einen Gefallen bitten«, sagte sie.

»Ja, bitte?« sagte Cheryl freundlich.

»Sie wissen von den vier Manhattan-Morden, die wir heute bekommen haben? Die hier soviel Wirbel verursacht haben. Ich möchte wissen, ob jemand von denen jemals bei einem Augenarzt namens Jordan Scheffield in Behandlung war.«

»Wird gemacht«, sagte Cheryl. »Ich rufe Sie in ein paar Minuten zurück. Wo sind Sie?«

»Ich bin in der Grube.«

Laurie versicherte Lou, daß sie bald Bescheid wissen würden. Dann ging sie zu George Fontworth hinüber. Er war gerade mit seinem zweiten Überdosisfall fertig, Julia Myerholtz.

»Calvin hat mir gesagt, ich solle heute nicht mit Ihnen reden«, empfing George sie. »Ich möchte mich nicht mit ihm anlegen.«

»Beantworten Sie mir nur das: Wurde das Kokain intravenös gespritzt?«

»Ja«, sagte George. Sein Blick ging unruhig hin und her, als erwarte er, daß Calvin jeden Moment angebraust käme.

»Waren die Autopsien normal, bis auf die Anzeichen von Überdosis und Toxizität?«

»Ja«, antwortete George. »Kommen Sie, Laurie, bringen Sie mich nicht in eine solche Lage.«

»Nur noch eine Frage«, beharrte Laurie. »Gab es irgendwelche Überraschungen?«

»Nur eine«, sagte George. »Aber darüber wissen Sie ja Bescheid. Ich hatte nur nicht gehört, daß es bei Fällen dieser Art das übliche ist. Ich meine, es hätte auf der Donnerstagskonferenz besprochen werden sollen.«

»Wovon reden Sie?« fragte Laurie.

»Bitte«, sagte George. »Stellen Sie sich nicht dumm. Calvin hat mir gesagt, daß es auf Ihrem Mist gewachsen ist.«

»Ich weiß nicht, wovon Sie reden«, wiederholte Laurie.

»Ach du grüne Neune!« stöhnte George. »Da kommt Calvin. Bye, Laurie.«

Laurie drehte sich gerade noch rechtzeitig um und sah, wie Calvins massige Gestalt durch die Pendeltür kam. Selbst in Schutzkleidung und Handschuhen war er nicht zu verwechseln.

Laurie trat rasch von Georges Tisch zurück und ging schnurstracks zum Hauptaushang mit den heutigen Autopsien. Sie brauchte einen Grund für den Fall, daß Calvin sie fragte, warum sie hier war. Geschwind suchte sie den Namen Mary O'Connor. Sie fand ihn und sah, daß Paul Plodgett für die Autopsie eingeteilt war. Er arbeitete am Tisch hinten an der Wand. Laurie ging zu ihm.

»Ich habe eine ganze Menge entdeckt«, sagte Paul, als Laurie fragte, wie die Autopsie laufe.

Laurie warf einen verstohlenen Blick über die Schulter. Calvin war direkt zum Tisch von Besserman gegangen.

»Was, meinen Sie, ist die Todesursache?« fragte Laurie. Sie war erleichtert, daß Calvin sie nicht gesehen hatte, oder wenn doch, nichts gegen ihre Anwesenheit einwendete.

»Eindeutig kardiovaskulär«, erklärte Paul und betrachtete den Körper Mary O'Connors. Die Frau war stark übergewichtig. Gesicht und Kopf waren dunkelblau, fast purpurn.

»Viele krankhafte Befunde?« fragte Laurie.

»Genug«, meinte Paul. »Sie hatte eine leichte Koronarinsuffizienz. Auch die Mitralklappe war in ziemlich schlechtem Zustand. Das Herz selbst schien sehr schlaff zu sein. Es kommen also einige Auslöser in Frage.«

Laurie dachte, daß Jordan diese Nachricht sicher gern hören würde. »Sie ist furchtbar blau«, sagte sie dann.

»Stimmt. Ziemlich starke Kongestion in Kopf und Lunge. Muß ein qualvoller Todeskampf gewesen sein. Sie wollte nicht sterben, die arme Frau. Sie hat sich offenbar in die Lippe gebissen.«

»Tatsächlich?« fragte Laurie. »Glauben Sie, daß sie einen Anfall hatte?«

»Möglich«, meinte Paul. »Aber es ist eher eine Abschürfung, als ob sie an der Lippe gekaut hätte.«

»Darf ich mal sehen?«

Paul zog Mary O'Connors Oberlippe zurück.

»Sie haben recht«, sagte Laurie. »Und was ist mit der Zunge?«

»Normal«, erwiderte Paul. »Deshalb glaube ich auch nicht an

einen Anfall. Vielleicht hatte sie starke terminale Schmerzen, möglicherweise ergeben die mikroskopischen Herzproben irgend etwas Pathognomonisches, aber ich bin sicher, der Fall wird in die Kategorie ›Unbekannter Coup de grâce‹ fallen, zumindest spezifisch. Generell, davon bin ich überzeugt, war es kardiovaskulär.«

Laurie nickte, betrachtete aber Mary O'Connor weiter. Irgend etwas an dem Fall machte sie stutzig. Es weckte eine Erinnerung, die sie nicht richtig fassen konnte.

»Was ist denn mit diesen Petechien auf ihrem Gesicht?« fragte sie.

»Die treten beim terminalen Herzleiden auf«, sagte Paul.

»So stark?«

»Wie ich schon sagte, es muß ein schwerer Todeskampf gewesen sein.«

»Können Sie mir Bescheid geben, was bei der mikroskopischen Untersuchung herausgekommen ist?« fragte Laurie. »Sie war die Patientin eines Freundes. Ihn interessiert sehr, was Sie feststellen.«

»Wird gemacht«, versprach Paul.

Laurie bemerkte, daß Calvin von Besserman zu Fontworth gegangen war. Lou war an Southgates Tisch zurückgekehrt. Sie ging zu ihm.

»Entschuldigung«, sagte sie.

»Macht nichts«, sagte Lou. »Ich fühle mich hier schon wie zu Hause.«

»He, Laurie, Telefon für Sie«, rief eine Stimme, den allgemeinen Geräuschpegel des geschäftigen Sektionssaals übertönend. Laurie wagte nicht, in Calvins Richtung zu blicken, als sie zum Telefon ging. Sie griff zum Hörer: Es war Cheryl.

»Ich wünschte, Ihre Anfragen wären alle so einfach«, sagte Cheryl. »Ich habe in der Praxis von Dr. Scheffield angerufen, und die Sekretärin war sehr hilfsbereit. Henriette Kaufman und Dwight Sorenson waren beide Patienten. Hilft Ihnen das weiter?«

»Ich weiß noch nicht«, antwortete Laurie. »Aber es ist sehr interessant. Vielen Dank.«

Sie ging zu Lou zurück und berichtete ihm, was sie erfahren hatte.

»Mann!« sagte er. »Damit ist jeder Zufall ausgeschlossen. Wenigstens nehme ich das an.«

»Nicht unbedingt«, meinte Laurie. »Allerdings ist die Wahrscheinlichkeit, daß es ein Zufall ist, äußerst gering.«

»Aber was bedeutet es?« fragte Lou. »Und hat es etwas mit Cerino zu tun? Irgendwie ergibt es keinen Sinn. Trotzdem, ich muß mich sofort dahinterklemmen. Ich melde mich wieder.« Er war fort, bevor Laurie noch auf Wiedersehen sagen konnte.

Laurie wagte einen letzten schnellen Blick auf Calvin. Er sprach immer noch mit George und schien ihre Anwesenheit nicht zur Kenntnis zu nehmen.

Wieder in ihrem Zimmer, rief sie Jordan an. Wie üblich war er bei einer Operation. Sie hinterließ eine Nachricht mit der Bitte um Rückruf.

Der Versuch, sich wieder an die Arbeit zu machen, hatte kaum mehr Erfolg als vorher. In ihrem Kopf drehte sich alles: ihre prekäre berufliche Lage, die Serie der Überdosisfälle und das seltsame Zusammentreffen, daß Jordan fünf Personen behandelte, die das Opfer von Gangstern geworden waren.

Ihre Gedanken wanderten zurück zu Mary O'Connor. Und plötzlich fiel ihr ein, woran sie sich vorhin nicht hatte erinnern können. Die Abschürfungen an der Lippe, die roten Petechien und die tiefpurpurne Verfärbung des Gesichts deuteten auf gewaltsames Ersticken durch Zusammenpressen der Brust bei gleichzeitigem Zupressen des Mundes.

Laurie rief im Sektionssaal an und fragte nach Paul.

»Mir ist da ein Gedanke gekommen«, sagte sie, als sie verbunden war.

»Schießen Sie los.«

»Was halten Sie von gewaltsamem Ersticken als möglicher Todesursache im Fall O'Connor?«

Schweigen.

»Nun?« hakte Laurie nach.

»Das Opfer befand sich im Manhattan General«, erwiderte Paul. »Sie lag in einem Privatzimmer im Goldblatt-Trakt.«

»Versuchen Sie zu vergessen, wo sie lag«, sagte Laurie. »Betrachten Sie ausschließlich die Tatsachen.«

»Aber als Gerichtspathologen müssen wir auch die Umgebung berücksichtigen. Wenn wir das nicht täten, würden wir haufenweise Fehldiagnosen produzieren.«

»Ich weiß«, sagte Laurie. »Aber manchmal kann die Umgebung in die Irre führen. Was ist mit Morden, die so ausgeführt werden, daß sie wie Selbstmord aussehen?«

»Das ist was anderes«, sagte Paul.

»Wirklich?« fragte Laurie zweifelnd. »Egal, ich wollte nur, daß Sie auch an diese Möglichkeit denken. Nehmen Sie die Lippenabschürfung, die Petechien und die starke Kongestion von Gesicht und Kopf.«

Laurie hatte den Hörer kaum aufgelegt, da klingelte das Telefon. Es war Jordan. »Gut, daß Sie angerufen haben«, sagte er. »Ich wollte Sie auch anrufen. Ich bin mitten in einer Operation und habe nur ganz wenig Zeit. Ich habe mehrere Fälle, unter anderem Mr. Paul Cerino, wie Sie sicher gern hören.«

»O ja, aber...«, sagte Laurie.

»Und ich möchte Sie um einen Gefallen bitten«, fiel Jordan ihr ins Wort. »Um Cerino vorziehen zu können, mußte ich etwas jonglieren. Ich sitze also bis spät hier fest. Können wir unsere Verabredung verschieben? Vielleicht auf morgen abend?«

»Natürlich«, sagte Laurie. »Aber ich habe einiges, was ich Ihnen jetzt sagen muß.«

»Machen Sie's kurz«, bat Jordan.

»Zunächst wegen Mary O'Connor«, sagte Laurie. »Sie hatte ein Herzleiden.«

»Das beruhigt mich«, erklärte Jordan.

»Wissen Sie etwas über ihr Privatleben?«

»Nicht viel.«

»Was würden Sie zu der Möglichkeit sagen, daß sie ermordet wurde?«

»Ermordet?« fragte Jordan erschrocken. »Meinen Sie das im Ernst?«

»Es ist nur eine vage Idee«, gab Laurie zu. »Aber wenn Sie mir sagen würden, daß sie zwanzig Millionen hatte und im Begriff war, ihren liederlichen Enkel aus ihrem Testament zu streichen, könnte mir die Möglichkeit eines Mordes schon in den Sinn kommen.«

»Sie war gut situiert, aber nicht wohlhabend«, sagte Jordan. »Und darf ich Sie daran erinnern, daß Sie mich hinsichtlich ihres Todes beruhigen, nicht in Unruhe versetzen sollten?«

»Der Arzt, der sie obduziert hat, ist überzeugt, daß sie an einem Herzversagen gestorben ist«, sagte Laurie.

»Das klingt schon besser«, meinte Jordan. »Wo ist diese Mordversion entstanden?«

»In meiner fruchtbaren Phantasie«, sagte Laurie. »Und durch ein paar weitere ziemlich aufregende Neuigkeiten. Sitzen Sie gut?«

»Bitte, Laurie, keine Spielchen. Ich müßte längst wieder im OP sein.«

»Sagen Ihnen die Namen Henriette Kaufman und Dwight Sorenson etwas?« fragte Laurie.

»Es sind zwei Patienten. Warum?«

»Sie waren Ihre Patienten«, sagte Laurie. »Beide wurden letzte Nacht zusammen mit ihren Ehepartnern umgebracht. Sie werden gerade obduziert.«

»Mein Gott!« stöhnte Jordan.

»Aber das ist noch nicht alles«, fuhr Laurie fort. »In der vorletzten Nacht wurden drei weitere Patienten von Ihnen ermordet. Alle wurden auf eine Art erschossen, die auf eine Verbindung zum organisierten Verbrechen schließen läßt. Das ist zumindest das, was man mir gesagt hat.«

»O mein Gott«, sagte Jordan. »Und Paul Cerino war gerade erst heute morgen bei mir in der Praxis und hat mich bedroht. Das ist ein Alptraum.«

»Womit hat er Ihnen gedroht?«

»Ich mag überhaupt nicht darüber reden. Aber er ist ziemlich wütend auf mich, und ich fürchte, das habe ich Ihnen zu verdanken.«

»Mir?«

»Ich wollte eigentlich erst darüber sprechen, wenn wir uns sehen«, sagte Jordan, »aber da wir jetzt schon dabei sind –«

»Was?«

»Warum haben Sie einem Detective Soldano erzählt, daß ich Paul Cerino behandle?«

»Ich habe nicht angenommen, daß es vertraulich ist«, erwiderte Laurie. »Schließlich haben Sie auf der Party bei meinen Eltern darüber gesprochen.«

»Wahrscheinlich haben Sie recht«, meinte Jordan. »Aber warum haben Sie ausgerechnet einem Beamten des Morddezernats davon erzählt?«

»Er war hier und hat bei ein paar Obduktionen zugesehen«, erklärte Laurie. »Cerinos Name fiel im Zusammenhang mit mehreren Morden; einige nach Gangstermanier hingerichtete Opfer waren aus dem East River gezogen worden.«

»Großer Gott!«

»Es tut mir leid, daß ich Ihnen all diese schlimmen Nachrichten übermitteln muß.«

»Es ist nicht Ihre Schuld«, sagte Jordan. »Und ich glaube, es ist für mich besser, daß ich es weiß. Gott sei Dank operiere ich Cerino noch heute abend. Je eher ich ihn los bin, desto besser.«

»Seien Sie vorsichtig. Irgend etwas Seltsames ist im Gange. Ich weiß nur nicht, was.«

Jordan brauchte Lauries Mahnung, vorsichtig zu sein, nicht. Erst hatte Cerino gedroht, ihm die Hände zu verkrüppeln, und jetzt diese Nachricht, daß fünf seiner Patienten ermordet worden waren und eine weitere Frau tot, möglicherweise ebenfalls ermordet. Es war zuviel.

Ganz in Gedanken an diese aberwitzigen und doch so beängstigenden Umstände erhob Jordan sich aus dem Sessel im Chirurgenzimmer des Manhattan General Hospital und begab sich in den

OP. Er überlegte, ob er zur Polizei gehen und von Cerinos Drohung berichten sollte. Aber wenn er zur Polizei ging, was würde sie unternehmen? Wahrscheinlich gar nichts. Und was würde Cerino tun? Wahrscheinlich das, was er angedroht hatte. Jordan fröstelte vor Angst bei dem Gedanken, und er wünschte, Cerino hätte nie den Fuß über seine Schwelle gesetzt.

Während Jordan sich die Hände bürstete, versuchte er einen Grund zu finden, warum man fünf oder vielleicht sechs seiner Patienten ermordet hatte. Und was war mit Marsha? Aber sosehr er sich den Kopf zermarterte, ihm fiel kein Grund ein. Die Hände hoch haltend, betrat er den Operationssaal.

Operieren hatte für Jordan eine befreiende Wirkung. Er war froh, sich ganz in die äußerste Konzentration erfordernde Arbeit einer Hornhauttransplantation versenken zu können. Für die nächsten Stunden vergaß er alle Drohungen, Gangsteranschläge, ungelösten Mordfälle und Marsha Schulman.

»Wundervolle Arbeit«, bemerkte der junge Assistenzarzt, als Jordan fertig war.

»Vielen Dank.« Jordan strahlte. Und an die Schwestern gewandt, sagte er: »Ich bin im Chirurgenzimmer. Richten Sie alles so schnell wie möglich für den nächsten Fall her.«

»Jawohl, Eure Hoheit«, neckte ihn eine der Schwestern.

Jordan war erleichtert, daß Cerino der nächste war. Er wünschte nur, es wäre schon vorbei. Auch wenn bei seinen Operationen selten Komplikationen auftraten, auszuschließen waren sie nicht. Mit Schaudern dachte er an die Folgen einer postoperativen Infektion – nicht für Cerino, für sich selbst.

In seine besorgten Gedanken vertieft, vergaß Jordan seine Umgebung vollkommen. Und als er in einen der Sessel des Chirurgenzimmers sank und die Augen schloß, hatte er den Mann überhaupt nicht bemerkt, der ihm direkt gegenübersaß.

»Guten Abend, Doktor!«

Jordan öffnete die Augen. Es war Lou Soldano.

»Ihre Sekretärin hat mir gesagt, Sie wären hier oben. Ich habe es dringend gemacht. Ich hoffe, Sie haben nichts dagegen.«

Jordan setzte sich kerzengerade auf. Seine Augen suchten unruhig den Raum ab. Er wußte, daß Cerino in der Nähe sein mußte, im Moment wahrscheinlich im Ruheraum. Und das hieß, daß auch dieser hochgewachsene, hagere Gorilla hier irgendwo herumstrich. Cerino hatte darauf bestanden, und die Verwaltung hatte eingewilligt. Jordan gefiel der Gedanke gar nicht, daß Cerinos Mann ihn zusammen mit Lou Soldano sehen könnte. Er hatte keine Lust, Cerino das zu erklären.

»Es hat sich einiges getan«, fuhr Lou fort. »Ich hoffe, Sie haben vielleicht die eine oder andere Erklärung.«

»Ich habe gleich eine Operation«, sagte Jordan. Er machte Anstalten, aufzustehen.

»Bleiben Sie sitzen, Doktor«, sagte Lou. »Ich brauche nur eine Minute. Wenigstens im Moment. Wir haben uns den Kopf über fünf Morde der jüngsten Zeit zerbrochen, bei denen wir Grund zu der Annahme haben, daß sie von der- oder denselben Personen begangen wurden. Und die einzige Gemeinsamkeit, die wir bisher feststellen konnten – außer der Art, wie sie umgebracht wurden –, ist, daß es Patienten von Ihnen waren. Natürlich möchten wir gern von Ihnen wissen, ob Sie irgendeine Ahnung haben, warum diese Morde passiert sind.«

»Ich habe erst vor etwa einer Stunde davon erfahren«, erklärte Jordan unruhig. »Ich habe nicht den geringsten Verdacht. Aber ich kann Ihnen versichern, daß ich absolut nichts damit zu tun habe.«

»Wir können also unterstellen, daß alle ihre Rechnung bezahlt haben?« fragte Lou.

»Ich halte das unter den gegebenen Umständen für keine sehr witzige Bemerkung«, erwiderte Jordan aufgebracht.

»Entschuldigen Sie meinen schwarzen Humor«, sagte Lou. »Aber wenn ich mir vorstelle, wieviel diese Praxis gekostet haben muß und der Wagen, den Sie fahren...«

»Ich bin nicht verpflichtet, mit Ihnen zu sprechen, wenn ich das nicht will«, unterbrach Jordan Lou.

»Sie brauchen nicht jetzt mit mir zu sprechen«, erklärte Lou. »Das ist richtig. Aber irgendwann müssen Sie mit mir sprechen,

Sie könnten also auch gleich versuchen, kooperativ zu sein. Schließlich ist dies eine verdammt heikle Situation.«

Jordan lehnte sich zurück. »Was wollen Sie von mir? Ich habe dem, was Sie bereits wissen, nichts hinzuzufügen. Ich bin sicher, Sie wissen sehr viel mehr als ich.«

»Erzählen Sie mir von Martha Goldburg, Steven Vivonetto, Janice Singleton, Henriette Kaufman und Dwight Sorenson.«

»Sie waren Patienten von mir.«

»Wie war Ihre Diagnose?« Lou holte einen Block und Bleistift heraus.

»Das kann ich Ihnen nicht sagen. Das fällt unter die Schweigepflicht. Und halten Sie mir nicht als Präzedenzfall vor, daß ich mit Dr. Montgomery über den Fall Cerino gesprochen habe. Das war ein Fehler.«

»Ich kann mir die Auskunft auch von den Familien holen«, sagte Lou. »Warum machen Sie es mir nicht leichter?«

»Wenn die Familien Ihnen Auskunft geben wollen, ist das ihre Sache«, erklärte Jordan. »Ich bin nicht berechtigt, diese Daten preiszugeben.«

»Okay«, sagte Lou. »Sprechen wir also über Allgemeines. War die Diagnose bei diesen Patienten gleich?«

»Nein«, sagte Jordan.

»Nicht?« Lou sank merklich zusammen. »Sind Sie sicher?«

»Selbstverständlich bin ich sicher.«

Lou sah auf seinen leeren Block und dachte einen Moment nach. Dann blickte er auf und fragte: »Gab es zwischen diesen Patienten irgendwelche ungewöhnliche Gemeinsamkeiten? Kamen sie beispielsweise am selben Tag in die Praxis, irgendwas in der Richtung?«

»Nein«, sagte Jordan.

»Wurden ihre Akten aus irgendeinem Grund zusammen aufbewahrt?«

»Nein, meine Akten sind alphabetisch geordnet.«

»Hatte einer dieser Patienten einen Termin am selben Tag wie Cerino?«

»Das kann ich nicht sagen«, räumte Jordan ein. »Aber eins *kann* ich Ihnen sagen. Wenn Mr. Cerino in die Praxis kam, hat er nie einen anderen Patienten gesehen und auch kein anderer Patient ihn.«

»Sind Sie da sicher?«

»Absolut.«

Die Gegensprechanlage, die das Chirurgenzimmer mit dem OP verband, krächzte. Eine der OP-Schwestern berichtete Jordan, daß der Patient bereit sei und warte.

Jordan erhob sich. Lou ebenfalls.

»Ich muß in den OP«, erklärte Jordan.

»Okay«, sagte Lou. »Wir bleiben sicher in Verbindung.«

Lou setzte seinen Hut auf und verließ das Chirurgenzimmer.

Jordan folgte ihm bis zur Tür und blickte ihm nach, wie er durch den langen Gang zum Aufzug ging. Er sah, wie Lou auf den Knopf drückte, wartete, dann einstieg und seinen Blicken entschwand.

Jordan suchte den Gang nach Cerinos Leibwächter ab. Er ging durch die Halle, warf einen Blick in das Wartezimmer und war erleichtert, als er den hageren Mann nirgendwo entdeckte.

Jordan ging ins Chirurgenzimmer zurück. Im Umkleideraum benetzte er sein Gesicht mit kaltem Wasser. Er mußte sich zusammenreißen und versuchen, einen Moment auszuspannen, bevor er in den OP ging und Cerino operierte. Aber das war gar nicht einfach. So vieles stürmte auf ihn ein.

Besonders beunruhigte es ihn, daß es tatsächlich etwas gab, was die fünf Mordopfer verband und Mary O'Connor ebenfalls. Er war während des Gesprächs mit Lou Soldano darauf gekommen, hatte sich aber entschlossen, nichts davon zu sagen. Und die Tatsache, daß er sich so entschlossen hatte, irritierte ihn. Er wußte nicht, ob er es deshalb nicht erwähnt hatte, weil er sich über die Bedeutung im unklaren war oder weil er Angst hatte, selbst ein Opfer zu werden.

Auf dem Weg in den Operationssaal, wo Paul Cerino wartete, kam Jordan zu dem Schluß, daß es für ihn am sichersten war, gar nichts zu unternehmen.

Unvermittelt blieb er stehen. Ihm war noch etwas eingefallen. Trotz all dieser Probleme operierte er mehr als je zuvor. Dahinter mußte noch etwas anderes stecken. Während er weiterging, begann sich alles zu einem grotesken, unheimlichen Sinn zusammenzufügen. Er beschleunigte seine Schritte. Sich vollkommen ahnungslos stellen, jedem Risiko aus dem Weg gehen. Das war die sicherste Methode.

Er betrat den Operationssaal und ging zu Cerino, der merklich sediert war.

»Das haben wir im Nu hinter uns«, sagte Jordan. »Entspannen Sie sich.«

Er klopfte Cerino auf die Schulter und ging hinaus, um sich die Hände zu desinfizieren. Als er an einem der Assistenten, der eine Schutzmaske trug, vorbeikam, merkte er, daß es gar kein Assistent war. Es war der Hagere. Jordan erkannte die Augen wieder.

11

Freitag, 16.30 Uhr
Manhattan

Laurie zögerte, schon wieder ins Labor zu gehen. Sie wollte nicht riskieren, erneut mit John DeVries zusammenzustoßen. Aber es war unsinnig, im Moment weiter am Schreibtisch zu sitzen. Sie war viel zu zerstreut. Sie beschloß, Peter aufzusuchen. Er hatte inzwischen bestimmt weitere Ergebnisse.

»Ich weiß, Sie haben versprochen anzurufen, wenn Sie etwas finden«, begann Laurie, »aber ich mußte einfach kurz vorbeisehen und hören, wie es läuft.«

»Ich habe noch keine Verunreinigung entdeckt«, sagte Peter. »Aber ich habe etwas herausgefunden, was vielleicht wichtig ist. Kokain wird im Körper auf verschiedene Arten umgewandelt, wobei mehrere Metaboliten entstehen. Einer dieser Metaboliten ist Benzoylekgonin. Wenn ich das Verhältnis von Kokain und Benzoylekgonin im Blut, Urin und Gehirn Ihrer Opfer berechne, kann ich abschätzen, wieviel Zeit zwischen Injektion und Tod gelegen hat.«

»Und was haben Sie herausgefunden?«

»Ich habe festgestellt, daß eine große Übereinstimmung besteht. Ungefähr eine Stunde bei dreizehn der vierzehn Fällen. Aber bei einem Fall wich es ab. Robert Evans hatte aus irgendeinem Grund praktisch überhaupt kein Benzoylekgonin.«

»Und das bedeutet?« fragte Laurie.

»Es bedeutet, daß Robert Evans sehr schnell gestorben ist«, erklärte Peter. »Vielleicht binnen weniger Minuten. Vielleicht noch schneller, ich kann es wirklich nicht sagen.«

»Was ist Ihrer Meinung nach die Ursache?«

»Ich weiß es nicht. Sie sind der medizinische Spürhund, nicht ich.«

»Ich nehme an, er könnte eine sofortige Herzarrhythmie bekommen haben.«

Peter zuckte die Schultern. »Möglich«, sagte er. »Ich habe die Suche nach einer Verunreinigung noch nicht aufgegeben. Aber wenn ich was finde, bemißt es sich nach Nanomol.«

Entmutigt verließ Laurie die toxikologische Abteilung. Trotz aller Anstrengungen schien sie mit ihren Nachforschungen in diesen ungewöhnlichen Überdosisfällen nicht weiter zu sein als am Anfang. Sie wollte noch einmal mit George Fontworth sprechen, um zu erfahren, was ihn bei den Autopsien überrascht hatte. Sie ging hinunter und warf einen Blick in den Sektionssaal. George konnte sie nicht entdecken, aber sie sah Vinnie und fragte ihn nach George.

»Er ist vor etwa einer Stunde gegangen«, sagte Vinnie.

Laurie machte sich auf den Weg zu Georges Büro. Die Tür stand offen, aber er war nicht da. Da sein Zimmer direkt neben einem der serologischen Labors lag, ging Laurie hinein und fragte, ob jemand George gesehen habe.

»Er hat einen Termin beim Zahnarzt«, sagte einer der Laboranten. »Er hat gesagt, er käme später wieder, aber er wußte nicht, wann.«

Laurie nickte.

Sie ging hinaus und blieb in der Tür von Georges Zimmer stehen. Sie sah die Mappen der beiden Überdosisfälle, mit denen er sich heute beschäftigt hatte, auf dem Schreibtisch liegen.

Laurie warf einen Blick über die Schulter, um sicherzugehen, daß niemand sie sah, ging in das Zimmer und öffnete die obere Mappe. Es war die Akte von Julia Myerholtz. Das war der Fall, an dem George gearbeitet hatte, als Laurie an seinen Tisch gekommen war. Hastig überflog sie die Notizen. Sofort begriff sie, was er mit der »Überraschung« gemeint hatte. Offensichtlich hatte er genauso reagiert wie sie selbst bei Duncan Andrews.

Beim Blick in den gerichtsmedizinischen Untersuchungsbericht stellte Laurie fest, daß das Opfer am Ort des Geschehens von »Robert Nussman, Freund« identifiziert worden war.

Laurie riß ein Blatt vom Notizblock auf Georges Schreibtisch und schrieb Julias Adresse auf.

Sie wollte gerade die zweite Akte aufschlagen, als sie jemanden den Gang entlangkommen hörte. Sie machte die Mappe wieder zu, steckte den Zettel mit der Adresse ein und trat auf den Gang hinaus. Sie nickte und lächelte etwas gezwungen, als eine der Assistentinnen aus der Histologie vorbeiging.

Obwohl Bingham sie wegen ihres Besuchs in Duncan Andrews' Wohnung gerüffelt hatte, beschloß sie, sich die Wohnung von Julia Myerholtz anzusehen. Kurz entschlossen nahm sie ein Taxi. Sie redete sich ein, daß Binghams Ärger mehr mit dem einmaligen Umstand zu tun gehabt hatte, daß der Fall politisch so heikel gewesen war. Er hatte nichts gegen die Untersuchung des Tatorts an sich gesagt – jedenfalls legte sie sich das so zurecht.

Julias Wohnung lag in einem großen, feudalen Gebäude in der East 75th Street. Laurie war ziemlich überrascht, als der Portier an den Wagen kam und ihr die Tür aufhielt, während sie den Taxifahrer bezahlte. Es war interessant, einmal selbst das stilvolle Ambiente zu erleben, das für manche Leute in dieser Stadt selbstverständlich zu sein schien. Es war jedenfalls meilenweit von dem entfernt, was ihr in Kips Bay geboten wurde.

»Kann ich Ihnen helfen, Madame?« fragte der Portier. Er sprach mit stark irischem Akzent.

Laurie zeigte ihre Dienstmarke und sagte, sie wünsche den Hausmeister zu sprechen. Wenige Minuten später erschien der Mann in der Eingangshalle.

»Ich möchte mir gern die Wohnung von Julia Myerholtz ansehen«, erklärte Laurie. »Aber bevor ich nach oben gehe, möchte ich sicher sein, daß niemand im Moment dort ist.«

Der Hausmeister fragte den Portier, ob jemand in der Wohnung sei.

»Nein, niemand«, sagte der Portier. »Ihre Eltern wollen erst morgen kommen. Möchten Sie die Schlüssel?«

Der Hausmeister nickte. Der Portier öffnete einen kleinen Schrank, nahm einen Schlüssel heraus und gab ihn Laurie.

»Geben Sie ihn Patrick, wenn Sie gehen«, sagte der Hausmeister.

»Mir wäre es lieber, wenn Sie mitkämen.«

»Ich habe im Keller einen undichten Warmwasserkessel«, sagte der Hausmeister. »Sie finden sich leicht zurecht – 9C. Wenn Sie aus dem Aufzug kommen, nach rechts.«

Der Aufzug hielt im achten Stock, und Laurie stieg aus. Um sich zu vergewissern, schellte sie mehrere Male an der Wohnungstür und klopfte sogar, bevor sie eintrat. Sie wollte diesmal nicht auf jemanden treffen, der der Verstorbenen nahegestanden hatte.

Das erste, was Laurie auffiel, waren die Trümmer einer Gipsstatue, die über den Dielenboden verstreut lagen. Nach den größeren Bruchstücken zu urteilen, handelte es sich um eine Kopie von Michelangelos David.

Die geräumige Wohnung war in einem komfortablen ländlichen Stil eingerichtet. Da Laurie nicht sicher war, wonach sie suchte, wanderte sie einfach von Zimmer zu Zimmer und sah sich um.

In der Küche öffnete sie den Kühlschrank. Er war gut mit Reformkost bestückt: Joghurt, Bohnensprößlinge, frisches Gemüse und Dickmilch.

Auf dem Couchtisch im Wohnzimmer stapelten sich Kunstbücher und Zeitschriften: *American Health, Runner's World, Triathlon* und *Prevention.* Die Wände waren mit Bücherregalen vollgestellt, in denen weitere Kunstbücher standen. Auf dem Kaminsims bemerkte Laurie eine kleine Plakette. Sie ging näher heran, um die Inschrift zu lesen: »Central Park Triathlon, Dritter Platz, 30–34.«

Im Schlafzimmer entdeckte Laurie einen Heimtrainer und viele gerahmte Fotos. Die meisten zeigten eine attraktive Frau und einen gutaussehenden jungen Mann beim Sport oder beim Wandern: mit Fahrrädern in den Bergen, beim Zelten in einem Wald, beim Endspurt eines Rennens.

Als Laurie zurück in das Wohnzimmer schlenderte, versuchte sie sich vorzustellen, warum eine Amateursportlerin wie Julia

Myerholtz offenbar Drogen genommen hatte. Es ergab einfach keinen Sinn. Reformkost, Kunstzeitschriften und Heimtrainer paßten einfach nicht zu Kokain.

Lauries Überlegungen wurden abrupt unterbrochen, als sie hörte, wie ein Schlüssel in der Tür umgedreht wurde. In absoluter Panik spielte sie einen Moment mit dem Gedanken, sich zu verstecken, als rechnete sie damit, daß Bingham zur Tür hereinkäme.

Der junge Mann, der eintrat, war offenbar nicht weniger überrascht als sie selbst. Laurie erkannte in ihm den Mann von den Fotos im Schlafzimmer.

»Dr. Laurie Montgomery«, sagte sie und zeigte ihre Dienstmarke. »Ich bin vom Gerichtsmedizinischen Institut und untersuche den Tod von Miss Myerholtz.«

»Ich bin Robert Nussman. Ich war Julias Freund.«

»Ich möchte Sie nicht stören«, sagte Laurie und machte Anstalten zu gehen. »Ich kann ein andermal wiederkommen.« Sie wollte nicht, daß Bingham Wind von der Sache bekam.

»Nein, es ist schon in Ordnung«, wehrte Robert ab und hob eine Hand. »Bitte, bleiben Sie. Ich bin nur ganz kurz hier.«

»Eine schreckliche Geschichte«, sagte Laurie, um die heikle Situation ein wenig zu entspannen.

»Was haben Sie festgestellt?« fragte Robert. Er sah plötzlich sehr traurig aus. Er schien das Bedürfnis zu haben, über seine Freundin zu sprechen.

»Wußten Sie, daß sie Drogen nahm?« fragte Laurie.

»Das hat sie nicht«, sagte er. »Ich weiß, daß die Leute das behaupten«, fuhr er fort, und sein Gesicht rötete sich, »aber ich sage Ihnen, Julia hat nie Drogen genommen. Es war überhaupt nicht ihre Art. Sie war voll auf dem Gesundheitstrip. Sie hat mich an den Sport herangeführt.« Er lächelte bei dieser Erinnerung. »Im letzten Frühjahr hat sie mich dazu gebracht, mein erstes Triathlon mitzumachen. Ich kann es mir einfach nicht vorstellen. Mein Gott, sie hat nicht einmal Alkohol getrunken.«

»Es tut mir leid«, sagte Laurie.

»Sie war so talentiert«, sagte Robert. »So willensstark, so engagiert. Sie kümmerte sich um andere. Sie war religiös – nicht übertrieben, aber überzeugt. Und sie setzte sich überall ein: für die Obdachlosen, die AIDS-Kranken, was Sie wollen.«

»Ich habe erfahren, daß Sie sie hier identifiziert haben«, sagte Laurie. »Haben Sie sie auch gefunden?«

»Ja.« Robert wandte den Blick ab und kämpfte gegen die Tränen.

»Es muß furchtbar für Sie gewesen sein«, sagte Laurie. Die Erinnerung, wie sie ihren Bruder gefunden hatte, drang wieder auf sie ein. Sie versuchte, sie abzuschütteln. »Wo war sie, als Sie hereinkamen?«

Robert zeigte zum Schlafzimmer.

»Hat sie zu dem Zeitpunkt noch gelebt?« fragte Laurie behutsam.

»Sie hat hin und wieder geatmet. Ich habe Wiederbelebungsversuche gemacht, bis der Krankenwagen kam.«

»Sind Sie zufällig vorbeigekommen?«

»Sie hatte mich angerufen«, berichtete Robert. »Sie bat mich, später vorbeizukommen.«

»War das normal?« fragte Laurie.

Robert sah sie erstaunt an. »Ich weiß nicht«, sagte er. »Ich denke schon.«

»*Klang* sie normal?« präzisierte Laurie. »Hatten Sie den Eindruck, daß sie schon irgendwelche Drogen genommen hatte?«

»Ich glaube nicht, daß sie irgend etwas genommen hatte«, sagte Robert. »Sie klang nicht high. Aber ich glaube, normal schien sie auch nicht. Sie klang angespannt. Ich hatte tatsächlich ein bißchen Angst, daß sie mir etwas Schlimmes sagen wollte, etwa daß sie Schluß machen wollte oder so etwas.«

»Hatte es Schwierigkeiten in Ihrer Beziehung gegeben?«

»Nein«, sagte Robert. »Da war alles in Ordnung. Sie klang nur einfach etwas komisch.«

»Was ist mit der zerbrochenen Statue in der Diele?«

»Ich habe sie in der Sekunde gesehen, als ich gestern abend reinkam«, sagte Robert. »Es war ihr Lieblingsstück. Sie war ein paar hundert Jahre alt. Als ich sah, daß sie zerbrochen war, wußte ich, daß etwas passiert war.«

Laurie blickte kurz zu der zertrümmerten Statue hinüber und überlegte, ob Julia sie vielleicht umgestoßen hatte, als sie einen Anfall bekam. Wenn ja, wie war sie dann von der Diele ins Schlafzimmer gekommen?

»Vielen Dank für Ihre Hilfe«, sagte Laurie. »Ich habe Sie mit meinen Fragen hoffentlich nicht belästigt.«

»Nein«, sagte Robert. »Aber warum machen Sie sich diese Mühe? Ich dachte, Gerichtsmediziner machen nur Autopsien und haben allenfalls mit Mördern zu tun, so wie Quincy.«

»Wir versuchen auch, den Lebenden zu helfen«, sagte Laurie. »Ich würde gern verhindern, daß sich weitere Tragödien wie die von Julia ereignen. Je mehr ich erfahre, desto besser bin ich dazu vielleicht in der Lage.«

»Wenn Sie noch Fragen haben, rufen Sie mich an«, sagte Robert. Er gab Laurie seine Karte. »Und wenn sich irgendwie herausstellt, daß es keine Drogen waren, sagen Sie mir bitte Bescheid. Es wäre wichtig, weil ...« Er wurde von einer plötzlichen Gefühlsaufwallung ergriffen und war nicht imstande, weiterzureden.

Laurie nickte. Sie gab Robert ihre amtliche Karte, nachdem sie ihre private Telefonnummer auf die Rückseite geschrieben hatte. »Wenn Sie irgendwelche Fragen an mich haben oder Ihnen etwas einfällt, das ich wissen sollte, rufen Sie mich bitte an. Sie können jederzeit anrufen.«

Laurie verließ die Wohnung und drückte den Aufzugsknopf. Auf der Fahrt nach unten fiel ihr ein, daß Sara Wetherbee ihr gesagt hatte, Duncan habe sie an dem Abend um ihren Besuch gebeten, an dem er die Überdosis genommen hatte. Laurie dachte, daß sowohl Duncans wie Julias Einladung an den Partner sehr eigenartig war. Wenn beide es so gut verstanden hatten, ihren Drogenkonsum geheimzuhalten, warum sollten sie dann jemanden gerade an dem Abend zu sich bitten, wo sie vorhatten, einen Trip zu machen?

Laurie gab Patrick, dem Portier, den Schlüssel zurück und bedankte sich beim Hinausgehen. Sie war schon ein paar Stufen hinuntergegangen, als sie noch einmal umkehrte.

»Hatten Sie gestern abend Dienst?« fragte sie ihn.

»Das hatte ich«, antwortete Patrick. »Drei bis elf. Das ist meine Schicht.«

»Haben Sie Julia Myerholtz gestern abend zufällig gesehen?«

»Das habe ich. Ich habe sie fast jeden Abend gesehen.«

»Ich nehme an, Sie haben gehört, was mit ihr passiert ist.« Laurie wollte keine Informationen preisgeben, in die der Portier vielleicht nicht eingeweiht war.

»Ja, sie hat Drogen genommen wie viele junge Leute. Es ist ein Jammer.«

»Wirkte sie niedergeschlagen, als sie gestern abend nach Hause kam?«

»Ich würde nicht sagen, niedergeschlagen. Aber sie verhielt sich nicht normal.«

»Wie meinen Sie das?«

»Sie hat nicht gegrüßt«, erklärte Patrick. »Sie hat immer gegrüßt, nur gestern abend nicht. Aber das lag vielleicht daran, daß sie nicht allein war.«

»Wissen Sie noch, wer bei ihr war?« Lauries Stimme klang plötzlich sehr interessiert.

»Allerdings. Normalerweise kann ich mir solche Dinge nicht merken, denn es gehen viele Leute ein und aus. Aber weil Miss Myerholtz nicht gegrüßt hat, habe ich mir ihre Begleiter angesehen.«

»Kannten Sie sie? Waren sie schon einmal hier?«

»Ich weiß nicht, wer sie waren. Und ich glaube nicht, daß ich sie schon einmal gesehen habe. Einer war groß, dünn und gut gekleidet. Der andere war sehr kräftig und eher klein. Beide haben nichts gesagt, als sie hereinkamen.«

»Haben Sie sie gesehen, als sie wieder gingen?«

»Nein. Sie müssen gegangen sein, als ich Pause gemacht habe.«

»Um wieviel Uhr sind sie gekommen?«

»Früh am Abend. So gegen sieben Uhr.«

Laurie dankte Patrick noch einmal und rief ein Taxi, um ins Institut zurückzufahren. Es wurde schon dämmerig. Die Wolkenkratzer waren bereits erleuchtet, und die Menschen eilten von der Arbeit nach Hause. Während das Taxi im dichten Verkehr der Innenstadt zusteuerte, dachte sie über ihre Gespräche mit Julias Freund und dem Portier nach. Sie dachte auch über die beiden Männer nach, die Patrick beschrieben hatte. Wenn sie vielleicht auch Arbeitskollegen oder Freunde von Julia waren, konnte die Tatsache wichtig sein, daß sie Julia am selben Abend besucht hatten, an dem sie an einer Überdosis starb. Laurie wünschte, es gäbe einen Weg, sie ausfindig zu machen, damit sie mit ihnen reden konnte. Ihr kam sogar der Gedanke, daß sie vielleicht Dealer waren. Hatte Julia Myerholtz ein geheimes Leben führen können, zu dem ihr Freund keinen Zugang hatte?

Im Institut ging Laurie als erstes zu George, um zu sehen, ob er vom Zahnarzt zurückgekommen war. Offensichtlich war er dagewesen und wieder gegangen; sein Zimmer war dunkel. Enttäuscht versuchte sie, die Tür zu öffnen, doch sie war abgeschlossen. Plötzlich kam ihr der Einfall, sich die Adresse von Wendell Morrison zu beschaffen, dem anderen Überdosisopfer.

Laurie ließ den Mantel in ihrem Büro, nahm ein Paar Gummihandschuhe und ging hinunter ins Leichenschauhaus. Sie fand Bruce Pomowski, der Nachtdienst hatte, in seinem Büro.

»Wissen Sie etwas über den Verbleib der Myerholtz-Leiche?« fragte Laurie. »Ist sie schon abgeholt worden?«

»War es ein Fall von heute?« fragte Bruce.

»Ja.«

Bruce schlug eine dicke Kladde auf und fuhr mit dem Finger über die Eintragungen vom Tage. Als er auf den Namen Myerholtz stieß, fuhr er mit dem Finger quer über die Seite. »Ist noch nicht abgeholt worden«, sagte er. »Wir warten auf einen Anruf von einem Bestattungsinstitut von außerhalb.«

»Ist sie im Kühlraum?«

»Ja. Müßte auf einer Trage ziemlich vorne liegen.«

Laurie dankte ihm und ging den Korridor zum Kühlraum hinunter. Abends änderte sich die Atmosphäre des Leichenschauhauses vollkommen. Tagsüber herrschte dort hektische Betriebsamkeit. Aber jetzt hörte Laurie den Widerhall ihrer Absätze in den verlassenen und nur schwach beleuchteten, blau gekachelten Korridoren. Unvermittelt fiel ihr Lous Reaktion ein, als sie am Dienstagmorgen heruntergekommen waren. Er hatte es einen schauerlichen Ort genannt.

Laurie blieb stehen und betrachtete den fleckigen Betonboden, auf den Lou hingewiesen hatte. Dann blickte sie zu den aufgestapelten Kiefernsärgen hoch, die für die nicht identifizierten Toten bestimmt waren, die ein Armenbegräbnis bekamen. Sie ging weiter. Es war erstaunlich, wie der Alltagstrott ihr Bewußtsein gegen die unheimliche Seite des Leichenschauhauses abschirmte. Es bedurfte eines Fremden wie Lou und einer Zeit, zu der das Leichenschauhaus leer von Lebenden war, um das zu erkennen.

Als Laurie zu der großen, unhandlichen Stahltür des Kühlraums kam, streifte sie die Handschuhe über und drehte den klobigen Griff, um das Schnappschloß zu entriegeln. Mit einem heftigen Ruck zog sie die schwere Tür auf. Ein feuchtkalter Dunst kam ihr entgegen und wirbelte um ihre Beine. Sie schaltete das Licht an.

Noch im Bann ihrer Gedanken betrachtete Laurie das Innere des Kühlraums mit den Augen eines Laien, nicht mit denen der Gerichtspathologin, die sie war. Es war tatsächlich angsteinflößend. In den Holzregalen, die die Wände bedeckten, lag eine makabre Sammlung von Leichen und Leichenteilen, die nach der Autopsie darauf warteten, abgeholt zu werden. Die meisten waren nackt, ein paar mit blutbesudelten Laken zugedeckt. Es war wie ein Blick in die Hölle.

In der Mitte des Raums drängten sich alte Rolltragen, auf denen jeweils eine Leiche lag. Auch sie waren teils zugedeckt, teils nackt, die Augen waren geschlossen. Laurie hatte das Gefühl, wie in einem Totenschlafsaal zu sein.

Mit einem unerwarteten Gefühl der Scheu trat sie über die Schwelle. Ihre Augen überflogen unruhig die Rolltragen, um Julia Myerholtz ausfindig zu machen. Hinter ihr schlug die schwere Tür geräuschvoll ins Schloß.

Wider alle Vernunft wirbelte Laurie herum und stürzte zurück zur Tür, aus Angst, im Kühlraum eingeschlossen zu sein. Doch das Schnappschloß reagierte auf ihren Druck, und die Tür schwang in ihren mächtigen Scharnieren auf.

Betreten, weil die Phantasie mit ihr durchgegangen war, ging Laurie in den Kühlraum zurück und überprüfte systematisch alle Leichen auf den Rolltragen. Zu Identifizierungszwecken hatte jede Leiche ein Namensschild am rechten großen Zeh. Sie entdeckte Julia unweit der Tür. Es war eine der Leichen, die man zugedeckt hatte.

Laurie trat an das Kopfende und zog das Laken zurück. Sie betrachtete die wachsbleiche Haut der Frau und ihre feinen Gesichtszüge. Wäre sie nicht so bleich gewesen, hätte man meinen können, sie schlafe. Doch der brutale, Y-förmige Obduktionsschnitt machte dieser Illusion rasch ein Ende.

Bei näherem Hinsehen bemerkte Laurie mehrere Prellungen an Julias Kopf, wahrscheinlich Spuren eines Anfalls. Im Geiste sah sie die Frau gegen die Statue stoßen und sie umwerfen. Sie öffnete Julias Mund und betrachtete ihre Zunge, die nicht entfernt worden war. Sie konnte schwere Bißwunden erkennen, ein weiterer Beweis für einen Anfall.

Dann suchte sie die Einstichstelle der Spritze. Sie war so problemlos zu finden wie bei den anderen. Sie bemerkte auch, daß Julia sich die Arme zerkratzt hatte, genau wie Duncan Andrews. Wahrscheinlich hatte sie ähnliche Halluzinationen gehabt. Aber Julias Kratzspuren waren tiefer, fast so, als stammten sie von einem Messer.

Als Laurie die sorgfältig manikürten Fingernägel sah, war ihr klar, warum die Kratzspuren so tief waren. Julia hatte lange, spitz zulaufende Nägel. Während sie die Fingernägel betrachtete, bemerkte sie etwas Gewebe unter dem Nagel des rechten Mittelfingers.

Sie untersuchte auch die übrigen Nägel, entdeckte aber keine weiteren Gewebespuren. Aus dem Sektionssaal holte sie zwei Probenbehälter und ein Skalpell. Sie ging zurück, entfernte etwas von dem Gewebe und tat es in einen der Behälter. Mit dem Skalpell schnitt sie eine kleine Hautprobe aus dem Rand der Obduktionswunde und gab sie in den anderen Behälter.

Nachdem sie Julias Körper wieder zugedeckt hatte, trug sie die beiden Proben nach oben ins DNA-Labor, wo sie sie kennzeichnete und eintrug. Auf dem Anforderungsformular bat sie um einen Vergleich. Auch wenn es ziemlich offensichtlich war, daß die Frau sich die Kratzwunden selbst beigebracht hatte, hielt Laurie das für überprüfenswert. Es bestand kein Grund, sorglos zu sein, nur weil sich die Arbeit im Institut staute.

Laurie ging in ihr Büro zurück. Sie wollte die Ruhe nutzen, um einen Teil ihrer Schreibtischarbeit zu erledigen, die sie vernachlässigt hatte. Noch immer ein wenig mitgenommen von ihrer eigenartigen Reaktion auf das Zuschlagen der Tür im Kühlraum, war sie schlecht vorbereitet auf das, was sie in ihrem Büro erwartete. Als sie gedankenverloren zur Tür hereintrat, sprang eine Gestalt laut rufend auf sie zu.

Laurie schrie wie von Sinnen auf. Es war ein Reflex von solcher Kraft, daß der Schrei im Korridor widerhallte. Sie hatte keine Kontrolle mehr über sich. Ihr Herz hämmerte wie wild.

Doch der Angriff, den Laurie befürchtet hatte, erfolgte nicht. Ihr Gehirn korrigierte blitzschnell die Botschaft und teilte ihr mit, daß die unheimliche Gestalt »Buuuh!« gerufen hatte – kaum das, was man von einem irren Lustmörder oder einem übernatürlichen Dämon erwarten würde. Und im selben Moment identifizierte ihr Gehirn das Gesicht als das von Lou Soldano.

All das war in Sekundenbruchteilen abgelaufen, und als Laurie schließlich zu einer Reaktion fähig war, war ihre Angst in Wut umgeschlagen.

»Lou!« schrie sie. »Warum haben Sie das getan?«

»Habe ich Sie erschreckt?« fragte Lou einfältig. Er sah, daß ihr Gesicht weiß wie die Wand geworden war. In seinen Ohren klang immer noch ihr Schrei.

»Erschreckt?« schrie sie ihn an. »Sie haben mich zu Tode geängstigt. Tun Sie so etwas nie wieder!«

»Es tut mir leid«, sagte Lou zerknirscht. »Ich glaube, es war kindisch. Aber dieses Haus macht mir angst; ich dachte, ich könnte mich ein wenig revanchieren.«

»Ich könnte Ihnen eins auf die Nase geben«, schimpfte Laurie und hielt Lou eine geballte Faust vor das Gesicht. Ihr Zorn war schon verflogen, vor allem weil er sich reumütig entschuldigt hatte. Sie ging um den Schreibtisch herum und ließ sich in ihren Sessel fallen. »Was um alles in der Welt machen Sie überhaupt um diese Zeit hier?« fragte sie.

»Ich bin zufällig hier vorbeigefahren«, erklärte Lou. »Und da ich etwas mit Ihnen besprechen möchte, habe ich an der Laderampe vom Leichenschauhaus gehalten, auf den Verdacht hin, daß Sie noch hier sind. Eigentlich hatte ich nicht damit gerechnet, aber der junge Mann unten sagte mir, daß Sie eben bei ihm gewesen wären.«

»Und worüber wollten Sie mit mir sprechen?«

»Über Ihren Freund Jordan«, sagte Lou.

»Er ist nicht mein Freund«, fauchte Laurie ihn an. »Sie bringen mich wirklich auf die Palme, wenn Sie ihn immer so nennen.«

»Wo liegt das Problem?« fragte Lou. »Mir scheint das eine recht genaue Bezeichnung zu sein. Schließlich gehen Sie jeden Abend mit ihm aus.«

»Was ich privat mache, geht nur mich etwas an«, erwiderte Laurie. »Aber zu Ihrer Information, ich gehe nicht jeden Abend mit ihm aus. Heute abend zum Beispiel nicht.«

»Nun, zwei von drei Abenden ist auch nicht schlecht«, sagte Lou. »Aber kommen wir zum Geschäftlichen: Ich wollte Ihnen mitteilen, daß ich mit Jordan darüber gesprochen habe, daß seine Patienten von Profis abgeschossen werden.«

»Und was hatte er dazu zu sagen?«

»Gar nichts. Er hat sich geweigert, Näheres über seine Patienten mitzuteilen.«

»Sein gutes Recht.«

»Aber wichtiger als das, was er gesagt hat, war, wie er sich verhalten hat. Er war die ganze Zeit, in der ich dort war, sehr nervös. Ich weiß nicht, was ich davon halten soll.«

»Sie glauben doch nicht, daß er in irgendeiner Weise etwas mit diesen Morden zu tun hat, oder?«

»Nein«, bestätigte Lou. »Seine Patienten ausnehmen, daß ihnen Hören und Sehen vergeht, ja, aber sie umbringen, nein. Doch er war eindeutig nervös. Irgendwas beunruhigt ihn. Ich glaube, er weiß etwas.«

»Ich meine, er hat Grund genug, nervös zu sein. Hat er Ihnen erzählt, daß Cerino ihn bedroht hat?«

»Nein, das hat er nicht. Wie hat er ihn bedroht?«

»Das hat Jordan nicht gesagt. Aber wenn Cerino so ein Typ ist, wie Sie sagen, können Sie sich das ja denken.«

Lou nickte. »Ich möchte wissen, warum Jordan mir das nicht erzählt hat.«

»Wahrscheinlich glaubt er nicht, daß Sie ihn schützen könnten. Oder könnten Sie das?«

»Wahrscheinlich nicht«, räumte Lou ein. »Bestimmt nicht auf Dauer. Nicht jemanden, der so weit oben ist wie Jordan Scheffield.«

»Haben Sie etwas Nützliches erfahren bei dem Gespräch?« fragte Laurie.

»Ich habe erfahren, daß die Mordopfer nicht die gleiche Diagnose hatten. Jedenfalls nach seinen Worten. Ich hatte da so eine verrückte Idee. Und ich habe erfahren, daß keine erkennbare Verbindung zwischen ihnen und Jordan Scheffield besteht, außer der, daß sie seine Patienten waren. Ich habe alles mögliche gefragt. Aber leider habe ich nicht viel erfahren.«

»Was wollen Sie jetzt machen?«

»Hoffen!« sagte Lou achselzuckend. »Außerdem lasse ich von meinen Ermittlungsteams die einzelnen Diagnosen herausfinden. Vielleicht verrät uns das etwas. Es muß bei alldem etwas geben, das ich noch nicht kenne.«

»So geht es mir mit meinen Überdosisfällen auch«, sagte Laurie.

»Was machen Sie übrigens noch so spät hier?« fragte Lou.

»Ich hatte gehofft, noch etwas Arbeit erledigen zu können. Aber da mein Puls dank Ihnen noch immer so rast, nehme ich den Schreibkram wahrscheinlich mit nach Hause und versuche es dort.«

»Wie wär's mit einem gemeinsamen Abendessen?« fragte Lou. »Was halten Sie davon, wenn wir nach Little Italy fahren? Mögen Sie Pasta?«

»Ich liebe Pasta.«

»Wie wär's dann? Sie haben ja schon gesagt, daß Sie heute nicht mit Scheffield ausgehen; sonst ist das ja Ihre liebste Entschuldigung.«

»Sie sind hartnäckig.«

»Nun, ich bin Italiener.«

Eine Viertelstunde später saß Laurie in Lous Caprice, und sie fuhren Richtung Innenstadt. Sie wußte nicht, ob es eine gute Idee war, mit Lou essen zu gehen, aber es war ihr wirklich kein Grund eingefallen, es nicht zu tun. Und wenn er auch bei früheren Gelegenheiten etwas grob gewesen war, jetzt war er äußerst charmant; er unterhielt sie mit Geschichten aus seiner Kindheit in Queens.

Obwohl Laurie in Manhattan aufgewachsen war, war sie noch nie in Little Italy gewesen. Als sie über die Mulberry Street fuhren, war sie ganz entzückt von der Gegend. Es gab unzählige Restaurants, und auf den Straßen flanierten die Menschen in Scharen. Das Viertel pulsierte vor Leben wie Italien selbst.

»Das ist wirklich italienisch«, sagte Laurie.

»Sieht genauso aus, nicht wahr?« sagte Lou. »Aber ich will Ihnen ein kleines Geheimnis verraten. Die meisten Immobilien hier gehören Chinesen.«

»Das ist komisch«, meinte Laurie etwas enttäuscht, obwohl sie gar nicht wußte, warum.

»Es war früher eine rein italienische Gegend«, erklärte Lou, »aber die meisten Italiener zogen weg in die Vorstädte wie Queens. Und die Chinesen mit ihrem Riecher für Geschäfte kamen und kauften Grundstücke und Häuser auf.«

Sie fuhren in eine Parkverbotszone. Laurie zeigte auf das Schild.

»Bitte sehr!« sagte Lou. Er legte eine kleine Karte auf das Armaturenbrett. »Hin und wieder bin ich berechtigt, Nutzen daraus zu ziehen, daß ich einer von New Yorks Privilegierten bin.«

Lou führte sie durch eine schmale Straße zu einem der unauffälligeren Restaurants.

»Es hat gar keinen Namen«, sagte Laurie, als sie eintraten.

»Es braucht keinen.«

Das Innere war eine kitschige Mischung aus rot-weiß karierten Tischdecken und Gittern, um die sich künstliches Efeu und Weinlaub mit Plastiktrauben rankten. Kerzen auf bauchigen Flaschen, an deren Seiten das Wachs heruntergelaufen war, dienten als Tischbeleuchtung. An den Wänden hingen auf schwarzem Samt einige Bilder aus Venedig. In dem engen Raum standen dichtgedrängt etwa dreißig Tische; alle schienen besetzt zu sein. Eilig liefen Kellner umher und bedienten die Gäste. Jeder schien jeden mit Vornamen zu kennen. Lebhaftes Geplauder erfüllte den Raum, in dem der volle, köstliche, würzige Essensduft schwebte.

Laurie merkte plötzlich, wie hungrig sie war. »Sieht so aus, als ob wir hätten reservieren müssen«, sagte sie.

Lou bat sie, etwas Geduld zu haben. Kurz darauf erschien eine sehr gewichtige und sehr italienische Frau und umarmte Lou herzlich. Lou stellte sie Laurie vor. Sie hieß Marie.

Wie von Zauberhand stand plötzlich ein freier Tisch da.

»Ich habe den Eindruck, Sie sind ziemlich gut bekannt hier«, sagte Laurie.

»Wer so oft wie ich hier gegessen hat, sollte das wohl sein. Ich habe eins ihrer Kinder durchs College gebracht.«

Zu Lauries Enttäuschung gab es keine Speisekarte. Sie mußte zuhören, wie ein Kellner mit starkem italienischem Akzent die einzelnen Gerichte aufzählte. Aber er hatte seine eindrucksvolle Litanei kaum heruntergebetet, da beugte Lou sich vor und empfahl ihr, die Ravioli oder Manicotti zu nehmen. Laurie entschied sich für die Ravioli.

Als sie bestellt hatten und eine Flasche Weißwein auf dem Tisch stand, zündete Lou sich eine Zigarette an.

»Vielleicht können wir einen Kompromiß schließen«, schlug Laurie vor. »Wie wär's, wenn Sie nur eine rauchen?«

»Einverstanden.«

Nach einem Glas Wein begann Laurie sich in der chaotischen Atmosphäre wohl zu fühlen. Als die Vorspeisen kamen, erschien Giuseppe, der Besitzer, und begrüßte sie.

Laurie fand das Essen großartig. Nach den letzten Abenden in einem so förmlichen Rahmen war dieses quirlige Lokal eine willkommene Erholung. Alle kannten – und mochten – Lou offenbar. Man zog ihn gutmütig auf, weil er Laurie mitgebracht hatte. Anscheinend aß er normalerweise allein.

Zum Dessert führte Lou sie ein Stück die Straße hinauf zu einer italienischen Bar, wo es koffeinfreien Espresso und Eis gab.

Als der Espresso und das Eis vor ihnen standen, sagte Laurie: »Lou, ich würde Sie gern etwas fragen.«

»Aha«, sagte Lou. »Und ich hatte gehofft, wir könnten heute abend alle potentiell schwierigen Themen vermeiden. Bitte, verlangen Sie von mir nicht noch einmal, zu unseren kleinen Fixern zu gehen.«

»Ich möchte nur Ihre Meinung hören.«

»Okay. Das ist nicht so beängstigend. Schießen Sie los.«

»Ich möchte, daß Sie nicht über mich lachen. Einverstanden?«

»Das wird ja richtig spannend.«

»Ich habe keinen triftigen Grund, warum ich das denke«, begann Laurie. »Es sind nur ein paar Kleinigkeiten, die mich stutzig machen.«

»Wenn Sie in diesem Tempo weitermachen, brauchen Sie die ganze Nacht«, neckte Lou.

»Es geht um meine Überdosisserie«, erklärte Laurie. »Was würden Sie davon halten, wenn ich der Meinung wäre, daß es Morde waren, keine Unfälle durch Überdosis?«

»Reden Sie weiter«, sagte Lou. Automatisch holte er eine Zigarette heraus und steckte sie an.

»Wir bekamen eine Frau zur Obduktion, die im Krankenhaus plötzlich verstorben war«, berichtete Laurie. »Sie hatte mehrere Herzfehler. Aber sowohl ihr Aussehen wie das Ergebnis der Obduktion ließen darauf schließen, daß sie auch erstickt worden sein könnte. Der Fall wurde als ›Tod aus natürlicher Ursache‹ deklariert – sie war herzleidend und hatte Übergewicht und vor allem, sie befand sich in einem Krankenhaus. Wenn die Frau jedoch an einem anderen Ort gefunden worden wäre, hätte man es vielleicht als Mord betrachtet.«

»Welche Verbindung hat das mit Ihren Überdosisfällen?« fragte Lou. Er beugte sich vor, die Zigarette im Mundwinkel. Die Augen hatte er wegen des Rauchs zusammengekniffen.

»Ich habe angefangen, meine Fälle unter demselben Gesichtspunkt zu betrachten. Lassen Sie die Tatsache beiseite, daß diese Leute allein in ihrer Wohnung und mit einer Spritze neben ihrer Leiche gefunden wurden. Es ist schwer, Morde nicht in ihrem Kontext zu betrachten. Aber was, wenn das Kokain nicht von den Opfern selbst gespritzt wurde?«

»Na – das wäre natürlich ein toller Trick«, sagte Lou. Er lehnte sich zurück und nahm die Zigarette aus dem Mund. »Tatsächlich sind schon Morde mit Drogen verübt worden. Daran ist nicht zu zweifeln. Aber das Motiv ist meistens offenkundig: Raub, Sex, Rache, Erbschaft. Kleine Pusher werden manchmal von ihren verärgerten Kunden auf diese Weise umgebracht. Die Fälle Ihrer Serie passen nicht in dieses Schema. Ich dachte, der ganze Grund, warum diese Fälle so aufregend sind, wäre, daß der Verstorbene immer ein so anständiger Bürger war, in dessen Vergangenheit es weder Drogen noch andere Laster gab.«

»Das ist richtig«, räumte Laurie ein.

»Wollen Sie etwa behaupten, man hätte diesen Yuppies das Kokain mit Gewalt verabreicht? Laurie, kommen Sie wieder auf den Teppich. Wenn Konsumenten bereit sind, dickes Geld für den Stoff zu zahlen, warum sollte dann jemand einen persönlichen Kreuzzug führen und die Stadt von ihren Besten und Intelligentesten befreien? Ist es nicht wahrscheinlicher, daß diese Leute wirklich heimlich Drogen genommen haben, vielleicht sogar Dealer waren?«

»Das glaube ich nicht.«

»Haben Sie im übrigen nicht gesagt, daß diese Leute den Koks gespritzt und nicht geschnupft haben?«

»Das stimmt.«

»Wie will jemand einem anderen eine Spritze verabreichen, der nicht will? Noch dazu intravenös. Ich meine, haben Krankenschwestern nicht Mühe genug, einem Patienten eine Spritze zu geben? Und jetzt wollen Sie mir erzählen, daß ein sich wehrendes Opfer gegen seinen Willen gespritzt werden kann? Da komme ich nicht mit.«

Laurie schloß die Augen. Lou hatte die schwächste Stelle ihrer Mordtheorie erkannt.

»Hätte man diesen Leuten eine Spritze gegen ihren Willen gegeben, müßte es Anzeichen für einen Kampf geben. Hat es welche gegeben?«

»Nein«, räumte Laurie ein. »Zumindest glaube ich das nicht.« Plötzlich fiel ihr die zerbrochene Statue in Julias Wohnung ein.

»Die einzige andere Möglichkeit, wie das meiner Meinung nach hätte ablaufen können, wäre, daß die Opfer vorher mit irgendwelchen K.-o.-Tropfen außer Gefecht gesetzt wurden. Verbessern Sie mich, wenn ich falschliege, aber ein solches Mittel wäre bei der Obduktion doch bestimmt entdeckt worden, oder?«

»Sie haben recht«, gab Laurie zu.

»Das war's dann wohl«, meinte Lou. »Ich will Ihre Mordtheorie nicht völlig ausschließen, aber ich denke, das ist eine ziemlich entfernte Möglichkeit.«

»Ich habe noch einige andere Sachen entdeckt, die mich stutzig gemacht haben.« Laurie ließ nicht locker. »Ich war heute in der Wohnung eines der letzten Opfer, und der Portier erzählte mir, daß die Frau an dem Abend, als sie starb, mit zwei Männern nach Hause gekommen ist, die er noch nie gesehen hatte.«

»Laurie, Sie wollen mir doch nicht weismachen, daß Ihre

Mordtheorie auf der Tatsache fußt, daß eine Frau mit zwei Männern nach Hause kommt, die der Portier nicht kennt. Oder?«

»Okay! Okay!« Laurie hob die Hände. »Seien Sie nachsichtig mit mir. Stört es Sie, wenn ich darüber spreche? Das Problem ist, mich beunruhigt das alles. Es ist wie geistige Zahnschmerzen.«

»Was sonst noch?« fragte Lou geduldig. »Raus damit.«

»In zwei Fällen wurde die Freundin beziehungsweise der Freund etwa eine Stunde vorher vom Opfer angerufen und gebeten, vorbeizukommen.«

»Und?«

»Nichts und. Das ist alles. Ich dachte einfach, es ist komisch, daß diese Leute, die ihren Drogenkonsum angeblich verheimlichen, ihre nicht süchtigen Partner anrufen, wenn sie eine Kokainorgie veranstalten wollen.«

»Die beiden können aus Gott weiß welchen Gründen angerufen haben. Oder beide ahnten nicht, daß dieser Trip so verlaufen würde, wie es dann kam. Eher spricht das noch mehr für eine freiwillige Einnahme. Wahrscheinlich glaubten sie an das verbreitete Märchen von den aphrodisischen Kräften des Kokains und wollten ihre Gespielen auf dem Höhepunkt ihres Trips dabeihaben.«

»Sie müssen mich für übergeschnappt halten«, sagte Laurie.

»Ganz und gar nicht. Es ist richtig, argwöhnisch zu sein, vor allem bei Ihrer Arbeit.«

»Danke für die Beratung. Ich weiß Ihre Geduld zu schätzen.«

»Es war mir ein Vergnügen. Wann immer Sie etwas bei mir abladen wollen, zögern Sie nicht.«

»Ich habe das Essen sehr genossen«, sagte Laurie. »Aber ich glaube, ich sollte so langsam ans Nach-Hause-Gehen denken. Ich muß wenigstens einen Teil meiner guten Vorsätze einlösen und noch etwas arbeiten.«

»Wenn Ihnen dieses Lokal gefallen hat«, sagte Lou, »würde ich Ihnen gern eins in Queens zeigen. Es liegt mitten in einem rein italienischen Viertel. Echte norditalienische Küche. Wie wär's mit morgen abend?«

»Danke für die Einladung«, sagte Laurie, »aber ich habe schon etwas vor.«

»Natürlich«, sagte Lou sarkastisch. »Wie konnte ich den Wunderdoktor vergessen?«

»Lou, bitte!« sagte Laurie.

»Kommen Sie.« Lou schob seinen Stuhl zurück. »Ich bringe Sie nach Hause. Wenn Sie meinen bescheidenen klapprigen Caprice ertragen.«

Laurie verdrehte die Augen.

Franco Ponti fuhr mit seinem schwarzen Cadillac an dem neapolitanischen Restaurant vor, das auf der Corona Avenue ein Stück oberhalb des Vesuvio lag, und stieg aus. Der Portier erkannte ihn und eilte herbei, um ihm zu versichern, daß sein Wagen gut versorgt würde. Franco gab ihm die Schlüssel und einen 10-Dollar-Schein und verschwand durch die Tür.

Zu dieser Stunde an einem Freitagabend herrschte in dem Restaurant Hochbetrieb. Ein Akkordeonspieler ging von Tisch zu Tisch und brachte den Gästen ein Ständchen. Geselliges Lachen und Klirren von Besteck erfüllten den Saal. Franco blieb einen Augenblick direkt hinter dem roten Samtvorhang stehen, der das Foyer vom Speisesaal trennte. Er entdeckte Vinnie Dominick, Freddie Capuso und Richie Herns in einer der gepolsterten Sitznischen. Zwei junge Mädchen, denen man ihr Gewerbe ansah, leisteten ihnen Gesellschaft.

Franco ging direkt zu dem Tisch hinüber. Als Vinnie ihn bemerkte, gab er den Mädchen einen Klaps auf den Po und sagte ihnen, sie sollten sich die Nase pudern gehen. Sobald sie gegangen waren, nahm Ponti Platz.

»Möchtest du was trinken?« fragte Vinnie.

»Ein Glas Wein wäre nicht schlecht«, sagte Franco.

Vinnie schnippte mit den Fingern. Sofort erschien ein Kellner, um die Bestellung aufzunehmen. Genauso schnell war er mit dem gewünschten Glas wieder da. Vinnie goß Franco aus der Flasche ein, die auf dem Tisch stand.

»Hast du was für mich?« fragte er.

Franco trank einen Schluck und drehte die Flasche, um einen Blick auf das Etikett zu werfen.

»Angelo Facciolo und Tony Ruggerio sind heute abend bei Cerino. Aber letzte Nacht waren sie unterwegs. Ich weiß nicht, was sie am frühen Abend gemacht haben, weil ich sie aus den Augen verloren hatte. Aber bei einer Pizza um Mitternacht fand ich sie wieder, und danach waren sie aktiv. Hast du von den Morden letzte Nacht in Manhattan gelesen?«

»Meinst du den großkotzigen Banker und den Auktionstyp?« fragte Vinnie.

»Genau die«, bestätigte Franco. »Angelo und Tony haben diese beiden Dinger gedreht. Und sie haben dabei Mist gebaut. Sie wären beide Male fast geschnappt worden. Ich hab sogar selbst aufpassen müssen, daß die Bullen mich nicht als Zeugen mitnahmen, vor allem bei dem Ding mit dem Banker. Ich hatte vor dem Haus geparkt.«

»Warum zum Teufel haben sie die beiden umgelegt?« sagte Vinnie. Sein Gesicht war rot angelaufen, und seine Augen quollen vor.

»Ich weiß es noch nicht«, sagte Franco.

»Jeden Tag werden die Bullen aggressiver!« schimpfte Vinnie. »Und je mehr Zoff ist, desto schlechter ist es fürs Geschäft. Wir haben schon die meisten Spielclubs vorübergehend dichtmachen müssen.« Er sah Franco verärgert an. »Du mußt rausfinden, was los ist.«

»Ich habe schon meine Fühler ausgestreckt«, sagte Franco. »Ich werde rumfragen und Angelo und Tony weiter im Auge behalten. Irgend jemand wird es ja wissen.«

»Ich muß was unternehmen«, ereiferte Vinnie sich. »Ich kann nicht ewig hier rumsitzen, während sie alles vermasseln.«

»Gib mir noch ein paar Tage«, sagte Franco. »Wenn ich es nicht rauskriegen kann, kann ich Angelo und Tony immer noch aus dem Weg räumen.«

»Aber das würde Krieg bedeuten«, sagte Vinnie. »Ich weiß

nicht, ob wir so weit gehen sollten. Das ist noch schlechter fürs Geschäft.«

»Wissen Sie was, Doktor?« sagte Cerino. »Das war gar nicht so schlimm. Ich hatte mir wirklich Sorgen gemacht, aber ich habe überhaupt nichts gespürt, als Sie operiert haben. Wie ist es gegangen?«

»Traumhaft«, sagte Jordan. Er hatte eine kleine Lampe in der Hand und leuchtete damit in das Auge, das er gerade operiert hatte. »Und es sieht gut aus jetzt. Die Hornhaut ist vollkommen klar, und die Kammer ist schön tief.«

»Wenn Sie zufrieden sind«, sagte Cerino, »bin ich es auch.«

Cerino lag in einem der Privatzimmer des Goldblatt-Flügels des Manhattan General Hospital. Jordan machte einen späten Rundgang bei den Operierten, nachdem er erst vor einer halben Stunde die letzte Hornhauttransplantation abgeschlossen hatte. Er hatte allein heute vier Transplantationen gemacht. Im Hintergrund lehnte Angelo an der Wand. In einem Sessel neben der Tür zum Bad lag Tony und schlief.

»Wir lassen dem Auge jetzt ein paar Tage Ruhe«, sagte Jordan und richtete sich auf. »Wenn alles gutgeht, was ganz sicher der Fall sein wird«, fügte er schnell hinzu, »machen wir das andere Auge. Dann sind Sie wieder wie neu.«

»Sie meinen, ich muß auf die andere Operation auch warten?« fragte Cerino. »Das haben Sie mir aber nicht gesagt. Als wir anfingen, haben Sie nur gesagt, daß ich auf die erste Operation warten müßte.«

»Bleiben Sie ruhig!« beschwor Jordan ihn. »Treiben Sie Ihren Blutdruck nicht hoch. Es ist ratsam, daß wir uns zwischen den beiden Operationen etwas Zeit lassen, damit Ihr Auge sich erholen kann, bevor ich das andere operiere. Und da es heute so gut abgelaufen ist, werden Sie nicht lange warten müssen.«

»Ich mag keine Überraschungen von Ärzten«, sagte Cerino drohend. »Ich verstehe diese zweite Wartezeit nicht. Sind Sie sicher, daß das Auge, das Sie operiert haben, in Ordnung ist?«

»Es ist in bester Ordnung. Niemand hätte es besser machen können, glauben Sie mir.«

»Wenn ich Ihnen nicht glauben würde, läge ich jetzt nicht hier«, sagte Cerino. »Aber wenn es mir so gut geht und wenn ich ein paar Tage warten muß, was soll ich dann in diesem deprimierenden Zimmer? Ich will nach Hause.«

»Es ist besser, wenn Sie bleiben. Sie brauchen Medikamente für Ihr Auge. Und wenn eine Infektion eintreten sollte –«

»Ein paar Tropfen kann mir jeder in die Augen geben«, sagte Cerino. »Nach allem, was passiert ist, kennt meine Frau sich ganz gut aus. Ich will hier raus!«

»Wenn Sie unbedingt gehen wollen, kann ich Sie nicht halten«, sagte Jordan nervös. »Aber achten Sie wenigstens darauf, daß Sie Ruhe haben und sich schonen.«

Eine Dreiviertelstunde später schob ein Pfleger Cerino in einem Rollstuhl zu Angelos Wagen. Tony hatte den großen Wagen bereits vor den Krankenhauseingang gefahren. Der Motor lief im Leerlauf.

Cerino hatte die Krankenhausrechnung bar bezahlt, was den Kassierer maßlos erstaunt hatte. Auf ein Fingerschnippen seines Bosses hatte Angelo eine dicke Rolle mit 100-Dollar-Scheinen aus der Tasche gezogen und sie einzeln hingeblättert.

»Hände weg«, sagte Cerino, als Angelo ihm aus dem Rollstuhl in den Wagen helfen wollte. »Das kann ich allein. Denkst du, ich bin behindert?« Cerino drückte sich hoch, bis er stand, und schwankte einen Moment bei dem Versuch, seine beachtliche Körperfülle im Gleichgewicht zu halten. Er trug einen Straßenanzug. Über dem operierten Auge hatte er eine Metallklappe mit vielen winzigen Löchern.

Langsam ließ er sich auf den Beifahrersitz gleiten. Er gestattete Angelo, die Tür für ihn zu schließen. Angelo setzte sich nach hinten. Tony fuhr los, nahm jedoch, als er die Straße erreichte, den Bordstein mit. Der Wagen machte einen Satz.

»Jesus Maria!« schrie Cerino.

Tony duckte sich über das Lenkrad.

Sie fuhren durch den Midtown Tunnel auf den Long Island Expressway. Cerino wurde gesprächig.

»Wißt ihr was, Jungs«, strahlte er, »ich fühle mich großartig! Nach all den Sorgen und Plänen hat es endlich geklappt. Und wie ich dem Doktor gesagt habe, es war gar nicht so schlimm. Natürlich habe ich den ersten Stich von der Spritze gespürt.«

Angelo machte sich auf dem Rücksitz ganz klein. Er hatte von Anfang an Bedenken gehabt, mit in den Operationssaal zu gehen. Als er sah, wie Jordan die Spritze auf Cerinos Gesicht richtete, direkt unter das Auge, wäre er fast ohnmächtig geworden. Angelo verabscheute Spritzen.

»Aber nach der Spritze«, erzählte Cerino weiter, »habe ich nichts mehr gemerkt. Ich bin sogar eingeschlafen. Könnt ihr euch das vorstellen? Kannst du dir das vorstellen, Tony?«

»Nein, kann ich nicht«, sagte Tony nervös.

»Als ich wach wurde, war es vorbei«, sagte Cerino. »Jordan mag ja ein Arsch sein, aber er ist ein Superchirurg. Und wißt ihr was? Ich glaube, er ist clever. Daß er realistisch ist, weiß ich. Wir könnten durchaus ins Geschäft kommen, er und ich. Was hältst du davon, Angelo?«

»Eine interessante Idee«, sagte Angelo ohne Begeisterung.

12

Samstag, 7.45 Uhr
Manhattan

Da es Samstag war, hatte Laurie den Wecker nicht gestellt. Doch sie wurde auch so vor acht Uhr wach, weil ihr Alptraum von Shelly sie wieder heimgesucht hatte.

Obwohl sie keinen Bereitschaftsdienst hatte, beschloß sie, ins Institut zu gehen. Trotz ihrer guten Vorsätze hatte sie gestern abend nicht mehr gearbeitet, nachdem Lou sie abgesetzt hatte. Alkohol und Arbeit vertrugen sich bei ihr nicht besonders gut.

Als Laurie aus dem Haus trat, war sie angenehm überrascht von dem frischen Herbsttag. Die Sonne hatte bereits einen matten winterlichen Schein, aber der Himmel war klar, und die Temperatur war erträglich. Der Verkehr und die Abgase auf der First Avenue hielten sich in Grenzen, und Laurie genoß den Spaziergang.

Sofort nach ihrer Ankunft ging sie in das ID-Büro, um sich über die anliegenden Fälle zu informieren. Erleichtert stellte sie fest, daß keine neuen Kandidaten für ihre Überdosisserie dabei waren. Die Liste enthielt nur die üblichen Morde und Unfälle einer Freitagnacht.

Als nächstes ging Laurie ins toxikologische Labor. Sie war froh, keinen Bogen um John DeVries machen zu müssen, er würde an einem Samstag ganz bestimmt nicht dasein. Erfreut stellte sie fest, daß Peter an seinem üblichen Platz vor dem Gaschromatographen saß.

»Noch nichts von einer Verunreinigung zu sehen«, berichtete er ihr, »aber mit der riesigen neuen Probe, die ich gestern bekommen habe, könnten wir Glück haben.«

»Was denn für eine Probe?« fragte Laurie. »Blut?«

»Nein«, erwiderte Peter, »reines Kokain aus dem Darm.«

»Aus wessen Darm?«

Peter blickte auf das Probenetikett vor sich. »Wendell Morrison. Einer der Fälle, die Fontworth gestern hatte.«

»Aber wie ist er an eine Probe aus dem Darm gekommen?«

»Das kann ich Ihnen nicht sagen. Ich habe keine Ahnung, wie er da rangekommen ist, aber daß er mir so viel gebracht hat, erleichtert mir die Arbeit natürlich ganz erheblich.«

»Freut mich«, sagte Laurie, verwirrt von dieser Neuigkeit. »Sagen Sie mir Bescheid, wenn Sie was gefunden haben.«

Laurie verließ das Labor und ging in ihr Büro. Sie suchte George Fontworth' Nummer im Mitarbeiterverzeichnis und rief ihn zu Hause an. Er meldete sich nach dem zweiten Klingeln; Laurie war erleichtert, ihn nicht aus dem Bett geholt zu haben.

»Sagen Sie bloß nicht, daß Sie im Institut sind«, sagte er, als er hörte, wer am Apparat war.

»Was soll ich sonst sagen?« antwortete Laurie.

»Sie haben nicht mal Bereitschaftsdienst«, sagte George. »Arbeiten Sie nicht soviel. Sonst sehen wir anderen schlecht aus.«

»Kaum«, lachte Laurie. »Ich mache auf niemanden hier Eindruck. Sie wissen ja, was Calvin Ihnen gesagt hat: Sie sollten gestern nicht einmal mit mir reden.«

»Das war ganz schön blöd«, pflichtete George bei. »Was haben Sie auf dem Herzen?«

»Ich bin neugierig auf den ersten Fall, den Sie gestern hatten. Wendell Morrison.«

»Was möchten Sie wissen?«

»In der Toxikologie habe ich erfahren, daß Sie eine Kokainprobe aus dem Darm abgeliefert haben. Wie sind Sie da rangekommen?«

»Dr. Morrison hat das Rauschgift oral genommen«, erklärte George.

»Haben Sie mir nicht gesagt, daß Ihre beiden Fälle es gespritzt haben?« wunderte Laurie sich.

»Nur der zweite Fall«, sagte George. »Als Sie mich nach der Art der Einnahme fragten, dachte ich, daß Sie nur diesen Fall meinten.«

»Meine Fälle haben sämtlich das Rauschgift gespritzt, aber Dick Katzenburg hatte einen Fall, der es oral genommen hat, nachdem er zuvor versucht hatte, es zu spritzen.«

»Wie bei Dr. Morrison«, sagte George. »Seine Armbeugen sahen wie Nadelkissen aus. Der Kerl hatte Übergewicht, und die Venen lagen tief, aber man sollte eigentlich annehmen, daß ein Arzt etwas mehr von Venenpunktion versteht.«

»War noch viel Kokain im Darm?« fragte Laurie.

»Ein ganzer Zentner. Ich weiß gar nicht, wieviel der Typ geschluckt hat. Ein Teil des Darms war infarziert, wo das Kokain die Blutzufuhr unterbrochen hatte. Es war wie bei einem dieser ›Mulis‹, wenn das Kondom beim Durchgang platzt.«

»Gab es sonst noch etwas Bemerkenswertes?«

»Er hatte einen Schlaganfall, nachdem wohl ein kleines Aneurysma bei einem Anfall geplatzt war«, sagte George.

Bevor Laurie auflegte, berichtete sie George von der kleinen Gewebeprobe, die sie unter dem Fingernagel von Julia Myerholtz entnommen und ins Labor geschickt hatte.

»Ich hoffe, Sie sind mir nicht böse, daß ich mich in Ihren Fall eingemischt habe«, sagte sie.

»Um Gottes willen, nein«, wehrte George ab. »Ich bin nur betroffen, daß ich das versäumt habe. So wie sie sich zerkratzt hat, hätte ich eigentlich selbst unter den Nägeln nachsehen müssen.«

Laurie wünschte George ein schönes Wochenende und machte sich an ihre Schreibarbeit. Aber sie konnte auch jetzt ihre Gedanken nicht von den Ungereimtheiten ihrer Fallserie lösen. Trotz ihres Gesprächs mit Lou beschäftigten einige der Details des Myerholtz-Falls sie auch weiterhin.

Sie holte die Mappen mit den drei Fällen heraus, die sie am Donnerstag bearbeitet hatte: Stuart Morgan, Randall Thatcher und Valerie Adams. Sie notierte sich die drei Adressen auf einem Block.

Eine Minute später war Laurie zur Tür hinaus. Sie nahm ein Taxi und fuhr zu allen drei Adressen. Überall sprach sie mit dem Portier. Nachdem sie sich ausgewiesen hatte, erhielt sie Namen und Telefonnummern der Portiers, die am Mittwochabend Dienst gehabt hatten.

Zurück in ihrem Büro, fing Laurie an zu telefonieren. Als ersten rief sie Julio Javez an. »Haben Sie Valerie Adams gekannt?« fragte sie, nachdem sie erklärt hatte, wer sie war.

»Ja, natürlich«, antwortete Julio.

»Haben Sie sie Mittwochabend gesehen?«

»Nein, das habe ich nicht«, sagte Julio. »Jedenfalls erinnere ich mich nicht.«

Lou hat wahrscheinlich recht, sagte Laurie sich, nachdem sie sich bei dem Mann bedankt und aufgelegt hatte. Sie vergeudete wahrscheinlich ihre Zeit. Trotzdem konnte sie nicht widerstehen, die nächste Nummer ihrer Liste zu wählen: Angel Mendez, der Abendportier in Stuart Morgans Haus.

Laurie stellte sich vor und fragte Angel dann, ob er Stuart Morgan gekannt habe. Die Antwort war die gleiche: »Selbstverständlich!«

»Haben Sie Mr. Morgan Mittwochabend gesehen?« fragte Laurie.

»Ich habe Mr. Morgen jeden Abend gesehen, wenn ich Dienst hatte«, sagte Angel. »Er hat jeden Tag nach der Arbeit gejoggt.«

»Auch am Mittwochabend?« fragte Laurie.

»Genau wie an den anderen Abenden«, erklärte Angel.

Wieder wunderte Laurie sich über den Widerspruch, daß ein Mann, der so gesundheitsbewußt war, Rauschgift nahm. Es machte keinen Sinn.

»Wirkte er normal?« fragte Laurie. »Oder wirkte er deprimiert?«

»Er wirkte gut, als er wegging«, sagte Angel. »Aber er joggte nicht so lange wie sonst. Jedenfalls kam er sehr schnell wieder. Er war nicht einmal verschwitzt. Ich erinnere mich daran, weil ich ihm sagte, er habe ja nicht einmal geschwitzt.«

»Was antwortete er darauf?«

»Nichts.«

»War es üblich, daß er nichts erwiderte?«

»Nur wenn er in Begleitung war.«

»War Mr. Morgan denn in Begleitung, als er vom Joggen zurückkam?« fragte Laurie.

»Ja«, sagte Angel. »Er war in Begleitung von zwei Fremden.«

Laurie horchte auf. »Können Sie diese beiden Fremden beschreiben?«

Angel lachte. »Nein, das glaube ich nicht«, sagte er. »Ich sehe so viele Menschen jeden Tag. Ich weiß nur deshalb, daß er mit Fremden zurückkam, weil er nicht gegrüßt hat.«

Laurie dankte dem Mann und legte auf. Das war wirklich hochinteressant. Sie hatte noch Lous Mahnung im Ohr, nicht den Detektiv zu spielen, aber diese verblüffende Ähnlichkeit mit dem Fall Myerholtz konnte der Anfang eines echten Durchbruchs sein.

Zum Schluß rief Laurie noch den letzten Namen auf ihrer Liste an: David Wong. David konnte sich leider nicht erinnern, Randall Thatcher am Mittwochabend gesehen zu haben. Laurie bedankte sich bei ihm und legte auf.

Sie beschloß, noch einen weiteren Fall nachzuprüfen, bevor sie sich wieder an ihre Schreibarbeit machte. Sie ging in die Histologie und bat um die Objektträger mit den Proben von Mary O'Connor. In ihrem Büro untersuchte sie die Proben unter ihrem Mikroskop, um den Umfang der Arteriosklerose festzustellen. Sie erschien unter dem Mikroskop genauso gering, wie Paul es schon mit bloßem Auge erkannt hatte. Auch eine Kardiomyopathie fiel ihr nicht auf.

Als auch das erledigt war, fand Laurie keinen neuen Grund mehr, ihre Arbeit vor sich herzuschieben. Sie stellte das Mikroskop beiseite, nahm die Mappe mit den noch nicht abgeschlossenen Fällen und zwang sich, anzufangen.

»Das ist es also?« fragte Lou. Er schwenkte ein maschinenbeschriebenes Blatt.

»Das haben wir herauskriegen können«, erklärte Norman.

»Das ist ein Haufen Medizinerchinesisch. Was zum Teufel ist ›Keratokonus‹? Oder hier was ganz Tolles: ›pseudophakische bullöse Keratopathie‹. Was soll der Quatsch? Können Sie mir das mal sagen?«

»Sie wollten die Diagnosen der Opfer, die bei Dr. Jordan Scheffield in Behandlung waren«, sagte Norman. »Und das ist das Ergebnis.«

Lou überflog das Blatt erneut. Martha Goldburg, pseudophakische bullöse Keratopathie; Steven Vivonetto, interstitielle Keratitis; Janice Singleton, Herpes zoster; Henriette Kaufman, Fuchs-Endothel-Dystrophie; Dwight Sorenson, Keratokonus.

»Ich hatte gehofft, sie hätten alle das gleiche«, murmelte Lou. »Ich hatte gehofft, den Strahlemann Scheffield bei einer Lüge zu erwischen.«

Norman zuckte die Schultern. »Tut mir leid«, sagte er. »Ich kann jemand besorgen, der das in Normalsprache übersetzt – falls es dafür normale Ausdrücke gibt.«

Lou lehnte sich in seinem Sessel zurück. »Was meinen Sie?« fragte er.

»Mir fällt nichts Gescheites ein«, sagte Norman. »Als der Name des Arztes das erste Mal in den Unterlagen auftauchte, dachte ich, daß wir vielleicht was hätten. Aber jetzt sieht es nicht mehr danach aus.«

»Irgendein Patient unzufrieden mit der Behandlung?« fragte Lou.

»Das einzig Positive in der Richtung sind die Goldburgs«, berichtete Norman. »Harry Goldburg hat einen Kunstfehlerprozeß gegen Scheffield angestrengt, nachdem der Arzt den grauen Star seiner Frau operiert hatte. Anscheinend gab es irgendwelche Komplikationen, und sie hat auf dem Auge nicht viel gesehen.«

»Und was ist das hier für Zeug?« fragte Lou und griff nach einem dicken Aktenordner, der voll mit maschinenbeschriebenen Blättern war.

»Das ist das restliche Material, das die Teams gesammelt haben«, erklärte Norman.

»Großer Gott«, stöhnte Lou. »Das sind doch mindestens fünfhundert Seiten.«

»Gut vierhundert«, korrigierte Norman. »Mir ist noch nichts aufgefallen, aber ich dachte, Sie sehen besser auch mal rein. Und Sie fangen am besten gleich an: Es kommt noch mehr, wenn wir weitere Personen befragen.«

»Was macht die Ballistik?« fragte Lou.

»Sie sind noch nicht bis zu uns vorgedrungen«, erklärte Norman. »Sie sitzen noch an den Morden vom letzten Monat. Aber die ersten Meinungen gehen dahin, daß es nur zwei Waffen waren: eine Zweiundzwanziger und eine Fünfundzwanziger.«

»Was ist mit der Haushälterin?«

»Sie lebt, ist aber noch bewußtlos«, sagte Norman. »Sie hat einen Kopfschuß und liegt im Koma.«

»Wird sie bewacht?«

»Selbstverständlich. Rund um die Uhr.«

Nachdem Laurie mit ihrer Schreibarbeit endlich etwas weitergekommen war, stapelte sie die abgeschlossenen Fälle schön säuberlich aufeinander. Das war also erledigt, und sie nahm sich jetzt die Unterlagen der Überdosisfälle vor. Sie überflog sie und nahm drei Mappen heraus: Duncan Andrews, Robert Evans und Marion Overstreet. Das waren die Fälle, die sie am Dienstag und Mittwoch obduziert hatte. Sie schrieb die Adressen auf und legte die Mappen beiseite.

Laurie ging genauso vor wie am Morgen. Nur hatten die Portiers, die sie befragen wollte, diesmal Dienst.

Die Ergebnisse in den Fällen Evans und Overstreet waren enttäuschend. Keiner der beiden Portiers konnte ihr sonderlich viel über den fraglichen Abend sagen. Bei Duncan Andrews war es anders.

Als das Taxi vor dem Gebäude hielt, erkannte Laurie die blaue, muschelartige Leinenmarkise und die schmiedeeiserne Tür von ihrem letzten Besuch, und sie erkannte auch den Portier wieder. Es war derselbe, der bei ihrem letzten, verpatzten Besuch Dienst gehabt hatte. Doch das hielt sie nicht ab. Obwohl sie es entfernt für möglich hielt, daß Bingham von ihrem Besuch erfahren könnte, war sie bereit, es zu riskieren.

»Kann ich Ihnen helfen?« fragte der Portier. Er schien sie nicht wiederzuerkennen.

»Ich bin vom Gerichtsmedizinischen Institut«, sagte Laurie. »Mein Name ist Dr. Montgomery. Erinnern Sie sich, daß ich am Dienstag hier war?«

»Ich glaube, ja«, sagte der Mann. »Ich heiße Oliver. Kann ich etwas für Sie tun? Möchten Sie noch einmal in die Wohnung von Mr. Andrews?«

»Nein, ich möchte niemanden stören«, sagte Laurie. »Ich möchte Sie etwas fragen. Haben Sie Sonntagabend Dienst gehabt?«

»Ja, das habe ich«, bestätigte Oliver. »Meine freien Tage sind Montag und Donnerstag.«

»Erinnern Sie sich, Mr. Andrews an dem Abend gesehen zu haben, an dem er starb?«

»Ich glaube, ja«, sagte er, nachdem er kurz nachgedacht hatte. »Ich habe ihn fast jeden Abend gesehen.«

»Wissen Sie noch, ob er allein war?« fragte Laurie.

»Das kann ich Ihnen nicht sagen«, erklärte Oliver. »Bei so vielen Menschen, die hier ein und aus gehen, kann ich mich an so etwas kaum erinnern, erst recht nicht fast eine Woche danach. Vielleicht wenn es am selben Tag ist oder etwas Besonderes geschieht. – Warten Sie mal!« rief er plötzlich. »Vielleicht erinnere ich mich doch. An einem Abend ist Mr. Andrews mit irgendwelchen Leuten nach Hause gekommen. Ich erinnere mich wieder, weil er mich mit dem falschen Namen ansprach. Er hat den Namen des Hausmeisters genannt.«

»Kannte er Ihren Namen?« fragte Laurie.

»Aber sicher«, sagte Oliver. »Ich war schon hier, bevor er einzog. Das ist fünf Jahre her.«

»Wie viele Männer waren bei ihm?«

»Zwei, glaube ich. Oder drei.«

»Aber Sie wissen nicht genau, an welchem Abend?« fragte Laurie.

»Das kann ich nicht mit Sicherheit sagen«, erklärte Oliver. »Aber ich weiß, daß er mich Juan nannte, und das wunderte mich. Er wußte doch, daß ich Oliver heiße.«

Laurie dankte Oliver und fuhr nach Hause. Was war von dieser seltsamen Reihe von Ähnlichkeiten zu halten? Wer waren diese beiden Männer? Waren es jedesmal dieselben gewesen? Und was hatte es zu bedeuten, daß ein junger, intelligenter, dynamischer Mann den Portier seines Hauses mit dem Hausmeister verwechselte? Wahrscheinlich gar nichts. Vielleicht hatte Duncan vorgehabt, Juan wegen eines Schadens in seiner Wohnung anzurufen, als er nach Hause gekommen war.

Als Laurie zu ihrer Wohnung zurückkehrte, warf sie auf dem Weg zum Aufzug einen prüfenden Blick auf das Innere des Hauses. Sie sah die gesprungenen und abgesplitterten Bodenfliesen und die abblätternde Farbe an den Wänden. Verglichen mit den Wohnhäusern, in denen sie heute gewesen war, war das hier eine Bruchbude.

Sie fand es deprimierend, daß alle Überdosisopfer in ihrem Alter oder jünger gewesen waren und finanziell offenbar erheblich besser dagestanden hatten als sie. Sie zahlte jetzt schon mehr Miete für ihre wenig komfortable Wohnung, als sie sich bei ihrem Gehalt eigentlich leisten konnte. Es war frustrierend.

Tom hellte Lauries Stimmung sofort auf, als sie die Wohnung betrat. Da das Kätzchen den ganzen Tag und auch die letzte Nacht geschlafen hatte, war es ein Bündel von Energie. Mit einer wahrhaft staunenswerten Sprungkraft stieß er sich in einem Taumel von Ausgelassenheit von Wänden und Möbeln ab, daß Laurie Tränen lachte.

Laurie, die den Luxus freier Zeit kaum kannte, genoß die nächsten Stunden. Sie las, trödelte herum und nahm dann ein Bad. Da keine gegenteilige Nachricht von Jordan vorlag, ging sie davon aus, daß es, wie vereinbart, beim Abendessen um neun Uhr blieb.

Sie brauchte eine halbe Stunde, um sich endgültig zu entscheiden, was sie anziehen wollte, und zog sich dazu dreimal komplett um. Fünf Minuten vor neun war sie fertig. Diesmal holte Jordan sie um Punkt neun selbst ab.

»Sie bringen mich bei meinen Nachbarn bestimmt ins Gerede«, begrüßte Laurie ihn. »Die haben sicher gedacht, ich würde mit Thomas ausgehen.«

Jordan hatte im Four Seasons einen Tisch für sie reservieren lassen. Auch dieses Restaurant kannte Laurie nicht. Obwohl das Essen ausgezeichnet, die Bedienung untadelig und der Wein hervorragend war, konnte sie nicht umhin, es mit dem namenlosen Restaurant zu vergleichen, in das Lou sie am Abend zuvor geführt hatte. Das chaotische, quirlige kleine Lokal hatte etwas so Anziehendes gehabt. Im Four Seasons war es dagegen so ruhig, daß es sie nervös machte. Da die einzigen Laute das Klingeln der Eiswürfel in den Wassergläsern oder das Klirren des Bestecks auf den Tellern waren, hatte sie das Gefühl, flüstern zu müssen. Zudem wirkte die Einrichtung in ihrer geometrisch strengen Nüchternheit abweisend kühl. Laurie hätte sich fast beim Trinken verschluckt, als ihr ein ketzerischer Gedanke kam: Was, wenn ihr weniger das Restaurant nicht gefiel als die Begleitung?

Jordan war gelöst und gesprächig und ließ sich über seine Praxis aus. »Es könnte gar nicht besser laufen«, erzählte er. »Ich habe einen Ersatz für Marsha, die zehnmal besser ist, als Marsha je war. Ich weiß gar nicht, warum ich mir deswegen solche Gedanken gemacht habe. Und mit dem Operieren geht es auch bestens. Ich habe noch nie soviel operiert wie zur Zeit. Ich hoffe nur, es bleibt so. Gestern hat mich mein Steuerberater angerufen und mir mitgeteilt, daß dies ein Rekordmonat wird.«

»Schön für Sie«, sagte Laurie. Sie wollte gerade über ihre Entdeckungen vom Tage sprechen, doch Jordan ließ ihr keine Chance.

»Ich spiele mit dem Gedanken, ein weiteres Untersuchungszimmer einzurichten«, sagte er. »Vielleicht sogar, einen Juniorpartner aufzunehmen, der sich um die Billigpatienten kümmert.«

»Was sind Billigpatienten?« fragte Laurie.

»Die ohne Operation«, erklärte Jordan. Er winkte dem Ober und bestellte noch eine Flasche Wein.

»Ich habe mir heute die Mikroproben von Mary O'Connor angesehen«, sagte Laurie.

»Ich würde lieber bei angenehmeren Themen bleiben«, sagte Jordan.

»Wollen Sie denn gar nicht wissen, was ich herausgefunden habe?«

»Nicht unbedingt. Es sei denn, es ist etwas ganz Besonderes. Ich kann mich nicht bei ihr aufhalten. Ich muß weitermachen. Schließlich war ihr Allgemeinzustand nicht meine Sache, sondern die ihres Internisten. Sie ist ja nicht während der Operation gestorben.«

»Was ist mit Ihren übrigen Patienten, die umgebracht wurden? Möchten Sie über die sprechen?«

»Eigentlich nicht. Ich meine, wozu soll das gut sein? Ich kann ja doch nichts für sie tun.«

»Ich dachte nur, Sie hätten vielleicht das Bedürfnis, darüber zu sprechen. Ich an Ihrer Stelle hätte es ganz bestimmt.«

»Es bedrückt mich«, sagte Jordan. »Aber es bringt nichts, darüber zu sprechen. Ich konzentriere mich lieber auf die positiven Dinge des Lebens.«

Laurie betrachtete Jordans Gesicht. Lou hatte gesagt, er habe nervös gewirkt, als er über den Tod seiner Patienten befragt worden war. Laurie bemerkte im Moment keinerlei Nervosität. Sie erkannte nur ein bewußtes Verdrängen: Er wollte einfach an nichts Unangenehmes denken.

»So positive Dinge wie die, daß Sie Paul Cerino gestern operiert haben?« fragte Laurie.

Wenn Jordan den leichten Spott in ihrer Stimme bemerkt hatte, ließ er sich jedenfalls nichts anmerken. »Das genau ist es«, sagte er, sofort auf den Themenwechsel eingehend. »Ich kann es kaum erwarten, bis das zweite Auge operiert ist und ich nichts mehr von ihm sehe.«

»Wann ist es denn soweit?«

»In etwa einer Woche. Ich möchte nur sicher sein, daß mit dem ersten Auge alles glattgeht. Mich schaudert jedesmal, wenn ich denke, daß Komplikationen auftreten könnten. Nicht, daß ich damit rechne, es lief alles ausgezeichnet. Aber er hat sich geweigert, die Nacht im Krankenhaus zu bleiben, und deshalb kann ich nicht hundertprozentig sicher sein, daß er die Medikamente bekommt, die er braucht.«

»Wenn nicht, wäre das doch nicht Ihr Fehler«, meinte Laurie.

»Ich weiß nicht, ob Cerino das auch so sehen würde«, sagte Jordan.

Nach dem Nachtisch und dem Kaffee erklärte sich Laurie einverstanden, noch Jordans Wohnung im Trump Tower anzusehen. Als sie durch die Tür trat, blieb sie beeindruckt stehen. Vor ihr, fast auf der gleichen Höhe wie Jordans Wohnung, lag die beleuchtete Spitze des Crown Building. Laurie ging ins Wohnzimmer und konnte nach Süden die Fifth Avenue hinunter bis zum Empire State Building und dem World Trade Center dahinter sehen. Beim Blick nach Norden konnte sie ein Stück vom Central Park mit seinem voll beleuchteten Wegelabyrinth erkennen.

»Es ist hinreißend«, staunte Laurie. Der Blick auf die Skyline von New York faszinierte sie. Während ihre Augen noch den Horizont absuchten, spürte sie, daß Jordan direkt hinter sie getreten war.

»Laurie«, sagte er leise.

Laurie drehte sich um und fand sich im gleichen Augenblick von Jordans kräftigen Armen umschlungen. Sein kantiges Gesicht wurde von Lichtreflexen erleuchtet, die von der goldenen Spitze des Crown Building durch die Fenster fielen. Die Lippen leicht geöffnet, beugte er sich vor, um sie zu küssen.

»He«, rief sie und machte sich frei. »Wie wär's mit einem Drink nach dem Essen?«

»Ihr Wunsch ist mir Befehl«, sagte Jordan mit einem reumütigen Lächeln.

Laurie war selbst etwas überrascht über sich. Sicher war sie nicht so naiv, anzunehmen, daß mit einer solchen Reaktion Jordans nicht zu rechnen gewesen wäre. Schließlich war sie mehrere Abende mit dem Mann ausgegangen, und sie fand ihn auch attraktiv. Doch aus irgendeinem Grund fing sie an, einige Dinge ernstlich anders zu sehen.

»Und?« murmelte Tony, als Angelo vom Telefon neben der Toilette zum Tisch zurückkam. Er hatte sich gerade eine gewaltige Portion Tortellini con panna in den Mund gestopft. Mit der Serviette wischte er sich nun den Rand aus Sahne und Käse vom Mund.

Sie saßen in einem kleinen, rund um die Uhr geöffneten Restaurant in Astoria. Es war Tonys Idee gewesen, hier einzukehren, aber Angelo hatte nichts dagegen gehabt, da er Cerino ohnehin anrufen mußte.

»Und?« wiederholte Tony, nachdem er die Tortellini heruntergeschluckt hatte. Er spülte mit Mineralwasser nach.

»Er möchte, daß wir heute nacht wieder losgehen«, sagte Angelo.

»Toll!« Tony war wie immer begeistert.

»Mir stinkt es, daß Cerino uns losschickt«, schimpfte Angelo. »Ich dachte, wir wären mit diesem ganzen Scheiß endlich fertig.«

»Jedenfalls stimmt die Kasse«, sagte Tony. »Was sollen wir machen?«

»Wir sollen uns die Angebotsseite vornehmen«, erklärte Angelo. »Wir dürften mit der Nachfrageseite inzwischen fertig sein, was mir sehr recht ist. Denn da ging es los mit den Schwierigkeiten.«

»Wann fangen wir an?«

»Sobald du deinen Arsch ins Auto kriegst.«

Eine Viertelstunde später, als sie zur Queensboro Bridge kamen, sagte Angelo: »Da ist noch was, was mich bei dieser Sache stört. Mir gefällt die Zeit nicht. Samstagabend ist keine gute Zeit. Wir müssen damit rechnen, daß nicht alles nach Plan abläuft, und flexibel reagieren.«

»Warum rufen wir nicht einfach an?« fragte Tony. »Dann wissen wir, ob die Luft rein ist, bevor wir was unternehmen.«

Angelo blickte kurz zu Tony hinüber. Manchmal überraschte der Junge ihn. Er konnte ganz schön clever sein.

13

Sonntag, 9.15 Uhr
Manhattan

Vornübergebeugt und bemüht, den Schirm gegen den Wind zu stemmen, kämpfte Laurie sich die First Avenue hinauf. Es war kaum zu glauben, wie sehr das Wetter im Verlauf eines einzigen Tages umschlagen konnte. Es war nicht nur stürmisch und regnerisch, die Temperatur war in der Nacht auch bis knapp über den Gefrierpunkt gefallen. Laurie hatte deshalb ihren Wintermantel aus dem mottensicheren Überzug geholt.

Sie stand an der Straßenecke und winkte vergeblich den wenigen Taxis, die vorbeipreschten, doch alle waren besetzt. Gerade als sie sich damit abgefunden hatte, zum Institut laufen zu müssen, hielt ein leeres Taxi am Bordstein. Sie mußte zurückspringen, um nicht angespritzt zu werden.

Da Laurie am Vortag ein großes Stück mit ihrer Schreibarbeit weitergekommen war, hatte sie nicht vorgehabt, an diesem Sonntag zu arbeiten, aber ein abergläubisches Gefühl zwang sie, doch ins Institut zu gehen. Sie hatte die fixe Idee, daß, wenn sie sich die Mühe machen würde zu gehen, es keine weiteren Fälle in ihrer Serie geben werde.

Im Empfangsbereich schüttelte sie den Regen ab, knöpfte ihren Mantel auf und ging zum ID-Büro. Es war niemand da, und es hing auch kein Arbeitsplan für die heutigen Fälle aus. Aber die Kaffeemaschine war in Betrieb, und jemand hatte Kaffee gemacht. Laurie goß sich einen Becher ein.

Sie ließ Mantel und Schirm zurück, ging eine Treppe tiefer zum Leichenschauhaus und von da zum großen Sektionssaal. Die Lichter brannten, es wurde also gearbeitet.

Die Tür öffnete sich knarrend, als sie dagegendrückte. Nur zwei der acht Tische waren besetzt. Laurie versuchte zu erkennen, wer bei der Arbeit war. Schutzbrille, Maske und Haube machten es etwas schwierig. Sie wollte schon in den Umkleideraum gehen und sich umziehen, als jemand sie bemerkte, den Seziertisch verließ und herüberkam, um mit ihr zu sprechen. Es war Sal D'Ambrosio, einer der Sektionsgehilfen.

»Was machen Sie denn hier?« fragte Sal.

»Ich wohne hier«, erwiderte Laurie lachend. »Wer hat heute Dienst?«

»Dr. Plodgett«, antwortete Sal. »Was ist denn los?«

»Gar nichts«, sagte Laurie. »Wer ist am andern Tisch?«

»Dr. Besserman. Paul hat ihn angerufen; wir haben heute viele Fälle. Mehr als gewöhnlich.«

Laurie nickte Sal zu, dann rief sie zu Paul hinüber: »He, Paul, was Interessantes?«

»Würde ich sagen«, rief er zurück. »Ich wollte Sie später anrufen. Wir haben zwei weitere Überdosisfälle, die in Ihre Serie passen könnten.«

Laurie fühlte, wie ihre Zuversicht schwand. Auf abergläubische Gefühle sollte man sich nicht verlassen. »Ich komme gleich«, rief sie.

Sobald sie die volle Schutzkleidung angelegt hatte, ging sie zu Paul an den Tisch. Er sezierte die Leiche einer ganz jungen Frau.

»Wie alt?« fragte Laurie.

»Zwanzig«, antwortete Paul. »Columbia-Studentin.«

»Wie schrecklich!« sagte Laurie. Sie würde die bei weitem Jüngste in ihrer Serie sein.

»Das ist noch nicht das Schlimmste«, sagte Paul.

»Wieso?«

»Dr. Besserman hat den Freund. Einen einunddreißigjährigen Banker. Deshalb dachte ich, es würde Sie interessieren. Anscheinend haben sie sich gleichzeitig eine Spritze gegeben.«

»O nein!« Laurie war blaß geworden. Eine Doppeltragödie war ihr bisher erspart geblieben. Sie ging zu Dr. Besserman an den

Tisch. Er hob gerade die inneren Organe aus dem Körper. Laurie betrachtete das Gesicht des toten Mannes. Auf der Stirn hatte er eine große, verfärbte Prellung.

»Er hatte einen Anfall«, erklärte Dr. Besserman, der Lauries interessierten Blick bemerkt hatte. »Muß mit dem Gesicht auf den Boden geschlagen sein. Oder es ist im Kühlschrank passiert.«

Laurie sah Dr. Besserman an. »Hat man den Mann im Kühlschrank gefunden?« fragte sie.

»So hat der Tour Doc berichtet, der am Tatort war.«

»Das ist dann schon der dritte Fall. Wo war die Freundin?«

»Sie lag im Schlafzimmer auf dem Boden.«

»Haben Sie was Besonderes bei dem Fall entdeckt?«

»Ziemlich normal für eine Überdosis.«

Laurie ging wieder zum Tisch von Paul und sah zu, wie er mehrere Leberproben herausschnitt.

»Was für Proben haben Sie bei diesen Fällen zur Toxikologie geschickt?« fragte er, als er Laurie neben sich bemerkte.

»Leber, Niere und Gehirn«, sagte Laurie. »Außerdem die üblichen Flüssigkeitsproben.«

»Das dachte ich mir«, sagte Paul.

»Haben Sie irgend etwas Bemerkenswertes gefunden?« fragte Laurie.

»Bis jetzt nicht. Typische Überdosis Kokain. Keine Überraschungen. Aber wir müssen den Kopf noch untersuchen.«

»Ich höre, Sie haben heute viele Fälle. Da ich schon mal hier bin, soll ich helfen?«

»Das ist nicht nötig«, wehrte Paul ab. »Vor allem da Dr. Besserman gekommen ist.«

»Sind Sie sicher?« fragte Laurie.

»Danke für das Angebot, aber ich bin sicher.«

Laurie ging die Fallunterlagen durch und notierte sich die Namen der Opfer und die Adresse des Mannes. Die Leichen waren in seiner Wohnung gefunden worden. Dann ging sie in den Umkleideraum und zog sich um. Sie war völlig entmutigt. Zwei junge Liebende, die ihr Leben so sinnlos verloren hatten – es war besonders tragisch. Sie bedauerte erneut Binghams Entscheidung, die Öffentlichkeit nicht vor der möglicherweise verunreinigten Droge zu warnen. Hätte er es getan, würden diese beiden Menschen vielleicht noch leben.

Mit plötzlicher Entschlossenheit entschied Laurie, Bingham anzurufen. Wenn diese Tragödie à la Romeo und Julia ihm nicht die Augen dafür öffnete, daß sie womöglich vor einer schweren Krise im öffentlichen Gesundheitswesen standen, dann half nichts mehr.

Oben in ihrem Büro suchte sie Binghams Privatnummer im internen Anschriftenverzeichnis. Sie holte tief Luft und wählte die Nummer.

Bingham kam selbst an den Apparat. »Es ist Sonntagmorgen«, sagte er knapp, als er hörte, wer am anderen Ende der Leitung war.

Laurie berichtete ihm sofort von den beiden neuen Überdosisfällen. Als sie fertig war, herrschte zunächst Schweigen. Dann sagte Bingham scharf: »Ich kann nicht erkennen, warum Sie sich gezwungen fühlen, mich deshalb an einem Sonntag anzurufen.«

»Wenn wir eine Erklärung abgegeben hätten, könnte dieses Paar heute noch leben«, sagte Laurie. »Ihnen können wir nicht mehr helfen, aber vielleicht anderen. Mit diesen beiden Fällen habe ich jetzt sechzehn in meiner Serie.«

»Montgomery, ich bin nicht einmal überzeugt, daß Sie wirklich eine Serie haben. Hören Sie also auf, mit dem Begriff um sich zu werfen, als wäre es eine feststehende Tatsache. Vielleicht haben Sie eine Serie, vielleicht auch nicht. Ich schätze Ihre guten Absichten, aber haben Sie irgendeinen Beweis? Hat das Labor eine Verunreinigung entdeckt?«

»Noch nicht«, räumte Laurie ein.

»Dann ist dieses Gespräch, was mich betrifft, nur ein Aufguß desjenigen, das wir kürzlich hatten.«

»Aber ich bin überzeugt, wir können Leben retten –«

»Ich weiß, daß Sie das sind«, fiel Bingham ihr ins Wort. »Aber ich bin davon überzeugt, daß es nicht im Interesse des Instituts und der Stadt insgesamt ist, etwas zu unternehmen. Die Medien werden Namen wissen wollen, und wir sind nicht in der Lage, Namen zu nennen, nicht bei dem Druck, unter dem wir gegenwärtig stehen. Und es geht nicht nur um Duncan Andrews' Familie, die diese Fälle gern aus den Schlagzeilen hätte. Aber ich treffe in dieser Woche den Chef des Gesundheitswesens der Stadt. Und um Ihnen nicht Unrecht zu tun, werde ich den Fall mit ihm besprechen; dann kann er entscheiden.«

»Aber Dr. Bingham –«, wandte Laurie ein.

»Das reicht, Laurie. Guten Tag!«

Laurie betrachtete das Telefon. Bingham hatte einfach aufgelegt. Voller Wut knallte sie den Hörer auf die Gabel. Daß er das Problem dem Chef des Gesundheitsamtes vortragen würde, war kein Trost für sie. Wie sie die Sache sah, bedeutete das nur, das Problem von einer politischen Bühne auf eine andere zu schieben. Sie hatte außerdem das Gefühl, daß Bingham dem eigentlichen Grund, weshalb er die Sache unter Verschluß halten wollte, sehr nahe gekommen war, als er Duncan Andrews erwähnte. Bingham hatte wegen der politischen Verflechtungen Angst, mit einem Namen aus der Politik an die Öffentlichkeit zu gehen.

Laurie beschloß, Jordan anzurufen. Da er nicht im Dienst der Stadt stand und keiner interessierten Gruppe verpflichtet war, konnte er sich vielleicht an die Öffentlichkeit wenden. Sie war sich nicht sicher, ob sie es schaffen würde, ihn zu überzeugen, doch sie beschloß, es zu versuchen. Jordan nahm nach dem zweiten Klingeln ab, klang aber außer Atem, als er sich meldete.

»Ich sitze auf dem Heimtrainer«, erklärte er. »Schön, so bald von Ihnen zu hören. Ich hoffe, Sie hatten einen angenehmen Abend. Ich jedenfalls habe ihn genossen.«

»Es war reizend«, sagte Laurie. »Noch einmal vielen Dank.« Sie war erleichtert gewesen, als Jordan sie nach dem kurzen, abgebrochenen Kußversuch nicht weiter bedrängt hatte.

Sie erklärte Jordan den neuesten Stand ihrer Überdosisserie. Zu ihrer Freude klang er ehrlich entrüstet.

»Jetzt habe ich eine Frage an Sie«, sagte Laurie, »und die Bitte um einen Gefallen. Mein Chef ist nicht bereit, in dieser Sache eine öffentliche Erklärung abzugeben. Ich halte eine solche Erklärung aber für notwendig, weil ich überzeugt bin, daß sie Leben retten wird. Kennen Sie irgendeinen anderen Weg, die Information an die Öffentlichkeit zu bringen, und wären Sie bereit, das zu übernehmen?«

»Einen Moment«, sagte Jordan. »Ich bin Augenarzt, und das ist nicht mein Fachgebiet. Sie möchten, daß ich irgendeine Erklärung über eine Serie von Drogentoten abgebe? Das geht nicht, es ist inopportun.«

Laurie seufzte. »Wollen Sie es sich noch einmal überlegen?«

»Ich muß es mir nicht noch einmal überlegen«, sagte Jordan. »Das ist eine Sache, von der ich mich fernhalten muß, ganz unmißverständlich. Bedenken Sie, wir beide betreiben Medizin am jeweils entgegengesetzten Ende des Spektrums. Ich bin am klinischen Ende. Ich habe Patienten aus den höchsten Gesellschaftskreisen. Sie würden bestimmt nicht gern sehen, wenn ich mit irgendeiner Drogengeschichte zu tun habe, egal auf welcher Seite des Gesetzes ich stehe. Sie würden anfangen, sich Gedanken über mich zu machen, und bevor ich wüßte, was passiert, wären sie bei einem anderen. In der Ophthalmologie herrscht heute ein erbitterter Konkurrenzkampf.«

Laurie suchte erst gar nicht nach Gegenargumenten. Sie begriff sofort: Jordan Scheffield würde ihr nicht helfen. Sie bedankte sich und legte auf.

Es blieb nur noch eine andere Person, an die sie sich wenden konnte: Lou. Es fiel ihr schwer, aber sie unterdrückte ihren Stolz und rief ihn an. Da sie seine Privatnummer nicht hatte, rief sie in der Polizeizentrale an und hinterließ eine Nachricht für ihn. Zu ihrer Überraschung rief er fast umgehend zurück.

»Hallo, wie geht es Ihnen?« Er schien sich zu freuen, von ihr zu hören. »Ich weiß, ich hätte Ihnen meine Privatnummer geben sollen. Hier, ich gebe sie Ihnen jetzt gleich.« Laurie nahm einen Kuli und Papier und schrieb die Nummer auf.

»Ich freue mich, daß Sie angerufen haben«, fuhr Lou fort. »Ich habe meine Kinder hier. Haben Sie Lust, zum Brunch nach SoHo zu kommen?«

»Ein andermal«, sagte Laurie. »Ich habe ein Problem.«

»Ach ja?« sagte Lou. »Was denn?«

Laurie erzählte ihm von dem tragischen Doppelfall und ihren Gesprächen mit Bingham und Jordan.

»Schön zu wissen, daß ich ganz unten auf Ihrer Liste stehe«, sagte Lou.

»Bitte, Lou. Spielen Sie nicht den Gekränkten. Ich bin verzweifelt.«

»Laurie, warum tun Sie mir das an? Ich würde Ihnen gerne helfen, aber das ist keine Sache für die Polizei. Das habe ich Ihnen schon letztes Mal gesagt. Ich kann Ihr Problem verstehen, aber ich habe keinerlei Lösungsvorschläge. Und wenn Sie meine Meinung hören wollen, es ist eigentlich auch nicht Ihr Problem. Sie haben getan, was Sie konnten, und Sie haben Ihre Vorgesetzten unterrichtet. Mehr können Sie von sich nicht verlangen.«

»Mein Gewissen läßt sich damit nicht abspeisen. Nicht, solange Menschen sterben.«

»Was hat denn der Großverdiener Jordan gesagt?«

»Er hatte Angst, seine Patienten würden das nicht verstehen«, sagte Laurie. »Er hat gesagt, er könne mir nicht helfen.«

»Das ist ein ziemlich billiger Vorwand«, meinte Lou. »Ich staune, daß er keine Purzelbäume schlägt, um zu beweisen, was für ein toller Kerl er ist, indem er seiner verzagten Maid hilft.«

»Ich bin nicht seine Maid«, entgegnete Laurie. Noch während sie das sagte, wurde ihr bewußt, daß es besser gewesen wäre, den Köder zu ignorieren.

»Nicht immer charmant, Ihr Prinz, was?«

Laurie legte einfach auf. Der Mann konnte so aufreizend grob sein. Sie suchte ihre Sachen zusammen, nahm die Anschrift vom Tatort der beiden Überdosisfälle und wollte gerade aufbrechen, als das Telefon klingelte. Da sie annahm, daß es Lou war, ignorierte sie es. Das Telefon klingelte etwa zwanzigmal und hörte erst auf, als sie zum Aufzug ging.

Sie nahm ein Taxi und ließ sich zu der Adresse am Sutton Place South bringen. Dort zeigte sie dem Portier ihre Dienstmarke und bat ihn, den Hausmeister zu verständigen. Der Portier zeigte sich sehr hilfsbereit. »Carl ist in einer Minute unten. Er wohnt hier im Haus und ist daher fast immer zu erreichen.«

Kurz darauf erschien ein ungewöhnlich kleiner Mann mit dunklem Haar und einem schmalen schwarzen Schnauzbart und stellte sich als Carl Bethany vor. »Sie sind wahrscheinlich wegen George VanDeusen hier?« fragte er.

Laurie nickte. »Wenn es nicht zu viele Umstände macht, würde ich mir gern ansehen, wo die beiden Leichen gefunden wurden. Ist die Wohnung leer?«

»Ja, natürlich«, sagte Carl. »Man hat die Leichen letzte Nacht abgeholt.«

»Das meine ich nicht«, erklärte Laurie. »Ich möchte sicher sein, daß nicht irgend jemand von der Familie oben ist. Ich möchte niemanden stören.«

Carl sagte, er müsse fragen. Er besprach sich mit dem Portier, kam zurück und versicherte Laurie, daß niemand in der Wohnung sei. Dann fuhr er mit ihr in den zehnten Stock und schloß ihr die Tür auf. Er trat zur Seite und ließ Laurie zuerst eintreten.

»Es ist noch nicht saubergemacht worden«, sagte Carl, als er Laurie durch die Tür folgte. Laurie bemerkte einen muffigen, fast fischartigen Geruch, als sie die Wohnung betrat.

Sie warf einen Blick in das Wohnzimmer. Ein alter Couchtisch im Butlerstil mit nur noch drei Beinen lag umgestürzt auf dem Boden, das vierte Bein direkt daneben. Zeitschriften und Bücher waren wahllos auf dem Teppich verstreut; es sah so aus, als wären sie heruntergefallen, als das Bein abgebrochen war. Eine Kristalllampe lag zerbrochen zwischen einem Beistelltisch und der Couch. Ein großes Ölgemälde im alten Stil hing schräg an der Wand.

»Sieht ziemlich wüst aus«, sagte Laurie. Sie versuchte, sich den Anfall vorzustellen, der zu einer solchen Zerstörung hatte führen können.

»So habe ich es vorgefunden, als ich gestern nacht hier reingekommen bin«, sagte Carl.

Laurie ging in die Küche. »Wer hat die Leichen gefunden?«

»Ich«, sagte Carl.

Laurie war überrascht. »Wieso sind Sie hier gewesen?«

»Der Nachtportier hat mich angerufen«, erklärte Carl.

Laurie wollte ohnehin nach ihm fragen. Sie hoffte, auch mit ihm sprechen zu können, und sagte es. »Warum hat er Sie angerufen?« fragte sie.

»Er sagte, ein anderer Mieter habe ihn angerufen und von seltsamen Geräuschen in 10F gesprochen. Der Anrufer machte sich Sorgen, es könnte jemand verletzt sein.«

»Was haben Sie unternommen?« fragte Laurie.

»Ich bin hergekommen und habe geschellt«, erklärte Carl. »Ich habe mehrmals geschellt. Dann habe ich mit dem Generalschlüssel aufgemacht und die Leichen entdeckt.«

Laurie war verwirrt. Irgend etwas an dem Szenario ergab keinen Sinn. Sie erinnerte sich, vor einer Stunde im Untersuchungsbericht gelesen zu haben, daß beide Leichen fortgeschrittene Totenstarre aufgewiesen hatten. Das bedeutete, daß sie schon mehrere Stunden tot gewesen sein mußten.

»Sie sagten, der Mieter habe den Portier angerufen, weil zu dem Zeitpunkt Geräusche aus der Wohnung kamen? Ich meine zu der Zeit, als er anrief?«

»Ich glaube schon«, sagte Carl.

Laurie überlegte, wie die anderen Opfer ihrer Serie gefunden worden waren. Duncan Andrews und Julia Myerholtz waren von ihren Partnern gefunden worden. Aber wie war es bei den anderen gewesen? An diese Frage hatte Laurie noch gar nicht gedacht. Jetzt, wo sie es tat, fiel ihr etwas Eigenartiges auf: Alle Opfer waren relativ schnell gefunden worden. Die Leichen waren binnen weniger Stunden entdeckt worden, während alleinstehende Menschen, die unerwartet in ihrer Wohnung starben, in vielen Fällen erst nach Tagen gefunden wurden, manchmal sogar erst, nachdem Nachbarn den Verwesungsgeruch bemerkten.

Das Bild in der Küche war ihr nur zu vertraut. Der Inhalt des Kühlschranks lag wahllos auf dem Boden verstreut. Die Kühlschranktür stand noch halb offen. Laurie bemerkte den Geruch von verschütteter Milch und verfaulendem Gemüse.

»Da muß gleich jemand saubermachen«, sagte Carl.

Laurie nickte. Sie verließ die Küche und schaute ins Schlafzimmer. Wieder empfand sie eine tiefe Traurigkeit. Der Anblick der Wohnung, wo diese Menschen gelebt hatten, ließ den Fall noch realistischer erscheinen. Es war leichter, im Leichenschauhaus unbeteiligt zu bleiben als dort, wo die Verstorbenen gelebt hatten. Laurie merkte, wie ihre Augen sich mit Tränen füllten.

»Kann ich Ihnen noch in irgendeiner Weise helfen?« fragte Carl.

»Ich würde gern mit dem Nachtportier sprechen«, sagte sie, sich zusammenreißend.

»Das läßt sich ohne weiteres machen«, sagte Carl. »Sonst noch etwas?«

»Ja«, sagte Laurie sich umblickend. »Vielleicht sollten Sie die Wohnung doch noch nicht saubermachen lassen. Ich möchte erst noch mit der Polizei sprechen.«

»Die war letzte Nacht schon da«, sagte Carl.

»Ich weiß«, sagte Laurie. »Aber ich denke da an jemanden von der Zentrale, der etwas weiter oben rangiert.«

Unten in der Halle besorgte Carl Laurie die Telefonnummer des Nachtportiers. Der Mann hieß Scott Maybrie. Carl bot Laurie an, sein Telefon zu benutzen, wenn sie sofort anrufen wolle.

»Schläft er um diese Zeit nicht?« fragte Laurie.

»Er wird es überleben«, meinte Carl.

Carls kleine Wohnung lag im Erdgeschoß und zur Straße hin, während die von VanDeusen auf den East River hinausging. Carl ließ Laurie an seinem vollgepackten Schreibtisch zwischen Notizen für Klempner und Elektriker Platz nehmen. Er war sehr hilfsbereit; er wählte sogar Scotts Nummer und reichte Laurie dann den Hörer. Wie sie befürchtet hatte, klang der Mann ganz schlaftrunken, als er sich meldete.

Laurie stellte sich vor und entschuldigte sich, zu einer so ungelegenen Zeit anzurufen. »Ich möchte im Fall VanDeusen ein paar Fragen stellen«, fuhr sie fort. »Haben Sie Mr. VanDeusen oder seine Freundin gestern abend gesehen?«

»Nein, das habe ich nicht«, sagte Scott.

»Carl hat mir berichtet, daß einer der Mieter Sie wegen Lärm aus der VanDeusen-Wohnung angerufen hat. Um wieviel Uhr war das?«

»Gegen halb drei, drei.«

»Welcher Mieter hat angerufen?«

»Ich weiß es nicht«, sagte Scott. »Er hat seinen Namen nicht genannt.«

»War es einer der unmittelbaren Nachbarn?« hakte Laurie nach.

»Ich weiß es wirklich nicht. Ich habe die Stimme nicht erkannt, aber das ist nicht ungewöhnlich bei so vielen Mietern.«

»Was genau hat er gesagt?«

»Er sagte, aus 10F kämen seltsame Geräusche. Er hatte Angst, es könnte sich jemand verletzt haben.«

»Hat er gesagt, er höre die Geräusche, während er anrief? Oder hat er gesagt, er habe sie vor einiger Zeit gehört?«

»Ich glaube, er sagte, er höre sie im Moment.«

»Haben Sie bemerkt, daß in der Nacht zwei Männer das Haus verlassen haben?« fragte Laurie weiter. »Zwei Männer, die Ihnen unbekannt waren?«

»Das kann ich nicht sagen. Es kommen und gehen die ganze Nacht Leute. Um ehrlich zu sein, ich achte kaum auf die Leute, die gehen. Genauer sehe ich mir die an, die kommen.«

Laurie dankte Scott und entschuldigte sich noch einmal für die Störung. Dann wandte sie sich an Carl und fragte ihn, ob sie auch den Portier sprechen könnte, der früher am Abend Dienst gehabt hatte.

»Selbstverständlich«, sagte Carl. »Das muß Clark Davenport gewesen sein.« Wieder wählte Carl die Nummer, dann reichte er Laurie den Hörer.

Laurie stellte sich vor, als Clark abnahm.

»Haben Sie gestern abend Mr. George VanDeusen nach Hause kommen sehen?«

»Ja«, antwortete Clark. »Er kam gegen zehn mit seiner Freundin.«

»Verhielt er sich normal?« fragte Laurie.

»Normal für einen Samstagabend«, sagte Clark. »Er war etwas beschwipst. Seine Freundin mußte ihn stützen. Aber sie schienen sich gut amüsiert zu haben, wenn Sie das meinen.«

»Waren sie allein?«

»Jawohl«, sagte Clark. »Ihre Gäste kamen erst eine halbe Stunde später.«

»Hatten sie eine Party?« fragte Laurie überrascht.

»Party würde ich das nicht nennen«, meinte Clark. »Es waren nur zwei Männer. Ein großer und ein kleiner.«

»Wissen Sie noch, wie diese beiden Männer aussahen?«

Clark mußte überlegen. »Der große hatte eine schlechte Haut, so als ob er als Kind Akne gehabt hätte.«

»Haben sie ihre Namen genannt?« fragte Laurie. Sie spürte, wie ihr Puls schneller ging.

»Ja, natürlich«, sagte Clark. »Wie hätte ich sonst Mr. VanDeusen anrufen und fragen können, ob sie erwartet würden? Andernfalls hätte ich sie gar nicht hinaufgelassen.«

»Wie hießen sie?« fragte Laurie. Sie hatte einen Stift und ein Stück Papier hervorgeholt.

»Das weiß ich nicht mehr«, sagte Clark. »An einem Samstagabend kommen mindestens hundert Leute hier rein.«

Laurie war enttäuscht. Aber wenn sie auch die Namen nicht erfahren hatte, es war doch ein Fortschritt. Wieder waren zwei Männer am Ort des Geschehens gesehen worden, kurz bevor die Todesfälle sich ereigneten.

»Haben Sie auch gesehen, wie diese Männer wieder gingen?« fragte Laurie.

»Nein«, sagte Clark. »Ich hatte kurz danach Dienstschluß.«

Laurie dankte ihm und legte auf. Nachdem sie sich sehr herzlich bei Carl für seine Hilfe bedankt hatte, verließ sie das Haus.

Obwohl es regnete und ziemlich kalt war, beschloß Laurie, ein paar Schritte zu laufen, bevor sie ein Taxi rief, um nach Hause zu fahren. Sie wollte überdenken, was sie erfahren hatte und was das für den Fall insgesamt bedeuten konnte.

Die bei weitem wichtigste Entdeckung war das Auftauchen dieser beiden geheimnisvollen Männer. Laurie fragte sich, ob sie vielleicht mit dem Drogenhandel zu tun hatten. Sie fragte sich auch, ob diese Entdeckung ausreichen würde, die Rauschgiftfahnder der Polizei zu interessieren. Sie bekam etwas Hoffnung, daß Lou jetzt, wo sich weitere Gemeinsamkeiten der Fälle zeigten, vielleicht anders urteilen würde.

Laurie wünschte, sie hätte mit dem Mieter sprechen können, der sich über den Lärm beklagt hatte. Was hatte er gehört und wann? Als der Regen stärker wurde, winkte Laurie ein Taxi herbei und ließ sich nach Hause fahren. Bei einem Salat und heißem Tee ging sie das gesamte Material durch, das sie hatte, und listete die Fälle der Reihe nach auf. Neben der Namensspalte führte sie zwei weitere Spalten auf: »Gefunden von« und »Zwei Männer am Schauplatz?«

Sie trug ein, was sie an Antworten hatte. Den Rest des Nachmittags verbrachte sie damit, die noch offenen Fragen in den Spalten zu klären. Das bedeutete viel Lauferei, aber Laurie wußte, daß sie gründlich sein mußte, wenn sie jemals andere von ihrer Theorie überzeugen wollte.

Am späten Nachmittag war sie sicher, daß ihre Bemühungen sich gelohnt hatten. Die Leichen waren jeweils vom Portier oder Hausmeister entdeckt worden, nachdem ein benachbarter Mieter sich über seltsame Geräusche aus der entsprechenden Wohnung beschwert hatte. Als ihre Liste fast komplett war, fuhr Laurie nach Hause, mehr denn je überzeugt, daß irgend etwas Schreckliches im Gange war. Es gab zu viele Zufälle. Wenn sie jetzt nur jemanden in verantwortlicher Position dazu bewegen könnte, etwas zu unternehmen.

Als sie zu Hause ankam, war es dunkel. Sie wußte nicht, wie ihr nächster Schritt aussehen sollte. Laurie blätterte die Sonntagsausgabe der *Times* durch, um zu sehen, ob die Medien die Geschichte vom Banker und der Columbia-Studentin brachten, die an einer Überdosis gestorben waren. Sie entdeckte eine kurze Notiz über die Toten versteckt irgendwo im hinteren Teil. Die Zeitung berichtete lediglich, daß es sich bei den Toten um ein Paar handelte, das eine Überdosis genommen hatte, und erwähnte nichts von sozial ähnlich gelagerten Fällen in der jüngsten Vergangenheit. Wieder ein Tag und eine Gelegenheit vertan, die Öffentlichkeit aufmerksam zu machen.

Laurie beschloß, Lou zu Hause anzurufen. Sie war sich nicht sicher, ob sie jetzt genug Material hatte, um ihn zu überzeugen, aber sie wollte ihn auf jeden Fall über den neuesten Stand informieren. Der Anrufbeantworter war eingeschaltet; sie entschloß sich, keine Nachricht zu hinterlassen.

Laurie überlegte kurz, ob sie Bingham anrufen sollte, kam aber zu dem Schluß, daß es sinnlos wäre, und gab den Gedanken auf.

Lauries Blick wanderte vom Telefon zu der aufgeschlagenen Zeitung. Ganz allmählich stieg in ihr die Idee auf, die Geschichte selbst zu lancieren. Sie hatte zwar schlechte Erfahrungen gemacht, als sie Bob Talbot das letztemal erzählt hatte, was sie dachte, doch um gerecht zu sein: Sie hatte nicht ausdrücklich gesagt, daß ihre Äußerungen vertraulich waren.

Schon holte sie ihr Adreßbüchlein heraus, um nachzusehen, ob sie seine Telefonnummer hatte. Sie fand sie und rief ihn an.

»Sieh an«, sagte er, als sie sich meldete, »ich hatte schon befürchtet, nie mehr etwas von dir zu hören. Ich wußte nicht, was ich, außer mich zu entschuldigen, noch hätte tun können.«

»Ich habe überreagiert«, lenkte Laurie ein. »Tut mir leid, daß ich mich nicht mehr gemeldet habe. Aber ich habe vom Chef einen bösen Rüffel wegen der Geschichte bekommen.«

»Ich entschuldige mich noch einmal«, sagte Bob. »Was gibt's?«

»Du wirst überrascht sein«, sagte Laurie, »vielleicht habe ich eine Story für dich, eine große Sache.«

»Ich bin ganz Ohr«, sagte Bob.

»Ich möchte nicht am Telefon darüber reden«, erklärte Laurie.

»Mir recht«, sagte Bob. »Darf ich dich zum Essen einladen?«
»Du darfst«, sagte Laurie.

Sie trafen sich bei P. C. Clark's an der Ecke 55th Street und Third Avenue. Sie hatten Glück, an einem verregneten Sonntagabend einen Tisch zu bekommen, dazu noch hinten an der Wand, wo sie sich trotz des üblichen Stimmengewirrs unterhalten konnten. Nachdem ein irischer Kellner ihre Bestellung aufgenommen und zwei randvolle Gläser Bier vom Faß vor ihnen abgestellt hatte, begann Laurie.

»Zunächst einmal bin ich mir nicht sicher, ob es richtig ist, mit dir darüber zu reden, aber ich bin verzweifelt. Ich habe das Gefühl, ich muß etwas tun.«

Bob nickte.

»Ich möchte, daß du mir versprichst, meinen Namen aus dem Spiel zu lassen.«

»Ehrenwort eines alten Pfadfinders«, sagte Bob und hielt zwei Finger hoch. Dann holte er einen Notizblock und Bleistift heraus.

»Ich weiß gar nicht, wo ich anfangen soll«, sagte Laurie. Sie zögerte zunächst noch, doch als sie anfing, die jüngsten Ereignisse zu schildern, kam sie langsam in Fahrt. Sie begann bei Duncan Andrews und ihrem ersten Verdacht und berichtete ihm alles bis zum Tod von George VanDeusen und Carol Palmer. Sie betonte, daß alle Opfer alleinstehende, gut ausgebildete, erfolgreiche junge Leute gewesen waren, in deren Vergangenheit es nicht den geringsten Hinweis auf Drogenkonsum oder Gesetzesverstöße gegeben hatte. Sie erwähnte außerdem den Druck auf ihren Chef, insbesondere den Fall Duncan Andrews mit äußerster Diskretion zu behandeln.

»In gewisser Hinsicht ist es schade, daß er der erste war. Ich glaube, Bingham lehnt meine Serientheorie zum Teil deshalb ab, weil alles mit ihm begann.«

»Das ist unglaublich«, sagte Bob, als Laurie unterbrach, weil das Essen kam. »Ich habe nichts davon in den Medien gesehen. Nichts. Null.«

»Die *Times* von heute morgen hat etwas über die beiden Toten gebracht«, sagte Laurie. »Aber es stand im hinteren Teil. Ein paar lächerliche Zeilen. Von den anderen Fällen kein Wort, da hast du recht.«

»Das wird ein Knüller«, strahlte Bob. Er blickte kurz auf die Uhr. »Ich muß los, wenn ich das in die Morgenausgabe kriegen will.«

»Aber es geht noch weiter«, sagte Laurie. Sie berichtete ihm, daß das Kokain aus einer einzigen Quelle stammte, wahrscheinlich mit einem hochgiftigen Stoff verunreinigt und zudem extrem stark war, und daß es wahrscheinlich von nur einem Pusher angeboten wurde, der irgendwie Kontakt zu jungen Leuten der Oberschicht hatte.

»Das heißt, das stimmt nicht ganz«, korrigierte Laurie sich. »Es können auch zwei sein. In den meisten Fällen, die ich untersucht habe, wurden zwei Männer beobachtet, die in die Wohnung der Opfer kamen.«

»Ich frage mich, warum zwei«, sinnierte Bob.

»Ich habe keine Ahnung«, gab Laurie zu. »Bei dieser ganzen Geschichte gibt es eine Menge Rätsel.«

»Ist das alles?« Bob hatte es eilig, wegzukommen. Beide hatten das Essen noch nicht angerührt.

»Nein, noch nicht«, sagte Laurie. »Das Schlimmste kommt noch: Ich habe inzwischen das Gefühl, daß diese Todesfälle keine Unfälle sind, sondern bewußt herbeigeführt wurden. Mit anderen Worten: Es handelt sich um Mord.«

»Das wird ja immer besser.«

»Alle Leichen wurden kurz nach Todeseintritt gefunden«, fuhr Laurie fort. »Das allein ist schon ungewöhnlich. Alleinstehende Menschen, die sterben, werden meistens erst nach Tagen gefunden. In all den Fällen, die ich untersucht habe, führte ein Anruf zur Auffindung der Leiche. In zwei Fällen riefen die Opfer vorher ihre Lebensgefährten an. In den anderen Fällen rief jeweils ein unbekannter benachbarter Mieter des Opfers den Portier an und beschwerte sich über seltsame Geräusche aus der Wohnung des Opfers. Aber: Aufgrund medizinischer Fakten steht fest, daß diese

Klagen über Lärm jeweils mehrere Stunden nach Eintritt des Todes erfolgt sind.«

»Mein Gott!« Bob sah Laurie an. »Was ist mit der Polizei? Warum wurde sie nicht eingeschaltet?«

»Niemand nimmt mir meine Theorie ab. Die Polizei hat nicht den kleinsten Verdacht. Sie hält diese Fälle für simple Drogendelikte.«

»Und was ist mit Dr. Harold Bingham? Was hat er unternommen?«

»Bisher gar nichts«, erklärte Laurie. »Ich nehme an, er möchte dieses heiße Eisen nicht anfassen. Duncan Andrews' Vater kandidiert für den Senat; seine Leute haben den Bürgermeister bekniet, und der hat Druck auf Bingham ausgeübt. Er hat allerdings gesagt, er wolle mit dem Chef des Gesundheitswesens darüber reden.«

»Wenn deine Theorie stimmt, dann haben wir es mit einem neuen Massenmörder zu tun«, sagte Bob. »Das ist eine heiße Sache!«

»Man muß unbedingt die Öffentlichkeit warnen. Wenn dadurch nur ein einziges Leben gerettet wird, hat es sich schon gelohnt. Deshalb habe ich dich angerufen. Wir müssen Alarm schlagen wegen der Verunreinigung dieses Stoffs.«

»Hab ich jetzt alles?« fragte Bob.

»Ich glaube, ja«, sagte Laurie. »Wenn mir noch was einfällt, rufe ich dich an.«

»Prima!« sagte Bob und stand auf. »Tut mir leid, daß ich los muß, aber wenn das noch in die Morgenausgabe soll, muß ich sofort mit dem Redakteur sprechen.«

Laurie sah, wie Bob sich zwischen den Gästen durchschlängelte, die auf einen freien Tisch warteten. Sie blickte auf das kalt gewordene Essen und kam zu dem Schluß, daß sie keinen Appetit mehr hatte.

Sie wollte gerade aufstehen, als der irische Kellner mit der Rechnung kam.

Laurie hielt Ausschau nach Bob, doch der war längst verschwunden. So sah also sein Angebot aus, sie einzuladen.

»Wie spät ist es?« fragte Angelo.

»Halb acht«, sagte Tony nach einem Blick auf die Rolex, die er im Haus der Goldburgs hatte mitgehen lassen.

Sie parkten auf der Fifth Avenue direkt nördlich von der Einmündung der 72nd Street in den East Drive, der durch den Central Park führt. Sie standen auf der Parkseite, hatten aber einen guten Blick auf den Eingang des Wohnhauses, für das sie sich interessierten.

»Dieser Kendall Fletcher braucht offenbar sehr lange, um seine Joggingshorts anzuziehen«, sagte Angelo.

»Er hat mir gesagt, er wolle joggen gehen«, verteidigte Tony sich. »Du hättest ihn ja selbst anrufen können, wenn du mir nicht glaubst.«

»Da kommt jemand«, sagte Angelo. »Was meinst du? Könnte das unser Banker sein?«

»Sieht gar nicht aus wie ein Banker in dem Aufzug«, meinte Tony. »Ich kapier diese Joggerei sowieso nicht. Diese Typen, die auf jung machen und in einer so lächerlichen Aufmachung abends durch den Park rennen. Das ist doch wie eine Einladung...«

»Ich glaube, das ist er«, unterbrach Angelo. »Scheint das richtige Alter zu haben. Was hast du gesagt, wie alt ist Kendall?«

Tony holte ein maschinenbeschriebenes Blatt aus dem beleuchteten Handschuhfach und suchte den Eintrag von Kendall Fletcher. Dann las er vor: »Kendall Fletcher, Alter vierunddreißig, Vizepräsident Citicorp.«

»Das muß er sein«, sagte Angelo. Er ließ den Motor an. Tony legte die Liste wieder in das Handschuhfach.

Kendall Fletcher war im Jogginganzug aus dem Wohnhaus gekommen. Er überquerte die Fifth Avenue in Höhe der 72nd Street und begann zu laufen, als er den Park erreichte.

Angelo fuhr Richtung East Drive. Sie ließen Kendall nicht aus den Augen, der die Verbindung zwischen 72nd Street und East Drive entlanglief und dann nach Norden auf den Joggingweg abbog.

Angelo fuhr etwa hundert Meter voraus, dann hielt er am rechten Straßenrand. Bei eingeschalteter Warnblinkanlage stiegen er und Tony aus.

Kendall war nicht der einzige Jogger hier. Während Angelo und Tony ihn beobachteten, kam ein halbes Dutzend anderer Läufer vorbei.

»Ich kapier diese Leute einfach nicht«, sagte Tony kopfschüttelnd.

Kurz bevor Kendall sie erreichte, traten Angelo und Tony auf den Joggingweg.

»Kendall Fletcher?« fragte Angelo.

Kendall blieb stehen. »Ja?« sagte er.

»Polizei«, sagte Angelo. Er zückte seine Ozone-Park-Polizeimarke. Tony ebenfalls. »Tut mir leid, daß wir Sie beim Laufen stören müssen«, fuhr Angelo fort, »aber wir möchten in der Polizeizentrale mit Ihnen sprechen. Wir sind mit einer Citicorp-Untersuchung beauftragt.«

»Das ist eine sehr schlechte Zeit dafür«, sagte Kendall. Seine Stimme klang fest, doch seine Augen verrieten ihn. Er war offensichtlich nervös.

»Ich nehme an, Sie möchten keine Szene machen«, sagte Angelo. »Wir möchten Ihre Zeit nur ganz kurz in Anspruch nehmen. Wir wollten mit den Vizepräsidenten sprechen, bevor wir den Fall vor eine Jury bringen.«

»Ich bin in Joggingshorts«, sagte Kendall.

»Das macht nichts«, beruhigte Angelo ihn. »Wir fahren Sie gerne nach Hause, damit Sie sich umziehen können. Sie können in einer Stunde schon wieder draußen sein, wenn Sie kooperieren.«

Kendall schien mißtrauisch zu sein, lenkte aber schließlich ein. Er stieg in Angelos Wagen, und sie fuhren zurück zu seiner Wohnung an der Fifth Avenue.

Angelo und Tony stiegen mit Kendall aus und folgten ihm in das Gebäude. Tony trug die alte schwarzlederne Arzttasche. Zusammen gingen sie am Portier vorbei, der sie nicht beachtete, stiegen in den Aufzug und fuhren zum 24. Stock hoch.

Keiner sagte ein Wort, während Kendall die Wohnungstür aufschloß, hineinging und Angelo und Tony die Tür aufhielt.

Tony nickte mehrere Male, als er die Wohnung sah. »Schöne Hütte«, sagte er. Er stellte seine Arzttasche auf den Couchtisch.

»Kann ich Ihnen irgend etwas anbieten, während ich mich umziehe?« fragte Kendall. Er deutete auf die Bar.

»Nein«, sagte Tony. »Sie verstehen, wir sind im Dienst.«

Angelo sah sich rasch in der Wohnung um, während Tony Kendall im Auge behielt. Kendall seinerseits beobachtete Angelo mit ungeduldiger Neugier.

»Wonach suchen Sie eigentlich?« rief er Angelo nach.

»Ich sehe nach, ob sonst niemand hier ist«, erklärte Angelo, als er aus der Küche zurückkam, in die er einen Blick geworfen hatte. Dann verschwand er in Richtung Schlafzimmer.

»He!« rief Kendall. »Sie können doch nicht meine Wohnung durchsuchen!« Er wandte sich an Tony. »Dazu brauchen Sie einen Durchsuchungsbefehl.«

»Einen Durchsuchungsbefehl?« fragte Tony. »Ach ja, der Durchsuchungsbefehl. Wir vergessen immer unseren Durchsuchungsbefehl.«

Angelo kam zurück.

»Ich möchte noch einmal Ihre Dienstmarken sehen«, forderte Kendall. »Das ist eine Ungeheuerlichkeit.«

Angelo griff in sein Brioni-Jackett und zog seine Walther-Pistole heraus. »Das ist meine«, sagte er. Er bedeutete Kendall, sich zu setzen. Tony ließ die Schlösser der Arzttasche aufschnappen.

»Was soll das heißen? Ist das ein Raubüberfall?« Kendall starrte auf die Pistole. Er setzte sich. »Bedient euch! Nehmt, was ihr wollt.«

»Ich bin der Mann mit den Süßigkeiten«, sagte Tony. Er holte eine lange, durchsichtige Plastiktüte und einen kleinen Zylinder aus der Tasche.

Angelo stellte sich hinter Kendall, die Pistole in der Hand. Kendall sah nervös zu, wie Tony aus dem Zylinder Gas in die Plastiktüte füllte, das offensichtlich leichter als Luft war. Als die

Tüte aufgebläht war, hielt er die Öffnung zu und packte den Zylinder wieder in die Tasche. Mit der Plastiktüte in der Hand kam er auf Kendall zu.

»Was geht hier vor?« fragte Kendall.

»Wir sind hier, um Ihnen einen tollen Trip anzubieten«, sagte Tony grinsend.

»Ich bin an keinem Trip interessiert«, erklärte Kendall. »Nehmt euch, was ihr wollt, und verschwindet hier.«

Tony öffnete die Plastiktüte, hielt sie an beiden Seiten fest und stülpte sie Kendall über den Kopf.

Der unerwartete Angriff traf Kendall völlig überraschend. Aber er reagierte, griff nach oben, packte Tonys Unterarme und hielt die Tüte in Schulterhöhe auf. Als er aufzustehen versuchte, legte Angelo den Arm mit der Pistole um seinen Hals. Mit der anderen Hand packte er Kendalls rechtes Handgelenk und versuchte, dessen Griff um Tonys Arm zu lockern.

Eine Sekunde lang rangen die drei Männer miteinander. Kendall, der inzwischen in Panik war, öffnete den Mund und biß Angelo durch die Plastiktüte in den Arm.

»Ahhhhh!« schrie Angelo auf. Er ließ Kendalls Arm los und wollte ihn schlagen, als er merkte, daß es nicht mehr nötig war.

Nach nur wenigen Atemzügen unter der Plastiktüte fielen Kendall die Augenlider zu, sein ganzer Körper erschlaffte, und das Kinn sank ihm auf die Brust. Er rutschte aus dem Sessel und fiel auf die Seite. Während Tony die Plastiktüte noch eine Weile festhielt, zog Angelo seinen Arm zurück.

Rasch öffnete er den Manschettenknopf und krempelte den Ärmel hoch. Auf der Innenseite seines Unterarms, etwa sieben Zentimeter unterhalb des Ellbogens, war ein elliptischer Ring aus punktförmigen Wunden. Einige bluteten.

»Der Hund hat mich gebissen!« sagte Angelo empört. Er steckte seine Pistole in das Schulterhalfter. »Bei dieser Arbeit weißt du nie, was dir alles passieren kann.«

»Jedesmal wenn wir das Gas verwenden, bin ich baff«, sagte Tony. »Doc Travino kennt sich wirklich aus.« Er holte aus der

Arzttasche eine Spritze und ein Stück Gummischlauch, ging zu Kendall zurück und benutzte den Gummischlauch als Aderpresse. »Guck dir diese Venen an!« sagte er. »Mensch, die sehen wie Zigarren aus. Die verfehlen wir bestimmt nicht. Willst du's machen, oder soll ich?«

»Mach du's«, sagte Angelo. »Aber nimm ihm erst mal die Tüte vom Kopf. Ich will nicht noch mal so eine Pleite wie bei diesem Robert Evans erleben.«

»Okay«, sagte Tony. Er zog die Plastiktüte hoch und schüttelte sie aus. »Puh. Furchtbar, dieser süßliche Geruch.«

»Nun gib ihm schon den Koks«, sagte Angelo. »Er kommt sonst zu sich, bevor du fertig bist.«

Tony nahm die Spritze und stieß sie in eine der hervortretenden Venen. »Na, was hab ich dir gesagt?« frohlockte er, stolz, daß er gleich beim erstenmal getroffen hatte. Er nahm die Aderpresse ab, drückte den Spritzenkolben nach unten und leerte die Spritze in Kendalls Arm.

Tony ließ die gebrauchte Spritze auf dem Couchtisch liegen und packte die übrigen Utensilien wieder in die Tasche. Dann holte er einen kleinen Zellophanumschlag heraus, ging zu Kendall und schüttete ihm etwas von dem weißen Pulver in die Nasenlöcher. Danach tippte er sich etwas auf den Daumen und schnupfte es. »Ich mag Reste«, sagte er übermütig.

»Rühr das Zeug nicht an!« sagte Angelo wütend.

»Konnte nicht widerstehen«, erwiderte Tony. Er legte das Zellophantütchen neben die gebrauchte Spritze. »Was meinst du, in den Eisschrank mit ihm?«

»Laß, ist okay so«, sagte Angelo. »Ich hab mit dem Doc darüber gesprochen. Er sagt, wenn der Körper nicht länger als zwölf Stunden draußen liegt, sind wir aus dem Schneider. Und so, wie wir das bisher geschaukelt haben, sind alle lange vorher gefunden worden.«

Tony sah sich um. »Hab ich alles?«

»Sieht so aus«, sagte Angelo. »Setzen wir uns und schauen mal, wie Kendall der Trip gefällt.«

Tony setzte sich auf die Couch, Angelo in den Sessel, in dem Kendall gesessen hatte.

»Schöne Wohnung«, sagte Tony. »Was hältst du davon, wenn wir uns ein bißchen umgucken, ob es irgendwas gibt, das wir gerne mitnehmen würden?«

»Wie oft muß ich dir noch sagen, daß wir nichts anfassen, wenn wir diese Drogentrips machen?«

»So eine Verschwendung«, murrte Tony, als sein Blick durch das Zimmer wanderte.

Einige Minuten später bewegte Kendall sich und leckte sich die Lippen. Stöhnend wälzte er sich auf den Rücken.

»He, Kendall, Baby«, rief Tony. »Wie fühlst du dich? Sag was!«

Kendall richtete sich auf, bis er saß. Sein bleiches Gesicht war ausdruckslos.

»Wie ist es?« fragte Tony. »Mit soviel Schnee im Blut mußt du dir doch vorkommen wie im Himmel.«

Ohne Vorwarnung erbrach sich Kendall auf den Teppich.

»O Gott!« rief Tony und brachte sich in Sicherheit. »Das ist ja ekelhaft.«

Kendall würgte heftig, dann sah er Tony und Angelo an. Seine Augen waren glasig. Er sah verstört aus.

»Wie fühlst du dich?« fragte Angelo.

Kendalls Mund versuchte, Worte zu bilden, doch es gelang ihm nicht. Plötzlich verdrehten sich seine Augen, bis nur noch das Weiße zu sehen war, und er wurde von Krämpfen geschüttelt.

»Das ist unser Zeichen«, sagte Angelo. »Verschwinden wir.«

Tony nahm die Arzttasche und folgte Angelo zur Tür. Angelo spähte durch das Guckloch. Da niemand zu sehen war, öffnete er die Tür und streckte den Kopf nach draußen.

»Gang ist sauber. Komm.«

Rasch verließen sie die Wohnung und liefen zum Treppenabsatz. Sie stiegen ein Stockwerk tiefer, verschnauften und warteten auf den Fahrstuhl.

»Hast du Hunger?« fragte Tony.

»Es geht«, antwortete Angelo.

Um nicht vom Portier gesehen zu werden, stiegen sie im ersten Stock aus und gingen zur Treppe. Sie verließen das Gebäude durch den Lieferanteneingang.

Als sie zum Auto kamen, blieb Angelo stehen. Er war sprachlos. »Sieh dir das an!« sagte er. »Ich glaub's einfach nicht. Wir haben ein Knöllchen gekriegt. Die haben Nerven.«

»Was machen wir jetzt?« fragte Tony, als sie im Wagen saßen. »Noch einen Job oder Essen?«

»Ich weiß nicht, was du lieber tust«, sagte Angelo und schüttelte den Kopf, »killen oder essen.«

Tony lächelte. »Hängt von meiner Stimmung ab.«

»Ich meine, wir sollten erst den andern Job machen«, sagte Angelo. »Wenn wir danach essen gehen, ist es gerade die richtige Zeit, hier anzurufen und den Portier auf Geräusche aus 25G aufmerksam zu machen.«

»Also los«, sagte Tony. Er lehnte sich zurück. Mit der Prise Kokain fühlte er sich großartig.

Als Angelo losfuhr, setzte auch Franco Ponti seinen Wagen in Bewegung. Er ließ ein paar andere Wagen vorbeifahren, bevor er sich in den Verkehr auf der Fifth Avenue einreihte. Er hatte beobachtet, wie Angelo und Tony den Jogger im Park angehalten und ihn in dessen Wohnung begleitet hatten. Zwar wußte er nicht, was sich in der Wohnung abgespielt hatte, aber er glaubte, es zu erraten. Nur: Die eigentliche Frage war nicht, was passiert war, sondern warum?

14

Montag, 6.45 Uhr
Manhattan

Der Wecker rasselte los, und Laurie versuchte wie üblich, ihn mit rasch tastenden Händen zum Schweigen zu bringen. Als sie die Uhr auf das Fensterbrett zurückstellte, wurde ihr bewußt, daß sie zum erstenmal seit vielen Nächten nicht ihren schrecklichen Alptraum gehabt hatte. Anscheinend war ihr Gewissen durch das Treffen mit Bob Talbot vorübergehend beruhigt worden.

Aber als Laurie in ihre Slipper schlüpfte und den Fernseher im Schlafzimmer anstellte, um die Lokalnachrichten zu hören, wurde sie zusehends nervöser bei dem Gedanken, wie Dr. Bingham auf ihre Initiative reagieren würde. Sie war gespannt darauf, Bob Talbots Artikel zu lesen und zu sehen, wie groß er aufgemacht war. Es lag auf der Hand, daß Bingham sie als Urheber verdächtigen würde. Was würde sie antworten, wenn er sie direkt fragte? Sie bezweifelte, daß sie es fertigbringen würde, ihren Chef anzulügen.

Auf dem Weg ins Bad erhaschte sie einen kurzen Blick auf das kleine Stück Himmel, das sie vom Küchenfenster aus sehen konnte. Die dunkel dräuenden Wolken ließen darauf schließen, daß sich das Wetter seit gestern nicht gebessert hatte.

Später, nach dem Duschen und bei einer zweiten Tasse Kaffee, die sie auf dem schmalen Rand des Waschbeckens balancierte, legte sie ihr Make-up auf und ging dabei verschiedene Versionen durch, was sie Dr. Bingham sagen könnte. Im Hintergrund hörte sie die vertraute Titelmusik zu *Good Morning, America*, bevor die Sendung begann. Während sie sich die Lippen schminkte, zuckte sie plötzlich zusammen. Mike Schneider, der Moderator, hatte gerade einen überraschenden Namen genannt – ihren!

Laurie stürzte ins Schlafzimmer und stellte den Apparat lauter. Ihr Gesichtsausdruck wechselte von Fassungslosigkeit zu Entsetzen, als Schneider einen Überblick über die Serie ihrer Überdosisfälle gab, beginnend mit Duncan Andrews, dem Sohn des aussichtsreichen Senatskandidaten Clayton Andrews. Er nannte im weiteren drei Fälle, die Laurie unbekannt waren: Kendall Fletcher, Stephanie Haberlin und Yvonne Andre. Er erwähnte auch den Doppeltodesfall in der Wohnung George VanDeusens. Am peinlichsten war es, daß er ihren Namen noch ein zweites Mal nannte. Nach den Worten von Dr. Laurie Montgomery, sagte er, gäbe es Grund zu der Annahme, daß diese Todesfälle Morde seien, keine Drogenunfälle, und daß die ganze Angelegenheit möglicherweise eine außergewöhnliche Vertuschung durch die New Yorker Polizei und das Gerichtsmedizinische Institut von New York City darstelle.

Mike Schneider hatte sich kaum anderen Nachrichten zugewandt, da raste Laurie ins Wohnzimmer und schleuderte auf der Suche nach ihrem Adreßbuch Zeitungen wahllos zur Seite. Als sie Bob Talbots Nummer gefunden hatte, hämmerte sie sie in die Tasten.

»Was hast du mir da angetan?« schrie sie, als er sich meldete.

»Laurie, es tut mir leid«, sagte Bob. »Du mußt mir glauben. Es war nicht meine Schuld. Um die Geschichte in die Morgenausgabe zu kriegen, mußte ich für meinen Redakteur ein Memo schreiben. Ich habe angemerkt, daß dein Name nicht genannt werden dürfe, aber er hat mir die Geschichte geklaut. Es war in jeder Hinsicht ein krasser Verstoß gegen das Berufsethos.«

Laurie legte angewidert auf. Ihr Herz hämmerte. Das war ein Verhängnis, eine Katastrophe. Sie würde bestimmt ihre Stellung verlieren. Es war keine Frage, wie Bingham diesmal reagieren würde; er würde toben. Und wo würde sie danach noch eine Stelle in der Gerichtsmedizin finden?

Laurie ging zum Fenster hinüber und blickte hinaus auf das triste, mit Abfällen übersäte Labyrinth aus Hinterhöfen. Sie war so außer sich, daß sie sich wie erstarrt fühlte. Sie konnte nicht einmal weinen. Doch wie sie so dastand und auf das deprimierende Bild blickte, ging in ihren Empfindungen eine Veränderung vor sich. Schließlich war ihr Handeln dem Bedürfnis entsprungen, ihrem Gewissen zu folgen. Und Bingham hatte bei ihrem gestrigen Gespräch eingeräumt, daß er ihre guten Absichten schätzte.

Lauries anfängliche Angst, in einer ausweglosen Situation zu stecken, milderte sich ein wenig. Und mit einemmal glaubte sie auch nicht mehr, daß ihr gekündigt würde. Gerüffelt, ja; suspendiert, vielleicht; aber gefeuert, nein. Sie trat vom Fenster zurück und ging ins Bad, um ihr Make-up zu vollenden. Je länger sie über die Lage nachdachte, desto ruhiger wurde sie. Sie sah sich schon erklären, daß sie ihrem Verantwortungsgefühl sowohl als Mensch wie auch als Gerichtsärztin treu geblieben sei.

Sie zog sich fertig an, suchte ihre Sachen zusammen und verließ die Wohnung. Als sie im Flur stand und auf den Aufzug wartete, bemerkte sie eine Zeitung vor der Tür eines Nachbarn. Sie ging hin und zog sie aus der Plastikhülle. Da, auf der Titelseite, als zweite Meldung, stand die Geschichte ihrer Überdosisserie. Sie brachten sogar ein altes Foto von ihr aus ihrer Studienzeit. Laurie wunderte sich, woher sie es wohl hatten.

Laurie breitete die Zeitung ganz aus und las die ersten Zeilen, die das wiederholten, was Mike Schneider zusammengefaßt hatte. Doch wie im Sensationsjournalismus üblich, wurden hier sehr viel mehr reißerische Einzelheiten genannt, so auch der Hinweis, daß mehrere Opfer in den Kühlschrank gesteckt worden seien. Laurie fragte sich, wie diese Meldungen zustande gekommen waren. Sie hatte Bob Talbot mit Sicherheit nichts dergleichen erzählt. Ausführlich wurde auch die mögliche Vertuschung behandelt, die hier noch weit schlimmer klang als bei Mike Schneider.

Da Laurie den Aufzug kommen hörte, legte sie die Zeitung wieder vor die richtige Tür und lief zum Aufzug hinüber. Als sie schon halb in der Kabine war, hörte sie Debra Englers krächzende Stimme.

»Sie sollten nicht anderer Leute Zeitungen lesen«, sagte die Frau.

Einen Augenblick blieb Laurie stehen und hielt die Fahrstuhltür auf. Am liebsten hätte sie kehrtgemacht und mit dem Schirm gegen Debras Tür geschlagen. Doch sie beherrschte sich und stieg ein.

Auf der Fahrt nach unten zerbröckelte ihre Ruhe und wich vagen Befürchtungen vor dem Zusammentreffen mit Bingham. Sie hatte Angst vor Auseinandersetzungen. Sie waren noch nie ihre Stärke gewesen.

Paul Cerino saß bei seinem täglichen Lieblingsessen, dem Frühstück. Er ließ sich ein herzhaftes Mahl aus Eiern mit Schweinswürstchen und Brötchen schmecken. Er trug noch die Augenklappe aus Metall, fühlte sich jedoch erbärmlich.

Gregory und Steven waren vorübergehend still, da sie mit ihren gezuckerten Frühstücksflocken beschäftigt waren, die sie aus einer verwirrenden Vielfalt einzelner Packungen ausgewählt hatten. Jeder hatte seine leere Packung vor sich stehen und betrachtete sie eingehend. Gloria hatte sich gerade gesetzt, nachdem sie die Zeitung von der Veranda vor dem Haus geholt hatte.

»Lies mir vor, wie die Giants und Steelers gestern gespielt haben«, mummelte Paul mit vollem Mund.

»O Gott!« sagte Gloria mit entsetztem Blick auf die Titelseite.

»Was ist los?« fragte Paul.

»Eine Geschichte über einen Haufen Drogentote, alles wohlhabende und gebildete junge Leute«, berichtete Gloria. »Hier steht, sie glauben, es waren Morde.«

Paul verschluckte sich heftig und spuckte fast alles, was er im Mund hatte, über den Tisch.

»Däääd!« plärrte Gregory. Halbgekaute Eier und Würstchen waren auf seinen Cornflakes gelandet.

»Paul, ist was mit dir?« fragte Gloria beunruhigt.

Paul winkte ab. Aber sein Gesicht war so rot geworden wie die verheilenden Hautflecken auf seinen Wangen. Er nahm sein Glas Orangensaft und trank einen Schluck.

»Das kann ich nicht mehr essen«, sagte Gregory, angewidert auf seinen Teller blickend. »Da muß ich kotzen.«

»Ich auch«, erklärte Steven, der dazu neigte, Gregory alles nachzumachen.

»Holt euch saubere Teller«, sagte Gloria. »Und nehmt eine andere Packung.«

»Du liest mir den Artikel über die Drogentoten am besten vor«, sagte Paul mit kratziger Stimme.

Gloria las den gesamten Artikel vor. Als sie fertig war, eilte Paul in sein Arbeitszimmer.

»Willst du dein Frühstück nicht zu Ende essen?« rief Gloria ihm nach.

»Eine Minute«, sagte Paul. Er schloß die Tür des Arbeitszimmers hinter sich und drückte auf den Knopf der automatischen Telefonwahl, die ihn mit Angelo verband.

»Wer zum Teufel ist das schon wieder?« maulte Angelo schlaftrunken.

»Hast du die Morgenzeitung gelesen?«

»Wie soll ich die Morgenzeitung gelesen haben? Ich hab geschlafen. Ich war bis in die Puppen unterwegs, Sie wissen, warum.«

»Ich will dich, Tony und diesen verrückten Pillendreher Travino heute vormittag hier sehen«, sagte Paul. »Und lies unterwegs die Zeitung. Wir haben ein Problem.«

»Franco!« sagte Marie Dominick überrascht. »Ist das nicht etwas früh für einen Besuch?«

»Ich muß mit Vinnie sprechen«, sagte Franco.

»Vinnie schläft noch«, sagte Marie.

»Das habe ich mir gedacht, aber wenn du ihn bitte wecken würdest –«

»Bist du sicher?«

»Das bin ich«, erwiderte Franco.

»Na, dann komm rein«, sagte Marie und machte die Tür weit auf.

Franco trat ein. »Geh in die Küche«, sagte Marie. »Kaffee ist schon fertig.«

Marie verschwand über eine kleine Treppe nach oben, während Franco in die Küche ging. Vinnies kleiner Sohn, Vinnie junior, saß am Tisch. Der Sechsjährige war damit beschäftigt, mit der Rückseite eines Löffels auf einen Stapel Pfannkuchen einzudreschen. Seine elfjährige Schwester Rosalyn stand am Herd und drehte gerade den nächsten Pfannkuchen um.

Franco goß sich eine Tasse Kaffee ein. Dann schlenderte er ins Wohnzimmer, setzte sich auf ein weißes Ledersofa und starrte auf den neuen pfefferminzfarbenen Plüschteppich. Er war erstaunt. Er hatte nicht gedacht, daß man noch Plüschteppiche kaufen konnte.

»Du hast hoffentlich einen guten Grund!« polterte Vinnie, als er in das Zimmer kam. Er hatte einen seidenen, abstrakt gemusterten Morgenmantel an. Die Haare, die normalerweise makellos nach hinten gekämmt waren, standen ihm buchstäblich zu Berge.

Statt einer Erklärung reichte Franco Vinnie die Zeitung. Vinnie nahm sie und setzte sich. »Und was soll ich jetzt lesen?« knurrte er.

»Lies den Artikel über Drogentote«, sagte Franco.

Vinnie runzelte die Stirn, während er las. Es war ungefähr fünf Minuten still. Franco trank in kleinen Schlucken seinen Kaffee.

»Was soll der Quatsch?« sagte Vinnie und blickte auf. Mit dem Handrücken schlug er auf die Zeitung. »Was fällt dir ein, mich wegen so was zu wecken?«

»Siehst du die Namen am Ende der Liste? Fletcher und die anderen? Ich bin Angelo und Tony letzte Nacht gefolgt. Sie haben diese Leute umgelegt. Ich vermute, sie haben den ganzen Club umgelegt.«

»Aber warum? Warum mit Kokain? Warum schmeißen die so mit dem Stoff rum?«

»Ich weiß noch nicht, warum«, gab Franco zu. »Ich weiß nicht mal, ob Angelo und Tony auf eigene Kappe arbeiten oder Aufträge von Cerino ausführen.«

»Sie führen Aufträge aus«, sagte Vinnie. »Die sind viel zu blöd, etwas auf eigene Kappe zu machen. Gott! Das ist eine Katastrophe. Die ganze Stadt wimmelt von FBI-Leuten und Drogenfahndern, von den normalen Bullen gar nicht zu reden. Was zum Teufel treibt Cerino? Ist er verrückt geworden? Ich versteh das nicht.«

»Ich auch nicht«, sagte Franco. »Aber ich habe gerade eine Verbindung hergestellt, über ein paar Leute, die Tony kennen. Einer von denen wird sich bei dir melden.«

»Wir müssen was unternehmen«, sagte Vinnie, den Kopf schüttelnd. »Das kann nicht so weitergehen.«

»Es ist schwierig zu entscheiden, was wir tun sollen, solange wir nicht wissen, was Cerino vorhat«, sagte Franco. »Gib mir noch einen Tag.«

»Aber nur einen«, sagte Vinnie. »Dann handeln wir.«

Laurie war beklommen, als sie das Institutsgebäude erblickte. Was ein einziger Tag ausmachen konnte! Gestern und vorgestern war sie hier ein und aus gegangen, als ob das alles ihr gehörte. Jetzt hatte sie Angst, die Schwelle zu überschreiten. Die Ruhe, die sie in ihrer Wohnung empfunden hatte, war völlig verflogen. Aber sie wußte, daß sie die Sache durchstehen mußte.

Als sie näher kam, bemerkte sie, daß bereits ein Schwarm hektischer Reporter eingefallen war, die die Geschichte haben wollten – ihre Geschichte. Ihre Gedanken hatten so sehr um Bingham gekreist, daß sie gar nicht an die Reporter gedacht hatte. Es waren mindestens genauso viele wie damals beim zweiten Schülerinnenmord. Vielleicht sogar mehr.

Am besten so schnell wie möglich hinter sich bringen, entschied sie. Als sie die Eingangshalle betrat, wurde sie sofort erkannt. Mikrophone wurden ihr ins Gesicht gestreckt, eine Kakophonie von Fragen und das Zucken der Blitzlichter brachen über sie herein. Laurie drängte sich wortlos zur inneren Tür durch. Ein uniformierter Sicherheitsbeamter prüfte ihren Lichtbildausweis, bevor er sie einließ. Die Reporter konnten ihr nicht folgen.

Um Haltung bemüht, ging Laurie direkt ins ID-Büro. Vinnie war da und las die Zeitung. Auch Calvin war da.

Laurie starrte in das Gesicht ihres Kollegen. Er starrte ausdruckslos zurück. Seine Augen waren wie schwarze Murmeln, vollendet gerahmt von der metallgefaßten Brille.

»Dr. Bingham wünscht Sie zu sprechen«, sagte Calvin. »Allerdings kann er Sie erst empfangen, wenn er mit diesen Reportern fertig ist. Er ruft Sie in Ihrem Büro an.«

Laurie hätte es ihm gern erklärt, aber sie konnte nicht viel sagen. Und Calvin schien nicht interessiert. Er wandte sich wieder dem zu, womit er bei ihrem Eintreten beschäftigt gewesen war. Laurie beschloß, einen Blick auf den Arbeitsplan zu werfen, bevor sie in ihr Büro ging. Ihr Name stand nicht auf der Liste. Sie sah die drei Namen, die sie in der Zeitung gelesen hatte: Kendall Fletcher, Stephanie Haberlin und Yvonne Andre. Es waren offenbar neue Fälle, die in ihre Serie paßten.

Laurie trat zu Calvin. »Ich vermute, Sie wissen, daß ich gern diese Überdosisfälle übernehmen würde«, sagte sie.

Calvin sah von seiner Beschäftigung auf. »Mir persönlich sind Ihre Präferenzen egal«, sagte er. »Die Sachlage ist jedoch die, daß Sie sich in Ihr Büro begeben und dort auf Dr. Binghams Anruf warten sollen.«

Peinlich berührt von dieser offensichtlichen Brüskierung, blickte Laurie kurz zu Vinnie hinüber, doch er schien wie üblich in den Sportteil der Zeitung vertieft. Wenn er den Wortwechsel mitbekommen hatte, ließ er sich nichts anmerken.

Wie ein Kind, das Stubenarrest bekommen hat, schlich Laurie sich in ihr Büro. Sie kam zu dem Schluß, daß sie versuchen sollte, etwas zu arbeiten, setzte sich an ihren Schreibtisch und holte einige Akten heraus. Sie wollte gerade anfangen, als sie spürte, daß jemand da war. Sie blickte zur Tür hinüber und bemerkte einen zerknitterten Lou Soldano. Er sah nicht glücklich aus.

»Ich wollte Ihnen persönlich dafür danken, daß Sie mir das Leben schwermachen«, sagte er. »Nicht, daß ich nicht schon vor Ihrer kleinen Enthüllung in der Presse genug Streß durch den Polizeichef gehabt hätte, aber dies ist die Krönung des Ganzen.«

»Sie haben verdreht, was ich gesagt habe«, verteidigte Laurie sich.

»Natürlich«, sagte Lou sarkastisch.

»Ich habe nie was von Vertuschung gesagt«, fuhr Laurie fort. »Ich habe nur gesagt, die Polizei habe geglaubt, nichts mit der Sache zu tun zu haben. Das ist im wesentlichen das, was Sie mir gesagt haben.«

»Meine persönliche kleine Unheilstifterin. Als ob Ihre Beschwerde bei der Abteilung Innere Angelegenheiten damals noch nicht gereicht hätte. Sie wollten sichergehen, mir richtig eins auszuwischen.«

»Der Anruf damals war berechtigt«, erwiderte Laurie hitzig. »Und da wir gerade von Anrufen reden, viel brutaler hätten Sie kaum noch sein können als gestern bei meinem Anruf. Ich habe allmählich genug von Ihrem oberflächlichen Sarkasmus.«

Laurie und Lou starrten sich an, bis Lou aufgab und den Blick senkte. Er trat ins Zimmer und setzte sich.

»Die Bemerkung am Telefon war kindisch«, gab er zu. »Ich wußte es in der Sekunde, als ich sie ausgesprochen hatte. Es tut mir leid. Das Problem ist, daß ich eifersüchtig auf den Kerl bin. So, jetzt ist es raus. Was immer von meinem Selbstgefühl noch übrig ist, Sie können jetzt nach Belieben damit herumkicken.«

Lauries Zorn ebbte ab. Die Ellbogen auf dem Tisch, ließ sie den Kopf in die Hände fallen. »Und mir tut es leid, wenn ich Ihnen Schwierigkeiten beschert habe«, sagte sie, sich die Augen reibend. »Ich habe das bestimmt nicht gewollt. Aber Sie wissen, wie verzweifelt ich war. Ich mußte etwas tun, um noch in den Spiegel sehen zu können. Ich konnte nicht länger zusehen, daß immer mehr von diesen Leuten sterben; ich mußte etwas dagegen tun.«

»Haben Sie gewußt, was für einen Aufruhr Sie verursachen und welche Auswirkungen das Ganze hat?«

»Ich weiß es immer noch nicht richtig«, sagte Laurie. »Mir war klar, daß die Geschichte irgendwas bewirken würde, sonst hätte ich sie ja nicht erzählt. Aber ich kannte das Ausmaß nicht. Und ich wußte nicht, daß sie die Fakten verdrehen würden. Und außerdem haben sie sich nicht an meine Bedingung gehalten, namentlich nicht genannt zu werden. Ich habe meinen Chef noch nicht gesehen, aber nach der Art, wie sein Stellvertreter mit mir geredet hat, erwarte ich kein angenehmes Gespräch. Vielleicht werde ich sogar rausgeschmissen.«

»Er wird sauer sein«, meinte Lou. »Aber er wird Sie nicht rausschmeißen. Er muß Ihre Absicht respektieren, wenn auch nicht Ihre Methoden. Aber er wird dafür ordentlich Zoff kriegen. Er wird nicht sehr glücklich sein.«

Laurie nickte. Sie war dankbar für die Beruhigung, daß man ihr wohl nicht kündigen werde.

»Ich würde gern hierbleiben, um zu sehen, wie das alles ausgeht, aber ich muß weg. Auch bei mir ist der Teufel los. Ich mußte nur schnell herkommen und das loswerden. Ich bin froh, daß ich's gemacht habe. Viel Glück bei Ihrem Boß.«

»Danke«, sagte Laurie. »Ich bin auch froh, daß Sie gekommen sind.«

Laurie wollte sich gerade wieder an ihre Arbeit machen, als es an der Tür klopfte. Sie blickte auf und sah Peter Letterman dort stehen.

»Dr. Montgomery?« sagte Peter zögernd.

Laurie bat ihn, näher zu treten, und bot ihm einen Stuhl an.

»Danke«, sagte Peter. Er setzte sich und schaute sich im Zimmer um. »Schön haben Sie's hier.«

»Finden Sie?« fragte Laurie zweifelnd.

»Besser als meine Besenkammer«, sagte Peter. »Na ja, ich will Sie nicht zu lange aufhalten. Ich wollte Ihnen nur sagen, daß ich in der Probe, die Sie mir von Randall Thatcher hochgeschickt haben, endlich eine minimale Verunreinigung entdeckt habe, oder zumindest eine fremde Verbindung.«

»Wirklich?« sagte Laurie aufhorchend. »Was haben Sie gefunden?«

»Ethylen«, sagte Peter. »Es war nur eine Spur, da das Gas so flüchtig ist, und bei zwei anderen Fällen, die ich getestet habe, konnte ich es nicht isolieren.«

»Ethylen? Das ist seltsam. Ich weiß gar nicht, was ich damit anfangen soll. Ich habe schon mal gehört, daß Ether beim Bilden freier Basen benutzt wird, aber nicht Ethylen.«

»Freie Basen werden mit dem Rauchen von Kokain in Verbindung gebracht«, sagte Peter, »nicht mit dem Spritzen der Droge, wie die Leute in Ihrer Serie das gemacht haben. Außerdem wird Ether selbst beim Rauchen nur als ein Lösungsmittel zum Extrahieren gebraucht. Ich weiß also nicht, warum Ethylen aufgetaucht ist. Unter Umständen könnte es sogar ein Laborfehler sein. Aber da Sie sich so für eine mögliche Verunreinigung interessiert haben, wollte ich Ihnen gleich Bescheid geben.«

»Wenn Ethylen so flüchtig ist«, überlegte Laurie, »warum suchen Sie dann nicht mal in den Proben von Robert Evans danach? Da Sie festgestellt haben, daß er schnell gestorben ist, vielleicht wäre die Chance da größer, es zu entdecken, falls es eine Rolle gespielt hat.«

»Das ist eine gute Idee«, sagte Peter. »Ich werde es überprüfen.«

Laurie sah Peter nach, als er auf den Gang hinaustrat. Ethylen war kaum die Verunreinigung, mit der sie gerechnet hatte. Sie hatte gedacht, daß vielleicht irgendein exotischer, das zentrale Nervensystem stimulierender Stoff wie Strychnin oder Nikotin entdeckt würde. Mit Ethylen kannte sie sich nicht aus. Sie würde recherchieren müssen.

Laurie warf einen Blick in das Pharmakologiebuch, das sie in ihrem Büro hatte, fand aber nicht viel über das Gas. Sie beschloß, in der Institutsbibliothek eine Treppe höher nachzusehen. Dort fand sie einen langen Artikel über Ethylen in einem alten pharmakologischen Werk. Ethylen wurde in den älteren Büchern ausführlicher behandelt, weil es früher als Narkosemittel verwendet worden war. Man war schließlich davon abgekommen, weil es leichter als Luft und leicht entzündlich war. Diese beiden Eigenschaften machten das Gas für den Einsatz im Operationssaal zu gefährlich.

In einem anderen Buch las Laurie, man habe um die Jahrhundertwende festgestellt, daß Ethylen das Aufgehen der Nelken in den Chicagoer Gewächshäusern verhinderte. Das Leuchtgas in den Gewächshäusern hatte Ethylen enthalten. In einem anderen Beitrag las sie, daß man das Gas zur Beschleunigung des Reifeprozesses von Früchten und bei der Herstellung bestimmter Kunststoffe wie Polyethylen und Polystyrol-Schaumstoff verwendete.

Obwohl das interessante Hintergrundinformationen waren, konnte Laurie noch immer nicht erkennen, warum in ihren Fällen Ethylen auftauchen sollte. Etwas ratlos stellte sie die Bücher ins Regal zurück und ging wieder in ihr Büro, in der Hoffnung, Binghams Anruf nicht verpaßt zu haben. Vielleicht hatte Peter recht, und die Feststellung von Ethylen war auf einen Laborfehler zurückzuführen.

Als Lou in die Polizeizentrale zurückkam, drückte man ihm einen ganzen Stapel Notizen über dringende Anrufe von seinem Captain, dem Bereichsleiter und dem Polizeichef in die Hand. Offenbar rotierte die gesamte Führungsebene.

Als er in sein Zimmer trat, saß zu seiner Überraschung ein frisch ernannter Detective geduldig wartend vor seinem Schreibtisch. Sein Anzug war neu, was darauf schließen ließ, daß er erst seit kurzem Polizist in Zivil war.

»Wer sind Sie?« fragte Lou.

»Officer O'Brian«, stellte der Beamte sich vor.

»Haben Sie auch einen Vornamen?«

»Ja, Sir! Patrick.«

»Schöner italienischer Name«, bemerkte Lou.

Patrick lachte.

»Was kann ich für Sie tun?« fragte Lou, während er sich darüber klarzuwerden versuchte, in welcher Reihenfolge er die Mitteilungen beantworten sollte.

»Sergeant Norman Carver hat mich gebeten, vorbeizukommen und die medizinischen Informationen zu sichten, die mit den Gangstermorden zusammenhängen. Sie wissen ja, all diese Leute, die auch Patienten von Dr. Jordan Scheffield waren. Er meinte, ich könnte da vielleicht was finden, weil ich mal einen medizinischen Vorbereitungskurs besucht und in einem Krankenhaus gearbeitet habe, bevor ich zum Polizeidienst gekommen bin.«

»Klingt vernünftig«, sagte Lou.

»Ich habe etwas entdeckt, das unter Umständen von Bedeutung ist«, sagte Patrick.

»Ach ja?« Lou las die Notiz, daß er den Polizeichef anrufen solle. Das war zweifellos die beunruhigendste. Er hatte noch nie eine Aufforderung erhalten, den Polizeichef anzurufen. Das war so, als solle ein Pfarrgeistlicher den Papst anrufen.

»Die Diagnosen der einzelnen Patienten waren unterschiedlich«, fuhr Patrick fort, »aber sie hatten eins gemeinsam.«

Lou blickte auf. »Ja?«

Patrick nickte. »Alle sollten operiert werden, und zwar an der Hornhaut.«

»Im Ernst?« fragte Lou.

»Im Ernst«, sagte Patrick.

Als Patrick gegangen war, versuchte Lou, sich einen Reim darauf zu machen. Er war enttäuscht gewesen, als es ihm nicht gelungen war, eine Gemeinsamkeit bei den Mordopfern festzustellen, außer daß sie Patienten von Jordan Scheffield gewesen waren. Aber jetzt gab es vielleicht doch etwas. Das konnte kein bloßer Zufall sein.

Lou blickte auf den Stapel telefonischer Mitteilungen und beschloß, die Anrufe erst später zu beantworten. Es war wahrscheinlich besser, zuerst dieser neuen Information nachzugehen. Schließlich wußte er ja, warum seine Vorgesetzten ihn angerufen hatten. Sie wollten sich über die mangelnden Fortschritte bei den Gangstermorden beklagen und ihm außerdem wahrscheinlich wegen Lauries Überdosisserie einiges zu hören geben. Wenn eine Chance bestand, mit dieser Hornhaut-Information Bewegung in den Fall zu bringen, war es wahrscheinlich besser, dem sofort nachzugehen, bevor er mit ihnen sprach.

Lou beschloß, mit dem Arzt zu beginnen. Er rechnete zwar

damit, wie üblich hingehalten zu werden, aber er war entschlossen, mit dem Mann zu reden, ob Patienten auf ihn warteten oder nicht.

Doch als Lou nach Dr. Scheffield fragte, sagte die Empfangsdame ihm, daß er im Manhattan General sei und viele Operationstermine habe. Er werde erst spät am Tag wieder in der Praxis sein.

Lou überdachte seine Möglichkeiten. Die dringenden Anrufe beantworten war noch immer nicht seine erste Wahl. Er entschied, daß Ausdauer die Tugend der Stunde sei; er würde den Augenarzt erneut aufsuchen, und wenn er in den Operationssaal eindringen mußte. Er hatte in dieser Woche etwa ein Dutzend Sektionen miterlebt – konnte Operieren da viel schlimmer sein?

»Was zum Teufel ist passiert?« bellte Paul. Angelo, Tony und Dr. Louie Travino standen da wie ertappte Schüler vor dem Direktor. Paul Cerino saß hinter seinem wuchtigen Schreibtisch.

Dr. Travino betupfte aufgeregt mit einem Taschentuch die Stirn. Er war ein zur Glatze neigender, übergewichtiger Mann, der Cerino entfernt ähnlich sah.

»Will mir keiner eine Antwort geben? Was ist los mit euch? Ich habe eine einfache Frage gestellt. Wie ist diese Geschichte in die Zeitung gekommen?« Er schlug mit der Hand auf die Zeitung, die vor ihm auf dem Schreibtisch lag. »Also gut«, sagte er, als feststand, daß keiner freiwillig etwas sagen würde. »Fangen wir vorne an. Louie, du hast mir erzählt, dieses ›Fruchtgas‹ sei nicht nachzuweisen.«

»Das ist richtig«, bestätigte Louie. »Das ist es auch nicht. Es ist zu flüchtig. In der Zeitung steht auch nichts über das Gas.«

»Stimmt«, sagte Paul. »Aber warum beschreiben sie diese Überdosen dann als Morde?«

»Ich weiß es nicht«, erwiderte Louie. »Jedenfalls nicht, weil sie das Gas entdeckt haben.«

»Wäre besser für dich, wenn du recht hast«, sagte Paul. »Ich muß dich wahrscheinlich nicht daran erinnern, daß ich deine beträchtlichen Spielschulden bezahlt habe. Die Vaccarro-Familie wäre sehr unglücklich mit dir, wenn ich plötzlich nicht mehr für das Geld aufkäme.«

»Es war nicht das Gas«, wiederholte Louie.

»Was dann? Ich sage euch, dieser Artikel macht mir große Kopfschmerzen. Wenn jemand Mist gebaut hat, dann rollen Köpfe.«

»Das ist der erste Hinweis auf eine Panne«, sagte Louie. »Ansonsten ist alles prima gelaufen.«

»Wie ist dann dieses Miststück von Ärztin auf die richtige Geschichte gekommen?« fragte Paul. »Diese Laurie Montgomery ist dasselbe Weibsbild, das Lou Soldano gesteckt hat, daß man mir Säure ins Gesicht geschüttet hat. Wer ist dieses Frauenzimmer?«

»Sie ist Gerichtspathologin im Institut in Manhattan«, erklärte Louie.

»Meinst du, wie dieser Quincy-Typ, der mal im Fernsehen war?« fragte Paul.

»Nun, in der Wirklichkeit ist es etwas anders«, sagte Louie, »aber im wesentlichen stimmt's.«

»Wieso ahnt sie was? Du sagst doch, man könnte nichts feststellen. Wieso hat diese Laurie Montgomery erraten, was da läuft?«

»Ich weiß es nicht«, sagte Louie. »Vielleicht sollten wir Dr. Montgomery mal fragen.«

Cerino überlegte den Vorschlag einen Moment. »Um ehrlich zu sein«, sagte er, »daran habe ich auch schon gedacht. Außerdem könnte dieses Weibsbild uns ganz schön auf die Füße treten, wenn sie weiter Detektiv spielt. Angelo, meinst du, du könntest ein kleines, äh, Interview mit der jungen Dame arrangieren?«

»Kein Problem. Wenn Sie sie haben wollen, hol ich sie.«

»Ich glaube, es ist das einzige, was wir machen können«, sagte Paul. »Und nachdem wir uns unterhalten haben, wird es wohl am besten sein, wenn das Fräulein Doktor verschwindet. Ich meine vollständig. Keine Leiche, nichts.«

»Läuft die *Montego Bay* nicht bald aus?« fragte Angelo.

»Ja«, sagte Paul. »Sie soll in Kürze nach Jamaika fahren. Gute Idee. Also, bringt sie zum Pier, Louie soll sie verhören.«

»Ich möchte nicht gern direkt in so etwas verstrickt werden«, sagte Louie.

»Ich will mal so tun, als hätte ich das nicht gehört«, sagte Paul. »Du steckst bis zum Hals mit in dieser Geschichte, also komm mir nicht mit solchem Stuß.«

»Wann sollen wir starten?« fragte Angelo.

»Heute nachmittag oder abend«, sagte Paul. »Wir können nicht warten, bis die Lage noch schlechter wird. Arbeitet der junge Amendola nicht da in dem Leichenschauhaus? Wie heißt er gleich? Die Familie ist von der Bayside.«

»Vinnie«, sagte Tony. »Vinnie Amendola.«

»Genau«, sagte Cerino. »Vinnie Amendola. Er arbeitet da. Redet mit ihm, vielleicht kann er helfen. Erinnert ihn daran, was ich für seinen alten Herrn getan habe, als er Ärger mit der Gewerkschaft hatte. Und nehmt das hier.« Er zeigte auf die Zeitung. »Soviel ich weiß, ist ein Foto von der Montgomery in der Zeitung. Nehmt es mit, damit ihr die Richtige erwischt.«

Nachdem seine Gäste gegangen waren, wählte Cerino mit seiner automatischen Anlage Jordans Praxis an. Als die Empfangsdame sagte, daß der Doktor operiere, erklärte Cerino ihr, daß er binnen einer Stunde einen Rückruf erwarte. Jordan meldete sich nach fünfzehn Minuten.

»Mir gefällt gar nicht, was sich da tut«, sagte Jordan, noch bevor Paul ein Wort sagen konnte. »Als wir über eine Art geschäftliche Zusammenarbeit sprachen, sagten Sie mir, daß es keine Probleme geben werde. Das war vor zwei Tagen, und schon braut sich ein größerer Skandal zusammen. Mir gefällt das nicht.«

»Beruhigen Sie sich, Doktor«, sagte Cerino. »Jedes Geschäft hat seine Startschwierigkeiten. Bleiben Sie gelassen. Ich wollte mich nur vergewissern, daß Sie keine Dummheit machen, nichts, was Sie bereuen würden.«

»Sie haben mich da hineingezogen, indem Sie mir gedroht haben. Ist das die gleiche Einschüchterungstaktik?«

»Ich nehme an, so könnte man es nennen«, sagte Paul. »Hängt von dem Standpunkt ab, von dem Sie die Sache betrachten. Ich habe meinerseits gedacht, daß wir von Geschäftsmann zu Geschäftsmann sprechen. Ich wollte Sie nur daran erinnern, daß Sie es mit Profis zu tun haben. Sie sind ja selbst einer.«

Der Anruf kam von Binghams Sekretärin. Sie fragte Laurie, ob sie in Dr. Binghams Büro kommen könne. Laurie antwortete, selbstverständlich.

Binghams Gesicht war ernst, als Laurie in sein Büro trat. Laurie sah, daß er sichtlich bemüht war, sich zu beherrschen.

»Ich verstehe Sie wirklich nicht, Doktor«, begann Bingham schließlich. Sein Gesicht war hart, seine Stimme fest. »Sie haben bewußt gegen meine Anweisung verstoßen. Ich habe Sie ausdrücklich davor gewarnt, mit Ihren Ansichten an die Öffentlichkeit zu gehen, aber Sie haben sich absichtlich darüber hinweggesetzt. In Anbetracht dieser vorsätzlichen Mißachtung meiner Autorität lassen Sie mir keine andere Wahl, als Ihre Arbeit in diesem Haus als beendet zu erklären.«

»Aber Dr. Bingham –«, begann Laurie.

»Ich wünsche keine Ausflüchte oder Erklärungen«, fiel Bingham ihr ins Wort. »Ich habe nach den Bestimmungen das Recht, Ihnen nach meinem Ermessen zu kündigen, da Sie noch im Probejahr sind. Wenn Sie jedoch schriftlich eine Anhörung in dieser Frage verlangen, werde ich das nicht verhindern. Darüber hinaus habe ich Ihnen nichts zu sagen, Dr. Montgomery. Das ist alles.«

»Aber Dr. Bingham –«, begann Laurie erneut.

»Das ist alles!« brüllte Bingham. Die winzigen Adern um seine Nasenlöcher weiteten sich und ließen die ganze Nase leuchtendrot anlaufen.

Hastig sprang Laurie von ihrem Stuhl auf und verließ fluchtartig Binghams Büro. Verlegen wich sie den Blicken der Verwaltungssekretärinnen aus, die Binghams Ausbruch zweifellos gehört hatten. Sie ging nach oben in ihr Zimmer und schloß die Tür. Sie setzte sich und blickte auf ihren chaotischen Schreibtisch. Sie war wie gelähmt. Sie hatte sich eingeredet, daß sie nicht gefeuert werden könnte, doch genau das war eingetreten. Sie kämpfte gegen die Tränen an und wünschte sich, ihre Gefühle besser unter Kontrolle zu haben.

Mit zitternden Händen öffnete sie ihre Aktentasche und nahm sämtliche Mappen heraus. Dann packte sie ihre persönlichen Sachen hinein. Wegen der Bücher und ähnlicher Dinge würde sie später noch einmal herkommen müssen. Aus der mittleren Schreibtischschublade holte sie das Blatt mit der Übersicht über die Fallserie und tat es ebenfalls in ihre Aktentasche. Im Mantel, den Schirm unter dem Arm und die Aktentasche in der Hand, machte sie die Tür hinter sich zu und schloß ab.

Sie verließ das Gebäude nicht sofort. Statt dessen ging sie nach unten ins toxikologische Labor zu Peter Letterman. Sie berichtete ihm, daß man sie entlassen habe, sie aber nach wie vor am Ergebnis seines Tests bezüglich ihrer Serie interessiert sei. Sie fragte, ob es ihm etwas ausmache, wenn sie sich erkundige. Peter versicherte, daß es ihm überhaupt nichts ausmache. Laurie merkte, daß er gern gefragt hätte, was bei Bingham gewesen war, aber er tat es nicht.

Laurie war schon auf dem Weg nach draußen, als ihr der Test einfiel, den sie vom DNA-Labor angefordert hatte. Sie wollte wissen, was mit der Gewebeprobe war, die sie unter dem Fingernagel von Julia Myerholtz gefunden hatte. Sie hoffte zwar auf irgend etwas Positives, rechnete aber dennoch nicht damit. Zu ihrer Überraschung erfüllte sich ihr Wunsch.

»Das endgültige Ergebnis liegt natürlich noch nicht vor«, sagte die Laborantin, als Laurie nach dem Stand der Untersuchung fragte. »Aber ich bin mir zu neunundneunzig Prozent sicher, daß die beiden Proben von verschiedenen Personen sind.«

Laurie war sprachlos. Hier war ein weiteres verblüffendes Teil des Puzzles. Was hatte es zu bedeuten? War es ein zusätzlicher Hinweis auf Mord? Sie wußte es nicht. Was sollte sie tun? Das einzige, was ihr einfiel, war, Lou anzurufen. Sie ging in ihr Büro zurück und versuchte, ihn zu erreichen, erfuhr jedoch, daß er außer Haus war. Der Kollege am Telefon wußte nicht, wann er zurück sein würde, und hatte keine Möglichkeit, ihn zu erreichen, es sei denn, es handelte sich um einen Notfall. Laurie war enttäuscht. Sie hätte Lou zwar auch gern erzählt, daß sie entlassen worden war, aber das konnte sie kaum als Notfall deklarieren. Sie dankte dem Kollegen, hinterließ aber keine Nachricht. Erneut schloß sie ihre Bürotür ab.

Sie hielt es für das beste, durch das Leichenschauhaus hinauszugehen. Da war die Chance geringer, Bingham oder Calvin zu begegnen. Außerdem konnte sie so den Presseleuten aus dem Weg gehen. Als sie jedoch das Leichenschauhaus erreichte, fiel ihr noch etwas ein: Sie verschaffte sich am besten die Adressen und Einzelheiten der drei Fälle, die in der Nacht eingeliefert worden waren. Die einzige Chance, ihre Stelle wiederzubekommen, bestand darin, ihre Behauptungen zu beweisen. Wenn sie das schaffte, dann, so dachte sie, könnte sie jene Anhörung betreiben, die Bingham angesprochen hatte.

Sie zog rasch den Sektionskittel an und betrat den Sektionssaal.

Wie an einem Montagmorgen üblich, wurde an allen Tischen gearbeitet. Laurie ging zum Anschlag und sah, daß die drei Fälle, an denen sie interessiert war, George Fontworth zugeteilt worden waren. Sie begab sich zu ihm an den Tisch. Er und Vinnie hatten bereits angefangen.

»Ich kann nicht mit Ihnen reden«, sagte George. »Ich weiß, das klingt bescheuert, aber Bingham ist runtergekommen und hat mir gesagt, daß Sie entlassen sind und daß ich auf keinen Fall mit Ihnen reden soll. Wenn Sie wollen, können Sie mich heute abend zu Hause anrufen.«

»Beantworten Sie mir nur eins«, sagte Laurie. »Sind die Fälle ähnlich wie die anderen?«

»Ich glaube, ja«, sagte George. »Dies ist der erste, ich weiß also noch nicht genau, was mit den anderen ist, aber nach meinem ersten Eindruck aus den Akten denke ich das.«

»Ich möchte jetzt nur die Adressen«, sagte Laurie. »Überlassen Sie mir eine Minute die Untersuchungsberichte, ich bringe sie sofort zurück.«

»Womit habe ich das verdient?« stöhnte George und verdrehte die Augen. »Aber machen Sie schnell. Falls irgend jemand fragt, sage ich, daß Sie hier reingekommen sind und sie genommen haben, ohne daß ich es bemerkt habe.«

Laurie nahm die Papiere aus den Mappen und ging in den Umkleideraum. Sie schrieb die drei Adressen ab und tat den Zettel in ihre Aktentasche. Im Sektionssaal legte sie die Berichte wieder in die entsprechenden Mappen.

»Danke, George«, sagte sie.

»Ich habe Sie nicht gesehen«, erwiderte George.

Laurie ging zurück in den Umkleideraum und zog langsam wieder ihre Straßenkleidung an. Dann ging sie durch den langen Korridor des Leichenschauhauses zur Laderampe, an der mehrere Leichenwagen mit der Aufschrift HEALTH AND HOSPITAL CORP. standen. Zwischen den Wagen hindurch trat Laurie auf die 30th Street. Es war ein grauer, verregneter, feuchtkalter Tag. Laurie spannte den Schirm auf und ging Richtung First Avenue. Sie war am Tiefpunkt ihres Lebens.

Tony stieg aus dem Wagen. Er schlug die Tür zu und merkte erst da, daß Angelo sich nicht gerührt hatte. Er saß immer noch hinter dem Steuer.

»Was ist denn los?« fragte Tony. »Ich dachte, wir gehen rein.«

»Mir gefällt der Gedanke nicht, in das Leichenschauhaus zu gehen«, gab Angelo zu.

»Soll ich allein reingehen?« fragte Tony.

»Nein«, erwiderte Angelo. »Das gefällt mir noch weniger.« Widerwillig öffnete er die Wagentür und stieg aus. Er zog einen Schirm hinter seinem Sitz hervor und spannte ihn auf. Dann schloß er den Wagen ab.

Beim Sicherheitsbüro fragte Angelo nach Vinnie Amendola.

»Gehen Sie weiter bis zum Büro des Leichenschauhauses«, sagte der Wachmann. »Es ist da vorne links.«

Angelo gefiel das Leichenschauhaus nicht besser, als er vermutet hatte. Es sah scheußlich aus und roch scheußlich. Sie waren noch keine drei Minuten hier, und schon konnte er es nicht erwarten, wieder nach draußen zu kommen.

Im Büro fragte er erneut nach Vinnie. Er erklärte, daß es etwas mit Vinnies Vater zu tun habe. Der Mann bat Angelo und Tony, zu warten; er werde gleich mit Vinnie zurück sein.

Fünf Minuten später kam Vinnie in seinem grünen Sektionskittel in das Büro. Er machte ein verärgertes Gesicht. »Was ist mit meinem Vater?« fragte er.

Angelo legte einen Arm um Vinnies Schulter. »Können wir uns unter vier Augen unterhalten?« fragte er.

Vinnie sah Angelo mißtrauisch an. »Mein Vater ist seit zwei Jahren tot«, sagte er. »Was soll das?«

»Wir sind Freunde von Paul Cerino«, sagte Angelo. »Wir sollen Sie daran erinnern, daß Mr. Cerino Ihrem Vater einmal bei der Gewerkschaft geholfen hat. Mr. Cerino hätte jetzt gern einen kleinen Gegendienst. Hier arbeitet eine Ärztin, Laurie Montgomery...«

»Sie arbeitet nicht mehr hier«, unterbrach Vinnie ihn.

»Wie meinen Sie das?« fragte Angelo.

»Sie ist heute morgen entlassen worden«, erklärte Vinnie.

»Dann brauchen wir ihre Adresse«, sagte Angelo. »Können Sie die besorgen? Und denken Sie dran, das geht nur uns beide an. Ich muß das sicher nicht buchstabieren, oder?«

»Ich verstehe schon«, sagte Vinnie. »Bleiben Sie hier, ich komme sofort wieder.«

Angelo nahm Platz, brauchte aber nicht lange zu warten. Vinnie kam wie versprochen mit Lauries Adresse und sogar ihrer Telefonnummer zurück. Wie er sagte, hatte er die Angaben aus dem Bereitschaftsplan abgeschrieben.

Froh, das Leichenschauhaus verlassen zu können, lief Angelo fast zum Wagen zurück.

»Wie ist der Plan?« fragte Tony, als Angelo den Motor angelassen hatte.

»Günstiger geht's gar nicht. Wir fahren sofort zu ihrer Wohnung. Ist hier in der Gegend.«

Fünfzehn Minuten später hatten sie auf der 19th Street geparkt und gingen auf das Haus zu, in dem Laurie wohnte.

»Wie wollen wir vorgehen?« fragte Tony.

»Wir versuchen's wie üblich«, sagte Angelo. »Mit Polizeimarke. Wenn wir sie erst im Wagen haben, ist alles klar.«

In der Vorhalle lasen sie am Briefkasten Lauries Wohnungsnummer ab. Die Haustür war für Angelo kein Hindernis. Zwei Minuten später fuhren sie im Aufzug in den vierten Stock.

Sie gingen direkt zur Wohnungstür und klingelten. Als sich nichts rührte, klingelte Angelo noch einmal.

»Wahrscheinlich ist sie auf der Suche nach einem neuen Job«, meinte Tony.

»Sieht nach einem ganzen Satz von Schlössern aus«, sagte Angelo, der die Tür untersuchte.

Tonys Blick schweifte von der Tür durch den kleinen Flur und blieb an Debra Englers Tür hängen. Er tippte Angelo auf die Schulter und flüsterte: »Eine der Nachbarinnen beobachtet uns.«

Angelo drehte sich um und bemerkte gerade noch Debras prüfenden Blick hinter der einen Spalt geöffneten Tür. Ihre Blicke begegneten sich, und sie schlug die Tür zu. Angelo hörte Riegel und Schlösser einschnappen.

»Mist!« fluchte er.

»Was sollen wir machen?« fragte Tony.

»Gehn wir zum Wagen«, sagte Angelo.

Ein paar Minuten später saßen sie in Angelos Wagen, mit Blick auf den Eingang des Hauses. Tony gähnte. Ungewollt gähnte auch Angelo.

»Ich bin kaputt«, klagte Tony.

»Ich auch«, sagte Angelo. »Ich hatte gedacht, ich könnte heute den ganzen Tag schlafen.«

»Meinst du, wir sollten die Wohnung knacken?«

»Ich überlege. Mit all den Schlössern würde das ein paar Minuten dauern. Aber ich weiß nicht, was wir mit der Hexe in der anderen Wohnung machen sollen. Hast du ihr Gesicht gesehen? Stell dir vor, du würdest morgens neben der aufwachen.«

»Die Puppe hier sieht nicht schlecht aus«, sagte Tony, Lauries Bild in der Zeitung betrachtend. »So was ließe ich mir schon gefallen.«

Lou holte sich noch eine Tasse Kaffee. Er wartete im Chirurgenzimmer des Manhattan General Hospital, wo er Jordan schon bei ihrem letzten Zusammentreffen überrascht hatte. Aber damals hatte er nur zwanzig Minuten warten müssen. Jetzt war er schon über eine Stunde hier. Allmählich kamen ihm Zweifel, ob es richtig gewesen war, erst zu Jordan zu gehen, statt mit seinen Vorgesetzten zu sprechen.

Lou dachte gerade daran zu gehen, als Jordan den Raum betrat. Er ging direkt zu einem kleinen Kühlschrank und holte eine Tüte Orangensaft heraus.

Lou sah zu, wie Jordan einen großen Schluck trank. Er wartete, bis Jordan zur Couch ging, wo er wohl einen Blick in die dort ausliegenden Zeitungen werfen wollte. Erst jetzt meldete Lou sich.

»Jordan, alter Junge«, sagte er. »Daß ich ausgerechnet hier auf Sie treffe.«

Jordan runzelte die Stirn, als er Lou erkannte. »Nicht schon wieder Sie.«

»Ich bin gerührt über soviel Freundlichkeit«, sagte Lou. »Wahrscheinlich liegt das an den vielen Operationen, daß Sie in einer so umgänglichen Stimmung sind. Sie kennen doch das Sprichwort: Schmiede das Eisen, solange es heiß ist.«

»Schön, Sie wiedergesehen zu haben, Lieutenant.« Jordan trank den Saft aus und warf die Tüte in den Papierkorb.

»Einen Moment«, sagte Lou. Er stand auf und stellte sich Jordan in den Weg. Lou hatte den deutlichen Eindruck, daß Jordan noch weniger kooperativ war als bei ihrem letzten Zusammentreffen. Er war auch aufgeregter. Hinter der abweisenden Fassade steckte eindeutig Nervosität.

»Ich habe noch einige Operationen vor mir«, sagte Jordan.

»Da bin ich sicher«, bemerkte Lou. »Weswegen es mir auch etwas besser geht. Ich meine, es ist schön zu wissen, daß nicht alle Ihre Patienten, die operiert werden sollen, eines gewaltsamen Todes durch professionelle Killer sterben.«

»Wovon reden Sie eigentlich?« begehrte Jordan auf.

»Ach, Jordan, Empörung steht Ihnen sicher gut. Aber mir wäre es lieber, wenn Sie mit dem Stuß aufhörten und zur Sache kämen. Sie wissen ganz genau, wovon ich rede. Als ich das letztemal hier war, habe ich Sie gefragt, ob es etwas gäbe, was Ihre ermordeten Patienten gemeinsam hätten. Etwa ob sie das gleiche Leiden hätten oder so. Sie waren froh, mir sagen zu können, daß ich falschlag. Nur haben Sie versäumt, mir zu sagen, daß alle darauf warteten, sich einer Operation durch Ihre fähigen Hände zu unterziehen.«

»Das ist mir damals nicht bewußt geworden«, erklärte Jordan.

»Natürlich nicht!« sagte Lou sarkastisch. Er war sicher, daß Jordan log, war sich gleichzeitig aber seiner Objektivität in der Beurteilung Jordans nicht so sicher. Wie er Laurie kürzlich gestanden hatte, war er auf Jordan eifersüchtig. Er war eifersüchtig auf das gute Aussehen des hochgewachsenen Mannes, auf seine erstklassige Ausbildung, seine sorgenlose Vergangenheit, sein Geld und seine Beziehung zu Laurie.

»Es ist mir erst aufgefallen, als ich in die Praxis zurückkam«, sagte Jordan. »Nachdem ich mir ihre Akten angesehen habe.«

»Aber auch nachdem Sie diese Gemeinsamkeit entdeckt hatten, unterließen Sie es, mich zu verständigen. Wir wollen das im Moment auf sich beruhen lassen. Meine Frage jetzt lautet: Wie erklären Sie das?«

»Ich kann es nicht erklären«, sagte Jordan. »Soweit ich sehe, ist es ein außergewöhnlicher Zufall. Nicht mehr und nicht weniger.«

»Sie haben nicht den leisesten Verdacht, warum diese Morde verübt wurden?«

»Nein«, erwiderte Jordan. »Und ich hoffe und bete wirklich, daß keine weiteren Morde passieren. Das letzte, was ich erleben möchte, ist, mit anzusehen, wie der Bestand meiner chirurgischen Patienten in irgendeiner Form dezimiert wird, dazu noch auf eine so brutale Art.«

Lou nickte. Nach dem, was er über Jordan wußte, glaubte er ihm wenigstens das.

»Was ist mit Cerino?« fragte Lou nach einer Pause.

»Was soll mit ihm sein?«

»Er wartet immer noch auf seine zweite Operation«, sagte Lou. »Könnte diese Mordserie irgendwie mit Cerino zusammenhängen? Glauben Sie, daß er in Gefahr ist?«

»Ich halte alles für möglich«, erwiderte Jordan. »Aber ich behandle Paul Cerino seit Monaten, und ihm ist nichts passiert. Ich kann mir nicht vorstellen, daß er in die Sache verwickelt oder daß er besonders gefährdet ist.«

»Wenn Ihnen irgend etwas einfällt, geben Sie mir Bescheid«, sagte Lou.

»Selbstverständlich, Lieutenant«, versicherte Jordan.

Lou gab den Weg frei, und Jordan eilte durch die Pendeltür und entschwand seinen Blicken.

Laurie kam zu dem Schluß, daß sie wenigstens beschäftigt wäre, selbst wenn nichts klappen und sie keinerlei brauchbare Informationen auftun würde. Und beschäftigt zu sein bedeutete, sie konnte nicht über ihre Situation nachdenken: Sie war arbeitslos in einer Stadt, in der zu leben nicht eben billig war, und vielleicht war sie ganz aus der Gerichtsmedizin raus. Sie konnte kaum mit einer Empfehlung Binghams rechnen. Aber daran wollte sie jetzt nicht denken. Statt dessen wollte sie weitermachen und mehr Informationen für ihre Serie sammeln. Drei weitere Überdosisfälle standen zur Untersuchung an. Wie wurden die Leichen entdeckt, und hatte man die Verstorbenen an jenem verhängnisvollen Abend in Begleitung zweier Männer in ihre Wohnung gehen sehen?

Innerhalb einer Stunde wurde Laurie im Haus von Kendall Fletcher fündig, und es klang alles sehr vertraut. Fletcher war zum Joggen gegangen, aber schon bald wieder zurückgekommen – mit zwei Männern. Der Portier sah die beiden Männer nicht wieder hinausgehen. Einige Stunden nachdem Fletcher zurückgekommen war, rief ein anonymer Mieter an und beschwerte sich über Lärm in 25G. Der Mieter befürchtete, jemand in 25G könnte sich verletzt haben. Der Hausmeister ging der Sache nach, und so wurde Fletchers Leiche entdeckt.

Mit Stephanie Haberlin hatte Laurie weniger Glück. Die Frau wohnte in einem in Eigentumswohnungen umgewandelten Backsteinhaus ohne Portier. Laurie beschloß, diesen Fall zunächst zu übergehen und sich dem dritten und letzten Tatort zuzuwenden.

Yvonne Andre wohnte in einem ähnlichen Haus wie Kendall Fletcher. Laurie zeigte ihre Dienstmarke. Der Portier, der sich als Timothy vorstellte, war sehr hilfsbereit. Wie Kendall Fletcher hatte auch Ms. Andre das Haus in Begleitung zweier Männer betreten. Timothy konnte die Männer zwar nicht beschreiben, erinnerte sich aber genau an ihr Kommen.

Als Laurie fragte, wer die Leiche gefunden habe, berichtete Timothy, das sei der Hausmeister Jose gewesen. Laurie fragte, ob sie ihn sprechen könne. Timothy rief einen hageren Mann in einer braunen Uniform, der in der Eingangshalle gerade ein Möbelstück reparierte. Jose kam sofort zu ihnen herüber. Laurie zeigte ihm ihre Dienstmarke.

»Wie haben Sie die Leiche gefunden?« fragte sie.

»Der Nachtportier rief mich an und bat mich, in der Andre-Wohnung nachzusehen.«

»Lassen Sie mich mal raten. Der Nachtportier war von einem Mieter angerufen worden, der sich über seltsame Geräusche aus der Andre-Wohnung beklagte.«

Jose und Timothy sahen Laurie überrascht an.

»Ah«, sagte Jose mit einem Lächeln. »Sie haben mit der Polizei gesprochen.«

»Wo in der Wohnung haben Sie die Leiche gefunden?« fragte Laurie.

»Im Wohnzimmer«, antwortete Jose.

»Wie sah die Wohnung aus?« fragte Laurie weiter. »War irgend etwas kaputt? Sah es aus wie nach einem Kampf?«

»Ich habe mich gar nicht richtig umgesehen«, sagte Jose. »Nicht, als ich Ms. Andre entdeckte. Die Polizei war natürlich da, aber niemand hat etwas angerührt. Möchten Sie die Wohnung sehen?«

»Gern«, sagte Laurie.

Sie gingen direkt zur Wohnung von Yvonne Andre im dritten Stock. Jose schloß die Tür mit seinem Generalschlüssel auf und trat beiseite.

Laurie ging als erste hinein. Sie hatte noch keine fünf Schritte gemacht, als sie fast mit einer elegant gekleideten Frau mittleren Alters zusammengestoßen wäre, die durch das Geräusch des Schlüssels im Schloß aufmerksam geworden war. Die Frau sah sehr gut aus, obwohl sie den Eindruck machte, als hätte sie geweint. Sie hielt ein zusammengeknülltes Taschentuch in der Hand.

»Entschuldigen Sie«, sagte Laurie erschrocken. Sie war entsetzt, daß jemand in der Wohnung war.

Die Frau wollte gerade etwas sagen, als sie Jose erkannte.

»Es tut mir leid, Mrs. Andre«, entschuldigte Jose sich. »Ich wußte nicht, daß Sie hier sind. Dies ist Dr. Montgomery vom Gerichtsmedizinischen Institut.«

»Wer ist da, Liebes?« In der Küchentür erschien ein großer, grauhaariger Mann.

»Es ist der Hausmeister«, erklärte Mrs. Andre. »Und dies ist Dr. Montgomery vom Gerichtsmedizinischen Institut.«

»Vom Institut hier in Manhattan?« erkundigte Mr. Andre sich.

»Ja«, sagte Laurie. »Es ist mir furchtbar peinlich, Sie durch mein Eindringen belästigt zu haben. Ich hatte keine Ahnung, daß Sie hier sind.«

»Ich auch nicht«, sagte Jose rasch.

»Es ist schon gut«, lenkte Mrs. Andre ein. Sie betupfte mit dem Taschentuch die Augenwinkel und blickte sich wehmütig im Wohnzimmer um. »Wir sind gerade einige von Yvonnes Sachen durchgegangen.«

»Wenn Sie mich bitte entschuldigen«, sagte Mr. Andre. Er machte abrupt kehrt und verschwand in Richtung Küche.

»Ich kann später wiederkommen«, sagte Laurie und trat einen Schritt zurück zur Tür. »Der Verlust Ihrer Tochter ist sicher furchtbar für Sie.«

»Bitte, gehen Sie nicht«, bat Mrs. Andre und streckte die Hand nach Laurie aus. »Bitte, kommen Sie herein. Setzen Sie sich. Für mich ist es besser, wenn ich darüber spreche.«

Laurie sah kurz zu Jose hinüber. Sie wußte nicht recht, was sie tun sollte.

»Ich lasse Sie jetzt allein«, sagte Jose. »Wenn Sie irgend etwas brauchen, rufen Sie mich an.«

Laurie wäre auch gern gegangen. Doch sie spürte, daß sie die offensichtlich gramgebeugte Mutter jetzt, wo sie einmal hier war, nicht einfach verlassen konnte. Mit einigen Zweifeln ließ sie sich zu einer Sitzgruppe führen. Mrs. Andre setzte sich auf ein Zweiersofa. Laurie nahm in einem Sessel daneben Platz.

»Sie können sich gar nicht vorstellen, welch ein Schock das für uns war«, sagte Mrs. Andre. »Yvonne war eine so gute, großherzige Tochter, allzu uneigennützig. Sie war immer in irgendeiner wohltätigen Sache engagiert.«

Laurie nickte mitfühlend.

»Greenpeace, Amnesty International – was Sie auch nehmen, sie war im Zweifelsfall aktiv dabei.«

Laurie wußte, daß sie nicht viel zu sagen brauchte. Es genügte, einfach zuzuhören.

»Sie hatte sich auf zwei neuen Gebieten engagiert«, sagte Mrs. Andre mit einem bekümmerten Lächeln. »Jedenfalls für uns waren sie neu: Tierschutz und Organspenden. Es ist ein solcher Widersinn, daß sie an einem Herzversagen starb. Ich denke, sie hatte wirklich gehofft, daß einige ihrer Organe eines Tages einem guten Zweck zugeführt würden. Natürlich nicht so bald, das nicht. Sie wollte auch auf keinen Fall beerdigt werden. Da war sie unnachgiebig; sie hielt das für eine enorme Verschwendung von Ressourcen und Raum.«

»Ich wünschte, es würden mehr Menschen so wie Ihre Tochter denken«, sagte Laurie. »Dann könnten die Ärzte wirklich bald mehr Leben retten.« Sie war sehr darauf bedacht, nicht der Bemerkung der armen Frau zu widersprechen, ihre Tochter sei an einem Herzversagen gestorben.

»Vielleicht möchten Sie ein paar von Yvonnes Büchern haben«, sagte Mrs. Andre. »Ich weiß gar nicht, was wir mit all den Sachen anfangen sollen.«

Bevor Laurie auf dieses großzügige Angebot eingehen konnte, stürmte Mr. Andre in das Zimmer. Sein Gesicht war hochrot.

»Was ist denn los, Walter?« fragte Mrs. Andre. Ihr Mann war offensichtlich aufgebracht.

»Dr. Montgomery!« polterte er los, ohne auf seine Frau zu achten. »Ich bin zufällig im Verwaltungsrat des Manhattan General Hospital. Und ich kenne zufällig auch Dr. Bingham persönlich. Da ich schon vorher mit ihm über meine Tochter gesprochen habe, war ich etwas überrascht, als Sie hier auftauchten. Deshalb habe ich ihn angerufen. Er ist am Telefon und möchte ein Wort mit Ihnen sprechen.«

Laurie schluckte mehrmals. Sie erhob sich und ging an Mr. Andre vorbei in die Küche. Zögernd griff sie zum Hörer.

»Montgomery!« tobte Bingham, nachdem Laurie sich gemeldet hatte. Sie mußte den Hörer mehrere Zentimeter vom Ohr weghalten. »Was um alles in der Welt machen Sie in der Wohnung von Yvonne Andre? Sie sind entlassen worden! Begreifen Sie das nicht? Ich lasse Sie festnehmen, wenn Sie damit fortfahren, sich als städtische Beamtin auszugeben! Haben Sie mich verstanden?«

Laurie war im Begriff zu antworten, als ihr Blick auf eine Visitenkarte fiel, die an eine Pinnwand hinter dem Telefon gesteckt war. Es war die Karte von einem Mr. Jerome Hoskins von der Organbank Manhattan.

»Montgomery!« schrie Bingham erneut. »Antworten Sie! Was zum Teufel glauben Sie da herauszufinden?«

Laurie legte, ohne ein Wort zu sagen, auf. Mit zitternder Hand nahm sie die Karte vom Brett. Plötzlich fügten die Teile sich zusammen. Und welch schreckliches, abscheuliches Bild sie ergaben. Laurie konnte es kaum glauben, doch jetzt war alles klar, die furchtbare, unerbittliche Wahrheit war nicht mehr zu widerlegen. Sie mußte unbedingt Lou anrufen. Aber bevor sie das tat, wollte sie noch einen anderen Platz aufsuchen.

15

Montag, 16.15 Uhr
Manhattan

Zum zweitenmal war Lou Soldano an diesem Tag im Chirurgenzimmer des Manhattan General. Aber bei diesem Besuch brauchte er nicht lange zu warten. Diesmal hatte er vorher die OP-Aufsicht angerufen und gefragt, wann Dr. Scheffield mit seinen Operationen fertig sein würde. Lou hatte seine Ankunft so getimt, daß er Jordan beim Verlassen des OP erwischen würde.

Nach nicht einmal fünfminütigem Warten sah Lou zufrieden, wie der Arzt durch das Chirurgenzimmer in den Umkleideraum schlenderte. Lou folgte ihm, den Hut in der Hand und den Mantel über dem Arm. Er blieb auf Distanz, bis Jordan die Operationskleidung in den Wäschekorb geworfen hatte. Lou hatte sich vorgenommen, sich den Mann vorzuknöpfen, wenn er im Unterhemd stand und psychologisch verwundbar war. Lou glaubte daran, daß ein Verhör erfolgreicher lief, wenn der Verhörte sich in einer unterlegenen Situation befand.

»Hallo, Doktor«, sagte er leise. Jordan wirbelte herum. Er war offensichtlich nervös.

»Entschuldigen Sie«, sagte Lou, sich am Kopf kratzend. »Ich falle Ihnen ungern zur Last, aber da ist noch etwas.«

»Was zum Teufel glauben Sie eigentlich, wer Sie sind?« giftete Jordan ihn an. »Columbo?«

»Gut geraten«, erwiderte Lou. »Ich hätte nicht gedacht, daß Sie darauf kommen. Aber da ich jetzt Ihre Aufmerksamkeit habe, möchte ich Sie noch etwas fragen.«

»Machen Sie's kurz, Lieutenant«, sagte Jordan. »Ich war den ganzen Tag hier eingespannt, und in der Praxis erwarten mich ungeduldig andere Patienten.« Er ging zum Waschbecken und drehte den Hahn auf.

»Als ich zuletzt hier war, habe ich erwähnt, daß alle Patienten, die ermordet wurden, auf eine Operation warteten. Aber ich habe versäumt zu fragen, welche Operation jeweils vorgesehen war. Gut, ich wußte, es sollten irgendwelche Hornhautoperationen sein. Helfen Sie mir auf die Sprünge, Doktor. Was genau wollten Sie mit diesen Leuten machen?«

Jordan, der sich über das Waschbecken gebeugt hatte, richtete sich auf. Wasser tropfte von seinem Gesicht. Er schob Lou zur Seite, um an die Handtücher zu kommen. Er nahm eins und rieb sich kräftig trocken, so daß seine Haut sich rötete.

»Sie sollten ein Hornhauttransplantat erhalten«, sagte er schließlich und betrachtete sich im Spiegel.

»Das ist interessant. Die Diagnose war bei allen verschieden, sie sollten aber trotzdem gleich behandelt werden.«

»Das ist richtig, Lieutenant«, sagte Jordan. Er trat vom Waschbecken zum Umkleideschrank.

Lou folgte ihm wie ein Hund. »Ich hätte gedacht, daß unterschiedliche Krankheiten auch unterschiedliche Behandlungen erfordern.«

»Es stimmt, daß die Diagnose für diese Patienten unterschiedlich war«, erklärte Jordan. Er begann sich anzuziehen. »Aber der physiologische Defekt war der gleiche. Die Hornhaut war getrübt.«

»Aber heißt das nicht, die Symptome behandeln statt der Krankheit?« fragte Lou.

Jordan hielt inne, um sein Hemd zuzuknöpfen, und sah Lou erstaunt an. »Ich habe Sie, glaube ich, unterschätzt«, sagte er. »Sie haben durchaus recht. Aber beim Auge tun wir häufig genau das. Natürlich muß man, bevor man eine Transplantation vornimmt, die Ursache der Trübung behandeln. Das tut man, damit man einigermaßen sicher sein kann, daß die Probleme im transplantierten Gewebe nicht erneut auftreten, und bei richtiger Behandlung tun sie das im allgemeinen auch nicht.«

»Ist es nicht seltsam, daß alle ermordeten Patienten für die gleiche Operation vorgesehen waren?«

»Überhaupt nicht«, sagte Jordan, der sich weiter ankleidete. »Ich bin ein Superspezialist. Mein Fachgebiet ist die Hornhaut. Allein heute habe ich vier solche Fälle gehabt.«

»Ihre Operationen sind größtenteils Hornhauttransplantationen?«

»Vielleicht neunzig Prozent. In letzter Zeit noch mehr.«

»Was ist mit Cerino?«

»Das gleiche«, erklärte Jordan. »Aber bei Cerino sind es zwei Eingriffe, da beide Augen gleichermaßen betroffen waren.«

»Ach«, sagte Lou.

»Verstehen Sie mich nicht falsch, Lieutenant. Ich bin immer noch schockiert und beunruhigt darüber, daß die Ermordeten Patienten von mir waren. Aber wenn wir von dieser Prämisse ausgehen müssen, ist es absolut nicht überraschend, daß alle für eine Hornhauttransplantation vorgesehen waren. Bei meinen Patienten war das fast automatisch zu erwarten. Gibt es noch etwas, Lieutenant?« Er zog sein Jackett an.

»Gab es bei den Hornhauttransplantaten, auf die diese Patienten warteten, irgend etwas, das sie von denen anderer Empfänger unterschied?«

»Nichts«, sagte Jordan.

»Was ist mit Marsha Schulman? Könnte sie in Verbindung mit dem Tod dieser Patienten gebracht werden?«

»Sie hat nicht auf eine Operation gewartet.«

»Aber sie hat die Leute kennengelernt«, sagte Lou.

»Sie war meine Chefsekretärin. Sie hat praktisch jeden kennengelernt, der in die Praxis kam.«

Lou nickte.

»Wenn Sie mich jetzt entschuldigen würden, Lieutenant, ich muß wirklich wieder in den Aufwachraum, um nach meinem letzten Patienten zu sehen. Schön, Sie wiedergesehen zu haben.« Damit war er draußen.

Unverrichteter Dinge ging Lou zu seinem Wagen zurück. Er

war so sicher gewesen, den entscheidenden Hinweis erhalten zu haben, als Patrick O'Brian zu ihm ins Büro gekommen war und ihm mitgeteilt hatte, daß die toten Patienten alle auf die gleiche Operation gewartet hatten. Jetzt schien er erneut in einer Sackgasse gelandet zu sein.

Er fuhr los und war sofort im Verkehr eingekeilt. Die Rushhour in New York war immer mörderisch, und an Regentagen war es noch schlimmer. Als er zum Gehweg hinüberblickte, merkte er, daß die Fußgänger fast ebenso schnell vorankamen wie er.

Da er Zeit zum Nachdenken hatte, versuchte er, erneut die Fakten des Falles durchzugehen. Es fiel ihm schwer, dabei den Menschen Dr. Jordan Scheffield außer acht zu lassen. Wie er diesen Kerl haßte! Und das nicht nur wegen Laurie, obwohl das der Hauptgrund war. Der Typ war so selbstgefällig und so gönnerhaft. Er wunderte sich, daß Laurie das nicht sah.

In dem Moment fuhr der Hintermann auf Lou auf. In einem Anfall von Wut trat Lou auf die Bremse, hielt an und sprang aus dem Wagen. Der Fahrer hinter ihm war ebenfalls ausgestiegen.

»Passen Sie doch auf, wohin Sie fahren«, sagte Lou. Er ging nach hinten, um sich seinen Wagen anzusehen. An seiner Stoßstange war etwas Lack vom Wagen des anderen. Er hätte zwar den strengen Polizisten spielen können, entschied sich jedoch, es nicht zu tun. Das machte er selten; es war zu anstrengend.

»Tut mir leid«, sagte der andere Fahrer.

»Nichts weiter passiert«, sagte Lou. Er stieg wieder in seinen Wagen. Während er sich langsam vorschob, begann der Schimmer einer Idee in seinem Kopf Gestalt anzunehmen. Wie hatte er das übersehen können! Einen Augenblick starrte er vor sich hin, wie hypnotisiert von der Lösung, die sich so unvermittelt herauskristallisiert hatte. Er war so in Gedanken versunken, daß der Hintermann ihn anhupen mußte weiterzufahren.

»Heiliger Strohsack«, sagte Lou laut. Er fragte sich, warum ihm das nicht eher eingefallen war. So unglaublich aberwitzig es war, alle Fakten paßten zusammen.

Er griff zum Funktelefon und rief Laurie im Institut an. Die Telefonistin sagte ihm, daß Laurie gekündigt worden sei.

»Was?« fragte Lou entgeistert.

»Sie ist gefeuert worden«, sagte die Telefonistin und legte auf.

Lou wählte sofort Lauries Privatnummer. Er hätte sich ohrfeigen mögen, daß er nicht schon früher versucht hatte, sie anzurufen, um zu hören, was bei dem Gespräch mit ihrem Chef herausgekommen war. Offensichtlich war es nicht gut ausgegangen.

Lou ärgerte sich, als sich nur Lauries Anrufbeantworter meldete. Er hinterließ die Nachricht, sie möge ihn umgehend im Büro oder zu Hause anrufen.

Lou hängte ein. Laurie tat ihm leid. Ihre Stellung zu verlieren, mußte ein schwerer Schlag für sie gewesen sein. Sie war einer der wenigen Menschen, die ihre Arbeit so liebten wie er die seine.

»Da ist sie!« rief Tony. Er stieß Angelo an, um ihn zu wecken.

Angelo hob den Kopf und spähte durch die Windschutzscheibe. Es war dunkel geworden in der kurzen Zeit, in der er geschlafen hatte. Er fühlte sich benommen. Aber er sah die Frau, auf die Tony zeigte. Sie war nur noch wenige Meter vom Haus entfernt und strebte auf die Tür zu.

»Gehn wir«, sagte Angelo. Er zwängte sich aus dem Wagen und wäre fast auf das Gesicht gefallen. Sein linkes Bein war in der unnatürlichen Haltung, die er während seines Nickerchens eingenommen hatte, eingeschlafen.

Tony war ein gutes Stück voraus, während Angelo versuchte, mit einem tauben Bein zu laufen, das sich wie aus Holz anfühlte. Als er die Tür erreichte, kribbelte es im ganzen Bein. Er zog die Tür auf und sah, daß Tony bereits mit der Frau sprach.

»Wir würden gern mit Ihnen auf dem Revier sprechen«, sagte Tony, der versuchte, Angelo zu imitieren.

Angelo sah, daß er seine Polizeimarke zu hoch hielt, so daß Laurie Montgomery lesen konnte, was darauf stand, wenn sie sich die Mühe machte.

Angelo zog Tonys Arm nach unten und lächelte. Er registrierte, daß Laurie wirklich so gut aussah, wie Tony nach dem Foto gemeint hatte.

»Wir brauchen nur ein paar Minuten«, sagte Angelo. »Es ist reine Routine. Sie sind in weniger als einer Stunde wieder hier. Es hat mit dem Gerichtsmedizinischen Institut zu tun.«

»Ich muß mit Ihnen nirgendwohin gehen.«

»Sie wollen doch keine Szene machen, oder?« sagte Angelo.

»Ich muß nicht einmal mit Ihnen reden.«

Angelo merkte, daß Laurie kein einfacher Fall werden würde. »Ich fürchte, wir müssen darauf bestehen«, sagte er ruhig.

»Ich kenne Sie überhaupt nicht. Von welchem Revier sind Sie?«

Angelo blickte kurz über seine Schulter. Niemand war auf dem Weg ins Haus. Bei diesem Weibsbild würden sie Gewalt anwenden müssen. Angelo warf Tony einen schnellen Blick zu und nickte schwach.

Tony verstand den Wink, griff in sein Jackett und zog die Beretta Bantam heraus. Er richtete sie auf Laurie.

Angelo zuckte zusammen, als Laurie einen durchdringenden Schrei ausstieß, der einen Toten hätte aufwecken können.

Mit der freien Hand packte Tony Laurie im Genick und versuchte, sie zum Wagen zu zerren. Doch er bekam eine Aktentasche in die Leistengegend. Er krümmte sich vor Schmerzen zusammen. Als er sich wieder aufrichtete, zielte er mit seiner Pistole auf die Brust der Frau und drückte zweimal schnell ab. Laurie ging sofort zu Boden.

Die Schüsse waren ohrenbetäubend; Tony hatte keinen Schalldämpfer aufgesetzt, da er nicht damit gerechnet hatte, die Pistole benutzen zu müssen.

»Warum hast du Idiot auf sie geschossen?« knurrte Angelo. »Wir sollten sie lebendig bringen.«

»Ich hab die Nerven verloren«, erklärte Tony. »Sie hat mir ihre verdammte Tasche in die Eier gedroschen.«

»Jetzt aber nichts wie weg mit ihr«, befahl Angelo.

Gemeinsam packten sie Laurie an den Armen. Angelo bückte

sich und schnappte ihre Aktentasche. Dann schleppten sie den leblosen Körper zu ihrem Wagen. Tot oder lebendig, sie konnten sie jedenfalls zur *Montego Bay* bringen.

So rasch wie möglich schoben sie sie auf den Rücksitz des Wagens. Ein paar Fußgänger betrachteten sie mißtrauisch, aber keiner sagte etwas. Tony setzte sich neben sie, während Angelo hinter das Steuer sprang und den Wagen anließ. Als der Motor lief, reihte er sich in den Verkehr auf der 19th Street ein.

»Hoffentlich verschmiert sie mir nicht den Sitz mit Blut«, sagte Angelo mit einem kurzen Blick in den Rückspiegel. Er sah, wie Tony sich an ihr zu schaffen machte. »Was machst du denn da?«

»Versuche, die Tasche unter ihr wegzuziehen«, erklärte Tony. Er stöhnte. »Ist, als würde sie sich festkrallen. Als ob das jetzt noch was ausmacht.«

»Ist sie tot?« fragte Angelo. Er war immer noch wütend.

»Sie hat sich noch nicht bewegt«, sagte Tony. »Ah, ich hab's!« Er hielt die Tasche hoch wie eine Trophäe.

»Wenn Cerino mich fragt, was los war«, fauchte Angelo, »muß ich's ihm sagen.«

»Tut mir leid«, sagte Tony. »Ich hab dir doch gesagt, ich hab die Nerven verloren. He, guck mal! Die Tussi ist gut bestückt!« Er wedelte mit einigen 20-Dollar-Scheinen, die er aus einem Portemonnaie gezogen hatte.

»Paß auf, daß niemand sie sieht«, sagte Angelo.

»O nein!« stöhnte Tony auf.

»Was ist denn jetzt wieder los?«

»Dieses Weibsstück ist gar nicht Laurie Montgomery«, rief Tony und sah von einem Ausweis auf. »Es ist eine Maureen Wharton, stellvertretende Staatsanwältin. Sieht aber genauso aus wie das Foto.« Tony beugte sich vor und nahm sich die Zeitung mit Lauries Bild. Er schob Maureens Haare zurück und verglich ihr Gesicht mit dem in der Zeitung. »Ziemlich ähnlich jedenfalls«, sagte er.

Angelo packte das Lenkrad so fest, daß das Blut aus seinen Händen wich. Er mußte Cerino wegen Tony Bericht erstatten, ob er fragte oder nicht. Wegen Tonys Blödheit hatten sie die falsche Frau umgelegt, und dann auch noch eine stellvertretende Staatsanwältin. Dieser Blödmann brachte ihn noch zur Weißglut.

»Ich bin's – Ponti«, sagte Franco. Er hatte Vinnie Dominick angewählt. »Ich bin im Wagen, unterwegs Richtung Tunnel. Ich wollte dir nur mitteilen, daß ich die beiden, über die wir gesprochen haben, eben beobachtet habe, wie sie am hellen Tag eine junge Frau umgelegt haben. Es ist verrückt. Es gibt keinen Sinn.«

»Gut, daß du anrufst«, sagte Vinnie. »Ich hab schon versucht, dich zu erreichen. Dieser Spitzel, den du mir da gebracht hast, dieser Freund von einem Freund von Tony Ruggerios Freundin, hat mich eben eingeweiht. Er weiß, was sie vorhaben. Es ist unglaublich. Darauf wärst du nie gekommen.«

»Soll ich zurückkommen?« fragte Franco.

»Nein, bleib noch etwas an den beiden«, sagte Vinnie. »Ich geh jetzt los und spreche direkt mit ein paar von unseren Leuten. Wir müssen überlegen, was wir unternehmen. Wir müssen Cerino stoppen, aber so, daß wir daraus Nutzen ziehen. *Capisce*?«

Franco hängte ein. Angelo fuhr etwa fünf Wagenlängen vor ihm. Jetzt, wo Vinnie wußte, was lief, wollte auch Franco es unbedingt wissen.

Laurie drückte das Gesicht gegen die verschlossene Glastür des umgebauten Backsteingebäudes in der East 55th Street. Sie konnte ein paar Marmorstufen erkennen, die zu einer zweiten geschlossenen Tür hinaufführten.

Sie trat zurück, um die Hausfront zu betrachten. Es war ein fünfstöckiges Gebäude mit einer Erkerfassade. Im ersten Stock drang aus den hohen Fenstern Licht. Auch im zweiten Stock war Licht. Die Fenster der oberen Etagen waren dunkel.

Rechts neben der Tür war ein Messingschild angebracht: ORGANBANK MANHATTAN, SPRECHSTUNDEN 9 BIS 17 UHR. Da es schon nach fünf war, waren die Eingangstüren natürlich geschlossen. Aber das Licht im ersten und zweiten Stock ließ vermuten, daß noch Leute im Haus waren, und Laurie war entschlossen, mit irgend jemandem zu sprechen.

Sie ging zur Tür zurück und klopfte erneut so laut wie beim erstenmal. Noch immer kam niemand.

Als Laurie nach links schaute, bemerkte sie einen Lieferanteneingang. Sie ging zu der Tür hinüber und versuchte hineinzublikken, erkannte aber nichts. Es war vollkommen dunkel. Laurie kehrte zum Haupteingang zurück und wollte erneut klopfen, als sie etwas bemerkte, was ihr bisher entgangen war. Unter dem Messingschild, zum Teil von Efeu überwuchert, der sich am Gebäude emporrankte, befand sich eine kleine Messingklingel. Laurie schellte und wartete.

Ein paar Minuten später ging in der Halle hinter den Glastüren das Licht an. Dann öffnete sich die innere Tür, und eine Frau in einem langen, enganliegenden, schmucklosen Wollkleid kam die wenigen Marmorstufen herab. Sie schien etwa Mitte Fünfzig zu sein. Ihr nüchternes Gesicht wirkte streng, und ihr Haar war zu einem festen Knoten zurückgekämmt.

Sie kam zur Tür und gab durch Zeichen zu verstehen, daß geschlossen war. Um dem Nachdruck zu verleihen, zeigte sie mehrere Male auf ihre Armbanduhr.

Laurie ließ sich nicht abweisen. Sie zückte ihre Dienstmarke, trotz der wilden Drohungen Binghams, sie festnehmen zu lassen. Als das nicht die üblichen Wunder wirkte, holte sie die Visitenkarte heraus, die sie aus Yvonne Andres Wohnung mitgenommen hatte, und hielt sie gegen die Scheibe. Schließlich lenkte die Frau ein und schloß die Tür auf.

»Es tut mir leid, aber wir haben für heute geschlossen«, sagte sie.

»Das habe ich verstanden«, erwiderte Laurie und legte eine Hand an die Tür, »aber ich muß dringend mit Ihnen sprechen. Es dauert nur ein paar Minuten. Ich bin Dr. Laurie Montgomery vom Gerichtsmedizinischen Institut.«

»Worüber möchten Sie sprechen?« fragte die Frau.

»Kann ich hereinkommen?«

»Ich denke schon«, sagte die Frau mit einem Seufzer. Sie machte die Tür weiter auf und ließ Laurie eintreten. Dann verschloß sie die Tür wieder.

»Das ist ein entzückendes Haus«, sagte Laurie. Die meisten Gebäudedetails aus dem neunzehnten Jahrhundert waren beim Umbau des Wohnhauses in ein Bürogebäude erhalten geblieben.

»Wir sind froh, das Gebäude zu haben«, sagte die Frau. »Ich bin übrigens Gertrude Robeson. Bitte, kommen Sie in mein Büro hinauf.«

Laurie bedankte sich, und Gertrude führte sie über eine elegant geschwungene Treppe zum ersten Stock hoch.

»Ich bin Ihnen sehr dankbar, daß Sie mir Ihre Zeit opfern«, sagte Laurie. »Es ist ziemlich wichtig.«

»Ich bin noch als einzige hier«, erklärte Gertrude. »Versuche, einiges zu erledigen.«

Gertrudes Büro lag an der Vorderseite, und aus seinen hohen Fenstern drang das Licht, das Laurie von der Straße aus bemerkt hatte. Es war ein großes Büro mit einem Kristalleuchter. Laurie ging der Gedanke durch den Kopf, warum gemeinnützige Einrichtungen so oft in aufwendigen Räumen residierten.

Als sie Platz genommen hatten, holte Laurie erneut die Visitenkarte heraus, die sie bei Yvonne mitgenommen hatte, und reichte sie Gertrude. »Ist dieser Herr Mitarbeiter Ihrer Organisation?« fragte sie.

»Ja, das ist er«, bestätigte Gertrude. Sie gab die Karte zurück. »Jerome Hoskins ist verantwortlich für unsere Anwerbungsmaßnahmen.«

»Was genau ist die Organbank Manhattan?« fragte Laurie.

»Ich gebe Ihnen gerne Informationsmaterial«, sagte Gertrude, »aber im wesentlichen sind wir eine gemeinnützige Organisation, die sich der Sammlung und Vergabe freiwillig gespendeter menschlicher Organe zu Transplantationszwecken widmet.«

»Was meinen Sie mit ›Anwerbungsmaßnahmen‹?«

»Wir bemühen uns darum, daß Menschen sich als potentielle Spender eintragen lassen«, erklärte Gertrude. »Die einfachste

Verpflichtung besteht darin, sich einverstanden zu erklären, daß man im Fall eines Unfalls, der zum Hirntod führt, bereit ist, die entsprechenden Organe einem Empfänger zu überlassen, der sie dringend braucht.«

»Wenn das die einfachste Verpflichtung ist«, sagte Laurie, »wie sieht dann eine kompliziertere aus?«

»Kompliziert ist nicht der richtige Ausdruck«, meinte Gertrude. »Es ist alles einfach. Aber der nächste Schritt besteht darin, die potentiellen Spender zur Bestimmung der Blutgruppe und Gewebetypisierung zu bringen. Das ist besonders hilfreich bei Organen, die sich erneuern können, wie zum Beispiel Knochenmark.«

»Wie bewerkstelligt Ihre Organisation die Anwerbung?«

»Die üblichen Methoden«, erklärte Gertrude. »Wir organisieren Wohltätigkeitsveranstaltungen und Fernsehsendungen, wir arbeiten mit aktiven Universitätsgruppen, solche Dinge. Es geht im wesentlichen darum, sich ins Gespräch zu bringen. Deshalb ist es auch so hilfreich, wenn ein Empfänger die Aufmerksamkeit der Medien gewinnen kann, etwa ein Kind, das ein Herz oder eine Leber braucht.«

»Haben Sie viele Mitarbeiter?«

»Eigentlich ziemlich wenige. Wir arbeiten viel mit Freiwilligen.«

»Wer meldet sich auf Ihre Aufrufe?«

»Meistens Leute mit Collegebildung, insbesondere Menschen, die sich für soziale Fragen interessieren und bereit sind, der Gesellschaft etwas zurückzugeben.«

»Haben Sie schon einmal den Namen Yvonne Andre gehört?«

Gertrude überlegte. »Nein, ich glaube nicht.«

»Vielleicht können Sie feststellen, ob Yvonne Andre von Mr. Hoskins geworben wurde?«

»Tut mir leid«, erwiderte Gertrude. »Das ist vertraulich. Das kann ich Ihnen nicht sagen.«

»Ich bin Gerichtspathologin«, sagte Laurie. »Yvonne Andre ist tot. Mein Interesse ist nicht zufällig. Ich habe heute mit ihrer Mutter gesprochen, und sie erzählte mir, daß ihre Tochter sich vor ihrem vorzeitigen Tod für Ihre Sache engagiert hat. Mr. Hoskins' Visitenkarte war in ihrer Wohnung. Ich möchte keinerlei Einzelheiten wissen, sondern nur, ob sie bei Ihrer Organisation unterschrieben hat.«

»Ist der Tod von Ms. Yvonne Andre unter ungeklärten Umständen erfolgt?« fragte Gertrude.

»Er wird als Unfalltod deklariert werden«, erklärte Laurie. »Doch es gibt einige Aspekte bei ihrem Tod, die mich beunruhigen.«

»Sie wissen, grundsätzlich ist es so, daß der Spender, wenn ein Organ transplantiert werden soll, sich in einem vegetativen Zustand befinden muß. Mit andern Worten, alles außer dem Gehirn muß physiologisch noch lebendig sein.«

»Das ist mir bekannt«, sagte Laurie. »Für mich ist es sehr wichtig, daß ich ihren Status in Ihrer Organisation kenne.«

»Einen Moment bitte«, sagte Gertrude. Sie ging zu ihrem Schreibtisch und tippte einige Daten in ihren Computer. »Ja«, sagte sie. »Yvonne war registriert. Aber das ist alles, was ich Ihnen sagen kann.«

»Ich danke Ihnen«, sagte Laurie. »Nur noch eine Frage. Ist im letzten Jahr einmal bei Ihnen eingebrochen worden?«

Gertrude holte tief Luft. »Ich weiß wirklich nicht, ob ich befugt bin, solche Informationen zu geben, aber ich denke, das ist offiziell aktenkundig. Sie könnten jederzeit bei der Polizei nachfragen. Ja, bei uns wurde vor einigen Monaten eingebrochen. Glücklicherweise wurde nicht viel entwendet, und es gab auch keine Verwüstungen.«

Laurie erhob sich. »Haben Sie vielen Dank, daß Sie mir so viel Zeit geopfert haben.«

»Möchten Sie etwas Informationsmaterial mitnehmen?« fragte Gertrude.

»Gern«, sagte Laurie. Gertrude öffnete einen Schrank und holte mehrere Broschüren heraus, die sie Laurie gab. Laurie tat sie in ihre Aktentasche. Dann begleitete Gertrude sie nach unten zum Ausgang.

Laurie ging von der 55th Street hinüber zur Lexington Avenue, um ein Taxi ins Zentrum zu nehmen. Sie gab dem Fahrer die Adresse des Gerichtsmedizinischen Instituts. Nachdem sich ihr Verdacht erhärtet hatte und ihr Selbstvertrauen wieder gestärkt war, wollte sie George Fontworth etwas zu den Überdosisfällen von heute fragen. Es war schon nach sechs, aber sie hoffte, daß er noch da war. Er arbeitete meistens länger.

Doch je näher Laurie dem Institut kam, desto unruhiger wurde sie, daß Bingham noch dort sein könnte. Sie wußte, daß er an mehreren Abenden ebenfalls länger blieb. Deshalb wies Laurie den Fahrer an, von der First Avenue in die 30th Street einzubiegen. Als sie auf der Höhe der Laderampe des Leichenschauhauses war, ließ sie das Taxi auf den Hof fahren. Das war gut so, denn dort stand Binghams Dienstwagen, eine der Vergünstigungen, die ihm als Institutsdirektor zustanden.

»Ich habe es mir anders überlegt«, rief Laurie dem Fahrer durch die Plexiglasscheibe zu. Sie nannte ihm ihre Wohnungsadresse. Mit einem Fluch in einer Sprache, die Laurie noch nie gehört hatte, fuhr er vom Hof auf die 30th Street und bog wieder in die First Avenue ein. Wenige Minuten später hielt er vor ihrem Haus.

Es regnete immer noch, und Laurie rannte zur Tür. Überrascht stellte sie fest, daß das Schloß der Haustür aufgebrochen war. Sie würde den Hausmeister anrufen müssen, für den Fall, daß noch niemand ihn informiert hatte.

Laurie lief direkt zum Aufzug. Sie machte sich nicht die Mühe, nach der Post zu schauen. Sie hatte nur einen Gedanken: Lou anrufen.

Als die Aufzugstüren sich schlossen, sah Laurie eine Hand auftauchen, die versuchte, die Tür noch aufzuhalten. Laurie wollte den Türöffner-Knopf drücken, drückte versehentlich jedoch den Knopf zum Schließen. Die Hand verschwand, die Türen schlossen sich, und der Aufzug fuhr nach oben.

Laurie schloß gerade ihre Schlösser auf, als sie hinter sich die Tür von Debra Englers Wohnung aufgehen hörte.

»Da waren zwei Männer an Ihrer Tür«, sagte Debra. »Ich habe sie noch nie gesehen. Sie haben zweimal geschellt.«

Obwohl Laurie nicht mochte, daß Debra die Nase in ihre Angelegenheiten steckte, überlegte sie, wer die beiden Männer wohl waren und was sie gewollt haben mochten. Es war kaum möglich, bei »zwei Männer« nicht an die Überdosisfälle zu denken, und bei dem Gedanken lief es ihr kalt über den Rücken. Sie fragte sich, wie sie bis vor ihre Tür gekommen waren, denn sie war nicht zu Hause gewesen, um ihnen die Haustür unten aufzumachen. Dann fiel ihr das aufgebrochene Schloß an der Haustür ein. Sie fragte Debra, wie sie ausgesehen hatten.

»Hab ihre Gesichter nicht genau gesehen«, sagte Debra. »Aber auf mich haben sie keinen guten Eindruck gemacht. Und wie ich schon sagte, sie haben zweimal geschellt.«

Laurie drehte sich wieder zur Tür um und entriegelte das letzte Schloß. Ihr kam der Gedanke, daß die beiden Männer, falls sie nichts Gutes im Schilde führten, über die Hintertreppe hätten kommen und durch die Küche in ihre Wohnung einsteigen können.

Laurie stieß die Wohnungstür auf. Sie quietschte in den Angeln, die mit zig Lackschichten überzogen waren. Von dort, wo sie stand, sah die Wohnung so aus, wie sie sie verlassen hatte. Sie hörte nichts Ungewöhnliches und bemerkte auch nichts Verdächtiges. Behutsam trat sie über die Schwelle, bereit, beim geringsten ungewöhnlichen Geräusch zu fliehen.

Aus den Augenwinkeln sah Laurie etwas auf sich zukommen. Sie stieß einen schwachen, unbeabsichtigten Schrei aus, der mehr ein Keuchen als ein Schreien war, ließ ihre Aktentasche fallen und hob abwehrend die Arme. Im gleichen Augenblick war die Katze auf ihrer Schulter, aber nur eine Sekunde lang. Im nächsten Moment war sie auf das Flurtischchen gesprungen und trollte sich dann mit angelegten Ohren ins Wohnzimmer.

Eine Sekunde stand Laurie in der Tür, die Hände an die Brust gepreßt. Ihr Herz schlug wie verrückt. Als sie sich gefangen hatte, wandte sie sich zur Tür um, machte sie zu und sicherte die verschiedenen Schlösser.

Sie hob die Aktentasche auf und ging ins Wohnzimmer. Die verrückte Katze huschte aus ihrem Versteck, sprang auf den Bücherschrank und von dort auf die Vorhangleiste über dem Fenster. Von ihrem Aussichtspunkt starrte sie mit gespieltem Ärger auf Laurie hinunter.

Laurie ging sofort zum Telefon. Der Anrufbeantworter blinkte, doch sie hörte das Band nicht ab. Statt dessen wählte sie Lous Dienstnummer. Wieder meldete er sich nicht. Sie legte auf und wählte seine Privatnummer. Aber noch bevor sie zu Ende gewählt hatte, klingelte es an der Tür. Erschrocken legte sie auf.

Zuerst hatte sie Angst, an die Tür zu gehen, sogar Angst, durch den Spion zu schauen. Wieder ging die Klingel. Sie wußte, sie mußte etwas tun. Sie würde nachsehen, wer es war, sagte sie sich. Sie brauchte ja nicht aufzumachen.

Auf Zehenspitzen schlich sie zur Tür und spähte hinaus. Zwei Männer, die sie nicht kannte, standen dort, die Gesichter durch die Weitwinkellinse in die Breite verzerrt.

»Wer ist da?« fragte Laurie.

»Polizei«, rief eine Stimme.

Ein Gefühl der Erleichterung überkam sie, während sie gleichzeitig daranging, die Schlösser zu entriegeln. Hatte Bingham seine Drohung wahr gemacht, sie festnehmen zu lassen? Aber er hatte von zukünftigen Fällen gesprochen.

Bevor Laurie die Kette aushakte, hielt sie inne. Wieder sah sie durch den Spion. »Können Sie sich ausweisen?« fragte sie. Sie war klug genug, niemanden nur aufgrund seiner Aussage in die Wohnung zu lassen.

Die beiden Männer hielten kurz ihre Polizeimarken vor den Spion. »Wir möchten Sie nur einen Augenblick sprechen«, erklärte dieselbe Stimme.

Laurie trat von der Tür zurück. Obwohl sie anfänglich erleichtert gewesen war, daß ihre Besucher Polizisten waren, fing sie jetzt an zu überlegen. Was, wenn sie gekommen waren, um sie festzunehmen? Das bedeutete, man würde sie zum Revier bringen, um ihre Personalien aufzunehmen. Man würde sie verhören, festhalten, vielleicht vor Gericht stellen. Wer wußte, wie lange das dauern würde? Sie mußte vorher mit Lou über viele wichtige Dinge reden. Außerdem würde er ihr bestimmt helfen können, wenn sie festgenommen werden sollte.

»Einen Moment«, rief sie durch die Tür. »Ich muß mir erst etwas anziehen.«

Auf direktem Weg lief sie durch die Küche und zur hinteren Tür.

Tony wechselte einen Blick mit Angelo. »Sollen wir ihr sagen, daß sie sich nicht die Mühe machen braucht, sich anzuziehen?« fragte er.

»Halt die Klappe!« zischte Angelo.

Hinter ihnen war das Klicken von Metall zu hören. Tony drehte sich um und sah, wie Debra Englers Tür sich einen Spaltbreit öffnete. Tony machte eine Bewegung auf die Tür zu und klatschte laut in die Hände, um Debra einzuschüchtern. Die Maßnahme wirkte. Die Tür wurde zugeschlagen. Ungefähr ein Dutzend Schlösser wurden deutlich hörbar zugeschlossen.

»Herrgott noch mal!« flüsterte Angelo. »Was ist denn mit dir los? Jetzt ist keine Zeit zum Rumalbern.«

»Ich mag nicht, wenn diese Hexe uns beobachtet.«

»Komm her!« befahl Angelo. Er sah sich um und schüttelte den Kopf. In dem Moment erhaschte er einen flüchtigen Blick auf die Silhouette einer Frau, die durch eine Drahtglastür zur Feuertreppe huschte.

Angelo brauchte eine Sekunde, um zu erfassen, was geschah. »Komm!« rief er, als er begriffen hatte. »Sie türmt über die Hintertreppe!«

Angelo rannte zu der Tür am Treppenabsatz und riß sie auf. Tony sprintete nach draußen. Beide blieben kurz am Geländer stehen und spähten einen schmutzigen Treppenschacht hinunter, der in mehreren kurzen Absätzen bis zum Erdgeschoß vier Stockwerke tiefer reichte. Sie erkannten Laurie mehrere Stockwerke unter sich und hörten das Hallen ihrer Absätze auf den nackten Betonstufen.

»Schnapp sie, bevor sie die Straße erreicht!« stieß Angelo wütend hervor.

Tony sauste wie ein Hase los, vier Stufen auf einmal nehmend. Er kam Laurie zwar näher, konnte sie jedoch nicht mehr vor der Tür im Erdgeschoß einholen, durch die sie auf den Hinterhof floh. Er erreichte die Tür, bevor sie wieder zufiel.

Tony stürmte nach draußen und sah sich in einem mit Schutt übersäten Hinterhof, in dem das Unkraut wucherte. Er hörte Lauries hastige Schritte, die sich über einen schmalen Weg entfernten, der zur Straße führte. Tony sprang über einen kurzen Handlauf und rannte ihr nach. Laurie war nur sieben, acht Meter vor ihm. Er würde sie im nächsten Augenblick einholen.

Laurie hatte erkannt, daß sie nicht unbemerkt entkommen war und die Polizisten ihr auf den Fersen waren. Sie hatte sie im Treppenschacht gehört. Es war doch wohl kein guter Einfall gewesen, zu flüchten. Aber da sie A gesagt hatte, mußte sie auch B sagen. Jetzt, wo sie lief, war sie noch entschlossener, sich nicht schnappen zu lassen. Sie wußte, daß es ein Vergehen war, sich der Festnahme zu widersetzen. Aber es kam ihr auch der Gedanke, daß es vielleicht gar keine echten Polizisten waren.

Als sie die letzten Stufen zur Straße hinaufrannte, bemerkte sie, daß einer ihrer Verfolger dicht hinter ihr war. Am Ende der Stufen lehnten mehrere alte, verbeulte Mülleimer an der Hauswand. In einem Anfall von Verzweiflung packte sie die Oberkante eines der Mülleimer und riß ihn herunter, so daß er scheppernd die Stufen zu dem vom Hinterhof kommenden Weg hinunterrollte.

Als Laurie sah, daß ihr Verfolger strauchelte und stürzte, rollte sie hastig auch die übrigen Mülleimer an den Treppenrand und stieß sie mit lautem Poltern hinunter. Ein paar Fußgänger, die auf der Straße vorbeikamen, verringerten ihr Tempo angesichts des Lärms, aber keiner blieb stehen oder sagte etwas.

In der Hoffnung, daß ihr Verfolger einige Zeit aufgehalten würde, rannte Laurie weiter zur First Avenue. Sie pries sich glücklich, als gleich das erste Taxi, das sie sah, an den Rand fuhr und hielt. Völlig außer Atem, sprang Laurie hinein und rief dem Fahrer zu, daß sie zur 30th Street wolle.

Während das Taxi beschleunigte, hatte Laurie Angst, sich umzudrehen. Sie zitterte und überlegte, was sie eigentlich getan hatte. Als sie über die Folgen ihres Widerstandes gegen die Staatsgewalt nachdachte, änderte sie ihre Meinung hinsichtlich des Fahrtziels. Sie beugte sich vor und sagte dem Fahrer, daß sie nicht zur 30th Street wolle, sondern zur Polizeizentrale.

Der Fahrer bog wortlos nach links zur Second Avenue ab. Laurie lehnte sich zurück und versuchte, sich zu beruhigen. Ihr Herz raste immer noch.

Auf der stockenden Fahrt zur Second Avenue änderte Laurie ihre Meinung erneut. Aus Angst, daß Lou nicht in der Zentrale sein könnte, entschied sie, daß ihr erstes Fahrtziel doch besser wäre. Hastig beugte sie sich erneut nach vorn und sagte es dem Fahrer. Diesmal fluchte er, bog jedoch links ab und fuhr zur First Avenue zurück.

Wie schon bei der letzten Taxifahrt ließ Laurie auch jetzt den Fahrer von der 30th Street auf den Hof des Leichenschauhauses fahren. Mit Erleichterung stellte sie fest, daß Binghams Wagen nicht mehr da war. Nachdem sie das Taxi bezahlt hatte, lief sie in das Leichenschauhaus.

Tony bezahlte den Fahrer und stieg aus dem Taxi. Angelos Wagen stand, wo sie ihn verlassen hatten. Angelo saß am Steuer. Tony stieg ein.

»Und?« fragte Angelo.

»Ich hab sie verpaßt«, sagte Tony.

»Das sehe ich. Wo ist sie?«

»Sie hat versucht, mich abzuschütteln«, erklärte Tony. »Sie ließ das Taxi umdrehen. Aber ich bin hinter ihr geblieben. Sie ist zurück ins Institut.«

Angelo beugte sich vor und startete den Motor. »Cerino weiß gar nicht, wie recht er hatte, als er sagte, daß die uns Schwierigkeiten machen könnte. Wir müssen sie uns im Institut schnappen.«

»Vielleicht ist das sogar leichter«, meinte Tony. »Dürften eigentlich nicht viele Leute dort sein um diese Zeit.«

»Hoffentlich geht's einfacher als hier«, sagte Angelo und schaute nach hinten, bevor er losfuhr.

Schweigend fuhren sie die First Avenue hoch. Eins mußte Angelo Tony lassen: Er war ein guter Sprinter.

Angelo bog in die 30th Street ein, hielt und stellte den Motor ab. Er war nicht begeistert, wieder beim Gerichtsmedizinischen Institut zu sein. Aber welche andere Wahl hatten sie? Es durfte keine weitere Panne mehr geben.

»Wie ist der Plan?« fragte Tony eifrig.

»Ich überlege«, sagte Angelo. »Unsere Polizeimarken haben sie offenbar nicht sehr beeindruckt.«

Laurie fühlte sich im dunklen, verlassenen Institutsgebäude relativ sicher. Sie ging in ihr Büro und verschloß die Tür. Als erstes wählte sie Lous Privatnummer. Sie war froh, als er gleich beim ersten Klingeln abnahm.

»Ich bin froh, von Ihnen zu hören«, sagte Lou, als Laurie sich meldete.

»Nicht so froh wie ich, daß ich Sie erwische.«

»Wo sind Sie?« fragte Lou. »Ich habe alle fünf Minuten in Ihrer Wohnung angerufen. Wenn ich den Anrufbeantworter noch einmal höre, fange ich an zu schreien.«

»Ich bin in meinem ehemaligen Büro«, sagte Laurie. »Es hat einigen Ärger gegeben.«

»Schon gehört«, sagte Lou. »Ich bedaure, daß man Sie entlassen hat. Ist es endgültig, oder kriegen Sie eine Anhörung?«

»Im Moment sieht es endgültig aus. Aber deswegen rufe ich nicht an. Vor ein paar Minuten sind zwei Männer an meine Wohnungstür gekommen. Es waren Polizisten. Ich habe Angst bekommen und bin weggerannt. Ich glaube, ich sitze ganz schön in der Tinte.«

»Uniformierte Polizisten?« fragte Lou.

»Nein«, antwortete Laurie. »Sie waren in Zivil.«

»Sonderbar«, sagte Lou nachdenklich. »Ich kann mir nicht vorstellen, daß zwei meiner Männer zu Ihnen gegangen sind. Wie hießen sie?«

»Ich habe nicht die geringste Ahnung«, sagte Laurie.

»Sagen Sie mir nur nicht, Sie hätten nicht nach ihren Namen gefragt«, sagte Lou ungläubig. »Das ist ein Witz. Sie hätten sich ihre Namen und Dienstnummern geben lassen sollen und die Polizei anrufen müssen, um es überprüfen zu lassen. Woher wollen Sie überhaupt wissen, ob es wirklich Polizisten waren?«

»Ich habe nicht daran gedacht, mir ihre Namen geben zu lassen«, verteidigte Laurie sich. »Ich habe verlangt, ihre Dienstmarke zu sehen.«

»Jetzt kommen Sie aber, Laurie«, schimpfte Lou. »Sie wohnen schon zu lange in New York, um so zu handeln. Sie müßten es besser wissen.«

»Schon gut!« erwiderte Laurie. Sie war noch sehr angespannt. Eine Predigt von Lou war das letzte, was sie gebrauchen konnte. »Was soll ich jetzt tun?«

»Gar nichts«, sagte Lou. »Ich prüfe das nach. Sollte sich in der Zwischenzeit jemand melden, lassen Sie sich Namen und Dienstnummer geben. Glauben Sie, Sie können das behalten?«

Laurie überlegte, ob Lou sie bewußt provozieren wollte. Sie versuchte, ruhig zu bleiben. Es war nicht der Augenblick, sich von ihm aufziehen zu lassen. »Wechseln wir das Thema«, sagte sie. »Es gibt noch Wichtigeres, worüber wir sprechen müssen. Ich glaube, ich habe eine Erklärung für meine Fälle von Überdosis und Toxizität, und da steckt jemand mit drin, den Sie kennen. Ich habe endlich auch einen Beweis, der Sie, glaube ich, überzeugen wird. Am besten, Sie kommen her. Ich möchte Ihnen ein paar DNA-Vorproben zeigen. Verständlicherweise kann ich Sie nicht tagsüber hier empfangen.«

»Was für ein Zufall«, sagte Lou. »Hört sich so an, als hätten wir beide einige Fortschritte gemacht. Ich glaube, ich habe meine Mordfälle gelöst. Ich wollte es Ihnen gleich mitteilen.«

»Wie haben Sie das geschafft?«

»Ich habe Ihren Freund Jordan getroffen«, sagte Lou. »Das heißt, ich habe ihn heute sogar mehrmals getroffen. Ich glaube, er hat mich langsam satt.«

»Lou, wollen Sie mich absichtlich reizen?« fragte Laurie. »Wenn, dann machen Sie das ausgezeichnet. Zum zehnten Mal: Jordan ist nicht mein Freund!«

»Lassen wir es dabei«, sagte Lou. »Ich wollte nur Ihrer Aufmerksamkeit gewiß sein. Sehen Sie, je mehr Zeit ich mit dem Typen verbringe, desto öfter denke ich, daß er ein widerlicher Schaumschläger ist, und das geht über die Eifersuchtsmasche hinaus, zu der ich mich in einem Augenblick der Schwäche bekannt habe. Ich weiß nicht, was Sie an ihm finden.«

»Ich habe Sie nicht angerufen, um mir eine Predigt anzuhören«, sagte Laurie verärgert.

»Ich kann nicht aus meiner Haut«, sagte Lou. »Sie brauchen einen Rat von jemandem, der Sie mag. Ich meine, Sie sollten sich nicht mehr mit dem Typen treffen.«

»Okay, Papi, ich werde daran denken.« Damit legte Laurie auf. Sie hatte Lous gönnerhafte Bevormundung satt. Im Moment konnte sie einfach nicht mit ihm reden. Sie brauchte etwas Zeit, um zur Ruhe zu kommen. Der Mann konnte einen zur Weißglut bringen, ausgerechnet jetzt, wo sie Hilfe brauchte, nicht Kritik.

Laurie hatte kaum aufgelegt, als das Telefon zu läuten begann, doch sie reagierte nicht. Sie würde Lou etwas schmoren lassen. Sie schloß die Bürotür auf, lief den stillen Gang entlang und fuhr mit dem Aufzug hinunter zum Leichenschauhaus. Zu dieser Tageszeit war es verlassen, da die meisten Mitarbeiter der Spätschicht Essenspause machten. Nur Bruce Pomowski war im Büro. Sie hoffte, daß er noch nichts von ihrer Entlassung gehört hatte.

»Entschuldigung!« rief Laurie durch die Tür.

Bruce sah von seiner Zeitung auf.

»Ist die Fletcher-Leiche noch hier?« fragte sie.

Bruce sah im Dienstbuch nach. »Nein«, sagte er. »Ist heute nachmittag raus.«

»Was ist mit Andre oder Haberlin?« fragte Laurie.

Bruce zog erneut das Buch zu Rate. »Andre ist heute nachmittag raus, aber Haberlin ist noch hier. Die Leiche soll jeden Moment irgendwohin nach Long Island. Liegt im Kühlraum.«

»Danke«, sagte Laurie. Sie drehte sich um und wollte gehen. Offenbar hatte Bruce noch nicht erfahren, daß sie nicht mehr auf der Gehaltsliste stand.

»Dr. Montgomery«, rief Bruce. »Peter Letterman hat vor einiger Zeit nach Ihnen gefragt. Ich soll Ihnen sagen, Sie möchten unbedingt bei ihm vorbeischauen. Er sagte, es sei wichtig und er würde heute abend noch einige Zeit dasein.«

Laurie war hin und her gerissen. Sie wollte unbedingt die Haberlin-Leiche sehen, da sie meinte, daß eine kurze Untersuchung ihren Verdacht bekräftigen könnte. Andererseits wollte sie aber auch Peter nicht verpassen, wenn er ihr etwas mitzuteilen hatte.

»Hören Sie«, sagte Laurie zu Bruce. »Ich laufe schnell hoch und seh nach, ob Peter noch da ist. Lassen Sie die Haberlin-Leiche nicht raus, bevor ich sie gesehen habe.«

»Alles klar«, sagte Bruce und hob die Hand.

Laurie begab sich in das toxikologische Labor im dritten Stock. Als sie Licht aus Peters Tür dringen sah, atmete sie erleichtert auf; Peter war noch da.

»Klopf, klopf«, sagte Laurie an der offenen Tür und blieb stehen. Sie wollte Peter nicht erschrecken.

Peter blickte von einem langen Computerausdruck auf, den er studierte. »Laurie! Schön, Sie zu sehen! Ich habe etwas, das ich Ihnen zeigen möchte.«

Laurie folgte Peter zu dem Gerät, das Gaschromatograph und Massenspektrometer enthielt. Peter nahm einen anderen Computerausdruck vom Tisch und gab ihn ihr. Sie betrachtete ihn, ohne viel zu verstehen.

»Ist von Robert Evans«, erklärte Peter stolz. »Genau wie Sie vermutet haben.«

»Was ist das hier?« fragte Laurie.

Peter nahm einen Bleistift. »Da«, zeigte er. »Das ist der Nachweis für Ethylen, und es ist sehr viel deutlicher als im Fall Randall

Thatcher. Es ist kein Laborfehler oder ein falsches Positiv. Es stimmt.«

»Das ist eigenartig«, sagte Laurie. Sie hatte wirklich gedacht, der Ethylennachweis im Fall Thatcher wäre ein Laborfehler gewesen.

»Eigenartig vielleicht«, sagte Peter, »aber nachgewiesen. Kein Zweifel möglich.«

»Tun Sie mir noch einen Gefallen?« fragte Laurie. »Können Sie mir das DNA-Labor aufschließen?«

»Natürlich«, sagte Peter. »Jetzt gleich?«

»Wenn es Ihnen nichts ausmacht.«

Peter holte seine Schlüssel und ging mit Laurie eine Treppe tiefer ins Labor im zweiten Stock.

Als sie eintraten, erklärte Laurie, wonach sie suchte. »Ich habe ein Polaroid von einer Vergleichsprobe gesehen, aber es war erst eine Vorprobe. Es geht um den Fall Julia Myerholtz. Vielleicht erinnern Sie sich an den Namen.«

»O ja«, bestätigte Peter. »Ich habe viele Proben von ihr gehabt.«

»Ich möchte dieses Polaroid sehen«, erklärte Laurie. »Ich brauche eine Fotokopie davon. Ein Zweitfoto ist gar nicht nötig; eine normale Fotokopie genügt mir.«

»Kein Problem«, sagte Peter. Er wußte genau, wo er zu suchen hatte. Als er die Aufnahme gefunden hatte, ging er zum Kopiergerät. Laurie folgte ihm.

Während der Kopierer warm wurde, sah Peter sich das Polaroid an. »Ziemlich offensichtlich, daß sie nicht identisch sind«, sagte er. »Hatten Sie das erwartet?«

»Nein«, sagte Laurie. »Es war ein Schuß ins Blaue.«

»Interessant«, sagte Peter. »Glauben Sie, daß es wichtig ist?«

»Auf jeden Fall«, sagte Laurie. »Ich glaube, es beweist, daß Julia Myerholtz um ihr Leben gekämpft hat.«

»Glaubst du, daß sie noch drin ist?« fragte Tony. Er war kribbeliger als sonst. »Vielleicht ist sie schon wieder gegangen, als ich dich geholt habe. Und wenn sie da nicht drin ist, sitzen wir hier rum wie bestellt und nicht abgeholt und verschwenden unsere Zeit.«

»Da ist was dran«, meinte Angelo. »Aber bevor wir reingehen, wäre ich gern sicher, daß sie nicht die Bullen geholt hat. Ich versteh immer noch nicht, warum sie abgehauen ist, es sei denn, sie hätte gedacht, wir wären keine echten Bullen. Ich meine, sie ist doch eine anständige Bürgerin, oder? Was hat sie vor der Polente zu verbergen? Es ergibt keinen Sinn, und wenn etwas keinen Sinn ergibt, heißt das, daß mir etwas entgangen ist. Und wenn mir etwas entgangen ist, beunruhigt mich das.«

»Gott, du siehst immer schwarz«, sagte Tony. »Gehn wir einfach rein, schnappen sie uns, und fertig ist die Laube.«

»In Ordnung«, sagte Angelo. »Aber ruhig Blut. Und nimm die Tasche mit. Wir müssen diesmal improvisieren.«

»Ich bin dabei«, sagte Tony eifrig. Die Jagd auf Laurie ließ ihn förmlich nach Action gieren. Er war ein einziges Energiebündel.

»Ich glaube, es ist am besten, wenn wir die Schalldämpfer aufsetzen«, sagte Angelo. »Weiß der Henker, was uns erwartet. Und wir müssen schnell handeln.«

»Spitze!« strahlte Tony. Ungeduldig holte er seine Bantam heraus und schraubte den Schalldämpfer auf. Es dauerte ein paar Sekunden, weil seine Hände vor genüßlicher Erwartung zitterten.

Angelo sah ihn scharf an, dann schüttelte er resignierend den Kopf. »Reiß dich zusammen. Gehn wir.«

Sie stiegen aus und rannten über die Straße und zwischen zwei Leichenwagen hindurch. So kamen sie auf demselben Weg ins Haus wie am Nachmittag: über die Laderampe des Leichenschauhauses. Angelo ging voraus. Tony folgte ihm mit der schwarzen Arzttasche in der einen Hand und der Pistole in der anderen. Um die Waffe zu verbergen, hielt er sie halb unter dem Jackett.

Angelo war schon fast an der offenen Tür des Sicherheitsbüros vorbei, als jemand von drinnen rief: »He! Da können Sie nicht rein!«

Tony stieß mit Angelo zusammen, als der unvermittelt stehenblieb. Ein Wachmann in blauer Uniform saß an seinem Schreibtisch. Vor ihm lag eine Patience.

»Wo wollen Sie denn hin?« fragte er.

Bevor Angelo antworten konnte, richtete Tony seine Bantam auf die Stirn des verdutzten Mannes. Ohne eine Sekunde zu zögern, drückte er ab. Die Kugel drang dem Wachmann unmittelbar über dem linken Auge in den Kopf, so daß er nach vorn auf den Schreibtisch fiel und die Hand mit einem dumpfen Schlag auf dem Kartenspiel landete. Wäre die Blutlache nicht gewesen, die sich auf der Schreibtischplatte bildete, hätte jemand, der vorbeikam, meinen können, der Mann sei lediglich im Dienst eingeschlafen.

»Weswegen hast du denn jetzt schon wieder geschossen? Du hättest mir die Chance lassen sollen, mit ihm zu reden.« Angelo war wütend.

»Der wollte uns Ärger machen«, verteidigte Tony sich. »Du hast doch gesagt, wir müßten schnell sein.«

»Und was ist, wenn er einen Partner hat? Was, wenn der Partner zurückkommt? Was ist dann?«

Tony machte ein betretenes Gesicht.

»Los, komm!« sagte Angelo.

Sie spähten in das Büro des Leichenschauhauses. In der Luft hing Zigarettenrauch, und in einem Aschenbecher auf dem Schreibtisch lag eine frische Kippe, aber es war niemand zu sehen. Vorsichtig drangen sie weiter in das eigentliche Leichenschauhaus vor. Angelo warf einen schnellen Blick in den kleinen behelfsmäßigen Sektionsraum für verweste Leichen. Der Seziertisch war im dämmrigen Licht kaum zu erkennen.

»Ich krieg hier 'ne Gänsehaut«, sagte er.

»Ich auch«, sagte Tony. »Ist ganz anders als das Bestattungsinstitut, wo ich gearbeitet habe. Guck dir mal den Boden an. Ein scheußlicher Ort.«

»Warum sind so viele Lampen aus?« fragte Angelo.

»Vielleicht um Geld zu sparen«, meinte Tony.

Sie kamen zu der riesigen, U-förmigen Anlage der Kühlkammern, jeweils vier übereinander und jede mit einer eigenen schweren Tür. »Meinst du, daß die Leichen da drin sind?« fragte Angelo, auf die Reihe der Kammertüren zeigend.

»Ich glaube schon«, sagte Tony. »Das ist wie in den alten Filmen, wenn jemand identifiziert werden muß.«

»Aber im Film stinkt es nicht so«, murrte Angelo. »Wofür sind denn all diese einfachen Särge? Rechnen die mit der Beulenpest?«

»Frag mich was Leichteres«, sagte Tony.

Sie schlichen am großen Kühlraum vorbei auf das Licht zu, das durch die Fenster der Doppeltür zum großen Sektionssaal fiel. Sie hatten sie fast erreicht, als die Tür aufgestoßen wurde und Bruce Pomowski herauskam.

Alle prallten überrascht zurück. Tony verbarg seine Pistole hinter dem Rücken.

»Sie haben mich ganz schön erschreckt«, gestand Bruce mit einem nervösen Lachen.

»Das beruht auf Gegenseitigkeit«, erwiderte Angelo.

»Sie sind wahrscheinlich wegen der Haberlin-Leiche hier«, sagte Bruce. »Ich habe eine gute und eine schlechte Nachricht. Die gute ist, es ist alles fertig. Die schlechte ist, Sie müssen noch warten, bis eine der Ärztinnen sie untersucht hat.«

»Zu dumm«, sagte Angelo. »Aber da wir warten müssen, haben Sie zufällig Dr. Laurie Montgomery gesehen?«

»Ja«, antwortete Bruce. »Vor ein paar Minuten.«

»Können Sie uns sagen, wo sie ist?« fragte Angelo.

»Sie ist nach oben in die Toxikologie gegangen«, sagte Bruce zögernd. Irgend etwas an den beiden machte ihn stutzig.

»Und wo ist die Toxikologie?« fragte Angelo.

»Im dritten Stock.« Bruce überlegte, ob er diese beiden Männer schon einmal beim Abholen einer Leiche gesehen hatte.

»Danke«, sagte Angelo. Er drehte sich um und machte Tony ein Zeichen, ihm zu folgen.

»He, da können Sie nicht raufgehen«, sagte Bruce. »Von welchem Bestattungsinstitut sind Sie überhaupt?«

»Spoletto«, sagte Angelo.

»Das ist nicht das Institut, das ich erwarte«, sagte Bruce. »Ich frage am besten mal nach. Wie heißen Sie?«

»Wir wollen keinen Aufstand«, erklärte Angelo. »Wir wollen nur kurz mit Laurie Montgomery sprechen.«

Bruce trat einen Schritt zurück und musterte Angelo und Tony mißtrauisch. »Ich denke, ich ruf mal die Wache an.«

Tonys Pistole kam zum Vorschein und richtete sich auf Bruce. Bruce erstarrte und blickte entgeistert in den Lauf. Tony drückte ab, bevor Angelo etwas sagen konnte. Die Kugel traf Bruce in die Stirn. Er schwankte eine Sekunde, dann sank er zu Boden.

»Verdammt noch mal!« fluchte Angelo. »Du kannst doch nicht jeden hier umlegen!«

»Aber er wollte die Wache anrufen.«

»Das hätte ihm viel gebracht«, sagte Angelo. »Du hast die Wache vorhin umgelegt. Du mußt lernen, dich zu beherrschen.«

»Also gut, ich habe überreagiert«, räumte Tony ein. »Aber wir wissen wenigstens, daß diese Tussi hier ist. Wir wissen sogar, wo.«

»Aber erst müssen wir den hier verstecken«, sagte Angelo. »Wenn hier einer vorbeikommt.« Angelo schaute sich um. Sein Blick blieb an den Kühlkammern hängen. »Packen wir ihn in einen von den Kühlschränken«, schlug er vor.

Rasch überprüften sie die Kühlkammern auf der Suche nach einer leeren. In allen war das erste, was sie sahen, ein Paar nackte Füße mit einem am großen Zeh befestigten Etikett.

»Schrecklich«, sagte Angelo.

»Hier ist eine leere«, rief Tony. Er zog den Einsatz heraus.

Sie gingen zu dem schlaffen Körper zurück. Tony stellte fest, daß der Mann noch lebte und beim Atmen eigenartige Laute von sich gab. »Soll ich ihm noch eins verpassen?« fragte er.

»Nein!« fuhr Angelo ihn an. Er wollte keine weitere Schießerei. »Das ist nicht nötig. Der wird im Kühlschrank nicht viel Krach machen.«

Gemeinsam schleppten sie den Körper zu der offenen Kühlkammer und hoben ihn auf den Einsatz.

»Ruhe sanft«, sagte Tony, schob den Einsatz in die Wand und schloß die Tür.

»Und jetzt steck deine verdammte Knarre weg!« befahl Angelo.

»Schon gut.« Tony steckte die Bantam ins Schulterhalfter. Da der Schalldämpfer aufgesetzt war, schaute der Griff am Revers aus der Jacke heraus.

»Gehn wir in den dritten Stock«, sagte Angelo nervös. »Das sieht nicht gut aus. Wir müssen die Frau schnappen und abhauen. Hier ist der Teufel los, wenn jemand die Leichen entdeckt.«

Tony griff seine Arzttasche und lief hinter Angelo her, der schon auf dem Weg zur Treppe war. Angelo wollte nicht das Risiko eingehen, jemandem im Aufzug zu begegnen.

Als sie im dritten Stock ankamen, sahen sie, daß nur in einem Zimmer Licht brannte. In der Annahme, daß dies das toxikologische Labor sein mußte, begaben sie sich direkt dorthin. Sie traten behutsam ein, trafen aber nur Peter an, der irgendwelche Instrumente reinigte.

»Entschuldigen Sie«, sagte Angelo, »wir suchen Dr. Laurie Montgomery.«

Peter drehte sich um. »Sie haben sie knapp verfehlt«, sagte er. »Sie ist gerade nach unten ins Leichenschauhaus gegangen, um im Kühlraum nach einer Leiche zu sehen.«

»Danke«, sagte Angelo.

»Keine Ursache«, antwortete Peter.

Angelo packte Tony am Arm und führte in rasch hinaus auf den Gang. »Nett von dir, daß du ihn nicht abgeknallt hast«, bemerkte er sarkastisch.

Die beiden gingen denselben Weg zurück ins Leichenschauhaus.

Nachdem Laurie im Büro des Leichenschauhauses und im großen Sektionssaal nachgesehen hatte, gab sie es auf, Bruce zu suchen. Er machte wahrscheinlich eine Pause. Sie hatte ihn um Hilfe bitten wollen, beschloß jedoch, allein im Kühlraum nach der Haberlin-Leiche zu suchen.

Sie streifte sich Gummihandschuhe über, bevor sie den Kühlraum betrat. Mühsam zog sie die Tür auf, griff um die Ecke und schaltete das Licht an.

Der Kühlraum sah im wesentlichen so aus wie damals, als sie nach Julia Myerholtz' Leiche gesucht hatte. Die meisten Leichen in den Regalen waren seit ihrem letzten Besuch nicht bewegt worden. Die auf den Rollbahren waren neu. Es schienen mehr zu sein als beim letztenmal. Sie wollte methodisch vorgehen und begann bei den Leichen in Türnähe. Wie üblich hatten alle ein Identitätsetikett. Laurie brauchte nur die Laken anzuheben, die die Füße bedeckten, und den Namen zu lesen. Wenn sie mit einer Rollbahre fertig war, schob sie sie zur Seite, damit sie weiter in den Kühlraum vordringen konnte.

Nachdem sie etwa ein Dutzend Leichen überprüft hatte, entdeckte sie schließlich im hinteren Teil des Kühlraums das Etikett mit dem Namen Stephanie Haberlin. Es wurde auch Zeit; Laurie fröstelte bereits. Sie deckte die Füße wieder zu und drehte die Rollbahre herum, um an das Kopfende zu kommen. Dann zog sie das Laken zurück.

Sie zuckte unmerklich zusammen. Der bleiche Leichnam eines jungen Menschen war immer ein beklemmender Anblick. Egal wie lange sie bei der Gerichtsmedizin bleiben würde, an diese Seite ihres Berufs würde sie sich wohl nie gewöhnen. Widerstrebend legte sie Daumen und Zeigefinger an Stephanies Augenlider.

Einen Moment zögerte sie und fragte sich, was ihr eigentlich lieber war: recht oder unrecht zu haben. Sie atmete tief durch und hob die Lider an.

Sie zuckte ein zweites Mal zusammen. Sie spürte sogar eine kurze Schwäche in den Beinen. Ihr Verdacht hatte sich bestätigt. Sie hatte richtig vermutet. Ein Zufall war ausgeschlossen. Die Tote hatte keine Augen mehr!

»Dieses entsetzliche Ungeheuer!« stieß Laurie zwischen klappernden Zähnen hervor. Wie konnte ein Mensch ein so abscheuliches Verbrechen begehen? Es war ein wahrhaft teuflischer Plan.

Das laute Einschnappen des Türschlosses riß Laurie aus ihren

Gedanken. Sie hatte mit Bruce gerechnet und sah nun überrascht zwei Fremde eintreten, von denen einer eine altmodische Arzttasche trug.

»Dr. Montgomery?« fragte der Größere der beiden.

»Ja«, antwortete Laurie. Sie glaubte, in den beiden die Männer wiederzuerkennen, die an ihre Wohnungstür gekommen waren.

»Wir möchten uns in der Zentrale mit Ihnen unterhalten«, sagte Angelo. »Würden Sie bitte mitkommen?«

»Wer sind Sie?« Laurie fing an zu zittern.

»Ich glaube, das tut nichts zur Sache«, schaltete sich der Kleinere ein. Er schob mit der freien Hand einige Rollbahren zur Seite, um sich einen Weg zu ihr zu bahnen. Auch Angelo kam langsam auf sie zu.

»Was wollen Sie von mir?« fragte Laurie mit wachsendem Entsetzen.

»Wir möchten uns nur mit Ihnen unterhalten«, sagte Tony.

Laurie saß in der Falle. Sie konnte nirgendwohin entfliehen. Sie war buchstäblich eingepfercht in einem Gewirr aus leichenbeladenen Rollbahren. Tony schob bereits die beiden letzten Bahren beiseite, die zwischen ihnen standen.

Entschlossen, sich zu wehren, streifte Laurie ihre Umhängetasche von der Schulter und ließ sie auf den Boden fallen. Dann faßte sie die Stange am Kopfende der Rollbahre von Stephanie Haberlin und schob die Rollbahre an, verzweifelt bemüht, auf dem engen Raum Tempo zu gewinnen. Sie steuerte mit dem Gefährt direkt auf den überraschten Tony zu. Zunächst hatte Tony wohl geglaubt, sich halten zu können. Doch als Laurie immer schneller wurde, versuchte er auszuweichen.

Laurie rammte die Rollbahre mit solcher Wucht gegen ihn, daß er das Gleichgewicht verlor und zu Boden ging. Die tote Stephanie fiel von der Bahre. Ein glücklicher Zufall wollte es, daß sich ein starrer Arm der Toten um Tonys Hals legte, als er wieder auf die Beine zu kommen versuchte.

Um zu verhindern, daß der Mann sich wieder aufrappelte, packte Laurie eine andere Rollbahre und stieß sie gegen die von

Stephanie. Mit einer dritten fuhr sie auf Angelo los, der bei dem Versuch auszuweichen auf den Fliesen ausglitt und aus ihrem Blickfeld verschwand.

Tony befreite sich aus der Umarmung Stephanies und stieß den Leichnam fort. Er war eingekeilt zwischen den Rollbahren, die er wegzuschieben suchte, während er gleichzeitig seine Pistole zog. Er wollte zielen, doch Laurie rammte eine weitere Rollbahre gegen die anderen und brachte ihn wieder aus dem Gleichgewicht. Angelo rappelte sich auf und versuchte, sich Platz zu schaffen, indem er ebenfalls einige Rollbahren in Tonys Richtung stieß.

Tony schoß, als Laurie eine letzte Rollbahre in das Knäuel stieß. In dem abgeschlossenen Kühlraum war der Schuß selbst mit Schalldämpfer ohrenbetäubend laut. Die Kugel pfiff über Lauries Schulter hinweg, als sie zur Tür hastete. Im Nu war sie draußen und schlug die schwere Tür hinter sich zu. Wie von Sinnen suchte sie nach einem Schloß, um den Kühlraum abzusperren, doch sie fand keins. Ihr blieb keine andere Wahl, als zu laufen. Sie war noch nicht sehr weit gekommen, als sie hörte, wie hinter ihr die Tür des Kühlraums aufging.

So schnell sie konnte, rannte sie um die Ecke zum Sicherheitsbüro. Sie stürmte hinein und rief den offensichtlich schlafenden Wachmann an.

»Helfen Sie mir!« schrie sie. »Sie müssen mir helfen. Da sind zwei Männer –«

Als der Wachmann sich nicht rührte, packte Laurie ihn an der Schulter und zog ihn in eine sitzende Stellung hoch. Doch zu ihrem Entsetzen sank sein Kopf wie der einer Stoffpuppe nach hinten, ein paar Spielkarten fielen vom Tisch. Starr vor Schreck sah Laurie das Einschußloch auf seiner Stirn, seine blicklosen Augen und den blutigen Schaum, der ihm aus dem Mund troff. Wo der Kopf auf dem Schreibtisch gelegen hatte, war eine Lache aus teilweise getrocknetem Blut.

Laurie schrie auf und ließ den Wachmann los. Er sackte im Sessel zusammen, den Kopf weit nach hinten gestreckt und mit schlapp zum Boden herabhängenden Armen. Laurie wirbelte herum und wollte fliehen, aber es war zu spät. Der kleinere der beiden Männer stürzte zur Tür herein, die Pistole in der Hand, und ein satanisches Grinsen breitete sich über sein Gesicht aus. Er richtete die Pistole direkt auf Laurie. Aus dieser kurzen Entfernung konnte sie sogar in den Schalldämpfer hineinschauen.

Wie in Zeitlupe kam der Mann auf sie zu, bis der Lauf seiner Pistole noch ganze drei Zentimeter von ihrer Nase entfernt war. Sie rührte sich nicht. Sie war vor Entsetzen wie gelähmt.

»Nicht schießen!« rief der andere, größere Mann, der plötzlich über Tonys Schulter auftauchte. »Nicht schießen!«

»Es wäre so schön«, sagte Tony.

»Los«, drängte Angelo. »Das Gas!« Angelo stellte die schwarze Arzttasche auf die Ecke des Schreibtisches. Mit dem Fuß gab er dem Schreibtischsessel einen Stoß, um ihn aus dem Weg zu haben. Der tote Wachmann rollte aus dem Sessel und fiel auf den Boden. Angelo trat auf den Gang hinaus und blickte nach rechts und links. Er hatte Stimmen gehört.

Tony ließ die Pistole sinken. Es hatte ihn eine enorme Überwindung gekostet, nicht zu schießen. Er steckte die Waffe in seine Jackentasche, öffnete die schwarze Tasche und holte den Gaszylinder und die Plastiktüte heraus. Als er die Tüte aufgeblasen hatte, trat er zu Laurie, die bis zum Tisch zurückgewichen war.

»Danach schläft man gut«, sagte er.

Laurie, die Augen vor Entsetzen weit aufgerissen, war völlig überrumpelt, als Tony ihr die Plastiktüte über den Kopf stülpte. Gewaltsam wurde sie nach hinten über den Tisch gedrückt. Mit beiden Händen griff sie hinter sich, um sich abzustützen. Dabei stieß sie mit der rechten Hand gegen einen gläsernen Briefbeschwerer. Sie umklammerte ihn, holte von unten aus und schlug ihn Tony in die Leistengegend.

Tony ließ die Plastiktüte los und griff sich instinktiv an die Genitalien. Nach dem früheren Schlag mit der Aktentasche waren sie besonders empfindlich.

Laurie nutzte die Gelegenheit, sich die Plastiktüte vom Kopf zu reißen. Der Geruch darin war betäubend süßlich gewesen. Sie rannte an Tony vorbei, der noch immer außer Gefecht war, und auch an Angelo, der vor der Tür Wache gestanden hatte.

»Verdammt!« rief Angelo. Er rannte hinter Laurie her. Tony, der sich wieder etwas erholt hatte, folgte Angelo humpelnd mit der schwarzen Tasche, der Plastiktüte und dem Gaszylinder.

Laurie lief den Weg zurück, den sie gekommen war, vorbei an dem Stapel Billigsärge und am Kühlraum. Sie hoffte, auf irgend jemanden von der Putzkolonne zu stoßen – auf irgend jemanden, der ihr helfen konnte.

Als sie Licht im großen Sektionssaal sah, faßte sie neuen Mut. Ohne anzuhalten, stürmte sie durch die Pendeltür. Grenzenlos erleichtert bemerkte sie einen Mann, der den Boden wischte. »Sie müssen mir helfen!« keuchte sie.

Der Hausmeister war zusammengefahren, als sie plötzlich hereingestürzt kam.

»Zwei Männer sind hinter mir her«, rief Laurie. Sie rannte zum Waschbecken und schnappte sich eins der großen Seziermesser. Sie wußte, daß es gegen eine Pistole nicht viel ausrichten würde, aber es war die einzige Waffe, die ihr im Moment einfiel.

Der verdutzte Hausmeister sah sie an, als ob sie übergeschnappt wäre. Aber noch bevor sie weiterreden konnte, prallte die Tür ein zweites Mal auf. Angelo kam mit gezückter Pistole hereingerannt.

»Es ist aus!« knurrte Angelo schwer keuchend. Hinter ihm stürmte Tony herein, in der einen Hand die schwarze Tasche und die Gasutensilien, in der anderen die Pistole.

»Was soll das?« rief der Hausmeister. Sein Schreck hatte sich angesichts der Pistolen in Angst verwandelt. Mit beiden Händen packte er den Schrubber, als wollte er sich damit verteidigen.

Diese Herausforderung genügte; Tony hob seine Pistole und schoß dem Mann in den Kopf. Der Hausmeister taumelte und brach zusammen. Tony trat zu ihm und schoß ein zweites Mal.

»Wir wollen das Mädchen!« schrie Angelo. »Laß den Hausmeister! Das Gas!«

Wieder blies Tony die Plastiktüte auf und kam auf Laurie zu.

Gelähmt vor Entsetzen von dem Anblick, wie der Hausmeister

vor ihren Augen erschossen wurde, war Laurie unfähig, Widerstand zu leisten. Das Seziermesser entglitt ihrer Hand und fiel klirrend zu Boden.

Tony trat hinter sie und zog ihr die Tüte über den Kopf. Nach ein paar Atemzügen des süßlichen Gases griff Laurie nach oben, als wollte sie die Plastiktüte abziehen. Doch es war zu spät. Ihre Beine gaben nach, und sie sank bewußtlos auf den Boden.

»Lauf raus und hol einen von diesen Kiefernsärgen«, befahl Angelo. »Mach schnell!«

Ein paar Minuten später kam Tony mit einem Sarg, Nägeln und einem Hammer zurück. Er stellte den Sarg neben Laurie. Sie hoben sie hinein und nahmen ihr die Plastiktüte ab. Tony setzte den Deckel auf und wollte den Sarg schon zunageln, als Angelo riet, noch etwas Gas hineinzulassen.

Tony hielt den Zylinder unter den Deckel und versuchte, den Sarg zu füllen. Im Nu stieg ihm das Gas in die Nase. Er zog die Hand zurück und schloß den Deckel.

»Mehr krieg ich nicht rein«, sagte er.

»Hoffen wir, daß es reicht«, sagte Angelo. »Hol einen von diesen Karren her.« Er zeigte auf eine Rollbahre, die hinten an der Wand stand.

Tony brachte die Rollbahre, während Angelo den Sarg zunagelte. Dann hoben beide den Sarg hinauf. Tony warf die Plastiktüte und den Gaszylinder in die Arzttasche und stellte sie oben auf den Sarg. Gemeinsam schoben sie die Rollbahre durch die Tür. Im Laufschritt fuhren sie auf die Laderampe zu.

Während Tony oben auf der Laderampe wartete und aufpaßte, daß die Bahre nicht wegrollte, untersuchte Angelo die Leichenwagen. Gleich im ersten steckten noch die Schlüssel. Er lief zu Tony zurück und erklärte ihm, daß sie diesen Wagen nehmen würden. Rasch schloß er die hintere Wagentür auf, und sie schoben den Sarg hinein. Angelo gab Tony die Wagenschlüssel.

»Du fährst ihn«, sagte er. »Fahr direkt zum Pier. Wir treffen uns dort.«

Tony stieg in den Wagen und ließ den Motor an.

»Es ist frei«, schrie Angelo. Hektisch winkend lotste er Tony rückwärts hinaus auf die 30th Street. Aus dem Leichenschauhaus hörte er Stimmen.

»Fahr los«, rief Angelo Tony zu. Er blickte dem Wagen nach, bis Tony auf die First Avenue eingebogen war, lief dann zu seinem Wagen hinüber, startete und folgte Tony.

Als Angelo zum Leichenwagen aufgeschlossen hatte, rief er Cerino über sein Mobiltelefon an. »Wir haben die Ware«, sagte er.

»Gut«, sagte Cerino. »Bringt sie zum Pier. Ich sage Doc Travino Bescheid. Wir treffen uns dort.«

»Es ist nicht ganz glatt gelaufen«, sagte Angelo. »Aber wir sind offenbar gut weggekommen. Niemand folgt uns.«

»Wenn ihr sie habt, ist alles in Ordnung«, erklärte Cerino. »Und das Timing ist auch perfekt. Die *Montego Bay* läuft morgen früh aus. Unser Fräulein Doktor wird eine kleine Reise machen.«

16

Montag, 20.55 Uhr
Manhattan

Lou fuhr an die Laderampe des Leichenschauhauses und parkte seinen Wagen an der Seite. In der Zufahrt stand nur ein Leichenwagen statt der üblichen zwei. Wahrscheinlich war der andere noch unterwegs.

Er legte seinen Polizeiausweis auf das Armaturenbrett und stieg aus. Er hätte sich ohrfeigen können, daß er Laurie am Telefon so dumm gekommen war. Wann würde er lernen, sich zu beherrschen? Seine Kritik an Jordan brachte sie jedesmal auf die Palme. Diesmal hatte er es wirklich zu weit getrieben. Er konnte verstehen, daß sie den Hörer nicht abgenommen hatte, als er sich entschuldigen wollte, aber er hatte doch damit gerechnet, daß sie sich wieder melden würde. Als sie nach einer halben Stunde immer noch nichts von sich hatte hören lassen, beschloß er, zum Institut zu fahren und persönlich mit ihr zu reden. Er hoffte, daß sie noch da war.

Lou ging am Sicherheitsbüro vorbei und warf einen Blick durch das Fenster. Er war etwas erstaunt, daß niemand da war, aber wahrscheinlich machte der Wachmann seine Runde. Weiter hinten am Gang schaute er in das Sektionsbüro, aber es war ebenfalls leer.

Lou überlegte. Das Haus schien verlassen. Totenstille, dachte er unbehaglich. Er sah auf die Uhr. So spät war es noch gar nicht, und mußte das Institut nicht rund um die Uhr geöffnet sein? Schließlich starben die Menschen vierundzwanzig Stunden am Tag. Mit einem Schulterzucken ging er zu den Aufzügen und fuhr nach oben zu Lauries Büro.

Er hatte den Aufzug kaum verlassen, da wußte er schon, daß sie nicht da war. Ihre Tür war geschlossen und das Zimmer dunkel. Aber er hatte nicht vor, aufzugeben. Noch nicht. Er erinnerte sich, daß sie etwas von irgendwelchen Laborergebnissen gesagt hatte. Er wollte sehen, ob er das richtige Labor und dort vielleicht Laurie finden würde. Mit dem Aufzug fuhr er einen Stock tiefer. Er wußte nicht, wo er das Labor suchen sollte. Am Gangende im dritten Stock entdeckte er Licht. Er lief den Gang entlang und blickte durch die offene Tür.

»Entschuldigung«, sagte er zu dem jungen Mann im weißen Laborkittel, der über eines der großen Geräte im Raum gebeugt stand.

Peter sah auf.

»Ich suche Dr. Montgomery«, sagte Lou.

»Sie und alle Welt«, sagte Peter. »Ich weiß nicht, wo sie jetzt ist, aber vor einer halben Stunde ist sie nach unten gegangen, um im Kühlraum nach einer Leiche zu sehen.«

»Hat noch jemand sie gesucht?« fragte Lou.

»Ja«, bestätigte Peter. »Zwei Männer, die ich vorher nie gesehen habe.«

»Danke«, sagte Lou. Er drehte sich um und eilte den Gang zurück in Richtung Aufzug. Ihm gefiel es gar nicht, daß zwei Fremde Laurie suchten, nicht nach dem, was sie ihm von zwei vermeintlichen Polizisten in Zivil an ihrer Wohnungstür erzählt hatte.

Er fuhr hinunter zum Leichenschauhaus. Als er den Aufzug verließ, wunderte er sich, daß er außer dem jungen Mann im Labor noch keinen Menschen gesehen hatte. Mit wachsender Unruhe eilte er durch den langen Gang zum Kühlraum. Als er die Tür nur angelehnt fand, stieg seine Besorgnis noch.

Voll böser Ahnungen zog er die Tür ganz auf. Was er erblickte, war weit schlimmer, als er sich hätte ausmalen können. Im Kühlraum lagen Leichen wahllos durcheinander. Zwei Rollbahren waren umgekippt. Mehrere Laken, die die Leichen bedeckt hatten, waren heruntergerissen. Selbst nach mehrtägiger Erfahrung im

Sektionssaal schlug ihm der Anblick dieses leichenübersäten Schlachtfelds auf den Magen.

Mitten in dem Chaos entdeckte Lou eine Brieftasche. Er schob einige Rollbahren beiseite und hob sie auf, um zu sehen, wem sie gehörte. Er klappte sie auf. Das erste, was er sah, war ein Führerschein mit Lauries Bild.

Er stürmte aus dem Kühlraum. Seine Besorgnis schlug in Angst um. Wenn seine Theorie über die Gangstermorde richtig war, befand Laurie sich in höchster Gefahr. Verzweifelt suchte er jemanden, irgend jemanden. Im Leichenschauhaus mußte doch immer jemand sein. Als er das Licht im großen Sektionssaal sah, rannte er hin und stieß die Tür auf, aber auch dort war niemand.

Er machte kehrt und hetzte zum Sicherheitsbüro, um zu telefonieren. Als er die Tür öffnete, sah er den Wachmann auf dem Boden liegen. Die ausdruckslosen Augen des Mannes starrten ihn an. In der Stirn war ein Einschußloch. Lou fühlte den Puls, nichts. Der Mann war tot.

Lou stand auf, griff zum Telefon und wählte 911. Als der Beamte sich meldete, nannte er seinen Namen und Rang und forderte die Mordkommission zum städtischen Leichenschauhaus an. Er erklärte, daß das Opfer im Sicherheitsbüro liege, er selbst aber nicht auf das Eintreffen der Mordkommission warten könne.

Er knallte den Hörer auf die Gabel, raste zur Laderampe und sprang in seinen Wagen. Er ließ den Motor an und setzte mit kreischenden Reifen zurück, zwei Gummispuren auf dem Pflaster der Einfahrt hinterlassend. Ihm blieb keine andere Wahl, als direkt zu Paul Cerino zu fahren. Es war an der Zeit, die Karten auf den Tisch zu legen. Er stellte sein Blaulicht auf das Wagendach und war nach dreiundzwanzig Minuten haarsträubender Fahrt bei Cerino in Queens.

Er rannte die Stufen zu Cerinos Haus hinauf, griff dabei an sein Schulterhalfter und löste das Lederband, das seine 38er Smith and Wesson Detective Special sicherte. Ungeduldig drückte er auf die Klingel. Den vielen brennenden Lampen nach mußte jemand zu Hause sein.

Über Lous Kopf ging eine Lampe an. Dann hatte er das Gefühl, daß jemand ihn durch den Spion betrachtete. Schließlich öffnete sich die Tür. Gloria stand vor ihm, in einem ihrer einfachen Hauskleider.

»Lou!« sagte Gloria erfreut. »Was führt Sie hierher?«

Lou stürmte an ihr vorbei ins Haus. »Wo ist Paul?« fragte er. Er schaute in das Wohnzimmer, wo Gregory und Steven vor dem Fernseher saßen.

»Was ist denn los?« fragte Gloria.

»Ich muß mit Paul reden. Wo ist er?«

»Er ist nicht hier«, sagte Gloria. »Ist etwas nicht in Ordnung?«

»Allerdings«, erwiderte Lou. »Wissen Sie, wo Paul ist?«

»Nicht genau«, sagte Gloria. »Aber ich habe gehört, wie er mit Doc Travino telefoniert hat. Er hat, glaube ich, was davon gesagt, in die Firma zu gehen.«

»Meinen Sie die am Pier?«

Gloria nickte. »Ist er in Gefahr?« Lous Sorge wirkte anstekkend.

Lou war schon wieder halb zur Tür hinaus. Über die Schulter rief er: »Ich kümmere mich darum.«

Er sprang in den Wagen, ließ den Motor an und brauste nach einer halsbrecherischen Wende los. Im Rückspiegel sah er Gloria noch mit ängstlich auf der Brust verschränkten Händen vor der Tür stehen.

Laurie empfand zuerst Übelkeit, aber sie übergab sich nicht. Sie kam mit Unterbrechungen allmählich zu sich und wurde sich zunehmend bewußt, daß sie gefahren und unsanft hin- und hergestoßen wurde. Sie merkte auch, daß ihr schwindlig war, als würde sie herumgewirbelt, und daß sie furchtbar nach Luft ringen mußte, als würde sie ersticken.

Laurie versuchte, die Augen zu öffnen, nur um entsetzt festzustellen, daß sie bereits offen waren. Wo immer sie sich befand, es war stockdunkel.

Als ihre Gedanken etwas klarer wurden, versuchte sie sich zu bewegen, doch dabei stießen ihre Arme und Beine sofort gegen Holz. Sie betastete es mit den Händen und stellte sehr bald fest, daß sie in einer Kiste lag! Eine Welle schrecklicher Klaustrophobie durchfuhr sie wie ein eisiger Hauch, als ihr bewußt wurde, daß sie in einem der Armensärge eingeschlossen war! Gleichzeitig kam die Erinnerung an das, was im Leichenschauhaus passiert war, mit verheerender Klarheit zurück: die Jagd; die beiden gräßlichen Männer; der tote Wachmann, der kaltblütig ermordete Hausmeister. Und dann schoß ihr ein anderer entsetzlicher Gedanke durch den Kopf: Was, wenn sie lebendig begraben werden sollte!

Von Panik geschüttelt, versuchte Laurie, ihre Knie anzuziehen und gegen den Sargdeckel zu stemmen. Dann versuchte sie, mit dem Fuß dagegenzutreten, aber es war alles vergebens. Entweder lag etwas sehr Schweres auf dem Deckel, oder er war fest zugenagelt worden.

»O Gott!« flüsterte sie, als der Sarg heftig knarrte. Jetzt erst wurde ihr richtig bewußt, daß sie sich in einem Fahrzeug befand.

Sie versuchte zu schreien, erreichte aber nur, daß ihr die Ohren weh taten. Als nächstes versuchte sie, mit den Fäusten gegen den Deckel zu trommeln, aber das war bei der Enge kaum möglich.

Abrupt hörte das Knarren auf. Auch das Vibrieren des Motors stoppte. Dann war ein entferntes Geräusch zu hören, als ob die Türen eines Wagens geöffnet würden. Laurie spürte, daß der Sarg bewegt wurde.

»Hilfe!« schrie sie. »Ich krieg keine Luft!«

Sie hörte Stimmen, die aber nicht mit ihr sprachen. In Verzweiflung und Panik trommelte sie erneut gegen den Deckel; ihre Augen füllten sich mit Tränen. Sie konnte nichts dagegen tun. Noch nie in ihrem Leben hatte sie solche Angst gehabt.

Sie merkte, daß der Sarg getragen wurde. Sie mochte nicht daran denken, wohin sie gebracht würde. Würde man sie wirklich lebendig begraben? Würde sie hören, wie die Erde auf den Sargdeckel prasselte?

Mit einem dumpfen Stoß wurde der Sarg abgesetzt. Nicht auf die Erde. Es hatte sich wie Holz angehört.

Von Schluchzen unterbrochen, rang Laurie nach Luft; kalter Schweiß bildete sich auf ihrer Stirn.

Lou wußte nicht genau, wo die American Fresh Fruit Company lag, aber er wußte, daß es in der Gegend vom Green-Point-Pier war. Vor Jahren war er einmal dort gewesen, und er hoffte, er würde sich erinnern.

Als er sich der Gegend am East River näherte, nahm er das Blaulicht vom Dach und schaltete es aus. Er fuhr die Greenpoint Avenue hinunter, bis es nicht mehr weiterging, bog dann nach Norden in die West Street und suchte die verlassenen Lagerschuppen nach irgendeinem Lebenszeichen ab.

Er fühlte sich zunehmend entmutigt und wurde immer verzweifelter, bis er ein Straßenschild Java Street sah. Der Name kam ihm bekannt vor. Er bog links in die Straße ein und fuhr langsam näher an den Fluß heran. Einen Block weiter unten ragte ein hoher Maschendrahtzaun empor. Über dem offenen Tor befand sich ein Schild mit dem Namen der Firma Cerinos. Jenseits vom Tor parkten mehrere Wagen. Lou erkannte Cerinos Lincoln Continental. Hinter den Wagen erstreckte sich ein riesiges Lagerhaus über den Pier hinweg. Hinter dem Lagerhaus bemerkte Lou den oberen Teil der Aufbauten eines Schiffs.

Er fuhr durch das Tor und parkte neben Cerinos Wagen. Ein großes, hohes Tor des Lagerhauses stand offen. Lou konnte soeben noch das Heck eines Kombis ausmachen, der in dem dunklen Schuppen stand. Er stellte den Motor ab und stieg aus. Er hörte nichts als das ferne Schreien einiger Möwen.

Lou prüfte seine Waffe, steckte sie jedoch zurück in das Halfter. Er schlich vorsichtig zu dem Tor hinüber und spähte hinein, um einen Blick auf den Kombi zu werfen. Als er die Aufschrift HEALTH AND HOSPITAL CORP. las, faßte er neuen Mut. Er blickte sich in dem dunklen Lagerhaus um, erkannte aber nichts als die undeutlichen Umrisse von Bananenstapeln. Kein Mensch war zu sehen, doch am Ende des Piers, in Richtung des Flusses, vielleicht hundert Meter entfernt, bemerkte er einen Lichtschimmer.

Lou überlegte, ob er Verstärkung rufen sollte. Ein vernünftiges polizeiliches Vorgehen hätte eine solche Maßnahme erfordert, aber er fürchtete, keine Zeit zu haben. Er mußte sich vergewissern, daß Laurie keine unmittelbare Gefahr drohte. Sobald das feststand, konnte er sich die Zeit nehmen und Verstärkung rufen.

Er vermied den Hauptgang zwischen den Bananenstapeln und arbeitete sich seitlich vor, bis er auf einen zweiten Gang stieß, der zum Pier führte. Tastend bewegte er sich auf das Licht zu.

Er brauchte etwa fünf Minuten, um auf die Höhe des Lichts zu kommen. Vorsichtig bewegte er sich seitlich darauf zu, bis er erkennen konnte, daß das Licht aus einem Büro mit mehreren Fenstern kam. In dem Raum waren Menschen. Er erkannte Cerino sofort.

Lou schob sich zentimeterweise näher, um einen besseren Blick in das Büro zu bekommen. Das wichtigste, er sah Laurie. Sie saß auf einem Stuhl mit gerader Rückenlehne. Lou erkannte sogar, daß ihre Stirn von Schweiß glänzte.

Da Laurie im Moment nicht in unmittelbarer Gefahr zu sein schien, zog er sich vorsichtig zurück, um vom Wagen aus über Funk Verstärkung anzufordern. Gegen so viele Personen allein vorzugehen, wäre Wahnsinn gewesen.

Als Lou den Wagen erreichte, stieg er ein und griff zum Funkgerät. Er wollte gerade sprechen, als er den Druck von kaltem Stahl in seinem Genick spürte.

»Raus aus dem Wagen«, befahl eine Stimme.

Lou drehte sich langsam um und blickte in das hagere Gesicht Angelos.

»Raus.«

Lou legte sorgfältig das Mikrophon zurück und stieg aus.

»Hände auf das Dach«, befahl Angelo.

Er tastete Lou ab und nahm ihm die Pistole weg.

»Okay. Gehn wir ins Büro. Vielleicht möchtest du auch eine kleine Reise machen.«

»Ich weiß nicht, wovon Sie reden«, sagte Laurie. Sie zitterte. Der Sarg, in dem sie gelegen hatte, stand neben ihr. Sie hatte Angst, daß man sie wieder hineinzwingen würde.

»Bitte, Doktor«, sagte Travino. »Ich bin selbst Arzt. Wir sprechen die gleiche Sprache. Alles, was wir wissen wollen, ist, wie Sie dahintergekommen sind. Wie haben Sie herausgefunden, daß diese Fälle keine normalen Überdosen waren, wie Sie sie tagein, tagaus sehen?«

»Sie müssen jemand anderen meinen«, beharrte Laurie. Sie versuchte, einen klaren Kopf zu bewahren, aber das war schwer bei der Angst. Dennoch war sie überzeugt, daß sie nur deshalb noch am Leben war, weil sie unbedingt wissen wollten, wie sie den Fall gelöst hatte. Folglich hatte sie nicht vor, ihnen irgend etwas zu sagen.

»Laßt mich mal ran«, bat Tony.

»Wenn Sie dem Doktor nichts sagen«, erklärte Paul, »werde ich Tony gewähren lassen müssen.«

In dem Augenblick ging die Lagerhaustür auf, und Lou Soldano wurde in das Büro gestoßen. Angelo folgte ihm, die Pistole in der Hand. »Gesellschaft!« sagte er.

»Wer ist das, Angelo?« fragte Paul. Er trug immer noch die Augenklappe.

»Es ist Lou Soldano«, sagte Angelo. »Er wollte gerade etwas über Funk durchgeben.«

»Lou?« wiederholte Cerino. »Was machen Sie denn hier?«

»Sie im Auge behalten«, erwiderte Lou. Zu Laurie gewandt, fragte er: »Ist alles in Ordnung?«

Laurie schüttelte den Kopf. »Wie sollte es?« sagte sie mit tränenerstickter Stimme.

Angelo packte einen Stuhl und stellte ihn neben den von Laurie. »Hinsetzen!« befahl er barsch.

Lou setzte sich, den Blick unverwandt auf Laurie gerichtet. »Sind Sie verletzt?« fragte er.

»Travino«, sagte Paul unwirsch, »diese ganze Geschichte wird mir zu kompliziert. Du mit deinen tollen Ideen.« Dann zu Angelo:

»Schick jemand raus, um sicherzugehen, daß Soldano allein war. Und laßt seinen Wagen verschwinden. Um alle Eventualitäten auszuschließen, wollen wir annehmen, daß er eine Möglichkeit hatte, sich zu melden, bevor wir ihn geschnappt haben.«

Angelo deutete, mit den Fingern schnippend, auf einige der Ganoven, die Paul begleitet hatten. Sofort verließen die Männer das Büro.

»Soll ich mich um den Polypen kümmern?« fragte Tony.

Paul winkte ab. »Die Tatsache, daß er hier ist, bedeutet, daß er mehr weiß, als er sollte«, sagte er. »Er geht ebenfalls auf Reisen. Wir müssen mit ihm genauso reden wie mit dem Mädchen. Aber jetzt bringt sie erst mal auf die *Montego Bay*. Ich möchte, daß die Mannschaft sowenig wie möglich mitkriegt. Was schlägst du vor?«

»Gas!« sagte Angelo.

»Gute Idee«, sagte Paul. »Tony, du bist dran.«

Tony sprang auf, erfreut über die Gelegenheit, sich in Pauls Gegenwart bewähren zu können. Er holte ein paar Plastiktüten und den Gaszylinder heraus. Als er die erste Tüte aufgeblasen hatte, band er sie zu und machte sich an die zweite, während die erste langsam zur Decke schwebte.

Einer der Ganoven kam zurück, um zu berichten, daß niemand zu sehen sei und daß man sich um Soldanos Wagen gekümmert habe.

Ein plötzliches dröhnendes Tuten von der *Montego Bay* ließ alle aufspringen. Das Schiff lag direkt hinter der dünnen Wand des Büros. Paul fluchte. Tony hatte die zweite Tüte kurz losgelassen, und etwas Gas war in den Raum entwichen.

»Ist das Zeug schädlich für uns?« erkundigte Cerino sich, der das Gas roch.

»Nein«, versicherte Dr. Travino.

In dem allgemeinen Durcheinander drehte Laurie den Kopf zu Lou hin. »Haben Sie Ihre Zigaretten bei sich?« flüsterte sie.

Lou sah sie an, als hätte er sich verhört. »Was sagen Sie da?«

»Ihre Zigaretten«, wiederholte sie. »Geben Sie sie mir.«

Lou griff in seine Jackentasche. Als er die Hand wieder herausziehen wollte, packte eine andere Hand sein Handgelenk. Es war der Gangster, der den Bericht über Lous Wagen erstattet hatte.

Der Mann starrte Lou böse an und zog ihm die Hand aus der Tasche. Als er sah, daß Lou nur eine Schachtel Zigaretten mit einem Streichholzbriefchen unter einer Zellophanhülle in der Hand hatte, ließ er den Arm los und trat zurück.

Verdutzt gab Lou Laurie die Zigaretten.

»Sind Sie allein?« fragte Laurie flüsternd.

»Leider«, flüsterte Lou zurück. Er bemühte sich um ein Lächeln für den Gangster, der ihn immer noch anstarrte.

»Nehmen Sie eine Zigarette«, sagte Laurie.

»Danke. Mir ist im Moment nicht nach Rauchen.«

»Los, nehmen Sie!« zischte Laurie.

Lou blickte sie verwundert an. »Schon gut. Wie Sie wünschen.«

Laurie nahm eine Zigarette aus der Schachtel und steckte sie Lou in den Mund. Dann zog sie die Streichhölzer heraus. Sie riß ein Streichholz ab und schielte dabei kurz zu dem Gangster hoch, der Lou und sie eindringlich fixierte. Sein Gesichtsausdruck war unverändert.

Sie schirmte das Streichholz ab und entzündete es. Lou beugte sich, die Zigarette zwischen den Lippen, zu ihr hinüber. Doch Laurie steckte sie nicht an. Statt dessen zündete sie mit dem brennenden Streichholz das ganze Streichholzbriefchen an. Als es aufloderte, warf sie es in die Richtung von Tony und den Plastiktüten. Gleichzeitig ließ sie sich seitwärts vom Stuhl fallen und riß den überraschten Lou mit. Zusammen stürzten sie zu Boden.

Die Explosion war gewaltig, vor allem dort, wo Tony stand, und zur Decke hin, wo sich das entwichene Ethylen gesammelt hatte und die erste Plastiktüte schwebte. Die Druckwelle sprengte alle Fenster und die Tür aus den Rahmen und ließ sämtliche Deckenlampen verlöschen. Nur die Lampe auf dem Schreibtisch brannte noch. Tony war eine lebende Fackel. Angelo wurde gegen die Wand geschleudert, wo er mit geplatztem Trommelfell zusammensackte. Die Haare waren bis auf die Kopfhaut abgesengt, und seine Lunge schien etwas abbekommen zu haben. Alle anderen waren bewußtlos zu Boden gegangen, ihre Kleidung hatte Feuer gefangen. Einigen gelang es, sich stöhnend und völlig verwirrt auf allen vieren wegzuschleppen.

Laurie und Lou waren auf dem Boden verhältnismäßig glimpflich davongekommen, da sie sich unterhalb der Ethylenschichten befunden hatten. Beide hatten leichtere Verbrennungen und geringfügige Gehörschäden von der starken Verpuffung erlitten. Laurie öffnete die Augen und lockerte den Griff um Lous Taille.

»Alles in Ordnung?« fragte sie. Ihre Ohren dröhnten.

»Was zum Teufel ist passiert?« fragte er.

Laurie stand auf. Sie packte Lous Arm, um ihn hochzuziehen. »Schnell raus hier!« sagte sie. »Das erkläre ich Ihnen später.«

Gemeinsam stiegen sie über stöhnende, am Boden liegende Leiber. Der beißende Rauch löste Hustenreiz aus.

An der herausgedrückten Bürotür vorbei liefen sie über knirschende Scherben. Am Ende des Hauptzugangs sahen sie den tanzenden Schein einer Taschenlampe. Jemand kam auf sie zu.

Lou zerrte Laurie seitwärts weg in die Richtung, aus der er vorhin gekommen war. Während sie sich hinter einen Stapel Bananen duckten, kamen die Schritte rasch näher. Kurz darauf tauchte einer von Cerinos Gangstern keuchend in der Tür zum Büro auf. Einen Augenblick stand er ratlos mit offenem Mund da. Dann eilte er seinem Boß zu Hilfe. Paul saß vor dem Schreibtisch auf dem Boden und hielt sich den Kopf.

»Das ist unsere Chance«, flüsterte Lou. Er faßte Laurie am Arm, als sie auf den Eingang des Lagerhauses zugingen. Sie kamen nur langsam voran, weil es dunkel war und sie den Hauptweg meiden wollten, für den Fall, daß noch weitere Leute von Cerino sich hier herumtrieben.

Sie brauchten fast zehn Minuten, bis sie die vagen Konturen des großen Eingangstors sahen. Davor zeichnete sich die schwarze Silhouette des Leichenwagens ab. Er stand noch immer dort, wo er gestanden hatte, als Lou das Lagerhaus betreten hatte.

»Mein Wagen ist wahrscheinlich weg«, flüsterte Lou. »Mal sehn, ob die Schlüssel vom Kombi stecken.«

Vorsichtig näherten sie sich dem Wagen. Lou machte die Tür auf der Fahrerseite auf und tastete sich an der Lenkradsäule entlang. Seine Finger berührten die Schlüssel, die noch im Zündschloß steckten.

»Gott sei Dank«, sagte er. »Sie stecken. Steigen Sie ein.«

Laurie stieg auf der Beifahrerseite ein. Lou saß bereits hinter dem Lenkrad.

»Wenn ich das Ding starte«, flüsterte Lou eindringlich, »sind wir schnell draußen. Aber vielleicht sind wir noch nicht in Sicherheit. Es könnte eine Schießerei geben. Besser, Sie gehen nach hinten und legen sich auf den Boden.«

»Fahren Sie endlich los!« drängte Laurie.

»Kommen Sie«, sagte Lou. »Seien Sie nicht unvernünftig.«

»Sie sind derjenige, der unvernünftig ist«, fuhr Laurie ihn an. »Fahren Sie endlich!«

»Niemand fährt irgendwohin!« sagte eine Stimme links von Lou.

Laurie und Lou blickten aus dem Fenster der Fahrertür. In der Dunkelheit standen mehrere Männer, die Hüte tief in die Stirn gezogen. Eine Taschenlampe wurde angeknipst und tanzte über Lous Gesicht, dann über das von Laurie. Beide blinzelten in das grelle Licht.

»Raus aus dem Wagen«, befahl dieselbe Stimme. »Alle beide.«

Laurie und Lou kletterten aus dem Wagen. In dem grellen Licht, das sie beleuchtete, konnten sie die Männer nicht erkennen, aber es schienen drei zu sein.

»Zurück zum Büro«, befahl dieselbe Stimme.

Entmutigt trotteten Laurie und Lou zurück. Keiner sagte ein Wort. Keiner mochte an Cerinos Zorn denken.

Im Büro herrschte immer noch Chaos. Noch hing der Rauch schwer in der Luft. Einer von Cerinos Gorillas hatte seinem Boß in den Schreibtischsessel geholfen. Angelo saß immer noch mit dem Rücken an der Wand auf dem Boden. Er wirkte wirr, und aus einem Mundwinkel lief Blut über sein Kinn.

Jemand hatte eine Lampe besorgt, so daß das Ausmaß des

Schadens zu erkennen war. Laurie war überrascht, wie viel verbrannt war. Ihr altes Pharmakologielehrbuch hatte recht; dort hatte es geheißen, Ethylen sei leicht entzündlich, und das war nicht übertrieben. Sie beide hatten Glück gehabt, daß sie nicht schwerer verletzt worden waren.

Laurie und Lou mußten sich auf dieselben Stühle setzen, auf denen sie noch vor wenigen Minuten gesessen hatten. Lauries Blick fiel auf die verkohlten Überreste Tonys. Sie verzog das Gesicht und sah weg.

»Mein Auge tut weh«, jammerte Paul.

Laurie schloß die Augen. Sie mochte gar nicht daran denken, welche Folgen es haben würde, daß sie das Ethylen entzündet hatte.

»Warum hilft mir niemand?« rief Paul.

Laurie öffnete die Augen wieder. Irgend etwas stimmte nicht. Niemand rührte sich. Die drei Männer, die sie zurück in das Büro gebracht hatten, beachteten Cerino gar nicht. Sie beachteten überhaupt niemanden.

»Was geht hier vor?« flüsterte Laurie Lou zu.

»Ich weiß es nicht«, sagte er. »Irgendwas ist hier sehr merkwürdig.«

Laurie beobachtete die drei Männer. Sie wirkten völlig unbeteiligt, betrachteten gelangweilt ihre Fingernägel, rückten ihre Krawatte zurecht. Sie hatten keinen Finger gerührt, irgend jemandem zu helfen. Als Laurie zur anderen Seite blickte, sah sie den Mann, der in das Büro gerannt war, nachdem sie und Lou es verlassen hatten. Er saß auf einem Stuhl, den Kopf auf die Hände gestützt, und blickte zu Boden.

Laurie hörte Schritte, die näher kamen. Durch die herausgesprengte Tür sah sie das auf und ab tanzende Licht mehrerer Taschenlampen.

Kurz darauf erschien ein ziemlich eleganter, gutaussehender Mann in der Tür. Er blieb stehen, um den Schauplatz zu mustern. Er trug einen dunklen Kaschmirmantel über einem Nadelstreifenanzug. Das Haar war glatt nach hinten gekämmt.

»Mein Gott, Cerino«, sagte er spöttisch. »Was hast du denn angerichtet?«

Laurie sah Cerino an. Cerino gab keine Antwort; er rührte sich nicht einmal.

»Das gibt's doch nicht«, sagte Lou.

Lauries Kopf fuhr herum. Sie blickte Lou an und sah den Schock auf seinem Gesicht. »Was ist los?« fragte sie.

»Ich wußte, daß da irgendwas läuft«, sagte Lou.

»Was denn?«

»Es ist Vinnie Dominick«, sagte Lou.

»Wer ist Vinnie Dominick?«

Vinnie schüttelte den Kopf, als er sah, was von Tony übriggeblieben war, dann trat er zu Lou. »Detective Soldano«, sagte er. »Wie praktisch, daß Sie hier sind.« Er holte ein Mobiltelefon aus der Manteltasche und reichte es Lou. »Ich denke, Sie möchten Ihre Kollegen verständigen und fragen, ob sie nicht herkommen wollen. Sicher würde sich der Staatsanwalt gern ausführlich mit Paul Cerino unterhalten.«

Im Hintergrund sah Laurie die drei Männer, die hier herumgestanden hatten, bevor Vinnie Dominick erschienen war. Sie gingen jetzt herum und sammelten Pistolen ein. Einer von ihnen brachte Vinnie Lous Waffe, die er bei Angelo gefunden hatte. Vinnie gab sie an Lou weiter.

Ungläubig blickte Lou auf das Telefon in der einen und seine Pistole in der anderen Hand.

»Kommen Sie, Lou«, sagte Vinnie. »Rufen Sie an. Ich habe leider noch einen anderen Termin, werde also nicht hier sein können, wenn Ihre Männer eintreffen. Außerdem bin ich ein etwas schüchterner Typ und würde mich gar nicht wohl fühlen bei all der Anerkennung, mit der die Stadt mich für den großen Dienst überhäufen würde, den ich ihr getan habe. Sie wissen offenbar, was Mr. Cerino vorhatte, so daß Sie meine Hilfe dabei nicht brauchen. Wenn doch, haben Sie keine Hemmungen, mich anzurufen. Sie wissen ja sicher, wie Sie mich erreichen können.«

Vinnie ging zur Tür und gab seinen Männern ein Zeichen, ihm

zu folgen. Als er an Angelo vorbeikam, drehte er sich noch einmal zu Lou um. »Am besten, Sie rufen einen Krankenwagen für Angelo«, sagte er. »Er sieht nicht sehr gut aus.« Und auf Tony blickend, sagte er: »Für diesen Scheißkerl genügt ja der Leichenwagen draußen.« Damit ging er.

Lou gab Laurie seine Pistole und wählte 911. Er nannte dem Beamten am Telefon seinen Namen und Rang und gab ihm die Adresse. Dann nahm er die Pistole wieder an sich.

»Wer ist dieser Vinnie?« fragte Laurie.

»Cerinos Hauptrivale«, erklärte Lou. »Er hat wohl herausbekommen, was Cerino vorhatte, und das ist seine Art, ihn hochgehen zu lassen. Sehr wirksam, muß ich schon sagen, mit uns als Zeugen. Außerdem eine clevere Methode, sich die Konkurrenz vom Hals zu schaffen.«

»Sie meinen, Vinnie wußte, daß Cerino hinter all diesen Drogenmorden steckte?« fragte Laurie.

»Wovon reden Sie nur? Vinnie muß dahintergekommen sein, daß Cerino Patienten umbringen ließ, die vor ihm auf Jordan Scheffields Warteliste für Hornhauttransplantationen standen.«

»Oh, mein Gott!« rief Laurie.

»Was jetzt noch?« fragte Lou. Nach diesem Abend war sein Bedarf ziemlich gedeckt.

»Es ist noch viel furchtbarer, als ich dachte«, sagte Laurie. »Die Überdosisfälle waren in Wirklichkeit Morde, um an Augen zu kommen. Cerino hat Menschen umbringen lassen, die sich bei der Organbank in Manhattan für eine Organspende hatten registrieren lassen.«

Lou blickte Laurie kurz an. »Er ist ein schlimmerer Psychopath, als ich mir je hätte vorstellen können. Mein Gott, er hat auf beide Seiten Einfluß genommen: auf Angebot und Nachfrage.«

Cerino hob den Kopf aus den Händen. »Was hätte ich tun sollen? Warten wie alle anderen? Ich konnte es mir nicht leisten zu warten. In meiner Branche habe ich jeden Tag, an dem ich nicht sehen konnte, den Tod riskiert. Ist es meine Schuld, daß die Krankenhäuser nicht genug Hornhäute haben?«

Laurie tippte Lou auf die Schulter. Er drehte den Kopf und sah sie an.

»Es steckt schon ziemlich viel Ironie in dieser ganzen Geschichte«, sagte sie und schüttelte den Kopf. »Wir haben uns gestritten, wessen Serie gesellschaftlich relevanter und damit wichtiger sei, Ihre Gangstermorde oder meine Yuppie-Überdosen, nur um am Ende zu erkennen, daß sie aufs engste zusammenhingen. Es sind nur zwei Seiten ein und derselben gräßlichen Geschichte.«

»Sie können überhaupt nichts beweisen«, knurrte Cerino.

»Oh, wirklich?« sagte Laurie.

Epilog

Januar. Mittwoch, 10.15 Uhr
Manhattan

Lou Soldano stampfte den Schneematsch von seinen Schuhen und betrat das Leichenschauhaus. Er lächelte dem Wachmann im Sicherheitsbüro zu, der ihn nicht anhielt, und ging direkt in den Umkleideraum. Rasch zog er den grünen Sektionskittel über.

Vor der Tür zum großen Sektionssaal blieb er stehen, setzte die Maske auf und trat dann ein. Sein Blick wanderte von einem Ende zum andern und musterte die Personen an den Tischen. Schließlich entdeckte er eine vertraute Gestalt, die auch der weite Kittel, Schürze und Haube nicht verbergen konnten.

Er ging zu dem Tisch hinüber und sah zu. Lauries Arme steckten bis zu den Ellbogen in einer riesigen Leiche. Sie war ganz bei der Sache.

»Ich wußte gar nicht, daß hier auch Walfische obduziert werden«, sagte Lou.

Laurie blickte auf. »Hallo, Lou«, begrüßte sie ihn freundlich. »Können Sie mir mal die Nase kratzen?« Sie wandte sich vom Tisch ab und schloß die Augen, als Lou ihrer Bitte nachkam. »Etwas tiefer«, sagte sie. »Ahhh. Das tut gut.« Sie öffnete die Augen wieder. »Danke.« Sie widmete sich wieder ihrer Arbeit.

»Interessanter Fall?« fragte Lou.

»Sehr interessant«, erwiderte Laurie. »War angeblich ein Selbstmord, aber ich glaube mehr und mehr, daß er in Ihre Zuständigkeit fällt.«

Lou sah ein paar Minuten zu und schüttelte sich. »Ich glaube, ich werde mich nie an Ihre Arbeit gewöhnen.«

»Wenigstens arbeite ich wieder«, sagte Laurie.

»Von Rechts wegen hätte man Sie überhaupt nicht entlassen dürfen. Glücklicherweise wendet sich am Ende oft doch noch alles zum Guten.«

Laurie blickte kurz auf. »Ich glaube, die Angehörigen der Opfer sehen das anders.«

»Stimmt auch wieder«, räumte Lou ein. »Ich meinte nur, was Ihre Arbeit betrifft.«

»Bingham hat sich schließlich doch ganz anständig verhalten. Nicht nur, daß er mich wieder eingestellt hat, er hat auch zugegeben, daß ich recht hatte. Jedenfalls teilweise. Ich hatte unrecht, was die Verunreinigung anging.«

»Aber in dem, worauf es ankam, hatten Sie recht. Es waren keine Unfälle, sondern Morde. Und Sie haben ja noch mehr getan. Das ist auch der Grund, weshalb ich vorbeikomme. Wir haben jetzt eine hieb- und stichfeste Anklage gegen Cerino zusammen.«

Laurie richtete sich auf. »Gratuliere!«

»Nein, nein, das war nicht mein Werk«, wehrte Lou ab. »Das ist Ihr Verdienst. Erst haben Sie nachgewiesen, daß die Haut unter Julia Myerholtz' Fingernagel von Tony Ruggerio stammte. Das war entscheidend. Dann haben Sie mehrere Leichen exhumieren lassen und festgestellt, daß eine Übereinstimmung des Gebisses von Kendall Fletcher mit den Zahnabdrücken auf Angelo Facciolos Unterarm bestand.«

»Das hätte jeder Gerichtspathologe tun können.«

»Nicht ohne Ihre Vorarbeit. Auf jeden Fall hat Angelo sich angesichts der unanfechtbaren Beweise auf eine Zusammenarbeit mit dem Gericht eingelassen und Cerino belastet. Und das war es, was wir brauchten. Jetzt läuft die Sache.«

»Vergessen Sie Ihren eigenen Beitrag nicht«, sagte Laurie. »Sie haben erreicht, daß die Haushälterin der Kaufmans Angelo bei der Gegenüberstellung und Tony in der Kartei identifiziert hat.«

»Das hätte für eine Anklage kaum gereicht«, sagte Lou. »Und selbst wenn ich eine Anklage durchgebracht hätte, wäre es nicht zu einer Verurteilung gekommen. Jedenfalls nicht von Cerino. Aber jetzt ist es ja ausgestanden.«

»Mir graut bei dem Gedanken, daß Leute wie Cerino herumlaufen«, sagte Laurie. »Es ist diese Kombination aus Intelligenz und Psychopathie, die so beängstigend ist. So abscheulich die ganze Cerino-Sache war, sie hatte einige geniale Aspekte. Wenn man sich das überlegt, daß diese Gangster Leute in den Kühlschrank stecken, damit sich das Gewebe der Hornhaut länger hält! Die wußten genau, daß wir das irrtümlich einer Hyperpyrexie zuschreiben würden, die bei Vergiftungen mit Kokain auftritt.«

»Eine schlimme Folge wird die Anklage gegen Cerino haben«, sagte Lou. »Vinnie Dominick hat jetzt keinen Rivalen mehr. Er und Cerino haben sich gegenseitig in Schach gehalten, aber das ist vorbei. Seit Cerinos Abgang von der Szene ist die Bandenkriminalität in Queens gestiegen, nicht zurückgegangen.«

»Jetzt, wo alles vorüber ist«, sagte Laurie, »frage ich mich, warum wir so lange gebraucht haben, um herauszufinden, was da im Gange war. Als Ärztin wußte ich schließlich, daß der Staat New York in der rechtsmedizinischen Gesetzgebung nachhinkt und daß eine Warteliste für Hornhauttransplantate existiert. Warum bin ich also nicht eher drauf gekommen?«

»Der Grund dürfte wohl sein, daß der Plan so teuflisch war«, meinte Lou. »Einem normalen Menschen fällt es schwer, an eine solche Möglichkeit auch nur zu denken.«

»Ich wünschte, ich könnte das glauben.«

»Ich bin sicher, daß es so ist.«

»Vielleicht.«

»Na ja, ich wollte Ihnen nur das mit Cerino erzählen«, sagte Lou. Unbeholfen trat er von einem Fuß auf den anderen.

»Schön, daß Sie gekommen sind«, sagte Laurie. Sie betrachtete ihn. Er wich ihrem Blick aus.

»Ich glaube, ich sollte ins Büro zurückfahren«, sagte Lou. Nervös schaute er sich um, als wollte er sich vergewissern, daß niemand sie beobachtete.

»Möchten Sie noch etwas sagen?« fragte Laurie. »Ihr Benehmen kommt mir verdächtig vertraut vor.«

»Na ja«, sagte Lou und sah ihr endlich in die Augen. »Hätten Sie

Lust, heute abend mit mir essen zu gehen, rein privat, nicht geschäftlich?«

Laurie lächelte über Lous unverändert peinliche Unbeholfenheit im privaten Umgang mit ihr. Sie hatte gedacht, er habe seine Komplexe ihr gegenüber überwunden, wo sie schon so lange im Fall Cerino zusammenarbeiteten und sich soviel besser kannten. Sonst trat er doch energisch und selbstsicher auf.

»Wir könnten wieder nach Little Italy gehen«, sagte Lou, als Laurie zögerte.

»Sie warnen ein Mädchen nie vor«, sagte Laurie.

Lou zuckte die Schultern. »Das gibt mir eine Entschuldigung vor mir selbst, wenn Sie nein sagen.«

»Leider habe ich schon etwas vor.«

»Selbstverständlich«, sagte Lou hastig. »Wie konnte ich so dumm sein zu fragen. Passen Sie auf sich auf.« Er drehte sich um und ging zur Tür. »Grüßen Sie Jordan von mir«, rief er über die Schulter.

Laurie spürte die alte Gereiztheit in sich aufsteigen. Sie unterdrückte den Impuls, ihm etwas Bissiges hinterherzurufen. Er hatte nichts von seinem Geschick eingebüßt, sie in Rage zu bringen.

Die Türflügel des Sektionssaals schlossen sich hinter Lou, und Laurie wandte sich wieder ihrer Arbeit zu. Doch dann zögerte sie.

Sie streifte rasch Gummihandschuhe und Schürze ab und verließ den Sektionssaal. Der Gang war leer. Lou war schon verschwunden. Laurie vermutete ihn im Umkleideraum und stürmte ohne Umschweife in die Männerabteilung.

Sie erwischte ihn, als er gerade dabei war, den Kittel über den Kopf zu ziehen und mit behaarter, muskulöser Brust vor ihr stand. Verlegen ließ er den Kittel sinken.

»Ich ärgere mich über Ihre Unterstellung, daß ich mich mit Jordan Scheffield treffe«, fuhr Laurie ihn an, die Arme in die Seiten gestemmt. »Sie wissen genau, daß er in die ganze Geschichte verwickelt war.«

»Ich weiß, daß er verwickelt war«, sagte Lou. »Aber ich weiß auch, daß die Jury eine Anklage abgelehnt hat. Ich habe außerdem in Erfahrung gebracht, daß die Ärztekammer ihn nicht einmal verwarnt hat, obwohl der starke Verdacht bestand, daß er wußte, was gespielt wurde. Einige Leute glauben sogar, daß Jordan die Sache mit Cerino besprochen und nichts unternommen hat, weil ihm das Plus an Operationen gefiel, das dabei für ihn abfiel. Jordan macht also weiter das große Geld, als ob nichts geschehen wäre.«

»Und Sie glauben, daß ich mich unter diesen Umständen noch mit ihm treffe?« fragte Laurie ungläubig. »Das ist eine Beleidigung.«

»Ich weiß nicht«, verteidigte Lou sich kläglich. »Sie haben nie von ihm gesprochen.«

»Ich dachte, die Sache wäre klar. Im übrigen, wo wir so eng zusammengearbeitet haben, hätten Sie ja mal fragen können.«

»Es tut mir leid. Vielleicht hatte ich auch nur Angst, daß Sie sich noch mit ihm treffen. Sie wissen ja, daß ich immer etwas eifersüchtig auf ihn war.«

»Er ist der letzte, auf den Sie eifersüchtig sein sollten«, sagte Laurie. »Jordan könnte froh sein, wenn er nur einen Funken Ihrer Anständigkeit und Integrität hätte.«

»Ich hätte gern einen Funken seiner Ausbildung«, erwiderte Lou. »Oder seiner Gewandtheit. Neben ihm habe ich mich immer wie ein Mensch zweiter Klasse gefühlt.«

»Seine Bildung und Gewandtheit sind reine Fassade«, sagte Laurie. »Das einzige, was ihn wirklich interessiert, ist Geld. Das Beschämende für mich ist, daß ich Jordan ebensowenig durchschaut habe wie das, was Cerino gemacht hat. Er hat mich überrollt mit seiner Aufmerksamkeit und seiner scheinbaren Selbstsicherheit. Sie haben hinter die Fassade geblickt, aber ich konnte es nicht, nicht einmal, als Sie es mir ins Gesicht gesagt haben.«

»Das ist nicht Ihr Fehler«, sagte Lou. »Sie denken besser von den Menschen als ich. Sie sind kein so zynischer Hund wie ich. Außerdem haben Sie keinen solchen Komplex wegen Ihrer Herkunft wie ich.«

»Sie sollten stolz auf Ihre Herkunft sein«, sagte Laurie. »Sie ist der Ursprung Ihrer Anständigkeit.«

»Schon möglich. Trotzdem wäre ich gern nach Harvard gegangen.«

»Als ich sagte, daß ich heute abend etwas vorhabe, hatte ich gehofft, Sie würden vielleicht vorschlagen, morgen abend oder nächste Woche mit mir auszugehen. Es klingt vielleicht albern, aber ich bin heute abend bei meinen Eltern. Wie wär's, wenn Sie mitkämen?«

»Ich? Sie nehmen mich auf den Arm.«

»Nein«, erklärte Laurie, die plötzlich Gefallen an dem Gedanken fand. »Eine der positiven Nebenwirkungen dieser ganzen Geschichte mit Cerino ist, daß sich das Verhältnis zu meinen Eltern enorm gebessert hat. Diesmal hat mein Vater sogar zur Kenntnis genommen, daß ich etwas gemacht habe, über das er sich positiv äußern kann, und ich glaube, ich bin selbst ein bißchen erwachsener geworden. Ich habe sogar aufgehört, mich aufzulehnen. Und alle diese Erfahrungen haben mir letztlich auch geholfen, mehr oder weniger ins reine mit meinen alten Schuldgefühlen zu kommen, die ich wegen des Todes meines Bruders hatte.«

»Das hört sich schon eher etwas nach meiner Klasse an«, meinte Lou.

»Ich vermute, es wirkt angeberisch und übertrieben«, sagte Laurie. »Aber das Entscheidende ist, daß ein Besuch bei meinen Eltern ganz amüsant sein kann. In letzter Zeit war ich ungefähr einmal pro Woche bei ihnen. Und ich fände es schön, wenn Sie mitkämen. Ich möchte, daß sie jemanden kennenlernen, den ich wirklich schätze.«

»Wollen Sie mich aufziehen?«

»Ganz und gar nicht. Und je mehr ich darüber nachdenke, desto mehr hoffe ich, daß Sie mitkommen. Und wenn es Ihnen gefällt, haben Sie ja vielleicht doch noch Lust, morgen abend mit mir nach Little Italy zu gehen.«

»Lady«, drohte Lou scherzhaft, »da haben Sie sich was eingebrockt.«

Danksagung

Ich möchte dem Gerichtsmedizinischen Institut von Dade County danken, daß es mich eine Woche aufgenommen hat, insbesondere Dr. Charles Wetlie für die außerordentliche Geduld, die er in den Gesprächen mit jemandem gezeigt hat, der sich wohl in der Ophthalmologie und Chirurgie auskennt, nicht aber in der Gerichtsmedizin. Für seine Gastfreundschaft danken möchte ich auch Dr. Charles Hirsh, dem Direktor des Gerichtsmedizinischen Instituts von New York City. Dr. Jackie Lee danke ich für ihre Bereitschaft, mir einen Einblick in die privateren Aspekte der Gerichtsmedizin zu gewähren.

Mein Dank gilt nicht zuletzt Jean Reeds, die mit ihrem psychologischen Einfühlungsvermögen Hilfe, Rat und Kritik von unschätzbarem Wert gegeben hat.